Katarina, le paon et le jésuite

Les éditeurs remercient Benoît Legemble, qui est à l'origine de cette publication, et la région Midi-Pyrénées dont le soutien a permis la fabrication de l'ouvrage.

Couverture : *Xteriors VII* © Desiree Dolron
ISBN : 978-2-914834-35-3

Drago Jančar

Katarina, le paon et le jésuite

Traduit du slovène par Antonia Bernard

Ouvrage traduit avec le concours
du Centre national du livre

PASSAGE DU NORD-OUEST

Du même auteur

La grande valse brillante : pièce en trois actes,
L'Espace d'un instant, 2007
Aurore boréale, L'Esprit des péninsules, 2005
L'élève de Joyce, L'Esprit des péninsules, 2003

1

Quelqu'un est dans la pièce, Katarina sent distinctement sa présence, presque physique. Il est là soudain, celui qu'elle avait appelé dans son demi-sommeil, il doit se tenir quelque part du côté de la porte, de là parvient le frottement d'un tissu de laine, d'un gros vêtement d'homme, ou alors c'est déjà le murmure des lèvres humides, le murmure du corps, l'inquiète retenue de l'approche. Quelqu'un, un inconnu, est dans la pièce, il a passé la porte sans bruit, sans tourner la clé dans la serrure, les gonds n'avaient pas grincé, il est tout près de son corps et elle n'a pas peur. Il est muet, l'homme de la nuit sorti des ténèbres et du silence. Elle devrait avoir peur, elle est seule dans sa chambre, seule dans la maison cette nuit, mais à la place de la peur il y a dans sa poitrine et dans son ventre et partout une excitation croissante, un léger frisson parcourt sa peau. Ce n'est pas la fraîcheur de mars qui la fait frémir, car la fenêtre est fermée, c'est le frissonnement du printemps qui s'est posé dehors sur Dobrava, le frissonnement venu de la clarté argentée et douce de la lune qui s'étale sur son lit. Et dans la pièce où se confondent le frissonnement, le clair de lune, l'assoupissement, le sommeil qui est veille déjà, la lueur argentée, s'est formé une ombre noire, une masse épaisse de silhouette masculine. Une masse pesante, qui fait un mouvement, un pas léger vers son lit. L'inconnu se tient près de son lit et la regarde, et doucement, d'un geste léger, il touche la couverture, il la tire avec un impitoyable calme, Katarina est allongée en chemise de nuit, l'autre la regarde. Elle ne voit pas son visage, peut-être qu'il n'a pas de visage, mais elle sent son regard, elle le sent sur sa peau et sur ses lèvres, sur la poitrine et dans le ventre. D'un geste adroit, tout naturel, il commence à défaire les boutons, depuis le col, ses lourdes mains sont d'une telle légèreté qu'au début elle ne les perçoit même pas. Ce qu'elle sent et ce qu'elle sait, c'est qu'elle est de plus en plus nue, que l'homme la regarde et qu'elle ne peut rien y faire. Il caresse son cou, puis l'envers de sa main glisse le long de sa poitrine et de son ventre, là où auparavant était son regard se trouvent maintenant ses mains, elle entend sa respiration, mais son visage lui reste invisible. Cet homme est un être sans visage, malgré son regard impitoyable, malgré sa bouche qui couvrira peut-être la sienne, il a des bras et un corps d'homme. Sans résister, uniquement avec un bouleversant étonnement intérieur elle voit, elle sent, même avec les yeux fermés elle le voit toucher son corps là exactement où elle le veut, la pression est exactement celle qu'elle souhaite. Elle voit aussi sa propre et douloureuse excitation pleine d'impuissance, et la cruauté inoffensive de l'autre. Un homme est entré dans la pièce, il la déshabille lentement, caresse sa poitrine et son ventre, puis il recule et la regarde et elle ne peut rien contre. Tout en sachant qu'elle devrait crier, appeler son père, la cuisinière ou les servantes qui dorment en bas, à côté de la sombre cuisine vide, son père qui se trouve au village de Saint-Roch, les valets et les palefreniers à l'autre bout de la cour, sa sœur à Ljubljana et son frère à Trieste, sa maman Neza au ciel, et saint Roch lui-même, elle devrait appeler quelqu'un ou faire le signe de croix et prier afin que le terrible péché en train d'advenir ne soit pas commis, elle devrait faire quelque chose, au moins dire quelque chose : non, s'il te plaît, non ! Mais elle ne pousse pas de cri, ne dit rien, au même instant elle désire uniquement que les mains reviennent. Seul le regard est posé sur son corps, seuls les yeux de l'homme qui voient de tout l'éclat de la lune printanière glissent sur son corps où s'accumulent, impossibles à retenir, des gouttes d'humidité, ce corps dont le bouillonnement intérieur et l'exquise crainte sans risque et le doux effroi captivant font tressaillir la peau. Captivant au point que Katarina a envie de se rappeler la substance épaisse de ce corps, la substance capiteuse de ce corps d'homme qui se tient à quelques pas de son lit, de celui qui la regarde d'un air un peu absent et froid, bien trop impitoyable, bien trop impitoyablement captivant. Malgré tout elle veut dire non, non, je vous en prie non, car dans sa tête règne la confusion, mais les mains sont là de nouveau, elles ont répondu à son appel, elles sont là, elle les sent, elles ne s'arrêtent plus, la respiration près de son oreille ne cesse pas. L'homme est tout près maintenant et loin en même temps, son regard est posé sur le corps de Katarina, et ses mains aussi, à la fois siennes et n'appartenant à personne, l'homme n'a ni visage ni nom. Elle se relève légèrement, repousse un peu ses mains, son corps, le souffle qui atteint son visage, elle se rebelle contre tout, repousse tout, mais uniquement assez pour sentir encore mieux sa propre impuissance à se recouvrir, ou même à crier, et cela continue. Avant que l'homme ait réussi à la soulever et à la retourner, elle s'aperçoit, où plutôt elle sent confusément que quelqu'un d'autre est entré, par la fenêtre ou par la porte ou à travers le mur, c'est sans aucune importance à présent, près de la porte se tient quelqu'un qui les observe, plein d'une silencieuse convoitise et il dégage une sourde épouvante remplie d'attrait, ils sont observés par quelqu'un. Mais à présent elle ne peut, elle ne veut rien faire, il n'y a plus rien à faire, cela se poursuit, on ne peut rien arrêter, elle ne le veut pas. L'homme qui est avec elle la retourne sur le ventre, soulève ses reins, il la soulève du lit, soudain elle n'est plus allongée, il est debout près du lit et relève doucement sa chemise par l'arrière, il s'approche par l'arrière, elle est nue derrière, sur le devant ses mains se faufilent dans la chemise ouverte, près des boutons qu'il avait défaits jusqu'à son ventre avec tant de facilité, elle est sans force alors qu'il approche et qu'elle sait que quelqu'un d'autre observe tout cela, immobile, plein d'une curiosité douloureuse, quelqu'un d'autre se tient là-bas et regarde comment on la dénude, son corps nu, son beau corps, elle est belle maintenant, le soir elle ne l'était pas encore, elle est charmante, il regarde les corps se toucher, s'accoler, elle est prête, sa tête, son corps sont envahis par une fièvre terrifiante, quelque chose de glissant, un gros serpent pénètre à l'intérieur d'elle. Katarina pousse un gémissement et se couvre la bouche, afin que les valets ne l'entendent pas qui dorment de l'autre côté, ni les servantes en bas dans la cuisine, le visage enfiévré, la bouche humide elle gémit dans sa paume, le corps se meut en saccades, il veut atteindre la fin qui viendra, c'est certain, elle gémit encore plus fort, enfouit le visage dans l'oreiller pour ne pas crier, pour ne pas hurler dans cette nuit printanière de lune, pour que son cri ne réveille pas Dobrava, le grand pré, la sombre pente au-dessus.

C'est la nuit à Dobrava, la nuit sous la protection de saint Roch, lui qui veille là-haut parmi ses anges, sur la pente, dans son église encerclée par les maisons villageoises, lui qui est là, recroquevillé, avec les hommes dans l'attente de quelque chose.

Elle était toute mouillée, Katarina, mais maintenant que tout était advenu et passé elle avait recouvré son nom, beau et chéri, mais le nom uniquement car le corps était sale, la grimace qui s'était installée sur son visage s'estompait, je ne suis pas belle, je ne suis pas jolie, les longs écheveaux châtain sombre de ses cheveux collaient à son front et à sa nuque, elle reprenait son souffle, soudain il n'y avait plus personne dans la pièce, seule la respiration soulevait encore sa poitrine, de plus en plus doucement, les battements du cœur s'atténuaient peu à peu. Seul le silence demeurait dans la pièce, la pénombre argentée de la maison, et loin alentour le silence du manoir, le silence sur toute la vallée, recouvrant la colline, le bruissement inaudible du ruisseau, le paysage immobile.

Elle se leva, ouvrit la fenêtre, l'air frais coula sur son visage humide et fiévreux, dehors était la nuit printanière, les deux silhouettes des visiteurs nocturnes traversaient en courant le champ, les épaules rentrées, la tête penchée vers la terre, vers le sol, reniflant la glèbe de printemps, écoutant le frémissement des racines sous la surface, elles levaient la tête et écoutaient le bourgeonnement des feuillages printaniers, le repos des oiseaux endormis qui se mettraient bientôt à gazouiller, ils couraient, les hommes-chiens, les loups-garous, toujours plus penchés jusqu'à se retrouver à quatre pattes, à fouir la terre, les champs, ces sangliers, ces porcs ; oh, ce n'étaient que deux ombres, courant à travers le pré d'argent, à travers le pur éclat du jeune croissant de lune, sorte de chiens, de loups, deux ténébreuses bêtes inconnues. De la colline vint le tintement de la cloche, les ombres marquèrent un arrêt, reniflèrent, levèrent la tête vers le ciel, vers la lune printanière, écoutèrent, puis disparurent entre les arbres.

Depuis Saint-Roch se répandait le son de la cloche, par-dessus le versant argenté de clair de lune se répandait la sonnaille, là-haut était la lumière dans les fenêtres, dans l'église veillaient les pèlerins. Katarina ferma la croisée, traversa sa chambre éclairée de lune jusqu'au crucifix dans l'angle, versa de l'eau du vase, et, les gestes saccadés, commença à se laver là, devant l'image divine.

Sous l'image sainte, sous le Crucifié, sous la noble face de son immaculée Mère, sous l'autel qui brillait de son sombre éclat d'or, sous les images de leurs saints et de leurs patrons protecteurs ils se taisaient, ils murmuraient leurs prières, les pèlerins de

Kelmoraïn [1], ils tremblaient comme les flammes des cierges qu'ils allumaient, ils tremblaient d'effroi devant le grand chemin qui les attendait, devant l'inconnu qui se préparait quelque part au loin à leur faire du bien ou du mal, Dieu fasse que ce soit le bien, et saint Christophe et saint Valentin, patrons des voyageurs, qu'ils leur viennent en aide.

Pendant les veillées auxquelles venaient se joindre également ceux qui ne prenaient pas la route, des insomniaques aux visages effrayés, dégageant de l'humidité qui tombait toute la semaine sur le village, sur la montagne et sur la vallée pour s'éclaircir cette nuit-là en un argent de lune glacé, puant la peur qu'exhalait leur peau, pendant ces nuits sans sommeil qui faisaient gonfler les paupières, pendant ces veillées dans l'église éclairée d'une pâle lumière, des cris sourds de haine et de douleur résonnaient depuis le chemin de croix sur les murs. Les flammes vacillantes des cierges éclairaient les visages des soldats romains, les visages des rustres en tuniques rouges, leurs bouches creuses et ricanantes étirées en rictus édentés, elles éclairaient les têtes baissées des paysans effrayés par les animaux remuant derrière les cloisons en bois de leurs masures, par la nuit agitée, par les enfants pleurant dans leur sommeil, par les hurlements des porcs et le bétail bruyant, par les ombres qui voletaient là-haut autour du clocher. Les flammes éclairaient les visages pâles et les lèvres en prière, les yeux baissés qui n'osaient se lever vers les images de l'horrible martyre sur les murs, vers les images de la douleur et de la souffrance qu'ils connaissaient bien sous la lumière du matin et du jour, qu'ils voyaient à la messe dominicale, alors ce n'étaient que des tableaux, des images, et à présent elles sont soudain réelles dans leur mouvance nocturne, aussi réelles qu'ils l'étaient eux-mêmes.

1. Déformation slovène de Köln am Rhein (Cologne), destination traditionnelle des pèlerins d'Europe centrale entre le Moyen Âge et le XVIIIe siècle.

C'étaient des images qu'ils n'avaient nul besoin de voir, elles les habitaient, chacun en particulier, elles vivaient au plus profond de chacun d'entre eux, les images qui les accompagnaient depuis leurs années d'enfance et qui ne leur étaient d'aucun secours cette nuit-là, car les scènes de leurs vies étaient des scènes de douleur. Entre les ombres des cierges le sang sombre et rouge suintait du cou de la tête coupée de Jean-Baptiste. Ils connaissaient tous le martyre et les souffrances des saints hommes et des saintes femmes qui venaient cette nuit hanter leurs rêves depuis les murs, depuis leurs images, depuis leurs visages intérieurs, les histoires qu'ils retrouvaient dans leur sommeil et dans leur veille de cette nuit-là. Saint Étienne levait les bras pour se protéger des pierres qu'on lui jetait, il titubait et saignait. Les flèches transperçaient saint Sébastien, le visage de sainte Marthe était écrasé par le fer. On écorchait vif saint Barthélemy, comme les paysans écorchent leurs cochons. À un autre saint on arrachait la langue pour la jeter aux chiens, on coupait les seins à sainte Agathe, on enterrait vivant saint Vital, à saint Érasme on écrasait les bourses de sorte qu'il hurlait de douleur, saint Michel tenait dans ses mains la balance, il luttait contre le diable, il essayait de repousser le Malin dans l'enfer.

L'abbé Janez était agenouillé devant l'autel et son large dos protégeait le pauvre troupeau en prière, le troupeau humain rempli d'effroi devant ce qui était dehors et devant tout le mal qui était arrivé aux hommes sur les images lorsqu'ils étaient encore sur terre, et maintenant ils sont au ciel, comme le seront eux aussi qui reviendront du grand pèlerinage avec la bénédiction dans le cœur, il priait pour eux et pour lui, il invectivait impitoyablement le Tentateur et tous ses démons venus dernièrement d'Istrie, il les invectivait tout en s'étonnant qu'ils fussent passés par l'Istrie pour se répandre ensuite par la Styrie et par la Carniole et plus loin dans la plaine de Pannonie, car l'Istrie était bien protégée, il y avait là-bas Vodnjan aux nombreuses églises, les démons volants devaient faire un grand détour devant ses vieux clochers. L'Istrie est parsemée de reliques et d'églises, elle est un puissant et saint rempart du continent, l'Istrie ne connaît pas de faille par laquelle le diable pourrait se faufiler. De Venise aussi brille par-dessus la mer et la terre la puissance des grandes reliques, les restes de saint Sébastien, les restes de son corps transpercé de flèches, les diables doivent contourner au loin tout ce pays, il y a là des choses sacrées à effrayer les cœurs des diables inquiets : le chef incorrompu du saint, un morceau de sa colonne vertébrale, de son épaule et d'un muscle conservé, tout ce qui était resté de lui après que l'on eut arraché la tête au corps du saint homme dans une prison romaine. L'abbé Janez Demsar savait tout cela, il s'en remettait à la force qui coulait en lui depuis la voûte céleste, de la nuit argentée dehors, des images saintes dans l'église, des os des martyrisés et des soumis à la tentation ; il se mit debout, éleva très haut l'ostensoir avec l'hostie, il se tenait là devant eux tous et derrière lui la porte du tabernacle était ouverte. Depuis Dieu là-haut que nous aspirons tous à rejoindre, où aspirent nos âmes, jusqu'au diable ici-bas, dans la boue sous nos pieds, qui se traîne autour de nous et nous murmure ses paroles dégoûtantes, voilà tout ce qu'il y a là dans l'entre-deux, toutes nos vies sont étendues entre ces deux pôles, le haut et le bas, voilà ce qui détermine chacun de nos actes.

Nous nous mettrons en route, vers Kelmoraïn, là où est la Châsse d'or avec les saintes reliques ; et les têtes effrayées se levèrent : à Kelmoraïn ! Là-bas est le Coffret d'or. Ils le voyaient, le Coffret d'or, tous ceux qui étaient rassemblés cette nuit dans l'église. Soudain il flottait au-dessus de leurs têtes, au milieu de la nef, enveloppé de vaporeux nuages d'encens. La mer Rouge, dit le père Janez, le pèlerinage c'est la traversée de la mer Rouge, c'est le chemin de la Terre promise, c'est la confession sur le mont

Sinaï, c'est la rencontre du désert, pèleriner veut dire quitter l'ancienne manière de vivre, chasser les démons d'Istrie, le pèlerinage est le chemin de la Rédemption, c'est la souffrance, la méditation, c'est la purification et la Rédemption, alléluia ! Au bout, la bénédiction de l'or, de l'encens, de la myrrhe attendent chacun, alléluia ! Les gens furent pris de vertige devant la nuit et devant la puissance de ses paroles. Et quand il dit : la mer Rouge, la traversée de la mer Rouge, la Châsse d'or scintilla au-dessus de leurs têtes, dans les vapeurs brumeuses. Ils la connaissaient tous, sur les attestations de pèlerinage de leurs aïeux, revenus de leurs longs voyages, ils avaient vu l'image du reliquaire merveilleux des trois sages de Kelmoraïn, bien qu'il y semblât menu, gris et noir. À présent il était d'or, comme il est d'or en réalité, des milliers de diamants étincelaient, il apparut telle une petite basilique par-dessus leurs têtes et resta suspendu dans l'air. Dieu le Père, à la création du monde, entouré des anges, alléluia ! Au-dessus Moïse, coulé immobile dans l'or, avec la table des dix commandements entre les mains ; les apôtres, les prophètes, Jean l'Évangéliste, le roi Salomon, et dedans les reliques des trois sages, serties d'or et de diamants. Les os de ceux qui avaient suivi l'étoile et trouvé le Sauveur venant de naître. Et à Aix-la-Chapelle, à Aachen, à Cahen, comme disaient les pèlerins slovènes, que ne trouverait-on pas à Cahen, surtout ! La robe d'enfantement, en laine jaune et blanche, de la Vierge Marie, les langes en lainage jaune foncé de l'Enfant Jésus de la sainte nuit, un drap trempé dans le sang du Christ, alléluia ! Le drap qui enveloppait les reins du Christ en croix alors qu'il fut couronné, flagellé, crucifié, le voile qui enveloppait le corps de Jean-Baptiste après la décapitation, quatre grandes saintes reliques qui avaient voyagé un millier d'années depuis Constantinople. Kelmoraïn se trouve au bout du monde, Cahen encore plus loin, et là devant leurs yeux éveillés et troubles à la fois voguait la Châsse d'or. Et avec elle des lieux inconnus, l'espace dans sa largeur et dans sa profondeur, qu'ils devront traverser, l'espace qui n'est pas la mer, qui est terre, ses montagnes, ses forêts, ses vallées, les villages et les villes de l'épais continent qu'il faudra passer. Le Coffret d'or voyagera dans le ciel devant eux, nombreux seront ceux qui le verront dans le lointain, entre les cimes des arbres inconnus, entre les clochers des églises au loin, au-dessus des monts enneigés, voguant au-dessus des plaines des pays étrangers.

Et alors que la nuit commençait à s'écouler par-dessus la pente vers la vallée, que l'aurore matinale colora les croisées de l'église, alors que la clarté argentée de la lune se confondait déjà avec la lumière dorée du soleil, dans l'éclat matinal se dissipa également la Châsse d'or au-dessus de leurs têtes, au loin la terre résonna sourdement, des milliers de sabots du grand troupeau se mirent à battre le sol.

Pendant quelques jours et quelques nuits tout le paysage alentour fut plongé dans l'humidité et dans les ténèbres. Tous ces jours brefs et ces longues nuits le monde était recouvert d'un manteau boueux, du manteau du sommeil bourbeux dans lequel se mouvaient les bêtes et dans lequel se noyait plutôt que ne sonnait la cloche de Saint-Roch. Elle tintait dans la nuit qui est terrestre, qui s'élève toujours de la terre, de ses entrailles, de là où croissent les ombres. Les ombres aux orées des forêts qui bourgeonnent d'abord en longueur, pour être étirées, de plus en plus étirées, puis sombres, toujours plus sombres. Le village, encerclé de forêt et de nuit, recouvert du voile d'humidité, tapi, en attente, le village aux hommes agités que ne peut consoler le voile de pluie tambourinant sur les toits et puis reculant, habité d'hommes dans lesquels s'insinue depuis plusieurs nuits une inquiétude d'animal, l'angoisse du troupeau tout entier.

Noir silence du village sur la pente, où dormaient et se retournaient dans leurs lits des hommes tourmentés, tout comme s'agitaient depuis plusieurs nuits leurs bêtes apeurées, piétinant le sol de leurs sabots. Les cochons poussaient des cris stridents, gémissaient tels des enfants, depuis la ferme du domaine de Dobrava dans la vallée jusqu'au village de Saint-Roch sur la colline on entendait leur agitation nocturne. Chaque soir, Katarina, avant que tout ne fût noyé dans l'humide sommeil, regardait l'amas sombre des maisons ; toutes les nuits le village sur la pente, plongé dans les ténèbres et les voiles de la pluie, demeurait également dans son sommeil. Comme demeuraient les petits yeux d'une masure de paysan où l'on soignait les bêtes agitées, où son père se rendait toutes les nuits, où seules les minuscules lucioles tressaillaient au milieu de la sombre pente. Tout le reste était dans les ténèbres, dans les voiles sombres de la pluie, dans la sombre pente, dans les temps ténébreux d'avant la Création.

Le jour ils allaient emmitouflés, la tête couverte, ils jetaient des coups d'œil effrayés sur le ciel, ils envoyaient chercher des rebouteux à Ljubljana, qui ne venaient point, allumaient des cierges, ils juraient et ils avaient de plus en plus peur. Car dans les étables et dans les porcheries au milieu du village, sous les planchers, dans les enclos des moutons au creux de la forêt plus haut dans la montagne, partout les troupeaux de bêtes qui pressentent les choses les premières, qui savent les premières, envoyaient aux hommes d'invisibles signes, mystérieux et inquiétants. Le piétinement du bétail, le gémissement des porcs et la lamentation des moutons au-dessus du village, tout cela alarmait les villageois, les gens du manoir dans la vallée, les habitants des étroits défilés des Alpes et des grandes plaines du nord, tout cela les inquiétait depuis quelques nuits déjà, raccourcissait leur sommeil plein de pressentiments et de fantômes, de fantômes de la nuit, de fantômes des ombres qui glissent le long des forêts, se faufilent dans les étables et les porcheries à travers les murs, jusque dans leur sommeil bourbeux. Et lorsque la cloche sonna pour la première fois, lorsque la cloche jeta son premier tintement nocturne dans la masse d'eau et de boue, dans l'humidité de la nuit, alors ils surent que les nouvelles venues d'Istrie étaient véridiques, comme étaient véridiques toute cette eau et ces ténèbres.

C'est en Istrie que l'on remarqua d'abord la légion des Malins. Les cloches sonnèrent, car là-bas aussi les hommes de veille avaient flairé en cette nuit leur présence, au-dessus de la pente, sur les sommets où la montagne touchait l'obscurité des nuages. Plusieurs soirs auparavant et plusieurs soirs à la suite les gens les auraient vus venir là-bas, en Istrie, y pénétrer, la traverser dans les airs. Lorsque les nuages étaient amassés sur tout le ciel et jusqu'aux bords de la terre, des nuages noirs de la voûte céleste qui touchaient presque le bout de la terre et qu'entre leurs ténèbres et les ténèbres de la terre s'ouvrait un étroit liseré du couchant, ou était-ce le nimbe des entrailles de la terre, alors que le jour n'était pas encore fini et que la nuit n'était pas encore venue, alors ils les voyaient sortir de la fente béante entre la terre et le ciel. Le crépuscule s'ouvrait, ils sortaient de sa gueule. Personne ne savait ni les pays lointains ni les profondeurs d'où venait cette légion ; on racontait qu'ils tombaient sur le pays depuis l'entrebâillement ardent et incandescent, juste au-dessus de la mer sous les nuages sombres, par-dessus les berges rocheuses et sur la contrée déserte et sur ses habitations en pierre vers l'intérieur du pays, toujours plus haut, dans les vallées alpines et sur les plaines du nord. On disait qu'ils volaient depuis les contrées ensoleillées du midi vers la nuit septentrionale où ils se disperseraient. D'Istrie se propageait la nouvelle vers les provinces du nord, grâce aux murmures et aux cloches, à peine les faisait-on sonner qu'ils étaient déjà là. Au midi, en Istrie, il y avait des maisons en pierre et des oliviers, au midi il y avait de la lumière que le miroir de la mer jetait en biais sur la campagne, mais ici il y avait des pentes humides, recouvertes d'épaisse verdure des forêts qui respiraient l'humidité, ici, au septentrion, il y avait la nuit noire, le silence angoissé des prémonitions, la nuit et le silence où leurs bêtes dans les porcheries piétinaient et cognaient les murs. Sur le rebord de la fenêtre brûlait une lampe et un poignard était fiché dans la table.

Le poignard était fiché dans la table, c'est Mihael, le chef des pèlerins, qui l'avait fiché là, entre les verres d'eau-de-vie, de sorte que son manche continuait à osciller dangereusement à la lueur de la lampe à huile, puis son ombre s'élança entre les petites flaques et s'enfonça dans les cœurs effrayés des paysans ivres. L'ombre du poignard tremblait sur le mur, jusque sous le plafond noirci qui les protégeait au milieu de la caverne de la nuit, au milieu de la pente dans la caverne universelle des ténèbres par lesquelles voletaient des démons qui venaient se poser sur les toits du village, montaient à travers l'épais voile de la pluie vers le clocher de Saint-Roch, et de là, effrayés par les coups d'airain de la cloche, par la vibration bénie de l'air et de la pluie, redescendaient, trempés, dans un vol vertigineux, sur la forêt, dans les porcheries, sur les toits du village. Sous le plafond noir, les hommes se serraient autour de la table, depuis vêpres ils arrosaient leur effroi avec de l'eau-de-vie, ils appelèrent le régisseur du domaine de la vallée, le veuf Poljanec, dont la fille toujours célibataire, qui se prénommait Katarina, s'insinuait dans le sommeil de chacun d'eux, de sorte qu'ils se réveillaient et demeuraient éveillés auprès de leurs femmes, puis fixaient jusqu'à l'aube le plafond noir sur lequel se dessinaient ses reins, sa gorge, ses longs cheveux châtain foncé, sains et brillants, cependant que sous leurs couches les animaux remuaient ou se frottaient contre les murs. Ils appelèrent

Poljanec, du manoir, Mihael, le chef des paysans et des pèlerins, un marchand de la ville qui leur fournissait des remèdes pour leurs animaux, car ceux-ci avaient un comportement plus étrange de nuit en nuit, ils ne remuaient plus comme d'habitude et les grosses croupes et les ventres des vaches n'ondulaient plus de leur façon familière, ils ne se frottaient plus contre les murs, ce qui les apaisait chaque nuit et les réveillait chaque matin, le bétail tapait des pattes, les truies dans les porcheries couinaient et gémissaient toute la nuit comme des enfants, les moutons au-dessus du village geignaient dans les enclos, quelque chose était en train d'advenir, les esprits malins étaient venus. Lorsque les paysans pensaient encore qu'il s'agissait de maladies, ils oignaient les sabots et les pattes des porcs avec du marc, ils versaient dans leur nourriture une solution de sel amère, ils préparaient des tisanes de tanaisie séchée et d'écorce de chêne et les faisaient boire aux animaux, ils donnaient aux vaches de l'oseille séchée, enduisaient leurs pis avec de la souple glaise, faisaient bouillir de l'armoise dans du vinaigre et en mettaient sur des endroits infectés de poux, ils leur donnaient de l'arnica sec, enserraient de l'oignon et de l'ail entre leurs sabots, tout ce qu'ils avaient appris à faire durant les siècles de vie commune avec leurs animaux, ils essayaient tout, à la fin ils coupaient la queue et les oreilles des porcs afin de faire s'écouler le mauvais sang, rien n'y faisait, les porcs gémissaient d'une voix humaine, les vaches apeurées frappaient des sabots et cognaient les murs des étables, les hommes veillaient et regardaient les plafonds noirs perdus dans la gigantesque caverne de la nuit dans laquelle se passaient des choses inouïes. Rien n'y faisait, les démons étaient venus d'Istrie dans leurs pays septentrionaux, ils étaient là maintenant, au village, collés à la pente de la grande montagne, sur les toits, voletant dans les cercles autour du clocher, parmi les animaux de la porcherie, peut-être déjà au milieu d'eux-mêmes.

– Si un démon existe, dit Mihael, le chef des pèlerins, après avoir ingurgité encore un verre de gnole, s'il existe un démon, qu'il arrache ce poignard.

– Tu as bu, dit Poljanec, tu es un homme ivre, Mihael. Il est venu pour guider les pèlerins, pour soigner les bêtes, et le voilà qui se remplit d'eau-de-vie.

– Ce Mihael, dit l'un des paysans tout aussi ivre, c'est un enculé, un pédé… et pas le chef de route des pèlerins.

– Tire, et tu verras ce qu'un enculé est capable de faire.

– Tu es saoul, dit Poljanec, va te coucher.

– Alors, tire-le, toi, dit Mihael, tire, Poljanec, arrache-le si tu en as le cœur.

Et l'ombre du poignard vacilla sur le mur, à travers l'image divinc.

Par milliers les sabots du grand troupeau firent entendre leur piétinement sur la pente plongée dans la nuit qui se muait en jour. Tel un lointain tonnerre, tel un entassement de couches profondes de la terre et de leurs échos, surgissait le grondement des sabots à la surface du creux souterrain. Les fidèles apeurés s'empressèrent de quitter l'église, Mihael courut devant sa maison et avec lui titubaient tous les hommes de cette nuit, imbibés d'eau-de-vie, les paupières gonflées, les yeux rouges. Après les pluies nocturnes une clarté blafarde glissait des nuages du matin, éclairant la montagne et la vallée en dessous. Depuis les villages, par les chemins détrempés, par les pierres et la boue couraient des hardes de porcs, les hommes ivres cherchaient à arrêter les plus proches, mais les cochons avaient le regard vide, ils coulaient comme un torrent, poussaient les hommes contre les murs des maisons, un gros verrat blanc renversa Mihael dans la boue. La harde sauvage et aveugle dépassa l'église de Saint-Roch, se ruant vers un but à elle, poussant des gémissements sonores et stridents, la légion gémissante et vociférante coulait sur la pente depuis Saint-Roch, de tous les villages et de toutes les montagnes, des porcheries et des maisons, des contrées creuses des souterrains, dans la vallée elle confluait en une immense masse qui allait piétiner tout ce qui se trouverait sur son passage, champs et prés, bêtes et hommes. Il s'étala, le grand troupeau, sur la plaine, se rua devant le manoir, sous les fenêtres de la chambre où dormait Katarina rêvant du grondement puissant dans la montagne. Elle ouvrit les yeux, tendit l'oreille au tonnerre lointain, nulle part il n'y avait de clair de lune argenté, elle tressaillit, qu'est-il arrivé, qu'est-ce qui se passe ? Elle alluma la lampe à huile sous le Crucifié et fut prise de sanglots soudains, puissants, elle trempa son mouchoir et se mit à nettoyer, avec une sauvage fureur, la tache sur son lit, sur sa chemise, entre ses jambes.

Dans le grondement sourd des sabots piétinants se formaient de nouvelles troupes de démons blancs déchaînés. Depuis les plaines de Pannonie jusqu'aux gorges alpines se précipitaient des foules de cochons, descendant vers les eaux, vers les fleuves, vers les lacs et vers la mer. Les eaux ne les arrêtèrent pas, on vit une masse de deux mille démons blancs qui dévala la pente et se jeta dans l'eau noire, souleva des vagues et forma de ses échines blanches une énorme patinoire porcine. L'agitation sur terre se mourait en s'enfonçant dans l'eau, dans ses profondeurs, noyant son impureté dans les fonds, sous les eaux, dans les ténèbres d'où avaient surgi les malins. Et les gens accouraient vers les eaux, munis de bâtons, de fourches, de houes, les hommes et les femmes se tenaient sur les berges et repoussaient dans l'eau ces cochons, ces porcs diaboliques qui, le démon au cœur, cherchaient à tout prix à remonter, qui ne voulaient pas couler. Ils les frappaient, sur la tête et sur leur dos blanc, ils enfonçaient leurs fourches dans le lard de leurs flancs, dans les groins et dans les yeux, les porcs formaient une vaste patinoire blanche sur laquelle s'agitaient des échines blanches, où les sabots montaient sur d'autres échines et rougissaient les eaux de leur sang démoniaque. Jusqu'à ce que tout soit noyé, jusqu'à ce que la surface retrouve son calme et que seuls des ronds et des bulles témoignent que la légion avait coulé et qu'au-dessus des eaux demeurent uniquement des voiles de vapeur, la lumière qui traversait leur tamis annonçant que le matin était venu, que cette longue et terrible nuit était finie.

2

Katarina et le paon, Katarina se tient à sa fenêtre à Dobrava, le paon est dans la cour du manoir. Katarina approche son doigt de ses lèvres, le mouille, puis se met à le dessiner sur le carreau, lui le paon de salive. Non pas celui qui marche et parade dans leur cour, comme pour dire qu'il n'a rien à faire là, dans cette cour de vilains, lui qui devrait marcher et parader au moins dans les jardins du baron, à moins que ce ne soit entre les plates-bandes du comte gouverneur de la province ; elle ne dessine pas l'homme qui porte la perruque et le sabre qui lui bat les jambes, celui dont l'habit blanc à queue est orné de rubans multicolores, Katarina dessine un vrai paon, celui qui a une queue touffue ornée de petits cercles, la tête haute, un grand cou et les pattes fines, celui qui ouvre grand l'éventail de sa queue, celui qui fait la roue, comme on dit à Dobrava, c'est ce paon-là qu'elle dessine à la salive, tout baveux, sur le carreau. Celui dans la cour est un paon lui aussi, Katarina le sait depuis belle lurette, il est persuadé de défiler, mais en fait il trottine, tournant la tête à droite à gauche pour se rendre compte si on le regarde, il tire le sabre et parle de batailles à venir, de batailles où il se battrait, lui le paon, dans nos armées qui écraseraient les Prussiens ; les batteries de leurs canons les faucheraient comme les blés, ils tomberaient en charpie sous le crissement des sabres ; il tourne la tête pour savoir s'il est écouté aussi, et non seulement regardé. Lorsque les yeux du paon se posent sur les fenêtres, Katarina s'empresse d'ôter son doigt, elle aimerait s'éloigner tout entière, elle ne voudrait pas qu'il la voie le contempler sans cesse, furieuse et éblouie, l'admirant malgré tout, car l'homme vêtu de blanc est beau, il donne de la voix, il a une voix rauque, il est fougueux, il l'est depuis le temps où, cadet, il revenait régulièrement de l'École militaire de Wiener Neustadt, il est ainsi depuis longtemps ; depuis qu'il fréquente leur manoir. Le paon s'incline légèrement, Katarina répond d'un signe de tête, le paon de la cour ne peut en faire davantage, juste une révérence, juste pour que Katarina et les autres spectateurs sachent qu'il est non seulement capable de faire la guerre mais aussi de faire une gracieuse révérence. La perruque, qui encadre avec noblesse son visage d'aristocrate, est bien poudrée, c'est visible de la fenêtre aussi lorsqu'il se penche, tirant fierté de sa perruque comme de son sabre et de ses victorieuses batailles à venir, qu'il ne tarderait pas à gagner, bientôt. Impossible de tirer davantage de lui, durant toutes ces années, rien en dehors de la révérence et des récits des parades, des trompettes et des fanfares militaires parcourant les rues de Vienne, de Graz et de Ljubljana, au mieux il peut dire quelques mots à propos de la courbe que dessine l'obus en vol, Katarina ne peut lui en soutirer davantage, ni regard qui touche le cœur, ni parole d'affection, même si le paon sait trop bien que les jeunes femmes n'ont d'yeux que pour lui, tout comme Katarina, même si rien ne le distingue, en dehors de sa nature de paon-officier. Mais elle n'y peut rien, et après chacun de ses départs, après que les chariots ont tous quitté Dobrava, l'abandonnant au règne du silence, et au lundi avec ses grincements de roues, ses cris des valets qui s'en vont aux champs, les vaches qui meuglent dans les étables, le vide l'envahit, elle n'y peut rien, c'est comme si à la place du cœur il y avait un trou, et son trottinement et son sabre qui s'agite lui manquent soudain terriblement, tout comme sa voix et ses histoires de la courbe d'obus prêt à s'abattre sur les Prussiens qui volent sa terre, que l'armée autrichienne écraserait bientôt comme des chiens et elle emprisonnerait leur Friedrich ou l'enverrait sur une île déserte. Toujours, lorsqu'il s'en va, demeure dans la poitrine de Katarina ce trou qui lui rappelle que la vie s'écoule, que le seul paon qui lui plaise vraiment, tout paon qu'il est, s'en va toujours, comme s'en va sa sœur Kristina en compagnie de son époux, comme tous s'en vont, elle seule reste à attendre quelque chose, comprenant de moins en moins quel est l'objet de son attente. Quand le paon s'incline et qu'elle répond par un signe de tête et qu'il détourne le regard pour poursuivre, imperturbable, sa conversation, comme s'il avait avisé quelque moineau sur la branche au lieu d'elle, Katarina, elle, est prise de colère, eh toi, Windisch, dit-elle, stupide imbécile, tu n'as pas idée de ce qu'est Katarina, tu ne vois rien en dehors de toi, de ton sabre qui bat tes jambes, ta queue de paon, je vais t'effacer, Windisch, et l'instant d'après sa main barbouille le dessin baveux du carreau.

Au milieu d'un bel après-midi ensoleillé, Katarina décida de quitter la maison : quelques jours plus tard elle le fit effectivement. On était juste après les fêtes de Pâques, la journée était chaude, les premières fleurs bigarraient déjà les champs, le vent du sud faisait légèrement ployer les arbres sur la pente douce au-dessus du manoir. Debout devant la fenêtre ouverte elle regardait le bois tranquille sur la pente, le mouvement silencieux des feuillages éclairés par les reflets vaporeux des premières clartés printanières. La pente était silencieuse, le vent se taisait, des cuisines en bas seulement lui parvenait, entre les phrases brèves et inaudibles mêlées d'éclats de rire, le bruit des pots en cuivre et des assiettes en métal que les bonnes nettoyaient après le repas. C'était une journée ordinaire, les assiettes étaient en métal, les jours de fête elles étaient en porcelaine. Les gens qui avaient séjourné dans la maison durant les fêtes avaient disparu, dimanche dans l'après-midi, entre les cris d'adieux, les crissements des courroies et les claquements des portes des calèches et des diligences ils se sont dispersés de tous les côtés, dans leurs métairies et leurs demeures en ville, pour reprendre leurs affaires et leurs métiers, la vaisselle en porcelaine était soigneusement enfermée dans le placard, en attente de nouvelles fêtes et des anciens invités. À nouveau les assiettes ordinaires allaient s'entrechoquer pendant longtemps, et les jours allaient être tous ordinaires, encore plus ordinaires qu'auparavant. Tous les jours on pourrait entendre les ordres matinaux de son père autour des étables et des granges, les appels venant des champs et des prés, parfois, le dimanche soir, le chant lointain des jeunes gens avinés, le vent chaud apporterait le texte qui pourrait s'adresser à elle... *tu n'es ni belle ni jolie, je traverse des villes et des villages, partout j'en trouve de plus jolies.*

Dans la cour les chiens se chamailleront joyeusement au printemps puis traîneront leur paresse en été, les vaches aux regards obtus rumineront, les paysans viendront sur leurs chariots, ils ôteront leur chapeau en entrant dans le bureau de son père où durant des matinées entières elle notera les chiffres des récoltes et des ventes, sans obligation, sans aucune obligation même, car elle pourrait rendre visite à sa sœur à Ljubljana, à son mari et à ses enfants, elle pourrait être en train de déguster ces petites choses au chocolat en buvant du café, tout le monde boit du café à présent, et sa sœur Kristina adore boire son petit café, tout comme elle adore les tasses à café, elle pourra le faire, elle pourrait faire tout cela. Elle pourra également regarder fleurir les arbres autour de Dobrava, puis voir éclater les couleurs du sarrasin en fleur, et les épis qui ploieront sous le vent, et les libellules qui raseront la surface de l'eau, elle pourra écouter le coassement nocturne des grenouilles, jusqu'à ce que les jours raccourcissent avec l'automne, que les ombres s'allongent, puis l'automne sera suivi de l'hiver, des lectures, des silences, des conversations, des solitudes, des messes glacées du dimanche, à l'église aux visages glacés, et après l'hiver viendront les fêtes de Pâques. Et tous les matins le miroir l'attendra là, sur le mur, le lavabo, et le peigne, le savon et les parfums, mais surtout le miroir. Le miroir qui voyait tout, jusqu'au bouton désagréable au milieu du dos quand elle prenait la bonne position, elle avait atteint l'âge où les boutons auraient dû disparaître, sur le dos aussi. Et chaque journée qui suivra ses ablutions matinales et le brossage des cheveux, qui s'insinuera dans son visage chaque jour plus vieux, dans les traits creusés plus profond qui ressembleront chaque jour davantage à ceux de son père, chaque jour qui apportera aussi son après-midi avec les pots de cuivre qui s'entrechoquent, le bruit des assiettes en métal dans la cuisine en bas, les vagues silencieuses qui passent dans les feuillages sur la pente et jusqu'à Saint-Roch au sommet de la colline.

Cet après-midi-là elle décida que l'automne ne la trouverait plus là, même pas l'été : elle prit la résolution de partir.

Le soir elle se tint près du portail, observant son père en compagnie du valet qui rentraient des champs, par le chemin empoussiéré, elle contemplait le tableau familier des silhouettes des deux cavaliers qui grandissaient, disparaissaient derrière le bouquet de hêtres qui séparait les bâtiments du domaine de l'étendue des champs ; bientôt ils quittaient leurs montures devant les écuries, son père donnant des ordres de sa voix calme et pleine d'autorité, puis, fatigué, couvert de poussière et satisfait il tira de l'eau du puits avec des gestes rapides, remplit le broc pour boire à larges gorgées, avec avidité et contentement. Elle s'approcha de lui, attendit qu'il eût fini d'étancher sa soif et repris son souffle et dit qu'elle partirait avec les pèlerins. Il posa le broc, sans la regarder, et s'en fut dans la maison, il ne voulait pas de discussion dans la cour. Il savait qu'un jour elle dirait quelque chose dans ce genre, quelque chose d'aussi absurde et qui ne ressemblerait à rien. Elle le suivit, il s'assit à la table, se versa du vin. Avec ces gens-là, dit-il, avec ces gens-là tu n'iras nulle part. Il voulait dire : avec cette racaille, avec cette engeance sans foi ni loi, mais il était un homme pieux, il ne pouvait pas parler de cette manière de l'ancienne piété populaire. J'irai à Cologne, dit-elle, j'irai à Aachen, je traverserai la Bavière et je prendrai le bateau sur le Rhin.

Cela se passait par une tiède soirée de printemps en l'an mil sept cent cinquante et six, quelques jours après les fêtes de Pâques, et son père n'avait pas besoin de dire sa pensée : l'entreprise dépassait l'entendement. Cependant, tout semblait indiquer que Katarina allait faire ce qu'elle disait. On pouvait le voir dans ses yeux, son regard était fiévreux, c'était le regard qui effrayait parfois le père malgré tout l'amour qu'il portait à sa fille aînée. Il connaissait bien des choses de la vie, après tout, même s'il eût préféré les connaître à propos de la vie des femmes étrangères plutôt que de sa propre fille : c'était le regard qui disait l'insatisfaction totale avec la vie, le regard de l'être prêt à tout pour trouver ce qui est différent, uniquement pour que rien ne soit plus pareil à ce qui était jusqu'à présent. De tels regards, le père en avait vu déjà, cela faisait longtemps qu'il était sur cette terre et il n'avait pas toujours vécu à Dobrava. Et en fin de compte, il se sentait coupable, ou du moins responsable en quelque sorte de ce qui était à l'origine de ce regard, il n'avait pas fait ce qu'il aurait dû, même s'il ignorait ce que cela pouvait être et quelle grâce lui avait été refusée. Et ce n'était pas la première fois qu'il remarquait dans les yeux de sa fille ce regard désespéré et apeuré par la vie qui s'écoule sans rien donner. Il sentit le froid dans son dos à l'idée que la décision de sa fille fût irrévocable, mais il tenta malgré tout de plaisanter encore.

– Quelque temps après les Cendres nous avons cru que tu voulais devenir bonne sœur.

Avant les fêtes de Pâques Katarina avait cessé de manger. Elle ne faisait pas un jeûne ordinaire, elle jeûnait pour atteindre la pureté totale. Une pureté qui creusait le corps, une pureté aux limites du vide intérieur et de la transparence totale. Elle vécut d'abord de pain, de lait et de légumes bouillis. Les servantes et la cuisinière se moquèrent d'elle d'abord, en cachette : pourquoi jeûnait-elle, puisque tout le monde la savait exempte de tout péché. Elle sentait ces moqueries, elle avait le sens de l'ironie bien développé, plus elle approchait de la trentaine et plus ce sens presque physique prenait de l'ampleur. Grâce aux regards qu'on lui jetait devant l'église, aux rires dès qu'elle avait le dos tourné, aux éclats de rire inattendus des hommes au moment du battage, grâce aux rires sonores des femmes mariées assises dans la grande salle du manoir, autour de la table de fête aux assiettes en porcelaine, elle connaissait dans les moindres détails les gestes, les grimaces, les nuances dans le langage qui s'adressaient à elle, à sa trentaine de plus en plus proche, de plus en plus solitaire. Elle connaissait l'existence de ces moqueries, parfois elle en pleurait dans sa chambre. Elle aurait peut-être été soulagée si elle avait pu laisser libre cours aux larmes devant quelqu'un, mais elle n'avait personne devant qui pleurer, puis rire avec, une fois les larmes séchées. Sa sœur Kristina habitait Ljubljana, quand elle venait avec son commerçant de mari elle la couvrait de conseils, tout cadette qu'elle fût, sur la manière dont Katarina devait mener sa vie, sur sa propre manière de vivre, sa grande sœur n'avait qu'à adopter la même. Et le portillon de la calèche claquait déjà. Son frère venait rarement au manoir, il vivait à Trieste, et de toute façon, il était impossible de pleurer en sa présence, et encore moins en présence du père. Parfois, elle sentait que sa mère lui manquait. Mais sa mère Neza était au ciel, cela faisait dix ans qu'elle était montée là-haut avec de nombreuses autres personnes du pays autour de Saint-Roch, une maladie des poumons inconnue, la toux et le sang craché les ayant emportées avec la mortelle bise d'automne. Katarina savait que Neza Poljanec était au ciel, elle sentait son regard posé sur elle, surtout quand elle y pensait de toutes ses forces. Ou lorsqu'elle s'occupait de sa tombe, qui était toujours un petit jardinet de paradis, tout rempli de fleurs et de verdures de toutes sortes, comme le sont depuis lors toutes les tombes de ce pays. Donc, ils se moquaient d'elle, mais elle ne cessa pas le jeûne. Au contraire, elle supprima les légumes bouillis, les carottes, les poireaux, et enfin le pain et le lait aussi. Elle continuait à apporter son concours parfait à son père dans ses écritures, on ne remarqua aucune faiblesse, sauf qu'elle était toujours plus blanche et plus transparente. Les derniers jours elle ne vivait que d'eau et lorsque l'eau elle-même ne s'en allait pas assez rapidement, elle préparait des tisanes de prêle, afin que les dernières impuretés, qu'avec l'eau et la tisane les dernières parcelles prises de ce monde impur s'écoulent d'elle. C'est seulement lorsque le liquide qui venait d'elle à la place des substances sales, mâchées et pétries à l'intérieur de son corps devint limpide, pur comme de l'eau, comme son nom, qui signifie « pure », là seulement elle retrouva le calme ; elle n'entendait plus ni les questions ni les moqueries des servantes ni les éclats de rire des jeunes gens devant l'église, elle n'entendait plus sa sœur venue de Ljubljana et qui lui disait sans cesse de manger ou au moins de boire du café, si pur et en même temps si vivifiant, ni les grognements furieux de son frère, d'autant plus furieux que ses affaires là-bas à Trieste n'allaient pas bien, ni les réflexions anxieuses de son père, rien. La vie était soudain aussi pure que l'eau qui s'en allait d'elle.

– Je ne veux pas devenir bonne sœur, dit-elle, jamais je n'ai cherché à le devenir.

Elle voulait devenir, c'était en tout cas ce qui était prévu, quelque chose de semblable à sa sœur cadette, qui a un mari marchand de blé, fournisseur de l'armée, trois enfants, la moitié d'un hôtel particulier à Ljubljana, une calèche qui leur permet de venir à Dobrava pour les fêtes. Et également du café, du chocolat, des bals à la salle du Casino, et les conversations à propos des servantes. En réalité, Katarina n'avait pas envie de cela, elle ne se sentait pas à l'aise dans les crinolines de Jernej Cebulj, célèbre manufacturier de Ljubljana où l'emmenait Kristina et l'aidait dans l'achat des robes, afin qu'elle ne fût pas comme une paysanne endimanchée, comme elle disait ; elle eût préféré être paysanne, ce qu'elle était en fait, car son père était paysan avant de devenir le régisseur du baron Windisch, et elle se sentait paysanne, elle eût encore préféré être un jeune paysan. L'un de ceux qui attrapaient les serpents pour les fourrer dans le corsage des jeunes filles, des orvets lisses et innocents, cependant qu'ils jouaient des jeux dangereux avec les vipères entortillées, ils les titillaient à l'aide de bâtons, elle eût préféré être l'un d'eux ; elle ramassait des têtards et les mettait dans divers récipients puis observait leur transformation en grenouille, elle avait appris à monter et elle eût aimé être parmi ceux qui menaient les chevaux, qui les montaient, avant de devenir, pour certains, des valets, là où ses vœux ne les suivaient plus. En revanche, elle voulait devenir, sans le désirer vraiment, mais parce que c'était prévu ainsi, la femme soumise d'un officier d'artillerie dont le plus grand mérite était d'être l'un des nombreux neveux du baron Windisch.

Mais le neveu, l'un des nombreux neveux du baron Windisch, c'était le paon. C'était un bel homme, de belle prestance, comme on dit, mais c'était un paon, et dès le premier instant elle s'est dit, et elle l'avait dit à sa sœur, qu'elle n'aimerait rien avoir à faire dans sa vie avec ce paon. Cependant, une chose est ce qu'on dit, et une autre, ce que dit le cœur. Quand il n'était pas là il y avait un trou à la place du cœur, elle avait beau essayer de se persuader tant et tant de fois qu'il n'existait pas d'homme moins intéressant dans tous les parages. Qu'il était paon, un paon bon pour le décor, qui paradait dans leur cour, elle l'avait remarqué dès la première rencontre. Rien ne l'intéressait, lui, hormis sa seule vie de paon avec son plumage. Si au moins il s'intéressait à Katarina, sinon à son visage ou à ses robes, du moins à son savoir apporté de chez les ursulines, aux psaumes qu'elle savait réciter, au calcul, à ses bonnes manières, à l'éducation de ses sentiments, ou au moins à ses lectures d'Ovide qu'elle avait cité à plusieurs reprises sans attirer une seule miette de sa bienveillante attention ; si au moins cela l'intéressait, il en serait aussitôt moins paon qu'il ne l'était sans doute. Comme toujours, quelques jours auparavant, au premier jour de la semaine sainte, cet homme âgé de trente-cinq ans environ, ce neveu toujours célibataire du baron Windisch allait et venait au pas de parade à Dobrava, en uniforme blanc, sabre au côté qui s'emmêlait parfois dans ses jambes. Et comme toujours, alors qu'ils étaient assis ensemble au déjeuner et au dîner, alors qu'ils regardaient les étables et l'église Saint-Roch sur la colline, il n'avait pas proféré une seule parole de quelque intérêt, sauf que la guerre éclaterait probablement avec la Prusse et que son régiment marcherait sur la Bohême. À cet instant il lui parut même intéressant, il expliquait de son agréable voix rauque à la société rassemblée en quel genre de formation allait se déployer sa compagnie, il donnait des indications à l'aide de sa canne : notre batterie se tient sur la colline de Saint-Roch, elle est déployée en attaque, et les obus volent des bouches polies des canons en courbe exacte sur Dobrava en bas, c'est-à-dire sur les Prussiens… et là-bas voleront en l'air leurs corps en morceaux, avec les uniformes, les sabres, les fusils et les canons et les chariots. Il racontait comment ils marcheraient à travers les villes des pays germaniques, leurs soldats carniolais, en compagnie des Bavarois soumis et des Français vaniteux ils repousseraient les Prussiens dans la mer du Nord ou quelque part au fin fond de la Russie. Il avait appris les arts de la guerre à l'école militaire de Wiener Neustadt, il y avait passé tout l'exercice et les parades, il avait potassé les fondements de la fortification et de la tactique en ligne, l'attaque latérale d'artillerie et le feu de tous les mortiers au commandement, le temps est venu de faire usage de tout cela sur le champ de bataille. Il est capitaine maintenant, il reviendra colonel, achètera un domaine et donnera un bal pour les vainqueurs et les jeunes filles qui les accompagneront. Sa voix était râpeuse et son regard plein d'attente passionnée des batailles à venir. Katarina avait l'impression qu'elle serait peut-être effectivement capable de l'accompagner, d'une certaine manière. D'une voix désespérément monotone, écoutant sa propre voix rauque, il avait l'habitude de parler des chevaux, des bals, des cravates de soie que fabrique à Vienne à la perfection un certain Landsmansky, ces derniers temps. Et qui vont parfaitement à l'uniforme, même s'il n'est pas permis de les porter, si on regarde les choses de façon strictement officielle. Pour cette raison il les porte avec tant de plaisir lorsqu'il met sa longue veste et ses bas blancs. Il porte alors la cravate blanche, mais avec l'uniforme blanc il préfère en mettre une autre, en soie verte, malgré l'interdiction. Ce qui était plus grave encore que le fait qu'il n'était qu'un paon et presque toujours ennuyeux, c'est que le neveu du baron Windisch, que le père et la sœur et le frère de Katarina eussent tant aimé voir près d'elle et avec elle, ne montrait aucun empressement envers elle. C'est de ta faute, avait dit Kristina, tu dois éveiller son attention. Je pourrais le faire uniquement en lui barbouillant sa cravate de soie, répondit Katarina. Mais alors il se mettrait à me haïr.

Ah, avec quelle avidité son regard suivait le beau visage du neveu du baron Windisch, et son plumage de paon et sa soie, et la grâce de ses gestes et l'adresse de ses tours de sabre lorsque, en manière de plaisanterie, il faisait une démonstration de son savoir-faire, de ce qu'il avait appris de magnifique dans son école militaire, l'escrime et l'équitation, des cris, des ordres, comme ses oreilles espéraient entendre encore et encore sa voix râpeuse pleine d'autorité ! Elle le désirait tout autant qu'elle le haïssait.

Pendant quelque temps elle se donna du mal avec les robes, avec les crinolines et les corsets et les foulards de chez Cebulj, afin d'éveiller l'attention du neveu du baron, elle se promenait, pensive, avec un livre de poèmes d'Ovide à la main. Parfois elle levait le regard vers le paon qui paradait avec son sabre et discutait chevaux et fanfares de son régiment avec les hommes. Il était paon, mais il lui plaisait malgré tout, beau qu'il était avec son plumage déployé et elle désirait qu'il la regardât longuement, profondément. Mais lorsqu'il tournait les yeux dans sa direction et qu'elle avait l'impression fugitive qu'il rencontrerait ses yeux remplis d'attention, alors son regard passait toujours à travers elle, de sorte qu'elle devint aussitôt invisible, pour elle-même aussi, insignifiante, et blessée à chaque fois. Pas bien fort, certes, car elle faisait tout cela parce qu'elle avait l'impression que cela se faisait, elle restait sans volonté véritable. Tu n'es ni belle ni jolie. Si au moins il pouvait regarder ne serait-ce qu'une fois dans ses profondeurs, il verrait qu'elle était belle, s'il la regardait la nuit il verrait ses beaux seins sous sa chemise, son ventre lisse, ses cuisses fermes. Elle avait beau faire, renverser du vin sur elle au déjeuner, casser la tasse en porcelaine fine dans l'espoir qu'il se précipiterait pour l'aider à ramasser les morceaux, tout était vain. Elle ne faisait aucun effet au paon. Elle savait qu'il voyait en elle une paysanne, ce qu'elle était en réalité, sauf que son père souhaitait, et Kristina et elle-même, en fin de compte, souhaitaient que la fille du régisseur fût quelque chose d'autre, de plus, une personne qui ne marcherait pas toujours dans la cour du manoir, près des étables et dans les vastes champs du grand domaine, mais serait bientôt assise au salon à broder. C'étaient ses pensées : je serai assise là-bas avec le paon entouré de ses amis et je ferai de la dentelle en racontant des balivernes. Elle ferait tout cela et tout ce qui va avec, cela ne pouvait pas être pire que le présent, la seule difficulté, c'est que rien n'avait de prise sur le paon, elle ne lui avait fait aucune impression. Il ne pouvait être impressionné que par sa propre personne, par ses cravates de soie, par ses cannes, par son uniforme blanc qu'il mettait parfois, par le sabre qui durant la marche s'emmêlait entre ses jambes, et peut-être par d'autres femmes, toutes différentes, aux perruques poudrées et à la gorge opulente, des femmes que Katarina pouvait facilement se représenter, en rien semblables à elle, belles, en tout cas. Elle savait qu'aux yeux du paon elle ne semblait pas assez belle, peut-être même elle lui semblait laide, c'est ainsi qu'elle se voyait.

Cependant, toutes ces tentatives avec les verres et les tasses, cela se passait il y a longtemps. À présent, lors de sa dernière visite, elle l'a probablement repoussé avec sa conduite. En fait, elle inspirait du dégoût à tous, d'abord à sa sœur avec son mari le fournisseur, et à elle-même, car pendant les fêtes, alors que la maison était pleine de marchands et de leurs femmes, de fournisseurs, de soldats, de neveux, elle n'a cessé de manger. Avant les fêtes elle jeûnait jusqu'à en devenir creuse, et maintenant elle avalait tout ce qui lui tombait sous la main, elle posait le plat de viande devant elle et s'en servait plein l'assiette, elle mangeait sans adresser la parole à personne, le regard baissé elle remplissait sa bouche, quand les autres quittaient la table elle les observait avec le visage d'un ruminant. Jusqu'au dîner elle restait dans sa chambre, debout devant la fenêtre à dessiner le paon de salive et au dîner elle prenait des morceaux d'agneau avec les mains pour les déchirer à pleines dents. Elle allait jusqu'à la porte, jetait les os à Aron qui les écrasait bruyamment entre ses crocs. Qu'a-t-elle, murmurait-on, elle entendit sa sœur, son père, elle entendit ses neveux demander ce qu'elle avait, si elle était vraiment affamée à ce point. Bien sûr, répondaient les autres à mi-voix, pas vraiment à voix basse, mais d'un demi-ton indulgent, bien sûr, elle n'avait rien pris pendant tout un mois, à part les légumes bouillis, puis le pain, l'eau, la tisane de prêle.

Elle s'est jetée dans la débauche de nourriture avec la même fougue qu'elle s'était plongée dans l'ascèse. Le troisième jour des fêtes elle n'était même plus assise parmi eux, voir le paon lui était devenu aussi insupportable que le regard que jetaient sur elle sa sœur avec son fournisseur de mari. Elle emporta de la nourriture dans sa chambre. Tout en les observant durant leurs promenades dans la cour et du côté de la forêt, affublés de leurs uniformes de paon et de leurs crinolines, elle se bourrait de gros morceaux de viande, de volaille, de pommes de terre, de gâteaux au chocolat, elle se remplissait la panse de café sucré, puis vomissait le tout pour recommencer. Elle les regardait se faire de légères révérences, écoutait les grosses plaisanteries de corps de garde et d'artilleurs lorsque les fournisseurs et les neveux se retrouvaient entre eux, avant de voir arriver le bienheureux moment en fin d'après-midi où ils se mettaient à seller leurs chevaux, quand claquaient les portes des calèches et sifflaient les fouets et c'est là qu'elle prit la décision finale : le neveu, l'un des nombreux neveux du baron Windisch, n'avait rien à faire dans sa vie à elle et elle rien dans la sienne. C'était une maigre consolation, elle le savait, car elle n'était jamais entrée dans la vie du neveu, elle avait à ses yeux sûrement moins d'importance qu'une quelconque de ses cravates de soie ; la blanche qui se marie avec le costume civil et les bas blancs et la verte avec l'uniforme blanc accompagné du sabre qui se dandine entre ses jambes. C'était une maigre consolation, mais le trou dans la poitrine a disparu, c'était au moins ça, une fois qu'elle avait pris la décision de partir avec les pèlerins. Qu'ils s'en aillent dans leurs appartements des villes et dans leurs châteaux et dans leurs casernes ou n'importe où, elle aussi s'en irait.

La paix régnait à Dobrava, mais une autre paix, celle de l'attente et des préparatifs, et non plus la paix du vide. Les assiettes et les tasses de porcelaine attendaient les fêtes suivantes, et il n'y avait rien de mal à cela, c'était bien ainsi, car aux fêtes suivantes ce ne serait plus elle qui les sortirait des placards. Et en regardant la montagne elle eut soudain le sentiment de comprendre l'inquiétude des gens, des simples comme de ceux qui avaient de l'instruction, de ceux des villes et de ceux des campagnes qui, en ce pays, étaient pris tous les sept ans d'un curieux désir, d'une aspiration étrange, d'un appel qui les attirait vers l'ailleurs, à travers les forêts, par les champs, par-dessus les monts pleins de danger, par le large fleuve Rhin et jusqu'au Coffret d'or, là où demeurait la beauté pure, encore plus limpide et plus compréhensible que la beauté de la montagne dorée par le soleil qu'elle contemplait cet après-midi, avec ses feuillages ondulant doucement au gré du vent silencieux ; une beauté bien plus profonde, car elle contenait le mystère qu'aucun savoir ne pouvait sonder.

– Lors du dernier pèlerinage ils ont connu de grandes inondations. Trois pèlerins d'un village de Basse-Carniole se sont noyés près de Coblence.

Son père était assis dans le coin de la pièce, sous le crucifix sous lequel s'étalait l'inscription BÉNÉDICTION DU FOYER, c'est lui qui était cette bénédiction du foyer sous laquelle il cherchait à retenir sa fille tourmentée, qu'il ne comprenait pas, il n'arrivait pas à bien comprendre les femmes.

Il se dit que sa fille tenait, d'on ne savait d'où, de quelque ancêtre lointain, une nature de vagabonde ou de gitane. Il cherchait, la tête alourdie par le vin, cet ancêtre, mais ils avaient été tous paysans, attachés à Dobrava, à l'étendue au pied de la montagne, leur regard atteignait le sommet où s'élevait le clocher de Saint-Roch, c'étaient de riches paysans, jusqu'à lui qui n'en était déjà plus un, il était déjà un seigneur à la position assez élevée, mais ils vivaient toujours dans les parages, jamais personne n'était allé plus loin que jusqu'à Ljubljana, certains jusqu'à Graz, d'autres jusqu'à Vienne, les soldats et les mendiants mis à part, mais on n'en comptait pas dans leur famille.

Il se dit que sa fille voulait voir les villes d'Allemagne et de France dont parlaient ici les neveux du baron Windisch et le baron Léopold Henrik Windisch lui-même, qu'elle voulait voir les places des grandes villes, d'autres messieurs à perruque en plus des neveux du baron et des fournisseurs et des membres de la Société des arts agricoles utiles qui venaient chez eux pour parler des ruchers et du prix qu'atteignait la livre de bœuf. Sa fille avait peut-être envie de rencontrer des messieurs qui portent des violons dans des étuis et jouent dans les châteaux, ou des ménestrels et des savants, des astronomes et des poètes, d'intrépides soldats, d'autres officiers, au grade plus élevé que le neveu du baron Windisch, qui n'est après tout que lieutenant, peut-être des colonels et des généraux. Il pensait à tout cela et il se dit qu'il lui faudrait enfermer Katarina dans sa chambre et lui donner deux bonnes gifles. Mais il se rendit compte tout aussi vite qu'il n'arriverait à rien avec ça. Non seulement parce qu'elle avait la trentaine et qu'elle tenait les livres de comptes, qu'elle remplaçait ainsi feu son épouse, mais parce que c'était Katarina et qu'elle faisait ce qu'elle décidait de faire : jeûnait ou mangeait, ou se gavait plutôt. Il se peut même qu'elle cesse de nouveau de manger, se dit-il, horrifié, elle peut cesser totalement de manger. Il se dit qu'il serait horrible de la voir partir vers l'inconnu, qui ne signifie pas carrosses ou violons, mais *pauper et peregrinus*, cet inconnu plein de renoncement, de grands efforts et de dangers. Il en connaissait un bout sur les pays allemands, sur les manufactures de drap et sur les hauts-fourneaux, même sur les guerres de Frédéric de Prusse qui cherchait à subtiliser les terres héritées à leur jeune impératrice Marie-Thérèse, jusqu'à la Silésie, beaucoup de bonnes terres qui ont toujours appartenu de droit aux pays héréditaires des Habsbourg, il savait des choses sur les pèlerinages et les nefs des fous qui voguent sur le Rhin de ville en ville car personne ne veut les accueillir. Il craignait les chemineaux, les pèlerins, les faibles d'esprit, les guerres et les grandes cités. Même si le manoir de Dobrava représentait bien davantage qu'une maison de paysan, qu'il possédait une grande salle à manger et des meubles comme les seigneurs dans leurs palais et dans les villes, il y avait dans le coin la BÉNÉDICTION DU FOYER, il n'avait pas à partir, sauf si les affaires l'exigeaient. Il était pris d'horreur devant l'idée que sa fille parte en voyage. Mais il savait aussi que personne, même pas Demsar, le recteur de la paroisse, ni le prince-évêque de Ljubljana, ne l'aideraient à la détourner de ce chemin. Celui qui sent l'appel du Reliquaire d'or à Kelmoraïn ou de saint Jacques à Compostelle, celui-là doit partir, qu'il soit homme ou femme, jeune ou vieux, voilà ce qu'ils diraient, le premier et le second, le petit curé et le grand prêtre.

C'est pourquoi, afin de trouver un peu de consolation, il se dit aussi que Katarina était adulte, qu'elle avait beaucoup lu, qu'elle connaissait l'allemand, et même un peu de latin, elle était allée chez les ursulines, que peut-être, une fois qu'il aurait fait des prières à son intention et demandé la protection à saint Christophe, qui protège tous les voyageurs, et offert une messe à Saint-Roch, elle voyagerait avec l'aide de Dieu et en compagnie de bonnes gens. En fait, il avait seulement l'impression d'avoir pensé à tout cela. Mais en vérité il savait que ce qui arrivait dépassait son entendement, qu'il ne s'agissait pas uniquement d'un pèlerinage, qu'elle s'en allait simplement, pour toujours, et qu'il n'y pouvait rien faire s'il ne voulait pas rendre la situation bien pire encore.

– Quand j'atteindrai la Châsse d'or de Kelmoraïn, souffla Katarina, les yeux enfiévrés, quelque chose se révélera à moi que je ne connais pas encore. Peut-être Dieu. Qu'il se révèle. Et que le regard que je jetterai sur sa beauté me fasse mourir.

Son père détourna le regard. Il y avait dans les yeux et dans la voix de Katarina quelque chose qui dépassait ses possibilités à comprendre les femmes, l'Univers, toutes les choses. La femme était là avec son regard fiévreux, avec ses paroles étranges et sa détermination, grande comme la jeune païenne à l'église de Crngrob, il y avait vu la côte de la jeune païenne. Elles étaient ainsi autrefois, les femmes, avec ce regard, avec les paroles qu'elles disaient comme à présent sa fille, leur taille atteignait dix pieds et davantage, comme le racontaient encore les paysans de l'endroit, comme son père le lui avait raconté. Il savait toujours ce qui était bon pour les affaires, pour les champs et les animaux, pour les moutons et pour les vaches et pour les chevaux et pour les chèvres et les abeilles, il avait l'impression de savoir aussi ce qui pourrait être bon pour elle. Mais là, soudain, il était devant quelque chose dont il n'aurait pas aimé s'occuper s'il ne s'agissait pas de sa fille. Comme un cauchemar qui vous assaille au milieu de la nuit, ou une maladie inconnue qui trouble les animaux à l'étable sans que personne n'en connaisse la cause. Katarina elle-même ne savait peut-être pas pourquoi elle avait pris cette résolution si forte et si soudaine, comme elle ne savait pas distinguer pendant la nuit les rêves de la réalité. Ces rêves étaient peut-être même beaux, peut-être que des inconnus venus de loin lui rendaient visite, ceux qu'elle rencontrerait. En tout cas, cette nuit aussi, où son père est resté penché sur sa chope vide sous l'inscription BÉNÉDICTION DU FOYER, cette nuit-là quelqu'un était dans la chambre de Katarina, elle sentait clairement sa présence quasiment physique.

3

– Les diables ? s'écrie, furieux, le prince-évêque de Ljubljana et se reprend aussitôt : le mot, que son secrétaire n'avait pas prononcé, lui avait échappé, il avait dit qu'on avait vu voler quelque chose au-dessus de l'Istrie et que des maladies étaient apparues dans les troupeaux le mois dernier, que quelques animaux s'étaient noyés et que l'inquiétude gagnait les gens. Il se signe aussitôt, le prince-évêque, il doit le faire encore dans son lit, il devrait être en train de faire son Salut Marie, mais il doit se signer, pour ce mot échappé de ses lèvres, un mot qu'il refuse de prononcer même durant une discussion théologique, et là il vient de le prononcer, et au pluriel, il doit se repentir et prier, il n'a pas d'autre choix, prier et se repentir jusqu'au soir, faut-il vraiment que la journée commence avec une maladresse ? Il l'avait prononcée, cette parole malheureuse, à cause du secrétaire qui se tient près de la porte, le plateau à la main, avec le café qui déborde de la tasse, tous les matins il déborde, par maladresse ou par respect, il ne le saura jamais, comme il ne saura jamais ce que pense cet homme qui lui rapporte ces sottises dès l'aube. Qu'est-ce encore que ces sottises ? dit-il en tournant les yeux vers les croisées et pensant : le ciel est chargé, peut-être qu'il va pleuvoir de nouveau.

– C'est ce qu'on raconte, dit le secrétaire, depuis les Cendres on le raconte, on les a vus en Istrie, et en Carniole quelques bêtes se sont noyées.

Il faut dompter la colère qui monte, la rage, la fureur, l'*ira* vous prend, vous envahit la poitrine, il ne le permettra pas. Le prince-évêque souffle, respire profondément, expiration, inspiration, il s'appuie sur les oreillers et tourne les yeux vers le ciel au-dessus de son lit, vers les anges du baldaquin. Pourquoi ce macaroni a-t-il peint les anges dorés et roses, ils éclatent de santé ? Ils sont blancs, ils ne peuvent être que blancs, si on se réfère à Matthieu 28,3 ; si sa mémoire ne le trompe pas, malgré les années, il cite encore brièvement Matthieu 16,5 : « Son aspect était comme l'éclair, et son vêtement blanc comme la neige. » Le barbouilleur ne se préoccupe guère des Évangiles, il veut des couleurs, vives, de beaux petits corps bien potelés, même le visage de la Vierge, il l'emprunte parfois à quelque femme, et ensuite on peut encore apprendre de quelle femme il s'agit et de la manière dont elle vivait. Le secrétaire fait quelques pas et lui demande s'il veut du café, bien sûr qu'il veut du café, mais ne le renversez pas, je vous en prie. Le prince-évêque se redresse, s'appuie sur ses oreillers. Il aurait dû les peindre blancs jusqu'à la transparence afin qu'ils fussent invisibles, mais il est vrai qu'il n'aurait eu alors rien à peindre, selon son esprit de peintre. Il aurait facilement pu les peindre blancs, le fond est bleu, selon Jean aussi, Apocalypse 4,4 : Jean vit que « vingt-quatre anciens siégeaient, vêtus de blanc ». Les vêtements au plafond au-dessus de son lit devraient donc être d'un blanc éclatant, car l'entendement de la vérité divine est pur, il est blanc, ses vêtements, comme les vêtements des anges, étincellent de blancheur. Peut-être même tout devrait être blanc, sans toutes ces couleurs, bleu, rouge, doré et violet sur le baldaquin au-dessus de son lit. Son regard vagabonde encore une fois entre ces fausses couleurs célestes et dans les édens du barbouiller italien qui gardait dans ses yeux son soleil d'Italie et le ciel bleu, c'est pourquoi il n'y comprenait rien à rien en dehors des couleurs des putti et des oranges dans les jardins du paradis. Tous les matins, en ouvrant les yeux, il voit d'abord ce ciel coloré d'Italie, même en fermant les yeux il n'y a rien de blanc sous les paupières, il fait sombre et des rayons rouges strient le noir. C'est à cause de la chaleur, du front enfiévré et des songes maladifs dans la tête, qui l'avaient obligé à s'aliter. Le carême était long, le corps s'est affaibli, mais qui jeûnerait sinon le prince-évêque, qui ? Ce curé de Saint-Roch, qui lui avait dit une fois, un peu éméché, l'année dernière, à lui son évêque, pour ainsi dire à son père : le carême ne tombe pas au bon moment. L'évêque en est resté ébahi : Comment, pas au bon moment ? Le sang bouillonne de printemps et d'amour, dit le curé, et dans le cœur des gens il n'y a pas de bonne volonté car l'estomac est vide, et ce n'est pas bon. Qui aurait pu avoir une telle pensée, Dieu tout-puissant ! Il lui avait parlé, il lui avait donné de la pénitence, mais tout de même : quelle est donc la foi de cet homme et à quelle école il avait été ?

Afin que la colère ne trouble plus son cœur, le prince-évêque s'efforce de penser non pas au curé Janez Demsar mais plutôt aux anges blancs qui vivent dans la lumière céleste et dans la sagesse divine, dans la lumière qui les réchauffe et éclaire leur regard intérieur, dont les corps sont blancs à en devenir transparents, et non pas à ces corps charnus au-dessus de son lit, non pas avec des lèvres rouges qui sont selon toute vraisemblance rouges parce que nourries de ces oranges dorées, de ces pommes et on ne sait de quels autres fruits encore. Le prince-évêque s'assoit dans son lit, le secrétaire apporte le café, il en renverse, bien sûr. Vous en avez renversé de nouveau, dit son Excellence de mauvaise humeur, le secrétaire a l'impression que c'est la façon de parler des vieux valétudinaires. Serait-il possible que vous évitiez un jour de le renverser ? Ça coule sur ma chemise, dit-il, maussade, en regardant avec désespoir la tache noire qui s'étale sur le tissu blanc et y pénètre. Une deuxième fois il dompte sa colère ce matin, les dentelles blanches sont fichues, elles ne seront plus jamais comme avant. Le secrétaire voit son désespoir, il a presque pitié du prince-évêque. On va faire laver, dit-il. Laver, laver, marmonne l'évêque, qui enfile sa perruque avec ses mains tremblantes, comme si on pouvait laver si facilement des dentelles, il met son collier rouge d'évêque et s'en va à pas glissés vers la croisée. Il contemple les filaments clairsemés de la pluie et la rue mouillée devant l'évêché où les débardeurs déchargent des tonneaux pour les rouler vers les caves. Il devra attendre encore un peu pour goûter le doux vin de Styrie de l'année dernière, jusqu'à ce que ce mal du carême soit guéri, il ne quittera pas le palais pendant quelque temps encore, sauf aujourd'hui pour aller à l'église bénir le régiment qui part pour la Silésie, uniquement cela encore, et tous les jours il aura encore à supporter le secrétaire qui renverse le café, le secrétaire avec lequel il s'agit de ne pas plaisanter et qui fera du chemin dans la vie.

Comme ils sont adroits, les débardeurs, avec leurs crochets, leurs courroies et leurs madriers sur lesquels ils posent les barriques de noble *traminer* tout doré ; c'est la scène qu'il voudrait contempler, ce travail simple, utile, qui plaît à Dieu, derrière son dos où se tient le secrétaire avec une liasse de paperasses il n'y a que des ennuis, des difficultés, que des problèmes à résoudre, la construction à Gornji Grad à terminer, des frais, la guerre avec les Prussiens, les jésuites et leur école, la correspondance avec le Conseil de l'Empire à propos des pèlerins de Kelmoraïn, et à présent encore ces choses volantes au-dessus de l'Istrie, les bêtes troublées dans l'intérieur du pays, toutes ces sottises que le secrétaire dans son zèle ne peut laisser tranquilles. Cependant, les difficultés ne se trouvent pas uniquement derrière son dos, en bas, sur la chaussée détrempée, devant ses yeux, il y a aussi une petite difficulté : elle fait les cent pas, couverte de sa pèlerine, et regarde ses fenêtres. Ce n'est pas possible, s'écrie le prince-évêque, c'est impossible, dit-il en faisant signe au secrétaire d'approcher. Elle est toujours là, je ne peux pas en croire mes yeux. L'intendant du domaine du baron Windisch de Dobrava, Jozef Poljanec, lui-même riche propriétaire, dit le secrétaire, vous n'avez pas voulu le recevoir, il est membre de la société agricole, un homme de renom, dit le secrétaire, il prétend rester à la porte jusqu'à ce que vous le receviez. Le prince-évêque sent de nouveau l'ire qui l'envahit, il ne sait que répondre : pourquoi reste-t-il donc sous ses fenêtres ? Pourquoi marche-t-il sous mes fenêtres s'il a dit qu'il resterait devant la porte ? Vous devriez peut-être le recevoir malgré tout, il a donné du bois pour Gornji Grad, dit le secrétaire. Bonté divine, mon cher, dit le prince-évêque, est-ce à l'évêque de Ljubljana de persuader sa fille qui a la bougeotte de ne pas aller en pèlerinage, de lui interdire en fait ce saint voyage, est-ce dans ses attributions ? Il a perdu sa femme, dit le secrétaire, il craint maintenant que sa fille se perde elle aussi, elle s'appelle Katarina. Un beau nom, un nom pur d'une femme pure, sainte Catherine d'Égypte, Catherine de Sienne, c'est un homme bon, ce Poljanec, un maître intelligent et un homme pieux, mais entêté et même stupide, comment le prince-évêque pourrait-il interdire à quelqu'un de faire un pèlerinage, comment pourrait-il faire une chose pareille, on n'en a jamais entendu parler ? Il pose ses doigts sur son front, sent le battement dans ses veines, dès le matin il y a tant de choses qui le mettent hors de lui, qui font frémir les veines de ses tempes.

Le pire c'est qu'avec tout cela Jozef Poljanec a toutes les raisons de s'inquiéter, car les choses avaient déjà mal tourné il y a sept ans avec les pèlerins de Kelmoraïn, le prince-évêque s'en inquiète lui aussi, ça ne marche pas du tout comme il faudrait, le Conseil impérial exige que les pèlerinages cessent simplement, mais il ne le permettra pas, ce n'est pas lui qui mettra fin à un usage séculaire, pas lui, jamais de la vie. Il écrira à la Cour pour dire les dommages que l'interdiction provoquerait, les dommages spirituels que l'État ne peut comprendre, et comment pourrait-il, lui, interdire à ses agneaux, à son troupeau, le chemin qu'ils entreprennent attirés par l'espérance, par la force incroyable des saintes reliques de Cologne et d'Aix-la-Chapelle ; devra-t-il également couper les chemins de Compostelle ? Qu'ils mettent d'abord fin à leurs guerres, ils sont juste en train de transférer une grande armée en pays allemands, par le même chemin. Il n'interdira rien du tout, malgré les gros soucis, il y a de gros soucis aussi dans ce pays où règne la paix, comment tout faire, bénir les régiments qui partent à la guerre, louvoyer entre Vienne et Rome, comprendre les maladies et les troubles qui touchent le bétail, les superstitions des gens d'ici et avoir de surcroît sous ses fenêtres encore ce malheureux Jozef Poljanec, ce Poljanec ne va-t-il pas se plaindre au pape ? Ira-t-il se mettre à genoux devant le saint-père Benoît, devant un vieillard malade, si le prince-évêque de Ljubljana n'arrête pas sa fille dans son élan, ira-t-il ? Ou alors il s'adressera au saint de ce jour, à saint Hermengild le martyr, il est lui-même un martyr, Poljanec, qui fait les cent pas sous les fenêtres. Comment un homme peut-il faire tout cela, comment peut-il porter sur ses épaules tout ce poids, jusqu'aux tourments d'un père plein d'appréhension, tout prince-évêque qu'il est, les guerres et les troubles et l'orgueil et la débauche et tout ? Comme tous les autres gens, répond-il, comme tous les autres : avec l'aide de Dieu, seulement avec l'aide de Dieu.

Qu'avons-nous là aujourd'hui ? dit-il d'un ton toujours mécontent, si nous faisons abstraction de ces visiteurs venus d'Istrie ? Ils volaient par-dessus Vodnjan, on les a vus du côté de Saint-Roch. L'évêque tremble un peu, son corps a des tremblements, non de fièvre ni de maladie. Et les bêtes, dites-vous, les bêtes se noyaient ? Elles étaient troublées depuis plusieurs nuits, dit le secrétaire d'un air grave, puis on entendit le bruit des sabots qui dévalaient les pentes vers les vallées, on dit que des troupeaux entiers se précipitaient tout droit dans les eaux. Étrange phénomène. Des sifflements sortent de la poitrine de l'évêque, son corps est secoué de tremblements, on a l'impression qu'il aura besoin d'aide, le secrétaire s'approche de l'armoire pour dissoudre dans l'eau le remède contre le refroidissement. Le pays est en paix, la guerre est loin, on n'a pas vu depuis longtemps de peste ou de choléra, on a jugé et brûlé la dernière sorcière voilà trente ans, c'étaient les dominicains qui l'avaient dénoncée, *domini canes*, les chiens du Seigneur, les luthériens sont partis il y a belle lurette, et voilà – n'y avait-il pas suffisamment d'autres problèmes – qu'ils inventent des créatures volantes, ça sifflait de sa poitrine, ce n'était pas la maladie, nullement, c'était le rire retenu. C'est ça qu'on raconte ? Vous aussi le pensez, vous y croyez ? Il y croit, le secrétaire croit que les malins sont revenus dans ce pays paisible la nuit où les nombreux pèlerins préparaient déjà leur cœur pour le pèlerinage de Kelmoraïn, accompli tous les sept ans, alors que la guerre commençait avec les Prussiens, alors que le prix du blé avait grimpé, qu'on devait payer davantage pour la livre de bœuf que l'année précédente et qu'un jeune paysan devenu fou furieux est arrivé au galop devant l'église de Radovljica juste après la messe de l'évêque en tirant en l'air. Vous souvenez-vous, Excellence, de ces coups de feu ? Son Excellence se souvient : que voulez-vous dire avec ça ? Une telle insolence vient du diable, dit le secrétaire, le cheval dansait sous lui comme un dément, et lui, il tirait en l'air devant vous. Un paysan ivre, dit le prince-évêque, et non pas Satan, à nouveau j'ai prononcé le mot, je vais faire le signe de croix comme quelque superstitieuse bonne femme. Rien d'étonnant si le secrétaire y croit, il y a encore tant de confusion sur terre. À un bout du pays on est en train de construire des hauts-fourneaux et des raffineries de sucre, dans les estaminets on sirote le café torréfié à Trieste, et à l'autre bout les démons ont pris possession des animaux, les ont rendus fous et les ont poussés dans les étangs, dans les lacs et au fond des fleuves. À un bout des savants réunis en académie, la tête échauffée sous leurs perruques, discutent de vers latins et de logarithmes, à l'autre bout les paysans se serrent dans des cabanes enfumées, écoutent le vent hurler sur leurs toitures en chaume et tentent d'y reconnaître les voix des anciens vampires, des sorcières et autres fantômes qui cherchaient à les aider ou à leur nuire, plutôt nuire qu'aider. Ce n'est donc pas étonnant si les évêques sont un peu sur les nerfs par des temps pareils, en tout cas davantage que les autres gens. Que la colère s'empare d'eux parfois, qui n'est pas encore péché, pas encore, seulement le reflet de leur sollicitude humaine de pauvres serviteurs de Dieu. Rien n'est encore bien sûr et clair en ce monde, l'époque est pleine de confusion, les soucis gros, comment les porter sinon avec l'aide de la prière et avec l'aide de Dieu, même si on est prince-évêque, lui aussi doit avoir son ange dans le ciel, il l'a lui aussi, non pas un chérubin chérubiné, mais un tout blanc, comme il est écrit et comme il est en vérité. En fait, à bien y réfléchir, il doit en avoir plusieurs, il en a probablement plusieurs, sinon il n'aurait pas pu devenir ce qu'il est, le berger et le chef d'un grand troupeau, d'un grand évêché qui va de la Bela Pec à Gornji Grad et plus loin jusqu'à Slovenj Gradec, aux confins de l'évêché de Lavant, depuis les contreforts blancs des Karavanke jusqu'en Istrie, il n'aurait pas pu devenir tout cela s'il n'avait pas plusieurs anges, et enfin, à s'occuper de tant de gens et de choses, on doit avoir plusieurs assistants, même si cela n'est pas décisif, ce qui est crucial c'est le fait d'être choisi, celui qui est désigné prince-évêque a plusieurs anges, c'est clair, il a l'impression que c'est clair.

Le secrétaire pose le verre avec le remède sur la table et s'en va, laissant son Excellence avec les frissons qui l'accablent, des frissons qui ne viennent pas de la fièvre mais du rire, c'est le rire qui fait siffler sa poitrine. Le bétail n'a rien dit ? Personne n'a mangé de la graine de fougère ? Le secrétaire, vexé, se tait, il ne dirait plus un mot. Ne me comprenez pas de travers, dit le prince-évêque après avoir bu l'amer breuvage, il y en a trop, trop de soucis pour un pauvre homme, après tout je suis un pauvre homme, même si je suis Excellence, Éminence, Grandeur dans Ces Parages, que seul le pape Benoît à Rome est au-dessus de moi, lui aussi fort âgé, vieux, le *pontifex maximus*. Ce secrétaire croit en tout cela, le prince-évêque en est persuadé, en la graine de fougère que l'on doit avaler la nuit de la Saint-Jean pour comprendre ce que disent les animaux, il doit faire le signe de croix discrètement lorsqu'il a bâillé, afin que les diables, j'ai à nouveau prononcé ce mot, ou plutôt pensé, afin que les esprits mauvais ne pénètrent pas en lui, quels païens, quel peuple païen ! L'évêque ne serait pas évêque s'il doutait de l'existence du diable, il ne doute pas non plus de l'existence du mal que l'ange déchu répand sur terre. Il le sait, il sait trop bien que Satan et le Mal ont de multiples visages, même de beaux, même de magnifiques, et Dieu n'en a qu'un seul. Il sait que le Bien et le Mal sont en lutte dans tout être humain, à tout moment, et que Dieu est du côté du Bien, où pourrait-il être sinon là. Mais le peuple de ce pays et l'honorable secrétaire avec lui devraient cesser leurs histoires avec les créatures volantes et les vampires, il serait temps. Ah, ces vallées alpines avec son monde païen, et ces plateaux du septentrion ! Cependant que nous allons en Amérique et que nous y fondons des missions, tandis que les hauts-fourneaux crachent le feu et que l'on joue des sonates, tandis que les cordes des cymbales résonnent et que l'on étudie saint Augustin, tandis que tout cela existe, voilà qu'ici on a toujours ces archers malins, ces chasseurs sauvages et ces bouquetins aux cornes d'or qui vous jettent le sort rien qu'en vous regardant, des magiciennes et des sorcières au croisement des chemins et les revenants dans les cimetières, tout cela finit par lui taper sur les nerfs, en ces temps il y a tant de choses qui tapent sur les nerfs des évêques, mais on appelle cela d'un autre nom. Et à présent, juste avant le grand pèlerinage, les voilà qui voient voler des choses dans les airs, même au-dessus de Vodnjan, peut-être même au-dessus de Venise, par-dessus les coupoles et les anciennes reliques dans leurs églises, par-dessus les restes sacrés qui ont sûrement leur pouvoir, et tout cela, toutes ces songeries païennes, ils les attribuent au plus mauvais, à Lui l'immonde, il ne prononcerait plus son nom ni au singulier ni au pluriel, bref à Lui, cela dépasse les bornes, c'en est trop pour lui, à son âge et avec tout son savoir et les nombreuses affaires sur le dos, il ne peut s'en occuper, il ne peut même pas y penser. Il est obligé d'essuyer ses larmes, des larmes de rire, que monsieur le secrétaire l'excuse, mais c'en est trop. Le prince-évêque reprend son sérieux, il faut trouver un cadre rationnel pour tout cela. S'il y a des porcs qui se sont noyés, vous savez bien ce que cela signifie ? Le secrétaire garde le silence, il a décidé de se taire, il sait, il en sait très bien la signification. Cela signifie, dit monseigneur l'archevêque de Ljubljana avec toute la fermeté que la maladie lui laisse, que le Seigneur était présent aussi. C'est lui qui a poussé les démons dans les porcs et les porcs dans les eaux. Luc 13,32, et tous les autres Évangiles, je n'ai pas besoin d'en citer d'autres.

Voilà l'affaire éclaircie, terminée. Et encore quelque chose, dit l'archevêque d'une voix rude, sans réplique, encore quelque chose, avec les mots de saint Augustin, si vous l'aviez lu attentivement vous le sauriez : N'essayez pas de connaître davantage que ce qu'il est nécessaire.

Le secrétaire baissa le regard, ils s'en allèrent ensemble à la salle des audiences.

– Donc, dit l'archevêque, tranchant, combien de fois devrai-je encore demander ce que nous avons à voir aujourd'hui ?

– D'abord les pèlerins de Kelmoraïn, dit le secrétaire.

Bien sûr, c'est ce qu'il craignait depuis le matin. Cette affaire des pèlerins de Kelmoraïn, ces derniers temps ils posent plus de problèmes que les diables qui volent autour des clochers, si l'archevêque peut se permettre une petite plaisanterie et redire le mot au pluriel. Des gens pieux de leur acabit vont en pèlerinage depuis toujours, depuis des siècles, la tradition orale et les documents les plus anciens de l'évêché parlent des pèlerinages en Terre sainte, à travers le pays des Magyars et des Turcs, ils parlent d'un groupe de cent cinquante personnes de Ljubljana, dont seulement neuf atteignirent Jérusalem et le Tombeau du Christ, tous les autres avaient été tués ou emmenés en esclavage par les Turcs et les brigands arabes ; ils allaient à Rome et à Compostelle la lointaine, à pied, pendant des mois et des mois, parfois plusieurs années, les comtes de Celje y allaient accompagnés d'une riche suite, afin de racheter leurs terribles péchés, les meurtres et leur avidité de chair humaine et de terres et de pouvoir ; les simples paysans usaient leurs pieds jusqu'au sang, ils parcouraient de folles distances couverts de pèlerines, avec leur bourdon et les coquilles Saint-Jacques ; et lui, le prince-évêque, ne peut qu'être admiratif devant le zèle de son troupeau qu'attirent les lieux saints et les villes saintes depuis toujours, depuis les temps immémoriaux. La Sainte Église catholique devrait être fière de ses peuples slaves de l'Autriche méridionale, et non l'obliger à envoyer des rapports à Rome et batailler avec le pouvoir temporel de Vienne. Ils pourraient savoir que le peuple d'ici nomme ces saints voyages d'après la ville où se trouve la *sedes apostolica* à Rome, d'après Rome, Roma, *romanje*[2]. Ils pèlerinent depuis toujours, plus leur péché était grand, plus le chemin qu'ils choisissaient était long et difficile, le désir du royaume céleste qui sera leur demeure un jour était si profondément ancré dans le cœur des gens que tout cela était digne de respect, qu'ils devraient être accompagnés de bénédictions et de bons conseils. Cependant, les pèlerinages vers la vallée du Rhin ont en quelque sorte dégénéré ces derniers temps, l'évêque avait suffisamment de documents sur son bureau, suffisamment de lettres du Conseil aulique de Vienne d'où on le menaçait, lui, comme si c'était lui qui avait marché en Bavière et dans la vallée du Rhin ; cela, il le savait, après le dernier pèlerinage les choses sont allées assez loin pour qu'au Conseil de l'Empire à Vienne il fût question d'interdire purement et simplement cette coutume. Il se sentait mal à l'aise en pensant aux comptes-rendus, s'il fallait les croire : on restait couché sans rien faire, on buvait, on s'adonnait aux réjouissances et à la débauche, il y avait des trafics, une dépravation générale. À la place de la purification et de la pénitence, de la piété, du recueillement et de la prière, la rapine et la violence se sont propagées, s'il fallait prêter foi au rapport, si leurs auteurs ne sont pas des gens méchants et médisants. Les choses empiraient d'année en année, comme on dit, même s'il serait plus juste de dire : de sept ans en sept ans, puisque tel était le cycle des pèlerinages dans la vallée du Rhin. Car c'est seulement tous les sept ans que les gens des régions méridionales de l'Autriche, croyants ou pas, étaient pris d'une étrange agitation, semblable à une sorte d'épidémie de fièvre, qui les faisait quitter leurs foyers àla campagne et en ville, leurs familles, leurs affaires importantes, pour les pousser à entreprendre à pied un voyage lointain, risqué

2. Le terme slovène signifiant « pèlerinage ».

et même dangereux. Dans les pays allemands, où ils recevaient autrefois un si bon accueil et où par ignorance de la géographie on appelait « magyars » ces pèlerins des pays slaves, on les attendait à chaque intervalle de sept ans avec plus de répugnance. Jusqu'à ce que enfin cette septième année, année du pèlerinage, devînt l'année de la peur, des sauterelles ou des Turcs, comme le disent certains rapports que l'archevêque de Ljubljana ne croit pas, il y a trop peu de preuves, et c'est ce qu'il avait fait valoir aux délégués de Rome. Et d'après ces rapports il n'y aurait plus que de rares villes à garder l'ancienne coutume selon laquelle les échevins et les représentants de la noblesse de la province les accueillaient aux portes des villes avec tous les honneurs et les victuailles. En Bavière, où les pèlerinages étaient toujours florissants, on se réjouissait encore quelque peu de leur arrivée, même si la province s'était retrouvée dévastée et pauvre après la dernière guerre, mais à Cologne et à Aachen c'était simplement la garde que l'on envoyait au-devant d'eux. Ce n'étaient plus les temps qui avaient vu publier spécialement pour eux un guide intitulé « Le Pèlerin magyar ». « Magyar » ou « carniolais », c'était pareil pour eux, des multitudes de peuples coulaient de l'Orient vers leurs lieux saints – qui aurait pu les distinguer ! Et ils se ressemblaient de plus en plus les uns les autres : au lieu de gens d'autrefois pleins d'une infinie piété, dont la crainte de Dieu, la modestie et la persévérance lui inspiraient presque autant d'admiration que leurs chants, leurs danses et leur vie d'une moralité exemplaire, les villes et les villages allemands auraient vu passer, d'après ces rapports désagréables et presque impossibles à croire, des groupes d'étrangers braillards, ivres parfois et parfois violents, aux gestes incontrôlés et aux yeux hagards. D'abord, ils n'étaient plus vêtus de bure, et, selon les rapports, certains d'entre eux portaient des bijoux précieux, d'autres étaient armés, et chaque groupe de fidèles était suivi d'une bande d'hommes et de femmes de douteuse réputation. Le prince-évêque le sait : le voyage est une tentation et le mal est contagieux, les hommes et les femmes voyagent de conserve, le foin mis à côté de la braise prend feu. Le danger était grand que les pieux et les persévérants qui marchent en tête deviennent semblables à ceux de la queue, aux putains et aux voleurs. Que les bons bourgeois, et c'est arrivé aussi, d'après les rapports, se transforment durant ce grand chemin en goinfres et en débauchés, qu'un paysan solide ne respecte plus la propriété et que, selon les dires d'un dominicain, les femmes mariées et d'innocentes jeunes filles se transforment en des drôlesses criardes aux jupes retroussées. Le dernier pèlerinage à Kelmoraïn lui a valu la visite de la commission romaine dans son diocèse, avec toute une liasse de dénonciations, il les a toutes rejetées. Et les voilà de nouveau devant lui, les pèlerins de Kelmoraïn ! Ce souci, ce grand souci a été posé sur ses épaules, il porte toutes les responsabilités, celle des âmes et celle des lois, celle de l'honneur et de la gloire, celle du renom du diocèse, tout ; tout cela repose sur ses épaules, en aura-t-il la force ? Comme tous les autres – avec l'aide de Dieu, seulement avec l'aide de Dieu.

– Qu'ils entrent donc, qu'est-ce qu'on attend ? dit le prince-évêque.

Le secrétaire ouvrit la porte et un homme entra, grand et vêtu en bourgeois ; quelques paysans se frayèrent le chemin dans la salle, et enfin ils apportèrent sur un brancard une énorme femme, si large qu'ils avaient été obligés de la pousser par l'ouverture de la porte, elle et le brancard. L'homme de haute taille ôta son chapeau et tonna à en faire trembler les vitres :

Jesus cum Maria
Sit nobis in via.

Et il traversa la pièce à grand bruit pour venir embrasser l'anneau de l'évêque.

– Dieu vous entend, dit l'évêque, même si vous faites moins de bruit.

C'était par trop bruyant et embêtant, mais il ne put s'empêcher de penser : voilà une basse, c'est la voix qui nous manque à la cathédrale pour le *Te Deum*. La majesté du spectacle, les hautes croisées, le parquet lisse, les tableaux sur les murs, les statues, la grandeur de toute la scène avec l'évêque en perruque et son secrétaire, en perruque lui aussi, poussèrent à genoux les paysans. Je vous en prie, dit l'évêque indigné à la basse, si vous voulez être le chef des pèlerins, remettez votre perruque, et que votre dame se lève. Le puissant personnage se redressa et regarda, embarrassé, la perruque qu'il tenait à la main. Il ne comprenait pas comment elle s'était retrouvée là, il ne s'était pas rendu compte qu'il l'avait retirée de sa tête quand il avait ôté son chapeau, en signe de soumission. Je m'appelle Mihael Kumerdej, dit-il, confus, je suis marchand de Slovenj Gradec, cuir, vin, chevaux. Il la remit rapidement à sa place d'honneur. Une perruque inspire bien plus de respect sur la tête que dans la main. Il essaya de deviner dans le carreau derrière le dos de l'évêque si elle était bien à sa place. C'est Magdalenka, ma femme, dit le guide. Bien, bien, dit le prince-évêque. C'est bon d'être accompagné par son épouse pleine d'attention dans un tel voyage qui est source de nombreuses difficultés, pour ne pas dire de tentations. Mais davantage que de sa femme on a besoin d'avoir avec soi une foi solide et la prière. Il y en a qui l'oublient parfois durant le pèlerinage.

– Quand vous chanterez, dit-il, on vous entendra loin, pour la gloire de Dieu.

– Je n'ai pas beaucoup d'oreille, dit la basse de Mihael, en revanche je suis très pieux et très honnête.

La femme faisait de rapides signes d'acquiescement, les paysans serrés contre la porte confirmèrent aussi la grande piété de Mihael. Je m'y connais en affaires et en voyages, dit-il, dans les prix des hébergements, dans la location des voitures et des chevaux, je distingue les malades des bien portants, les gens honnêtes des escrocs, et les us et coutumes des pays étrangers. L'évêque demanda si le guide des pèlerins, le chef Mihael Kumerdej, avait pleinement conscience de sa responsabilité. Mihael grommela qu'il en était conscient, qu'il était bien conscient de ce grand honneur et de cette grande responsabilité. Les messieurs de sa suite, et il montra les paysans serrés contre la porte, peuvent confirmer qu'il connaît les routes et les gens d'ici jusqu'aux contrées septentrionales, jusqu'à la Prusse et jusqu'à la mer de glace. Magdalenka ajouta que Mihael était connu de tout le monde, dans chaque hospice, dans chaque auberge, et les paysans firent oui de la tête. Mihael commença à énumérer les auberges, à partir de Ljubljana, en passant par Beljak et jusqu'à Salzbourg et plus loin encore. Le prince-évêque leva le bras, il y avait par trop de bruit pour sa tête qui lui faisait mal, il laissa passer les noms de nombreux monastères et hospices, il réussit encore à saisir qu'il y avait quelque part, où donc, à Landshut, une auberge, là, c'est ça, l'auberge Au sang sacré. Au sanglier sacré, dit un paysan près de la porte, il n'arrivait pas à garder sa cruelle plaisanterie pour lui, ils s'esclaffèrent. Sang sacré, corrigea Mihael, *Heiligenblut* ; l'évêque laissa passer le tout.

Il fit signe à son secrétaire qui se pencha vers lui. L'évêque voulait savoir ce qu'il en était du soin des âmes de ces gens-là. Le secrétaire expliqua que le père Janez Demsar, le curé de Saint-Roch, partirait avec les pèlerins. C'est celui qui pense, se dit l'évêque, que le carême du printemps ne tombe pas au bon moment. Des prêtres de Styrie, de Carinthie et du Frioul se joindraient peut-être à eux.

Ils attendaient tous impatiemment ce que dirait l'évêque. Les bénirait-il déjà ? Il ne dit rien, le regard baissé, il pensa qu'il était toujours en proie à la fièvre et qu'il serait obligé de se remettre au lit. Si jamais ils partent, qu'ils s'en aillent au nom du Seigneur. Il se recouchera et priera afin que l'on ne lui envoie pas le visiteur apostolique après le pèlerinage.

– Prenez garde de ne pas envahir la Bavière et d'autres pays par là, comme des Turcs ou des sauterelles, dit-il ensuite. Il leur dit d'aller au nom du Seigneur. Qu'ils prennent garde à ce que tout se passe bien et qu'ils ne donnent pas lieu à des plaintes. Mihael Kumerdej entonna bruyamment un chant à la Vierge, le secrétaire l'arrêta, l'évêque se dit : C'est vrai qu'il n'a pas d'oreille. Bénédiction, dit le secrétaire. Bien sûr, dit l'évêque. Il joignit les mains, prononça une brève prière, puis étendit les bras et les leva pour les bénir, Magdalenka et les paysans tombèrent à genoux, le chef des pèlerins retira par mégarde sa perruque, les hommes costauds mirent du temps pour remettre Magdalenka, tout essoufflée, sur ses jambes.

L'évêque se tenait près de la fenêtre, les mains derrière le dos. À nouveau il contemplait la pluie qui continuait à faire sa dentelle dans le sombre jour devant l'évêché. Les portefaix étaient en train de fixer les tonneaux vides à l'aide de courroies et de cordes. Les vides sur la voiture, les pleins dans la cave, mais sans moi, le bon vin de Styrie de l'année est rentré sans ma présence, pensa-t-il. Il se dit qu'il pourrait peut-être quand même recevoir le pauvre Poljanec qui faisait les cent pas sous ses fenêtres – puisqu'il a reçu ce guide des pèlerins avec sa voix de basse à faire s'écrouler les murailles de Jéricho, alors il pourrait tout de même recevoir Poljanec, il a donné du bois pour Gornji Grad, il pourrait lui dire quelque bonne parole, il pourrait envoyer un chapelet à sa fille, pour le voyage. Mais bien des choses restaient à faire au prince-évêque. Il dicta une lettre pour Vienne, comme quoi il avait pris toutes les dispositions nécessaires pour que le pèlerinage se passe conformément aux lois des États habsbourgeois et de tous ceux que ses brebis traverseraient, puis il gagna péniblement la cathédrale et bénit le régiment de cavalerie au complet qui partait pour la guerre avec la Prusse. La guerre avec la Prusse, les frais, les impôts, les enterrements, les massacres, péché sur péché. Il bénit le régiment tout entier, il était obligé de le bénir, on ne lui pardonnerait jamais s'il ne le faisait pas, il l'a donc fait, même avec sa grande fièvre ; il se souvint du curé qui n'aimait pas le carême, que dirait donc là le père Janez de Saint-Roch : Que le diable emporte la guerre ! Puis il se signa et se repentit de l'avoir dit. Il devait encore signer quelques nominations et mutations, et en fin de compte il devait aussi manger et prendre du repos, il avait son bréviaire à lire, le soir, quand il jeta un regard par la fenêtre, il n'y avait plus de débardeurs, et lorsqu'il décida qu'il recevrait malgré l'heure tardive l'intendant de Windisch, Jozef Poljanec, sa silhouette sous la houppelande n'était plus sous ses fenêtres. Il le regretta à présent, car au fond il comprenait bien Poljanec : tout le monde a envie de s'en aller quelque part, et qui demeurera ici, Poljanec et le prince-évêque uniquement ? Il y a de moins en moins d'ordre et d'honneur, partout l'orgueil, de riches vêtements, le café, des tableaux et des bals et des concerts, le brigandage et la débauche dans les campagnes, et tout le monde voyage, en direction de Trieste et de Vienne, et plus loin encore, au-delà des mers et sur les continents, ils sont tous attirés quelque part, en pèlerinages ou en guerres ; pourtant quelqu'un sera bien obligé de rester là, de labourer les champs, de garder les brebis, resteront-ils seuls ici, et comment, ce Poljanec et le prince-évêque ? Mais que peut-il y changer, lui, au fond ? Qu'ils s'en aillent au nom du Seigneur, les pèlerins, que quelque chose emporte le Conseil aulique, que les régiments partent combattre les Prussiens, que le peuple superstitieux continue à vivre avec ses vampires et ses porcs qui se jettent dans les eaux, moi je m'en irai à Gornji Grad, j'y lirai des livres, je me promènerai et je parlerai aux arbres et aux cieux. Je ne dois pas avoir de telles pensées, se dit-il, elles sont mauvaises, c'est à cause de la fatigue. Car s'il y a quelque chose à interdire, alors qu'ils interdisent les guerres, le régiment qu'il vient de bénir n'a qu'à rester là, que les maris et les fiancés travaillent les champs, qu'ils manient les houes au lieu de fracasser les crânes, qu'ils roulent des tonneaux dans les caves, voilà un beau travail et bien plus utile que de tirer les canons des marécages. Qu'ils partent, les pèlerins, et Katarina, la fille de Poljanec aussi, si le cœur lui en dit, qu'ils aillent à Köln am Rhein, qui n'est qu'une station sur la route de la Jérusalem céleste où nous nous dirigeons tous.

C'est avec ces pensées que le prince-évêque de Ljubljana se coucha sous le baldaquin rouge orné d'anges joufflus et resplendissants de santé. Il voulait appeler son secrétaire afin qu'il lui apportât du café, car il avait l'intention de faire encore un peu de lecture, mais il savait que le maladroit allait l'arroser de café, c'est pourquoi il se décida pour le thé. Il renverserait le thé aussi, c'est vrai, mais les dégâts seraient moindres. Il tourna le regard vers le plafond en bois, vers les anges colorés, et avant d'avoir pu appeler son secrétaire pour lui commander le thé, son regard s'était si profondément attaché à ce ciel du baldaquin, avec tous ces angelots et ces trompettes dorées qu'au lieu de sonner le maladroit il se dit que les anges devraient être blancs, d'un blanc éclatant, comme chez Luc, chez Marc et chez Jean, aussi blancs que l'entendement de la Vérité divine est blanc et pur, ce qui représente sa vérité théologique originale, un jour on le citerait : d'après le prince-évêque de Ljubljana. Il sentit son cœur se réchauffer à cette idée, même les putti du ciel peints sur son baldaquin cessaient d'avoir ces désagréables joues rouges et rebondies, ils étaient blancs, comme devrait être blanc le ciel… ses pensées n'ont pas réussi à aller plus loin, il dormait déjà. Mais bientôt il commença à se retourner sur sa couche, dans son rêve il voyait tournoyer dangereusement autour de cette blancheur et de cette pureté son secrétaire avec une cafetière remplie de café noir qui s'agitait et clapotait dangereusement.

4

Le secrétaire de l'évêque essayait, avec des mots gentils, de persuader Jozef Poljanec, complètement gelé, de retourner à la maison, où les serviteurs, les champs et les animaux attendaient leur bon maître. Je n'irai nulle part, je ne bougerai pas d'ici tant que le grand seigneur du deuxième étage du palais épiscopal ne m'aura reçu. Et sa jument pie, nommée Lisa, restera attachée devant le porche, mangera son foin dans le sac et fera des crottes sur le trottoir mouillé devant le palais tant que l'évêque ne l'aura pas reçu. Le secrétaire leva les bras au ciel, qu'est-ce qu'il s'imagine, ce bonhomme, est-ce vraiment à son Excellence de persuader les gens de ne pas aller en pèlerinage ? L'Église a depuis toujours encouragé les gens à cette action si pieuse, même si elle est pleine de fatigues, de dangers, il s'agit de l'appel intérieur qui a touché une personne, qui a pris une telle décision. Et de toute façon, où cela nous mènerait-il si le prince-évêque devait user de persuasion devant une jeune femme, même si l'évêché lui est très reconnaissant pour le bois dont Poljanec avait fait don, et pour les bêtes de trait et pour le valet, ainsi la construction avançait plus rapidement. Mais c'est ma fille, s'écrie Poljanec, et le secrétaire, embarrassé, regarde autour de lui, ni l'évêque ni lui n'ont de fille pour comprendre ce genre de chose, des routes boueuses, la pluie, les auberges sales, les gens sans scrupule, la guerre contre les Prussiens. Le secrétaire se retourna et s'enfuit devant le criard pour se mettre à l'abri du palais, les portefaix qui avaient fini de rouler les tonneaux pleins dans la cave et de sortir les vides firent boire du *traminer* à Poljanec et finirent par l'emmener avec eux au *Kolovrat*, l'auberge près du palais épiscopal, le prince-évêque ouvrit le rideau et souffla d'aise de ne plus voir Poljanec, il a dû retrouver ses esprits devant sa porte.

L'auberge résonnait de rires, de chants et de cris, les clients tapaient des pieds et frappaient des cruches sur les tables, faisant déborder joyeusement le vin, ici on voyait les choses autrement qu'au palais épiscopal. Un homme vêtu d'un long manteau se tenait debout sur un banc, le vin coulait le long de sa barbe blanche, il venait de terminer une histoire et en entamait une autre.

– Quand j'étais à Padoue…, s'écria-t-il, puis il attendit que le calme revînt dans l'auditoire… Quand j'étais à Padoue, j'ai rencontré un jeune homme d'ici, il y faisait ses études.

Comme la salle n'avait toujours pas trouvé le silence, le conteur se tut, vexé, et redescendit du banc.

– Si vous ne voulez pas écouter, tant pis pour vous, dit-il d'un air suffisant, tant pis, et plus d'histoire.

De tous les côtés on protesta bruyamment qu'on voulait écouter, le vieux Tobija raconte les meilleures histoires, qu'il raconte, c'est là du vrai théâtre, et non pas les processions et les passions de toutes sortes. Le père Tobija ne se laissa pas prier, il aimait conter, il remonta sur le banc, laissa jouer son bâton au-dessus des têtes afin de couper court au vacarme, et le silence se fit.

– Donc, dit Tobija, il s'appelait Franc, Span de son nom de famille, et il est allé étudier à Padoue à l'Université. Et le valet Johan est allé lui rendre visite. Il demandait partout : notre Franc, est-ce qu'il est là ?

Les clients pouffèrent de rire.

– Pas la peine de rigoler, tonna Tobija, c'est une histoire triste.

– Enfin, ils ont quand même fini par se retrouver, continua-t-il. Franc lui demandait s'il y avait du nouveau à la maison. Oh non, rien de nouveau, dit Johan. Je suis seulement un peu fourbu, je suis venu à pied.

Là, Tobija se mit à jouer les deux personnages, Franc parlait du nez, d'une voix chantante et le valet Johan d'un ton tranchant, comme il avait l'habitude de parler avec les chevaux et les vaches.

Franc demande, étonné : Mais comment ?

Johan répond tristement : C'est que notre limonier a crevé.

Franc demande : Quel limonier ?

Johan dit : Tu ne t'en souviens plus ? Notre beau limonier.

Franc : Le cheval ?

Johan : Le cheval, oui. Tout est de la faute de notre Franca.

Franc : Quelle Franca ?

Johan : Comment, tu ne connais même plus ta sœur ? Tout est de sa faute.

Franc : Et tu dis qu'il n'y a rien de neuf. Pourquoi donc il a crevé, il avait une santé de cheval.

Johan : Il est mort étouffé.

Franc : Étouffé ?

Johan : La maison était en feu, alors il a été étouffé.

Franc : La maison était en feu ?

Johan : Oui, la maison a brûlé. Et l'étable aussi, une étincelle a sauté de la maison sur l'étable, à l'étable il y avait le limonier et il est mort étouffé. Et tout ça est la faute de cette malheureuse Franca.

Franc : Doux Jésus, la maison a brûlé, et pourquoi alors tu racontes qu'il n'y a rien de nouveau ? Comment elle a pu prendre feu, la maison, qu'est-ce qui s'est passé ?

Johan : Il y avait une bougie d'allumée, elle est tombée et la maison a pris feu.

Franc : Une bougie. Mais où elle était allumée ?

Johan : Près du lit du mort.

Franc : Près du lit du mort ? Mon Dieu !

Johan : Près du lit du mort, oui. C'est votre père qui était sur son lit de mort, et la bougie est tombée, la maison a pris feu, et l'étable aussi, à cause de la maison. On a sauvé votre père mais pas le limonier.

Franc : Et tu racontes qu'il n'y a rien de neuf... Que Dieu tout-puissant ait pitié de lui ! Mais qu'est-ce qui s'est passé pour que mon père soit sur son lit de mort ?

Johan : Il s'est battu à mort avec le voisin. À cause de Franca.

Franc : Sacrebleu ! À cause de Franca ?

Johan : Le voisin a dit que notre Franca a fauté. Notre maître s'est mis dans une grosse colère. Il a dit que Franca n'avait jamais fauté. Et il s'est battu à mort avec le voisin. Et votre mère avait tant de chagrin qu'elle a rendu l'âme. Que Dieu donne paix à son âme.

Franc : Ma mère aussi est morte !

Johan : Oui, votre mère est morte de chagrin, votre père s'est battu à mort, la maison a brûlé et le limonier a crevé.

Franc : Et notre Franca alors ?

Elle a vraiment fauté.

Le brouhaha reprit joyeusement parmi les convives de *Kolovrat*, ils ont aimé la représentation. Même les yeux tristes de Poljanec jetèrent un éclat. Il arrive aux gens des choses bien pires que ce qui arrive à l'intendant de Windisch de Dobrava avec sa fille agitée. Tobija, le vieux bonhomme barbu, à court de souffle, mais content de sa prestation, s'assit à côté de lui et lui dit qu'il venait de Ptuj, qu'il allait en pèlerinage, à Kelmoraïn. Poljanec se dit que lui aussi pourrait y aller, et pourquoi pas, si ce vieillard y va pourquoi pas lui. Il va rentrer et dire à Katarina qu'il irait lui aussi à Kelmoraïn, le domaine peut sombrer dans le désordre et faire faillite. S'il ne va pas à Kelmoraïn, il va s'engager dans les troupes de Laudon, Laudon est un grand soldat, il chevauchera avec Windisch jusqu'en Bohême et en Silésie, ils vaincront les Prussiens, vive Marie-Thérèse ! Là, il ne parlait plus seulement sous l'effet du vin de Styrie, mais également de celui de Vipava qu'ils se versaient avec Tobija et les débardeurs, il se levait parfois en titubant et menaçait du poing le palais épiscopal, il irait lui aussi et alors ils verront ce que c'est que d'éloigner sa fille du foyer familial, de la bénédiction de la maison et du havre de sécurité. Le vieux père Tobija se réjouissait d'avoir un compagnon, et ils versèrent encore du vin, et il dit à Poljanec et aux portefaix et à tous ceux qui voulaient l'entendre qu'il avait déjà participé à de nombreux pèlerinages, à Ptujska Gora et à Visarje, à Chenstochova chez la Vierge noire et à la Gospa Sveta en Carinthie, à Compostelle et bien sûr en Terre sainte, il est allé encore à bien des endroits, aussi à la bataille de Vienne ou les nôtres avaient battu les Turcs à plate couture. Ah non, ça ne tient pas, dit Poljanec, ça se passait il y a plus de cent ans. Ah bon, il n'aurait pas été là-bas, dit Tobija. Non seulement qu'il y était, mais de surcroît il y mettait des bûches sur le bûcher, ils ont brûlé trois mille, trois mille fils de diable qui n'iront jamais au ciel, comme n'y iront ni les juifs ni les luthériens ni les sorcières, ils les ont brûlés ; leur *Dies irae* et le feu de l'enfer, ils les ont eu sur cette terre, et même qu'ils ont nettoyé l'air autour de la ville chrétienne que toute cette impureté avait salie, mais avant que l'air ne soit pur, bien sûr que ça puait la chair des Turcs jusqu'à Prague et jusqu'à Trieste. Si c'est ça, dit Poljanec, alors il se peut que ce soit vrai, il arrive toutes sortes de choses bizarres sur terre, pourquoi un homme ne pourrait-il pas être âgé de cent ans et plus, même s'il n'en paraît que soixante. En tout cas, ça devait faire longtemps qu'il foulait le sol, son savoir n'était pas du pipi de chat si était vrai ce qu'il venait d'expliquer aux gens, ce patriarche de Ptuj, autrement dit qu'il s'était écoulé justement cette année cinq mille sept cent cinquante-cinq ans depuis que Dieu avait créé le monde, quatre mille et cent ans depuis le Déluge, mille trois cent soixante ans depuis le partage de l'Empire romain, que l'on utilise la poudre depuis quatre cent treize ans, qu'on fabrique des livres depuis trois cent quinze ans ; il s'est passé deux cent quarante-huit ans depuis que Luther avait commencé à falsifier la foi, et cent quarante depuis qu'on avait apporté le café en Europe, cela fait quinze ans que la maison de Habsbourg-Lorraine règne sur nos pays, vive l'auguste impératrice Marie-Thérèse. L'auberge de Kolovrat résonnait de toasts et de cris jusque sous les fenêtres de l'évêché, sous le baldaquin épiscopal, sous le ciel de l'évêque. On a bu à la santé de Marie-Thérèse, du général Laudon qui marchera sur la Silésie, la Silésie ! grande et riche province qui appartient à notre impératrice, du lieutenant Windisch qui avait étudié l'hydraulique et la géométrie à Wiener Neustadt pour pouvoir faire éclater les caboches prussiennes, à Frédéric de Prusse, ce voleur de terres, on n'a pas bu à sa santé, mais à celle du vieillard vénérable Tobija qui avait vu tant de choses et de pays, et également à Jozef Poljanec qui laisserait le domaine pour aller à Kelmoraïn, même à l'homme solitaire assis dans le coin et dont on dit qu'il avait été missionnaire chez les Peaux-Rouges, sauf au prince-évêque, non, pas à lui, il ne voulait pas me recevoir, je lui avais offert le bois et le transport et il n'a pas voulu me recevoir.

Vers le matin, le jour poignait déjà, il eut du mal à atteler ses chevaux qui l'attendaient depuis deux jours dans les étables de l'auberge, il alla prendre encore sa jument Lisa, toujours attachée près du porche de l'évêché et que l'on avait laissée là simplement parce que Jozef Poljanec était un grand bienfaiteur de la maison ; il attacha Lisa à son chariot et, le cœur pesant de vin et de difficile résolution, il mit le cap avec le tout sur Dobrava, s'endormit à mi-chemin, et ses bons percherons trouvèrent seuls le chemin de la maison. Les valets, frappés d'étonnement, car ils n'avaient jamais vu Poljanec dans un état pareil, descendirent leur maître du chariot, entre autres travaux du matin, l'écoutant avec effroi marmonner sa colère contre Laudon, son général, contre les Turcs et les évêques que l'on avait brûlés devant Vienne, trois mille évêques de Ljubljana et plein d'autres, tous sur le bûcher qu'on pouvait voir jusqu'à Trieste et jusqu'à Prague. Lorsqu'il se réveilla au milieu de l'après-midi, il se rappela avec horreur qu'il se souvenait de peu de choses, même pas de sa difficile décision, de rien en dehors d'un prophète biblique qui avait cité une grande quantité de chiffres à propos de la Création du monde et d'autres choses encore, mais il se rappela aussi quelque chose de pire, à savoir que sa fille Katarina partirait irrévocablement et qu'il ne pouvait rien faire contre. Il frappa à sa porte et elle sut ce qu'il allait dire. Il dit, c'était la dernière tentative, tu as réfléchi à ce qu'aurait dit ta mère, ma femme ? Sa fille, qu'il craignait un peu, ne répondit rien, il décida qu'il monterait à Saint-Roch, là où gisait sa femme Neza, son Agnès, son agneau de Dieu, il ne la craignait pas, elle, même quand elle était encore en vie, parfois il parle avec elle là-haut, le 21 février, à la Sainte-Agnès, même par le pire des hivers, il allume un cierge, le feu, la flamme du cierge est le lien entre elle et lui, entre l'autre monde et celui-ci, entre le ciel et la terre. C'est ça, il monterait au cimetière, que sa défunte Neza, qu'Agnès l'âme de Neza demande à la Sainte Vierge de prier son Fils, que celui-ci dise à son Père Très-Haut que sa fille Katarina doit rester à la maison. Qu'après la décision du Très-Haut le ciel tout entier la préserve de ce long et dangereux voyage.

Aucune idée meilleure ne lui vient à l'esprit, peut-être qu'un miracle allait se produire là-haut qui préserverait sa fille du grand égarement, si même l'évêque ne peut plus rien pour lui, peut-être elle, sa femme, lui donnerait un conseil capable d'éclairer sa tête toujours douloureuse et troublée par le vin de la veille, il se peut que les prières au ciel réussissent à trouver une autre solution. Il grimpait par l'étroit raccourci en direction de l'église tout en haut, entourée de son cimetière, le regard implorant tourné vers le clocher et vers le ciel pour qu'une solution soit prise qui empêcherait Katarina au dernier moment de partir pour ce long et dangereux voyage. Le chemin était glissant, quelques flocons étaient tombés entre la pluie, il se pressait, les yeux en fièvre et le cœur battant et soudain quelque chose éclata dans sa tête, c'était un bruit sourd, et un éclair se fit devant ses yeux et il tomba dans la boue mêlée de neige. Il se tâta la tête, un filet de sang noir glissait de sous son bonnet à poil, il s'est passé quelque chose, pensa-t-il, quelque chose m'est tombé sur la tête. Il s'essuya à la hâte, jeta un regard alentour, sa tête était soudain claire, le brouillard avait complètement disparu, il comprit tout : une branche morte et mouillée lui était tombée dessus, juste sur sa tête, en fait une branche sèche-mouillée, c'est ce qu'il put constater par la suite. Sèche, parce que le long automne et l'hiver l'avaient desséchée, et mouillée par la neige qui venait de tomber, il comprit pourquoi elle s'était détachée, à nouveau il était le vieux Poljanec qui comprend la nature autour de lui, il comprenait et sentait mieux encore le grand poids de la branche lorsqu'elle a touché sa tête. Et en regardant là-haut, vers le clocher, vers le cimetière où elle reposait, et vers le ciel où était son âme, et du côté du hêtre aussi sous lequel il était assis, il comprit soudain que tout, tout était un signe du ciel, il est venu du haut du grand arbre.

On ne pouvait pas aller contre un signe aussi clair. C'était pire que l'évêque, plus dur aussi. Qu'elle parte en pèlerinage, qu'il arrive ce qui doit arriver, que la volonté de Dieu soit faite, elle doit se faire, il vient d'en être averti : reste assis sous la BÉNÉDICTION DU FOYER, la tête bandée, Poljanec, réjouis-toi de voir que ton limonier ne crève pas et que ta maison ne soit pas en feu. Et laisse ton enfant, qui a presque la trentaine, laisse la jeune fille aller son chemin.

5

Katarina allait son chemin, elle y serait allée même si le gros hêtre n'avait pas envoyé ce message à son père, elle ne voulait pas que son père l'emmenât jusqu'au premier point de rassemblement près de Loka, elle irait toute seule, le pèlerinage commence à cet instant, depuis Dobrava et jusqu'à Kelmoraïn et Aachen, par-dessus les hautes montagnes et loin vers le nord, en fait vers le couchant, vers un grand fleuve et à travers les grandes villes allemands, vers le Coffret d'or des Trois Sages, là où tout se résoudra, absolument tout, où tout sera pardonné, tout oublié, où étincellent des coupoles d'or, où il ne demeurera que la beauté du souvenir, sans amertume aucune, sans crainte devant l'avenir, sans solitude.

Elle passa la nuit entière à remplir son sac de voyage, pour le vider de nouveau, que peut-on donc prendre pour un tel voyage ? Elle n'avait pas beaucoup dormi non plus, car son père avait disparu, peut-être pour aller chez sa sœur à Ljubljana, il espérait toujours qu'il la fléchirait, la veille il avait traîné, sombre, toute la journée, puis elle l'avait vu atteler les chevaux, elle était descendue pour l'arrêter, il ne lui avait pas même jeté un regard, il avait frappé du fouet et fait avancer la voiture avec une telle force que le valet qui tenait le licol eut de la peine à s'écarter. Elle revint dans sa chambre et se mit à jeter ses robes dans le sac, elle vida tout et recommença. La jupe de drap et celle de toile pour les jours plus chauds, elle mettrait sur elle celle en laine, elle prendrait son manteau court en velours, à doublure en flanelle, un bonnet de laine, quelques fichus, plusieurs jupons de toile, un en brocart, quelques aunes de toile fine, le fichu de soie qu'elle avait déjà porté, afin que Windisch la remarque, il ne voyait que ses propres foulards, en soie et en satin, des chaussures en cuir solide pour la route et une autre paire en cuir travaillé dans le sac, elle peut se retrouver dans des circonstances où il serait bon de les chausser, des thalers et des kreuzers qui s'étaient accumulés dans son armoire, en vue du jour où elle en aurait besoin. Elle prit sa trousse de couture, du savon, des peignes, des épingles et des rubans pour les cheveux, de la viande séchée et une gourde d'eau, le chapelet de sa mère, le catéchisme et le livre de prières pour l'âme, Katarina était une femme pratique, elle prévoyait tout, calculait tout.

Elle ne souhaitait plus rien d'autre à présent que de calmer son père et de partir au plus vite, avant de voir une larme dans ses yeux, avant les pleurs des servantes et les aboiements d'Aron qui se transformeraient en un hurlement de tristesse lorsqu'elle aurait disparu, lorsqu'elle ne serait plus là.

Elle connaissait le chemin, ce qui ne l'empêchait pas de craindre sans cesse de se perdre ou de tomber sur des gens hostiles qui ne manquent nulle part de nos jours, ou de se retrouver devant des juges sévères que l'on trouve partout, car ils surveillent tout, d'après les instructions de sa majesté l'impératrice Marie-Thérèse, surtout les femmes, leur moralité. Il l'avait dit clairement, le père Janez Demsar, il parlait à son père, et elle avait très bien entendu : Notre impératrice Marie-Thérèse a promulgué une patente contre les vêtements déshonorants, indécents, inconvenants et frivoles, une patente qui interdit les jupes courtes aux femmes de la vallée de Zila. Celle qui ne se soumettrait pas devra être punie par une journée de prison, au pain et à l'eau, et dans le cas de récidive elle devra être exposée au pilori, en exemple pour les autres. Mais elle s'est également montrée magnanime, car elle est une impératrice généreuse, elle avait précisé que les femmes qui ne pouvaient pas s'acheter de jupes plus longues à leurs frais, pouvaient rallonger aux frais de l'État leurs robes et élargir leurs corsages. De sorte que les vêtements ne découvrent pas outre mesure le haut du corps et couvrent les cuisses provocantes et les mollets aussi. À l'idée d'une femme au pilori le cœur de Katarina se serra, soudain elle se sentit elle aussi totalement sans protection, car elle ignorait où elle se retrouverait le lendemain, tout n'était déjà qu'angoisse. Son cœur se serrait réellement quand elle pensait à son père. Il est resté seul. Elle s'arrêta plusieurs fois, fit déjà demi-tour. Mais à l'idée du pilori, à l'idée de ne même pas atteindre Loka, ce qui serait déjà une véritable mise au pilori, le gros rire de son frère, le sourire moqueur de sa sœur, les moqueries cachées des domestiques et des paysans, les moqueries jusqu'à la fin de ses jours, en pensant à tout cela elle serra les dents et continua. Elle cherchait à marcher à la lisière des bois. Elle évitait les localités habitées tout comme les maisons solitaires. Elle n'osait s'aventurer davantage dans le fond sombre de la forêt. Malgré tout il lui arrivait de s'approcher trop d'une maison et de provoquer des aboiements furieux du chien. En pensant à Aron, couché des jours entiers devant sa porte, attendant tous les jours son retour, elle eut le cœur lourd. C'est cela peut-être qui lui pesait le plus. Elle reviendra, certes. Elle sera toute transformée et la vie sera différente. Elle ne sait pas encore quelle différence il y aura, mais elle ne peut plus être comme jusqu'à présent. Il y a, il doit y avoir quelque chose qui pousse tous ces gens, quelque chose de semblable à ce qui est en elle, la volonté d'être quelqu'un d'autre, toujours elle et en même temps une autre Katarina, plus jamais celle qui peut aller tout au plus jusqu'à

Ljubljana, c'est le maximum, où elle trottinerait à la procession de la Vierge du rosaire ou à Loka pour la Passion de vendredi saint, elle n'était plus la petite fille chez les ursulines jouant le rôle du berger sur lequel se penchait l'horrible Hérode. Elle avait ri, la couronne d'Hérode est tombée, sois sérieuse, avait dit son père, la vie ce n'est pas un jeu, et si elle l'était, dit-elle, non, dit-il, si, dit-elle, dans le jeu il y a aussi le sérieux, alors que dans le sérieux il n'y a jamais de jeu ; ton intelligence te mènera loin, toi, dit son père, et à présent elle la mène loin, très loin, et de toute façon elle n'est plus la même Katarina que celle qui se tient près de la fenêtre et guette dans la cour un certain Windisch qui vient juste de poudrer sa perruque d'excellence, le paon qui marche et se pavane avec sa voix rauque à Dobrava ; elle sait parfaitement que cela arrivera, un grand changement dans sa vie, même si elle n'en conçoit pas la dimension, même pas en rêve. Les pèlerins qui revenaient de leur grand tour étaient différents, mystérieux, dans leurs yeux brillaient les coupoles des villes lointaines, les reflets d'immenses fleuves, les expériences vécues des jours et des nuits, des autels, et toutes ces choses avaient marqué leur âme d'un viatique pour la vie d'ici-bas et pour le royaume des cieux, ils étaient des êtres différents désormais. Elle aussi sera un être différent. Lorsque à l'aube elle rencontra le premier groupe de pèlerins elle tira le fichu sur son front, presque sur ses yeux, Katarina était une jeune fille pudique, une femme presque, mais tout de même une jeune fille encore.

En ces temps les gens n'étaient pas très pudiques, même les femmes des milieux élevés poussaient souvent des jurons, une parole déshonorante échappa le matin même au prince-évêque, ce qui ne veut pas dire que Katarina n'était pas pudique, elle l'était. À l'idée que l'on pourrait la mettre au pilori pour une jupe trop courte, comme on le fait dans la vallée de la Zila, le rouge lui vint au visage. La rougeur recouvrit également ses pensées lorsqu'elle réfléchit à la façon dont cela allait se passer pendant ces voyages avec ces matières qui viennent du corps, avec l'eau plusieurs fois par jour, avec les selles une fois par jour et avec le sang tous les mois, à vrai dire, de tout ce qui était lié au grand voyage, c'est cela qu'elle craignait le plus, davantage que les brigands et les guerres, les inondations et les tremblements de terre. Son corps lui faisait peur, sa désagréable et traîtresse saleté qui nous rabaisse au point de nous rendre semblable à l'animal, qui met surtout la femme dans un embarras particulier et qui la met dans une position inférieure à l'homme, passible de moquerie, qui la met sans cesse dans la position où on l'attend avec de grasses plaisanteries. Se trouver au milieu de cette multitude de gens avec ses besoins et ses embarras, c'est le pire qui puisse arriver, si elle devait, devant les autres, même si ce n'était que devant les femmes… il lui était impossible de l'imaginer même. Cependant, il fallait bientôt y penser, après son arrivée au lieu du grand rassemblement près de Skofja Loka. Elle regardait autour d'elle, entre les chariots, les gens et les chevaux, elle se dit qu'elle pourrait s'en enquérir à l'endroit où on inscrivait les pèlerins, là où régnait de sa voix puissante le guide des pèlerins, le chef avec ses aides, mais elle ne posa pas la question, bien sûr. Elle se dirigea vers le bois, lentement et toute honteuse, comme si elle faisait quelque chose de déshonorant, comme si elle avait dérobé l'ostensoir d'or à l'église, elle avait déjà fait souvent dans la forêt et même aux champs, mais ici il y a soudain tant de gens, tant d'hommes, jeunes et vieux, paysans et bourgeois, bruyants, grossiers, toujours prêts à rigoler ou à injurier. Et lorsqu'elle s'accroupit et souleva ses jupes, elle tressaillit, elle vit du coin de l'œil que quelqu'un l'observait, jamais plus elle ne se trouverait seule dans sa chambre durant ce voyage, il y aura toujours quelqu'un qui la regardera, il est vrai qu'elle n'avait pas pensé suffisamment à cette chose-là, elle n'osa pas vérifier qui la fixait du regard. Elle était femme, même seule dans la forêt, la jupe retroussée et le derrière blanc qui luisait dans la forêt, voilà l'air que je dois avoir, c'est terrible, se dit Katarina, terrible. Ce n'est rien, dit l'autre femme, elle s'appelait Amalija, toutes les femmes ont peur de ces choses, je vais t'expliquer, en route les hommes vont dans la forêt du côté droit et les femmes du côté gauche, on trouve de l'eau pour se laver à l'hospice, il y en a un peu dans les tonneaux sur les chariots, j'ai déjà fait un pèlerinage, n'aie pas peur, comment tu t'appelles ? Katarina ? moi c'est Amalija, maintenant on se connaît.

On ne sait guère comment Katarina se représentait la chose, mais elle n'imaginait certainement pas qu'elle serait soudain là, debout avec son sac dans une foule de gens, des paysans aux chapeaux à larges bords et bottes hautes, des bourgeois en vêtements de velours, des gens familiarisés avec la pauvreté et d'autres qui vivaient dans l'opulence, des maigres comme des clous et des gros visages rubiconds, tout était rassemblé là, la santé et la maladie, des voitures, des cris, la puanteur du crottin de cheval et de la viande qui mitonnait dans les marmites, elle s'est retrouvée au milieu de cette foule, de ce troupeau, de cette multitude de corps qui allait deçà delà, qui se frayait son chemin dans la boue, grimpait sur les charrois, on ne sait pas comment Katarina se représentait ce voyage vers le Reliquaire d'or, certainement avec moins de boue et moins de puanteur, et comme toutes les filles qui n'écoutent pas les avertissements de leur père elle aura à subir dans sa propre chair ce que sont les intempéries et la puanteur des hommes et des animaux, décidée quoi qu'il arrive à poursuivre sa route, bien que ne sachant pas, soudain, où la vie la conduisait, depuis cette boue vers la beauté lointaine qui irradie de cette ville au nom merveilleux : Kelmoraïn. On sait ce que sa sœur lui avait dit : c'est toi qui l'as cherché ; on sait ce qu'a dit son frère : tu veux toujours n'en faire qu'à ta tête ; et son père : reviens, Katarina, tu sais ce que dirait Neza, il est temps encore, reviens. Amalija rit, elle n'a pas le cœur lourd, elle se réjouit du voyage, elle est prête à offrir son aide. Katarina elle aussi finit par rire, en compagnie d'Amalija tout devient plus facile. Amalija a bon cœur, elle aide les malades, ceux qui voyagent sur le char à bancs avec leurs béquilles et leurs cannes. Chacun connaît quelque femme de cette espèce, on n'a aucun mal à l'imaginer : elle n'a pas d'yeux bleus et pas davantage d'yeux noirs, elle n'est ni rousse ni séductrice, ses cheveux sont de blé, un peu bouclés, volant un peu au vent, sa voix est mûre, elle n'est ni trop grosse ni trop maigre, elle est faite de telle façon que Katarina s'entend tout de suite avec elle, elle l'aidera. Amalija aime lorgner du côté des jeunes gens, puis elle se tourne vers Katarina et dit : Ne regarde pas, comme si c'était elle, Katarina, qui regardait, et non Amalija, Ne regarde pas, *Dieu voit tout, Dieu sait tout, ne feras péché du tout.*

On chargeait sur les chariots des barriques et des paquets, on les attachait solidement avec des cordes, on arrimait le grand Crucifix qu'ils feraient entrer par les portes des villes et des églises allemandes à la force des bras, ils le poseraient devant des autels d'or, leur Crucifié slovène en bois, ils chargeaient des gonfalons avec leurs anciens saints de Carniole, saint Primoz et saint Christophe, saint Sébastien et sainte Rosalie, saint Roch et saint Martin, des baldaquins et des habits de messe, des ciboires et des ostensoirs, ils chargeaient des outils et même quelques armes, des fusils et des sabres, un tonneau de vin et un tonneau de poudre, leurs baluchons et leurs bissacs de pèlerins, afin de ne pas avoir à les porter, de grosses couvertures en poil et des bâches de toile enroulées, de la nourriture pour les chevaux et pour les humains, des rouleaux de grosse corde pour, en cas de nécessité, tirer les voitures embourbées, toute la grande foule était en mouvement, tout était répertorié et préparé scrupuleusement, il fallait savoir qui voyage et d'où il vient, toute cette foule devait manger, boire, dormir, avancer. La majorité voyagera à pied, certains à cheval, les malades et les affaiblis sur les chariots. Deux chariots étaient occupés par les pèlerins avec des béquilles et des bandages, des boiteux et des bigleux, des gens qui avaient des mâchoires proéminentes et d'autres avec la bave sur le menton, des pèlerins aux bras mutilés ou manchots, tels de naissance ou de maladie, c'est eux qui connaissaient le mieux la raison de leur voyage à Kelmoraïn, pour à la fin prendre place, tout au bout de leur chemin de Kelmoraïn, au bout du chemin de leur vie, à la droite du Père.

Katarina était allée à de nombreuses foires et à de nombreuses messes, elle avait été au théâtre à Ljubljana, elle avait vu le jeu de la *Passion de Pâques*[3] à Skofja Loka, mais elle n'avait encore jamais vu une chose pareille. Parce que, peut-être, c'étaient ses yeux d'enfant qui avaient regardé *Judith*, la représentation de la Passion au théâtre, simplement ses yeux pleins de curiosité, mais tout cela ne lui arrivait pas à elle. Ce qu'il y avait là était soudain une partie de sa vie, tous ces hommes et toutes ces femmes, ceux en bonne santé qui discutaient joyeusement et ceux sur les chariots avec leur mauvaise humeur, tout cela était soudain une partie de sa vie, ce n'était pas une représentation, son père n'était pas à ses côtés, ni sa sœur ni Aron, personne hormis Amalija, dont elle venait de faire la connaissance et qu'elle voyait en train de plaisanter avec

3. Processions imitant la Passion du Christ, organisées durant le carême, connues également en Belgique ou en Alsace et ailleurs. Le texte-trame du célèbre jeu de la Passion de Skofja Loka datant du début du XVIIIe siècle a été écrit et sauvegardé jusqu'à nos jours. Depuis la chute du communisme cette petite ville médiévale a d'ailleurs repris ces représentations, essentiellement comme attraction touristique.

les palefreniers. Ces palefreniers qui tapotent les grosses croupes de leurs chevaux et frappent de leurs fouets contre leurs bottes. Puis les cochers dessinent des signes de croix sur la route devant les chevaux, le conducteur du premier chariot dessine trois grosses croix afin que des mauvais esprits et des sorcières ne se mettent pas sous leurs pattes durant la nuit, afin qu'un lièvre ou un chat noir ne provoque un accident en traversant la route, ils dessinent trois croix derrière le dernier chariot afin que quelque malin être ne vînt y rôder, et derrière chaque chariot individuellement, derrière chaque cheval et chaque mulet, afin de les préserver de la male influence de quelque invisible sorcière allemande, que les perce-oreilles ne les rattrapent par-derrière, tous se mettent sous la protection de saint Christophe, ils jettent un coup d'œil à son image sur le mur de l'église afin de ne pas trépasser en ce jour, ils se mettent sous la protection de ce bon saint Christophe afin qu'il les guide entre les dangers, par-dessus les fleuves en crue, tout comme il avait porté l'Enfant Jésus, comme on le voit sur la fresque qui décore de nombreuses églises paroissiales afin qu'ils puissent la voir jour après jour, car celui qui a vu saint Christophe ne mourra pas le jour où il l'a vu, ce qui est déjà quelque chose et ça vaut la peine de lui jeter un coup d'œil ; ils recommandent leur vie à saint Valentin et chacun à son propre saint patron et la grande procession se met en branle, partons, en route pour Kelmoraïn !

Ils s'ébranlèrent de la terre, avec leurs jambes, ils arrachèrent les racines de leurs pieds, ils se firent mouvement avec les roues de leurs chariots, avec les sabots de leurs chevaux ; ils étaient sur terre, en cette immense cathédrale, entre les autels des monts et les fenêtres du ciel, entre les champs de fleurs et les blanches crêtes, les pieds sur la terre et les cœurs là-haut, très haut, là où, dans l'azur bleu, là où entre les îles blanches voguaient de grands fantômes, des animaux aux longs cous, des dragons, là où se cachait la bête féroce de Babylone, comme à l'affût, pour se précipiter sur les gens en voyage. Sur les pèlerins, qui ont pris le large avec leurs chariots, navires fragiles pour atteindre la haute mer, la mer grosse, sans avoir pris la longitude et la latitude du ciel, qui avec leurs peurs s'enfonçaient et s'égaraient dans les lointains brumeux du Grand Continent.

6

La rumeur des sabots des chevaux faisait trembler le pont. Les poutres gémissaient et les épaisses planches ployaient sous le poids de chevaux puissants et de leurs pesants cavaliers. Une unité de l'armée autrichienne faisait résonner le pont sur une rivière de Carinthie dont il ignorait le nom et se dirigeait vers le nord, vers le lieu où se déroulerait la guerre, où les cavaliers du matin se heurteraient bientôt à la dangereuse cavalerie prussienne, s'approcheraient de ses canons au tir précis et terrible et finiraient par se trouver nez à nez avec l'infanterie prussienne encore plus terrifiante. Baigné de la lueur de l'aube, Simon Lovrenc se tenait devant le pont, après une nuit blanche, après une marche par-dessus les monts de Carniole et de Carinthie, et attendait que les lourds fantômes du matin, avec leurs étendards bariolés au-dessus de la tête, avec les officiers aux chapeaux ornés de plumes aient atteint avec leur vacarme l'autre rive. Soudain, sous le poids d'un souvenir, il baissa la tête, il ne voulait plus voir de soldats du tout, il ne voulait plus penser aux soldats qu'il avait vus de près et de loin. *Bandeirantes*, se dit-il, tout en sentant l'amertume lui venir à la bouche, la bile jaune du désespoir impuissant remonter de son estomac, de son foie, d'un endroit douloureux sous les côtes, *bandeirantes*, qui piétinent la terre rouge de la plaine sur le lointain continent, les cavaliers portugais sauvages dans leur chevauchée impitoyable à travers les missions, à travers sa vie d'autrefois, *bandeirantes*, porteurs de rapine, de meurtre, de viols indécents, piétineurs de la terre rouge et anéantisseurs du travail séculaire de la Société de Jésus.

Il les regardait disparaître par le chemin de la forêt puis monter vers un endroit où tout semblait couler, des armées et des pèlerins, vers le nord, par-dessus la grosse panse du continent européen, des soldats à cheval en route pour la gloire, l'argent et la mort, leur propre gloire et la mort prussienne, la funèbre procession des pèlerins sur le chemin de la quête, de la purification et de la vie éternelle. Les cavaliers disparurent et Simon Lovrenc reprit son sac de voyage en cuir afin de poursuivre dans la lumière de l'aube sa route soudain interrompue. Mais lorsqu'il voulut aborder le pont, un groupe de cavaliers, lent et compact, s'avançait, se mêlant aux chariots et aux gros canons tirés par des carnes épaisses qui se traînaient en balançant la tête d'un mouvement monotone. En tête de la colonne désordonnée se mouvait une puissante apparition, un pacifique cheval noir à la tête droite et à la large croupe, et dessus, nez en l'air, un cavalier encore plus puissant, chamarré de rubans de soie et de fourragères, des crosses de pistolets en argent au ceinturon, chapeau noir surmonté de plumes blanches, enfoncé sur les yeux qui observaient de leur hauteur le monde en bas. Par un ordre sec, cette grande apparition de commandement matinal arrêta Simon Lovrenc devant le pont.

– Écarte-toi, bonhomme, si tu ne veux pas te trouver sous les sabots ou sous les roues de mes canons.

Simon Lovrenc ne sut comment s'écarter encore, il était déjà en dehors du chemin et du pont. Il fit tout de même un pas en arrière, dans l'herbe haute et désagréablement mouillée, il n'avait aucune envie de se disputer par un matin si fatigué avec l'officier assis là-haut, la tête sous les nuages et le visage entouré d'une perruque blanche, des plumes blanches se balançaient doucement au-dessus du chapeau à larges bords, il ne cherchait que l'occasion pour faire preuve de sa puissance devant le voyageur, de lâcher les chiens de fer et les roues de ses canons sur lui. Il s'écarta, en fin de compte ce n'étaient pas des *bandeirantes*, ce n'était pas sa guerre, qu'ils chevauchent avec leurs canons où bon leur semble, il ne se mettrait pas sur leur chemin, il recula d'un pas, dans l'herbe mouillée. Cela mit leur commandant presque de bonne humeur, le soldat comprend bien ce que reculer veut dire, on est tout près de savourer la victoire, on sent déjà la victoire. Un sourire traversa son beau visage, il mit adroitement pied à terre et retira lentement ses énormes gants. Il alla sur le pont, scruta les poutres et s'assura de leur solidité à l'aide de ses bottes.

– Ça tiendra, dit-il en direction de l'armée qui approchait, en tout cas pas à l'homme qui se tenait dans l'herbe mouillée. Bien que les dernières paroles lui fussent probablement destinées, lui le piéton solitaire, c'est du moins l'impression qu'eut Simon Lovrenc car personne en dehors de lui ne pouvait l'entendre.

– Ils sont lourds, messieurs, les mortiers de l'artillerie lourde de notre impératrice Marie-Thérèse.

C'est pourquoi le voyageur dans l'herbe jugea opportun de dire quelque chose.

– Vous allez loin, très haut seigneur ? dit-il d'une voix affable et joyeuse.

Cette question, ou peut-être le ton joyeux qui l'accompagnait, mit soudain en colère le haut seigneur.

– Qui es-tu donc pour te permettre de me poser des questions, à moi, s'écria-t-il, depuis quand sommes-nous amis pour discuter ici de la direction que prend l'armée impériale, est-ce que nous avons par hasard gardé les vaches ensemble ?

L'idée qu'il pouvait exister une possibilité qu'il ait jamais gardé les vaches, en plus avec cet homme bayant aux corneilles tandis qu'il vérifiait avec ses solides bottes militaires et toute sa responsabilité d'officier la solidité du pont, tout cela ne fit qu'augmenter sa rage. Le sang inonda son visage. Les cavaliers à la tête de la colonne, en entendant les cris, éperonnèrent leurs montures et approchèrent au petit galop. Eux aussi étaient ceints de soie et sur leurs chapeaux flottaient également des huppes blanches, des crosses de pistolets en argent brillaient à leurs ceinturons.

– De quel droit me poses-tu des questions, tu es un espion prussien ou quoi ? Il tourna la tête pour s'assurer que ses camarades l'écoutaient, et lorsqu'il vit que c'était le cas et qu'eux aussi avaient envie de rire, il poursuivit, radieux.

– Et toi, on t'a demandé, s'écria-t-il, on t'a demandé où tu as l'intention d'aller, au cul d'une vache ou ailleurs ?

Les officiers s'esclaffèrent. Ils ne savaient pas bien pour quelle raison, mais ils aimaient toujours rire.

– Débarrasse-moi le chemin, benêt de mouton, s'écria le commandant de sa voix rauque de militaire, et il se mit à rire lui aussi. Cela lui parut drôle de dire à celui qui était déjà dans l'herbe mouillée de débarrasser la route, et tout particulièrement parce que dans l'herbe haute il écarquillait des yeux étonnés comme ceux d'un mouton. Il remonta sur son cheval, visiblement satisfait de l'absence de réponse du mouton.

– Sinon, ajouta-t-il, le visage toujours écarlate, sinon le lieutenant Windisch te poussera dans l'eau avec sa cravache. Espèce de hongre…

Effectivement, il tira sa cravache de sous la selle. *Bandeirantes*, pensa Simon Lovrenc, ils rient à gorge déployée… si seulement cet emplumé fait jouer son fouet, je le tire de son cheval et Dieu me pardonne, je le trempe dans la rivière avec tout son plumage. Le rire sonore des officiers l'avait troublé, la colère le submergea. Il pensa au couteau qu'il avait dans son sac, au poignard qui ne sert pas uniquement à couper le pain. Les yeux, soudain injectés de rage sanguinaire, fixaient le cou du lieutenant, le foulard de soie sous le beau visage, la pointe du poignard scintilla devant ses yeux, le cou, le visage d'un soldat portugais, que Dieu lui pardonne une telle pensée. Il s'écarta à reculons, trébucha, faillit tomber, réussit de justesse à se rattraper et s'en fut vers la lisière du bois, c'est la fuite, se dit-il, je fuis de nouveau.

– La queue entre les pattes, s'écria le lieutenant Windisch à sa suite, chien de benêt de mouton. Il n'a aucun honneur, dit-il à ses officiers, un homme doit avoir son honneur, l'honneur, c'est le visage du soldat, un homme sans honneur est un homme sans visage.

Les officiers ricanaient gaillardement lorsque Windisch fit claquer son fouet en faisant faire demi-tour à son cheval sur le pont. Il était content, il n'en voulait pas davantage, même si un peu plus tôt il s'était demandé s'il n'allait pas faire tremper un peu le benêt de mouton dans la rivière, avec son havresac. Entre-temps, de nombreux soldats affluèrent sur le pont, les attelages, les lourds canons poussaient en avant, légèrement inclinés vers le bas, vers le petit cours d'eau et vers le lieu de passage.

Depuis la lisière du bois, Simon suivait du regard les soldats en train de pousser de grands cris pour faire traverser le petit pont en bois aux chariots et aux canons. Sur le moment il souhaita voir le pont céder sous les mortiers lourds de l'impératrice Marie-Thérèse et avec les mortiers roulerait en bas le lieutenant Windisch, il a retenu son nom, à tout jamais. Comme il avait souhaité voir autrefois la terre rouge des missions, gorgée de longues pluies, aspirer dans sa boue les cavaliers portugais, il souhaitait que les anges ordonnent à cette terre de s'écarter et de les avaler, même si de telles pensées n'étaient pas permises, ni de tels souhaits, car sa seule arme est la prière, l'amour, son seul acte la demande d'intercession, saint Ignace qui est aux cieux et qui sais ce qu'on a fait à tes frères, donne-leur la force du pardon, à ceux que je garderai toujours dans ma mémoire, aux *bandeirantes* et à ce fanfaron de soldat, à ce gueulard, à cette brute que je n'oublierai jamais non plus. Il retrouva son calme en se disant que Windisch et ses mercenaires, dont le chemin allait loin, très loin, avaient peut-être peur ou au moins qu'ils avaient le cœur serré à l'idée des champs de bataille lointains et inconnus, et que peut-être le chemin les menait non seulement loin mais également vers les profondeurs, c'est-à-dire sous terre, sous les racines des pissenlits, sous l'herbe de ce lointain champ de bataille. Cependant, l'amertume du fiel demeurait en lui devant cette humiliation inattendue, et encore davantage au souvenir soudain, à l'idée que devant les cavaliers, devant leur puissance et leur superpuissance et leur morgue pleine de violencc il faut toujours s'écarter, toujours la tête et le cœur, l'intelligence et l'âme, toujours céder devant la force et la puissance, devant la morgue, les cavaliers et les canons, là sur un pont jeté par-dessus un torrent de Carinthie, et là-bas, dans la plaine rouge du Paraguay, là où leurs maisons séculaires sont restées vides, les maisons des jésuites et des Guarani, des pères et de leurs fils spirituels, les églises de pierre rouge, les statues de la Vierge, les statues de saint Ignace, les champs et les ateliers, les écoles et les théâtres, les *estancias* vides avec le bétail errant, où tombent en ruine de puissantes murailles, la pierre rouge retourne à la terre rouge, leur labeur séculaire, le travail de Dieu et le travail de l'homme doivent céder devant la vantardise et la force des cavaliers qui ne cessent d'affluer, devant leurs épées et leurs lances, leurs fusils et leurs canons, devant l'association diabolique qui gouverne ce monde.

Il serait possible de fuir ce monde pour trouver refuge dans le rêve, s'il pouvait dormir. Mais il ne le pouvait pas, depuis longtemps le sommeil l'avait fui, le frère Simon, autrefois père Simon, aujourd'hui seulement Simon Lovrenc, le pèlerin de Kelmoraïn, à la suite de ce peuple qui tous les sept ans s'ébranle pour prendre la longue route. Au matin, à l'orée de la forêt, il serait bon de s'endormir, le regard posé sur les montagnes blanchies de neige dans le lointain, dans la tiédeur à venir du champ printanier, sous la protection de la forêt derrière soi, mais il savait que le sommeil ne viendrait pas, comme il n'était pas venu la nuit précédente, comme il le déserta pendant d'innombrables nuits de sa vie, peut-être toutes les nuits depuis le temps où ils avaient été embarqués dans le navire portugais et que souffrant du mal de mer il vomissait nuit après nuit, priant de désespoir et jurant de rage dans sa fièvre, devant l'obligation de partir, de tout abandonner derrière dans les missions, non seulement les murs et les gens et les bons Guarani, mais également les tombes de ses frères en Christ, tout, toute sa vie, toutes les morts de ses seuls proches. Le sommeil ne viendra pas, il l'avait laissé sur la galère, dans Lisbonne sale et folle, où chaque nuit il écoutait les disputes des marins ivres avec leurs femmes, et avait regardé les étoiles au-dessus de l'océan, car le bouge malpropre qu'on lui avait attribué avait le toit éventré, la pluie le mouillait puis le soleil qui suivait le séchait. Tout cela n'était rien, il y était habitué depuis le lointain continent, le pire c'était qu'après l'expulsion de la Société des réductions paraguayennes rien de tout cela n'avait aucun sens, le pire c'était que Dieu s'était écarté quelque part dans le lointain ciel qu'il regardait à travers le toit éventré de Lisbonne, il n'était plus là, tout près, comme il était près sur cette terre rouge au bord du grand fleuve, dans les forêts sans fin qui s'étendaient au-delà, le sommeil avait fui parce que Dieu était soudain si loin. C'est pour cela qu'il veillait à Lisbonne, à son retour il veillait à Olimje où il avait été quelque temps l'hôte des frères pauliniens, et il était étendu dans la cellule, contemplait le plafond et comprenait : celui qui perd le sommeil n'a aucun lieu où fuir. L'insomniaque Simon Lovrenc n'avait aucun endroit où fuir, car le mystère de l'homme c'est le sommeil, le mystère de la vie ce sont les rêves, les rêves qu'il rêvait à l'autre bout du monde lorsqu'il rêvait ces forêts d'ici, les petites églises de sa Carniole avec leurs autels d'or, lorsqu'il voyait dans ses rêves indiens les grandes cataractes et les fantômes qui hantaient les bois. Il n'en a plus désormais, car il n'a plus de sommeil, depuis longtemps l'oubli du sommeil lui est inaccessible, inaccessible le pays des rêves, il ne peut au mieux qu'approcher, venir aux frontières, à la lisière de ce pays. Il peut avancer dans ses parages, où derrière les yeux fermés, sous les paupières, se mélangent les tableaux d'autrefois, les images de la vie lointaine, dans les parages qui attendent qu'à la suite du jour, sur la mémoire du jour s'abaisse le rideau de l'oubli et que débute la vie mystérieuse des pays au-delà des mers où les règles et l'ordre du jour, du temps de veille, ne s'appliquent plus. La nuit précédente il avait reposé sous un fenil, les yeux fermés sans sommeil, il écoutait les averses qui venaient des montagnes et passaient sur le versant où se serraient les maisons, des hameaux, des gens dedans, le bétail qui bougeait derrière les murs, la vie tranquille des gens rêvant sous le voile apaisant de la pluie, des eaux célestes qui apportent l'apaisement. Lorsque la pluie cessa, il se remit en route, il marchait la nuit, il savait qu'il ne dormirait pas et il ne voulait pas de méditation désespérée, comme dans la cellule du monastère, il ne voulait plus de ces nuits de flottement entre la veille et le sommeil, il voulait ce qu'il avait à présent : une nuit d'effort, la victoire sur la distance, l'espace, la domination sur le paysage. Oh, il était capable de marcher, il marchait de Candelaria à Asunción, de Posadas à Loretto, il savait marcher par la terre rouge et se réjouir du jour que le Seigneur lui offrait, comme il marche à présent derrière les pèlerins afin de retrouver le rêve, de retrouver la paix que lui offrait la terre rouge des missions, les chants des oiseaux des forêts de là-bas, le chant des corrals, les voix des frères, le chant des enfants indiens, tout cela il le trouverait chez le simple peuple, comme il le possédait autrefois, sur la route de Kelmoraïn il retournera là où son âme avait déjà connu la paix, où le sommeil, même à l'orée d'une forêt, vient de lui-même se poser sur les yeux fatigués.

Toute la journée il a voyagé avec les voituriers, traversant les champs de Carniole, puis Trzic, en direction du col de Ljubelj, sous les villages posés sur les versants des montagnes, villages tranquilles et doucement lavés après la pluie, après la nuit qu'avaient recouverte les voiles boueux des eaux, il écoutait leurs grosses plaisanteries, les va-et-vient, les jurons et le sifflement des fouets sur les larges croupes des chevaux d'où l'effort faisait sortir des crottes rondes, à l'auberge il mangeait la viande grasse du pot-au-feu qu'il arrosait de piquette ; il était révolu, le vague flottement, fini les prières dans la nuit, l'attente du départ pour les mystérieux pays du sommeil et du rêve. Il ne voulait pas rester assis dans le chariot, il a marché tout l'après-midi, la boule de viande grasse sur l'estomac. Pour la première fois depuis ses années d'apprentissage et d'éducation du cœur à Ljubljana, pour la première fois depuis son retour des missions, depuis les errances solitaires dans la cour et dans les champs du monastère d'Olimje, en cette année de calme et de recherche de l'oubli, après un temps très long, pour la première fois il marchait vraiment, la fatigue de la marche touchait tout son corps jusqu'à la dernière fibre. Le soir, dans la fraîcheur du col de la montagne il s'éloigna des cris des palefreniers et des marchands, il se trouva un asile de l'autre côté, prit un peu de repos puis continua la descente. Il marcha sur une route solide puis prit un raccourci à travers un champ boueux, par un bois humide et malodorant, sur les feuillages putrides qui exhalaient une odeur de pourriture et de décomposition, sur des mousses duveteuses qui cédaient sous ses pas en produisant un clapotis, le long des barrières en bois des fermes, il traversa sur un pont la Drave impétueuse où il vit flotter l'échine blanche d'un porc noyé. Les voituriers parlaient de nombreux porcs en Carniole et en Styrie qui avaient trouvé le chemin des rivières voisines pour s'y noyer, en Carinthie ils se noyaient également dans la Drave, il voyait les échines de ces animaux, il voyait les corps des Indiens massacrés qui flottaient sur le fleuve Paraná, il voyait le manteau noir du frère Louis, leur frère français qui enseignait la musique, son manteau noir flottait dans le fleuve entre les cadavres nus des guerriers guarani.

Il se fraya un chemin à travers le grouillement de Beljak, il traversa le vacarme de la ville pour retrouver le silence des champs et de la route déserte, la nuit et tard dans la nuit il suivit la route le long de la rivière jusqu'aux feux d'étape des pèlerins, jusqu'à l'église blanche de la Sainte-Trinité, dont l'intérieur irradiait la lumière et devant laquelle les champs étaient parsemés de feux, où l'on entendait bruire des voix, entre les prières des veillées, et où résonnaient les chants dans l'obscurité, où il marchait entre les ombres et les raies de clarté, où l'on découpait des moutons sur des planches posées sur des pierres, où l'on faisait de la soupe et des tisanes et on avalait la soupe et les tisanes, on y faisait l'appel, on priait, on chantait, on rongeait la viande sur les os et on entrait et sortait sans cesse de l'église. Il veilla plus tard aussi, au presbytère où on l'accueillit, après le dîner qui était presque le petit déjeuner, il ne trouva pas le sommeil non plus. Lorsqu'il s'enfonça dans cet état entre le sommeil et la veille, il fut réveillé par les cris de ceux qui arrivaient toujours, les cris des gens qui se cherchaient entre les feux et devant l'entrée de l'église. Il se tenait près de la fenêtre et regardait leurs visages éclairés par les flammes rouges, des fantômes qui disparaissaient dans les ténèbres et reparaissaient près d'autres feux et parmi d'autres visages.

7

Katarina n'avait encore jamais vu un spectacle pareil : des feux brûlaient dans la plaine de Carinthie, le ciel au-dessus rougeoyait. Il n'aurait pas été étonnant que le Coffret d'or parût dans cet embrasement. La cloche du soir sonnait, c'étaient les prières des vêpres, chacun dévidait son chapelet de requêtes, se débarrassant ainsi pour un court moment de ses peurs, une brève prière pour l'heureux voyage et l'heureux retour revenait sans cesse, puis pour le beau temps durant la route, sans glissement de terrain, sans gros temps, sans inondations ni orages violents, sans bandits de grand chemin, sans maladies et sans blessures. Les flots de chants coulaient de l'église, on chantait aussi près d'un feu. C'était une nuit de fatigue pesante, de recherche de repos, mais aussi une nuit miraculeuse, une nuit de lumière incandescente et d'étincelles qui montaient sous le ciel. Des étincelles qui s'arrachaient des flammes et voyageaient vers les hauteurs célestes, d'abord ignescentes, puis diminuant peu à peu là-haut sous la grande voûte. Elle n'avait aucun mal à se représenter les anges qui voguent invisibles entre ces mouches de feu, observent ces voyageurs de Dieu en choisissant parmi eux ceux qu'ils protégeraient pendant le long voyage. Après l'Ave Maria du soir elle sentit que sa mère, parmi ces anges, la regardait depuis les cieux, le visage inquiet, soucieuse non seulement pour elle mais aussi pour son père qui était resté au manoir, avec les valets et les servantes, avec les bêtes et le chien, son père qui avait failli éclater en larmes le matin du départ, malgré tout il avait encore discuté avec l'abbé Janez, on sait bien pourquoi : qu'ils prennent soin d'elle, elle, Katarina, est tout ce qu'il a, et lorsqu'il a eu reçu toutes les assurances, il a tout de même failli éclater en pleurs, Aron le chien hurlait comme lors de l'enterrement de sa mère Neza, les servantes faisaient des signes de croix : comment était-ce possible qu'une si jeune femme aille si loin pour tant de temps ! Mais Katarina et sa mère, sa mère et elle, elles savaient bien qu'elle en avait la capacité, qu'elle atteindrait le Coffret d'or et reviendrait avec quelque chose, avec une chose nouvelle dans l'âme, elle ne savait pas avec quoi, certainement avec l'une de ces choses qui depuis un siècle et bien davantage encore poussaient sur la route tous les sept ans les gens de son village et ceux de bien d'autres villages, qui les faisaient s'ébranler tous les sept printemps, suivant un appel mystérieux, comme un troupeau blotti dans son repos afin que, plein d'inquiétude, il se mette débout pour aller vers l'inconnu, par les pays inconnus, vers un but lointain qui s'appelait : Kelmoraïn. Elle marchait entre les feux, Amalija s'était arrêtée pour bavarder avec les femmes, Katarina s'approcha d'un feu où quelqu'un parlait à voix haute, un vieillard chenu à la barbe blanche. Elle fit un pas, par pure curiosité, librement, car c'était la nuit, elle était libre, elle avait derrière elle le premier jour de marche, elle pouvait faire un pas où elle avait envie, soudain elle était en sécurité dans la foule des pèlerins, elle s'approcha du feu protégée par tous les anges et par le regard de sa mère depuis le ciel. Et là elle vit des yeux qui accompagnaient son approche, qui la regardaient immobiles lorsqu'elle s'arrêta près du feu, le visage illuminé de flammes. C'était un homme, plus âgé qu'elle, il se tenait près du feu, les manches retroussées, il portait des bottes de voyage, Katarina est bonne observatrice, elle saisit tout d'un seul regard, les flammes dansantes transformaient son visage, il était inondé de clarté, plein de lumière, puis l'instant d'après ombragé, tout sombre. Elle l'avait regardé un instant de trop, elle était obligée de poser le regard dans ces yeux qui la fixaient, elle les avait regardés trop longtemps.

Plus cette nuit-là s'éloignait dans le passé, plus le matin sortait de son avenir, plus il y avait de gens à quitter les offices dans l'église, et plus il y en avait autour des feux. Avec leurs voix enrouées d'hommes et celles, criardes, des femmes, ils répétaient leur interminable scie, toujours recommencée, ce chant de la langue et du pays que Simon Lovrenc avait quitté autrefois, où il est revenu à présent pour l'entendre de nouveau.

Vierge Marie revient de Hongrie
Son cœur est tellement alourdi.
Marie approche de la mer
Demande au passeur de l'aider :
Traverse-moi, Dieu te paiera
Pour le royaume des cieux traverse-moi.

Et ils poursuivaient leur mélopée en cherchant à calmer les peurs de la nuit, les peurs devant le monde étranger et nouveau, jusqu'à l'heure suivante. Comme elle faisait soudain chaud au cœur, cette bonne et sainte simplicité, qui, avec le chant, avec l'image du Coffret d'or vers lequel les menait leur chemin, avec la chaleur du chant et avec la lumière du Reliquaire au loin qui allège la peur et donne l'espérance, qui dissout la vie cruelle et dure, comme il connaissait bien la simplicité du cœur depuis l'autre bout du monde, là où les hommes vivent avec la terre, où les hommes sont de la terre, où ils chantent de peur et tournent les yeux vers le ciel dans un espoir infini. Et ils se mettent en route pour la santé, pour le bétail, pour la protection contre les maladies, contre le feu, la foudre, la grêle, la guerre, devant les tentations du cœur, devant le meurtre, le vol et l'adultère ; ils prennent également la grande route en signe de reconnaissance, ils se retrouvent à genoux devant la Vierge dès la première église sur le chemin du pèlerinage, sous son manteau d'or ils amoncellent des images de gratitude, le dessin maladroit d'un chariot renversé et des chevaux effrayés, un homme qui tombe sous les sabots, la Vierge l'a sauvé ; image du malade sur sa couche, celui-là doit la remercier aussi ; un bout d'échelle dont quelqu'un est tombé tout en restant en vie ; le tableau d'une rixe de village, l'un des jeunes gens lève le couteau – le couteau n'a pas traversé le cœur de celui qui dit sa reconnaissance ; il y a là des béquilles et des bâtons, des cœurs en bois travaillé, beaucoup de cœurs, des foies, des poumons, des bras, des jambes, des têtes, des épaules, et encore des cheveux, une mèche de cheveux qu'une jeune fille s'était coupée en faisant un vœu, seule la Reine des Cieux sait lequel ; accroché au mur de l'église une chaîne en EX-VOTO, c'est celle qui enchaînait les chrétiens en esclavage chez les Turcs. La Vierge sait, elle connaît tous les secrets, connaît toute personne qui, pleine de crainte, quitte son foyer, ses proches, tout, Simon connaît tout cela, depuis l'enfance il ne l'ignore pas, il connaît cette confiance, aussi forte chez ces paysans et chez ces bourgeois que chez les Indiens qui hier priaient les idoles, et aujourd'hui ils offrent leur vie à Elle, il connaît l'espoir qui les mènera jusqu'au Coffret d'or et plus loin et par lui et avec son aide jusqu'au ciel. Il voulait en être une parcelle, une fois encore, comme il en avait été une parcelle dans les missions, la nuit, dans l'ombre du matin, avec son souffle, en tendant l'oreille à tout, à tous ces vœux dits par des milliers d'individus et par chacun individuellement, qui remplissaient la nuit et se vidaient dans le jour qui venait, plein d'incertitudes.

Je ne traverse point pour le salaire divin
Ni pour le royaume des cieux
Je vous traverse pour les thalers blancs
Et pour les belles pièces d'argent

Simon Lovrenc, l'homme sans sommeil, l'homme en fuite, séparé de ses frères, séparé de la Société, Simon Lovrenc le solitaire et l'abandonné, contemplait, éveillé, par la fenêtre, ce peuple simple et mystérieux qui allait vers un but et il avait envie d'être paysan parmi les paysans, bourgeois parmi les bourgeois, noyé dans la masse des désirs et des espoirs, dans la nuit toute remplie, afin d'être dehors avec eux, entre les feux, pour chanter de tout cœur, de tout son être incertain dans la deuxième heure de cette nuit.

Les passeurs commencent à les traverser
Et le navire commence à sombrer
De toutes ses forces le passeur se met à crier
Sainte Marie à l'aide appeler
Sauve-nous, Marie, Saint Mère des sept douleurs

Ils chantaient sans s'interrompre, des voix profondes d'hommes, des voix hautes de femmes, lui aussi avait envie de chanter, non pas en latin, mais en slovène, tout comme eux, les paysans, avec le même enthousiasme et la même espérance dans le cœur, comme ils le font, eux, avec ce sens naturel du mystère qu'ils possèdent, eux, et qu'il n'a pas, lui. Après tous les livres lus, après toutes les discussions savantes, après toutes ses errances, après le temps dur du noviciat, après les contemplations dans la solitude, ni pendant tout ce temps ni maintenant il n'avait pas ce qu'ils ont tout naturellement, avec l'effroi dans le cœur, là, près du feu sous les étoiles toutes proches, avec un chant tout simple qu'ils répètent de leurs voix éraillées et criardes. C'est pour cela qu'il est venu, c'est pour cela qu'il va avec eux, suivant la religiosité populaire et l'effroi, inquiet et sachant que le pèlerinage lui donnerait la révélation qui lui manque, qui était déjà sienne autrefois, parmi les Guarani, mais qui lui manque à présent comme lui manque le sommeil. L'espoir, qui est déjà révélation et qui leur est donné tout naturellement, simplement, par eux-mêmes. Ils sont anonymes sur ce chemin, anonymes sur le chemin qui mène de la raison au mystère sans nom, avec un simple chant qui s'étend sur eux, entre les feux et vers les fonds sombres de la forêt épaisse ; avec un chant qui apaise même les bêtes sauvages dans leur existence nocturne et qui revient, qui retourne dans les cœurs, oui, dans les cœurs, comme on dit. Il allait de feu en feu et regardait les visages des gens qu'il ne connaissait pas, recueillis et fatigués, osseux et arrondis, les visages des femmes, serrés dans les foulards, ceux des hommes, aux bouches édentées et ricanantes.

Passeur, je ne peux nullement t'aider,
Je ne peux empêcher ton navire de sombrer
Qu'ils te viennent en aide, les thalers blancs
Et toutes tes belles pièces d'argent.

Près d'un grand feu où s'assemblaient de plus en plus de gens, un vieillard chenu, sorte de prophète biblique, agitait les bras en disant sa sagesse. Là Simon Lovrenc se heurta soudain à un regard, entre tous les visages qui se ressemblaient noyés dans la nuit, éclairés par le rougeoiement du feu, là sortit de la masse nocturne la forme d'un seul visage, jeune à faire mal, songeur à faire mal, avec ses yeux absents qui regardaient le feu en même temps qu'à l'intérieur de soi, un visage beau à faire mal. Tous les autres visages, illuminés par le feu mourant des pèlerins, replongèrent dans la masse informe, un seul brilla soudain devant lui, de l'autre côté du feu, à travers les flammes, un visage de femme, un regard qui le toucha, au-dessus de ce seul visage brillait une minuscule coupole de lumière.

Katarina Poljanec se tenait près du feu, elle vit que quelqu'un la regardait, un sombre visage de l'autre côté du feu, elle sentit ce regard sur elle, enfin quelqu'un qui ne regarde pas à travers moi comme me regardait le paon de la cour de Dobrava, dans la salle à manger de Dobrava... Celui-ci n'a pas regardé à travers elle, mais en elle, cela la toucha quelque part à l'intérieur, là où quelque chose avait besoin de tendresse humaine, plutôt d'un mot d'encouragement, car Katarina en avait besoin, même si soudain elle se sentait libre, davantage que jamais encore, même si elle regardait, totalement sous le charme, ces yeux de la nuit, ces flammes ardentes qui s'élevaient de partout dans sa première nuit de pèlerinage.

Les yeux qui la regardaient étaient tristes. Un sombre visage d'homme qui se tenait de l'autre côté des flammèches vacillantes, des flammes lumineuses, un visage inondé du feu des pèlerins nocturne, presque matinal, le visage avait les yeux d'un homme triste, de l'amertume dans les lignes qui entouraient son nez et ses lèvres aux coins légèrement descendants, Katarina était bonne observatrice, pendant nombre de jours et de soirs passés à sa fenêtre elle avait appris à remarquer le moindre détail sur un visage d'homme. Seulement, les yeux de l'homme qu'elle observait le plus souvent, sur le visage duquel elle connaissait le moindre trait d'harmonie, ces yeux se posaient à peine sur elle, et s'ils le faisaient, ils regardaient à travers elle. Celui-ci ne regardait pas à travers elle mais en elle, il s'attardait presque trop, elle fixa le feu au point de sentir la brûlure dans les yeux, elle pensa qu'elle pourrait mettre les chaussures rangées dans son sac, tant celles qu'elle portait lui donnaient un air empoté. Elle fit un pas, mal à l'aise. Cependant que le prédicateur en bure de pèlerin parlait devant le feu se consumant aux gens qui se pressaient tout autour, le regard de cet homme s'était arrêté sur elle et ne l'a plus quittée. Elle tressaillit. C'était comme le regard du visiteur nocturne qui n'avait pas de visage, le regard seul, des bras et un corps, un instant elle eut l'intuition que c'était lui et personne d'autre. Celui qui ne peut dormir, qui lui rend visite dans la nuit d'égarement, alors qu'elle est seule dans la maison, que son père reste là-haut au village à boire l'eau-de-vie en compagnie des paysans tout en parlant du malheur qui s'était abattu sur le bétail. Elle sentait son regard, juste pour un bref instant elle s'est même noyée dans son regard, contre sa volonté elle fit le tour du visage sous la lumière rougeâtre des flammes du feu mourant. Puis, le trouble plein la poitrine, semblable à celui qu'elle avait ressenti en cette nuit printanière, elle fixa du regard le feu, et tressaillit lorsque le prédicateur s'écria d'une voix forte : Faites le compte de vos péchés !

– J'en ai déjà un, gazouilla Amalija près d'elle, j'ai déjà un péché sur la conscience, dit-elle en riant. Un moment plus tôt elle observait les hommes en train de se laver, dit-elle, l'un d'entre eux a enlevé sa chemise, il était si velu, depuis le cou jusqu'au nombril, et sur le dos aussi, elle n'avait jamais rien vu de pareil, si poilu qu'elle a failli se casser le petit doigt du pied, celui-là, elle avait heurté une racine.

Katarina ne l'écoutait pas, cette nuit l'avait envoûtée, cela ne l'intéressait pas de savoir lequel était velu et quel doigt Amalija avait failli se casser. Son cœur battait à tout rompre, elle avait passé un instant de trop à regarder certains yeux, elle avait laissé ce regard pénétrer en elle, c'est pour cela que son cœur battait.

– Faites le compte de vos péchés, cria le prédicateur de la nuit d'une voix forte, et parmi les gens ensommeillés une onde de murmures passa : Écoutez, écoutez, c'est Tobija qui va parler. L'orateur s'éclaircit la gorge, attendit que le calme se fasse. Il repoussa la capuche de sa tête et sa longue barbe blanche, en désordre et peu soignée, brilla à la lumière. Les chants cessèrent, les auditeurs retrouvaient le calme, on prévenait à voix basse ceux qui venaient vers les feux que parmi eux se trouvait le vieil homme de Ptuj, et à ceux qui ne savaient pas qui était ce patriarche de Ptuj, on expliquait : Il est de Ptuj, mais on le connaît dans les parages et dans tous les pèlerinages, c'est Tobija l'ancien, célèbre aussi parce qu'il est âgé au moins de cent trente ans, plutôt davantage. Faites les compte de vos péchés ! s'écria donc Tobija.

–Vous serez étonnés par vos péchés, horrifiés par leur nombre. Et vous vous écrierez comme David que le nombre de vos péchés dépasse celui des cheveux sur votre tête. Des péchés qui vous sont connus, et ceux qui s'approchent de vous et que vous acceptez en silence, sans y penser. Les péchés commis le jour, les péchés commis la nuit, les péchés commis en état de veille et dans le sommeil. Oui, si vous cherchez un peu dans votre conscience, vous verrez que ce gouffre est immense, une mer infinie, pleine de bêtes rampantes et de vermine et que leur nombre n'a pas de fin.

Katarina se souvint de ses visiteurs nocturnes. Elle se dit avec épouvante que son gouffre à elle était immense, un océan incommensurable. Mais le regard qui reposait sur elle en ce moment était encore plus immense et plus profond. Elle sentait une chose venue de ce regard pénétrer profondément dans sa poitrine, quelque chose de semblable aux bêtes rampantes, et elles étaient sans nombre. Plusieurs fois il tourna ses yeux de son côté, malgré elle. Ce regard, ce corps légèrement ramassé, elle avait dû voir tout ça quelque part, c'est ce que disait une sensation chaude et docile dans tout son corps. Je suis fatiguée, pensa-t-elle, j'ai beaucoup marché. Serait-il possible que cet homme des rêves ait pu prendre ce visage, le visage du pèlerin inconnu assis près du feu mourant de l'aube, songeur, éreinté, aux yeux un peu tristes, au visage légèrement ombré de barbe ? Plus elle tentait de chasser cette idée inopportune, plus l'idée s'insinuait.

Le prédicateur Tobija mit une bûche dans le feu et les étincelles jaillirent sous les branches des arbres. Il leva la main et écarta ses cinq doigts.

– Regardez-la ! Cette main, regardez-la !

La main s'élevait haut au-dessus de leurs têtes, éclairée de rougeoiement, entourée d'étincelles.

– Voilà cinq doigts, s'écria-t-il, les cinq doigts du péché de la concupiscence, de la luxure, de la débauche, de toutes sortes de tentations du diable. Gardez-vous de ce péché, partout durant le long voyage il vous tendra des embuscades. Le premier doigt est le regard de débauche, le deuxième est le toucher mensonger, c'est-à-dire le toucher de la femme, du serpent qui mord, le troisième est la saleté qui ressemble au feu qui consume le cœur, le quatrième est le baiser. Le baiser, c'est le feu lui-même.

Il retira une bûche incandescente du brasier.

– Qui serait assez sot pour approcher ses lèvres de la braise ? Ils sont nombreux qui le font, c'est la folie qui les mène là où se trouve le cinquième doigt, le cinquième doigt est le péché de la luxure.

Le prédicateur rejeta la bûche dans le feu. Elle s'embrasa de nouveau, les flammes en sortirent instantanément et lancèrent des étincelles sous les feuillages illuminés des arbres.

Katarina vit un sourire apparaître sur les lèvres de l'homme qui n'a pas cessé de la regarder. Elle ne savait pas à qui il s'adressait, à elle ou au prédicateur enflammé. Il a souri et elle s'est dit que malgré tout ce n'était pas celui qui venait la nuit, celui-là n'avait jamais souri.

Simon ne pouvait pas, il lui était impossible d'écarter son regard, il pensa d'abord que près du feu il n'avait pas pu écarter le regard à cause d'un instant d'absence, d'inattention, de curiosité spontanée. Le baiser, c'est déjà le feu lui-même! Quand est-ce qu'il avait déjà entendu ce sermon plein de feu et de flamme, il sourit, il lui sembla qu'elle aussi, de l'autre côté, entre les flammes, avait souri. Le feu était entre eux, et autour d'eux des gens de plus en plus silencieux, la nuit s'en allait, l'éveil humide de la forêt approchait, et la respiration mouillée de l'herbe, l'éclat de la lumière du soleil qui, d'un fil, séparait la sourde nuit finissante de la netteté du jour approchant, tout, toute la respiration de la Création en nombre infini de choses individuelles vivantes, tout s'était dissous quelque part en arrière-fond au moment où il lui était impossible d'écarter les yeux. Une femme, qu'il n'avait encore jamais vue, se tenait de l'autre côté du feu, dans ce matin assourdi, elle avait le foulard enfoncé sur le front, juste au-dessus des yeux, de ces yeux qui l'avaient soudainement aspiré de toutes leurs forces vers eux, en eux. Ils l'avaient attiré avec ce regard qui entrait en lui, à travers la fente des paupières, à travers ces deux ouvertures par où passent, selon les enseignements des Pères de l'Église, le monde, la conscience du monde, avec le bien et le mal, avec le beau et le laid, avec la véritable beauté de la présence divine et la beauté fausse de la tentation soudaine. Il la voyait venir de l'image, elle venait avec les pèlerins, elle ressortait, illuminée, de l'image qui les regroupait tous. Elle était près du feu à présent, et pour un instant elle disparut soudain de son horizon et de sa conscience. Elle fut, avant de disparaître, d'une beauté à faire mal, une apparition lumineuse à faire mal, venue du monde de l'aube et de la nuit d'avant le début du grand pèlerinage, de l'éveil de l'aurore, image semblable à la forêt humide ou à l'herbe mouillée qui s'éveille, manifestation du monde qui vient et qui s'efface.

Pendant qu'elle se tenait là-bas, sans baisser les yeux, lorsque leurs regards se rencontrèrent, alors que sur leurs visages étrangement calmes montait le reflet du feu mourant et que de quelque part de la montagne, des arbres touffus et à travers eux coulait une douce clarté du soleil, elle était l'image vivante qui un jour se figerait en une autre image, en l'image de l'ange furieux, vengeur, de l'ange meurtrier. Elle resplendissait pour un instant depuis le feu sur terre, depuis le monde d'en bas, depuis les entrailles de la terre, de l'intérieur d'elle, de la même manière la clarté divine de l'aube coulait d'en haut, effaçait les limites, faisait se refondre les mondes. Entre eux le feu se consumait dans une irradiation tranquille, la fumée enroulait ses volutes sous le ciel matinal sans nuages, entre eux le feu prenait.

Dans les branches les vers luisants s'éteignirent, les anges cessèrent leur murmure, les voituriers firent avancer leurs chariots, les chaussures ferrées s'enfoncèrent dans la chaussée, quelqu'un appela par-dessus le sommet, le cri solitaire réveilla ceux qui dormaient encore, comme un tambour lointain, comme s'il appelait les cloches au réveil et aux sonnailles, et elles sortirent du sommeil et sonnèrent, pour de bon.

8

L'ange de Katarina s'éveilla, car il sentit soudain venir la chaleur et la clarté là-haut dans le clocher de Saint-Roch. Pendant tout l'hiver il avait froid, et il s'ennuyait aussi, il n'avait rien de bien intéressant à faire, hormis cette nuit où il aurait dû se trouver près d'elle, mais elle ne l'avait pas appelé, elle avait appelé les autres, ceux qu'il craignait un peu lui aussi et à cause de qui ils seraient tous les deux un jour appelés à répondre devant le Juge suprême. Il s'était traîné dans le clocher où il écoutait le mugissement du vent, il a dormi un peu, jetant parfois un regard en bas, vers Dobrava, pour voir s'il y avait du nouveau. En gros il ne s'y passait rien, sauf qu'il y avait un certain paon qui aurait pu réchauffer le cœur de Katarina mais qui n'a réussi qu'à le rendre encore plus froid, au point que même lui avait froid dans sa transparence d'ange. Une nuit de printemps il tressaillit entre les cloches sonnantes, il observait attentivement à travers la lucarne du clocher autour duquel ils froufroutaient, de noirs fantômes qui venaient d'une étroite fente entre la terre et le ciel au-dessus de l'Istrie, des gouffres du Karst, où, il le savait fort bien, ils aimaient vivre dans l'obscurité et le froid des eaux qui glissent sur les stalagmites et les stalactites. Les démons descendaient bas sur le versant de la montagne et revenaient vers les maisons près de Saint-Roch où se terraient les gens avec leur bétail inquiet et remuant dans les étables en dessous. Le cœur de l'ange de Katarina tressaillait entre les cordes et les poids qui frappaient le corps des cloches afin de chasser les êtres nocturnes volants et murmurants de ce paisible pays. Mais bientôt ils partirent, de loin il entendit le piétinement du troupeau, puis cela se tut aussi et il grimpa de nouveau dans le clocher qui avait retrouvé son calme et son silence, il écoutait les prières qui montaient de l'église et attendait avec impatience l'appel de Katarina. À cet instant, il venait d'être réveillé par le feu et la clarté qui provenaient d'un endroit lointain.

On sait bien ce que sont les anges : leur principale occupation est l'amour, et en ce qui concerne celui-ci, il n'est pas toujours dans la même disposition d'esprit. Cette disposition, selon les écrits des meilleurs spécialistes, diminue et augmente par degrés, depuis la plus grande intensité jusqu'à la plus basse, et vice versa. Lorsqu'ils se trouvent au plus haut degré de l'amour les anges sont dans la clarté et la chaleur, et au plus bas les voilà dans l'ombre et le froid. On exprime cela de manière savante en disant qu'ils sont tantôt dans une disposition éclairée et bienheureuse, tantôt dans une disposition ombrageuse, non bienheureuse. Ce qui arrivait à l'ange de Katarina, que l'on pourrait tranquillement nommer aussi *angèle* – car la dispute au sujet du sexe des anges était bien terminée à l'époque où se déroule notre histoire –, c'est qu'en fait il avait très froid depuis longtemps, tout le temps que Katarina atteigne ses trente ans, il était déjà tout blanc de froidure et l'esprit tout transi là-haut dans le clocher où il s'était réfugié dans son oisiveté. Il sentit à présent la chaleur et la clarté venir d'un lointain feu allumé par les pèlerins, il sentit ses joues rosir et s'arrondir, elles devenaient semblables à celles qu'un peintre italien avait peintes sur le ciel d'un baldaquin, il regarda sa personne et vit qu'il n'était plus blanc, à l'instar des anges de l'évêque de Ljubljana, mais presque doré et rouge par le rayonnement lointain que les anges voient dès qu'il apparaît quelque part. L'ange de Katarina, c'est-à-dire son *angèle*, ne perdait plus son temps, un travail utile l'appelait, il avait déjà été presque persuadé qu'il serait obligé de trembler de froid dans le clocher durant toute la vie de Katarina. Il descendit donc rapidement par la lucarne, vola par-dessus la pente, fit un cercle au-dessus de Dobrava où Jozef Poljanec était assis sous l'inscription BÉNÉDICTION DU FOYER avec un broc de vin posé devant lui alors qu'Aron le chien ronflait à ses pieds, et il dirigea son vol là-haut vers les monts, aujourd'hui même il devait encore atteindre les montagnes enneigées aux alentours de Salzbourg.

Près de Salzbourg un personnage étrange rejoignit les pèlerins, ils apprirent qu'il était ermite. Ils avaient déjà beaucoup entendu parler de l'anachorète qui avait consacré sa vie aux choses de l'autre monde et qui méprisait de toutes ses forces celui-ci. Il vivait dans une caverne là-haut dans la montagne. Il s'était pour ainsi dire emmuré dans un rocher. Dans une grotte vers laquelle menait un sentier si étroit qu'il donnait le vertige et où on tombait dans l'abîme si on ne bénéficiait pas des capacités d'un chamois ou du secours de Dieu. L'ermite, qui avait pour nom Hiéronyme, possédait les deux. Il avait non seulement réussi à passer très souvent sans encombre sur le chemin de son gîte de solitaire dans les Alpes, et il n'était pas mort de froid non plus, ce qui aurait dû arriver selon toutes les lois de la nature. Car sa caverne était si minuscule qu'il ne pouvait ni allumer le feu ni faire cuire quelque chose. Il ne pouvait même pas se lever et se réchauffer les bras et les jambes en bougeant. Il passait le plus clair de son temps couché, enveloppé il est vrai de peaux de bêtes, et tous les matins et tous les soirs avant la prière il agitait la clochette suspendue à travers une petite ouverture. En été, lors des vêpres, les bergers qui paissaient leurs troupeaux dans la montagne au pied du rocher l'entendaient. Et ils voyaient les chamois monter les étroits sentiers, qui avaient pris l'habitude du doux tintement vespéral et arrachaient d'épaisses touffes de l'herbe rêche des montagnes autour de la petite ouverture. L'hiver non plus il ne s'arrêtait pas de sonner à la gloire de Dieu. À l'aide d'une cordelette il avait attaché la clochette à son pied, à l'orteil, la seule partie de son corps visible au milieu des peaux poilues qui le couvraient tout entier. Il bougeait donc son orteil et annonçait tous les soirs le début et la fin de sa prière. Même si personne ne pouvait l'entendre, ni bergers ni chamois.

Au printemps il descendait dans la vallée afin de se procurer de la nourriture et des vêtements au presbytère, et alors les curieux venaient pour le voir, depuis Salzbourg même. Nombreux étaient ceux qui cherchaient jusqu'à toucher le saint homme. On racontait que ses péchés étaient graves, puisqu'il avait choisi une telle pénitence. On disait que c'était un prince qui écrivait des poèmes qu'il chantait sous les fenêtres des princesses. Il avait connu un amour malheureux et dans son malheur il avait étouffé par mégarde son aimée dans une étreinte amoureuse. En tout cas, il disait des phrases si étranges qu'il était certain qu'il devait écrire des poèmes avant de devenir ermite. Les phrases qu'il prononçait correspondaient à cette rumeur.

Lorsqu'ils le rencontrèrent au presbytère, où l'anachorète Hiéronyme est venu juste le jour où les pèlerins avaient atteint ce village de montagne, et lorsqu'ils lui demandèrent qui il était, il répondit :

– Je suis la forêt hivernale en novembre.

Les paysans ne le comprirent pas, quelqu'un dit que cela signifiait probablement qu'il avait souvent froid là-haut. Mais l'abbé Janez leur expliqua que cela signifiait la tristesse. Que cela reflétait la fameuse *tristitia* que ressentent les amoureux, en plus des gens à la foi profonde. Pour l'amoureux cela signifie l'âme refroidie, la tristesse née de l'éloignement ou de la disparition de l'être aimé, pour l'homme de foi c'est l'absence de grâce divine parmi les êtres froids.

– Je suis une rivière à perte, avait-il dit.

Ils l'expliquèrent comme le mystère de la présence divine. La rivière qui coule sous nos pieds est le fleuve de la vie, nous ne le voyons pas couler, nous ne savons ni d'où il vient ni où il va.

– Qu'est-ce que la géographie ? demanda-t-il. La géographie est le vol d'un oiseau. Le gouffre de la langue, c'est la langue muette du souvenir.

– Je suis l'aveugle, dit-il, qui cherche la voie de la langue qui mène à tout.

Comme il existait déjà un grand nombre de définitions de sa vie, ils ne se fatiguèrent plus à chercher des explications, ils l'invitèrent en revanche à se joindre à eux sur le chemin qui mène vers les saintes reliques de Cologne et aux saintes étoffes à Aachen. À leur grand étonnement, il fut prêt à abandonner aussitôt son gîte dans les rochers avec les chamois qui l'entouraient. Il ne prendrait que la clochette, dit-il.

– Ainsi la chaîne autour du cœur tintera.

Les pèlerins prirent sa décision comme un bon présage. Le saint homme alla dans la montagne chercher sa clochette, cependant qu'eux disaient d'abord une prière pour cet homme bizarre et pour la santé de leur propre âme, puis pour le plat de haricots qu'ils étaient en train de préparer dans la cour du presbytère et dont montaient de joyeux effluves.

Tard dans la nuit ils parlaient de l'ermite Hiéronyme, de la raison qui l'avait poussé dans la solitude, du fait qu'il n'y était pas mort de froid. Seul le vieux Tobija de Ptuj était mécontent, car sa renommée était quelque peu passée dans l'ombre avec l'arrivée de l'homme de la montagne. Il aurait même pu s'avérer être plus âgé que lui. On n'avait pas l'impression qu'il avait cent cinquante ans ou même davantage, comme Tobija, car il était plutôt alerte quand il grimpait sur les rochers. Avec un homme pareil on ne sait jamais où on en est, depuis combien de temps il est déjà sur terre et combien de temps il y sera encore.

9

Où que se portât le regard de Katarina partout elle voyait le visage de l'homme de la veille, illuminé par la chaleur du feu, ses yeux qui la fixaient, devant lesquels elle ne baissa pas le regard comme il est juste et convenable de faire. Elle était étonnée par son propre comportement : comment était-ce possible que le visage de l'autre homme, celui du lieutenant Windisch, ait disparu si rapidement, qui demeura durant tant d'années devant ses yeux et dans son cœur, presque chaque nuit avant la venue du sommeil, sa voix et ses gestes de vantard qu'elle attendait pour toutes les fêtes ; il y a quelques jours encore elle souffrait, tout en le chassant à jamais du fond de son âme, elle souffrait à l'idée de le savoir en route pour la guerre dont nombre d'hommes ne reviendraient pas, pendant quelques jours son cœur se serra à cette pensée. Mais aujourd'hui il lui était indifférent de savoir dans quelle cour se pavanait le paon, à la tête de quelle unité il marchait, son panache blanc au chapeau, avec le sabre se balançant entre ses jambes, sur quel parquet lustré il faisait les révérences qu'il était le seul à savoir faire. Il a été emporté par le feu de la veille, qui l'a consumée sans la blesser. Cela s'est passé si vite, elle ne peut y croire, il a suffi de quitter les années d'engourdissement de Dobrava, de se mettre en route, c'était si simple et limpide, comme était simple et limpide le jour qu'elle était en train de traverser.

Dans la vallée le jour était lumineux comme du cristal, au loin, au-dessus des monts enneigés, des nuages s'amoncelaient. La colonne de pèlerins montait lentement le chemin ; à gauche s'étendaient des prairies, à droite la forêt rejoignait la route. Katarina marchait avec Amalija et d'autres jeunes filles qui imitaient le bêlement des moutons tout en pouffant de rire, elle écoutait le murmure des paysannes arrêtées au pied d'un calvaire et récitant le rosaire. Amalija disait d'autres prières, en regardant les hommes en train de se laver elle avait heurté une souche et boitait légèrement, elle disait qu'elle n'irait pas avec un homme aussi poilu, qu'elle préférerait manger de la bouse de vache plutôt que de faire des choses avec un homme pareil. Katarina éclata de rire, elle marchait à la lisière de la forêt, sur le bord entre le monde sombre et le monde du soleil. Arbres, champs, chariots, maisons, jamais encore elle n'avait vu si distinctement les objets et la nature qu'elle traversait, des paysages toujours différents, des images sans cesse nouvelles de la Création, de ce monde devenu soudain si grand. Le monde est si grand, il suffit d'y entrer et tout devient autre. Le monde du côté droit, pâturages et champs séparés par des chemins et des maisons solitaires, l'ordre humain et divin des choses était éclairé par un soleil déjà printanier bien que gardant encore le souffle de l'hiver. À gauche était le silence sombre de la forêt que perçaient la nuit les cris du règne animal, mais qui se taisait à présent. À la limite étaient des halliers avec leurs ombres et leurs tentacules, paralysés durant l'hiver qui était fini, guéris de leur engourdissement. Et quelque part tout près il y avait l'homme à la chaleur du feu et au regard vif, elle sentait parfaitement qu'il ne pouvait être loin, son visage se dessinait sur le versant de la montagne, dans la clarté tremblante des rayons solaires. Elle regardait en arrière la longue colonne des pèlerins, elle savait qu'il ne s'agissait pas d'une image de rêve, l'homme de la nuit qui l'avait enchaînée à lui près du feu existait vraiment. En plein jour son souvenir s'enfonçait dans la nuit, dans l'éclat de lumière sur le visage de l'inconnu. Il devait être tout près, elle le sentait distinctement, tout comme elle sentait dans sa chambre de Dobrava la présence des visiteurs de la nuit. Elle n'avait parlé à personne de ses rencontres nocturnes, si toutefois elle n'a pas rêvé, si seulement elle n'avait fait que rêver, comme elle avait peut-être rêvé la nuit précédente près du feu où le regard d'un homme fatigué aux yeux vifs, si follement vifs, l'avait absorbée en lui. Elle savait que tout cela était péché mais ne pouvait rien faire contre. Elle savait ce que le père Janez disait de ces choses, elle le savait déjà au temps où elle était petite fille, et c'était il y a longtemps, à l'âge de quatre ou cinq ans déjà : nous devons veiller sur notre corps ! L'âme habite le corps, elle y demeure comme dans une maison. L'âme est dans la maison, la maison est comme une citadelle, toujours en péril. Si de mauvaises pensées y pénètrent, des forces obscures s'y déchaînent, aussitôt l'esprit malin s'installe dans le corps et dans l'âme. Ce qui est arrivé la veille au soir, ce regard, cela ne pouvait avoir aucun lien avec ces mises en garde, une femme sent ces choses, Katarina sait ce qui est juste et ce qui ne l'est pas, ce qui est bien et ce qui est mal, elle connaît certaines phrases des Évangiles par cœur, elle avait lu l'*Imitation de Jésus-Christ*, et Ovide, il est vrai qu'il est parfois difficile de s'y retrouver dans ce qui est juste, mais parfois une prémonition ou un regard transmettent un signe, un mouvement dans la poitrine et dans l'âme qui dit que pour le cœur les choses sont décidées.

Il avait été dit qu'ils se rencontreraient près du puits. Avec des mouvements puissants il tira le seau du fond et versa de l'eau dans le broc.

– Je t'ai vue près du feu, dit-il.

Katarina gardait le silence, les yeux baissés, que pouvait-elle dire, elle aussi l'avait vu près du feu et elle avait vu son image peinte sur une paroi de la montagne de Salzbourg.

– Tu t'appelles Katarina, dit-il.

– C'est vrai, dit-elle, là elle aurait dû rougir, c'eût été de mise, malheureusement elle n'a pas rougi, elle a baissé le regard sur ses lourdes chaussures, la paire de belles était toujours dans son sac, puis la curiosité l'a gagnée, elle a levé le regard vers ses yeux troublés :

– Qui vous l'a dit ?

C'est Amalija qui le lui avait dit, elle se rappela leur rencontre dans la forêt, elle ne put s'empêcher de penser que lui aussi aurait pu la voir comme Amalija l'avait vue, et là elle rougit pour de bon, comme il se doit.

– Moi, je suis Simon, dit-il.

– Peu me chaut que vous vous appeliez Simon, dit-elle, vous pourriez aussi bien vous appeler Pierre.

Ils se mirent à rire, ils burent de l'eau, Simon avait un broc de vin, il lui en offrit, elle accepta, en but une gorgée, elle n'aurait pas dû, mais en voyage il est permis d'en boire une gorgée, cela donne des forces. Elle le connaissait bien, toute la journée son visage était devant ses yeux. Mais maintenant seulement, alors qu'elle le voyait de tout près, par-dessus le broc, elle vit des taches sombres sous ses yeux, des paupières un peu gonflées, cet homme, ce Simon, n'a pas dormi depuis longtemps.

– Nous nous reverrons, dit-il. Je l'espère, pensa-t-elle, la route est longue, dit-elle, si c'est la volonté de Dieu. C'était la volonté de Dieu, pour sûr, c'est déjà décidé, elle a reconnu la voix qui le lui avait dit, c'était sa propre voix et en même temps celle de quelqu'un d'autre en elle, bien sûr qu'ils se verront encore, et comment, et tant de fois.

Cette nuit-là, les pèlerins dormirent dans un hameau sous le col de la montagne, les nuages s'amoncelaient sur les cimes, il était temps qu'ils atteignissent le lieu où leur chef Mihael était connu des habitants, qui furent heureux de donner un toit aux saints voyageurs et les pèlerins se sentirent rassurés et contents d'être si bien dirigés. Il s'agissait à présent de s'installer pour la nuit dans les maisons, dans les granges et dans les fenils, au presbytère et à l'auberge. Le village s'étirait en longueur, les rares maisons étaient parsemées sur la montagne où la foule se dispersa peu à peu. Passer la nuit, une nuit qui sera suivie d'autres nuits innombrables. Un nombre si grand que la pensée ne pouvait le suivre. Durant les mois du printemps, en mai avec ses fleurs, en juin avec ses chaleurs, nuit après nuit ils contempleront les étoiles étrangères au-dessus de leurs têtes. Ils ne reviendront qu'à l'approche de l'hiver, Dieu fasse qu'ils reviennent tous.

Ils étaient en sécurité là, en ce moment, mais ils sentaient qu'ils étaient dans un pays étranger, chez des paysans qui parlaient allemand, sous les nuages qui s'amoncelaient au-dessus des cimes. Était-il étonnant que les craintes s'insinuent dans le cœur des pèlerins ? Nulle part on ne voyait de maisons familières, de champs connus, nulle part de rues étroites ni de places pavées de pierre, nulle part de saints amicaux, ceux qui veillent sur les prés, sur les forêts, sur les maisons et les églises, soudain elle n'existait plus, la grande paix du foyer-refuge, il n'y avait pas non plus de choses terribles qui faisaient peur chez eux, des choses qu'ils connaissaient et qu'ils savaient comment craindre et s'en prémunir. Leurs esprits malins étaient familiers, ils pouvaient les évoquer dans les conversations. Ici brillaient dans les ténèbres des yeux inconnus et personne ne savait à qui ils appartenaient, ce qu'ils contenaient et ce qui se cachait derrière ces regards. Certains pèlerins veillèrent tard dans la nuit à l'église, priant entre les flammes vacillantes des cierges. D'une grange venaient les chants doux des complaintes paysannes slovènes. Les bêtes s'éveillaient dans les forêts. Les étoiles étaient hautes et le ciel profond. Là-haut était le Reliquaire d'or, il flottait au-dessus de leurs têtes, tout comme le jour il voyageait devant eux, par-dessus les masses des arbres, il flottait à présent aussi, leur seule destination, leur seule protection. Nulle part de toit familial, ni de villageois qui respirent dans les maisons voisines ou sur les montagnes alentour, pas de bourgeois qui houspillent les enfants turbulents une dernière fois, alors que les sergents de ville discutent sous les fenêtres, que les ivrognes braillent… tout était différent. La nuit avait apporté dans le sommeil des pèlerins l'incertitude et la solitude, chacun était seul dans son sommeil, des monstres nocturnes s'y glissaient. Le versant dénudé de la montagne inconnue n'avait plus de limites, la forêt n'avait pas d'orée, la clairière avait perdu le sol ferme, l'espace était sans limite aucune. Le fenil était une nef sur la mer déchaînée des cimes, la colline inconnue était une île lointaine, étrangère. Soudain le monde était devenu grand, trop grand, un grand abîme sous les étoiles, un sombre océan.

Une couche fut préparée pour Katarina, par terre dans la maison d'un paysan. Le lit allait à Amalija, qui se lavait et ne cessait de parler et de poser des questions, sans attendre la réponse. Où va l'homme avec qui elle avait bu du vin ? Il s'appelle Simon, Amalija le sait déjà, c'est un homme taciturne, avec quelques cheveux blancs sur les tempes malgré sa jeunesse, va-t-il à Kelmoraïn ? Il a dû lui arriver bien des choses pour qu'il ait déjà quelques cheveux blancs, il a un regard sombre, il marche seul… tu crois qu'il a tué quelqu'un ? Qu'est-ce que tu racontes, dit Katarina, mais qu'est-ce que tu racontes donc ! Amalija ne s'arrêta pas : est-ce qu'il lui plaît, à Katarina ? Elle-même le trouve mystérieux, elle l'avait entendu dire quelque chose en espagnol, pourquoi ? Et Katarina ? Il ne lui semble pas mystérieux, un étranger, même s'il est de chez nous, Katarina avait partagé le vin avec lui, pourquoi riait-elle donc tant près du puits ? Katarina regardait le plafond, je t'ai vue près du feu, a-t-il dit, pourquoi a-t-il dit cela ? Elle savait pourquoi il l'a dit. Amalija se coucha, raconta encore quelque chose en s'endormant, puis elle poussa un gémissement et se mit à ronfler. Elle se réveilla aussitôt.

– Il y a des fantômes ici, dit-elle.

– Tu as rêvé, dit Katarina.

– Je n'ai pas rêvé, dit Amalija. Elle était soudain complètement réveillée : tu sais ce que c'est qu'un fantôme de cauchemar ?

– C'est un cauchemar !

– Le fantôme de cauchemar, dit Amalija, c'est l'âme humaine qui quitte une personne endormie et s'en va effrayer les autres gens.

Elle se mit sur le côté, Katarina espérait que cette fois elle ne se mettrait pas à ronfler, mais elle ronfla aussitôt, aucune âme d'une personne endormie ne pouvait jamais la troubler. Elle troublait par contre Katarina, et le regard de Simon était présent aussi, peut-être même son âme, mais ce n'était pas un fantôme. Elle se dit qu'il avait regardé à l'intérieur d'elle, il était ouvert, son intérieur, Dieu fasse que son intérieur ne soit pas un abîme. Entre les ronflements d'Amalija, les hululements qui venaient de la forêt voisine et le chant lointain des pèlerins, Katarina était soudain toute seule. Elle savait qu'il était interdit de penser à lui, elle penserait aux personnes qu'elle avait laissé seules, elle penserait à son père resté seul, à Aron couché devant le seuil de la porte et levant la tête au moindre bruit, en attendant son retour. Soudain son visage était mouillé de larmes, et plongeant déjà dans le sommeil elle se disait qu'elle ne devait pas dormir, que ces aimables malins allaient venir qui la touchent exactement comme elle le veut, même si c'est contre sa volonté. Puis viendraient ces deux seigneurs qui l'emmèneraient à un endroit où tout le monde la verrait et saurait tout, où le lit servirait de pilori. À moitié endormie déjà elle se mit à bouger les lèvres et à formuler à voix haute la prière que sa mère lui avait apprise :

Mon bon et cher ange gardien
Demeure toujours avec moi
Nuit et jour veille sur moi bien
De tout mal préserve-moi

De l'autre côté du mur des vaches remuaient et murmuraient dans leur repos animal, cela la rassurait, elle aurait été encore plus rassurée si elle avait su tout près l'ange, ou plutôt son angèle qu'elle appelait près d'elle. Au milieu de la nuit elle fut réveillée par le tonnerre, la pluie se mit à tambouriner sur le toit, de ces nuages noirs sur les montagnes sous lesquelles se profilait la clarté cristalline elle se mit enfin à tomber à verse. À la fin, Amalija elle aussi trouva une respiration calme et régulière sur le lit en haut. Des voix parvenaient jusqu'à Katarina de quelque part, peut-être du grenier, on discutait, mais c'était étrange, on avait l'impression qu'une seule voix menait la conversation.

Il n'y a rien à faire, dit la voix qui aurait pu être celle d'un homme, mais aussi celle d'une femme, il faudra la faire tomber dans l'eau. Mais elle ne sait pas nager, disait l'autre voix, exactement semblable à la première. C'est justement pour ça, dit la première. Elle va attraper froid, dit la seconde. C'est bien ce qui doit arriver, insista la première. Les anges, c'est-à-dire les deux anges, l'avaient dit en même temps de leur voix d'homme et de femme, c'est justement ce qui doit arriver, les anges savent bien ce qu'ils font. Katarina ne savait pas qui disait ces paroles, qui la jetterait dans l'eau bien qu'elle ne sache pas nager, et pourquoi elle devait attraper froid de surcroît. Ce sont des choses que l'on entend seulement dans les rêves et quand en plus on est à l'étranger. Ce sont des rêves, pensa Katarina, des rêves bien étranges.

10

Le tonnerre grondait entre les monts, il frappait quelque part les sommets rocheux puis descendait dans la vallée et parcourait l'étroit défilé, se répercutait sur les bords et disparaissait dans les forêts. Les pèlerins se réveillaient sur leurs couches, regardaient les parois rocheuses, les uns disaient que c'était des canons de Sa Majesté l'impératrice Marie-Thérèse, son artillerie procédait aux manœuvres là-haut, ses artilleurs tiraient dans la rocaille des obus qui tonnaient comme ils tonneraient bientôt sur les villes et sur les caboches prussiennes. D'autres étaient d'avis que les mineurs de Salzbourg faisaient sauter les entrées des mines pleines de sel, d'autres affirmaient qu'il s'agissait des bâtisseurs qui faisaient exploser des rochers pour les utiliser aux fondations de la grande église nouvelle de Saint-Joseph. Ni l'un ni l'autre de ces avis ni le troisième ne s'est avéré juste, c'était en fait saint Élie qui se promenait sur son char de feu au-dessus des nuages, de cime en cime, c'était le grondement de ses roues célestes et de ses chevaux de feu, celui qui en avait envie pouvait voir là-haut les étincelles que faisaient jaillir leurs sabots.

À l'aube, Katarina entend entre les grondements de bizarres gémissements, des cris de femme et des plaintes, elles n'ont pas encore cessé, les voix de la nuit et des rêves. Elle lève la tête, écoute, Amalija se retourne elle aussi dans son lit, qu'y a-t-il ? dit-elle, et elle s'esclaffe, tu ne peux pas dormir, tu penses à l'homme sombre, comment s'appelle-t-il déjà, Simon ? Katarina ne pense pas à lui, ni à Windisch, qui doit se réveiller en ce matin bourbeux dans quelque camp militaire et regarder avec fureur son uniforme blanc maculé de boue, Katarina écoute, la voix plaintive de la femme est quelque part dehors, derrière la lucarne. Ah ça ? dit Amalija, c'est Magdalenka. Elle a des visions. Des visions ? Elle voit des choses que nous autres ne pouvons pas voir, quand c'est trop pénible on fait venir l'abbé Janez qui l'asperge ou plutôt l'arrose d'eau bénite. Viens, dit Amalija en laçant déjà ses chaussures hautes, viens, et les femmes débarrent la porte grinçante, sautent par-dessus les mares dans la cour boueuse et filent sous la grange, là se trouve le chariot couvert dans lequel voyage le chef des pèlerins, on avait simplement tiré le chariot sous la grange pour ne pas avoir à le décharger, c'est de là que viennent ces affreux geignements. Amalija met le doigt sur sa bouche, elle écoute, s'approche précautionneusement du chariot et relève le toit en toile cirée.

Dans la lumière blafarde du matin les yeux de Katarina perçoivent l'ondulation d'une chair rougeâtre qui se meut dans le tas de vêtements et de couvertures velues, c'est de cette masse informe que viennent ces gémissements et ces geignements ; de cette mer de chair qui se balance sur le chariot s'arrache un cri qui ferait reculer Katarina, mais elle ne peut reculer, son regard est rivé à ce secouement flasque, la curiosité et la puissance de la scène prennent le dessus. C'est Magdalenka, son grand corps est couché sur le chariot tiré à tour de rôle par des chevaux et des mulets, c'est Magdalenka avec ses douleurs et ses joies qui ne sont données à personne d'autre, elle est en route pour le lointain pays. Son grand corps, sa chair abondante respire et se meut, la houle de cette plaine rougeâtre et mouvante de figure humaine oscille entre le bord du chariot et le bord de Mihael, le chef des pèlerins qui dort tranquillement à côté d'elle, accoutumé à sa riche vie intérieure, il n'entend ni les gémissements ni les cris, il n'entend même pas le grondement dans le lointain.

Que voit-elle, Magdalenka, qui fait se répercuter ses cris dans la nuit, que voit-elle ? se demandent les pèlerins avec respect et inquiétude ; ce qu'elle voit est-il bon ou mauvais, est-ce porteur du bonheur ou du malheur, de beaucoup de bien, d'après ce que l'on peut juger par ses cris de joie, et encore de plus de mal, c'est ce que disent ses gémissements. Je vois, murmure Magdalenka lorsqu'elle ne pousse pas de cris, je vois, murmure-t-elle pour elle et en elle, et elle ne le dit à personne, même pas à son guide, il est allongé près d'elle dans toute sa force, son ventre puissant monte et descend en cadence. Je vois, dit-elle avec une joie et une douleur que personne sauf elle ne peut saisir, je vois notre Sauveur, on le frappe sur le corps et au visage, je vois son corps flagellé qui se balance devant mon visage, le crucifix se balance dans une grande pièce, et son corps menu et fragile est couvert de plaies, parsemé de véritables trous qui laissent gicler le sang, des fleuves de sang sortent du menu corps, du foie et du cœur et des poumons, de la tête et des bras et du sexe, et tout ce sang est le sang de la vie et le sang de l'amour qui me renouvelle, me rend soudain légère, fait que je ne suis plus Magdalenka couchée dans mon propre poids sur le chariot en route pour Kelmoraïn, mais que je suis Magdalenka faite soudain uniquement d'amour languissant qui m'arrose en même temps que son sang, si légère que je peux flotter au-dessus de ce chariot, de ces couches de pèlerins en train de mâcher leur croûton du matin qu'ils ont tiré de leur baluchon, au-dessus de la fumée qui s'élève des maisons, au-dessus de la forêt, sous les cimes rocheuses d'où on entend tonner la cavalcade matinale du vieux prophète ; j'y vois le sang sacré, je vois l'amour de ce sang, il coule dans mon corps, ce sang, et par le monde entier, je vois cela et pour cela je vis dans la joie et dans la douleur, dans la joie parce qu'il m'est donné de voir, dans la douleur parce que c'est pour nous, pour notre rédemption que sa souffrance est si grande et infinie.

Élie cessa son voyage céleste, Magdalenka retrouva son calme et attendit entre de légers sanglots son repas du matin, les pèlerins traînaient toute la matinée dans le hameau de montagne en attendant de poursuivre leur route. Partout on s'embourbait, et comme une grande masse d'humains passait autant de temps au même endroit, il y avait aussi beaucoup de bourbe humaine, les odeurs se répandaient, ce qui provoquait la mauvaise humeur chez bien des personnes, on commençait à entendre des disputes et des reproches, le pèlerinage n'est pas uniquement le voyage à travers la lumière cristalline, c'est aussi le voyage à travers la boue. Plus l'homme veut monter haut plus il s'enfonce dans la boue, pour ne pas dire, en considérant les conditions présentes : dans la merde, dans sa propre merde. À l'approche du déjeuner tant de mauvaise humeur s'était accumulée qu'on devait faire quelque chose, l'abbé Janez dit, plein de colère, qu'ils n'avaient qu'à prier, quel genre d'êtres sont-ils pour se disputer à propos de quelque chose de tout à fait humain, le chef pèlerin Mihael Kumerdej frappait du fouet contre sa botte, il y a des nuages au-dessus des montagnes, il faut se mettre en route, en route, et là on bouffe encore, en route, en route, le fouet frappait, et là on se dispute pour des crottes. Heureusement, le vieux patriarche de Ptuj se leva enfin et expliqua à l'assemblée la charge qui pèse sur les épaules humaines. Il dit :

– Pourquoi vous fâchez-vous, assis que vous êtes à la table garnie ?

Les gens criaient qu'ils ne se fâchaient pas à cause de la table garnie mais à cause des conditions d'hygiène non réglées, à cause de ce qui les traverserait depuis la table garnie pour aboutir le lendemain dans les latrines inexistantes, certains font leurs grands et petits besoins simplement derrière les maisons et dans les cours au lieu d'aller un peu plus loin dans la forêt où il fait sombre et glissant, c'est vrai, où il y a des loups et des ours, mais au moins il n'y a pas d'odeurs comme il y en a ici, même après le déjeuner. Ils continuaient leurs chamailleries, faisant cliqueter leurs assiettes et clapoter leurs langues tout en se versant du vin. Alors l'abbé Janez se leva et s'écria : Taisez-vous, écoutez l'ancien.

On entendit un bruissement très léger parcourir les tables, l'ancien de Ptuj a la parole. Ils posèrent les cuillères, en douceur les gobelets retrouvèrent leur place sur la table. Le claquement des langues continuait.

– Pourquoi vous fâchez-vous, bonnes gens ? répéta le père Tobija. Il n'est pas sage de se fâcher au déjeuner parce que ça presse le matin pour les besoins naturels. Le poète n'a-t-il pas dit : *Maturum stercus est importabile pondus* ? Tobija savait le latin, certes, mais comme les pèlerins ne connaissaient pas cette ancienne langue de sa jeunesse, il traduisit aussitôt : La crotte mûre est une charge insupportable.

Il laissa aux pèlerins le temps d'acquiescer après avoir réfléchi à cette sage philosophie, puis le père Tobija, qui était d'un grand âge et qui avait vécu bien des choses, dont certaines plus de deux cents ans plus tôt, poursuivit : Réjouissez-vous, les forêts sont immenses, qu'est-ce que ça serait si vous deviez faire votre pèlerinage en bateau ? Quand, en l'an mil six cent trente, si ma mémoire est bonne, nous allions par bateaux en Terre sainte, des difficultés de cet ordre étaient bien plus grandes que ce que nous voyons aujourd'hui, je veux dire que ce que nous avons vu ce matin. Chaque pèlerin avait près de lui un récipient pour uriner et vomir. C'était un petit récipient en terre que nous appelions alors, si je me souviens bien, la *teracota*. Comme qui dirait « bouteille », mais à l'époque on n'utilisait encore guère le verre. Comme on était horriblement serrés sous le pont on ne pouvait pas toujours le vider avant l'aube. Il se trouvait toujours quelque empoté qui, poussé vers l'extérieur par le besoin, renversait au moins cinq bouteilles, c'est-à-dire des récipients à urine, sur son passage, ce qui provoquait une puanteur insupportable. Le matin, lorsque les pèlerins étaient levés et que leurs ventres demandaient grâce, ils grimpaient tous ensemble sur le pont, c'est-à-dire sur la proue où il y avait quelque lieu pour se soulager. Il y avait parfois jusqu'à treize personnes sur le banc, et pas mécontentes, mais souvent la colère et non le besoin s'emparait de ceux qui attendaient, surtout quand quelqu'un s'attardait trop longuement au lieu. Bref: *Nec est ibi verecundia sed potius iracundia !*

L'abbé Janez Demsar traduisit: Il n'y a pas de honte ici, mais plutôt de la colère !

Et Tobija poursuivit: On pourrait comparer cette attente à l'impatience qui s'empare des gens durant le carême, quand ils veulent se confesser au plus tôt et doivent faire des queues interminables parce que la personne devant eux prend tant de temps à se purifier de ses péchés. On comprend que ça les mette de mauvaise humeur. Les plus grandes difficultés arrivaient lorsque le temps était mauvais. Le vent secouait le bateau et les vagues recouvraient le banc sur la proue. S'y asseoir était alors une chose fort dangereuse, le moindre mal était qu'on pouvait être dépouillé de ses vêtements, c'est pourquoi certains y allaient carrément tout nus. La pudeur en souffrait fortement. Des conditions pareilles étaient embarrassantes même pour des gens fort honorables. Certains, qui avaient honte de grimper tout nus sur le banc à merde, faisaient leurs besoins dans un récipient près de leur lit, ce qui était exécrable et empoisonnant pour leurs voisins. Les mots me manquent pour décrire ce que j'avais à souffrir à cause d'un malade qui occupait le lit voisin du mien. C'est pourquoi, mes bonnes gens, nous ne devons pas nous fâcher les uns contre les autres, en revanche il faut faire ces choses aussi fréquemment que possible, en y mettant tous les efforts de discrétion. Il faut essayer jusqu'à trois, quatre fois par jour, durant le voyage, laisser les ceintures et les boutons ouverts et l'évacuation se fera même si on a le tube digestif rempli de pierres. On évitera ainsi la presse du matin, la puanteur et les disputes inutiles. Et même le mauvais esprit s'éloignera de nous, tout comme il s'est éloigné en s'installant dans les cochons et leur puanteur ; il se noiera dans la mer.

– Marc, 5,13, dit l'abbé Janez, amen.

– Amen, répéta Mihael, assoiffé, et tout le monde se consacra au repas fumant, les difficultés matinales étaient oubliées et les disputes closes. Une bonne histoire qui permet d'apprendre quelque chose est le meilleur remède contre la mauvaise humeur ou la colère, surtout s'il apparaît qu'autrefois le sort des gens était encore pire que dans les temps modernes.

Cependant, tout semblait indiquer que rien de bon n'attendait les pèlerins de Kelmoraïn ce jour-là. Une fois que les choses sont dans la boue il devient dur de les en sortir, aucune histoire édifiante n'y peut rien. Les monts sont enveloppés de nuages, toute sorte de boue recouvre la terre, le ciel est invisible, les cochons creusent des trous derrière les maisons, les valets attellent les chevaux et chargent des balluchons sur les mulets, tous veulent quitter ce hameau embourbé pour avancer, pour aller vers la lumière qui appelle au loin, même si tout n'est que ténèbres et nuages saturés d'eau, et en ce qui concerne l'humidité les pèlerins sur la terre ferme ne sont pas logés à meilleure enseigne aujourd'hui qu'autrefois ceux sur les bateaux. Il est temps que le guide prenne les choses en main, qu'il manifeste sa force et ses capacités d'organisateur et de stratège. Jambes écartées, son bourdon à la main il se tient sur le sommet d'une colline où il a été le premier à monter, tel un Moïse couvert de boue il contemple son peuple qui grimpe le long du chemin en serpentins sous ses pieds, le col est devant eux, loin au-dessus de sa tête. Cet après-midi, avant le soir, il faut monter jusqu'à la passe et redescendre de l'autre côté, par-dessus les rochers gris où il reste des plaques de neige, et au-dessus s'amoncellent les nuages, il va encore pleuvoir. Le Moïse boueux piétine sur place, crie, ordonne, mais malgré cela la colonne des pèlerins s'étire lentement, les chevaux glissent sur les pierres mouillées, les roues tournent à vide, les vieux n'avancent plus, le chariot avec les malades est resté loin derrière, les conducteurs jurent en s'arc-boutant contre les bords des chariots, soulèvent les roues, une femme prie à voix haute appelant la Mère céleste au secours, un pèlerin s'est assis au pied d'un arbre en disant qu'il n'ira pas plus loin, il restera là, que les autres se frayent le chemin à travers les pleurs et les gémissements et les grincements de dents, il faudra le gagner durement, Kelmoraïn, à travers la boue et la sueur, entre les hennissements des mulets qui ripostent ainsi aux coups qui tombent sur eux, entre les pets que font les chevaux sous le terrible effort pour sortir les charrettes de la boue, il faut passer par l'effort, par l'humidité, il faudra tirer le camarade souffrant, tout comme les vieilles femmes et les vieux, pour rejoindre Kelmoraïn il faudra passer par la prière et par les jurons.

Entre deux rochers glissants fichés dans un pré marécageux le chariot-maître s'embourbe pour de bon. Ils tentent de le soulever, de passer des troncs d'arbre par en dessous, Mihael distribue des coups aux chevaux et aux hommes, il n'y a rien à faire, il faut le décharger. La Grande Magdalenka bascule lentement par-dessus bord, la chair flasque glisse morceau par morceau sur la terre, mais le chariot reste enfoncé dans la boue.

Mihael Kumerdej, les bras sur les hanches, se tient devant l'homme assis près de l'arbre, hé monsieur, crie-t-il, on va se reposer. Lève-toi, crie Mihael, pousse le chariot, l'homme aux cheveux blancs tout trempés et au regard perdu, visiblement pas un paysan mais un bourgeois en costume de velours avec une chaîne d'or au cou, fait des signes de dénégation, Sainte Vierge, je ne peux pas, il souffle, je ne peux pas. Mihael quitte la route pour réfléchir, déboutonne son pantalon et urine à grand jet, il réfléchit plus facilement ainsi, il urine comme un cheval, une vapeur épaisse monte dans le jour humide, tout son corps exhale la chaleur, la sueur, sa bouche est écumante comme celle d'un cheval.

Qui, diantre, n'est pas fatigué, s'écrie Mihael lorsqu'il revient à la charrette et jette des regards inquiets en direction de Magdalenka assise dans l'herbe, même avec Magdalenka dans l'herbe la charrette n'avance pas d'un pouce, elle regarde les nuages que le vent pousse, l'orage se prépare, dans un moment les voyageurs célestes verseront sur eux leur charge mouillée. Le repos c'est quand le guide l'ordonne, c'est l'idée qui lui vient, c'est le seul repos. Les paysans et les valets se rassemblent autour d'eux. L'autre ne répond pas, il secoue seulement ses cheveux blancs collés qui lui tombent sur le visage, n'est-ce pas ? demande Mihael, les hommes murmurent, ceux qui se sont donné du mal pour retirer les charrettes de la boue l'approuvent, ce n'est pas le moment de se reposer. Le père Tobija, dit un valet en crachant, le père de Ptuj a cent cinquante ans ou davantage, et jamais il ne cherche à se reposer à l'ombre. Sans penser qu'il n'est aucune ombre nulle part, le jour est sombre, les nuages sont suspendus juste au-dessus de la cime, au-dessus des plaques de neige, sous la paroi verticale, là où mène leur chemin, ils sont embourbés, la tourmente se prépare, et là cet homme est assis sous l'arbre, comme s'il se reposait par un jour ordinaire et il ne veut pas les aider, il ne le veut pas. C'est pourquoi Mihael titille avec une longue baguette le sieur de velours et d'or entre les côtes. Je ne peux pas avancer, dit l'homme près du tronc, titille-le un peu au ventre, pétille un jeune paysan, il s'empressera d'attraper le chariot. Ça peut faire de l'effet pour de bon, s'écrie Mihael afin d'être entendu de tous, il se penche sur son visage et dit à voix basse : Tu as entendu ce qu'ils disent ? Que je dois te donner un coup dans le ventre. J'y vais, dit l'homme en essayant de se lever, mais il glisse et s'affaisse. Je vais t'aider un peu, dit Mihael. Il jette un coup d'œil vers le ciel, murmure quelque chose, comme pour chercher à excuser ce qui va suivre. Puis il serre les dents et attrape le gourdin des deux mains. Il frappe de côté, le coup tombe à plat sur le flanc du corps assis, faut pas le frapper, crie une femme, peut-être Amalija, peut-être Katarina, faut pas le frapper, que le monde est cruel soudain, jusqu'où sont donc tombés les humains. L'homme pousse un gémissement, fixe son regard effrayé et étonné dans les yeux de Mihael, il semble qu'il lui est impossible de comprendre ce qui vient d'arriver, cet Hercule faisait des blagues un instant plus tôt en le titillant de sa baguette, et là il l'a frappé. Avant qu'il prenne vraiment conscience qu'on le frappe, devant les yeux stupides des paysans, le coup vient de l'autre côté, on est en train de le punir publiquement pour quelque chose qu'il n'a pas fait, parce qu'il a mal au ventre et qu'il s'est assis près de l'arbre il est puni, mis physiquement au pilori. Sans qu'un juge quelconque ait prononcé une peine, même injuste, c'est pourquoi il dit, je vais me plaindre, en le disant il lève les deux bras au-dessus de la tête, car le bâton est à présent suspendu au-dessus de lui, tout indique que pour le plaisir des tâcherons rassemblés il tombera une troisième fois sur la tête du paresseux. Te plaindre à qui ? demande Mihael, l'homme se tait, il vaut mieux se taire, ça passera, puis on verra, à la première ville on ira devant le juge, et à l'évêché, voilà ce qu'il pense et il se tait, à qui tu vas te plaindre ? demande Mihael. À personne, dit l'autre en baissant les yeux, à personne, Mihael abaisse le bâton au point que l'autre regarde à travers ses cheveux collés et mouillés, lève-toi, dit-il. Lève-toi et va. L'homme à la chaîne d'or se lève, fléchit, se relève, ça devrait aller maintenant, mais Mihael voit le regard triste de Magdalenka, elle est toujours assise dans l'herbe mouillée, le chariot est toujours embourbé, il ne peut pas mettre Magdalenka sur pieds à coups de bâton, elle est assise dans la boue parce que ces gens des villes sont si paresseux, soudain il est pris d'une fureur qu'il n'arrive pas à dominer, les nuages sont encore plus bas, ils ont perdu presque une demi-heure à cause de ce paresseux, tout est au point mort et le bâton se lève de lui-même, résonne sourdement sur la tête de l'homme qui ploie, il tombe à genoux et puis à quatre pattes. Le sang dégouline entre les cheveux blancs. Il tente de se relever, veut essuyer sa tête avec ses cheveux et sa main pleine de boue en met sur le visage, des parcelles de boue sont entre ses cheveux blancs aussi et le sang est répandu partout sur sa figure et sur ses vêtements. Il jette des regards désespérés tout autour, cherche de l'aide qui ne vient de nulle part, de loin, Simon, qui se cache le visage dans ses mains, contemple la scène, Katarina sanglote, quel monde, quel monde cruel, Amalija dit je ne sais pas ce que c'est, ça ne se passe pas toujours comme ça, Magdalenka est assise par terre et hurle vers le ciel, les paysans se dispersent lentement en silence, plus personne ne trouve à son goût cette forte scène, trop de boue et de sang, c'est quand même un saint voyage, tout peut arriver, mais était-il nécessaire, ce dernier coup ? Qu'est-ce que vous regardez, dit Mihael en jetant un regard tout autour. Même si presque personne ne regarde, ils se détournent, Mihael attrape un paysan par la manche : Qu'est-ce qu'il y a ? rien, dit le paysan, il est suffisamment rusé pour ne pas chercher de problèmes, je veux dire, ajoute-t-il en voyant un éclat dangereux dans les yeux de Mihael, que c'est juste. C'est juste, nous devons tous prendre une part de travail. Sinon nous n'arriverons jamais à Kelmoraïn.

L'homme près de l'arbre tente de se relever, il est à quatre pattes, la chaîne d'or se balance à son cou. Mihael attrape la chaîne et le tire comme un chien, les bras de l'homme s'arc-boutent dans la boue, il commence à avancer à quatre pattes, mais j'y vais, dit-il, je pousserai le chariot, le curé accourt et l'aide à se relever, on a l'impression que Mihael va frapper l'abbé aussi, et on a encore plus l'impression qu'il a envie d'arracher cette chaîne, mais elle est d'or pur, solide et bien forgée. On n'a jamais vu ça, aller en pèlerinage avec de l'or autour du cou, que peut bien faire cet or ? dit Mihael, il n'y a là ni riches ni pauvres, nous sommes tous crottés et tous égaux, c'est le chemin de Dieu. L'homme se regarde, c'est lui le plus couvert de boue et de sang, il ne comprend pas pourquoi les choses doivent être ce qu'elles sont, pourquoi tout cela est arrivé, pourquoi il s'est mis en route, pour la bonne santé, pour la bénédiction, pour que les affaires marchent bien, pour une place à la droite du Seigneur, quand viendra la terrible heure dernière, même s'il a l'impression que cette heure est déjà présente. Partons, partons, appelle Mihael Kumerdej en marchant près du bourgeois appuyé sur l'abbé Janez ; répète, crie-t-il à son oreille. Partons, partons, s'écrie le sieur en costume de velours, qui s'approche du chariot, s'y adosse, pousse un peu, partons, partons à Kelmoraïn, le chariot s'ébranle, on remet Magdalenka sur les tas de vêtements et de couvertures bouclées. Une fois là-haut, elle relève un peu la toile cirée et fait des signes d'encouragement au bourgeois à la chaîne d'or tout crotté, tu vois, ce n'était pas si dur que ça. Oh si, c'était dur, ça l'est encore, Kelmoraïn est soudain si loin, et Dieu encore plus loin, et le chef pèlerin avec son bâton si près, tout près.

Un nuage de vapeur s'élève de l'abbé Janez, des filets de sueur coulent sur son front, il devrait entreprendre quelque chose, ça ne va pas, il est bouleversé, il faut en avertir l'évêché, mais pour l'instant il faut continuer la route sinon ils seront rattrapés par la pluie, elle va les emporter vers la vallée. C'est une brute sauvage, dit Simon qui respire bruyamment à côté de lui, cet homme est dangereux. Que puis-je faire, halète le curé, que puis-je faire, c'est un guide pèlerin qui a de l'expérience, il a tous les papiers, il connaît le chemin. La prochaine fois il tuera quelqu'un avec son bourdon, dit Simon, un enragé pareil ne doit pas être à la tête des pèlerins. Que faut-il que je fasse, dit le curé de Saint-Roch, moi aussi, il me fait un peu peur. Ce n'est pas la peine d'avoir peur de lui, dit Simon, c'est une brute sauvage, et une brute sauvage est lâche, elle recule toujours quand elle est en position de faiblesse. Elle attaque quand elle se sait la plus forte, c'est la preuve qu'elle est lâche. D'où te vient cette sagesse ? demande Janez. Des missions, dit Simon. Tu as été dans les missions ? Au Paraguay, dit Simon. Les jésuites, dit Janez, pourquoi ne portes-tu pas le costume noir, mais on n'a pas le temps, pas le temps, les nuages sont encore plus bas, le troupeau va de plus en plus lentement, encore plus enfoncé dans la boue, les chariots avancent à peine, si ça les attrape ici ils seront emportés par le courant vers le bas. Si le mouton perd son troupeau, crie Mihael quelque part derrière, en bêlant, en bêlant comme un bélier, alors il est mangé par les loups. Il va pleuvoir, hurle-t-il, ça va tomber, nous devons atteindre le col, le col. Il saute le long de la colonne, pousse les derrières des chevaux, qui chient sous l'effort, frappe les mulets sur les pattes, donne un coup du plat de la main sur la croupe d'une paysanne, faisant s'esclaffer malgré tout quelques jeunes paysans, ils tirent le chariot des malades, car les chevaux glissent et tombent, ils s'esclaffent tout de même, les uns poussent un bêlement comme leur puissant bélier, ceux qui ont presque atteint le haut de la montagne leur font écho, ils bêlent, ceux de la vallée répondent, tout cela dans la peur déjà, les gens font ce genre de choses lorsqu'il est trop tard, lorsqu'il devient clair que le troupeau n'atteindra pas le col, et il ne l'atteindra pas, non, le ciel ouvre ses cataractes, le torrent se précipite vers la vallée, ils sont pris, ils feraient mieux de prier plutôt que de bêler.

Quelque part sous les cimes Élie conduit à nouveau son char, il tonne terriblement, c'est la fin du monde, une grande inondation arrive, qui mettra fin à ce lieu à l'aide des eaux qui fonderont dessus, comme il est écrit dans le ivre des livres, les ténèbres, l'oubli et la mort poursuivront ses ennemis, et un jugement terrible s'annonce pour les pèlerins de Kelmoraïn loin de leur but, comme il est écrit aussi, quand j'amènerai sur toi des eaux sans fond, en fait peu importe ce qui est écrit, car les eaux sont là, les cataractes grondent, le tonnerre et les foudres secouent la terre qui ploie et gémit. La meule en haut de la montagne s'est défaite comme un sac qui se vide, il en est sorti de l'eau épaisse mêlée de cailloux, de son fond se précipitent torrents, rivières, chutes célestes, seuls les pèlerins de Haute-Carniole savent ce que signifie être pris dans les eaux des montagnes, dans les rochers, en quelle énorme force un ru innocent se mue, roule des pierres et des rochers, arrache les arbres, transporte neige floconneuse et boue, quelque bête en train de crever ou qui essaie de se sauver. De tous les recoins des torrents se précipitent sur les versants, à présent ils ne peuvent ni avancer ni reculer, les cris de Mihael sont impuissants, les chariots versent, les chevaux tentent de grimper devant les eaux montantes de la vallée, devant de larges fleuves d'eau qui traversent la route, d'autres s'arrêtent, quelques hommes plus jeunes enlèvent leurs grosses pèlerines fourrées qui les gênent et tentent la traversée, l'un d'entre eux est sur le point de perdre pied, de perdre l'équilibre, il va entraîner les autres qui ont de la peine à le tirer avec leurs bâtons et leurs bras de sous les troncs et les pierres, de gros blocs, légers pour les eaux et pesants pour les bras humains. Lorsqu'ils réussissent à l'amener sur le côté non inondé de la route, il est couvert de sang et son bras cassé se balance librement sur son flanc. Mihael, fort comme un Turc, ordonne de tirer un arbre arraché avec ses racines, il s'en saisit lui-même et le bouge, il faut pousser l'arbre en travers du torrent, ils crient et soufflent, poussent de leurs dernières forces ; ils viennent de libérer les chariots embourbés, de monter les malades, de descendre Magdalenka pour la remettre dessus, bêtes de somme qu'ils sont et non saints voyageurs ; mais ils réussissent à faire un pont à l'aide d'un tronc, on peut traverser, ils laissent les chariots, ils chercheront les chevaux une fois le déluge calmé, ils remettront tout en ordre, pour l'instant il s'agit de sauver sa peau, sa misérable vie dans ce monde, on n'a même pas suffisamment de temps pour faire ses comptes, pour se repentir et faire pénitence pour l'autre monde. Ils s'étirent en queue leu leu sur le tronc et entre les branchages pour atteindre l'autre bord, là est le passage, plus bas dans le pré herbu un lac se forme, une retenue, l'eau monte à toute vitesse, c'est là le dernier passage pour aller plus haut où les eaux coulent, mais pas si profondes qu'en bas, où flottent déjà baluchons et mulets, où l'orfèvre Schwarz aidé de sa belle épouse cherche à rejoindre la terre ferme, où flottent des gonfalons du pèlerinage et des chasubles, là-bas flotte la barbe blanche du père Tobija, les eaux ont sapé son corps puissant et le voilà qui flotte parmi les chasubles et les gonfalons, autour de lui sombrent des centaines de cierges tombés d'une charrette, l'eau charrie un gros morceau de bois arraché du flanc d'un chariot, Tobija s'en saisit, qui racontera de vieilles histoires s'il se noie comme se sont noyés du temps du Déluge les anciens de la Bible, il ne doit pas se noyer, il a encore beaucoup d'histoires en réserve. Et l'ostensoir précieux, et les ciboires, sur quel fond ont-ils abouti ? Personne n'y pense à cette heure, même pas l'abbé Janez. Toute personne qui traverse le tronc sans encombre de l'autre côté se signe, heureuse, et remercie son protecteur par une petite prière pour l'heureuse traversée, les jeunes campagnards et les paysans membres du tribunal des pèlerins, Amalija et Leonida la femme de l'orfèvre, jusqu'à Mihael qui fait un signe de croix pour lui et pour Magdalenka qu'on avait réussi à sortir du chariot et à traîner en amont du torrent. Mais pas tous, tous n'ont pas cette chance, les vieux n'en ont pas, là, près de ce torrent, comme ils n'en ont jamais dans la vie, étant vieux et non jeunes, ils ont de grandes difficultés à passer le pont improvisé. Le sacristain de Saint-Roch, il s'appelle Balthazar, agite les bras au point de s'emmêler dans les branches et quand il s'en dégage il est impossible de le faire avancer ou reculer. Le regard perdu il contemple à présent les eaux en folie en dessous puis le sombre ciel au-dessus et ne cesse de répéter que c'est la fin pour lui. Il le savait, avant même de quitter son foyer, l'abbé Janez, qui connaît bien son bedeau, essaie de le persuader comme un vieil âne entêté, un seul pas et tu seras sur le pont, le tronc c'est le pont, avance, et lui, au lieu de faire un pas lève les bras au ciel en disant qu'il savait depuis toujours qu'il ne verrait pas le Coffret d'or, qu'il ne verrait pas Kelmoraïn, il pensait périr dans le Rhin, il craignait le grand fleuve, et à présent le grand fleuve est descendu de la montagne, et c'est là qu'il finira, tout ça est moitié dans ses paroles et moitié dans ses pensées, en tout cas il lève les bras au lieu d'attraper la branche que lui tend l'abbé Janez, qui est le plus proche de lui, l'être le plus proche dans la vie et dans la sainte liturgie et le plus proche en cet instant, il lève les bras et exhorte le ciel de le laisser simplement ici. Celui qui prie dans de telles circonstances avec tant de cœur est bientôt exaucé, aussitôt même. Je voudrais simplement te rejoindre là-haut, dans le ciel, Père céleste, et non descendre avec ce torrent vers le trou dans la terre, avec cette eau qui roule dans le grondement de gros rochers, au point que tout le monde fuit le pont, le tronc sur lequel est accroché le sacristain de Saint-Roch, le vieux Balthazar qui lève les bras au ciel, ils s'éloignent de ce fleuve d'enfer qui ne peut s'écouler nulle part ailleurs que dans l'abîme de l'enfer. Une sorte de souche, un morceau de tronc tombe dans l'eau qui le recouvre et exauce sa prière, il faut espérer qu'il est au ciel et non pas parti dans le fleuve infernal vers le bas où est emporté son malheureux corps qui heurte les rochers, l'abbé Janez fera des prières à cette intention à Kelmoraïn et encore pendant des années à Saint-Roch, si jamais il y revient, si vraiment il y revient. Puis on n'aperçoit plus que le bourdon de Balthazar qui se fiche entre les pierres et reste debout en l'air comme une croix mystérieuse. Ils savent tous que Balthazar est le premier qui ne verra pas la relique des Trois Rois et tous pensent à eux mêmes, chacun à soi et à ses proches, y arriveront-ils un jour ? Qu'est-ce que l'homme, un ver qui se tortille, qui se traînait encore ce matin dans la boue, un cochon qui fouille dans ses propres immondices, et le voilà chose jetée à terre semblable à un bout de bois, à une pierre ou à ce bourdon qui reste fiché là.

Ils se regardaient les uns les autres : qui sera le suivant ? Car il n'y avait pas trace de pont et nulle part de solution. En dessous c'était l'abîme, dans la vallée un lac profond s'étendait déjà, au-dessus une pente escarpée. Les uns tombaient à genoux pour prier, les autres proposaient en criant de descendre ensemble dans la vallée à la grâce de Dieu, Mihael maudissait les vieillards qui s'étaient engagés dans un tel voyage, malgré ses mises en garde contre les dangers. Fou furieux il frappait et donnait des coups de pied aux gens agenouillés autour, ils s'enfuyaient comme un troupeau de moutons. Une femme entama le chant de la Vierge et du passeur, Marie, la mère du Seigneur, leur ferait passer ce fleuve, comme elle avait traversé la mer, même si elle était obligée de noyer ensuite le passeur qui ne transportait que pour les thalers blancs et les pièces d'argent, de nombreuses femmes se mirent à chanter, quelqu'un jurait qu'il verrait ce Kelmoraïn, dussent les malins envoyer une autre dizaine de torrents sur les pentes. Lorsque la volonté et la foi sont grandes, le salut vient de lui-même. Quelqu'un dit que tout en haut il existait un ancien sentier, il s'en souvenait d'il y a sept ans, quand il pèlerinait avec ses frères dans ces parages. Et même si personne ne croyait à ses dires, ils s'accrochèrent à la pente, les vieux et les jeunes, les croulants et les sains, avec la même volonté inébranlable. Bec et ongles ils s'agrippaient à la terre et aux racines. L'eau bouillonnait de chaque côté, et eux, avec l'aide de Dieu, poursuivaient leur chemin par les éboulis, la pente fut tout entière recouverte de leurs corps, ils étaient une grosse masse de noires salamandres collées à la terre. Des sapins poussaient sous le sommet et celui qui les atteignait pouvait souffler. Ils étaient peu, ceux qui se retrouvèrent dans le bosquet à l'abri et qui tendaient les bras pour aider ceux qui rampaient encore. Chacun se précipitait dedans, se dépêchant d'atteindre la clarté grisâtre sur la crête. Il y avait là-bas déjà quelque lumière, Élie s'était calmé, les nuages s'étiraient quelque part vers l'autre côté du col, la pluie venait uniquement par faibles rafales, seule l'eau déferlait encore sur les versants. Ils en ont perdu encore deux. D'abord une femme qui s'était agrippée à une motte d'herbe qui resta dans sa main. Sans un appel, sans un cri elle s'est abattue et son corps pesant est tombé sur la route pour rouler aussitôt par-dessus le bord. Sa chute détacha un gros rocher qui roula le long de la pente dénudée et vint en un grand arc frapper l'un des derniers pèlerins qui grimpaient. Juste au moment où il leva la tête pour voir ce qui se passait, il fut atteint, et à la place du visage et de la tête il ne resta qu'une grosse masse rouge mêlée de boue et de neige. À ce moment ils n'avaient pas le temps de se demander qui étaient ces deux-là, on ne pouvait même pas prier pour leurs âmes. Chacun montait au plus vite et chacun appelait son saint patron.

Sur le large plateau juste sous le sommet rocheux où ils arrivaient les uns après les autres et par groupes, il y avait un grand chariot avec des chevaux attelés et les malades agitaient de loin leurs bâtons et les béquilles. L'abbé Janez et le guide pèlerin Mihael Kumerdej échangèrent un coup d'œil : comment cette chose-là a-t-elle pu monter jusque-là ? C'est celui-là, crièrent les malades, c'est lui qui nous a sauvés. L'ermite Hiéronyme, enveloppé de ses peaux, tenait les rênes et souriait d'un air mystérieux et satisfait, il connaissait les chemins de la montagne, dit-il, il faut toujours passer par les lisières.

Depuis ce plateau herbu la vue s'ouvrait sur la route en lacets qui menait de l'autre côté, vers un grand paysage sans torrents, sans rochers, au-dessus les nuages s'effilochaient et des rayons de lumière, les premiers rayons de lumière se posaient sur les champs et sur les maisons au loin. C'est ainsi que Moïse vit du mont Nébo la Terre promise. On pourra descendre de la crête jusqu'à la route et jusqu'aux premières maisons, une église en bois s'y dresse où ils tomberont à genoux pour dire l'action de grâces pour le salut. Ils ne furent pas tous sauvés, bon nombre d'entre eux étaient perdus, on ne voyait nulle part Katarina Poljanec, bien d'autres manquent encore. Ils les trouveraient, le lendemain les hommes les plus forts retourneraient en arrière, l'eau baisserait, les chariots seraient réparés, les chevaux et les mulets retrouvés, tout comme les pèlerins qui s'étaient réfugiés devant les eaux entre les arbres, à l'abri des rochers, comme ceux qui avaient rebroussé chemin en direction du hameau boueux. Il était venu aussi le temps pour la miséricorde des trois malheureuses âmes qui avaient laissé leurs corps souillés de péchés, de boue et de sang dans cette vallée et qui jamais ne verraient le Coffret d'or, du moins pas celui de Kelmoraïn.

L'abbé Janez joignit les mains et dit : Entre tes mains, Seigneur, nous remettons l'âme de ton serviteur Balthazar qui désirait être au plus vite auprès de Toi ; nous Te confions aussi les âmes des saints pèlerins dont je ne connais pas le nom et que Toi tu connais par leur nom, comme Tu connais chacun d'entre nous. Pardonne-leur leurs péchés, reçois-les dans Ta bonté, donne-leur le repos éternel et que la lumière éternelle les éclaire. Amen. Derrière lui ils murmurèrent tous le dernier amen. Recommandons encore leurs âmes, poursuivit l'abbé Janez, à son fils Jésus-Christ, à la bienheureuse Vierge Marie, à saint Jean le Baptiste, aux saints Pierre et Paul, à saint Roch notre patron et à tous les saints dans les cieux. *In nomine Patris et Filii et Spiritus Sancti. Amen.*

11

Tu m'as jetée au fond de l'abîme, au cœur des océans, et les eaux m'ont prise, toutes tes pluies d'orage et tes flots m'ont engloutie ; Katarina délirait, dans sa fièvre elle voyait une mer immense qui se brisait contre elle, un fleuve coulait de toute sa force torrentielle dans sa direction, pendant des jours et des nuits, elle ne pouvait savoir combien, elle ne distinguait pas clairement le jour et la nuit, elle délirait à l'hospice dirigé par les carmélites, elle voyait les grandes eaux et disait des psaumes dont elle avait depuis longtemps oublié le texte, ils sortaient d'elle à présent, tu me frappes de tes flots, Seigneur, tu te couvres de lumière comme d'un manteau, tu ouvres le ciel comme une tente, sur les eaux tu poses des chambres, des nuages tu fais ton char et tu marches sur les ailes du vent. Quand elle était élève chez les ursulines, elle aimait par-dessus tout la lecture des psaumes, elle aussi devait les lire à haute voix, glorifie, mon âme, le Seigneur, le Seigneur est mon Dieu, tu es très grand, tu es vêtu de gloire et de lumière. Ô Dieu, disait-elle, mon cœur est fort, et la nonne qui se tenait près de son lit la bordait et lui appliquait des signes de croix, elle se serait signée elle-même si elle avait compris ce que disait Katarina dans sa langue slave ou magyare ou on ne sait laquelle, si elle avait compris, elle aurait su que son cœur n'était pas fort, qui, disait Katarina dans sa fièvre, qui serait assez fou pour approcher ses lèvres de la braise, d'une bûche incandescente sortie des flammes, je veux les approcher, le baiser c'est le feu lui-même et le serpent chaud glisse en moi, les eaux immenses ne peuvent éteindre l'amour et les fleuves ne peuvent l'inonder.

Car après avoir mis les bras autour du cou de son sauveur, elle ne souhaitait plus rien d'autre que de serrer ses lèvres contre les siennes, contre les lèvres de l'homme qui l'avait tirée de l'eau, et il se tenait près du feu qui rendait brûlantes ces lèvres, tout comme étaient brûlantes les siennes, telle une bûche incandescente tirée de ce feu, l'arc de feu que produisait le prédicateur en agitant la bûche : qui voudrait approcher ses lèvres du feu ? Elle, elle le voudrait. De fatigue, de cette marche à travers la vallée boueuse, de cette eau qui soudain atteignait ses genoux et montait encore, elle n'en voyait plus rien, elle avait pensé, un instant elle avait pensé que cette eau laverait la boue qui collait partout à sa peau et à ses vêtements, qui s'insinuait dans son sac et dans ses yeux, la fatigue la tirait vers le bas, elle glissait à nouveau vers la vallée où se formait un lac. Elle a aperçu un chien sur l'îlot de terre entre les eaux furieuses, elle a entendu ses aboiements, ses appels au secours, il ne survivrait pas, verrait-elle encore Aron à Dobrava ? Puis elle sentit quelque chose qui la poussait doucement dedans, il faudra la faire tomber dans l'eau, c'était la voix de la nuit précédente, car elle ne sait pas nager, c'est pour cela, parce qu'elle ne sait pas nager, que quelque chose l'a poussée dans les bras doux de l'ursuline qui lisait les psaumes, que quelque chose a parlé de la voix tendre de cette nonne au bon cœur, mais elle ne sait pas nager, c'est vrai que je ne sais pas nager, dit-elle, je vais me noyer. Qui donc sait nager en ces temps, surtout s'il vient de Dobrava, là-bas il n'y a que prairies et forêts, et nulle part d'eau profonde, l'eau a atteint ma gorge, les eaux m'encerclent, les herbes vont enserrer mon cou. Elle se sentit sombrer, cette herbe tendre des psaumes enveloppait sa tête, c'est la fin, ma maman chérie au ciel, c'est fini maintenant, et je suis si jeune, je vais me noyer, même l'aboiement désespéré qui lui parvint, les eaux le recouvriront également. Bien sûr qu'elle ne sombrera pas, c'est conçu ainsi, des bras puissants l'agrippent par sa chemise qui se déchire, dénudent les seins blancs et ronds, pas de temps pour la pudeur, des bras la sortent de l'eau, la saisissent par la taille, les bras puissants de l'homme qu'elle avait vu près du feu des pèlerins, celui avec lequel elle avait bu du vin à côté du puits, ses yeux sombres et inquiets, les bras puissants de Simon Lovrenc la tirent sur la terre ferme, il l'emporte quelque part bien loin, vers le bas, en direction d'un endroit où ils étaient déjà passés, ils glissent dans l'eau bouillonnante, elle lui jette les bras autour du cou, c'est plus facile ainsi, pour tous les deux, elle a mal et chaud d'épuisement, elle regarde ses lèvres juste devant, elle les embrassera, reconnaissante d'avoir été sauvée, elle les embrassera parce qu'elles sont de feu, parce qu'elles sont rouges, mon Dieu, mon cœur est fort, mon Dieu, tu connais ma folie, tu connais mes fautes, je vais glisser dans le péché de l'amour hors sacrement, comme ce serpent a glissé en moi. Puis elle est étendue sur un lit, sous la fenêtre il lui semble entendre les glapissements d'un chien, une nonne se penche sur elle et lui donne à boire quelque chose de chaud, bouillon ou thé, Katarina ne distingue pas, il n'y a aucun goût sur les lèvres qui brûlent, où est-il ? demande-t-elle, mon sauveur ? La nonne secoue la tête, ce n'est pas l'ursuline de l'école, c'est une autre femme, elle ne comprend pas, Katarina pose la question en allemand, devant la porte de l'hospice, dit la nonne, les hommes n'ont pas le droit d'entrer. Il est là, c'est l'essentiel, pense Katarina, qu'il soit tout près, un autre psaume des ursulines lui revient, mon cœur brûlait dans ma poitrine ; obsédée, et brûlée par le feu, j'ai laissé parler ma langue.

Êtes-vous mari et femme ? demanda la nonne avec sévérité, elle s'appelait Pélagie, et vivez-vous unis par les saints liens du mariage ? Qu'aurait dû répondre Simon Lovrenc à la stricte sœur Pélagie, alors qu'il tenait le licol du mulet sur lequel était Katarina, malade sur la selle, aurait-il dû avouer que selon son vœu il lui était impossible d'entrer dans les liens sacrés du mariage, qu'il y était depuis longtemps, dans des liens dont on ne sort pas, jamais, si les bonnes sœurs le savaient, elles se précipiteraient à l'évêché le plus proche, chez le juge le plus proche, il a dit qu'ils étaient pèlerins, que dans la montagne ils avaient été surpris par les eaux de l'orage, les autres pèlerins ont probablement réussi à passer le col. Elle, nous la prendrons, dit la femme austère et sainte vêtue d'une robe austère et sainte, elle, nous la prendrons, mais vous, vous n'entrez pas, vous faites ce que vous voulez, vous. Simon ne pouvait pas faire ce qu'il voulait, lui aussi était jeté au fond du gouffre, au cœur des océans et des eaux, il était écrit qu'il resterait devant sa porte comme un chien de garde. Avec le chien en vrai qui s'est traîné là sur leurs pas, un chiot sans collier, au poil râpé, méfiant et effrayé jusqu'à la moelle. Il loua une chambre dans l'auberge voisine et s'occupa de lui-même et du roquet à demi sauvage qui lapait les restes de bouillon gras, de la mule, pauvre bête, qui elle non plus n'arrivait pas à vaincre sa peur, elle ne savait pas que lors de ce voyage il lui faudrait nager, et avec de gros baluchons sur le dos, c'était tout à fait contraire à sa nature de mule, toute cette eau et ces cris et ces coups qui pleuvaient de partout, sans fondement aucun d'après son opinion de mule, car elle ne voulait que monter et sortir de l'eau, qui donc voudrait périr noyé dans les Alpes autrichiennes, même pas une mule. Il la caressa derrière l'oreille, tu as bien porté Katarina la malade, il la frotta avec la paille et lui prépara un tas de foin, il n'était pas tout à fait étranger aux travaux de la ferme, malgré le temps écoulé, beaucoup de temps, depuis qu'il les avait remplacés par les livres et le silence des couloirs monastiques, par la traversée de l'océan, par l'école qu'il dirigeait dans les missions.

Il s'écroula sur le lit, s'endormit enfin, dormit comme une bûche jusqu'à midi, puis il s'assit avec le chien pelé devant la porte de l'hospice tenu par les nonnes et écouta le délire de son âme. Simon Lovrenc le savait : l'âme humaine vient de la terre, mais elle appartient aux cieux. Pendant que les eaux se déchaînaient, lui aussi mettait déjà la sienne entre les mains du ciel : entre tes mains, mon Seigneur, je remets mon âme, elle n'est pas tout à fait prête, le temps a manqué, mais je me repens, les torrents sont arrivés trop vite, mais je regrette, je regrette beaucoup, le temps manquait pour continuer, il nageait en essayant de sortir Katarina de l'eau, les pèlerins s'étaient éparpillés sur la montagne, et eux sortirent enfin des eaux comme les deux derniers qui rejoignent l'arche de Noé, et la mule sortit d'on ne sait où, toute trempée, l'effroi dans les yeux. S'il n'avait pas été ce qu'il était, s'il n'avait pas vu ce qu'il avait vu à l'autre bout du monde, alors cette pensée que l'âme vient de la terre aurait été sacrilège, les dominicains, les chiens blancs du Seigneur, l'auraient mis devant l'Inquisition et sur le bûcher pour une telle pensée, dans les missions des jésuites on pouvait exprimer une chose pareille, on pouvait avoir des pensées qu'avaient les Indiens. Elle vient des profondeurs, là sont ses racines, elles sont profondes, les Guarani savaient que l'âme était l'émanation de la terre et de la forêt, des animaux et du fleuve, de tout ce qui est, et ils comprenaient facilement que l'âme voulait monter, sous la coupole de la voûte céleste, où l'appelle le Seigneur. Le moment n'était pas bien choisi pour la théologie missionnaire alors qu'il écoutait le délire d'une femme enfiévrée qui près du feu est entrée en lui à travers ses yeux, comme lui était entré en elle, une femme près de laquelle il est resté couché la première nuit après son sauvetage, dans un tas de foin d'une grange quelconque au-dessus d'une étable et qui le matin s'était réveillée près de lui toute trempée, couverte de larmes, fiévreuse, éperdue après la nuit des corps entrelacés, qui avaient été obligés de se serrer l'un contre l'autre dans cette nuit de fureur et de ruissellement dans la montagne. Il avait suivi les pèlerins afin de retrouver ce qu'il avait laissé derrière lui au-delà du grand océan, il était à présent assis devant le portail de l'hospice des carmélites, il contemplait les yeux du chien, les interrogeant : d'où viens-tu, malheureuse bête pelée, quel est ton nom ? Il écoutait les gémissements de Katarina et priait pour qu'elle guérisse. Et les pèlerins qui avaient quitté leurs villages couverts de boue, leurs bêtes avec lesquelles ils partageaient presque les habitations, leurs excréments puants, qui ont quitté leurs prés odorants de la terre pour traverser les pluies et les eaux, les cols des montagnes, les défilés pleins de dangers, puis encore des montagnes, afin que leurs âmes puissent toucher quelque chose qui fait pressentir la voûte céleste, qui fait pressentir les étoiles qu'ils contemplent depuis leur enfance et qu'ils ne comprennent pas, ces paysans ne les comprennent pas comme lui ne les comprend pas, malgré toutes ces années passées dans les bibliothèques. Ces pèlerins lui sont plus proches que ses frères en Jésus qui ont quitté les malheureuses réductions paraguayennes, les douces âmes des hommes rouges sur la terre rouge. Et à présent, à la place d'une paix nouvelle qu'il cherchait, il a trouvé des tourments encore pires, qu'il ne comprend pas, des tourments qui viennent de la femme couchée dans un lit derrière cette porte, derrière ces fenêtres, cette porte qu'il voudrait, mais qu'il ne peut passer, elle est gardée par la terrible sœur Pélagie. Sœur Pélagie sait qu'entre ces deux êtres il est une tension secrète, elle sait le tourment qui habite leurs âmes, de même son intelligence de jésuite et chaque fibre de son corps depuis l'instant même où il a aperçu le visage de Katarina près du feu des pèlerins. Il est venu ici chercher la paix qu'il avait perdue sur le lointain continent, dans l'entrepont d'une galère, pendant la fuite, dans le renoncement, dans la rupture avec ses frères, il la cherchait parmi les siens, mais il ne la trouvera pas, ce n'est pas sa destinée, au long de la route déjà il était attiré par Katarina, il cherchait à l'approcher, ce qui était souvent impossible car les jeunes filles et les femmes sans époux voyageaient ensemble, des yeux sévères et vigilants les gardaient de la débauche, les paroles acerbes des mégères désagréables et bavardes l'arrêtaient lorsqu'il cherchait à s'installer près d'elle à l'heure du repas. Suivi à la trace par le chien, il errait le soir autour des maisons dans lesquelles il sentait sa présence, il lui semblait entendre la respiration de Katarina, son paisible sommeil, l'ondulation de son corps, il suivait le cheminement de son âme depuis le pays d'où elle était venue, où elle avait laissé son père, il la suivait vers sa mère au-dessus des nuages dont elle avait parlé le matin, dans le délire de sa fièvre, de sa mère Neza qui vit là-bas parmi les anges et contemple la vie de sa fille. Avec un trouble courroucé et grandissant il observait Mihael, le fauve mâle qui tournait autour de Katarina en grands cercles, comme il tournait lui-même en l'approchant avec précaution, comme il l'approchait, lui, mais Mihael avec son plein droit de chef des pèlerins, le droit du protecteur, ce droit qu'après tout lui avait passé son père, comme il l'avait passé à l'abbé Janez avant le départ de la procession des pèlerins de Saint-Roch en Carniole. Un soir il a vu Mihael, avant qu'elle n'entre dans la maison, approcher la main de ses cheveux pour lui faire une caresse, à première vue paternelle, mais en fait bestiale, du geste d'un fauve à l'affût. Et Simon ressentit une douleur, presque physique, celle d'un fauve aussi, d'une certaine manière, car quelque chose de hargneux s'éveillait en lui, quelque chose qui pensait et sentait le corps de Katarina, et en même temps une fureur contre cet homme qui tentait de la toucher, la colère, la jalousie qui se muait en fureur, telle qu'il l'avait vue dans les auberges campagnardes, là où l'on tire le couteau provocant fiché dans la table et on le plonge dans le corps de quelqu'un. C'était la colère de ses aïeux, la colère qui leur faisait tuer les châtelains et leurs régisseurs, la colère qui n'était pas si loin de l'obéissance des jésuites, la colère du serf de Turjak, capable de blesser, de tuer peut-être. Oui, voilà où en sont arrivées les choses, Simon était jaloux, dangereusement jaloux, mais encore plus amoureux, même s'il n'avait pas le droit de l'être. Lui aussi brûlait de fièvre, il n'est pas d'eaux assez grandes pour éteindre le feu de l'amour ni de fleuves capables de le submerger.

Quand sœur Pélagie apprit que Katarina avait été à l'école chez les ursulines, son visage s'éclaircit. Encore plus lorsqu'elle sut que Katarina n'y avait pas seulement appris à lire et à tisser, à écrire, à compter, le catéchisme dans les moindres détails, mais aussi le latin et la récitation des psaumes. Elle lui apporta la cithare, elles jouèrent et chantèrent en chœur, puis récitèrent des psaumes : Tu as éprouvé mon cœur, tu m'as visité la nuit, tu m'as transfiguré, tu n'as rien trouvé ; mes pensées ne passent pas ma bouche. Souviens-toi, Seigneur, de ta miséricorde, de tes bontés, qui sont éternelles, les péchés de ma jeunesse et mes méfaits, ne t'en souviens pas, allège la détresse de mon cœur, éloigne de moi mes angoisses. Sœur Pélagie s'aperçut bientôt que ces deux êtres, cet homme et cette femme, elle n'arriverait pas à les tenir séparés, à chasser l'homme devant le portail comme on chasse un chien ; quand elle lui disait que Katarina dormait, il s'en allait, certes, mais il ne cessait de tourner en silence autour de la maison, en grands cercles et toujours plus près, elle ne voulait pas être l'horrible cerbère, et bien que de mauvais gré, elle a fini par accepter sa présence de chien devant la maison, maison au double chien, car ses yeux étaient comme ceux du chien qui suivait ses pas. Il apportait des herbes médicinales et lui commandait rigoureusement les décoctions et les tisanes qu'elle devait lui préparer pour l'expectoration, pour que s'en aille la maladie qui s'était glissée en elle dans les eaux glacées, il est impossible de chasser un tel homme. Elle souhaitait seulement que cette pèlerine que Dieu avait envoyée sous son toit et cet homme avec elle qui eût aimé lui aussi être sous son toit, que cette pèlerine recouvre au plus vite sa santé pour repartir, l'affaire était trop embrouillée pour que sœur Pélagie pût la débrouiller, même les forces supérieures ne le pouvaient pas, si toutefois elles n'en étaient pas à l'origine.

Katarina savait elle aussi que l'homme sans sommeil veillait à sa porte, que personne ne pouvait le chasser et qu'elle non plus ne pouvait le chasser de ses pensées. À présent les rêves se tenaient tout autour d'elle, à l'affût. Elle écoutait le bruissement du vent printanier qui dispersait les nuées, il faisait toujours plus doux, ses forces revenaient, elle écoutait le battement du sang dans ses veines, dans le ventre, à ses tempes. Elle entendait la respiration de l'homme, la respiration de cette nuit dans le fenil, dans l'arche de Noé, la respiration qui passait lente et chaude à travers les murs, se faufilait sous l'édredon, embrassant son corps tiède, réchauffé par le repos constant et par la fièvre qui la quittait. Elle ne voyait pas uniquement son regard à travers le feu, ce regard de flamme, à présent elle sentait aussi ses mains.

Après une semaine sœur Pélagie s'adoucit, elle le laissa entrer le matin chez elle, pendant qu'elle gardait la porte. Tant qu'elle serait là rien ne se passerait, pas sous le toit du monastère carmélite, et quand ils reprendront leur chemin, elle les accompagnera en prière, pour que Dieu leur vienne en aide.

– J'ai entendu le jappement d'un chien, dit Katarina, tu as sauvé le chien aussi ?

– Tu es malade, dit-il. Il lui posa la main sur le front, mais il ne voulait pas plonger dans le malheur la nonne au bon cœur derrière la porte. Sœur Pélagie saurait que ce n'est pas la main d'un médecin, que c'est le flux vivant de deux corps, elle devinait de sa vie d'avant, comme de celle de maintenant, qu'il s'agissait de l'attirance puissante de deux âmes qui devaient, depuis le commencement, se rejoindre.

– Je ne suis plus malade, dit Katarina, tu m'as guérie. La présence de cet homme, même sœur Pélagie était obligée de l'admettre, avait un effet bénéfique, jamais, jamais encore personne n'a fait cela pour moi, maman, bien sûr, mon père l'aurait fait aussi, mais aucun homme. Les seuls hommes, pensa-t-elle mais sans le dire, qui l'avaient approchée étaient ceux qui venaient sans visage, le corps et les mains seuls, et puis s'évanouissaient à travers les murs. Il a en plus sauvé le chien de la noyade, la dernière chose qu'elle avait vue était le chien désespéré sur l'îlot au milieu des flots. Elle lui avait tendu la main, comme pour le caresser derrière les oreilles, viens. La porte claqua, sœur Pélagie avait claqué la porte par mégarde, elle s'approcha de la table pour prendre le bol vide, tu veux encore de la tisane, Katarina, puis nous jouerons de la cithare, nous lirons des psaumes. Katarina dit qu'elle aimerait lui demander d'autoriser ce monsieur à rester ici. Ceci ne serait possible qu'une fois sœur Pélagie morte. Approche, dit Katarina, il s'assit sur le lit, donne-moi la main, dit-elle.

Le soir ils déménagèrent dans la chambre que Simon louait à l'auberge près de l'hospice. L'aubergiste n'a rien contre, s'ils paient pour deux et pour la mule à l'étable. Mais ils devront se débarrasser du chien, il a dû traîner on ne sait où. Ils étaient assis dans la pénombre, le jour baissait, dehors venait un soir tiède. Je ne veux plus de tisane, dit Katarina en riant, je veux boire du vin, celui que tu m'as offert près du puits. Que dirait sœur Pélagie, dit-il, elle comprend bien, dit-elle, seulement elle n'a pas le droit de comprendre. Ils buvaient le vin et riaient de sa santé recouvrée si soudainement, la capiteuse boisson se coucha entre eux, ils se s'allongèrent sur le lit. Toi, de toute façon, tu vas veiller, homme sans sommeil, et moi je dormirai, dit-elle, je ne saurai pas ce qui se passe. Elle ferma les yeux, sentit un souffle sur son visage, la respiration connue de l'homme qui ces jours et ces nuits de fièvre passait à travers les murs de l'hospice des carmélites, il l'embrassa sur la bouche, là où est la braise dangereuse, qui serait assez fol pour toucher la braise de ses lèvres, lui, et ce n'était ni pour la première fois ni pour l'unique fois. Elle prit sa tête entre ses mains et la serra contre elle de toutes ses forces. Viens, murmura-t-elle, viens, tu es mien, dit-elle simplement, pour toujours. C'était simple et naturel, humain et divin, comme la respiration. Tu es mon premier homme, dit Katarina. Simon se dit qu'elle n'est pas sa première femme, il y a eu la servante de Zapotok, c'était dans les fougères, il y a longtemps. Et où est le sang ? pense Simon, où étaient les gouttes du sang premier ? Il n'y a pas de sang, Katarina n'est pas *virgo intacta*, elle l'avait fait seule dans les nuits fiévreuses des visiteurs, avec un objet, elle ne peut le dire à personne, à Simon non plus, malgré tout il est le premier, à présent elle est belle, elle est jolie.

Au matin, alors que la pluie n'était plus là et qu'on entendait des bêtes dans la forêt et que le chien vagabond répondit sous la fenêtre, ce chien qui ne s'était pas laissé chasser, au matin ils dormaient comme des amants qui se connaissent depuis longtemps et sont même capables de dormir ensemble. Non pas comme amants, mais comme mari et femme qui étaient passés par les dangers et la maladie, mari et femme sans le sacrement, un jour ils seront mari et femme forcément, sinon pourquoi sa main à lui connaîtrait si bien ses cheveux et sa nuque à elle, sa poitrine et ses flancs, le long desquels elle glisse par ce matin, alors qu'elle sommeille encore, dans son demi-sommeil, car Katarina perçoit sa main, sent l'odeur de son corps protecteur, elle sent son cou que l'on peut enlacer lorsque montent les eaux ou quand le feu se répand dans le corps, elle aussi le connaît, lui, son sommeil, leur sommeil commun dans lequel ils glissent encore une fois tous les deux malgré l'heure avancée.

Hlub ?

Étrange mot, il ne l'avait encore jamais entendu. Il se dit qu'il venait peut-être de la langue guarani, il l'avait apprise un peu en son temps, tout le vocabulaire qu'il notait traverse sa mémoire, mais non, il ne vient d'aucune de ces langues qu'il connaît. Hlub ? Hlub ? appelait une voix d'homme à longs intervalles. Elle devait venir de l'autre côté d'une sombre et silencieuse montagne. C'est peut-être une bête, pensa-t-il, un animal à voix d'homme, un animal qui à l'aube se transforme en être humain. Je dors, est-ce possible, je dors et je rêve. Il parcourut en pensée les mots latins et espagnols aussi. Il n'y était nulle part, ce mot, et pourtant il entre dans sa conscience. Il se dit que le mot signifiait quelque chose dans une langue qu'il ne connaissait pas, les anges parlent-ils ainsi ? Non, pour ce qui est des anges, il est connu qu'ils s'adressent aux humains dans leur langue, ils font partie de leur âme, ils comprennent leur langue et la parlent comme eux-mêmes. Le mot est peut-être plus long et là il est hors contexte, si l'on peut s'exprimer ainsi en dormant, dans un demi-sommeil. Puis il se tenait quelque part au milieu de la vallée, il y avait deux pentes douces dont les bords étaient couverts d'arbres clairsemés, avec des buissons devant, ce paysage lui était connu, quand j'ouvrirai les yeux il y aura partout la terre rouge, les murs des dortoirs où dorment les pères seront de pierre rouge, le mortier de terre rouge, dehors frappera le tambour pour réveiller le village, tous les humains et tous les oiseaux autour de la localité appelée Santa Ana ou bien peut-être San Ignacio Miní.

Il se réveilla. Il savait à présent qu'il avait dormi et que le mot et l'appel venaient d'un certain pays des rêves, que ce pays était maintenant si loin qu'il ne pouvait appartenir qu'aux rêves. Une voix qu'il n'avait jamais encore entendue, un mot qu'il ne comprenait pas, un paysage qu'il avait déjà vu autrefois et qui était différent maintenant, c'était le paysage des songes. Il a dormi et le sommeil n'était pas oubli, il était un nouvel état de veille, un autre état de veille. Il pensa à ce paysage des songes, immense, légèrement pentu et couvert d'une forêt clairsemée, qui n'est pas sommeil, mais un autre état de veille dont demeurent, une fois qu'on est réveillé, des éclats de sensations, des éclats de rêves, qui représentent un autre domaine, un monde parallèle. Le premier mot est venu des rêves, le second de l'état de veille. Le second, qui est venu de l'état de veille et non des rêves, était grec. *Deimos* – épouvante. *Deimos* sous la forme d'une blanche main de femme, animal blanc et immobile couché sur sa poitrine. Cinq doigts, écartés, entre eux des gouttelettes de sueur, posés sur sa poitrine. Cinq doigts, les cinq doigts a dit le moraliste du livre ancien qui se trouvait à la bibliothèque du monastère, les cinq doigts de la concupiscence. Le premier doigt est le regard lascif, le deuxième c'est le toucher mensonger du serpent qui mord, le troisième est la chose immonde semblable au feu qui consume le cœur, le quatrième est le baiser qui est insensé, comme est insensé l'homme qui approche ses lèvres du feu brûlant, le cinquième doigt est le péché puant de la débauche. Le péché puant de la débauche sur le saint chemin, lui disait le vieux prédicateur du livre, ne peut jamais être la *fin amoris*, la *fin amoris* est toujours immatérielle, elle est affaire d'esprit et d'intellect, de la beauté translucide comme l'air. Le trou du sexe, disait-il, est le trou poisseux de l'enfer. Quelles pensées, quelles pensées en ce matin, c'est la peur du péché, la peur issue du péché, enfoncée dans son éducation, enfoncée profondément dans la tête, elle est profondément sous sa peau. Il retira avec précaution la main de Katarina et se leva. Il voyait que dans la cour on attelait les chevaux. Le valet murmurait quelque chose à l'oreille du cheval. Il regardait la femme austère, sœur Pélagie, qui était en train de prendre place sur le chariot tout en jetant des coups d'œil à la fenêtre de Katarina. Il tendit l'oreille, avec l'idée que le valet aurait pu prononcer cet étrange mot qui venait de l'autre côté de la montagne. Il n'entendait que le piétinement des chevaux. De la vapeur s'élevait de leurs bouches et de leurs corps dans le matin lavé par la pluie.

Katarina se tenait devant le miroir. Lavée, le regard clair, les cheveux lissés, la peau de tout son corps en éveil, elle ressentit soudain une pure joie. Des cheveux qui débordent, un visage propre, chaque corde de son corps et de son cœur vibrait dans le chant de l'aube. La bonne ivresse de la veille avait fini par chasser la fièvre de son corps, le dernier germe de maladie. La peur du voyage avait disparu, la peur de la vie passée dans laquelle marchait une Katarina toute tremblante, et qui se tenait à la fenêtre et attendait que le paon de la cour daigne lui jeter un regard. Son cœur se serrait tout de même un peu, elle pensait malgré tout depuis de longues années que ce neveu du baron, ce lieutenant aux beaux yeux, lui était destiné et que personne ne la toucherait hormis lui. Elle pensa aux visiteurs de la nuit, ils venaient d'eux-mêmes, et les contacts étaient des contacts de ses mains, tous ces égarements de la nuit dont elle avait honte autrefois, le vertige devant les profondeurs de l'abîme inconnu qui l'effrayaient, le vertige devant quelque chose qui lui est incompréhensible, qui n'est rien, rien simplement, ce vertige a disparu. Simon, prononça-t-elle, il s'appelle Simon. C'est son doux regard, son regard puissant, ce regard qui va dans les profondeurs et étreint, là, elle touchait les points de son corps, là et là et là il m'a touchée, là sont ses doigts, sa main qui étreint, douce et impatiente et bonne et ardente, juste comme il faut, comme elle le souhaite, comme cela se passait dans le sommeil quand elle avait peur, et comme cela se passe à présent, c'est bien et bon, elle ne peut rien contre et elle veut exactement cela, et ceci est son corps à lui, une part de son corps différent du sien justement parce que cela doit être ainsi, et il n'y a pas de doute que cela est décidé ainsi depuis le début, que ses lèvres soient sur sa peau, brûlante de fièvre, de cette fièvre qui est venue avec la maladie, comme il était décidé, et de celle qui est venue de l'intérieur avec le désir brûlant et ces lèvres qui effleurent le corps brûlant de la double fièvre et glissent sur le paysage brûlant du corps et à la fin ils deviennent deux corps faits de parfum physique, de sueur, de respiration commune et de gémissement, sans débauche, sans péché, dans la réciprocité qui est bonne, car elle la sent telle, car cela doit être ainsi, car cet homme lui appartient tout simplement et désormais elle est sienne jusqu'à la fin du temps qui est octroyé.

Et maintenant, devant cet état de choses, elle veut tout savoir, tout de lui, de chaque jour qu'il a vécu sans elle, Simon, dit Katarina, qui es-tu ?

Simon se tient devant la fenêtre et observe sœur Pélagie en train de faire des signes au valet pour lui dire quelque chose, ils ne sont toujours pas partis, où donc se rend sœur Pélagie ? Il ne sait pas ce qu'il doit répondre, sait-il qui il est, depuis qu'il n'est plus ce qu'il était, et depuis que ce qu'il était l'accompagne nuit et jour, les paroles sévères des pères, les regards doux des frères formés dans l'obéissance, déterminés à obéir.

Je suis jésuite, dit-il. Je l'étais.

12

Elle fut stupéfaite, un peu perdue, peut-être effrayée tout d'abord, puis l'angoisse serra sa poitrine. L'homme avec qui elle avait couché comme elle n'avait jamais couché avec personne jusqu'à présent porte sur le front la marque invisible du vœu, du vœu monastique, du vœu de pureté et d'obéissance, la marque d'un lien invisible avec les êtres et les choses qu'elle ne comprend pas. Même les sœurs ursulines, chez qui elle avait étudié et qu'elle connaissait par conséquent, elle ne les comprenait pas. Une part de leur vie chez elles formait les cours, l'étude, la lecture des Saintes Écritures, l'exégèse et les messes, la récitation des psaumes et les chants consacrés à la Vierge, et tout cela faisait partie de ce monde, où il y avait aussi son père, sa sœur, son frère, le curé du village, les rues où elle marchait, les boulangers et les bouchers qui ouvraient leurs boutiques lorsqu'elle allait à l'école, cela faisait partie du monde pour lequel elle se préparait, Katarina allait chez les sœurs avec d'autres filles pour être préparée à ce monde, son âme, son esprit et les mains habiles pour la maison, pour le fiancé qui viendrait un jour, elle espérait que ce serait le neveu du baron Windisch. L'autre partie de la vie des ursulines était un mystère, au-delà de ce qu'on peut se représenter, il y avait le fiancé céleste et Katarina avait peur de ce fiancé. Le mystère même de la vie monastique, d'où venaient les sœurs, la vie dans les cellules et la vie des prières matinales dans les églises glacées, alors que tous les hommes dormaient encore, même cela était à peine à la portée de son esprit, que dire du vœu, du mariage avec le Rédempteur, voilà quelque chose de sombre et de ténébreux, il valait mieux y penser le moins possible, même lorsque les autres jeunes filles faisaient des blagues sur le compte des sœurs à la fois douces et sévères et sur leur vie de célibat, tout cela ne les rendait pas plus proches de ce monde-ci, ni moins mystérieuses. Et voilà qu'à présent il y avait là quelqu'un de semblable aux sœurs ursulines, et elle avait passé la nuit avec lui, oh mon Dieu, qu'a-t-elle fait, il y a là quelqu'un qui vivait autrefois parmi les frères, comme vivaient les sœurs qu'elle connaissait, elle trembla un peu à l'idée que c'était son sauveur et celui qu'elle aimait à présent, auquel soudain elle était attachée de toutes ses forces, si elle ne l'aimait pas encore, car elle n'avait pas encore eu le temps de penser à l'amour, que dans son autre vie cet homme était derrière les murs d'un couvent ou au moins dans sa vie précédente, que cet homme est en fait une sorte de sœur ursuline, un homme, certes, mais lié de la même manière par le sacrement du Rédempteur qui avait fait des sœurs ursulines des femmes différentes de Katarina et des autres jeunes filles et femmes. Il est vrai qu'il a dit « je l'étais », c'est qu'il ne l'est plus, mais que signifie cela, c'est encore plus compliqué, l'ont-ils exclu, qu'a-t-il fait, a-t-il tué quelqu'un ? Mais un tel homme ne tire pas quelqu'un de l'eau, il ne risque pas sa vie et ne reste pas assis devant la porte, serviteur fidèle, tremblant pour la santé de Katarina. En un instant tout devint si confus. Elle savait, bien sûr, que ce qu'elle avait fait était péché, mais cette pensée demeurait quelque part dans la profondeur de son âme, un peu cachée, car le sauvetage des eaux déchaînées, la guérison et le regard doux de cet homme, ses mains auxquelles elle s'était confiée, tout cela allait de soi, ce qui n'aurait jamais pu arriver si elle était restée à Dobrava est arrivé, et elle voulait que cela arrivât ;

tout ce qui est arrivé est plus fort que la peur du péché, de la damnation de l'âme et de la perte de la vie éternelle. À présent la pensée cachée est venue à la lumière du jour, bon Jésus, ma petite maman dans le ciel, qu'est-il arrivé, j'ai péché avec un jésuite, elle entendait déjà les paroles de ses amies, elle a couché avec un moine, avec un escobar, elle voyait le doigt pointé de la statue de saint Ignace, celui qui a un grand cœur en forme de fleur au milieu de la poitrine, le cœur de Jésus, le doigt est pointé sur elle, sur cette nuit de péché, elle a couché avec celui qui était fils de saint Ignace et soldat de l'armée sainte. N'était-ce pas pire que si elle avait couché avec Windisch, avant même les bans annoncés en chaire ? Cela, elle aurait pu le supporter le plus tranquillement du monde, elle le souhaitait peut-être même, là c'était pire que si elle avait couché avec un homme marié, pire que ces choses qui survenaient nuitamment à Dobrava, contre lesquelles elle ne pouvait s'élever, car elles étaient arrivées contre sa volonté. Cela s'est produit contre sa volonté, elle a approché les lèvres de la braise incandescente, le baiser c'était le feu lui-même, elle brûle à présent dans ce feu. Pourquoi n'est-elle pas restée à Dobrava, dit la pensée cachée qui vient juste au jour à travers ses yeux ouverts pleins d'étonnement, pourquoi donc Simon ne le lui avait pas dit, pourquoi donc s'est-elle mise en route, elle aurait mieux fait de rester à sa fenêtre et d'attendre le regard du paon, attendre que le neveu du baron Windisch finisse par voir en elle la femme qui l'aime à sa manière, même si elle le hait aussi, mais elle l'attend, elle l'attend de toute manière, ô jour de malheur où elle a décidé de ne plus l'attendre.

Katarina Poljanec savait qui sont les jésuites, elle aurait pu les ignorer à son époque, fiers soldats de Jésus qui, avec leur modestie ostentatoire, devancent tous les lieutenants et colonels des régiments impériaux à Ljubljana, prédicateurs, scolastiques, savants, on peut les voir dans les orphelinats où ils servent humblement les pauvres, dans les amphithéâtres des universités, et on dit qu'il est possible de les rencontrer partout à la cour de Vienne, où ils confessent les monarques et les conseillent au nom du bien commun de l'Empire et de ses sujets, on peut les voir dans les hôpitaux et à l'église Saint-Jacques où ils prêchent tantôt en allemand devant la noblesse richement vêtue et poudrée de toute la Carniole, tantôt en slovène devant les bourgeois de Ljubljana et les paysans des alentours. Qui ne les connaît pas ? Elle savait que c'étaient des jeunes gens qui laissent tout ; les biens, quand ils en possèdent, ils les offrent à la Société de Jésus, ils ne veulent voir ni père ni mère, ni frère ni sœur, ils sont déterminés jusqu'à la dernière fibre de leur corps à travailler pour la Compagnie et avec elle pour la grandeur de la foi. Comme dans le cas des ursulines, elle n'arrivait pas à comprendre le mystère de leur vie, qui n'est pas dans la vie de l'école, ni dans les processions avec Mystère et Passion de Pâques, ni dans le travail à l'hôpital, mais elle en savait assez pour comprendre une chose : ce qui commençait là n'était pas bon pour elle, et pas davantage pour lui, Simon Lovrenc, l'homme qui se tient devant elle et qui avait été près d'elle toute la nuit, dont elle pensait qu'il était l'être le plus proche au monde et qui soudain lui est totalement étranger. Elle est allée au lit avec un inconnu, il semblait qu'elle l'aimait davantage que ce qui était convenable, si toutefois quelque chose pouvait être convenable dans un tel contexte. Et en plus il y avait là l'idée presque repoussante qu'elle avait couché avec la sœur Pélagie au masculin, et on ne pouvait plus rien faire, rien ne pouvait plus être réparé. L'âme troublée et pleine de confusion de Katarina Poljanec était en grande détresse.

La voilà embourbée dans un village de la province de Salzbourg, sans savoir que faire. La colonne des pèlerins avec le chef Mihael et la gémissante Magdalenka, avec l'abbé Janez qui aurait peut-être pu lui donner quelque conseil si elle avait osé le lui demander, avec Amalija qui l'aurait sûrement bien conseillée, avec les gens pieux qui s'entraident et qui se connaissent les uns les autres, devait être déjà bien loin, peut-être quelque part en Bavière. Dobrava était plus loin encore, avec son père sous la BÉNÉDICTION DU FOYER, la tête emmaillotée, la blessure faite par la branche du grand hêtre était probablement refermée. Tous les gens du manoir, les servantes qui font tinter leurs casseroles, les valets qui rentrent des champs, les palefreniers qui frictionnent les dos des chevaux avec de la paille, le fidèle chien Aron, mais aussi la tombe de maman, tout ce qui était sûr et sans danger et qu'elle a quitté sans réfléchir était soudain si loin, presque inaccessible. Comment une femme seule peut-elle continuer son voyage, aller vers Kelmoraïn ou retourner en Carniole, si au moins Franc Henrik était dans les parages avec son armée, il la ferait peut-être accompagner jusqu'à Salzbourg où elle se joindrait à quelques bonnes gens en route vers les pays du midi. Elle entra dans l'hospice pour demander à sœur Pélagie ce qu'elle pourrait faire, pauvre femme malheureuse, dans sa malheureuse situation. Pouvait-elle confier sa vie à un homme qui avait fait vœu de pureté et l'avait transgressé, comme elle l'avait transgressé elle-même, mais elle n'avait fait aucun vœu, au contraire, elle voulait que cette chose arrivât enfin un jour, mais pas ainsi, non, pas avec un homme dont elle ne savait rien, elle savait qu'il était jésuite, il est peut-être en fuite, peut-être a-t-il quelque chose de mal sur la conscience, souvent il ne dort pas la nuit, ses yeux sont inquiets et ses lèvres brûlantes, il a les bras forts, elle ne pourra leur résister, ces choses se poursuivront si elle ne se sépare pas bientôt de lui. Sœur Pélagie n'était pas là, le vieux serviteur a dit qu'elle était allée voir la mère supérieure à Salzbourg, Katarina connaissait la raison : pour faire un rapport sur deux pèlerins qui vivent comme mari et femme quoique ne l'étant pas, qui, vivant en fausse union, pèchent contre toutes les lois divines et humaines de ce monde. Elle demanda si une armée quelconque était passée par là. Oui, répondit un vieillard, c'étaient des Carniolais avinés, ils tiraient leurs canons dans la pluie et la boue, ils avaient volé quelques poules, c'est pourquoi quelques-uns avaient été punis de trente coups de fouet. Dieu merci ils étaient partis plus loin, c'est bien notre armée mais ils ne sont pas mieux que les Turcs ou les sauterelles. Elle pensa que Windisch était parmi eux, le lieutenant dans ses plumages, peut-être est-ce lui qui avait ordonné de punir les soldats, il savait la discipline qui doit régner dans les armées, il le racontait souvent à Dobrava, il faut punir la moindre faute, quelle sera la punition pour sa faute à elle, pire, bien pire.

Elle marchait par les pâturages, à la lisière du village, le soleil brillait, le printemps avait atteint même ces montagnes, des roses de Noël fleurissaient sur les pentes, des pâquerettes et des perce-neige, tout comme à Dobrava, juste pour que son cœur soit encore plus lourd et son âme plus inquiète, c'est seulement pour ça que le printemps apparaissait partout. Elle savait, les ursulines le lui avaient appris il y a belle lurette : en tout homme il est des racines du mal. Il s'agit de les reconnaître et de les arracher. Sinon, leurs fruits poussent dans le cœur. Et soudain nous faisons quelque chose contre notre volonté, ce que nous ne voulons pas faire, nous le faisons. Tout cela lui est arrivé, mais le pire, c'est qu'envers et contre tout ce qu'elle savait elle était attirée vers l'arrière, vers lui. En fin de compte il était seul comme elle était seule aussi, parmi tous ces gens, et avec tout ce qui est advenu, ils étaient plus proches, si elle osait elle se dirait : justement, par ce qui est advenu, malgré tout, nous sommes les deux âmes les plus proches au milieu de ces montagnes.

Elle prit la décision d'aller sur les traces des pèlerins avec Simon, de toute façon elle n'avait pas d'autre choix. Seulement, cela ne doit pas se répéter. Elle irait avec lui jusqu'à la première ville, ils s'y renseigneraient sur l'endroit où se trouvent les pèlerins, peut-être pourrait-elle rentrer chez elle de là-bas. Seulement ces choses ne doivent pas se répéter, cela ne doit pas arriver.

Avant son retour à l'auberge, elle eut l'impression d'apercevoir à l'orée de la forêt une apparition en peau de bête. La créature se tenait là-bas et regardait au loin, il lui semblait la connaître : n'était-ce pas l'ermite qui s'était joint aux pèlerins près de Salzbourg ? Elle avait l'intention de lui faire un signe, mais il avait disparu déjà, elle se frotta les yeux, baissa le bras et redescendit au village. Simon marchait dans la cour, il l'attendait : j'avais peur que tu ne sois partie. Je ne suis pas partie, dit-elle. Il dit, j'ai acheté quelques affaires pour la route. Elle fut inondée de gratitude à l'idée que malgré tout son malheur il y avait quelqu'un qui prenait soin d'elle, elle jeta un coup d'œil reconnaissant aux nouveaux sacs qui attendaient sur le lit, à ses robes lavées et séchées qu'il avait sauvées des eaux, la femme de l'aubergiste les avait lavées, séchées et repassées, il l'a payée, il s'est occupé de tout, même de la mule à l'étable, j'ai beaucoup voyagé, dit-il, à Salzbourg nous achèterons de nouveaux vêtements, dit-il, ensuite nous verrons. C'est bon, dit-elle, seulement ce qui s'est passé la nuit dernière était un grand péché, cela ne se répétera pas. Cela s'est répété, naturellement. Simon n'était pas sœur Pélagie, que nenni, ses bras et ses jambes étaient forts et gonflés de muscles, en plus, pendant la nuit, le printemps faisait couler dans ses membres un sang vigoureux. Même si son âme ne souffrait pas moins que celle de Katarina, lui aussi avait été jeté dans le gouffre, au cœur des océans, et même si *Deimos* marchait sous les fenêtres, lui aussi était au milieu des eaux, comme autrefois sur un navire, mais c'étaient d'autres eaux, les orages et les flots du désir l'avaient submergé, cela n'avait pas d'importance de savoir si c'était le feu qui avait embrasé leurs regards ou les eaux qui les avaient unis, c'était une chose impossible à faire disparaître simplement parce que c'était interdit.

Brûlants, ils se tenaient au milieu de la nuit devant la fenêtre, la brise printanière les rafraîchissait, ils contemplaient les étoiles. Chacun a son étoile dans le ciel, les habitants de son pays, de leur pays, le savent bien. Quand j'étais petite je voulais savoir laquelle était à moi. Kristina – c'est ma sœur – a dit qu'il ne fallait pas essayer de deviner laquelle est à soi, car si je devine, je meurs le jour même. Et la Voie lactée mène au ciel. À présent elle ne se demandait pas ce qu'elle ferait au matin même, si elle irait jamais au ciel par la Voie lactée. Ils se tenaient à la fenêtre, Simon Lovrenc, le jésuite en fuite et Katarina Poljanec, d'ancienne et honnête lignée, pèlerine en saint voyage pour Kelmoraïn, ils se tenaient là, embrassés, et la lune, présente à jamais, était leur fidèle témoin sur la voûte céleste.

13

Ô, matins glacés dans la maison de la première épreuve, quand il restait dans la chapelle de saint François sous les voûtes de l'église Saint-Jacques à Ljubljana, il y demeurait après les matines, alors que les étudiants de son collège, transis de froid, étaient partis depuis longtemps, et il restait à réfléchir, parfois jusqu'à l'heure du premier cours, comme ils le lui avaient recommandé, comme le recteur avait recommandé à tous les étudiants qui voulaient entrer dans l'ordre, ô matins sombres d'hiver, qui rendaient les mains cramoisies de froid et les pieds insensibles par la station sur les dalles froides, ô aubes printanières où la lumière coulait à travers les vitraux sur le plus bel autel qu'il était possible de voir à Ljubljana et qu'il eût jamais vu. Le jeune Simon Lovrenc n'avait pas encore vu beaucoup de ce monde, en gros il en avait vu la partie entre les terres de Turjak et Ljubljana, depuis leur maison dans la combe, au hameau nommé Zapotok, il pouvait voir les toits et les tours du château de Turjak [4], avec ses parents il allait à la messe dans un lieu qui portait le nom significatif de Rob, c'est-à-dire « le rebord », le lieu se trouvait au bord, il aurait peut-être passé toute sa vie dans la combe et sur le rebord,

4. Le château de Turjak est à environ vingt-cinq kilomètres au sud de Ljubljana. C'était le château de la grande famille aristocratique des Auerspeg qui a donné à l'Autriche nombre de chefs militaires, d'hommes d'Église, de politiciens et d'artistes (dont le poète Anastasius Grün).

entre les forêts et les prés, si on ne l'avait pas accepté aux écoles latines des jésuites. Et lorsqu'il aperçut pour la première fois l'autel de saint François Xavier, il ne put plus en détacher les yeux. Tout un monde était là, un monde grand, même si le saint était mort et que son corps, c'est-à-dire sa statue, occupait le bas de la table de l'autel, tout ici éclatait de sa vie de voyages, d'aventures et d'actions pour la gloire de Dieu ; la première phrase latine qu'il avait apprise était : *omnia ad maiorem Dei gloriam.* Simon ne souhaitait pas devenir un saint, mais il désirait, du fond de son cœur il désirait, dans ces froides aubes d'hiver, pouvoir voyager comme François Xavier et batailler ; lorsqu'on a tout cela derrière soi il n'est pas difficile de rester couché là, entouré de cet autel baroque et grandiose, et même sans lui, sans l'auréole céleste, on peut être couché dans un modeste cercueil, mais auparavant il s'agit de faire quelque chose, de vivre quelque chose. Par ces matins glacés Simon Lovrenc avait souvent chaud au cœur devant l'autel latéral de l'église Saint-Jacques de Ljubljana, des mondes lointains réchauffaient ses pensées, des paysages où il ne neige jamais, pas comme dans les forêts de Turjak, mais où il est dans le ciel un soleil qui brille, un grand soleil, et les nuits sont claires. Le saint était grand et son corps était couché au centre de l'autel, son grand corps était mort, mais son âme était dans de lointains pays d'Asie et d'Afrique, elle les contemplait depuis le ciel, le monde que François Xavier connaissait et dont il était familier, elle regardait la statue noire agenouillée représentant l'Afrique, puis la magnifique dame qui était l'Asie, la reine blanche et le roi noir, puis deux grands anges, un séraphin avec le cœur au centre de la poitrine, avec deux ailes qui lui enveloppent les jambes, et un chérubin avec l'œil de Dieu sur la poitrine, des négrillons, des cœurs ardents, l'ardeur et la sagesse, des négrillons, le nom de Jésus, la gloire et les nuages, le marbre rouge de Vérone et le marbre blanc de Gênes, travaillés à Venise et à Ljubljana, Simon sentait que cela se déversait sur lui également, sur son âme qui a vu pour la première fois la Face divine à Rebord, qui voulait voguer depuis ce bord par-dessus les espaces, qui s'ouvrait déjà là et se préparait aux grands desseins. Mais elle a dû d'abord s'habituer à la persévérance, aux contemplations, à l'obéissance, attendre que le signe de l'Esprit saint laisse pour toujours sa marque sur elle. Le jeune étudiant Simon Lovrenc, le fils du serf de Turjak, du hameau de Zapotok, préparait sa volonté à se soumettre jusqu'à la dernière fibre, comme il est dit et comme il l'avait décidé. Les années d'enfance étaient derrière lui, qui étaient des années de servitude dans laquelle était né et mourrait son père, dès qu'il avait eu assez de forces il l'aida, pas toute la journée, pas toujours, son père tirait des billes d'arbre de la forêt au-dessus de Zapotok, il coupait les branches et écorçait les troncs depuis le matin jusqu'aux cloches du soir qui sonnaient à Saint-Ahac, à Notre-Dame de Kurescek, quand sur le chemin du retour et parfois à l'église il disait un Ave Maria, lui, son fils, l'aidait s'il y avait par trop de travail, et il n'en manquait jamais, car les comtes de Turjak construisaient ou rénovaient toujours quelque chose, et quand ce n'étaient pas eux, c'en étaient d'autres, un oratoire, un calvaire, on montait justement des échafaudages autour du presbytère de Rob ; sinon il s'occupait de l'étable, menait le troupeau au pâturage, sa mère l'envoyait de-ci de-là, il vivait comme vivrait son père jusqu'à son dernier jour. Mais pas Simon Lovrenc, pas lui, le curé l'avait envoyé au collège des jésuites où l'on acceptait les enfants pauvres, on leur procurait la nourriture, pour le corps et pour l'âme, en à peine une année au collège il s'est distingué en latin, en exégèse et en dogmatique, il lisait Virgile et écoutait le profès qui commençait son cours toujours par la phrase : imprimer dans l'âme de l'élève, il faut imprimer dans l'âme de l'élève l'aune de la beauté antique.

Avant la fin de sa première année de collège il prit la résolution qu'il ne mènerait pas la vie que menait son père, un jour il a attendu le recteur dans le couloir et lui a dit qu'il voulait devenir candidat, qu'il sentait l'appel de Dieu et celui de saint Ignace, que la Société de Jésus l'appelait, et son armée, il se sentait prêt pour tout. Simon Lovrenc ne voulait pas mener la vie qu'il menait chez ses parents, mais pas davantage la vie que menait la majorité des gens de sa connaissance : dans le labeur et dans les affres des naissances, soumis aux instincts, dans le travail et dans l'esclavage, à gagner de l'argent et à essayer de s'enrichir, même les riches vivaient ainsi, ils voulaient simplement devenir encore plus riches, les gens dont il était vivaient du début jusqu'à la fin dans la misère, avant d'être totalement épuisés par le labeur, avant d'être complètement abrutis ils souhaitaient être autre chose que ce qu'ils étaient, à savoir du bétail corvéable à merci ; les uns comme les autres, pensait le jeune Simon Lovrenc, les uns et les autres vivent sans joie, meurent sans connaître la Vérité, sans connaître Dieu. Au moins autant que connaître Dieu il avait envie de voir la Chine, peut-être l'Inde, comme l'avait connue et vue sur son chemin de recherche de la Vérité saint François Xavier et d'autres encore, le monde est grand et les domaines des Turjak sont petits, même s'ils sont les plus vastes de Carniole, les océans sont immenses et les rues de Ljubljana étroites. Dans ces rues il n'y avait rien que désiraient ses pensées, parfois il s'y déroulait quelque procession, durant les pèlerinages les gens arrivaient de loin dans leurs robes de pénitents, certains portaient des cordes autour du cou, d'autres restaient agenouillés à même les dalles froides devant la porte de l'église, il n'y avait là rien que l'on pût faire pour Dieu, on pouvait faire quelque chose pour Lui en Chine, où était parti l'Ibérique qui repose dans l'autel de l'église Saint-Jacques. Simon comprenait ce que comprenaient les pèlerins slovènes qui partaient pour de longs voyages, à Compostelle, à Kelmoraïn et même en Terre sainte, que Dieu demeurait quelque part au loin et qu'il y avait donc plus de probabilité de le rencontrer quelque part dans le vaste monde que dans une église de Ljubljana ou dans les rues lors des processions, pendant les corvées dans les forêts de Turjak où on avait plus de chances de rencontrer un ours. Ou un renard au regard trouble. C'est sûr, il est certain qu'il connaîtra et rencontrera la lumière divine s'il entre dans l'armée des fils de saint Ignace ; pour quelle raison disait-on si souvent que ses fils étaient des hommes à part, différents de tous les hommes et femmes d'Église ? Il connaissait par cœur les sermons que contenait le petit livre intitulé *Exercices de saint Ignace*, mais il savait en son for intérieur que ces préceptes et cette sagesse ne seraient jamais éprouvés en lui s'il ne se rendait pas dans les pays qu'il pouvait voir sur les images avec François Xavier, sur les images vivantes des processions où il y avait des enfants d'Abyssinie peints en noir, ou dans les représentations à la grande salle de théâtre du collège jésuite de Ljubljana où l'on lisait entre autres des récits des faits de bravoure des missionnaires, qui avec l'aide de Dieu triomphaient d'immenses distances, des tempêtes en mer, des bêtes féroces et qui avaient converti à la lumière de l'Évangile tant de sauvages avec leurs terribles usages si inhumains, même cannibales. Dans ce couloir il a dit au recteur qui posait sur lui un regard pénétrant et inquisiteur qu'il désirait entrer dans la Compagnie de Jésus, mais il pensait ce qu'il n'avait pas dit et que le recteur savait sans doute, il pensait qu'il aimerait se tenir sur la proue d'un navire aux voiles déployées voguant vers quelque port chinois, comme François Xavier y avait vogué avec l'aide de Dieu. Au bout de quelques semaines la réponse vint, bientôt il passa ses épreuves, devint candidat, novice, la première chose qu'il avait apprise c'était de parler de son père et de sa mère, de son frère et de ses sœurs au *tempus praeteritum*, comme le recommandaient les Constitutions de la Compagnie de Jésus, il l'a rapidement intériorisé : il avait eu un père, il était serf à Turjak. Zapotok et la petite église de Rob consacrée à la naissance de la Vierge de l'autre côté des collines étaient soudain plus loin que les côtes de la Chine où François Xavier n'a pas mis le pied, mais il le ferait, lui, un jour. Il avait tout de suite su qu'il en serait capable, il n'est pas difficile de s'arracher à la vie de paysan-serf, il était jeune, il voulait voir ailleurs, il voulait s'élever. Après de longs examens il fut reçu au *domus probationis*, la maison de la première épreuve, où il devrait faire encore six examens probatoires ; les plus importants, les exercices spirituels, il les faisait seul, avec la lecture des œuvres de saint Ignace, tous les matins à la chapelle de saint François Xavier, dans les froids matins d'hiver, les pieds gelés et des plaques cramoisies sur le visage, de là il partait aider les malades, il apprenait à lire et à écrire aux enfants, patiemment il faisait entrer dans leur tête le catéchisme, comme autrefois le curé de Rob le faisait avec lui à l'église Notre-Dame de Rob, il arrachait les mauvaises herbes dans le jardin de la Maison des jésuites, car les jésuites ne vivent pas dans des monastères, ils ne portent pas de vêtements prescrits, ils ne connaissent aucune pénitence physique ou autre, ils n'ont vraiment pas besoin de vivre derrière les murs d'un couvent, ils se surveillent les uns les autres, ils se mettent en garde et à l'épreuve et tous ensemble c'est saint Ignace qui les surveille, autrefois soldat, à présent leur protecteur combattant dans le ciel. En automne il rentrait des pommes dans les caves, il faisait tout ce qu'on lui ordonnait et de la façon dont on le lui ordonnait, ce n'était pas dur, il avait l'habitude de travailler, il se savait à présent dans la *via Domini* qui mène à la connaissance, au vœu de l'obéissance, de pauvreté et de pureté. Et aussi en Chine.

Avant chaque tâche il retroussait les manches, c'était une habitude depuis Zapotok, avant de partir en forêt avec l'homme qui avait été autrefois son père ils se retroussaient les manches, on le connaissait à présent dans la Maison et au collège comme le novice aux manches retroussées. Comme sujet du comte et comme auditeur à l'amphithéâtre, à l'hôpital ou à la chapelle pour nettoyer, et même quand il prenait un livre sur l'étagère pour le poser sur la table, même pour accomplir un travail intellectuel il retroussait ses manches. Bientôt tout le monde le connut, ce n'était pas chose aisée, le collège des jésuites ljubljanais comptait près de mille étudiants. Les pères et les frères faisaient des sourires au bon élève, le recteur secouait la tête de contentement : celui-là sait de quoi il retourne, qui veut travailler pour Dieu doit retrousser ses manches, à l'aube, dès que point le jour.

Ô, matins glacés durant lesquels il exerçait sa volonté à l'humilité et à l'obéissance et tentait d'accepter avec gratitude les travaux sales et inutiles qu'on lui imposait, où il cherchait à comprendre pourquoi il fallait baisser les yeux lorsque le père supérieur exigeait qu'il essuyât aussitôt la mare faite par ses chaussures, il se baissait et faisait ce qu'il fallait, ce n'était pas pour que le supérieur l'humiliât, c'était pour que lui, Simon, arrive à dominer la colère dans sa poitrine, toute trace d'orgueil et de morgue dont sont remplis surtout les jeunes gens, sans savoir pourquoi, car ils n'ont pas encore accompli dans leur vie de choses utiles et d'importance. Quand il était obligé de frotter les casseroles après le cuisinier, il obéissait sans renâcler, il restait agenouillé dans sa chambre sans que quiconque l'y oblige, il priait et faisait pénitence parce que la veille il s'était vanté devant tout le monde d'être le meilleur en grammaire latine, il devait savoir pour lui-même s'il était résolu et prêt à accepter et porter patiemment, avec la grâce de Dieu, toute injustice, toute insulte et toute moquerie, comme avait supporté toute injustice et tout travail qui lui échéait le vieil homme qui avait été autrefois son père. Au milieu de l'hiver glacial, une serpillière dans ses mains cramoisies, il nettoyait le sol de la chapelle de saint François Xavier, forçant ses pensées à ne pas s'élever sur les collines au-dessus de la ville pour se rendre dans l'étroite vallée près de Turjak et rencontrer son père avec les mêmes mains cramoisies alors qu'il était en train de charroyer les billes de la forêt enneigée. Ce que faisait l'homme qui était autrefois son père n'avait aucun sens, ce qu'il faisait, lui, à genoux, était l'éducation du cœur et de la volonté qui servira à tout dessein, qui sert déjà, même avec une serpillière sur le sol gelé, la différence est immense. Sa volonté était au service de la Compagnie depuis toujours. Lorsqu'il revint chez lui pour la première fois afin d'annoncer sa décision à ses père et mère d'autrefois, il essaya de les persuader de renoncer à tout et de distribuer tout aux pauvres : *dispersit*, dit-il, *dispersit, dedit pauperibus*. Ils regardaient leur fils avec étonnement, leur fils d'autrefois, à quoi pourraient-ils renoncer, à cette pauvreté, aux trois vaches, au lopin de forêt et à leur pré ? Ils ne pouvaient pas comprendre, certes, ils ne savaient pas que le monde est grand, ce qu'il savait, lui, que l'homme doit être encore plus humble, qu'il peut être rabaissé, même s'il est misérable, comme il veut l'être, leur fils d'autrefois, parce qu'il veut s'élever, le supérieur était content de lui, tout comme le recteur du collège, le novice aux manches retroussées excellait à chaque pas, sa candidature était en excellente voie, mais il ne disait à personne qu'il acceptait tout et faisait tout cela parce qu'un jour il allait accomplir de grandes œuvres quelque part ailleurs, en Chine, c'est là qu'allaient ses pensées, quelque part là-bas Dieu l'attendait vraiment et tout ce qu'il devra faire, tout ce qu'il veut faire pour Lui.

Il était dans l'erreur s'il a pensé qu'il était possible d'entrer dans la Société avec une seule pensée cachée. De la même manière qu'il avertissait ses supérieurs, en accord avec les règles de l'institution, de toutes les erreurs que d'autres candidats et même ses camarades de classe commettaient, qu'il épiait soigneusement tout autour de lui, il était observé. La liste de ses rapports écrits et oraux était longue : dans le silence du bureau du supérieur il raconta, les yeux baissés, que ses camarades, dans la cohue, avaient renversé et brisé la statue de la Vierge dans la niche sous le porche et ce faisant piétiné ses fleurs blanches, il a dit qui l'avait fait, il a dit qui avait proposé de taire l'affaire ; il a dit qui avait mangé de la viande pendant le carême et qui buvait du vin de messe dans la sacristie et s'essuyait la bouche avec la serviette de messe, comme s'il accomplissait le rite sacré ; il a dit le péché de chair que son camarade commettait souvent pendant la nuit en gémissant de plaisir, il l'a dit, comme il lui avait été recommandé et ordonné que chacun soit surveillé et prévenu, car une telle surveillance n'était rien d'autre que le soutien fraternel dans la purification de l'âme ; cela non plus il ne l'a pas passé sous silence, il s'est présenté devant le supérieur avec les manches retroussées et il a dit que durant la procession de la Passion, c'est-à-dire pendant qu'on jouait la Cène, non seulement les novices, non seulement les frères jardiniers et infirmiers mais aussi des pères s'étaient fortement soûlés puis avaient rôdé affreusement dans les rues, faisant des farces avec les diables et les juifs de la procession, comme s'ils participaient tous à quelque carnaval et n'étaient pas des hommes saints mettant en scène le *Theatrum Passionis Christi Salvatoris*. Dans la région, c'est justement ce dernier rapport qui avait bouleversé le provincial en personne et la Société dans son ensemble, car l'évêché avait également eu vent de ces actes maladroits et indignes des pères jésuites, le prince-évêque n'attendait qu'un faux pas de la Compagnie très active, de plus en plus florissante et aimée, ce rapport conféra une grande réputation à Simon, aux yeux du provincial lui-même. Il connaissait mal son ordre s'il pensait que la gratitude l'attendait, c'est le blâme qu'il reçut, le jeûne pour punition et le travail sur le domaine de la Compagnie, la Compagnie a autant de terres qu'il en faut pour faire vivre les siens, ni plus ni moins ; c'est le blâme et la corvée qui l'attendaient parce que le bibliothécaire du collège avait fait savoir que Simon Lovrenc passait des heures et des heures à feuilleter les livres qui parlent de la Chine, des mandarins et des dragons de feu, qu'il passait plus de temps à copier les dessins des navires traversant les océans qu'il n'en passait en prières.

Il a tu une seule chose. Peut-être parce qu'il était incapable d'expliquer ce qui lui était vraiment arrivé là-bas, du côté du faubourg Saint-Pierre. Il revenait de son service aux malades, il pensait pouvoir passer à l'autel de saint François Xavier avant le cours d'exégèse, il avait peu dormi cette nuit de printemps parmi les geignements des malades, il était un peu troublé par la senteur des sureaux et des acacias en fleurs qui avaient submergé la ville et ses alentours de leur blancheur et de leur parfum… Il venait de passer l'angle de l'hôpital lorsqu'il fut arrêté par une scène qui fit entrer dans sa poitrine quelque chose de dangereusement enivrant, repoussant et infiniment captivant à la fois. Plusieurs hommes jeunes, des bourgeois d'après leurs costumes, des gens qui fêtaient les premiers jours printaniers d'une autre manière, se tenaient sous un arbre, il était clair dès l'abord qu'ils avaient passé la nuit en joyeuse compagnie. Il voulait hâter le pas et c'est alors que sous les fleurs blanches il aperçut une femme, il y avait parmi eux une jeune femme, ses yeux étaient comme étourdis de lassitude, dans ses yeux il y avait quelque chose qu'elle avait vécu cette nuit et qu'elle était prête à poursuivre, leurs regards se rencontrèrent, le vertige lui vint de ses yeux las, de son regard prêt à tout, le parfum des fleurs d'acacia et du corps de la femme l'enveloppa… Il se dit qu'il avait sur le visage quelques boutons, dont un fort vilain juste entre le nez et la joue, involontairement il toucha son visage pour cacher sa gaucherie de jeune homme. L'un des hommes voulait approcher la bouteille des lèvres de la femme pour lui faire boire du vin, le matin, car on était le matin, elle le repoussa d'un geste doux, elle le regardait, lui le jeune paysan, le jeune homme du collège des jésuites, elle le regardait comme pour lui dire : c'est celui-là que je veux, je n'en ai pas encore eu de comme ça, avec des boutons, un petit jésuite mal à l'aise, rougissant. L'un des hommes toucha sa poitrine, mais elle le regardait, lui seul ; Tu veux ? demanda-t-elle. Les jeunes gens s'esclaffèrent, l'un d'entre eux se roula dans l'herbe de rire, ce n'était pas une pute, pas une femme pour l'argent, elle plaisantait, mais lui avait l'impression, c'est ce que disait son regard à elle, que c'était pour de bon, qu'elle aurait préféré sa compagnie plutôt que celle de ces messieurs avec lesquels elle avait passé la nuit, il y avait en elle quelque chose qu'elle ne savait ni dominer ni arrêter. Il s'enfuit. Dans son dos il entendait les éclats de rire des jeunes messieurs : il a peur de la femme, l'escobar ! Mais une fois seul il se fera jouir à faire craquer le lit ! Cependant le rire de la femme s'évanouit, demeura le regard, le corps captivant. Même en cours d'exégèse il les entendait, en feuilletant un livre il trouva : *Voilà cette femme qui va à sa rencontre, mise comme une prostituée et séductrice des cœurs.*

Les paroles saintes du Livre saint n'étaient d'aucun secours, le soir au séminaire il pâlissait dans son lit, il se levait pour se regarder dans le carreau afin de voir si elle avait pu remarquer ses boutons, puis se couchait et se plongeait fiévreusement dans la profondeur de ses yeux troublants, il déboutonnait sa robe et mettait la main sous sa jupe, dans l'humide entrejambe, il se touchait en pensant à elle, pendant longtemps encore, pendant de nombreuses nuits ce regard du faubourg Saint-Pierre ne le quitta pas.

14

La licence, l'ordination et le vœu solennel de fidélité à la Compagnie, toutes ces grandes cérémonies se présentèrent comme allant de soi. La Compagnie l'accueillit en son sein en tant que prêtre et scolastique formé, soudain il n'était plus le jeune homme qui gambadait par les rues, qui baissait les yeux devant le supérieur de la Maison et devant le recteur du collège, soudain il ne rampa plus sur les dalles glacées avec une serpillière mouillée, il était devenu l'un d'entre eux, soudain au premier rang, parmi les meilleurs, prêt aux grandes actions ; les vœux de chasteté éternelle, de pauvreté et d'obéissance étaient pour lui choses naturelles, il était tout aussi naturel qu'il veuille prononcer le quatrième vœu, le vœu particulier, en fait c'est la seule chose à laquelle il tînt : qu'il accomplirait, selon ses forces, au cas où l'évêque de Rome, celui d'aujourd'hui ou celui de demain le lui ordonnerait, toute action qui serait en relation avec le salut des âmes et la propagation de la foi, et s'il voulait l'envoyer où que ce soit, il obéirait sans hésitation et prétexte aucun, même s'il décidait de l'envoyer chez les Turcs ou chez d'autres impies, même dans le pays qu'on nomme Indes ou chez n'importe quelle sorte d'hérétiques, chez des schismatiques, chez les vieux-croyants ou chez les hommes d'autres religions. Il accepta avec joie et impatience de prononcer ce vœu aussi, qui pourrait lui ouvrir les portes du pays qui l'attirait malgré la punition qui lui était échue du temps de son noviciat justement pour cela – en Chine. Certes, à présent il connaissait bien la Compagnie, rien n'était sûr, ils pourraient le garder comme professeur au collège, comme confesseur des malades, comme régisseur de l'un de leurs domaines lointains, il pourrait partir dans la boue de la plaine hongroise, à la cour de Vienne, ou tenir compagnie à quelque comte esseulé sur son lit de mort, il pourrait devenir *Cicero suae linguae*, il pourrait s'en acquitter à l'église Saint-Jacques ou être envoyé en mission dans les campagnes où restait encore tapé par endroits l'esprit de l'hérésie protestante, on pourrait l'envoyer à Trieste, là-bas aussi on prêche en slovène, il n'y avait vraiment rien de sûr dans les rangs des combattants de Jésus-Christ, son péché d'orgueil consistait uniquement dans le fait qu'il voulait faire partie de la légion des élus et des plus exposés, au premier rang de la légion.

Le vœu solennel fut derrière lui, comme l'étaient ces interminables heures du temps de la première épreuve à la chapelle saint François Xavier, dans le froid matinal de l'avent. Pendant la longue attente et la préparation intérieure, le froid l'avait mordu jusqu'à la douleur aux pieds et sous les ongles, et derrière lui, dans la nef, quelques bourgeois se tenaient là dans leurs pelisses, ils n'avaient rien à faire là mais le provincial les avait admis étant donné qu'ils étaient de grands bienfaiteurs de la Compagnie, ce n'était pas un grand manquement, l'intention était bonne, mais ce qui dérangeait Simon c'est qu'il avait été là seul pendant des centaines et des centaines de matins, il eût aimé à présent accomplir cette chose dans la solitude, sans ces gens en pelisse. Il avait prononcé ses vœux, il les avait mis, comme on dit, « entre les mains » du provincial, il avait reçu la communion, les *exercitia spiritualia militaria* étaient terminés, il était à présent soldat de la première légion, combattant du Seigneur et fils de saint Ignace, et ensuite, lorsque au réfectoire il avait soufflé dans ses mains gelées, le père

Simon Lovrenc avait eu l'audace de plaisanter : s'il est maintenant le fils de saint Ignace il est par conséquent le petit-fils du Seigneur, ils ne lui en tinrent pas rigueur, nous sommes tous ses enfants, quel que soit le nom que nous portons nous n'avons qu'un père et il savait que ce n'était pas celui qui tirait les billes pour les chantiers des comtes de Turjak. Le fils de saint Ignace n'a plus de foyer, ni ferme ni père ni mère ni sœurs, il a les murs de sa cellule, la bibliothèque, la dogmatique, la rhétorique, la prière, son âme porte le sceau du Saint-Esprit. Le soir, l'éclat d'hiver brumeux de l'église Saint-Jacques, particulièrement l'autel de saint François Xavier où il fit une dernière halte, les objets liturgiques et les lumières, les statues dorées et la chasuble éclatante, tout cela le plongea dans de froides rêveries, il voyageait à travers un pays glacé, le vent glacial soufflait, suis-je en Russie ? pensa-t-il, ce n'est pas la Chine, un tel froid et au bout d'une vaste plaine une lumière froide, gueule ouverte dans une muraille de ténèbres, toute cette pureté immaculée et froide, la bouche de la lumière qui s'ouvre et l'avale.

À présent il apercevait à travers la fente de ses yeux mi-clos que Katarina s'était levée, habillée d'une longue chemise de nuit, il l'avait achetée hier à la femme de l'aubergiste, toute neuve, il l'avait choisie un peu grande et il était en train de l'observer en cachette alors que vêtue de cette chemise de nuit, elle s'était postée devant la fenêtre et regardait l'obscurité de l'aube, la nuit en train de se dissoudre dans le jour qui venait. Puis elle se tourna vers la chambre et le regarda longuement. Un instant il pensa qu'elle le voyait, qu'elle voyait sa tromperie enfantine, son regard à travers les paupières mi-closes. Il était sur le point d'ouvrir les yeux et d'éclater de rire lorsqu'elle s'approcha du poêle en faïence, s'accroupit et se mit à retourner les cendres avec un bout de bois. Elle trouva un peu de braise, y jeta quelques copeaux et souffla, la bouche arrondie, sur cette flammerole jusqu'à ce qu'une flamme s'élançât dans les fagots. Elle posa quelques bûches, il la regardait accomplir avec recueillement ce travail du matin. Encore une fois elle jeta un coup d'œil dans sa direction, comme pour s'assurer qu'il dormait, puis dans la pénombre de la chambre elle enleva sa chemise de nuit et son corps tiède embrasa le regard de Simon Lovrenc, à travers l'étroite fente de ses yeux se propagea en lui le feu vif, le feu ardent qu'il avait connu la nuit lorsqu'il l'embrassait et s'était attisé jusqu'à ce qu'elle repose, exténuée, à ses côtés, avec une respiration douce et régulière qui se transforma en un sommeil les unissant tous les deux. Et ce corps était à nouveau là maintenant, toujours nouveau et toujours différent, offert malgré lui à la silencieuse contemplation. Elle posa une casserole d'eau dans l'ouverture incandescente, elle restait éclairée par le feu et attendait que l'eau chauffe. Elle prit la casserole avec un chiffon et versa l'eau dans un récipient en faïence. Tournée de l'autre côté, elle prit, avec des gestes lents et recueillis, un morceau de toile propre, s'accroupit au-dessus de l'eau et y fit tournoyer lentement sa main. Elle se lava lentement entre les cuisses, fixant un point dans la fenêtre, elle voyait probablement les cimes des arbres que coloraient les premiers rayons du jour.

C'est peut-être la lumière, pensa-t-il, dont il avait rêvé la nuit qui avait suivi ses vœux solennels. Ou bien c'est la bouche grande ouverte qui béerait au bout de la plaine inconnue, qui était déjà le présage de son paysage le plus intime encore totalement inconnu de lui, qui lui disait qu'il allait transgresser ses vœux. D'abord le quatrième, puis le troisième, à présent le premier aussi, il les a tous transgressés et à chaque fois il avait mal, comme avaient peut-être mal les hommes qui avaient tant de péchés et dont il était lui-même chargé dans les pays du bas continent. Qui donc affirme qu'elle est de feu, cette lumière est peut-être froide aussi, comme elle l'était dans ses rêves, ou peut-être était-ce l'éclat de l'enfer, cela irradiait peut-être sur la surface glacée de cette plaine de rêve de l'intérieur de la terre, du pays incandescent. Au matin, le *praepositus* le fit appeler et il sait aujourd'hui que c'est à cause de lui, à cause de gens comme lui, à cause de ce petit homme aux cheveux blancs, qu'il a transgressé tout, demandé à quitter la Compagnie, qu'il a fui la communauté de ses frères, a suivi son propre chemin, c'est à cause de gens de la sorte qu'il se traîne maintenant dans cette procession, pour trouver, s'il le peut, si l'immense grâce croise sa route, pour retrouver ce qu'il a perdu.

Le *praepositus provincialis* était assis dans une vaste salle glacée, c'était par un froid matin de l'avent de l'an mil sept cent cinquante et un, le petit homme aux cheveux blancs venait de prendre son petit déjeuner, un petit nuage de vapeur montait de la tasse de thé, ses yeux étaient aimables, remplis de patience, ses mains aussi étaient aimables, il se leva et recouvrit les doigts autrefois paysans de Simon et qui demeuraient paysans, de ses petites mains douces, que de bonnes choses, dit-il, je n'entends que de bonnes choses vous concernant, père Simon, vous avez traversé toutes les épreuves les manches retroussées. Vous avez acquis un grand savoir, le supérieur m'a dit qu'au collège aussi vous étiez premier. Il sourit et récita : *superbia, invidia, luxuria, avaritia, gula, ira, acedia,* elles vous ont toutes tenté, vous avez triomphé de toutes. Vous êtes un homme aimable, la Carniole est une province aimable, des gens aimables, l'amabilité est votre marque d'excellence. La Carniole, se dit-il, c'est là que je vais rester, le collège, les couloirs entre les classes, les processions. Ou alors chez un comte solitaire et malade, un grand sac de péchés plein à ras bord comme de puces, confesseur d'un vieux châtelain pour l'accompagner dans sa crainte du Jugement dernier, sous le château le village plein de boue, les vilains ivres, c'est là que je vais rester. Il serra aimablement ses doigts gelés, vous avez froid, du thé ? Asseyez-vous, père Simon, vous faites partie de l'armée de Jésus à présent, je n'ai rien à vous apprendre, vous savez vous-même, vous avez prononcé les vœux, y compris le quatrième, qui vous lie par une totale soumission en actes, et non seulement en actes, en pensée aussi, une soumission qui doit renoncer y compris à sa propre volonté, vous savez bien que pour vous il n'existe qu'une seule volonté, la volonté de la Compagnie, il souriait aimablement, le thé ne venait pas, il faisait froid dans la salle, le froid du paysage nocturne qu'il avait traversé était resté en lui. De là vient l'unité, qui est l'unité de Son corps et de Son sang, nous sommes, comment dire, nous sommes le corps mystique, l'organisme, vous avez assez d'érudition pour comprendre. Je comprends bien, dit Simon, je suis prêt. La Carniole, pensa-t-il, c'est là que je vais rester, ô mon âme, pourquoi es-tu triste et pourquoi t'agites-tu en moi ? Vous étiez le meilleur, dit aimablement le provincial, Simon se taisait, il savait que l'orgueil ne devait pas prendre possession de lui, même pas pour un instant, mais à présent il pense, il le pensa plus tard, que le provincial le flattait avec arrogance, que son supérieur était le Grand Flatteur, notre provincial était un petit monarque aux cheveux blancs, il flattait tout le monde. La flatterie a fait blanchir ses cheveux. Car la flatterie est une préoccupation terrible : flatter les grands, c'est facile, flatter les petits est un peu plus compliqué. Les petits se réjouissent en voyant que l'autocrate de la province les flatte, il est comme nous, se disent-ils, nous aussi disons des flatteries, mais à nos supérieurs, alors que lui flatte les inférieurs, ce qui signifie qu'il a quelque chose de supérieur. Ô l'aimable flagorneur aux cheveux blancs, le novice Simon n'y comprenait encore rien en ce temps, le provincial le flattait pour paraître petit et modeste, en réalité pour n'en pas moins être le grand autocrate d'une petite province, mais à l'époque cela n'intéressait pas Simon, il voulait savoir ce qu'il adviendrait de lui.

Il restait du temps pour ces choses, le provincial n'avait pas encore la réponse, il avait une question : Qu'adviendra-t-il de nous, qu'en pensez-vous ? Que voulez-vous dire par là, père *praepositus* ? De nous tous, père Simon, de la Compagnie ? Comment peut-il le savoir, lui, alors que son supérieur ne le sait pas, pourquoi lui pose-t-il la question, à lui qui a fait la promesse d'obéir à tout ordre, en ce qui le concerne il fera ce qu'il faut faire, il ira s'occuper des malades ou d'un domaine en tant que régisseur, les travaux de la ferme lui sont familiers. Les pensées du provincial étaient ailleurs, elles partaient bien plus haut et bien plus loin. Les temps ne sont pas faciles pour la Société, dit-il, de nombreux évêques pensent que nous dépassons trop les limites, les cadres stricts de la foi, s'il y a quelqu'un qui sait ce que c'est au moins, des plaintes affluent à Rome, nous sommes trop pieux pour ceux qui gouvernent le monde, le monde se prosterne trop devant la croix, devant la nôtre, et pour ceux qui gouvernent l'Église nous sommes trop de ce monde, vous comprenez, nous dirigeons de nombreux pays. Les dominicains, surtout ceux d'Espagne et du Portugal, pensent que nous transgressons tous les commandements de Dieu, que nous détruisons l'Église, que nous tolérons l'hérésie uniquement parce que nous voulons que tous ces peuples, tous ces enfants de Dieu en Chine, au Maroc, en Russie atteignent Dieu à l'aide de leurs propres croyances, il subsiste toujours quelque chose de leur ancienne foi, alors qu'il s'agit de préparer le chemin qui mène à Dieu, nos frères de saint Dominique ne comprennent pas qu'il faille soutenir ces gens, les *convincere, non vincere*. La Russie, pensa Simon, probablement j'irai en Russie, on y cherche des jésuites pour l'enseignement. Devrions-nous renvoyer ces gens dans les forêts, parmi les bêtes sauvages, devrions-nous détruire les églises et laisser la végétation recouvrir les villages, laisser les âmes au paganisme ? Simplement parce qu'ils ont l'impression que la Société est plus capable de vaincre que n'importe qui d'autre ? Car *convincere*, il va de soi que c'est déjà *vincere*, n'est-ce pas vrai ? C'est vrai, dit Simon, convaincu jusqu'au fond de son âme. Et dans les missions nous avons besoin de bons ouvriers, de nos meilleurs soldats, dit-il. Père Simon, nous savons que vous êtes attiré par la lutte, comme l'était François Xavier, nous savons très bien où vous avez envie d'aller. La Chine, pensa Simon, son cœur se mit à battre de toutes ses forces, il dut se lever, bouleversé. Les Indes, dit le provincial, vous irez au pays des Indes, c'est ainsi que nos frères d'Espagne nomment ces pays, c'est là que l'on a le plus besoin de nous en ce moment. Vous savez à quel point les liens entre nous et les fils de saint Ignace d'Espagne sont bons, le lien le plus solide depuis le début est le saint de Loyola, il s'intéressait beaucoup à notre pays, à Trieste et à Ljubljana, nous gardons de précieuses lettres tout imprégnées de sainteté. Et au Paraguay il y a un grand nombre de frères de Carniole, le père Adam Horvat, Inocenc Erberg, on l'a envoyé de Ljubljana, et bien d'autres. Le troupeau des réductions au Paraguay est grand, il y a énormément de travail, nous y avons fondé un État tel que le monde n'en a jamais connu, on pourrait l'appeler sans exagérer l'État de Jésus, en France on dit que nous y avons la théocratie, c'est ça, le monde entier est une théocratie, Jésus gouverne, et dans les réductions paraguayennes en particulier, où l'Évangile est puissant et victorieux. Merci, dit Simon, je ferai tout ce que je peux. Je sais que vous le ferez, dit le provincial, pour commencer vous devrez apprendre l'espagnol, ce ne sera pas difficile, votre latin est excellent, vous apprendrez aussi la langue des Indiens, mais pour cela vous aurez du temps, beaucoup de temps, espérons-le, peut-être jusqu'à la fin de votre vie. Quand est-ce que je pars ? demanda Simon. Demain, dit le provincial d'un ton sec, si possible demain, dit-il, demain vous partez pour Trieste, quelques pères s'y trouvent déjà, venus de Vienne et de Milan. Le temps presse, dit le provincial d'une voix forte, des nuages noirs s'amoncellent, la cour portugaise exige de la Compagnie de quitter le Paraguay, elle fait pression sur le général de Rome, sur le pape Benoît, c'est pourquoi il faut se mettre en route, en guerre, non pas uniquement pour les âmes, mais aussi pour la Société, père Simon, pour la Société également. Soyez courageux, ne prenez pas de risques : Qui aime le danger périt dans le danger.

Simon s'approcha de la table et lui baisa la main. Ce n'était pas nécessaire, dit le provincial, je sais bien ce que vous craigniez, que je vous envoie dans quelque hôpital, confesser, panser les blessures, nettoyer le pus et la merde des hommes. J'obéirais, dit Simon. Je sais, dit le provincial, c'est pour cette raison que je vous envoie au Paraguay, vous ne romprez jamais votre promesse, vous, que Dieu vous accompagne, et ma bénédiction, père, baissez donc la tête, vous devrez la baisser bien des fois encore. Le provincial le signa de sa main paternelle, *in nomine Patris*.

Cela se passait pendant l'avent de l'année mil sept cent cinquante et un. À présent, où est-il, le provincial aux cheveux blancs, qui flatte-t-il ? À qui donne-t-il sa bénédiction ? Maintenant, au printemps de l'année mil sept cent cinquante-cinq, alors que seules quatre années se sont écoulées, Simon Lovrenc entend encore distinctement chaque parole prononcée dans la salle froide, par un lointain jour froid de décembre. Quatre ans seulement et tout est différent, des choses derrière lui suffiraient à remplir toute une vie, il a lutté, pour les âmes et pour la Société, il a baissé la tête, souvent, il a fait tout ce qu'il a pu, jusqu'au jour où il n'a plus été capable de la baisser, la tête, jusqu'au jour où il s'est retrouvé dans les entrailles d'un navire portugais qui l'a conduit dans la crasseuse ville de Lisbonne. Où est à présent San Ignacio Miní, où sont Loreto et Santa Ana, à quelle place au ciel est à présent la petite

Teresa, que fait frère Mathias Strobel et où, à quelle distance se trouve la chapelle de saint François Xavier d'où la volonté du Seigneur l'avait envoyé sur ce lointain chemin, dans cette grande épreuve qu'il n'a pas bien surmontée, du moins du point de vue de la Compagnie, sans parler de ses propres promesses ?

Il ouvrit les yeux et fit un mouvement, Katarina sursauta et sans le regarder laissa retomber sa chemise jusqu'aux chevilles. Elle restait une femme pudique, et si nous faisons abstraction de ses bizarres rêves de Dobrava, également raisonnable. C'était le matin, elle se mettrait en route avec cet homme, elle devait commencer par se purifier de cette nuit, de toutes les sueurs qui collaient à son corps, de la salive et des matières gluantes qui glissaient sur elle. Pour ce faire, on a besoin d'eau ; la lune, témoin fidèle, n'enlève pas tout cela. Dehors quelqu'un frappait du marteau, le maréchal-ferrant amollissait le fer chauffé à blanc du sabot d'un cheval, c'étaient des coups rythmés, assourdis, comme ceux du tambour, du tambour, du tambour qui avait accompagné les aubes de Simon au Paraguay.

15

Le tambour bat, le tambour bat… Santa Ana s'éveille sous ces battements, avec ce son creux que mesure, à intervalles précis, la main du joueur qui réveille Indiens et jésuites, soldats et artisans, bergers et tisserandes, il réveille celui qui s'était endormi en prière et celui qui a péché, il réveille l'organiste qui répétera avec le chœur des enfants l'oratorio de Pentecôte, et le boucher qui égorgera le veau de son geste précis, il réveille le prisonnier qui avait frappé par jalousie et celle par qui c'est arrivé, les coups de tambour voyagent par-dessus les toits rouges, réveillent les oiseaux dans les ramures des arbres qui encerclent le village ; à peu de distance les tambours de Loreto et de San Ignacio Miní leur font écho, la réduction de Corpus Christi s'éveille et dans les lointains invisibles, au-delà du grand fleuve, se lèvent les chrétiens pour un jour nouveau, à Trinidad, à Santiago, à Candelaria et dans de nombreuses autres cités du pays des missions. Au milieu de deux mille Guarani et de cinquante jésuites de Santa Ana sort du sommeil Simon Lovrenc, frère de la Compagnie de Jésus ; Lorenz, comme l'avait noté dans la chronique frère Ramón le bibliothécaire, cela fait presque une année qu'il est ici, son premier séjour était San Ignacio Miní, depuis presque un an il est à Santa Ana, San Ignacio est une grosse cité, même si elle porte le nom de Miní, c'est parce que les Guarani et les jésuites, attaqués par les colons portugais, ont quitté San Ignacio Guazú il y a longtemps et fondé une nouvelle réduction, qu'on peut appeler également San Ignacio Guazú car en langue guarani *guazú* signifie « petit », alors que pour San et pour Ignacio il n'existe pas de mots dans cette langue, il n'y en a pas, les Guarani ont pris la foi et sont devenus enfants d'Ignace depuis que les pères sont arrivés, le livre de prières dans une main et la machette dans l'autre, comme ils aimaient à le dire en se moquant d'eux-mêmes, ils étaient venus bien des années plus tôt, Simon Lovrenc fait partie du dernier groupe. Il a atteint ce lieu avec les pères arrivant de divers pays d'Europe par les ports portugais et par Buenos Aires, pour ainsi dire en remontant le continent, ils ne pouvaient pas le descendre, il y avait des *bandeirantes* portugais, des soldats hostiles et dangereux qui avaient appris la cruauté par l'entremise des premiers colons, il était parmi les derniers à venir renforcer la première légion combattante de l'armée de Jésus de cette république de l'Évangile menacée de partout.

Jamais de la vie il n'oubliera ces aurores, si différentes de celles qu'il avait connues à Ljubljana, c'étaient des aubes joyeuses, même si à l'époque de menaçants nuages de l'armée cruelle appelée *bandeira* étaient suspendus au-dessus des missions, une armée véritable, non pas l'armée du Mal invisible que les jésuites savent combattre par la prière et que les Guarani peuvent également contrer à l'aide de leurs anciennes incantations apportées des forêts, lorsque le Notre-Père n'y réussit pas, mais le nuage menaçant de la soldatesque portugaise, dont il avait déjà tout appris au cours de sa longue traversée, une terrible milice de francs-tireurs qui fusille, empale, coupe les bras, les têtes également, quand il leur semble qu'il n'y a pas suffisamment d'horreur et de sang. Malgré le danger imminent c'étaient des aubes joyeuses et des années plus tard ce gai tambour battra chaque matin dans sa tête, non pas le tambour militaire mais le tambour qui éveille, le tambour qui appelait les humains à la prière et au labeur, les oiseaux à chanter et le soleil à dispenser ses caresses. Même quand il sera loin d'ici, dans le ventre du gros navire, dans son entrepont puant, ou en route pour Kelmoraïn, il se souviendra de leur chaleur et de leur lumière, comme il n'oubliera jamais les matins glacés de son noviciat à la chapelle de saint François Xavier, la froidure, les pieds raidis et la douleur transperçante sous les ongles. Le son creux et joyeux fera venir devant ses yeux fatigués les étoiles pâlissantes du ciel lointain, la boule rouge qui se lève au-dessus du paysage rouge, au-dessus de ses forêts vertes, la surface scintillante du fleuve Paraná. Tout comme il entendra dans sa tête le son du tambour matinal, il se souviendra toujours de la sérénité de chaque matin, de la sérénité de la Création qui s'éveille en réponse au chœur puissant des oiseaux dans les forêts, *vita beata !* Il se rappellera la joie de la miséricorde chrétienne devant l'appel des médecins guarani, ou plutôt des guérisseurs et des rebouteux qui allaient de maison en maison en demandant si quelqu'un était malade ou avait besoin d'aide ; la joie du travail et de la sagesse qui a élu domicile ici avec la Compagnie, l'amour du travail qui l'appelait dès l'aube à la prière et au livre, il se rappellera la joie du regard jeté sur les enfants se rendant à leur premier cours de catéchisme. Il se souviendra de la petite Teresa, fillette de neuf ans aux grands yeux noirs, l'une des cinq filles du *corregidor* Hernandez Nbiarú, sorte de maire guarani de Santa Ana. Elle l'attendait devant la porte d'une aile de la Maison des jésuites quand il en sortait, les manches retroussées, prêt à travailler, et le saluait par un *Deo gratias*, elle venait d'apprendre le salut latin. L'odeur des petits pains frais sortait de la boulangerie, les femmes qui balayaient devant l'église babillaient gaiement dans leur langue guarani. Dès l'aube il était pris par la joie, car toute chose avait son ordre, que tous respectaient avec une joie qui n'était pas commandée, qui était la joie devant la vie de toute la Création, c'est ce qu'il pensait à la messe du matin qu'il célébrait chaque jour, lors du petit déjeuner au réfectoire d'où les pères pouvaient voir la grand-place au-dessus de laquelle s'élevaient les volutes des fumées matinales, des maisons s'échappait le parfum des repas à base de céréales que nécessitait le travail à l'atelier et aux champs.

Dans cette aube céleste deux silhouettes d'hommes se détachent sur le fond rouge de la grande église, comme si elles sortaient de la façade où se trouvent les statues de saint Sébastien et de saint Roch, de sainte Anne et de sainte Claire, de cette façade animée par des rosettes et des pilastres, le tout de facture locale, des missions, rien n'est apporté d'Espagne ou d'autres pays d'Europe, tout est ciselé par les mains adroites des sculpteurs guarani qui ont appris cet art des jésuites ; comme deux statues qui se seraient animées, marchent par la terre rouge battue, traversant la grande place centrale de Santa Ana, le supérieur Inocenc Herver et père Simon, le premier en soutane noire, le second en vêtements de travail, large pantalon, chemise aux manches retroussées jusqu'aux coudes. Ils s'arrêtent devant la statue de saint Ignace, posée sur une haute colonne au milieu de la place, alors que la statue de la Vierge, d'or, la plus belle du village, se trouve dans l'église, saint Ignace, lui, le guerrier, est au milieu de la place où se déroule chaque après-midi un vrai défilé militaire, les Guarani sont d'excellents soldats, ils savent se défendre, saint Ignace est content de les voir faire la démonstration militaire en passant devant lui, tout armés. Les pères Inocenc et Simon ne sont pas contents, l'état de saint Ignace n'est pas satisfaisant, la peinture bleue de la colonne se décolle, tout comme la couleur dorée de son cœur et de l'inscription *IHS* au milieu, il faudra repeindre, dimanche c'est Pentecôte, d'Asunción vient le provincial, le révérend Joseph Barreda, il sera accompagné de nombreux profès et de coadjuteurs, et même des représentants des autorités espagnoles de Posadas, il n'est pas bon que la statue de saint Ignace soit fendillée par le soleil et ses couleurs complètement délavées. Ils appellent l'artisan à l'entrée, lui montrent les détériorations, les fissures, la peinture écaillée, le cœur blessé, le saint ne peut pas accueillir les grands visiteurs dans cet état.

À l'entrée de la longue allée qui mène au village règne une grande animation, on est en train d'édifier une nouvelle arche, un véritable arc de triomphe. Dimanche c'est Pentecôte, le Saint-Esprit vient parmi nous, et d'Asunción arrive aussi le provincial de la Société, les deux sont dignes d'une haute arche, d'un arc de triomphe qui saluera le provincial et continuera à saluer durant des années encore de nombreux autres visiteurs toujours nouveaux qui admireront sa beauté, qui parleront avec admiration de l'art de l'architecture et de la sculpture de ce pays, qui non seulement a édifié ce puissant arc céleste, mais l'a aussi décoré de rosettes et orné de guirlandes en pierre, de couleurs vives, nombreux seront les visiteurs à Santa Ana, personne ne veut penser que sur Santa Ana, tout comme sur San Ignacio Miní et sur toutes les missions, s'amoncellent de sombres nuages, personne n'en parle, peut-être mettent-ils justement pour cette raison un plus grand zèle à leur construction, nuit et jour, la nuit à la lumière des flambeaux, le jour les équipes se relaient, les uns se reposent en prenant le repas apporté par les femmes, les autres poursuivent le travail, des maçons et des maîtres pleins d'adresse, les uns taillent des courbes, les autres entassent les pierres ou préparent la chaux, portent des planches, des pieux, des gonds et des ferrures pour la porte, un bloc qui ornera le fronton ; les chevaux et les mulets tirent des troncs d'arbre de la forêt, partout on s'affaire, la fin des travaux approche, comme approche aussi la fête de Pentecôte, il y a urgence, la pierre voussée de l'arche gît sur le sol, on voit déjà l'inscription SOCIETAS JESU, et plus bas EL PUEBLO DE SANTA ANA ; quand on montera la voussure en pierre, le nom de la Société éclatera joliment et saluera le provincial des réductions du Paraguay, et depuis la place tout entière et depuis la longue allée, partout résonnera le chant *Gloria tibi, Domine, laus tibi, Christe.*

Le supérieur Inocenc Herver et le père Simon sont en train de contempler ce grouillement à l'heure aimable et divine du matin quand de loin, du fleuve, parvient un coup de canon. Un minuscule nuage apparaît au-dessus des arbres, de la poudre, ça sent la poudre et la guerre, même si l'odeur ne peut pas parvenir jusqu'ici et même si les ouvriers poursuivent leur travail sans se préoccuper beaucoup de ce vacarme matinal si soudain. Ils savent tous que les soldats guarani, aidés des pères Cardenal et Kluger, sont en train d'essayer le nouveau canon, on l'a acheminé la veille par le fleuve. Avant qu'ils puissent s'en réjouir il a accompli un long voyage, depuis la fonderie de Catalogne où il est né, comme l'avait dit affectueusement père Cardenal, il est né avec trente de ses congénères, la province jésuite locale l'avait fait fabriquer, à Barcelone il avait été béni et embarqué, puis il avait failli sombrer avec les trente autres lors d'une tempête juste avant de rejoindre le rio Argente, enfin il avait voyagé à travers la pampa depuis Buenos Aires, tiré en amont sur des chars à bœufs, jusqu'à ce qu'on le charge sur les barques avec ses autres lourds camarades de guerre, on pourrait dire co-canons, destinés aux *pueblos*, un canon par *pueblo*, trente canons pour se défendre devant le danger qui est plus sérieux de jour en jour, tout le monde sait à quel point, mais personne ne veut prendre conscience du réel danger, du mortel danger. On le connaît à Madrid, où il a été concocté, le père Retz, général de la Société à Rome, en a certainement conscience, on ne peut en douter, à Vienne et à Paris on connaît parfaitement le problème, ce que pense le saint-père seul Dieu le sait, mais ils le sauront également ici en temps et en heure, les décisions du pape parviennent tardivement mais sûrement. Quel est le véritable état des choses, on le sait ici, les Guarani le savent mieux que personne, ce ne sera pas la première fois qu'ils seront en guerre avec la *bandeira*, jusqu'à présent ils étaient incroyablement efficaces, jusque-là ils les ont toujours battus à plate couture, mais à présent c'est différent, tout est différent, les cours européennes s'en mêlent, l'intrigue est grande et étendue, l'anneau autour de la Société se resserre, plus la diplomatie laisse faire plus la pression augmente et plus on a du mal à respirer ; le général à Rome recule devant le pape, le pape recule devant le roi d'Espagne, le roi d'Espagne devant sa femme, sœur du roi du Portugal, elle-même plie devant le ministre Pombal, le grand intrigant de la cour qui veut, lui et ses colons à São Paulo, chasser les jésuites, qui savent ce qu'ils veulent, d'autres reculent, sauf le père Kluger qui ne s'incline pas, il a entre les mains les recueils de calculs des canonniers autrichiens, la courbe, dit-il, la courbe de l'obus doit être plus basse quand ils approchent, dit-il, et il est possible de viser directement à travers le fût. Ce qui peut arriver, les jésuites d'ici en sont conscients, le supérieur Herver en a conscience, le provincial à Asunción aussi, les *bandeirantes* ont déjà attaqué plusieurs fois au nord et à l'ouest, ils ont pillé quelques *estancias* particulièrement exposées, là où les Indiens et les frères élèvent du bétail pour les boucheries des *pueblos*, non seulement pillé mais encore égorgé tout ce qu'il y avait de vivant, les humains et les bêtes aussi, ce qu'ils n'ont pas pu emporter avec eux en morceaux ils l'ont pillé, massacré, incendié. Le commandant des armées des Guarani, le *corregidor* de San Miguel, Jose Tiaragu, le sait aussi, c'est un guerrier intrépide, un stratège de premier plan, connu dans toutes les réductions sous le nom de Sépé, Sépé est à présent à Santa Ana, avec Kluger et Cardenal ils font des essais avec le canon arrivé des fonderies catalanes, les soldats tournent autour de sa gueule noire et regardent dedans, les expressions espagnoles et allemandes qui désignent différentes pièces se mélangent, ils chargent, ils le bourrent, Cardenal lève le bras, boum, un petit nuage apparaît dans le lointain, ça pue la poudre et la guerre, même si ici c'est Pentecôte et si la grande arche à l'entrée est presque montée.

Il y a deux ans déjà, quand le père Simon était arrivé à la mission de San Ignacio Guazú, on entendait dire que le roi, faible d'esprit, si toutefois il est permis de s'exprimer ainsi à propos des rois, que le malheureux roi Frédéric VI avait signé avec les Portugais, à Madrid, une nouvelle convention sur le partage des pays des Indes, que les jésuites seraient obligés de lever le camp, seuls ou avec leurs sauvages baptisés. Des bruits couraient, mais la vie poursuivait son cours. Tout cela se passait loin quelque part, et là vie était ici, il avait retroussé les manches dans ce champ divin, tout comme dans celui où poussait le maïs, des sortes de tubercules, des potirons… Il s'y connaissait en travaux des champs, on lui avait appris en plus à manier un peu le sabre et à tirer, au cas où. Comme tous les pères, il avait d'abord fait le tour des missions, il allait et écarquillait les yeux. Tout était simple et bon, les gens étaient gais et aimables comme des enfants, il découvrait les Guarani qui vivaient dans les *pueblos*, mais aussi ceux qui ne voulaient pas rejoindre la croix, des hommes sauvages, à moitié nus, des tribus de Charrua, de Macetone et de Camba ; mais davantage que devant les choses auxquelles il s'attendait, il écarquillait les yeux devant la copie miniature de l'Europe chrétienne qui avait poussé ici parmi les Guarani et avec leur aide à partir de rien. Et il y faisait bon, nulle part il n'y avait le froid qui le faisait souffrir dans les forêts de Turjak lorsqu'il devait transporter des billes d'arbre, le froid qui le torturait dans la maison des jésuites et au collège, dans les bibliothèques et dans les églises, tous les matins du temps où il était novice. Ici il n'y a point de neige, on a du mal à s'y habituer, mais de grandes périodes de pluie, des averses, les cimes des arbres que le vent fait ployer. Ils creusaient des tranchées afin que l'eau n'inonde pas les villages, ils étaient recouverts de terre glaise rouge, les pieds s'enfonçaient, la matière molle collait à la peau et aux vêtements, les soutanes noires étaient barbouillées, les pères demeuraient dans leurs cellules, à la bibliothèque et au réfectoire, parfois ils donnaient un coup de main aux Indiens en train de creuser les tranchées, enlevaient la terre et pataugeaient dans l'eau et la boue jusqu'aux genoux. Et il voyageait, l'observateur de Jésus, dans la pluie et dans la boue, dans le soleil et dans la poussière, il voyageait sur les fleuves Uruguay et Paraguay, il a atteint les chutes d'Iguazú et en est revenu, en traversant les forêts, les pays presque vides et désertiques, il a traversé des cités qui s'élevaient dans des lieux où un siècle plus tôt régnait la végétation sauvage, les cris des oiseaux forestiers, et à présent la croix y régnait, l'Évangile y était vivant et tout ce que cela avait apporté. Il voyait des palais et des églises de pierre rouge, des *estancias* aux immenses troupeaux de vaches, il voyait le bois d'œuvre qu'on sortait des forêts et qu'on chargeait sur des navires, la pampa et le froid dans la partie inférieure et les forêts et les eaux dans la partie supérieure de l'immense pays, des champs cultivés et des entrepôts d'outils dans les *pueblos*, des ateliers de tissage et de couture, des armureries, des bibliothèques et un conservatoire de musique. Il se trouvait au milieu de l'immense travail accompli par les jésuites, accompli par la Société de Jésus, des jésuites qui étaient venus avant lui par centaines, par milliers peut-être, et parmi eux étaient ses compatriotes de Carniole.

Lorsqu'il arriva à Santa Ana, il fut reçu par le supérieur Inocenc Herver, cher compatriote, lui avait-il dit, de ses faibles bras il l'attira sur sa poitrine, il le serra contre lui, Simon sentit battre son vieux cœur, sûr que vous êtes fatigué dit-il familièrement, la tisane vous redonnera de la vigueur, il lui offrit de la décoction de maté, y a-t-il de la neige en Carniole ? mes yeux ont oublié la blancheur de la neige. Mes mains, dit Simon, n'ont pas oublié le froid de la neige.

Le supérieur de Santa Ana était Inocenc Erberg de Ljubljana, dans les chroniques il restera inscrit en tant que « Herver » ; dans les missions on connaissait également Adam Horvat, originaire de Semic, sur la frontière croate, mais ici personne ne s'intéressait à ces choses : qui a laissé derrière lui son père et sa mère, toute sa famille naturelle, celui-là avait moins de mal à laisser derrière lui sa patrie aussi. Les pères Inocenc et Simon le savaient : leur patrie est la Société et ce vaste pays, leurs frères et leurs enfants sont les Guarani. Depuis le premier instant Simon Lovrenc savait que les réductions du Paraguay formaient l'État libre des soldats de Jésus, soumis seulement sur le papier au roi d'Espagne, s'il est soumis à quelqu'un alors c'est au général et au pape de Rome, au corps mystique de la Société, réunie dans l'aspiration organique vers le Très-Haut. Même s'il savait que le général et le pape se trouvaient loin au-delà des forêts et des océans, que c'étaient les cloches de Saint-Pierre qui les réveillaient, ici c'est le tambour que l'on battait, et les neiges ljubljanaises n'apparaissaient plus qu'en songe.

Que les sculpteurs et les maçons qui édifient l'arc triomphal de la Pentecôte à Santa Ana poursuivent tranquillement leur travail, que les soldats de Cardenal, de Sépé et de Kluger fassent des essais avec leur canon, ils en auront besoin, nous en aurons tous besoin, bien des choses dépendront des courbes que décrivent les obus, et père Inocenc Herver et père Simon continuent leur chemin, montés sur de grands chevaux de trait, ils se balancent lentement au milieu de la forêt, sur le chemin menant au fleuve qui apparaît au loin. J'ai besoin d'un peu de paix, dit père Inocenc, le *pueblo* est si agité, il s'y passe toujours quelque chose, on croit trouver la paix dans les missions, vous aussi vous avez peut-être eu cette idée, père Simon Lovrenc, moi oui, je pensais lire beaucoup et baptiser souvent, mais que je dirigerais un petit État comme celui-ci, je ne le pensais vraiment pas. Pour être franc, dit père Simon en se protégeant les yeux devant le scintillement du fleuve, je m'attendais à trouver toute cette chose beaucoup plus sauvage, mais une fois arrivé, je me suis rendu compte que les Guarani dirigeaient l'ensemble eux-mêmes, je ne m'attendais vraiment pas à ce genre de chose. Mais qui s'attendait à une chose pareille, à part Lui, qui savait ce qui allait arriver ? Le supérieur aurait pu trouver une citation tirée des *Exercices spirituels* de saint Ignace, il aurait pu dire que tout comme le responsable de la Compagnie ne devait pas se mettre entre Dieu et un jésuite, de même, appliqué ici, un jésuite ne devait pas se mettre entre Dieu et l'Indien, de sorte que le Créateur puisse travailler de conserve avec ce qu'il a créé, c'est-à-dire avec l'Indien, et la créature avec son Créateur et Seigneur. Il aurait pu le dire, et bien d'autres choses encore qui sont le fondement de la sage présence des jésuites dans cette contrée, il aurait pu citer des livres que l'on lit depuis longtemps sans aucune crainte dans les bibliothèques des missions, *La République* de Platon, *La Nouvelle Atlantide* de Bacon, ils possédaient un grand savoir avant d'avoir fondé les réductions selon une organisation et un ordre conçus dans les détails, la Bible et la tradition des Évangiles n'étaient pas les seules à les amener à l'idée de la propriété commune, de la *chakra*, qui appartient aux familles en propre, à l'idée de représentants élus et bien sûr de la direction spirituelle de la Compagnie, une direction qui découle de la nature de son unité mystique, au-dessus de laquelle plane la sagesse militaire et l'expérience de saint Ignace, et tout ce qui vient du Saint-Esprit au-dessus, qui de toute manière est plus au moins en nous, comme est en nous le *summum bonum*. Il ne dit rien de tel, le supérieur Inocenc Herver, durant leur chevauchée vers le fleuve, c'étaient des idées dignes d'un novice ou d'un nouveau débarqué et non celles d'un scolastique formé comme l'était père Simon, scolastique et paysan aux manches retroussées, les deux à la fois ; il avait déjà fait le tour de toutes ces choses des milliers de fois, il préfère à présent se balancer sur son cheval, plongé dans ses pensées et ses soucis. Au loin on entend des chants, les femmes cueillent au milieu des champs cette plante miraculeuse qu'on appelle partout le « thé des jésuites », également « maté » ; les hommes coupent des branches d'arbres, tous les deux ans les femmes arrachent des branchettes pour les mettre dans leurs paniers, d'autres hommes portent des paniers pleins sur les charrettes. Leurs chants sont beaux, pense le supérieur, les hommes aiment travailler, il est vrai que certains ont toujours plusieurs femmes, dit-il, comment les sortir du péché, qu'en dites-vous, père Simon, avons-nous raison de fermer un œil sur cette affaire, ou même les deux ? Ils ont raison, se dit-il dans son for intérieur, leurs enfants comprennent sûrement, un homme et une femme, seuls dans la fidélité éternelle, c'est selon la volonté de Dieu, les jeunes sont plus ouverts, ils travaillent plus, ils chantent davantage, ils s'exercent plus souvent aux armes, quand il y a plus de travail il y a moins de promiscuité. Ils mettent pied à terre et marchent quelque temps au bord du fleuve, les roseaux s'épaississent, les branches les frappent, eux et leurs montures, ils redescendent, attachent leurs chevaux et continuent à pied, avez-vous entendu ces chants, dit le père Inocenc Herver, ils me rendent heureux, j'ai l'impression d'entendre un cantique à la Vierge, c'est incroyable, dit-il, ce que fait la musique, l'évangélisation et la civilisation, c'est la même chose, père Simon, c'est une seule notion, on n'a besoin de rien faire d'autre que de réunir les gens dans la réduction et laisser agir l'Évangile, alors l'artisanat marche aussi, et l'élevage, mais la musique surtout agit, mieux que tout sermon. Vous comprenez ? Je comprends, dit Simon, *fides implicata* s'est transformée ici en *fides explicata*, c'est notre œuvre. Vous avez bien dit, répond le supérieur Inocenc Herver, je n'ai pas besoin de louanges, dit Simon ; ils vous ont bien préparé, dit le supérieur, l'éloge est pour eux, pour la Maison de la Société à Ljubljana, dit Simon, vous pouvez les louer, et ils se mettent à rire ensemble, ils savent bien : on ne peut faire l'éloge d'une personne qu'après sa mort.

Dimanche sera un jour de grande solennité, lundi on travaillera dur et l'atmosphère sera tendue, lundi ils entendront le provincial, le révéré Joseph Barreda, parler des choses terribles qui s'apprêtent à fondre sur les missions. Il faudra réfléchir sur ce qu'il convient de faire, se préparer vraiment à la résistance armée… Sont-ils capables de faire la guerre ? Le général Retz, à Rome, n'a pas encore pris sa décision, à la cour d'Espagne ils se demandent aussi s'ils ont eu raison de signer la convention de Madrid sur le partage des Indes. Le destin des missions est en suspens, les soucis qui pèsent sur le supérieur Inocenc Herver se lisent clairement sur son visage, il ne veut pas en parler, même s'il est parti faire cette promenade à cheval au bord du fleuve avec le père Simon peut-être justement dans l'intention d'évoquer ces questions, il ne le peut pas, c'est trop dur, trop peu de choses sont entre leurs mains, c'est pourquoi il préfère discuter du problème de la promiscuité, dans quelle mesure la tolérer, les dominicains le raccourciraient d'une tête pour de telles réflexions.

Les Guarani se préparent eux aussi aux festivités dominicales, comme si le glaive portugais n'était pas suspendu au-dessus de leurs propres têtes, tout en sachant que les menaces déjà anciennes se sont renforcées, qu'elles contiennent plus de réalité et de périls que jamais depuis qu'ils vivent en communion avec les pères. Ils pressentent certaines choses, ils sont au courant d'autres, les pères se rencontrent, pleins d'inquiétude, les lampes à huile restent allumées tard dans la nuit, ils les ont même vus prier en commun, ce qui n'est pas du tout en usage chez les jésuites, les pères prient seuls, à l'écart ou devant les autres, chemin faisant ou dans leur cellule, et à présent ils prient ensemble et discutent beaucoup. Des cavaliers arrivent au galop, apportent des missives et repartent. Les pères eux-mêmes ne savent pas tous exactement ce qui se passe, des bruits courent que la Compagnie est en danger, non seulement dans les Indes, non seulement sous la couronne d'Espagne, non seulement au Portugal où ils sont haïs à la cour, mais aussi de par les procès d'inquisition que fomentent les dominicains pour régler son compte à la Société, elle est en danger partout, depuis la Chine jusqu'au Maroc, depuis l'Espagne jusqu'en Autriche, des monarques et des ambassadeurs œuvrent pour sa destruction, des hommes riches en argent et en terres, les terres des Indes et les âmes chrétiennes leur font venir l'eau à la bouche, ils veulent les transformer en esclaves, il y a des évêques qui agissent contre la Compagnie, des princes-évêques, des prélats et des cardinaux, le valétudinaire pape Benoît XIV a du mal à faire barrage aux demandes de dissolution, c'est la société la plus aimée de tous les papes, l'ordre le plus efficace de tous les temps, abolir, dissoudre, chasser les chevaliers de la foi chrétienne, guerriers soumis et obéissants jusqu'à la dernière fibre de leur volonté, quelle folie inouïe dans la tête de nos ennemis, saint Ignace dans les cieux ne laissera pas faire une chose pareille.

Ils restèrent près du fleuve jusqu'à la fin de l'après-midi, le travail attendra, des lettres pour Buenos Aires, pour Posadas, des lettres à envoyer en Espagne, en Autriche et en Italie, des lettres aux amis secrets dans les cours et dans les états-majors, une lettre pour le roi de Prusse, qui apprécie les jésuites même s'il adhère à la Réforme, la Russie elle-même fait preuve de plus de compréhension, tout cela attendra, des recommandations, l'étude, des conversations avec les pères qui souhaitent être déplacés, tout cela attendra, il faut s'octroyer un jour près du fleuve dont la surface s'assombrit doucement, perd son magnifique éclat pour gagner une couleur rouge foncé, rouge carmin, ils ne peuvent pas ne pas penser à l'unisson : couleur sang. Sur le chemin du retour les premières torches s'allument dans le crépuscule, à l'entrée du village les poulies grincent toujours, on prépare des torchères enduites de résine au centre de la place, au milieu de la grande place il n'y a pas de danger que le feu se propage en ce soir sec, inhabituellement sec pour un mois de juin, alors que l'humidité et les pluies devraient déjà être là, ils préparent des monceaux de torches, en essayent une sur dix, quelqu'un hurle parfois de douleur quand une goutte de résine lui coule sur la peau, les enfants se mettent à piailler en courant dans tous les sens, dimanche soir ils éclaireront l'entrée de l'église avec les flambeaux et toute la vaste place, ce sera une belle Pentecôte, on recevra les visiteurs avec éclat, la messe sera solennelle accompagnée de l'oratorio *Nisi Dominus*, le défilé militaire, le matin la confirmation, les enfants s'en réjouissent, les adultes aussi, tout sera lumineux et plein de solennité, dehors il y aura un large cercle de ténèbres, beaucoup de regards mauvais seront à l'affût, mais là régnera la clarté et les chants résonneront, au-dessus des missions se lira sur le ciel, entre l'orient et l'occident, d'un océan à l'autre, la grande devise des jésuites : *Omnia ad maiorem Dei gloriam.*

16

Un merle siffle sous la fenêtre, Katarina l'écoute, une tiède clarté printanière coule sur le lit, c'est le matin, le matin nouveau de leur voyage vers la Châsse d'or, il lui semble que sa splendeur luit de nouveau dans le lointain, la splendeur d'un pays lointain où Dieu se révèle au pèlerin, comme il se révèle dans cet autre pays éloigné où Simon marchait autrefois parmi les sauvages, parmi les enfants de Dieu, comme il lui apparaissait dans la chapelle glacée de saint François Xavier, le saint homme basque ; elle peut se représenter Simon dans cette chapelle tout en gardant les yeux ouverts ; mais si elle veut le voir sur la terre rouge et au milieu des forêts du lointain continent, elle est obligée de fermer les yeux, et quand elle ferme les yeux elle peut le voir chevaucher le long du fleuve, sa surface luit comme cette aube en haut des montagnes qu'ils descendront tous les deux aujourd'hui pour rejoindre la plaine. Imagine-toi, dit Simon, que cette plaine est la mer. Rien de plus facile, dit Katarina… j'ai toujours eu envie d'aller en pèlerinage à Padoue, je ne sais pas pourquoi nous devons aller dans ce pays de frimas… si on allait à Padoue on verrait la mer, nous sommes déjà enfermés dans nos vallées et nous voulons aller dans d'autres vallées, dit-elle, le Rhin est large, au moins, comme je voudrais le voir, Katarina devient soudain prolixe, j'aime imaginer que la plaine en bas est mer, tu as vu la grande mer. À Lisbonne ça sent l'Afrique et l'Asie, dit-il, le regard y passe presque par-dessus les océans, des marins noirs se battent sous les fenêtres et des femmes noires s'offrent, à Lisbonne j'ai contemplé un lambeau du ciel à travers un trou dans le toit... Parle-moi aussi de Lisbonne, raconte-moi tout... Les doutes et les peurs sont loin, à présent qu'il connaît les choses, Simon est de nouveau proche d'elle maintenant, comme cette première nuit où ils furent sauvés des eaux. Ils demeurent dans le péché, si l'amour est péché, mais ils sont aussi deux êtres qui se connaissent, autrefois ils avaient regardé les mêmes étoiles en Carniole, elle au-dessus de Dobrava et lui au-dessus des forêts de Turjak, ils sont ensemble, probablement pour toujours, un merle chante sous la fenêtre, le maréchal-ferrant ferre les chevaux, le matin est calme, l'ange gardien de Katarina est tout près, le jour est tiède, bon pour la marche. Elle s'habille en hâte et se précipite dans la cour, la mule, satisfaite, pousse les bras de Simon et en arrache le foin, elle leur est reconnaissante de l'avoir tirée des eaux, le chien, poil clairsemé et beaux yeux, agite joyeusement la queue, mais sans s'approcher, il est intelligent, il craint les hommes. Simon caresse la mule derrière les oreilles, des bêtes pareilles aident à tirer le bois, il est toujours jeune paysan même s'il est scolastique, il connaît les bêtes, leur regard soumis, hébété et soumis, son père, sujet des comtes de Turjak, avait ce regard hébété et soumis ; ce sera difficile de la rendre, la bête de somme, quand on trouvera son propriétaire, pour la mule ce sera encore plus dur, elle est bien avec eux, elle ne manque pas de nourriture, ni d'étables ni de gentilles caresses derrière les oreilles, même Katarina la cajole un peu, la bonne et tranquille bête, et lorsqu'elle jette un regard au chien sauvé du déluge lui aussi, sa gorge se serre à la pensée de leur chien de Dobrava, Aron ; qui a regardé au fond des yeux d'un chien, celui-là sait qu'ils ont une âme, sinon seraient-ils si tristes et dévoués, Katarina ne sait pas si c'est le cas de tous les animaux, mais probablement celui des chiens, pour Aron c'est presque sûr. Mais elle ne va pas penser à Dobrava à présent, il y a là-bas des gens et des objets qui l'ont fait partir, le paon par exemple, sa gorge se serre tout de même lorsqu'elle s'en souvient, encore davantage qu'au souvenir du chien-berger Aron, où est Windisch, est-il encore en vie ? est-il dans le feu d'une terrible bataille ce matin, n'est-il pas couché sur un lit, blessé, sans secours ? Simon capte le regard de Katarina, ils se connaissent déjà, savent ce que recèle le regard de l'autre, s'il est rempli de joie ou s'il est la proie des ombres tristes du souvenir, qu'est-ce que tu as, dit-il, rien, dit Katarina, je me suis souvenue de quelque chose, du chien, elle ne mentionne pas le paon, à quoi bon ? mettons-nous en route, dit-elle avec un rire espiègle : *Pater* Simon, en route. *Omnia ad maiorem Dei gloriam*, s'écrie Simon avec un sourire, Katarina rit, la mule pousse un hennissement comme si elle était un cheval et non une mule, le chien les suit à une distance sûre, il aboie gaiement, comme s'il était Aron et non un chien sans collier rempli d'effroi, la mule est forte, elle transportera leurs besaces, elles sont légères, elle a transporté des choses bien plus lourdes, pour preuve les callosités sans poil sur le dos, preuve de la longue et dure vie d'une mule.

Il chemine ainsi, le père banni Simon Lovrenc, Katarina ne sait pas encore pourquoi il a été renvoyé, elle l'apprendra bien, le mal ne devait pas être grand, il n'a tué personne, son Simon ; à ses côtés chemine Katarina, chaussée de solides chaussures de Salzbourg, achetées elles aussi à l'aubergiste, à l'état neuf, elle marche sur la route où ils rencontrent maintenant des chariots et des voituriers en route vers le midi, par les montagnes, les chemins sont secs déjà et sûrs, parfois elle retire ses chaussures et marche pieds nus sur l'herbe, entre les fleurs printanières, des jaunes, des blanches et des bleues, comme autrefois à Dobrava. Simon ne sait pas encore quel genre de vie elle menait à Dobrava, il l'apprendra bien, un couple de cet acabit se raconte tout, mais pas maintenant, maintenant il la regarde se frayer un chemin pieds nus entre les herbes et les pâquerettes, comme si elle marchait dans l'eau, elle retrousse sa jupe jusqu'aux genoux, quelle vue, son cœur d'homme se met à battre, le cœur du mâle plein de désir, il suit ses pas, sa main glisse sous sa jupe, il n'est pas possible qu'elle ne glisse pas sur ces jambes et sous les jupons, ils se couchent dans l'herbe, la mule regarde quelque temps ces roulés-boulés accompagnés de gémissements, le chien se roule en boule sous l'arbre, puis la mule se consacre à l'abondance du pâturage, partout alentour c'est l'éclat vert de l'herbe, le scintillement du soleil, le jour terrestre plein de parfums, l'ondulation de la mer, la respiration des animaux, des chiens fidèles, calmes…

Ils se rendorment pour un court moment puis se retrouvent en bas sur la route, la mule derrière eux hoche la tête, au-dessus voyagent les nuages sous lesquels volettent des hirondelles, oiseaux de Marie mère de Dieu, celui qui les voit le premier au printemps gardera la santé toute l'année, c'est maman Neza qui l'a appris à Katarina, qui la regarde sans doute de là-haut, Katarina ne doit pas détruire leurs nids, cela porte malheur à la maison. Et l'arc-en-ciel, celui qui apparaît au loin dans la plaine où se fond le nuage qui a laissé tomber un rideau de pluie avant de s'en aller, l'arc-en-ciel, il ne faut pas le montrer du doigt, cela peut faire tomber ton doigt. Il ne manque que le coucou : le nombre de leurs enfants sera égal au nombre de « coucou » que fera l'oiseau.

Dans l'après-midi ils s'assoient à la lisière d'un bois, le pain sort du bissac, puis le lard, une poignée de graillons, des quartiers de pommes séchées, des mets simples, ce qui reste est pour le chemineau qui se désaltère ensuite dans le torrent ; la mule demande encore moins, elle déambule en toute liberté dans le grand pré et broute l'herbe et les fleurs jaunes du printemps, parfois elle jette un coup d'œil dans leur direction, elle n'aime pas être seule, le chien vagabond non plus, il lance quelques aboiements à la mule, quelques autres en l'air, il fait bon dans l'arche de Noé, il n'y a point d'eaux torrentielles, le pré tout entier est le pont des rescapés. Katarina se couche sur le dos, contemple les nuages, voyageurs du ciel qui courent à Kelmoraïn, comment sont-ils, les nuages de là-bas ? Où, demande Simon, là-bas, au-delà de la mer, comment sont les nuages qui voyagent au-dessus de tes Indiens ? Simon sourit, ils sont comme ceux d'ici, un peu plus rapides, il n'y a pas de montagnes pour se ficher entre eux comme chez nous. Raconte-moi, dit Katarina, je veux tout savoir. De quoi veux-tu que je te parle, Katarina ? Des Indiens, des sauvages qui vont à l'église. Ce ne sont pas des sauvages, dit Simon, ils sont comme toi et moi. Katarina est une femme pleine de curiosité, petite fille, chez les ursulines, elle était assise au premier rang, elle voulait tout savoir : comment étaient les couronnes que portaient les Saints Rois mages, étaient-elles en carton doré, comme celles que mettent les enfants quand ils tirent les rois, ou d'or véritable, étaient-ils noirs pour de bon ou seulement barbouillés de couleur, et Hérode, pourquoi était-il terrible et méchant ? Autrefois les Indiens vivaient dans les forêts, dit Simon, ils vivaient de chasse et de cueillette, après notre arrivée ils ont commencé à cultiver la terre, comme les paysans de chez nous, nous le leur avons appris, comme nous leur avons appris à s'occuper de grands troupeaux d'animaux, à bâtir les plus belles églises, et on leur a enseigné aussi à jouer de l'orgue, à chanter en chœur, à dire le Notre-Père et le Je vous salue Marie, comme tu le dis, toi, ça aussi nous le leur avons montré, comme aux enfants bons et intelligents, car ils avaient le cœur ouvert et l'esprit également. Mais de la chair d'homme, et Katarina s'appuie sur ses coudes, ils ne mangent plus la chair humaine… ? Simon rit, je ne sais pas s'ils l'ont jamais mangée, dit-il, sa question ne l'étonne pas trop, c'est l'époque où courent des histoires, tout le monde veut savoir des choses sur les pays où vivent des hommes différents, dans ces histoires il y a beaucoup de vrai, mais davantage encore d'inventions, rien d'étonnant, peu de gens y sont allés, peu d'entre eux ont traversé les océans, encore bien moins que ceux qui ont vu Compostelle, Kelmoraïn ou même la Terre sainte. Je leur enseignais non seulement la lecture et l'écriture, Katarina, mais aux têtes les plus intelligentes, que nous avions choisies, à ceux qui n'allaient devenir ni maçons ni tisserands ni cultivateurs, à ceux-là on leur apprenait le latin, ils jouaient de l'orgue et chantaient le Notre-Père mieux que nous au collège de Ljubljana. Katarina s'enthousiasme : et les psaumes aussi ? Les psaumes aussi, père Luis Berger leur a appris, ils chantaient mieux que n'importe quel chœur de Vienne, il leur a appris à jouer de l'orgue, du trombone et des cymbales. Simon se lève, marche de long en large, soudain ses yeux sont absents, il ne voit pas les fleurs printanières ni le pré au bord de la clairière, il ne voit pas les monts enneigés derrière eux ; j'ai l'impression parfois... Simon parle avec exaltation, comme s'il arpentait en ce moment même le vaste pays nommé *Misiones*, nous l'avons appelé ainsi, c'est-à-dire les premiers jésuites, des Espagnols qui sont arrivés là-bas, mais ce n'est qu'un nom, car cette terre n'a pas changé depuis la création du monde : une grande plaine rouge, que traversent le large fleuve Paraná et les rivières Iguazú, Piratini, San Angel, des cours d'eau dont j'ignore le nom, une vaste plaine entourée d'une large couronne de forêt sans fin où vivent des oiseaux aux couleurs vives et des bêtes sauvages d'une rapidité effrayante. Katarina ferme les yeux, écoute, c'est ainsi seulement qu'elle peut voir ce que raconte Simon : au bout de la plaine, en haut, là où commence l'océan de la forêt, il y a de grandes cataractes, l'eau du fleuve Iguazú tombe de partout dans un profond abîme, des hirondelles qui nichent dans les rochers sous les chutes volettent dans les vapeurs, partout voltigent des milliers de papillons, dans les arbres tout en haut des oiseaux bariolés font leur nid, et tout en bas, après que les cataractes ont mugi tout leur soûl, coule un fleuve silencieux et calme, sa surface scintille au soleil, les enfants indiens s'y déplacent en radeau et en barque, leurs pères pêchent, leurs mères sont dans les *yerbales*, en train de cueillir la plante nommée *yerba*, on l'appelle à présent « thé des jésuites », on entend leurs chants de loin. Katarina voit tout cela les yeux fermés, elle entend aussi, même si c'est à sa manière, cela ressemble un peu aux images qu'elle avait vues dans les livres, aux chants à l'église, elle ne se trompe pas beaucoup, c'est l'image du paradis, elle l'a vu souvent, Adam et Ève se tiennent nus au milieu du bois, il y a une foule de lianes et de feuilles et de racines et de bêtes gentilles, cela devait être bien, cela le serait encore sans cette pomme, voilà comment c'est là-bas, dans les Indes, sous les cataractes, sur la plaine rouge qu'évoque Simon.

Simon ne sait pas comment était cette terre avant l'arrivée des jésuites, il ne sait pas si c'était l'Éden, en tout cas ils vivaient hors la grâce divine, sans églises et sans chants sacrés, le chemin de la rédemption était fermé pour eux, pouvaient-ils vivre tels qu'ils étaient, sans la grâce divine ? Et penser qu'ils vivaient sans toit au-dessus de la tête, sans charrue et sans houe, sans troupeaux de bétail et sans abattoirs, sans ateliers de tissage et sans forges, sans arquebuses et sans mousquets, sans les canons du frère Kluger, ils se défendaient mal avec leurs arcs et leurs flèches. Car les attaques et les massacres ont commencé aussitôt que les colons portugais eurent remarqué que les Guarani, c'était le nom des Indiens, s'étaient fixés et cultivaient la terre avec l'aide des jésuites. Ces Portugais n'arrivaient pas à accepter ce que le monde chrétien tout entier avait accepté depuis longtemps, à une époque lointaine déjà, ce que disait dans ses lettres aux Rois Catholiques et ce qu'avait écrit bien plus tôt Bartolomé de Las Casas : ce ne sont pas des animaux, ce sont des hommes, ils portent Dieu en eux, mais sans le connaître encore, que le Saint-Esprit vienne ; ils ne pouvaient l'admettre, car le Saint-Esprit les avait abandonnés, eux, ils étaient habités par les esprits malins de leur pays où ils avaient vécu il y a longtemps et où ils étaient devenus cruels. Les attaques se succédaient, plus elles étaient cruelles plus ils se sentaient pieux et justes, *bellum cruentum, sed sacrum*, mais ils n'étaient ni pieux ni justes, aucunement. Que restait-il d'autre aux jésuites que d'enseigner aux Guarani, en plus des sept sacrements, des sept péchés capitaux et des sept œuvres de miséricorde chrétienne, les divers arts de faire la guerre ? Avec l'aide de Dieu et des frères jésuites ils sauraient bientôt manier le sabre et charger les canons, et la *bandeira*, c'était le nom de l'armée portugaise qui les attaquait, rentrait des missions la tête en sang et la queue entre les jambes. En l'an mil six cent trente et un, selon les chroniques, alors qu'ils ne pouvaient plus contenir les attaques des *bandeirantes*, ils ont construit sept cents radeaux et barques et déplacé par le fleuve Paraná douze mille personnes dans d'autres endroits où ils ont bâti de nouveaux villages, un nouveau San Ignacio, ils l'appelaient à présent San Ignacio Miní, un nouveau Loreto, un nouveau Santa Ana. C'était leur *exodus*, leur fuite d'Égypte, je ne sais si le paradis avait existé là-bas un jour, mais je sais qu'ils ont vécu leur propre *exodus* sur le chemin de la Terre promise. Les yeux clos, Katarina voit l'image majestueuse : Moïse menant son peuple élu sur sept cents radeaux et barques par le fleuve Paraná, ils rament, le fleuve bouillonne et les emporte en terre sûre, les Guarani et les jésuites, Simon est assis parmi eux et il chante, ils chantent tous, l'âme est une barque qui vogue sur l'eau vers le havre paisible. Katarina elle aussi est sur la barque, Simon ne peut pas être seul là-bas au loin, il dort peut-être déjà pour de bon sur l'herbe, voyant en rêve une douce image, au-dessus voguent de blanches nuées, sous les pieds de Katarina s'étend maintenant la plaine rouge du Paraguay, que traversent les méandres argentés du fleuve, elle l'aperçoit en bas, sous la lisière du bois où ils sont allongés, au bas du pré où la mule est en train de mâcher des pâquerettes.

Au crépuscule ils quittèrent la route pour se diriger vers une ferme solitaire dans la montagne, là, voyageurs fatigués, ils pourraient se reposer chez de bonnes gens. Une grande fatigue les envahit, même si Katarina avait fait une partie du chemin à cheval, ses paupières étaient alourdies, la sieste à la lisière du bois avait été trop brève, pleine de beaux rêves mais brève, Simon tenait la mule par la bride, il la tirait de temps en temps, irrité, elle non plus n'avait pas envie de marcher, surtout dans une montée si raide, le chien se traînait loin derrière. En s'approchant ils remarquèrent aussitôt que la maison était abandonnée, les habitants avaient quitté les lieux il y a longtemps, maladie ou dettes, guerre ou misère, le toit était un peu enfoncé sur le faîte, encore un hiver et il ne restera plus que les murs. De fait, la ferme tout entière était à l'abandon, la cour offrait un triste spectacle, avec sa charrue cassée et quelques pièces de bois mangé par les vers et dont on ne pouvait plus savoir de quels meubles elles provenaient, à l'étable la mule ne trouva aucune compagnie, sinon les anneaux métalliques rouillés dans le mur, là où autrefois étaient attachées des vaches, des auges fracassées, la crasse noire au sol, il est triste le spectacle d'une étable vide, même la mule ne le supporte pas, et elle n'y trouvera point de nourriture, heureusement qu'elle s'est goinfrée de pâquerettes, elle dénichera bien quelque chose le lendemain. Ils cherchaient alentour un endroit où faire leur couche, en fait seul Simon cherchait, Katarina se tenait près du mur, elle dut s'y appuyer, le sol se dérobait à cause de la fatigue, la mule et Simon dansaient devant ses paupières qui se fermaient, ses yeux voulaient dormir, d'un sommeil long et profond, quitte à ce qu'il fût sans rêves. La maison était pleine de poussière et les souris s'enfuirent dans tous les sens lorsqu'il entra, il n'y avait aucun meuble, tout avait été emporté, le toit lui-même pouvait leur tomber sur la tête, ce n'était pas de bon augure pour passer la nuit. Il finit par prendre une décision, la nuit ne sera pas si froide, on n'est plus en haute montagne, on pourra dormir dehors, à la belle étoile, sous la voûte céleste. Il apporta des planches, restes de la grange, derrière la maison, sur l'herbe sous le pommier, les nettoya, étendit des couvertures et des bâches, ce sera un peu dur, le sac en cuir et les bissacs serviront d'oreiller, ce sera dur pour Katarina, lui a l'habitude de gîtes pareils, de pires encore. Telle une enfant, il coucha Katarina titubante sur ce lit de fortune, aussitôt elle se roula en boule et s'endormit, avant même qu'il ait réussi à la recouvrir.

Tu ne dors pas ? Au milieu de la nuit il perçut des mouvements, quelqu'un respirait tout près, il ouvrit les yeux, le visage de Katarina était au-dessus du sien, ses cheveux châtains épars, ses longs cheveux, ses cheveux sombres, presque noirs dans la nuit, pourquoi tu ne dors pas ? J'ai froid, dit-elle. Si je te regarde dormir j'ai moins froid. Du bissac sous sa tête il sortit son pardessus fourré, mets ça aussi. Tu n'as plus d'oreiller. Ça ne fait rien, je regarderai les étoiles. Je peux les regarder avec toi ? Vas-y ! Ils contemplent les étoiles, la voûte céleste est haute, Dieu est-il là-haut ? Non seulement là-haut, mais partout. Comment peut-il voir tout en même temps ? Parce qu'il est tout-puissant. Pourquoi alors existe le péché, le mal, pourquoi sommes-nous si souvent malheureux, pourquoi permet-il cela ? Lorsque Simon était jeune séminariste au collège des jésuites, il discutait avec ses amis des questions les plus audacieuses, de la prédestination, du libre arbitre et de l'existence du mal. La nuit, le vacarme de la ville apaisé, avec un camarade séminariste ils regardaient les ténèbres à travers la lucarne éclairée de leur chambre et évoquaient à voix basse les quatre mystères ultimes, en tremblant ils parlaient du mal qui guette tout homme, et avec grandiloquence de la colère de Dieu qui disperse les peuples et anéantit les villes. Si à l'époque, ou même trois mois plus tôt, alors qu'il était à Olimje et attendait d'être libéré de ses vœux, si quelqu'un lui avait dit qu'il serait bientôt couché avec une femme à la belle étoile en train de discuter de questions théologiques, il lui aurait répondu qu'il était fou. Et le voilà couché avec Katarina sous un pommier, à regarder les étoiles et à discuter de l'au-delà infini de Dieu. Les étoiles jettent leur clarté, la nuit est tiède, pourtant elle a froid et se serre encore plus étroitement contre lui, ce sont les étoiles que le *kachuita* regardait un jour, *kachuita* était le nom que les Guarani donnaient aux jésuites, il était également *pají*, ce qui signifiait « père », il était au Paraguay et il contemplait les étoiles comme il les regarde sur cette montagne qu'ils quitteront pour se diriger vers le pays de Bavière. Nous avions un dispositif pour observer les étoiles et calculer leur route céleste, le père Buenaventura Suarez avait construit un télescope, nous observions le ciel, nous observions les mers et les rochers sur cette Lune qui nous éclaire nous deux aussi, le père Suarez a écrit un livre sur les étoiles, il s'intitulait *Lunario de un siglo*, *Lunario*, répète Katarina, *Lunario de un siglo*, ça sonne joliment. Tu as toujours froid ? Plus maintenant. Pose ta tête contre mon épaule, Katarina, regarde les étoiles au-dessus de nous, cette nuit encore ces étoiles éclaireront la contrée où nous aurions besoin de un mois et davantage pour nous y rendre par bateau, puis des semaines de voyage par la terre ferme, voilà à quelle distance se trouve ce pays, dix fois, cent fois plus loin que Kelmoraïn. Et ces étoiles, les enfants d'Indiens les regardent, eux qui portent des noms chrétiens, Alonso, Teresa, Anastasia, Pedro, Miguel, Paola, oui, et Luis, et François aussi, peut-être y a-t-il également quelque Katarina parmi eux, sûrement, ils ne sont plus des enfants à présent, s'ils sont encore en vie, si les soldats portugais ne les ont pas tous massacrés ou s'ils ne se sont pas perdus dans les forêts où ils ne savent plus vivre comme le savaient leurs aïeux. Ces enfants sont presque des adultes aujourd'hui, ils se marient vers quinze ans, les filles à quinze ans, les garçons à dix-sept, non pas comme leurs parents qui faisaient l'amour avant le mariage, non pas avec n'importe qui, mais chacun avec celui qui lui plaît. Tous ils aimaient regarder les étoiles, parfois on avait du mal à les persuader que la nuit est faite pour le sommeil, même si c'est Pentecôte ou Pâques, car le jour il faut travailler, ils aimaient regarder les étoiles, surtout avec notre longue-vue. Ils se souviennent peut-être du père Simon, du père Ramirez, du père Mathias en soutane noire, et de bien d'autres qui sont partis, obligés qu'ils étaient de quitter contre leur gré le pays de l'Évangile, qu'ils avaient créé avec leur foi, leur intelligence et leurs mains, avec l'aide de Dieu et des cœurs ouverts des Guarani. Ils attendent peut-être leur retour, ils les avaient abandonnés, ces enfants, même s'ils sont adultes à présent. J'étais *kachuita*, *kachuita* est le mot qu'ils prononçaient toujours non seulement avec déférence mais aussi avec amour, *kachuita* c'était le jésuite, le père blanc en costume noir, il était le *pají*, celui qui va au Pays-sans-le-Mal. Pour nous c'est le Ciel, pour eux c'est quelque part au bout de la terre, au-delà des grandes forêts et des océans, de là viennent les pères, Katarina, où nous nous trouvons maintenant à regarder les étoiles. Les anciens Slovènes, dit Katarina, pensaient que les étoiles étaient enfants du soleil. Visiblement, les anciens Slovènes étaient eux aussi autrefois indiens, c'est ce que diraient les Guarani, dit Simon. C'est ce que tu penses. Tout homme, dit-elle, pensive et un peu triste, a son étoile, lorsqu'elle tombe et s'éteint, étoile filante, son âme a déjà quitté ce monde. Les anges, dit-elle, les anges allument de nouvelles étoiles pour de nouveaux hommes, de nouvelles étoiles ce sont des êtres nouveaux. Ils les éteignent pour ceux qui sont morts, ils ont éteint celle de ma maman.

17

Après les pluies torrentielles qu'ils avaient subies au pied des montagnes inconnues – à qui viendrait l'idée de demander le nom de l'effroyable défilé un jour semblable au Jugement dernier ? –, les pèlerins de Kelmoraïn descendirent le chemin en lacets menant dans un village près de Salzbourg. Ils y firent halte deux jours, afin de sécher leurs habits, de nettoyer les chariots et de mettre de l'ordre dans leurs cœurs effrayés. De surcroît, il fallut attendre ceux qui s'étaient cachés durant le déluge dans les cavernes et dans les bergeries des montagnes. Quelques-uns avaient disparu, non seulement le marguillier Balthazar, qui à cette heure avait dû trouver la paix auprès du Père céleste, il est certain que saint Roch, qu'il avait servi si fidèlement, dont il nettoyait et repeignait les blessures pour chaque fête et en l'honneur de qui il sonnait la cloche tous les matins, que saint Roch avait contribué par ses recommandations à ce que ses péchés soient pris en compte de façon correcte et indulgente, le marguillier Balthazar en avait, qui n'en a pas ? mais en plus les eaux avaient englouti deux autres malheureux et l'abbé Janez célébra pour tous les trois un office mortuaire, qui toucha le cœur de tous les voyageurs, aucun ne put échapper à l'idée qu'il aurait pu lui arriver le même malheur, cela peut toujours venir, le chemin est encore long, il faudra traverser de sombres forêts, de larges fleuves et des pays dévastés par la guerre. Les gens du village leur apprirent que de petites unités se battaient déjà ponctuellement en Bavière et en Bohême, l'armée autrichienne est victorieuse, cela s'entend, Dieu est à ses côtés, qui aurait l'aide de Dieu sinon l'armée de Sa Majesté catholique, l'impératrice Marie-Thérèse, devrait-Il venir en aide aux Prussiens renégats et à leur cupide empereur Frédéric ? Mais l'angoisse serrait la poitrine malgré tout, il y avait parmi les pèlerins quelques hommes qui avaient fait la guerre dix ans auparavant, les Prussiens sont de terribles soldats, on peut leur couper le bras et ils continuent à se battre, ils ne s'arrêtent que lorsqu'ils ont un trou dans la tête. Cependant, les champs de bataille se trouvaient bien plus haut, le chemin du Rhin et de Cologne est sûr, et de plus, qui ferait du mal aux gens pieux et paisibles qui pèlerinent vers le lieu sacré tout en chantant leurs chants slovènes, dans certains villages ils dansent leur ronde, ils se prennent la main et font de petits pas en cercle tout en poussant des cris incompréhensibles et en psalmodiant des chants à la Vierge. Ce n'était pas facile malgré tout, ils abordaient des contrées – c'est l'abbé Janez qui le leur avait raconté – où il s'était produit des choses horribles autrefois : on y massacrait des prêtres et on chiait dans les vases sacrés.

Il leur manquait encore un groupe de six ou sept jeunes gens et jeunes filles qui les avaient rejoints en Carinthie, ils étaient arrivés à pied par la vallée de la Drave. Ceux-là ont fait demi-tour pour retourner chez eux, ils ne se doutaient pas qu'il leur faudrait savoir nager pour se rendre à Kelmoraïn, avait dit l'un des jeunes hommes, nager et descendre sur le derrière par les rochers glissants. C'est leur affaire, s'ils ont perdu courage, on pourrait dire « que Dieu les accompagne », s'ils ne Lui avaient pas tourné le dos. Ce qui en revanche n'était pas leur affaire, c'est que dans le même temps sont partis en direction de Marbruk quatre chevaux de trait et un mulet, et si on ajoute encore quatre chariots défoncés que les charrons étaient en train de réparer, des vêtements, un sac de viande séchée, dix-sept missels, trois cents cierges, dont quelques longs et gros, trois bannières avec des saints carniolais, deux ciboires et des poussières, alors les pertes n'étaient pas si insignifiantes. Mais le chef des pèlerins Mihael et l'abbé Janez étaient surtout inquiets à cause de la disparition de Katarina Poljanec, la fille du régisseur du domaine de Windisch, ça présageait de gros problèmes au retour en Carniole, la convocation à l'évêché et devant quelque commission d'investigation en plus. Que l'homme silencieux qui n'était même pas sur les listes et dont on ne savait d'où il venait ait disparu, cela n'avait pas une grosse importance, le vagabond qui a surgi du côté de Beljak s'en sortira bien tout seul. Mais Katarina Poljanec, c'était sérieux. Mihael Kumerdej réunit le tribunal des pèlerins et tard dans la nuit ils essayèrent d'imaginer ce qui avait pu arriver à la jeune femme, ils firent venir des témoins qui l'avaient vue emportée par les flots, et d'autres qui l'ont vue se diriger vers la forêt avec cet homme sombre, il l'a peut-être enlevée. Et plus ils réfléchissaient, plus ils interrogeaient les témoins, plus ça devenait clair : il l'a enlevée, Dieu sait ce qu'il fera d'elle ! Tobija le patriarche, assis dans un coin et écoutant ces conjectures, dit que des choses affreuses arrivaient aux femmes en pèlerinage, l'une d'entre elles avait disparu dans le ventre de son mari. L'histoire de ce pèlerin en route pour la Terre sainte est bien connue : il a été capturé par les musulmans en Anatolie et affamé à mort. Il n'avait d'autre choix que de tuer sa femme et de la manger peu à peu, jusqu'à ce qu'il atteigne la Terre sainte. Il ne fut pas condamné à mort, c'était un homme pieux, et en fin de compte sa femme lui appartenait, il mangeait la chair de son aimée contraint et forcé, sous peine de mourir. En revanche, on choisit pour lui une punition juste : jusqu'à sa mort il lui fut interdit de manger de la viande, il devait dire cent Pater par jour, ne plus jamais se marier, on comprend pourquoi, ne porter que de la bure et jamais il ne devait dormir au même endroit ; il finit même comme saint. L'honorable patriarche Tobija veut-il dire que l'homme a mangé Katarina Poljanec ? demanda après réflexion Dolnicar, un gros propriétaire terrien de Sentjanz en Basse-Carniole, membre du tribunal. J'ai simplement raconté des choses qui sont déjà arrivées, dit Tobija. L'abbé Janez protesta, il n'a jamais entendu parler de ce saint, il n'y a pas de saint de cette sorte, Dieu n'en connaît pas. Rien ne pouvait irriter davantage Tobija que ce genre de protestations, il ne ment jamais, lui, il raconte ce qui est arrivé, les gens peuvent en faire ce qu'ils veulent, il n'a pas dit que Katarina Poljanec a été mangée, quant aux saints, il y en a eu de toutes sortes. Vexé, il se leva d'un bond : et saint Hugo alors ? s'écria-t-il, qu'en dites-vous ? Lui non plus, il ne le connaît pas ? Saint Hugo, dit victorieusement le patriarche de Ptuj, supérieur du monastère de Lincoln en Angleterre, a été l'invité d'honneur à Fécamp où on lui a permis de voir le bras de Marie Madeleine, la relique que venaient honorer des foules d'Angleterre et de France. La relique était enveloppée dans des étoffes précieuses, ce qui n'arrêta pas Hugo, qui n'était pas encore saint à l'époque. Il enleva les étoffes, et au point où il en était, il décida d'emporter un morceau de bras. C'était difficile à manier, c'est pourquoi il mit la main de la sainte dans sa bouche en essayant de couper un doigt avec les incisives d'abord, puis avec les molaires ; le maniement était difficile, mais ses dents étaient solides, il arracha deux doigts avec ses dents puis dicta à son secrétaire : Si un peu plus tôt j'avais dans ma bouche le corps de notre Seigneur, alors pourquoi ne pourrais-je pas agir de même avec les os d'une sainte, si c'est la seule manière de se les procurer ? L'histoire fit grand effet sur les auditeurs, surtout parce que l'abbé Janez ne pouvait rien ajouter : l'affaire est couchée sur le papier, c'est le secrétaire de saint Hugo qui l'y a inscrite.

Tobija était content, il s'écria, triomphant, à l'adresse de l'abbé Janez :

– Alors ? Et Dieu, qu'est-ce qu'il en dit ?

– Demandez-lui vous-même, répondit l'abbé de Saint-Roch, furieux.

– C'est vous qui le remplacez ici, dit Tobija.

– Et vous, vous le connaissez mieux que moi, murmura l'abbé Janez.

C'est ainsi que prit fin la session du tribunal des pèlerins censé s'occuper de la disparition de Katarina, la fille de Poljanec, ainsi que des autres choses qui préoccupaient l'assemblée des sages. On pouvait compter parmi ces soucis le chariot qui servait à transporter le volumineux corps de la grande Magdalenka, qui elle aussi a presque atteint l'état de sainteté ; le chariot est tombé pratiquement en miettes durant les orages, on fut obligé de porter Magdalenka jusqu'au village sur les brancards utilisés habituellement pour porter les statues des saints durant les processions. À présent la pauvre était couchée sous le porche du presbytère, la porte devait rester ouverte afin qu'elle pût, en dehors des moments de joie et de souffrance, voir ce qui se passait dehors, ses pleurs et son rire attiraient des gamins du village qui, par pure insolence de galopins, baissaient leur pantalon et se frappaient le derrière, ce qui les réjouissait surtout c'est que ces humiliations augmentaient encore les gémissements de Magdalenka, elle hurlait presque.

Ils se trouvaient à l'entrée de la Bavière, jusqu'où s'étendait le pouvoir officiel de Marie-Thérèse, même si dix ans auparavant les armées autrichiennes avaient mis le pays à genoux, l'avaient ébranlé sérieusement et mis à sac. Ils sont dans l'obligation de montrer aux fonctionnaires bavarois les laissez-passer épiscopaux et les listes de pèlerins, il règne ici un peu plus d'ordre, les pèlerins qui ont tout le nécessaire, qui appartiennent à ce qu'on appelle l'*habitus peregrinorum*, peuvent compter sur la protection juridique de la région, sur le gîte gratuit et bien souvent sur un accueil solennel accompagné d'un bon repas. En Bavière on aime les gens pieux, les statistiques indiquent qu'à l'époque où les pèlerins slovènes y passent et repassent, le pays possède huit cents *Communitates Corporis Christi*, six cents communautés du Cœur de Marie et trois cents du Cœur du Christ, on est pris d'admiration devant de telles données, dans les pays allemands tout se compte en gros chiffres et tout est plus grand. Il n'y manque pas de miracles non plus, il y a une vingtaine d'années, ou plus exactement en l'an mil sept cent trente-trois, tout près d'ici, au couvent bavarois de Steingaden, il arriva la chose suivante : un élève du couvent âgé de quinze ans, qui manquait visiblement de respect pour les choses sacrées, monta sans crainte aucune vers le Crucifié et se mit à triturer la figure de Jésus, à lui tirer la barbe. Lorsque les témoins revinrent de leur étonnement devant tant d'insolence, la figure de Jésus-Christ se mit à bouger devant leurs yeux stupéfaits et horrifiés, les chaînes qui enserraient ses mains et ses pieds se mirent à cliqueter et à faire un tel vacarme que le criminel, terrifié, tomba sur le carrelage. Il était secoué de tremblements et de l'écume sortait de sa bouche. Ce fut un grand miracle, bon aussi pour l'éducation de la jeunesse, pourquoi y aurait-il des miracles et des apparitions sinon pour nous enseigner quelque chose ? Ils renforcent également l'homme devant les dangers qui l'attendent, des événements de ce genre lui font comprendre que la présence divine est là, toute proche.

Et ils en auront besoin, car dans les lointains pays d'Allemagne les attend une contrée dont le nom même éveille la crainte : la Forêt-Noire. Les pays allemands inspirent la peur de toute façon, alors que dire d'une contrée appelée Forêt-Noire ? Chez les Slovènes on craignait les forêts, il s'y trouve toujours quelque chose de mauvais pour l'homme, des *kurent*[5] et des loups-garous, depuis des temps immémoriaux et jusqu'à nos jours ; quand quelqu'un traversait la forêt, des regards de feu le suivaient dans les ténèbres. C'étaient les diables à l'affût de son âme, des loups-garous, des chiens perdus, des sangliers, des vers luisants, des merles, il y en avait déjà suffisamment au pays, alors que dire des pays allemands où tout est plus grand et plus dangereux, le paysage et les fleuves, les forêts et les loups-garous qui les peuplent.

La forêt est pleine de dangers, les ténèbres y sont épaisses et remplies de fantômes. Partout on est accompagné de regards incandescents qui trouent le noir au bord du chemin, ils suivent nos mouvements et laissent entendre leurs murmures. Des êtres velus et cornus peuplent les montagnes, des scorpions habitent les rochers et rampent entre les fougères, des serpents sont suspendus aux arbres, enchevêtrement sanguinaire de vipères malfaisantes, des bêtes sauvages attendent dans leurs terriers, des ours égorgent les moutons, des loups hurlent à la lune et font entendre leurs cris sataniques. Des démons inquiets sont tapis dans leurs trous, ils traînent dans les roseaux qui poussent près des ruisseaux, leurs grosses têtes sur de longs cous sortent de l'ombre, leurs faces pâles et allongées, pupilles rouges, oreilles de chèvre et dents chevalines, avancent entre les arbres, invisibles, leurs troncs épais portant des tétons de truie ; dans leurs ventres ronds naissent des flammes qui sortent de leurs gueules rugissantes. Dans la forêt on perçoit toujours des rugissements, des bourdonnements, des brames, des froissements et des sifflements, il y a là des grottes où grouillent des pelotes de serpents, des nids d'aigles et des milans dans les parois rocheuses, à l'affût de la charogne, humaine ou animale. Et d'autres

5. Personnage mythique slovène, couvert de peaux de mouton.

êtres encore, des nains dangereux et malfaisants, des serpents volants, des sylphides des bois, des *kurent* velus et cornus, des sylvains verts, des satyres des eaux dans les torrents et les rivières, des hommes à tête de chien, des dragons couverts d'écailles, des buissons qui brûlent dans les clairières solitaires, c'est l'esprit de Satan qui y brûle, dans le lac le Léviathan il y a le monstre marin à sept têtes, le lion aux ailes d'aigle, la bête qui se relève et se tient debout comme un homme et possède un cœur humain, la panthère qui a deux paires d'ailes sur le dos, quatre têtes et à qui un grand pouvoir est donné, et partout le Grand Dragon, serpent ancien, Gog et Magog.

Monde invisible et visible à la fois, leur vie, la vie de leur expérience, celle de leurs pères et mères, de leurs aïeux et aïeules, de tous ceux qui les précédaient dans la grande chaîne. Leur expérience, leurs vies ont créé ce monde, à la fois visible et invisible, qui est là dans les forêts et dans l'air, dans les eaux, dans les champs et dans les bois. Ils aimaient leur curé, ils se réjouissaient de ses paroles qui parlaient du péché, tout en sachant que tout avait un contenu plus grand, l'abbé Janez le savait lui aussi, mais il essayait de leur donner de bonnes explications, tout comme à lui-même : ces peurs, ce sont nos démons, ils nous suivent dans notre voyage, ce sont nos péchés. Jésus les a fait entrer dans les cochons et il a chassé les cochons dans les eaux, mais ils ont réussi à en sortir parce que nous les avons appelés et maintenant ils nous suivent et nous guettent partout. C'est bien bon, mais qu'est-ce que cela a à voir avec les hommes à la tête de chien qui regardent depuis les ténèbres ? Leurs péchés habitent en eux-mêmes, ils le savent bien ; le démon, Léviathan et le buisson qui brûle, ils le savent bien également, existent par eux-mêmes, comme existe en lui-même le bruissement de la forêt, son murmure, son froissement, son sifflement, son brame et son hurlement. Il faut avancer, pour ne pas être pris par le doute, jusqu'à la prochaine église, jusqu'aux images saintes. Entrez par la porte étroite, était-il écrit dans les livres saints, car la porte est grande ouverte et vaste est le chemin qui mène à la perdition, et nombreux sont ceux qui le prennent. Car la porte est étroite et le chemin rétréci qui mène à la vie, et il y en a peu qui le trouvent.

La forêt s'éclaircit enfin, une belle vallée s'ouvrit devant eux, avec une petite rivière, au loin quelques maisons, un moulin délaissé où l'on pourra se reposer. La vaste grange était vide, sans le moindre grain de blé, ce qui augurait mal car ils avaient faim, mais le bon côté c'était qu'il y avait de la place pour s'installer confortablement auprès des murs. On n'avait pas besoin de se serrer contre d'autres corps, il faisait chaud. Car au centre ils avaient allumé un feu, en prenant des précautions, et choisi des garde-feu chargés d'arracher toute la nuit des planches au moulin pour alimenter l'agréable foyer, tout en veillant à ce que personne ne fût brûlé pendant son sommeil. La faim les tenaillait et les hommes décidèrent de tuer le cheval qui était destiné à cette fin depuis longtemps, la pauvre bête vacillait sous le poids de gros paquets de cierges. Cela eut lieu, car ils avaient parmi eux un boucher, et bientôt ils faisaient bouillir et rôtir des morceaux de viande sur le feu trop lent. Ils remplirent leurs faitouts de pois et les firent cuire pour les ajouter à la viande une fois cuite, la viande seule n'est pas bonne pour la santé. La fumée remplissait leurs yeux, l'odeur de viande les narines, mais ils étaient bien, car dehors la bise de printemps soufflait et les meules du moulin tournaient à vide.

La chaîne d'or qui ornait le cou du bourgeois, et que les yeux de Mihael aimaient suivre sans pouvoir masquer la convoitise, se retrouvait à présent dans ses mains et à son cou. C'était l'orfèvre Schwartz, le bourgeois battu. Qui aurait pu se souvenir encore pour quelle raison ? Lui-même l'avait oubliée, ou alors il avait bien réfléchi à la chose depuis et les coups avaient eu l'effet escompté, car l'orfèvre Schwartz s'était de lui-même approché du chef de route et l'avait remercié à voix haute, pour les avoir conduits sains et saufs à travers les eaux en furie, et Leonida, la femme de l'orfèvre, l'avait remercié aussi. Ils étaient maintenant déjà assez loin de ce déluge pour pouvoir dire : nous sommes en sécurité, il ne reste devant nous que des villes de provinces allemandes et le chemin de Kelmoraïn à travers le pays plat. Il les avait conduits, marmonnait Mihael embarrassé ; pas vraiment tout le monde, murmura-t-il, mais presque tous, c'était vrai, ramenés en lieu sûr.

Et de surcroît, dit le bijoutier, le chef de route Mihael Kumerdej avait raison : un pèlerin n'a vraiment pas besoin de chaîne d'or ni d'aucun autre luxe. Que ce soit le guide des pèlerins qui la porte à son cou, l'importance due à son rang s'en trouvera accrue. Après tout ce qu'il a fait pour eux, il le mérite bien.

Ils étaient tous surpris par cette conversion et ils mirent tous la modestie soudaine de l'orfèvre sur le compte du pèlerinage, c'était le premier effet des miracles dans la vie quotidienne qui se manifestent de différentes manières, notamment en faisant totalement s'évanouir l'orgueil d'un homme. Il est vrai aussi que ça aide, une parole un peu dure ou un coup bâton dans les côtes quand la tête ne va pas comme il faut.

Quand nous aurons atteint notre but, dit le bourgeois, que l'on pose alors la chaîne d'or près du Coffret d'or, comme présent aux Trois Rois sages et en signe de gratitude d'avoir été sauvés de la fureur des eaux.

On avait l'impression que cette suite ne plaisait pas particulièrement à Mihael, mais il prit la chaîne et promit qu'il en serait fait selon ses paroles.

Certains pèlerins, même s'ils éprouvaient du respect à l'égard de Mihael pour sa détermination, lui enviaient un peu malgré tout cet or qui soudain brillait à son cou. Il lui est si reconnaissant, disait Dolnicar, le gros paysan de Sentjanz, qu'il lui donnerait sa femme. Certains s'esclaffèrent, comme l'envieux, qui savaient pourquoi il l'avait dit. La belle dame Leonida, l'épouse de l'orfèvre, se levait depuis plusieurs nuits, déambulait entre les pèlerins couchés jusqu'à l'endroit d'où venaient les cris et les gémissements de la grande Magdalenka, et là se détachaient toutes les nuits deux silhouettes, on en aurait mis la main au feu sur lequel cuisait la viande de cheval que dans les pattes de Mihael et à son cou ne se trouvait pas uniquement la chaîne de l'orfèvre, mais aussi sa femme, l'une de ces silhouettes étant celle du guide Mihael, l'autre appartenant à la belle Leonida, cela arrive, même pendant un saint voyage, surtout si l'épouse du chef de route fait presque partie des saintes. Nombreux étaient ceux qui ne doutaient pas qu'un jour Magdalenka en serait une réellement, il lui faudrait seulement maigrir un peu.

L'un des pèlerins, qui était déjà venu ici autrefois, racontait que le moulin était vide parce qu'on avait emmené le meunier en ville où il fut mélangé à la pâte. Ainsi enfoui dans la pâte il a été enfourné. Il était malhonnête, ils l'ont fait cuire, une grosse miche de meunier à la place de la farine qu'il gagnait en les volant. Et le boulanger, ils le noyèrent, lui aussi les volait. Voilà, tout ça, c'étaient les temps révolutionnaires de jadis.

Tout ça, dit le patriarche Tobija qui se tenait près du feu, éclairé par les flammes rouges et enveloppé de fumée qui montait de la viande en train de carboniser, tout cela vient du prix du pain. Je me rappelle, dit-il en caressant sa barbe blanche, qu'il y a cent ans déjà la situation de l'agriculture ne cessait d'empirer. Durant le premier trimestre de l'an mil six cent quatre-vingt-quatorze, le prix d'un boisseau de blé avait triplé par rapport à l'an quatre-vingt-onze. Pour cette raison moururent, si j'ai bonne mémoire, mil trois cent quatre-vingt-douze personnes de plus que trois ans plus tôt. En cette année, on ne compta que trois cent quatre-vingt-douze morts. Le tableau démographique en était fortement gâté. Le pain augmenta beaucoup et les gens mangeaient des orties bouillies et des entrailles d'animaux qu'ils ramassaient devant les abattoirs. Ça puait encore plus que ce morceau de viande cramé que les hommes sont en train de retourner sur le feu. Des choses terribles en résultèrent, des désordres se produisirent dans le pays. Les gens étaient particulièrement furieux contre les boulangers et les meuniers, qui étaient bien sûr des spéculateurs et des monopolistes, et les foules devant les boulangeries hurlaient : Ennemis du peuple ! Loups cupides ! Mais en fait, on n'a pas besoin de regarder cent ans en arrière. L'année dernière même, lorsque j'étais à Paris, la foule a massacré quelques meuniers et marchands de blé, pillé des greniers et des boulangeries. Il y avait beaucoup de colère, de cris, d'outrages et de coups. Et tout cela à cause du prix du pain. Que voulez-vous, à cause du pain on en arrive à la crise dans les manufactures, il n'y a plus de travail et plus d'argent, voilà l'époque, nous vivions une époque trouble, plus le peuple est pauvre mieux le roi règne. Le patriarche Tobija était content parce que les pèlerins admiraient sa mémoire précise des chiffres, de tout ce qu'il avait vécu, et en particulier sa sagesse. La pauvreté rend l'homme plus réceptif, il devient de plus en plus soumis et doux, son dos accepte facilement les verges. Et même, il est plus borné, c'est la volonté de Dieu. Mais on ne doit pas trop appauvrir le peuple, le rendre trop sensible, soumis et abruti. Sinon, il se produit alors des choses qui sont arrivées il y a cent ans et que j'ai vues de mes yeux. Mélanger un homme à la pâte et le mettre dans le four à pain n'est pas vraiment chrétien, vous serez tous d'accord, mais être trop pauvre et borné n'est pas très beau non plus. À la fin on tue toujours quelqu'un ou on le mélange à la pâte et on l'enfourne. De toute façon, dit Tobija en caressant sa barbe d'un air futé, est-ce que tout n'a pas commencé à cause d'un plat de lentilles et d'un morceau de pain ? Il frotta ses yeux rougis par la fumée, jeta un regard sur les pèlerins qui l'écoutaient attentivement et conclut : Genèse 25, 34.

Amen, dit l'abbé Janez, le boucher et le cuisinier se mirent à découper les morceaux odorants du cheval qui avait survécu au déluge et qui était tombé dans la marmite des pèlerins ; Mihael offrit le premier et le plus beau morceau à l'orfèvre et à sa femme, à l'homme en remerciement pour la chaîne et pour la confiance, et à la belle Leonida pour ces deux mêmes choses.

Tout aurait été pour le mieux dans le meilleur des mondes si l'ermite de Salzbourg n'était pas sorti d'on ne sait où. Il ne voulait rien manger, il tournait autour des marmites de haricots fumants et tout indiquait qu'une certaine fureur s'accumulait en lui.

– Vous allez bouffer là des fayots bien chauds ! Et de la viande de cheval !

Personne ne prêtait attention à lui, les cuistots déposaient dans les assiettes, à côté de la viande, de grosses louchées de haricots. Tandis que l'ermite, sec et habillé de ses peaux de bêtes tournait autour en disant :

– Votre merde chaude, qui sort de vos corps de pécheurs. Comme elle sort des animaux, des moutons et des chèvres, et comme les bouses qui sortent des vaches. C'est ce qui sort également de vos corps de pécheurs, chauds, bestiaux, qui bouffent des fayots brûlants et éliminent des excréments puants. C'est pourquoi vous ne cessez de penser à la matière de l'homme, à sa sueur et à ses liquides, à sa bite en érection prête à faire jaillir la semence. Vous êtes tout chauds avec votre merde chaude, car vous ne pensez qu'à votre corps et vous ne pensez pas à Dieu. L'être humain doit être froid, glacé, sec et affamé au point de perdre la conscience de la faim car il pense uniquement à Dieu, à son omniprésence glacée, surhumaine, à sa toute-puissance. Pour comprendre cela, il doit écouter le vol du faucon qui rase la surface d'un lac de glace, regarder le battement d'ailes de l'aigle près de la paroi rocheuse couverte de neige, s'il veut penser à Dieu. Et non regarder ces plaines amendées de merde et de puanteur, ces champs qui empestent et font naître des choses vivantes pour qu'ensuite elles se décomposent dans leur tiédeur et causent des puanteurs nouvelles. Il ne faut même pas regarder les corbeaux, ils fouillent les champs pour trouver du chaud, le seul bien qu'ils apportent c'est qu'ils font venir la neige et le gel avec leurs cris. Tout comme saint Antoine était « du Désert » et Paul « Simplex », de la même façon je serai Hiéronyme « le Froid ». En suivant l'exemple de Jésus il faut lutter contre Satan dans la solitude totale. Et si vos âmes sont enchaînées dans le péché, vous devez faire de même. Et non vous serrer en troupeau chaud et merdeux.

Personne ne prêtait attention à lui, le sommeil les taraudait. Ce soir-là l'ermite disparut et on ne le revit plus jamais.

Dans le moulin, dans la grange, sur les chariots ou à la belle étoile, la foule satisfaite des pèlerins de Kelmoraïn s'endormit, le ventre plein. Sur les pentes au-dessus, à bonne distance, respirait l'hostile forêt allemande ; ils étaient loin de chez eux, loin de ceux qu'ils aimaient, mais ils s'étaient rapprochés de Kelmoraïn. Lève-toi et pars, homme, si tu veux que tes yeux voient quelque chose, des miracles aussi, il est vrai que le miracle qui avait eu lieu à Steingaden, personne ne l'a vu de ses propres yeux, mais d'être si près d'un tel endroit, ça compte déjà. Celui qui reste à la maison en est privé. Qui, en Carniole, a déjà vu Jésus faire cliqueter ses chaînes tandis qu'un impudent gamin lui tirait la barbe ? Le maximum de ce qui est jamais arrivé chez eux s'était passé à Moravce.

À Moravce, lors de la bénédiction de la première pierre pour l'église de l'Annonciation, trois cygnes se mirent à tournoyer au-dessus de la tête de l'évêque, et deux jours après, lors de la préparation de la fosse à chaux vive, un ouvrier y tomba, une heure après on le retira sain et sauf, le même jour toutes les maisons du bourg furent détruites par un incendie, seule la chapelle en bois ne fut pas touchée par le feu, c'est un beau miracle, il n'y a rien à dire, mais en comparaison de celui de Steingaden c'était juste un petit miracle local, et que dire de celui qui arriva il y a longtemps à Regensburg, où en mémoire de l'anéantissement des juifs en l'an mil trois cent trente-huit l'hostie se mit à saigner, des hordes de gens malades et à moitié fous allaient en pèlerinage à Marie-la-Belle pour recouvrer la santé, pris de convulsions ils se roulaient par terre et guérissaient en poussant des cris effrayants lorsque les maladies sortaient de leur corps, jamais une chose pareille n'est advenue chez nous. C'est pourquoi ils étaient tous contents d'aller en pèlerinage dans un pays lointain, parce que le ciel était avec eux, du moins avec la plupart lors des terribles orages, qu'ils avaient les panses remplies et des guides pleins de sagesse, que de grandes aventures les attendaient encore dans les villes allemandes, tout un chacun aime la ville, la ville est un havre, les rues sont pleines de vie, la plus petite ville possède plusieurs églises, un moulin et un pré avec un gibet, là tout près vit l'homme au sombre visage, dans une maisonnette pas loin du pré, l'homme qu'ils évitent tous, le bourreau, mais ils ne peuvent quand même pas s'en passer, qui prendrait en charge ce travail triste et nécessaire s'il n'existait pas, la ville possède aussi des lieux de plaisir, des coupoles d'or et des cathédrales, la plus grande c'est celle où l'on garde le Reliquaire d'or.

Le curé de Saint-Roch lui aussi se tenait près des feux mourants, le regard fixe, fatigué par les confessions, éreinté par le fleuve de paroles qui affluaient vers lui tout au long du chemin déjà. Sur lui, en lui, pauvre être terrestre qui porte le nom de Janez, ils entassaient leur passé dont ils voulaient se décharger, à tout instant et à chaque pas, pour se préparer au Reliquaire d'or, au voyage chez les Trois Sages, où l'on doit entrer purifié, prêt, le cœur ouvert, le visage tout neuf. Même s'ils s'étaient confessés dans les églises de leurs paroisses, ils désiraient, sous la voûte du ciel tout proche, parsemé d'étoiles, se débarrasser encore une fois de tout ce qui leur pesait, de ce qu'ils ne voulaient plus traîner avec eux. De vastes paysages inconnus accompagnaient leurs vies, mais également les images des vallées et des monts qu'ils avaient quittés, des images de bêtes et de plantes, de lisières de bois, partout ils entendaient aboyer les chiens de la maison et sonner les cloches de leurs églises familières. Cependant, malgré tout il fallait essayer de tout déposer. Le curé le comprenait bien, il était l'un d'entre eux, il les connaissait, et bien. Quand on évoque les souvenirs lors de la confession, on évoque une réalité, un événement réel, un événement qui était réalité et qui ne l'est plus, cette réalité disparaît à l'évocation, à la confession. Demeurent le paysage, l'aboiement du chien de la maison, la voix de l'être cher resté près du foyer, dans la cour, dans le champ ou dans le bois. L'événement, l'acte de péché tiré du passé réel ne laisse que des traces incertaines dans la mémoire et dans les sens. Et même cela, même ces traces, il faut s'en débarrasser chemin faisant. Quand on ouvre son cœur, en pleine campagne, sous le ciel étoilé d'un pays étranger, on change, on essaie de changer, dans de telles circonstances il s'agit d'une conversion, le chemin des Trois Sages est transfiguration, pour certains, tout simplement résurrection. *Vita nova*, Dieu seul peut comprendre l'enchevêtrement de la vie ancienne et nouvelle, l'enchevêtrement de la réalité de la vie ancienne passée dans le péché et des miracles qui attendent la nouvelle. Et c'est cela la vie, l'abbé Janez le savait, c'est la vie de celui qui croit et qui a la foi : un entrelacs inextricable de quotidien et de miraculeux, des traces perdues d'événements qui ont blessé l'âme, qui font toujours mal, c'est cela le voyage, c'est cela le pèlerinage.

Il s'assit, à bout de forces, et cacha la tête entre ses mains. Puis il les tendit pour les réchauffer au-dessus des braises. Ensuite il les frotta, comme un ouvrier, et prit le chemin des champs, à la rencontre de l'aurore.

18

Tu te vautrais comme une fille publique, aurait dit Jérémie le prophète solitaire, tu restais couchée sur la haute colline et sous chaque arbre tu t'étendais, tu te donnais à un inconnu et tu le suivais à la trace ; Katarina se réveillait au milieu de la nuit, elle ne trouvait pas le sommeil. Son bien-aimé dormait à côté d'elle, la respiration rythmée, depuis qu'il était avec elle il dormait, parfois il souriait dans son sommeil, parfois il poussait un gémissement, elle savait qu'il marchait dans les pays des Indes, qu'il entendait des chants et voyait un paysage rouge, des chants qu'elle n'avait jamais entendus et un paysage qu'elle ne verrait jamais, cependant ce pays est à elle déjà, tout comme il est à lui, elle entend et elle voit, même si c'est d'une autre manière. Elle se réveillait en se demandant ce qui avait bien pu lui arriver pour que soudain elle ne fût plus là où elle devait être, en compagnie des pèlerins, qui dormaient à cet instant d'un sommeil paisible quelque part sous la protection de Dieu, comme le troupeau divin à la panse remplie dormait en réalité dans un moulin abandonné et ses alentours. Et voilà que soudain elle n'est plus là-bas, parmi eux, un homme est couché à ses côtés, un homme réel, qui ne ressemble pas aux deux hommes de Dobrava, qui avaient sûrement un sens, ces visiteurs nocturnes annonçaient quelque chose, serait-ce ce qui se passe avec elle à présent ? Les eaux sont venues, elles l'ont submergée, puis vint la fièvre, ils furent pris par le feu, elle et Simon, par la braise torride des corps, par les hautes flammes des âmes ardentes, quelque chose qu'elle n'avait jamais connu, quelque chose qui devait venir de Dieu, car fort comme la mort est l'amour, et puissante comme les entrailles de la terre est la passion de l'amour ! Seul ce qui vient du Malin est laid, l'amour ne vient pas de lui, mais malgré tout les voilà soudain comme des proscrits, malgré tout cela se passe dans des rêves qui n'en sont pas, ils voyagent seuls, Simon ne semble aucunement enclin à retrouver les pèlerins, comment cela finira-t-il ? Peut-on faire cela sans être châtié, et combien de temps ? Toute la vie on lui avait parlé du péché et du châtiment qui s'ensuit, c'est certain. À présent, pendant la nuit venait la peur, la peur, ce n'est pas encore un péché, même si elle en fait partie, cela ne peut bien finir. La BÉNÉDICTION DU FOYER, sous laquelle se lève son père, plus du tout malheureux mais dans une colère terrible, le chef de route Mihael, l'abbé Janez, l'évêque à Ljubljana, les prévôts du comte, sa sœur Kristina qui vient et dit : Avais-tu besoin de cela ? C'est le sergent envoyé par le juge qui l'arrêtera, comme on a arrêté Marie de Brnice, c'est ainsi qu'ils vont l'emmener ? Marie de Brnice avait été emmenée par le recours du tribunal, le sbire la menaçait de lui brûler les pieds, et elle a fini par avouer ce que le maître faisait chez elle. Ce que le maître faisait chez elle et avec elle, Katarina le savait à présent, mais l'ignorait à l'époque, maintenant elle éprouvait uniquement de la peur, comme alors : le recours du tribunal viendra d'on ne sait où, ils augmenteront le feu, ils l'exposeront au pilori, ils la flagelleront peut-être, et Simon, ils le jetteront en prison, plus jamais elle ne le verra, le verdict lui sera lu, celui qui commence par les paroles du prophète Jérémie, sur toutes les collines et sous tous les arbres verts tu couchais. On lui avait bien fait entrer la peur dans les os, chez les ursulines, pas uniquement chez les ursulines, toute sa vie on la menaça du châtiment qui viendrait si elle faisait ce qu'elle fait réellement à présent : elle couchait pour de bon, le printemps était rempli de douceur, toujours plus chaud, toujours plus enivrant, la lune suivait leurs gestes ; et qui prêterait attention aux jugements qui menacent, à la peur qui attire les persécuteurs dans ces parages ? Car il est écrit : Ce que tu crains arrivera.

Par une nuit semblable, dans une auberge au bord de la route qui mène en Bavière, elle entendit sous ses fenêtres les grognements du chien de garde vagabond, puis des gémissements, quelqu'un lui avait donné un coup de pied, puis des mots de sa langue familière, celle qu'elle comprenait. En fait, il y avait plus de rires cruels que de mots, très peu de mots : Les voilà, les tourtereaux !

Les pèlerins étaient rassemblés dans la cour d'un petit château. Ils s'agglutinaient autour des marmites d'où s'élevaient des vapeurs de fayots cuits et de viande, celle qui restait du cheval tué au moulin. Des ouvriers de la mine de sel toute proche s'étaient mêlés à eux, ils attendaient, assiette à la main, de partager le repas de ce jour avec les voyageurs pieux, les haricots venaient des mineurs, la viande, des pèlerins, les gens simples connaissaient la solidarité en ce temps-là, ils s'étaient vite entendus. Lorsqu'on amena Katarina Poljanec et Simon Lovrenc dans la cour, les grappes autour des marmites s'écartèrent et ils marchèrent au milieu de deux rangées de corps, les regards pleins de curiosité et de sous-entendus les frappaient comme des verges. Ils n'étaient pas enchaînés, mais c'était pareil, tout comme si on conduisait deux malfaiteurs.

– Qu'est-ce que vous avez à les regarder, dit un paysan, ils s'étaient perdus. Katarina le connaissait, il était de Saint-Roch, il travaillait parfois pour son père.

– Perdus dans le fenil, vociféra une bonne femme, et la foule s'esclaffa. Katarina ne la connaissait pas, qui aurait envie de connaître une mégère pareille ?

– Occupez-vous de vos oignons et mangez vos fayots, dit le paysan, et il leur fraya le chemin vers l'entrée du château. Katarina ne marchait pas les yeux baissés, elle préférait marcher la tête haute, exprès, elle ne voulait avoir honte de rien, délibérément, qu'ils le sachent : elle n'avait rien commis qui l'eût obligée à cacher son regard. Mais les ricanements de la foule qui attendait ses haricots la touchèrent tout de même, comme si une multitude de gifles et de coups s'étaient déversés sur son corps. Elle se souvint de ce qui était arrivé au pauvre orfèvre de Ljubljana, quelle cruauté, personne n'était venu à son secours. La foule aime rire à gorge déployée si en son nom quelqu'un prononce le mot de putain, traînée, catin, cochonne, bête en chaleur, depuis les temps jadis et jusqu'à nos jours la foule aime ça, et encore davantage si quelqu'un pousse ou frappe un autre en son nom, et même si cela se passe durant le saint voyage, et même si autrefois la foule a outragé notre Sauveur, mais c'était tout autre chose, tout un chacun sait que c'était une chose différente et tout à fait à part et qui se passait dans des temps anciens.

– Ce n'est rien, Katarina, dit Simon, ce n'est rien. Tout ira bien, ne t'inquiète pas.

À la porte on les sépara. Son accompagnateur poussa Simon dans le bureau du châtelain, elle aperçut quelques hommes, debout en train de discuter à voix haute, elle reconnut l'abbé Janez, il y avait quelques seigneurs allemands du château. Ne lui faites, avait-elle envie de dire, ne lui faites pas de mal. Mais elle ne dit rien, que pouvait dire une femme à tous ces hommes ? Elle pensait à lui, sans penser à ce qui lui arriverait à elle, elle pensait à ce qui arriverait à Simon, vont-ils le jeter en prison ? Son premier, son unique, son unique à jamais, qui était soudain plus que tout, plus que son père, et Aron, plus que sa mère Neza là-bas au-dessus des nuages. Comment ne pas s'inquiéter, elle s'inquiète puisqu'on les sépare, et pourquoi donc ? ensemble ils peuvent se défendre. La porte se referma derrière lui, elle resta dans le sombre couloir. C'est à ce moment seulement qu'elle vit que la fenêtre de l'autre bout du couloir était obstruée par la lourde et haute silhouette du chef des pèlerins. Mihael s'approcha d'elle, son visage était rouge de cette fureur que les pèlerins connaissaient bien maintenant et ils préféraient s'écarter lorsqu'ils découvraient ce rouge cramoisi sur sa face.

– Traînée, dit-il, et elle fut ébranlée de la tête aux pieds, personne encore ne l'avait traitée de ce nom, on a dû traiter ainsi Marie de Brnice ; un instant plus tôt, dans la cour, Katarina s'attendait à ce que quelqu'un prononçât ce mot, mais personne ne l'avait fait, alors que celui à qui avait été confiée la responsabilité de ce pèlerinage, mais non celle de leurs âmes et de leurs corps, celui-là, tel un serpent, venait de siffler ce mot, comme s'il parlait à sa femme, qui n'était pas une traînée, certes, mais une sainte femme. Sans se préoccuper du paysan qui restait là, il s'approcha d'elle, tout près, elle sentit sa lourde odeur, odeur du corps sale, peut-être même odeur d'une nuit sans sommeil dans le lit d'une femme, odeur de luxure, une odeur pareille à ses paroles : Tu te prostitues pendant le pèlerinage. Il ne manquait que : chienne en chaleur. Il l'attira à lui et lui souffla son haleine de viande et de haricots.

– Qu'est-ce qu'il dirait, ton père ? Que dira Poljanec quand il l'apprendra ?

Elle s'arracha, recula : je parlerai moi-même à mon père. Le paysan qui se tenait là, hésitant, approuva de la tête. Mihael lui jeta un coup d'œil et il cessa d'opiner du bonnet, la porte se referma sur lui, il ferait mieux de se consacrer à ses fayots. Elle se tenait près du mur, toutes griffes dehors : s'il m'attrape encore une fois la main je crie ou je le mords. Il ne s'approcha plus. Monte, dit-il.

Cette femme faible et jeune exerçait un pouvoir invisible sur cet homme grand et massif. Elle monta tout de même, elle y serait malgré tout mieux qu'avec la foule dans la cour. Il ouvrit une porte devant elle. Dans la petite pièce elle vit sur la table un morceau de pain et un broc d'eau.

– Tu resteras quelques jours au pain et à l'eau, dit-il, c'est déjà prévu. Jusqu'à ce que les autorités décident de ton sort.

La porte se referma sur elle et elle entendit l'autre tourner la clé dans la serrure.

– Je reviendrai, dit-il de l'autre côté de la porte, on va discuter.

Elle entendit les pas pesants descendre, les marches craquaient sous le poids qu'elles portaient.

Jusqu'à ce que les autorités décident. Que devaient-ils décider, les seigneurs ? Elle se rappela maintenant le document qu'elle avait trouvé un jour dans les papiers de son père. À la mi-septembre, le sergent du tribunal avait emmené la condamnée, Marie de Brnice, au presbytère, mais elle s'était enfuie, on la retrouva chez sa sœur à Breg, le sbire la menaçait de lui chauffer les pieds, après quoi elle a tout avoué, ce que son maître faisait avec elle. Katarina a retenu le nom, et même la date inscrite, bien sûr, elle demandait souvent ce qu'il était advenu de cette Marie de Brnice, ce qu'ils voulaient qu'elle leur dise et ce que son maître faisait avec elle. C'était il y a longtemps, jamais elle n'a osé demander à son père, à présent c'est elle Marie de Brnice, ils voudront savoir ce que son maître faisait avec elle, ce qu'elle faisait, soudain elle eut peur de chaque question et de chaque réponse qu'elle devra donner. Mon père, où est donc maintenant ta BÉNÉDICTION DU FOYER, où est saint Roch qui te protège, et le fidèle chien Aron à tes pieds, aide-moi, maman Neza, là-haut on la nomme Agnès, elle a toujours ses cheveux noirs, comme Katarina qui les tient d'elle, Neza est son nom terrestre, au ciel elle ne peut s'appeler autrement qu'Agnès, aide-moi, ma chère Agnès au-dessus des nuages. Et que se passe-t-il avec Simon ? Il ne doit pas être loin, ce n'est rien, a-t-il dit, tout ira bien, il sait, lui, il a vécu bien des choses, peu à peu elle se calma, elle sentit la faim, s'assit à la table, rompit un morceau de pain et se mit à le mâcher sans penser à rien, on peut vivre aussi de pain et d'eau et sans penser au sergent si on se nourrit de la proximité de la personne aimée, il n'est pas loin, tout se résoudra d'une manière ou d'une autre.

De sa fenêtre elle pouvait voir la cour, les femmes étaient en train de récurer les marmites, elles frottaient les bords où restaient accrochés les restes brûlés, un chien sortit d'on ne sait où, c'était leur vagabond, une femme leva le bâton et frappa son échine pelée, il mit la queue entre les pattes et s'enfuit vers la sortie où le sergent de Lendl lui assena un coup de pied ; si seulement il pouvait le mordre, se dit-elle, mais il ne le fit pas, le pleurnichard s'enfuit sur la route, c'était un chien à recevoir des coups de pied, son cœur se serra, pour le chien aussi, qui a eu la vie sauve en même temps qu'eux, et pour la mule également, qu'elle ne voyait plus nulle part. La cour était de plus en plus calme, les haricots rangés, les mineurs repartis travailler, les pèlerins à la sieste, tout redevint paisible durant cet après-midi de digestion. Seul le patriarche Tobija ne put se calmer, il déambulait entre les marmites et les femmes caquetantes, il faisait les cent pas avec sa barbe blanche et son manteau qui lui battait les jambes. Quelque chose l'embêtait, il fallait inventer quelque chose. Et il a fini par trouver, il a pointé son bourdon en direction de la fenêtre où se trouvait Katarina et s'est écrié : Les femmes sont dépravées !

Les femmes autour des marmites émirent quelques protestations, leur querelle l'excita davantage. De sa voix puissante il se mit à vociférer en direction de la fenêtre.

L'engeance féminine est vile, pleine de fureur et de poison.

Katarina recula vers le fond de la pièce, s'assit et écouta ses cris.

– La gent des femmes est insupportable et arrogante, et impie, elle se prostitue en plein pèlerinage. Elle ne connaît pas la franchise, ne respecte pas la loi, elle n'a ni dons ni raison, n'apprécie ni le droit ni la justice ni l'équité. La femme est inconstante, volage, sans retenue, incapable, arrogante, avide, abominable, remuante, médisante, dangereuse, querelleuse, sournoise, cupide, crédule, soûlarde, insupportable, sans scrupule, jaseuse, c'est une sorcière, elle est ambitieuse et superstitieuse, obscène, illettrée, malveillante, versatile, provocatrice, changeante, fouineuse et vengeresse, toute de flatterie et de flagornerie, coléreuse et haineuse, remplie de mensonges, mythomane, couarde, ingrate, très cruelle, hardie et rusée, insoumise…

Katarina ferma les yeux, la cour fut parcourue de rires, les pèlerins se rassemblaient et regardaient sa fenêtre, de son bourdon Tobija renversa une marmite récurée et s'écria encore plus fort :

– Ne permettez jamais qu'une femme pose son pied sur le vôtre, à aucun prix. Car demain cette salope vous marchera sur la tête. Son œil est l'œil d'une araignée, son cerveau est fait de peau de singe et de fromage de renard.

Katarina s'assit sur la chaise. Qu'est-ce donc, que signifie tout cela ? et ses épaules furent soudain secouées de sanglots. Où en suis-je arrivée ? Doux Jésus, que vais-je devenir ?

C'était la nuit, les étoiles brillaient dans le ciel, Katarina pensait à Simon, à leurs couches dans l'herbe, aux nuits d'ivresse qui étaient derrière eux. Elle avait faim, l'amour ne rassasie pas vraiment, et le pain et l'eau juste assez pour qu'on ne meure pas, elle essaya de sombrer dans le sommeil en pensant à lui, à la chose étrange qui s'est éveillée en elle, dans son corps et dans son âme, dans l'espace autour, même là, enfermée, au pain et à l'eau, et même si une sorte d'interrogatoire l'attendait et la décision des autorités quant à ce qu'ils feront de lui, de tous les deux. La punition au pain et à l'eau, déjà en cours, ou l'expulsion de la fraternité des pèlerins, peut-être le blâme public, la mise au pilori, rien ne pouvait l'empêcher de ressentir dans tout son corps, dans chacune de ses pensées, ce qu'elle venait de vivre pour la première fois et avec tant de force. Complètement éveillée, elle entendit la porte s'ouvrir. La grande et massive silhouette obstrua la sombre ouverture. C'était Mihael. La chaîne d'or brillait sur sa poitrine, il l'avait mise pour avoir l'air plus majestueux, ou peut-être pour paraître moins soûl. Elle se leva et recula malgré elle contre le mur.

– N'aie pas peur, dit-il. Je t'ai apporté à manger. De la viande.

Il posa quelque chose sur la table, enveloppé dans un chiffon, tira un couteau de sa poche et le posa à côté.

– Mange, dit il.

Elle ne bougea pas.

– Tu vas avoir du vin aussi.

Elle resta près du mur sans rien dire. Mihael s'assit, enleva le chiffon, prit le couteau et se mit à découper la viande. Machinalement, il en porta un morceau à la bouche et commença à mâcher.

– La femme, dit Mihael, la femme est pervertie de nature. Tu as entendu le vieux Tobija ?

Elle ne répondit rien, elle attendait son départ pour pouvoir revenir en pensées aux étoiles et aux jours et nuits qu'elle avait passés avec Simon. Il continuait à mâcher tout en regardant par la fenêtre. Elle avait l'impression qu'il était un peu ivre aussi, sinon pourquoi aurait-il répété tant de fois la même chose.

– La femme est dépravée, je le sais. Et toi, tu te prostitues pendant le pèlerinage. Je serai obligé de prendre soin de toi.

Elle pensa qu'elle prendrait soin d'elle toute seule, qu'elle et Simon prendraient soin l'un de l'autre, que maman Agnès prendrait soin de tous les deux, avec tous les anges au-dessus des nuages.

– Je sais ce que tu penses, dit-il. Que tu es adulte et que l'escobar défroqué prendra soin de toi. Que nenni. Ton père, Poljanec, t'a confiée à moi. Car si je ne m'occupe pas de toi, on va te mettre au pilori sur la place dès que nous serons en ville.

Il se tourna vers elle, d'où savait-il que Simon était jésuite ? Ils l'ont interrogé, que voulaient-ils tirer de lui ? Est-ce répréhensible d'avoir quitté l'ordre de saint Ignace ? Elle pensa que Mihael allait lui faire signe d'approcher. Il tendit réellement le bras dans l'obscurité, il était comme un tentacule, comme une corde, comme le membre d'un animal.

– Approche, dit-il.

Elle ne bougea pas. Il se leva. Son bras retomba.

– Tu viendras bien, dit-il en portant un morceau de viande à la bouche du bout de son couteau. Et de toute façon, dit-il en mâchonnant, aux traînées de ton genre il peut arriver des choses bien pires que le pilori. Autrefois on en noyait un certain nombre, pour faire sortir les démons d'elles. Dans l'eau les démons s'enfuient, ils se noient.

Il se leva et rejoignit la porte à tâtons.

– Je croyais…, dit-il dans le noir. Il baissa le bras et s'en alla de son pas d'ivrogne.

Elle pensa à Simon, en train de regarder les étoiles et de réfléchir à quelque chose de très important, quelque chose qu'elle ne peut saisir et que lui-même ne peut bien expliquer, du moins pas de façon qu'elle puisse comprendre. Elle s'approcha de la fenêtre et regarda les étoiles qu'il regardait, lui aussi. Puis elle sentit à nouveau la faim, elle se retourna et s'assit à la table. En gestes rapides elle remplit sa bouche de la viande laissée par Mihael. Elle pensa au pichet de vin resté quelque part au-dehors.

À présent, dans le bureau du château, Katarina se sent comme autrefois dans les rêves dont elle avait honte. À cette différence près que dans ses rêves, elle n'essayait pas de fuir, impuissante, alors que maintenant elle regardait tout autour d'elle, animal effrayé à la recherche d'une issue. Mihael et le curé étaient assis au bureau et la fixaient. Il y avait aussi quelques seigneurs allemands qu'elle ne connaissait pas, le propriétaire du manoir, deux juges, du nom de Stolzl et Stelzl, ça arrive, parfois deux personnes qui passent beaucoup de temps ensemble portent des noms semblables, ou alors ce sont des surnoms, qui peut savoir ? Ils étaient gras et particulièrement renfrognés, depuis le début ils la regardaient comme une bête, ils ressemblaient à deux diables mal lunés. Elle se tenait devant eux, les yeux baissés.

– Depuis quand es-tu si pudique ? dit Mihael. La chaîne d'or reluisait sur sa poitrine, elle tombait à pic, il ne pouvait se permettre moins de dignité que les juges qui eux aussi avaient des insignes de leur charge autour du cou.

Elle ne leva pas le regard. Elle savait que dans ses yeux se reflétait la pensée qu'elle venait d'avoir, qui évoquait la pudeur, les rêves, les nuits avec Simon.

– Que désirez-vous ? dit-elle d'un ton ferme, le regard toujours fixé sur les dalles de pierre. Laissez-moi, je vais rentrer chez moi.

– Tu t'en iras, dit Mihael, quand nous aurons discuté. Où iras-tu, ça, nous le verrons.

Le châtelain observait, curieux, ce qui se passait.

– Son père, dit Mihael en allemand, est un homme honnête. Il nous a demandé de la surveiller… que quelque chose ne vienne pas prendre possession d'elle.

– Elle est plutôt jeune, dit l'autre avec un sourire, plutôt belle, toute jeunesse est belle, pas étonnant qu'elle ait perdu pied.

– Appelez mon père, dit-elle.

– Comment pourrions-nous appeler ton père, dit le curé, c'est nous qui représentons ton père ici, Katarina.

– Tu ne sais même pas ce qui t'attend, dit Mihael.

– Ce qui m'attend ? dit-elle en levant les yeux.

– Ça dépendra de ce que tu vas dire. Si tu ne mens pas, tout ira bien.

Elle se tut. Le mieux sera de garder le silence.

– Dis-nous ce qui s'est passé entre toi et le moine Simon Lovrenc.

– Il n'est pas moine, dit-elle, en pensant : nous y voilà, à Marie de Brnice, à ce qu'elle faisait avec son maître et ce qu'il faisait avec elle, là exactement, à ce document qui tremblait autrefois dans les mains de l'âme jeune et innocente, et elle s'interrogeait, tremblante : que faisait-elle avec son maître ?

– Il est pécheur, dit Mihael, et toi aussi, tu es encore plus pécheresse, âme perdue.

– Je vais confesser mes péchés, dit Katarina, je me repentirai, je prierai. Mais vous, je ne vous dirai rien.

Le juge, celui qui s'appelait Stelzl, but une gorgée de vin, ses yeux brillaient.

– Quelle bestiole rétive, dit-il.

– Elle ne veut pas participer, dit Mihael. On l'a mise au pain et à l'eau.

Katarina le regarda.

– Y a-t-il eu copulation ? dit l'autre juge, c'était Stolzl, qu'elle dise s'il y a eu copulation.

Katarina se tourna vers l'abbé Janez :

– Je vous le dirai en confession, je ne parlerai pas ici.

– C'est une autre affaire, dit l'abbé Janez, et lui aussi avait les yeux baissés. Lui aussi souhaitait que ce soit fini. Les seigneurs, dit-il hésitant, veulent le savoir à cause de la morale publique, à cause du péché commis durant le saint voyage. Ils disent que c'est contraire à la loi, que c'est du concubinage. Que puis-je faire, ces messieurs veulent que tu leur racontes, à eux aussi. Ce que tu me diras à moi, c'est pour Dieu, mais ici, c'est pour les gens. Afin que le péché ne se propage pas davantage.

Katarina comprenait. Elle resta silencieuse. Elle pouvait le dire au curé, mais elle ne le dirait pas à M. Stolzl ni à l'autre qui porte le même nom. Elle le dirait encore moins à Mihael. Elle pensa tout de même dire quelque chose, mais elle savait que sa réponse appellerait une autre question.

À présent le châtelain lui aussi prit quelque goût à l'interrogatoire, qu'est-ce qu'il lui avait fait le moine, qu'elle le dise, il ne supportait pas les moines, ces corbeaux noirs qui lui rognaient ses domaines, il méprisait ces savantes soutanes noires, cette jeune femme s'est compromise avec l'un d'entre eux, voilà qui est plutôt excitant. Qu'elle dise, dit-il, si le père lui a soulevé la jupe. Qu'elle montre où il a mis sa main.

Elle comprit ce que voulait savoir le seigneur. C'était précisément ce qu'elle désirait que Simon lui fît. Ce que Simon avait fait. Elle se tourna vers le mur. Elle est butée, dit l'un des seigneurs. Nous serons obligés de recourir à la punition. On devrait peut-être l'examiner, dit un autre, elle porte sans doute des signes qui indiquent qu'il y a eu copulation. On devrait la fouetter, dit Stolzl, ce serait le bon châtiment, mais pas trop doucement, car si la flagellation est par trop légère, elle éveille la sensualité, surtout chez la femme, et alors il ne peut y avoir de repentir dans cette affaire, qui est elle-même d'ordre charnel.

Il ne restait en Katarina plus rien qui eût été d'ordre charnel, il ne restait que la peur. Cette peur était revenue qui l'envahissait lorsqu'elle se réveillait près de Simon, toute la peur s'était abattue sur elle, grande comme une montagne, le pan sombre d'une montagne avec les visages de tous ces hommes qui l'observaient et cherchaient à lui faire quelque chose, personne ne lui avait jamais posé de telles questions, il est vrai qu'elle n'avait jamais fait une chose pareille, mais elle ne le racontera pas à ces hommes, elle se confessera ; si elle ressentait quelque chose c'était la peur devant la menace, et s'ils le faisaient pour de bon, soudain tout était possible ici, personne ne l'a jamais frappée, encore moins avec le fouet. Elle se rappela que son père avait un jour effleuré de son fouet un valet maladroit dans le maniement d'un cheval, la peur prit possession d'elle jusqu'à la dernière fibre, elle parla tout de même suffisamment fermement pour qu'ils s'arrêtent : Je veux que vous appeliez mon père, voilà ce qu'elle a dit. Elle voulait dire : Simon, appelez Simon, nous sommes destinés l'un à l'autre maintenant, mais elle imagina l'hilarité que provoquerait une telle exigence, mon père, avait-elle dit, et cela a fait son effet, ils ont renoncé.

Elle rêva qu'elle marchait de nouveau à la lisière du bois. Mais à présent il faisait nuit et la lune brillait. Le terrain sur la droite, les champs, les chemins qui les bordaient et les maisons solitaires, le règne humain du monde, étaient inondés par la clarté de la lune, printanière déjà, et pourtant encore hivernale. À sa gauche régnait le ténébreux silence de la forêt, interrompu par les cris du règne animal, il y avait là des arbrisseaux chenus avec leurs ombres et leurs tentacules. Elle marchait sur cette mince lisière. Dans son sommeil, au milieu de la nuit, elle entendit des cris, c'était Magdalenka ; elle était endormie et éveillée tout à la fois, elle se trouvait à la lisière de la forêt et enfermée dans la chambre d'un château en Bavière. Elle était impuissante devant quelque chose qu'on avait l'intention de lui faire, mais ce n'était pas comme dans les rêves à Dobrava dont elle avait honte et qu'elle voulait chasser de ses pensées, dans l'état dans lequel elle se trouvait tout la submergeait, l'avant et le maintenant, le là-bas et l'ici, Simon et l'énorme montagne de peur, la seule chose connue était cette peur, cette impuissance des cauchemars. Tout le reste était différent. Les hommes avaient des visages et des noms. Simon la quittait à l'orée du bois, il entrait quelque part dans le fond de la forêt. N'y va pas, ne va pas dans la forêt, il y a là-bas des faunes au corps recouvert d'herbes, avec des couteaux à la ceinture, il y a des nains et d'autres démons. Soudain apparut une porte à la lisière, elle regarda dans cette direction, elle voulait fuir car dans la pièce il y avait trop de corps, dangereux et violents. Les deux seigneurs du château se tenaient là, il y a eu copulation, dirent-ils, elle se tourna vers la porte comme pour fuir. L'un des hommes souleva sa jupe avec son sabre, qu'est-ce qu'il te faisait, frère moine, jusqu'où a-t-il avancé la main ? Montre aussi ta poitrine, a dit l'autre. L'obsédé sexuel. Mihael se pencha sur elle – traînée du pèlerinage, viens me rejoindre ! En cas de désobéissance répétée, dit l'abbé Janez, c'était sa voix, mais lui-même n'était pas là, seulement sa voix, une telle femme doit être exposée au pilori, je regrette, Katarina, j'ai pitié de toi, mais tu es tombée bien bas. S'ils connaissaient ses rêves, se disait-elle tout en rêvant, ils ne se contenteraient pas de l'exposer en place publique. Ils la plongeraient dans l'eau, non, dit-elle, pas sous l'eau, ils chasseraient le Malin d'elle. Mon père ne permettra pas ça, et elle sentit les larmes couler sur ses joues. Ton père est loin, a dit Mihael, ta maman est très haut au-dessus des nuages, et moi je suis là, il se pencha sur elle, sa chaîne d'or pendait, elle sentit l'odeur de la viande, des haricots, de l'ail et du vin. Tu seras exposée au pilori. Tout le monde se moquera de toi. De l'aube au crépuscule tu resteras exposée en place publique. La foule se tordait d'un rire silencieux, les bouches étaient ouvertes, elle n'entendait rien, le patriarche Tobija agitait son bourdon, la femme est dépravée. Elle est nue, dit Mihael en lui soulevant la jupe, ton père, a dit Mihael, ton père m'a déjà donné sa permission. Il n'a pas le choix. Je ne vais pas pleurer, pensa-t-elle, non, pas pleurer. Les deux seigneurs la regardaient en silence, nue. Ça ne lui fait aucun effet, dit le curé. On l'enferme ? dit Mihael. Au pain et à l'eau. Elle écoutait le ronflement de son père qui venait de la chambre au bout du couloir, il va se réveiller et discuter avec maman, il le faisait toujours quand il se réveillait, elle est venue du cimetière tout proche et il est en train de lui expliquer le malheur qui s'est abattu sur leur maison, à cause de leur fille tourmentée Katarina, qui ne veut pas manger, qui se tient à la fenêtre, qui casse les tasses, le sergent du tribunal viendra la quérir. Mon pauvre père, que Dieu vienne à son secours ! Aide aussi Aron le chien, que je vais quitter, comme je vais quitter la maison et le bois au-dessus, le sergent du tribunal attend, le sbire va chauffer le feu, on la fouettera peut-être, je reviendrai, dit-elle, je reviendrai bien.

Elle ouvrit les yeux. L'abbé Janez était assis au pied de son lit.

– Qu'est-ce qui t'arrive, dit-il, tu délires, malheureuse ?

Elle essuya sa figure mouillée de larmes.

– *Status animae*, c'est l'état de ton âme, Katarina.

- Où est Simon ? demanda-t-elle, le regard plein de confiance, il comprendra, il est obligé de comprendre.

L'abbé Janez se leva et s'approcha de la fenêtre.

– Aujourd'hui, tu vas te reposer encore, demain nous reprenons la route.

– Je vais retourner à la maison, dit-elle.

– Tu continueras la route, vers Kelmoraïn, vers le Reliquaire d'or.

– Je veux rejoindre Simon.

– Vous avez vécu en concubinage, ce qui est un grand péché... Nous t'avons baptisée du nom de Katarina, tu connais la signification de ton nom.

Elle fit oui de la tête : Je sais.

– Il signifie « pure ».

Katarina garda le silence, il n'y avait rien à dire, l'abbé Janez Demsar se tut aussi, que pouvait-il ajouter à ce qui avait déjà été accompli.

– Il est nécessaire de prendre des dispositions pour la séparation, finit-il par dire, ceci afin que le désordre des corps et des âmes ne s'étende pas parmi les pèlerins. Écoute-moi bien. Tu ne le verras plus.

– Nous n'aurons plus le droit de nous voir ?

– Lui aussi le veut ainsi.

– Ce n'est pas vrai.

– C'est vrai. Il est parti, il s'est enfui.

Un brouillard tomba devant les yeux de Katarina, ce n'est pas vrai, cela ne peut être vrai, elle entendait de loin la voix monocorde et un peu soucieuse de l'abbé Janez, cette voix qui lui disait la même chose que tant et tant de fois déjà :

– L'état de ton âme n'est pas bon, elle va mal, elle a besoin de remède, désormais tu voyageras sous surveillance. Mais toi aussi, tu devras prendre soin de ta pauvre âme perdue. Voilà comment : chaque matin, en te levant, tu dois ouvrir ton cœur à Dieu, faire le signe de croix, tu dois t'habiller avec rapidité et modestie, sans regarder ton corps, puis te signer avec l'eau bénite que tu auras toujours sur toi, t'agenouiller devant la croix ou l'image sainte et prier. Le soir tu dois dire le confiteor puis te dévêtir humblement et en silence, faire le signe de croix avec l'eau bénite et t'endormir en pensant à la mort et au repos éternel, au sépulcre de notre Seigneur ou à quelque autre sainte chose. Et tu ne seras plus persécutée, tous les démons et tous les tentateurs te fuiront, de nouveau tu seras ce que tu es : pure.

Qu'ils fuient, les tentateurs, pense Katarina, pourvu que Simon reste, même si on la prend pour la putain du pèlerinage ; il n'est pas parti, ce n'est pas vrai, non, il ne l'a pas dit, voilà ce qui résonne dans sa tête, qu'il vienne, Simon, il ne l'a pas quittée, il ne l'oubliera pas, et elle l'attendra quitte à être considérée comme la traînée du pèlerinage, qu'ils voient en elle ce qu'ils veulent voir, sa tête tourne, et si c'était vrai, s'il était parti, s'il avait oublié, trahi, comme il a oublié son père et sa mère et toute sa famille naturelle, selon ce qui lui avait été ordonné autrefois, comme il est parti du pays des Indes en laissant à la merci de la soldatesque sauvage les enfants ses élèves qu'il aimait, est-ce qu'il n'a pas déjà oublié, quitté, trahi ? Il a trahi son ordre, il a exigé d'être délivré de son vœu, ils l'ont délivré, il a rompu ses vœux ; n'a-t-il pas déjà fait tout cela autrefois, et pourquoi pas à présent ? Car s'il a fait cela, s'il a dit cela, s'il est parti, s'il l'a quittée et oubliée, alors il est vrai tout ce que l'on dit d'elle, elle est la traînée du pèlerinage, la prostituée, prend ta cithare, va par la ville, putain oubliée sur le chemin des pèlerins, joue de la belle musique, chante partout, tu ne seras peut-être pas oubliée.

Qu'as-tu, Katarina ? Tu as un regard bien étrange ! L'abbé Janez secoue ses épaules, elle a le regard absent et vide, hostile et aveugle.

– Tu feras selon mes conseils ?

Tout d'abord, Katarina n'entend pas, ses pensées voyagent au loin, comment, le confiteor ? Oui, bien sûr, bénissez-moi mon père, mes pensées sont effrayantes, que vais-je devenir ? au sépulcre ? je penserai au sépulcre, avec joie ; et s'il est vrai, si en vérité il le veut, si c'est lui qui le veut, je penserai à lui avec une grande haine, à Simon, à cet homme lâche, avec une haine encore plus grande que celle que j'ai jamais éprouvée pour le paon, pour Windisch, qui ne m'a rien fait de mal malgré tout, et je pensais à lui avec haine et amour, mon âme est troublée, mon père, c'est vrai maintenant, mon père, je penserai à mon péché, s'il est vraiment parti, tous les soirs je me déshabillerai en silence, jamais plus je ne regarderai mon corps.

Qu'il en soit ainsi, dit le père Janez, bien que, voulait-il ajouter, bien que nous ne luttions pas contre le sang et la chair, mais contre les maîtres universels de ces ténèbres, contre les esprits malveillants dans les sphères célestes, mais il vit que cela ne lui aurait été d'aucun secours, elle était dans le trouble, elle ne saisirait rien de cette sagesse, son âme errait à la recherche de l'homme qui s'en allait, il connaissait ce genre de situation, elle restera ainsi quelque temps puis reprendra le dessus et un beau jour les cloches sonneront à Saint-Roch, Katarina Poljanec se mariera avec un homme digne d'elle, qui ne sera pas un jésuite défroqué ni le neveu fanfaron du baron qui lui avait été destiné un jour, il doit bien exister quelque part un homme pour elle.

Le curé avait raison, la lutte a eu lieu entre le bon et le mauvais ange, mais comment pouvait-il savoir, lui, ce qu'il adviendrait de Katarina Poljanec, qui elle trouverait, qui elle prendrait pour mari, lui aussi est homme de ce monde, jamais encore il n'a vu d'anges ni le reste, il ne les connaît que par les récits et les livres, ce qui revient au même. Cette lutte est loin d'être terminée, et elle aura lieu également dans le sang et dans la chair. Car le sang et la chair d'une femme seule sont un appât terrible pour les malins de toute espèce, ils la sentent de loin : à l'aide du sang et de la chair on pourra provoquer par ici une grande confusion dans les âmes, d'abord dans celle d'une femme seule, puis dans celle d'un homme, puis dans les deux, et davantage si on peut, s'il existe la moindre possibilité. Les bons et les mauvais anges se battent pour ce genre d'âmes, car les bons anges eux-mêmes ne sont pas toutpuissants, ils disposent en fait exactement des mêmes forces que les mauvais. Ils manquent vraiment de puissance lorsque ces galopins surgissent, le bon ange de Katarina lutte lui aussi, il se bat pour garder la chaleur qu'irradient les deux, Katarina et Simon, mais il recule un peu car l'âme de Katarina est submergée par le trouble et la colère, la bataille est déchaînée entre son bon ange du clocher de Saint-Roch en Carniole, que nous connaissons bien, et le mauvais ange, dont nous allons faire la connaissance. Comme de son œuvre. Il est venu dans le froufroutement de ses ailes noires, chacun sait d'où, et lui aussi veut posséder son âme, il est venu dans le bruissement des ailes d'une image que Katarina avait vue jadis, d'une fresque de la chapelle Saint-Nicolas de Visoko près de Ljubljana. Sur la fresque il y a une femme nue, sous ses pieds se tient le monstre de la débauche, la langue rouge sort de sa gueule et cherche à atteindre la femme, il s'enroule autour de ses jambes ; la femme est belle, elle est jeune, elle est douce, ses yeux sont voilés et absents, elle semble séduisante avec sa longue chevelure blonde, avec son corps blanc, elle est plongée dans sa propre séduction, elle en a conscience, c'est pourquoi le tentateur se tient près d'elle, il est vert, elle est enchaînée à lui, il est prêt à la prendre, à toucher sa poitrine et le haut de ses cuisses, il est sur le point de la prendre, la femme dénudée, deux serpents sortent de son corps, sous les seins. Sous ses pieds il y a un enfant, elle a oublié à quoi est destiné son corps – à la maternité –, elle s'est laissée aller à la lubricité, au-dessus de la fresque on lit *LUXURIA*, depuis des temps immémoriaux c'est écrit et ce le sera encore longtemps. De cet endroit on peut voir Saint-Ahac, qui les protège des Turcs, dans une cluse sombre et humide il y a la Vierge-de-Rob, plus haut il y a la Vierge-de-Kurescak, Simon Lovrenc s'y rendait, de tous les côtés les hommes sont protégés par les églises, par les Vierge Marie, par les saints Ahac et Nicolas, cependant malgré tout *LUXURIA* domine sur le mur ; en bas se trouve le hameau de Zapotok, de là est originaire Simon, son Simon, ce village qu'il avait oublié comme il a oublié son père, sa mère, sa sœur… Tout comme il l'oubliera, elle aussi, Katarina. Elle voyait cette image peinte par Janez de Ljubljana, artiste ancien, elle se voyait debout devant cette femme nue avec le tentateur à ses côtés, mais l'image aussi voyait Katarina, l'image la voulait, son corps pour commencer.

19

Qui mène une vie sans tête finit par perdre la tête. Ici, à Lendl, dans ce même château, il y a trois ans, fut condamné à mort un certain Hans Wallner, pour *crimen bestiale*. Il eut la tête tranchée, tout comme l'animal avec lequel il a eu des rapports a été raccourci d'une tête. Pourquoi l'animal, on se le demande ? Pourquoi donc, pourquoi donc, diraient l'un après l'autre messieurs Stolzl et Stelzl qui faisaient alors partie du tribunal, parce que, parce que, diraient-ils, l'animal lui aussi avait pris part à ce terrible crime de rapports bestiaux. La bête n'a pas résisté lors du crime, ni en rugissant ni en poussant d'autres sons que son espèce a l'habitude de pousser en pareil cas, elle n'a pas appelé au secours pour éviter le crime. Ils lui ont coupé la tête, à ce Hans Wallner, ils ont laissé sa tête dans la cour, près du corps, là se trouvait également le corps sans tête d'un animal que nous n'avons pas besoin de décrire ni de nommer, c'était simplement un animal, un animal domestique, de près et de loin les paysans venaient voir l'affreux spectacle afin d'apprendre par l'exemple ce qui est bon et ce qui ne l'est pas, jusqu'où peut aller la vie, à partir d'où elle n'est que perdition : ne mène pas une vie sans tête si tu veux la garder sur tes épaules. Une fois que la tête et le corps eurent accompli leur œuvre d'éducation et d'instruction et qu'ils commencèrent à puer, on a emporté le tout, y compris l'animal, dans un champ pour les brûler. Cet endroit ne peut pas représenter un arrière-plan adéquat, une scène encourageante pour ce dur moment de la vie de Katarina, pour ce moment où elle devrait avoir le plus de stabilité et de confiance en elle, en elle et en Simon, tous les deux ensemble, un tel endroit suscite les égarements, la colère, les tempêtes dans les deux âmes, un regard vide dans les yeux hier encore pleins de douceur, des ailes noires bruissent au-dessus de cet endroit. Il n'est pas étonnant que certains destins s'emmêlent dans un terrible malentendu justement en ce lieu, qui n'est pas bon, bien qu'au moment de la mise à mort on l'eût pour ainsi dire inondé d'eau bénite, rien d'étonnant si Katarina fixe justement ici, de son regard absent, haineux et aveugle les taches d'humidité sur les murs pour y distinguer les contours d'une image qu'elle avait vue sur le mur de l'église de Visoko, rien d'étonnant que ce soit justement ici qu'elle voie encore une terrible erreur de sa vie, que cette image pénètre de toute sa réalité dans son âme et dans son corps, dans son âme qui hurle au mensonge, à la trahison et la prostitution, et son corps, qui réclame toujours les mains de Simon, les nuits et les jours qu'ils avaient vécus comme femme et mari, tous deux, réunis par le vœu de la fidélité éternelle, même en l'absence du saint sacrement, rien d'étonnant à ce que juste au-dessus d'eux bruissent les ailes de l'ange de Katarina, de celui de Simon et ceux de leurs fripouilles de compagnons.

Dans cette demeure de Lendl, la veille, Simon Lovrenc s'était tenu devant le tribunal, interrogé, soupçonné d'être pécheur, séducteur, criminel, bête féroce. Il ne s'est pas retrouvé sans tête, non, nous devons d'ores et déjà le préciser, on n'en est même pas arrivé à l'acte d'accusation, il ne se laissera pas juger et condamner par ceux-là, il a tout de suite vu que messieurs Stolzl et Stelzl ne plaisantaient pas, qu'ils étaient aussi dangereux que gras, il a su aussitôt que pour l'interrogatoire suivant et pour l'éventuel acte d'accusation il ne serait plus à Lendl, dans cette maison de douteuse réputation. Face aux juges il exigea d'abord de connaître leur statut : étaient-ils habilités à l'interroger ? Il en fut pour ses frais, il aurait dû savoir ce que tout le monde sait, et lui aussi s'il était vraiment titulaire du baccalauréat du collège de Ljubljana, donc suffisamment instruit. Quelques années auparavant, il avait été décrété à Rome et confirmé dans tous les diocèses et tribunaux de toutes les provinces catholiques ce qui suit : le tribunal des pèlerins et les autorités locales avaient le droit de juger les pèlerins ; à cause de nombreuses plaintes et des irrégularités au cours des pèlerinages, il était nécessaire d'y mettre de l'ordre : en premier, les pèlerins sont sous la conduite d'hommes sûrs et résolus, munis de toutes les autorisations ; *secundo*, sont formés des tribunaux, des tribunaux de pèlerinage qui jugent de conserve avec les autorités locales et avec la justice. Les honorables seigneurs Stolzl et Stelzl sont des juges mandatés par la cour et juges assermentés de Lendl, ils représentent la justice locale et sont autorisés à prendre part à toutes les affaires aussi bien de crime que de mœurs et ont les pleins pouvoirs pour juger et condamner. Ces explications le satisfaisaient-elles ? Oui. Désirait-il voir les documents ? Ce n'est pas nécessaire. De quoi le soupçonne-t-on, de quoi peut-on l'accuser ?

On ne plaisante pas avec les juges à Lendl, dit fièrement M. Stolzl, ici a été jugé et condamné un *crimen bestiale*, un homme, nommé Wallner, a été décapité pour sodomie.

– Et son animal avec lui, ajouta Stelzl. Simon devint prudent, une étrange puanteur parvint jusqu'à lui, qui donc sont ces deux-là ? De l'abbé Janez Demsar nulle trace, le chef des pèlerins Mihael Kumerdej opine du bonnet, il y a là encore Dolnicar, propriétaire terrien de Sentjanz, non, ce ne sont pas eux qui le jugeront. Il voulait savoir ce qu'il y avait dans le dossier, il n'a rien fait de tel, il n'a commis aucun *crimen bestiale*.

– Oh, s'écria le juge Stelzl, quel crime bestial que de séduire une jeune fille ! Mihael opinait du chef, il connaissait bien l'allemand et les affaires de justice, sinon comment aurait-il pu être à la tête du pèlerinage. Désormais il était encore plus le chef, la chaîne d'or pendait à son cou, symbole de dignité, qui aurait pu se souvenir qu'il s'agissait de la chaîne de Schwartz, l'orfèvre ljubljanais ? Dolnicar ne comprenait pas l'allemand, le droit n'entrait pas dans ses compétences, il s'y connaissait mieux en viticulture. Mihael lui fit la traduction : ils disent qu'il est bestial parce qu'il a séduit Katarina. C'est vrai, dit Dolnicar.

– Une jeune fille, sans expérience aucune, sans personne pour surveiller ses sens, poursuivit Stelzl, ne peut pas, pas plus qu'un animal, se défendre par ses cris et ses rugissements, surtout parce que sa raison est particulièrement faible encore et que chez toute femme, et en particulier chez une femme jeune, la luxure a pris possession de la partie inférieure du corps, alors que dans la tête il y a si peu de raison. Et Simon Lovrenc, qui est un monsieur savant, aurait dû le savoir. Simon le savait : Vous pensez à Érasme ? Stolzl et Stelzl échangèrent un coup d'œil.

– Vous venez de citer Érasme, dit Simon Lovrenc d'une voix ferme, comme s'il se tenait devant le recteur du collège jésuite et non devant les juges Stolzl et Stelzl, mais je dois vous dire, honorables seigneurs, que votre citation est erronée, voilà ce qu'il est dit : Jupiter a doté l'homme d'une plus grande part de passion que de raison, et ceci dans la proportion de vingt-quatre contre un. De surcroît, il enserra son cerveau dans la partie étroite de sa tête et laissa l'ensemble de son corps aux passions. Et enfin il mit en face de la raison demeurée isolée deux très grands ennemis : le premier est la colère qui règne dans la citadelle de la poitrine et dans le cœur, le second est la luxure qui étend fortement son pouvoir, en bas jusqu'aux diaphragmes. Et que peut faire la raison contre ces deux forces réunies ? Elle crie, enfin elle recule et lève les bras dans le désespoir.

Le silence se fit dans la pièce. On entendait la respiration difficile de Mihael. Qu'est-ce qu'il a dit ? demanda Dolnicar. Laisse-moi tranquille, aboya Mihael. M. Stelzl se leva, va-t-on assister là à une controverse philosophique ? C'est un tribunal et vous êtes interrogé, vous n'allez pas nous faire un cours. Tu ne vas pas nous faire une leçon, *frater*, dit Mihael en arrangeant sa chaîne d'or sur sa poitrine, quelle impudence celui-là, dit le juge Stelzl, Dolnicar approuvait de la tête : il comprenait, c'est vrai, que le prévenu, un homme débauché qui avait attiré dans son sillage une honnête jeune fille en pèlerinage, était impudent de contredire les autorités juridiques.

– Je n'ai fait que compléter ce que vous veniez de dire. On nous a appris à citer avec précision, quand on cite quelque chose.

Stolzl se rassit. Il s'entretint à voix basse avec Stelzl. Bon, bon, nous n'avons pas besoin de leçons. En tout cas, nous avons tout lieu de croire qu'il s'agit d'une grave infraction aux mœurs. Il montra Simon du doigt, ce monsieur, dit Stolzl, a couché avec Katarina Poljanec, nous avons été avertis qu'il s'agit de la véritable fille légitime de Jozef Poljanec, le régisseur des domaines du baron Windisch, ce monsieur a vécu avec ladite demoiselle en union sauvage, en relation adultérine, ce qui sera facilement démontré par l'interrogatoire de ladite personne. Une telle infraction, cher monsieur, est punie par la loi que nous pouvons vous citer avec précision si vous le désirez. Vous ne le désirez pas, c'est bon aussi. C'est d'autant plus grave que ledit Jozef Poljanec avait confié la virginité de sa fille aux messieurs qui dirigent les pèlerins en ce saint voyage, que cela est advenu justement en ce pieux voyage, ce qui est presque comme si cela s'était passé dans un lieu consacré.

Voilà, a dit le chef de route Mihael, que ça ressemble à quelque *crimen bestiale* ou non, cela lui est égal, mais il n'admettrait pas de débauche au cours du pèlerinage. Et Simon Lovrenc, le jésuite défroqué, avait traîné durant des nuits avec Katarina Poljanec par les contrées étrangères et par les auberges. Le péché est contagieux, dit-il, et de toute façon les pèlerinages de Kelmoraïn sont en danger, car à la cour de Vienne s'accumulent des plaintes concernant les pèlerinages des années passées au cours desquels on dansait tard dans la nuit et où il se passait en général des affaires de débauche qui provoquaient des violences, des vols et des enlèvements, de sorte qu'on demande sérieusement l'interdiction des pèlerinages.

Simon dit que la jeune fille avait été malade, qu'il s'occupait d'elle.

– Il s'occupait d'elle ! s'écria Mihael, et toute la compagnie éclata d'un rire joyeux. Simon dit qu'elle avait recouvré la santé et provoqua une nouvelle salve de rires. Il dit qu'elle l'avait guéri de son insomnie. À présent il était impossible d'étouffer la gaieté. Les quatre du tribunal étaient pris d'une hilarité incoercible. Elle l'a guéri de son insomnie ! Il regardait leurs faces cramoisies qui se fendaient de rictus, leurs bouches déformées, en se disant que leur hilarité devait beaucoup amuser de nombreux esprits malins, en fait depuis la naissance de ces messieurs pouffants. Il faudra mettre ça au clair, dit le juge Stelzl, puis il essuya les larmes de rire qui remplissaient ses yeux, et il faudra noter par écrit jusqu'où cette affaire est allée, s'il y a eu copulation extraconjugale et, si c'est le cas, la manière dont elle s'est déroulée. Comment, hein ? Était-ce par l'arrière, comme chez les animaux ? Étant donné que le prévenu ne veut visiblement pas répondre à cette question primordiale, il serait peut-être bon par la suite d'essayer les tenailles, la mémoire lui reviendra peut-être. D'ici là qu'on l'enferme, qu'il réfléchisse dans le calme, l'interrogatoire continuera demain, si Katarina Poljanec dit la vérité entre-temps on lira dès demain l'acte d'accusation.

Ah, toute naissance d'un être humain est l'une des formes préférées de distraction pour Belzébuth, pour Bélial, pour Maslem, pour Azazel, pour Samael, pour Abadon et pour leurs camarades, elle provoque chez eux une hilarité irrépressible. Ils savent que pour leur propre joie et pour la perte de l'homme ils pourront utiliser de multiples mauvais tours qui les feront rire à gorge déployée, jusqu'à se tenir les côtes. Simon avait l'impression que les deux sieurs n'étaient pas sans lien avec ces compères, les questions qu'ils posaient étaient vraiment de cette nature, et même, ça puait le soufre dans ce malheureux pays de Lendl, Stolzl et Stelzl sont de cette compagnie, il n'y a aucun doute qu'ils font partie de cette bande mal famée, même s'ils sont déguisés en juges. Il connaissait les êtres humains, les épreuves et les tentations, il les connaissait depuis ses années de séminaire, il a vu ses camarades d'étude pris dedans, ceux qui pissaient dans les vases sacrés rien que pour pouvoir rire, et d'autres qui essuyaient leurs chaussures dans les bannières aux images saintes ; ceux qui, lors de la Passion du Vendredi saint, jouaient le rôle des Juifs, des diables et des morts et qui traînaient, ivres, par la ville de Ljubljana, jetaient à terre des corbeilles de salade et de pain, diables déguisés, tripotaient les jeunes filles puis finissaient par se battre, et ceux qui jouaient les soldats de la légion de la mort, ça les prenait sous leurs habits, ils éclataient de toutes les forces de leur jeunesse, leurs chevaux galopaient dans les rues à faire fuir les passants, il a déjà vu tout cela et bien pire ; il a vu les cavaliers portugais possédés par le Malin égorger les Guarani, il a vu les Guarani en lesquels s'étaient réveillés les diables des forêts et des fleuves pendre le propriétaire d'une *encomienda* par les pieds au-dessus d'une fourmilière en lui faisant auparavant de nombreuses blessures sur tout le corps afin d'attirer la vermine et les grosses fourmis qui l'ont nettoyé jusqu'aux os ; il a vu la saleté et les bouges et la prostitution à Lisbonne, où on l'avait amené, partout ces insolents compagnons étaient à l'œuvre, et il le savait : il fallait s'en aller d'ici, s'en aller loin, et le plus vite possible.

Mais comment ? Deux sergents de police de Lendl l'avaient fourré dans une cave noire, c'étaient des sergents du tribunal, il ne s'agissait pas de quelques paysans carniolais en pèlerinage qui font plus de vacarme que de mal, c'étaient deux gaillards moustachus aux visages balafrés, certainement d'anciens soldats, le Malin avait envie de s'amuser, en haut il y a Stolzl et Stelzl et là deux balafrés, ça va mal finir s'il ne prend pas la poudre d'escampette, mais comment ? Quelque chose glissa sous les semelles de ses bottes, il avait marché sur des pommes pourries, partout ça sentait la pourriture, les fruits, les navets, le chou en décomposition. Ils avaient barricadé la porte de l'extérieur, c'est qu'il n'y avait pas de verrou, bien, mais en compensation l'un des sbires se tenait devant la porte. Au plafond il y avait une lucarne avec des barreaux en bois, il serait possible de les casser et de se faufiler à l'air libre s'il n'y avait pas de soldat balafré devant la porte. Ses yeux s'habituèrent, il y avait un peu de lumière, il trouva un panier qu'il mit sous la lucarne, grimpa dessus, la lucarne donnait sur la cour où les femmes du pèlerinage astiquaient les marmites, ça embaumait les fayots qui ont attaché, au milieu des femmes marchait le fou, ce conteur d'histoires de Ptuj, il criait quelque chose en agitant son bourdon. Il pouvait voir aussi les fenêtres du château, à un moment il eut l'impression que Katarina venait de quitter l'une d'elles. Qu'adviendra-t-il de Katarina s'il s'enfuit ? Son cœur se serra à la pensée qu'elle devrait se tenir devant les deux diaboliques, tout comme devant Mihael, bête à l'affût, mais s'il restait là il ne lui serait pas d'un grand secours, il faut d'abord s'en aller d'ici, finalement Katarina est pour l'instant parmi les siens, les paysans de Saint-Roch et de Dobrava la connaissent, il y a l'abbé Janez, il ne lui arrivera rien de mal, cela sera peut-être même plus simple s'il n'est plus là, ils lui pardonneront plus facilement et tout sera oublié. D'abord, il faut fuir, ensuite il sera possible de trouver une solution pour Katarina, pour tous les deux ensemble, pour la première fois il se mit à penser à l'avenir, ne pas être avec Katarina était impensable, on trouvera un moyen, on trouvera une voie, la fin justifie les moyens, il faut d'abord s'enfuir de cette horrible cave pourrie de Lendl. Mais comment ? Sa besace est restée en haut, tout comme son poignard, il n'aimerait pas s'en servir mais pourrait menacer le sergent avec, le distraire juste assez pour pouvoir s'enfuir, il faudra aller à pied, il se rappela la bonne mule, en espérant qu'on lui a accroché un sac de foin à la gueule et qu'elle est en train de mâcher tout comme elle mâchait les marguerites dans la clairière, ah, la clairière en compagnie de Katarina en train d'évoquer les beautés de la vie ! Il s'assit sur le sol, appuya le dos contre le mur et contempla la lucarne au plafond par où le soir descendait doucement. Je ne suis pas en prison, ce n'est pas une prison, c'est une cave moisie à Lendl d'où je m'échapperai. Il est vrai que ce n'était pas une prison, il la connaîtra encore, la prison, pour le moment son ange, l'ange du Seigneur, était plutôt de son côté. Même si les conditions étaient difficiles, car autour du château de Lendl on entendait toutes sortes de bruissements. Il écoutait le chant des pèlerins aux vêpres, Vierge Mariiiiiie, tout le peuple gémiiiit, Vierge Mariiiie, aide-nous, sois béniiiie… C'était le temps de la prière, pour lui aussi, il s'agenouilla sur les pommes écrasées et dit le Pater Noster en latin, puis il fit appel à ses connaissances en exégèse et dit en paroles ordinaires : Viens à mon secours, Seigneur, comme Ton ange est venu secourir Pierre dans sa prison, Tu te souviens, Ton ange s'est approché et la cellule fut inondée de lumière, il a frappé le côté de Pierre, il l'a réveillé et lui a dit : Lève-toi vite ! Que Ton ange me frappe le côté, ô Seigneur, qu'il me dise, mets ta ceinture et lace tes sandales, comme il l'a dit à Pierre, passe ton manteau et suis-moi, que je m'en aille d'ici, comme Pierre est allé avec l'ange, tout en pensant que c'était une vision, mais en vérité c'était Ton ange devant lequel s'ouvraient les portes. Il continua à adresser ses prières au Seigneur, pour qu'il détourne de lui Stolzl et Stelzl, confrères de Satan, il priait aussi pour Katarina, pour qu'elle soit inébranlable en ces instants, que son cœur soit en paix et qu'elle reste ferme dans l'attente du moment de leur nouvelle rencontre, il priait pour tous les deux, pour que leurs routes se rejoignent dans ce pays de Bavière ou dans un autre, pour que la grâce leur soit accordée de vivre ensemble selon leurs possibilités.

L'abbé Janez n'aime pas beaucoup cette confusion dans l'âme de ses pèlerins, il reste dans sa chambre et boit du vin, il devra en toucher un mot pendant le prêche, il boit beaucoup de vin car il a du mal à naviguer parmi les juges locaux, le vin ingurgité lui donne le hoquet. Janez est ivre. Il sait qu'il doit dire quelque chose à propos de l'état de leur âme, c'est la préoccupation de tous. C'est pour cela qu'ils se sont mis en route : Mes chers paroissiens, l'état de l'âme, *status animae*, je vous en ai souvent parlé. Il hoquette. Rien n'est plus sûr que la mort et rien n'est moins sûr que l'heure de sa venue. Mais ne craignez point ! Hoquet. Nous avons toujours les vêpres. Il nous reste la prière du soir. Depuis mille ans nos ancêtres prient ainsi. Tous les soirs pendant mille ans, alors que finissait le jour, ils étaient conscients qu'avec ce jour finissait aussi un jour de leur, de notre vie. Le feu qui nous réchauffe, sur lequel nous faisons cuire cet animal ou cette plante, ce feu s'éteint peu à peu. Le jour est en train de s'éteindre, le cierge, notre vie s'éteint.

Prions donc : Le soleil s'est couché, sois miséricordieux, Créateur, donne-nous une nuit paisible, chasse l'esprit du mal, chasse tout le mal, éloigne toutes les peurs de la nuit. Ramène les doux anges dans notre sommeil, que ceux que nous craignons ne viennent pas troubler notre sommeil, qu'ils n'entrent pas dans cette nuit : les serpents ailés, les hommes-chiens, les démons qui s'écoulent dans le fleuve en cochons, tous nos péchés qui s'éveillent en nous quand nous sommes endormis et vivent dans notre nuit de rêve. Ô Père plein de bonté, chasse loin de nous toute cette engeance, voilà ce que te demande le curé Janez – et tous les autres de penser comme lui –, qui chaque jour avant le coucher du soleil prend dans ses mains le Livre et lit dans son bréviaire : « Et je répandrai sur la maison de David et sur l'habitant de Jérusalem un esprit de bonne volonté et de supplication. Alors ils tourneront leurs yeux vers moi, vers celui qu'ils ont transpercé. Ils célébreront le deuil pour lui, comme pour le fils unique. Et ils pleureront amèrement, comme on pleure le premier-né. »

Et vous, pèlerins, que craignez-vous ?

Regardez les oiseaux du ciel ! Ils ne sèment ni ne moissonnent, et cependant votre Père céleste les nourrit. Ne valez-vous pas beaucoup mieux qu'eux ? Et qui d'entre vous peut, par son inquiétude, prolonger tant soit peu son existence ? Et du vêtement, pourquoi vous inquiéter ? Observez les lys des champs, comme ils croissent : ils ne peinent ni ne filent, et je vous le dis, Salomon lui-même, dans toute sa gloire, n'a jamais été vêtu comme l'un d'eux ! Si Dieu habille ainsi l'herbe des champs, qui est là aujourd'hui et qui demain sera jetée au feu, ne fera-t-il pas bien davantage pour vous, gens de peu de foi ? Ne vous inquiétez donc pas en disant : qu'allons-nous manger ? qu'allons-nous boire ? de quoi allons-nous nous vêtir ? – tout cela, les païens le recherchent sans répit. Il sait bien, votre Père céleste, que vous avez besoin de toutes ces choses. Cherchez d'abord le royaume et la justice de Dieu, et tout cela vous sera donné par surcroît. Ne vous inquiétez donc pas pour le lendemain : le lendemain s'inquiétera de lui-même. À chaque jour suffit sa peine. Ne donnez pas aux chiens ce qui est sacré, ne jetez pas vos perles aux porcs, de peur qu'ils ne les piétinent et que, se retournant, ils ne vous déchirent... Entrez par la porte étroite. Large est la porte et spacieux le chemin qui mène à la perdition, et nombreux sont ceux qui s'y engagent ; combien étroite est la porte et resserré le chemin qui mène à la vie, et peu nombreux sont ceux qui le trouvent... Les sept sacrements, la confession, la communion, voici le ciboire, l'hostie y est. Nous savons ce qu'est l'hostie : le Très Saint, Son corps. Les portes du tabernacle sont ouvertes, voyez.

Il rassembla ses dernières forces et dit :

– Ainsi donc : nous recommandons nos âmes au Dieu tout-puissant, à son Fils Jésus, au bienheureux saint Jean le Baptiste, à saint Pierre et à saint Paul et à tous les saints aux cieux.

Voilà ce que disait l'abbé Janez et telles étaient ses pensées en vérité, même si sa langue était déjà grosse et pâteuse et s'il avait du mal à prononcer les mots difficiles.

Après les vêpres on apporta à manger à Simon, un reste de fayots réchauffés, bien sûr. Le garde devant la porte n'était pas mieux loti. Mais contrairement à Simon, qui reçut un broc d'eau, il eut droit à un gros pichet de vin. Simon l'entendait boire bruyamment, glou, glou, glou, et le pichet fut vide. Il réclama encore, il interpella son camarade sbire à travers la cour, encore du vin, encore, et comme le vin n'arrivait pas il partit en chercher en se dandinant et en jurant. Simon le regarda tituber vers le portail grand ouvert du château de Lendl et plus loin vers les fenêtres éclairées du village. Et le voilà qui s'emmêlait dans les pattes du chien errant en voulant lui donner un coup de pied, il manqua tomber quand son pied, dans un grand cercle, rata la tête de l'animal. Il ne reviendra pas de sitôt, et en ce qui concerne Simon, jamais plus il ne reverra le garde aux balafres, de même que la face balafrée ne reverra plus Simon. Le gardien ne reviendra qu'au petit matin, avec une grosse caboche endolorie, sans même jeter un coup d'œil dans la cave il s'assiéra près de la porte et s'endormira. Il ne jettera un coup d'œil dans la cave qu'au milieu de la matinée, et à ce moment-là, nous le savons bien, il n'y aura plus que des pommes écrasées, des navets et du chou moisis, pour tout le reste, c'est Amalija qui s'en occupera vers quatre heures du matin. Oui, Amalija était le bon ange, qui aurait pu penser que ce fluet bout de femme aux cheveux paille, aux yeux d'une couleur indéfinie et aux traits vagues, serait désignée pour les aider, elle voulait les aider. Elle observait attentivement ce qui se passait du côté de la cave, déjà plus tôt elle avait vu ce qui arrivait à Katarina, les moqueries dont elle était l'objet, elle la voyait debout à la fenêtre alors qu'en bas les gens riaient aux éclats. Elle aimait Katarina, qui sait pourquoi et depuis quand, probablement depuis le temps où elles faisaient pipi ensemble dans la forêt. Katarina était chère au cœur d'Amalija, et ce depuis le premier instant, elle qui était mal à l'aise, pas débrouillarde, craintive, elle avait besoin d'aide, comment ne pas aimer une personne que l'on peut aider. Et maintenant elle pouvait aider Katarina en sauvant Simon, elle savait que Katarina lui en serait reconnaissante. Comme une ombre elle alla donc, vers quatre heures du matin, jusqu'à la porte qui menait à la cave en longeant le mur. Elle resta un instant immobile, tout était silencieux, seule Magdalenka poussait parfois un rire ou un gémissement, elle leva la barre. Elle ne lui toucha pas le côté, la cellule ne fut pas inondée de lumière, elle le prit par la main, ils allèrent vers la sortie en frôlant le mur, mon sac, murmura Simon, Amalija leva les yeux au ciel, qu'est-ce qu'il imagine, celui-là, mais elle se faufila dans le vestibule, la porte de la salle d'audience était ouverte, il y avait la besace de Simon sur un banc, tout se passait si facilement, elle avait du mal à le croire. Que Dieu vous récompense, murmura Simon, cours maintenant, murmura Amalija, dis-le à Katarina, dit Simon, cours, dit Amalija dans un souffle.

Il courut derrière les maisons du village, éveillant les aboiements des chiens, par la fenêtre d'une maison il aperçut des paysans ivres qui entouraient les deux sergents, ils étaient en train de jouer aux dés, la lumière éclairait par le bas leurs visages cramoisis, il courut à travers champs et laissa loin derrière la sombre masse du château de Lendl, le bâtiment où régnaient Stolzl et Stelzl et où ils jugeaient pour *crimen bestiale* ; à l'extrémité d'un long labour il s'arrêta, essoufflé, Dieu te garde, Katarina, dit-il, nous nous reverrons bientôt.

Au matin il était déjà loin de Lendl, il marchait à la lisière de la forêt, celle-là même, peut-être, où marchait en rêve l'âme troublée de Katarina. Lui en liberté, elle mise au pain et à l'eau, quelle tristesse, mais comment aurait-il pu rester, comment ? Aurait-il dû discuter avec ces gens du péché et de la vertu, de l'adultère et du concubinage, comment aurait-il pu expliquer à ces gens, à ce jury ridicule mais aussi quelque peu dangereux, ce qui leur était arrivé avec Katarina, il serait incapable de se l'expliquer à lui-même, il s'était retrouvé pris en tenailles comme jamais encore, aucun livre ni aucun prêche n'en disait mot, il y était question d'amour, toujours d'amour, des tenailles qui serraient la poitrine de Simon lorsqu'il se souvenait, si fortement qu'il s'arrêta plusieurs fois, pensant retourner sur ses pas, quitte à se retrouver devant cet étrange tribunal. Il a vu tant de contrées pour enfin trouver, oh, la simplicité qui est le naturel, la simplicité de deux êtres familiers, unis, qui en paroles et en gestes rendent les choses possibles. Depuis ce feu des pèlerins et jusqu'à la couche de Katarina guérie, dans la venue de l'aube, dans le poli et les courbes de son corps, dans ses cheveux épars, dans son sourire du matin, dans les ablutions matinales, lorsqu'elle faisait tomber sa chemise sur la nudité de son corps accroupi, jusqu'aux chevilles tombe la chemise, dans son regard tourné en arrière, au-delà des montagnes, vers sa maison, dans tout cela il y a la douce familiarité, là toute chose retrouve sa plus grande simplicité que deux êtres peuvent seuls décider et accomplir, deux êtres seuls, dans leur réciprocité soudaine et complémentaire, pourquoi faire des choses de manière si savante, Lovrenc, titulaire d'une licence ? Dans l'amour, simplement dans l'amour, non pas dans celui des livres, mais dans celui-ci, qui connaît l'odeur et le goût, qui est de chair et de sang, qui remplit l'homme de bonheur, de paysages, de joie. Et comme il est habituel dans ce genre d'état, un instant plus tard il souffrait terriblement, il voyait Katarina se tenir à l'endroit où lui se tenait la veille, devant les mentons tremblotants, devant les faces cramoisies, entre les faisceaux des regards qui se croisaient, remplis de significations, d'équivoques, de sous-entendus, une froide sueur l'inonda à cette pensée. Il s'arrêta de nouveau, je dois y retourner. Il y retournera et répétera une nouvelle fois : il souffrait d'une grave insomnie et cette femme l'a guéri, il a retrouvé le sommeil et il a décidé maintenant de changer de vie. Dans son cas le pèlerinage a d'ores et déjà atteint son but. Il n'y a aucune raison pour qu'on les empêche de se rencontrer, il n'y a besoin d'aucune mesure, Simon Lovrenc, en pleine possession de ses facultés et pleinement responsable, déclare être à l'origine de la liaison, c'est lui qui l'a abordée, il en porte toute la responsabilité. De même il déclare solennellement avoir envers Katarina, fille du veuf Poljanec, régisseur du baron de la vallée près Saint-Roch, des intentions sérieuses et honnêtes : quand il sera libéré de ses obligations et qu'il aura reçu toutes les autorisations adéquates de ses anciens supérieurs, il épousera Katarina devant Dieu et devant les hommes pour toute la vie, tout comme elle a décidé de se lier à lui pour le restant de ses jours. Ç'aurait été beau mais c'était impossible, pas une chose pareille, en présence de ces deux juges, pas davantage que devant Mihael et Dolnicar. Il serra les dents et poursuivit sa route.

Vers midi il prit place sur un chariot, où allez-vous ? À Cologne, oh, c'est loin encore, et la guerre fait rage partout en Westphalie, il y en a même qui passent par là avec leurs chevaux et leurs canons, avec leur train d'équipage et leurs putains, cependant qu'eux-mêmes se dirigent vers Landshut, ils peuvent le transporter jusque là-bas, il épargnera ses semelles, il a de bonnes bottes, à Landshut se trouvent déjà leurs femmes, des marchandes, l'un d'entre eux les emmène là-bas le matin, un autre les ramène, ils sont à plusieurs sur la voiture pour se tenir compagnie, et ils vont boire une bière chez Wittmann. Puis ils ont discuté du prix de la choucroute et du lard, au loin se profilaient les toits de la grande ville, Katarina s'éloignait toujours plus, était-elle à Lendl ? ou bien étaient-ils déjà partis ? Le chariot qui se balançait, les chevaux qui clopinaient, leurs larges arrière-trains qui se dandinaient tranquillement, les discussions calmes des paysans, le bercement, tout cela faillit le plonger dans le sommeil, mais ses pensées retournaient en arrière, vers la nuit passée, et vers le jour qui doit apporter la solution, sinon celui qui vient, un autre parmi les jours suivants. Il ne voyait pas quelle était la solution, mais ce n'était certainement pas celle qui arrache les racines de ce qui n'est pas le mal – ô pensées du savant scolastique, quand trouveront-elles la paix ! –, ce n'est pas le mal, ce qui existe entre eux, c'est son contraire, la solution doit apparaître qui les unit et non qui les sépare. Car de la même manière que la nuit s'est écoulée en aube et l'aube en jour, de la même manière lui et Katarina, Katarina et lui se sont unis naturellement et se sont écoulés l'un dans l'autre, l'âme dans l'âme, le corps dans le corps. Une femme qu'il ne connaissait pas encore il y avait de cela deux dimanches seulement, pas plus qu'il ne connaissait cette ville dans laquelle il entre, et un homme, une femme qui s'est réveillée ce matin-là dans le manoir loin au-delà et qui peut-être s'approche de la fenêtre : et tout ce qui est entre eux, sans tenir compte de l'endroit où ils se trouvent ni de la distance qui les sépare, tout ce qui est entre eux et en eux dit que rien ne doit être arraché, qu'ici ce qui est naturel s'unit à ce qui est naturel, que c'est une chose qui est déterminée ainsi, et que le mal c'est leur séparation et non leur union, car la jonction c'est l'amour, rien d'autre, une variante de cet amour qui les pousse sur le chemin du Reliquaire de Kelmoraïn.

À Landshut, il erra dans les rues jusqu'à ce que la fatigue le terrasse. Il frappa à la porte du monastère des dominicains, une grande bâtisse aux limites de la cité, il ne se réjouissait pas de voir que c'étaient des dominicains, il les connaissait de l'au-delà des mers, et de plus près aussi, de Lisbonne, mais que pouvait-il faire, il fallait bien que ses pensées trouvent un peu de paix quelque part, qui lui vrillaient le cœur en laissant des fêlures douloureuses. Il ne dit pas qu'il avait été jésuite autrefois, qu'il était père et scolastique, il esquiva nombre de questions qui auraient pu suivre, il dit qu'il allait en pèlerinage à Cologne, il n'a pas menti, il a perdu le groupe avec lequel il voyage, il demande aux bons religieux, fils de saint Dominique, de l'héberger pour la nuit. C'est bien, répondit le frère dominicain, c'est un saint voyage, bien que, oh, oh, fort long encore et la guerre ne leur sera pas épargnée sur cette route. Nous avons beaucoup de place, on va vous donner une chambre, c'est-à-dire une cellule, nous nous voyons à la prière du soir, on ne peut s'en passer. Bien sûr, dit Simon, on ne peut s'en passer.

Au milieu de la nuit il entendit du bruit, toc, toc, toc, quelqu'un marchait dans la grande salle au-dessus, toc, toc, toc, sans cesse, il se dit que c'était Ignace de Loyola, il avait une jambe plus courte, un éclat d'obus l'avait touché à la bataille de Pampelune alors qu'il était encore soldat, qu'il n'avait pas encore fondé l'armée de Jésus, c'est pourquoi il avait un bâton pour marcher, toc, toc, toc, nuit après nuit ils l'entendaient, submergé de soucis et d'angoisse, nuit après nuit le *praepositus generalis* faisait les cent pas, jamais il ne dormait, le général de la Compagnie de Jésus, la nuit il visitait les malades ou écrivait ses lettres, toc, toc, toc, à présent ça toc-toquait au-dessus de lui, que fais-tu chez les dominicains, malheureux Simon ? Tu es mon fils, même si tu as été expulsé, le pays des Indiens attend, la première légion attend, tu marches sur le bord, un seul pas et tu tombes dans les entrailles brûlantes de la terre, prends garde, mon fils, toc, toc, toc, à ne pas te laisser entraîner, l'océan glacé au bord du grand continent mugit et se rue vers le bas afin de calmer les entrailles en feu du centre de la terre, gare à tes pas, Simon, toc, toc, toc…

20

Une odeur de charogne provient d'on ne sait où ; le père Simon et le supérieur Inocenc Herver échangent des regards, juste en ce jour de Pentecôte, une si grande fête à Santa Ana, la grande place est tout éclatante de rouge, balayée de fond en comble, il fait un peu frais, c'est habituel pour un mois de mai ici, les nuages s'étirent sur le pays, mais malgré tout l'atmosphère est solennelle, et voilà justement aujourd'hui cette affreuse odeur tout autour d'eux, elle se confond un peu avec le parfum capiteux dont s'asperge l'un des pères, celui qui travaille à la bibliothèque. Il n'arrive pas à perdre cette mauvaise habitude, père Romero, il aime les parfums d'Orient, il a vécu à Barcelone où on en importait, il en a pris l'habitude, le problème c'est que les parfums sont enivrants et la bibliothèque n'est pas bien grande, en lisant les *Exercices spirituels* ou Horace on a le regard troublé par le parfum du jasmin et d'autres effluves douceâtres et on est obligé de se réfugier dans le jardin derrière le réfectoire, là ça ne sent jamais la charogne, ni les pommades ni les lotions de barbier, ni la nourriture au moment des repas, bien sûr le frère coadjuteur y grattouille ses plates-bandes avec sa houe, il est âgé, on peut s'entretenir avec lui de l'art de la bonne mort à laquelle il se prépare, parfois les Guarani viennent l'aider et le père Pablo discute amicalement dans un mélange de français, d'espagnol, de guarani, quelques mots latins peuvent même s'y mêler, Simon trouve le repos là-bas. Alors qu'ici il est obligé de se boucher les narines avec les doigts avant les grandes solennités, étrange chose que l'homme, ce grand être de Dieu avec ses petites lubies, père Romero est un homme qui ne rechigne pas devant le travail, il est soumis et pieux, mais il n'arrive pas à se passer de parfums écœurants, et il est difficile d'affirmer que c'est un péché. Dommage que le père Romero soit si près, dommage qu'ils n'aient pas fait de vérification derrière les murs où se trouve le cadavre d'animal en décomposition, il est trop tard à présent. Il préférerait voir près de lui le vieux père Pablo, prêter l'oreille à sa sagesse, mais en ce moment le vieux père Pablo se tient, tout joyeux et souriant, entre les enfants indiens ; devant la façade de grès rouge les fillettes sont en blanc, les garçonnets portent des chemises de toile, parmi eux se tient le vieux père en soutane, une image pastorale des temps bibliques, il se penche sur la petite Teresa en répétant avec elle les paroles de bienvenue qu'elle adressera à l'évêque et au provincial ; à gauche se trouvent les soldats guarani, armés de fusils et de sabres, il y a là le père Kluger, le canon est briqué, les rayons du soleil se reflètent sur le bronze de son fût, les nuages voyagent au-dessus de ce miroir de métal et au milieu les silhouettes penchées des soldats s'agitent autour du canon, les soldats indiens ne connaissent pas la discipline germanique, ils sont tous perpétuellement en mouvement, ils vont et viennent sans cesse tout comme les enfants devant la façade rouge, comme la foule des Guarani adultes dans l'expectative des deux côtés de la grande place carrée, tout est mouvement et ondulation, de partout on entend des appels. Seuls les pères restent calmes, ils tournent la tête les uns vers les autres en devisant tranquillement, réunis autour du supérieur Herver, il y a là les fils de saint Ignace de toutes les villes et villages perdus d'Europe, des pères savants et des artisans, des astronomes et des philosophes, des aumôniers et des peintres, les pères Bläulich, Cardenal, Sanchez, Romero, Simecka, Simonitti, Dubois, Lovrenc et bien d'autres ; cinquante pères et autant de frères en soutane noire, quelle vue ! Les chevaliers de la première légion combattante de l'armée de Jésus, entourés de deux mille Guarani du *pueblo* de Santa Ana, des porteurs d'Évangile, des explorateurs courageux, des porte-croix, c'est par leur mérite qu'elle est enfoncée solidement dans la terre rouge, personne ne l'arrachera plus, c'est grâce à leur volonté que la bannière aux saintes images peut flotter au-dessus des champs labourés et fertiles, au-dessus des lointaines *estancias* aux immenses troupeaux, au-dessus des trente cités du puissant État des jésuites ; la fleur de la Compagnie du lointain continent attend l'heure de la grande visite, c'est Mathias Strobel, le *praepositus provincialis*, qui arrive, l'évêque d'Asunción et avec lui de nombreux invités de Posadas et de Corrientes. Elle a l'air calme, la légion de Jésus, comme si elle était là depuis toujours et pour l'éternité, mais ce n'est pas le cas, ils savent tous que ce n'est pas le cas, ce calme recouvre l'intolérance et l'incertitude, le doute ronge les âmes des légionnaires : le provincial Mathias Strobel et l'évêque d'Asunción apportent les dernières nouvelles quant au sort des missionnaires, quant à tout ce qui se passe à Rome et à Madrid, à Lisbonne et en fin de compte à San Miguel, le *pueblo* le plus loin dans le sud, là où les profès et les coadjuteurs, le supérieur et le *corregidor* guarani, tous, ont déclaré à l'unanimité et ouvertement, clairement et à haute voix, qu'ils résisteraient à toute tentative d'évacuation forcée. Avec la pompe viendront aussi les hauts fonctionnaires du gouvernement de Madrid, quelques riches *encomenderos*[6] ; qu'ils viennent, même s'il est clair aux yeux des pères, comme aux yeux de tous ici : les fonctionnaires et les propriétaires terriens, l'évêque et ses prêtres,

6. Gros propriétaires d'*haciendas*.

tous peuvent venir parader, mais parader uniquement, car dans ce *pueblo* tout comme dans les trente autres, dans toutes les réductions paraguayennes, le pouvoir est détenu par eux seuls et par personne d'autre qu'eux, fils de saint Ignace unis, ici c'est la Compañia de Jesus qui gouverne. Ils leur feront un bel accueil, ils leur montreront la cité, la messe sera grandiose, les chants magnifiques, mais ils s'en iront tous et eux resteront dans leur république, tous ensemble, souverains et sujets, en même temps souverains de leurs passions et de leurs faiblesses, si on excepte les parfums du père Romero, si on excepte le père Simecka qui s'est oublié une nuit avec une jeune fille guarani et le père Simon qui garde en réserve quelques critiques envers ses supérieurs – tout comme autrefois, au collège de Ljubljana, il dénonçait ses propres manquements et ceux des autres, de la même manière il critiquait à présent de plus en plus souvent –, leurs fautes étaient toutes dénoncées rapidement et enregistrées, et qui est sans péché, même les meilleurs ont à se repentir ; ils sont souverains car capables de renoncer aux tentations terrestres, de vivre dans la pauvreté, la soumission à la Compagnie et la sujétion à l'Évangile qu'ils servent avec la dernière fibre de leur âme et de leur corps. Cinquante pères et frères locaux sont debout devant la magnifique église de Santa Ana, une trentaine encore est venue d'autres *pueblos*, et deux milliers d'Indiens se sont rassemblés autour d'eux, on doit faire un effort pour ne pas en tirer de la fierté, de l'orgueil, la *superbia* s'installe vite dans l'âme, comme s'installe en eux tous l'inquiétude, la fierté accompagnée d'inquiétude : quelles sont les nouvelles qu'apporte le provincial Strobel ? Est-il possible que cette œuvre majestueuse, personnifiée par quatre-vingts chevaliers *Societatis Jesu*, tombe en ruine, comme se décompose un cadavre près des murs du *pueblo* et dont l'odeur, apportée par une brise légère, se mêle au parfum du père Romero aux cheveux impeccablement lissés, les regards du supérieur Inocenc et du père Simon se croisent de nouveau : que faire ? Rien, le supérieur hausse les épaules et fait un geste de la main, on ne peut rien faire, cela ne nous gâchera pas les fêtes de la Pentecôte.

Qu'est-ce donc, cette odeur de charogne, d'où vient-elle précisément aujourd'hui ? Il est vrai que c'était le paradis là-bas au Paraguay, se dira des années plus tard Simon en se rappelant que justement le jour fatal, ce jour de Pentecôte, lorsqu'ils apprirent qu'ils devaient partir, ce jour-là justement se répandit cette odeur de charogne, pendant longtemps il gardera cette odeur dans les narines, c'était le paradis, c'est vrai, mais ça sentait mauvais aussi, et pas seulement ce jour-là, à la Pentecôte, ça restera dans sa mémoire, les mauvaises odeurs étaient fréquentes et fortes, mais après tout : où est-il écrit qu'il n'y a pas de senteurs au paradis, les senteurs paradisiaques ne signifient pas forcément les parfums du père Romero, cela peut être également des odeurs de corps humains et d'animaux, qu'en sait-on ? et des plantes, des végétaux exubérants comme ceux des réductions paraguayennes ; habituellement cela sentait le plus fort du côté des murs du *pueblo* où les Guarani jetaient parfois quelque cadavre d'animal, à la bibliothèque l'odeur était suave mais puissante au point qu'elle frisait la puanteur, sur la place et dans l'église tout cela se mélangeait avec les odeurs du four à pain et des marmites dans lesquelles cuisaient des mets à base de maïs. L'abattoir avait été éloigné du village depuis longtemps, il y a peu la boucherie aussi, quant à la saleté des hommes, ils l'évacuaient par des canaux et des ruisseaux, les chiffons qui servaient à l'hôpital à envelopper les membres attaqués par quelque maladie contagieuse, ils les brûlaient dans la forêt, les rats venus avec les navires depuis les ports espagnols, ils les tuaient régulièrement et enterraient leurs gros cadavres, tout comme les souris qui venaient du désert et aimaient se nicher près des hommes, mais toutes ces mesures ne parvenaient pas à éliminer toutes les odeurs qui se répandaient, surtout à la saison des pluies, mais ce n'était rien, dans les ports d'Europe et dans les villes à l'intérieur des terres ça sentait encore plus fort, là-bas il y avait la peste, la mort noire et puante, et quelque temps plus tôt un mauvais choléra qui vous vidait jusqu'aux os, lors de la dernière guerre il avait fauché des foules de soldats autrichiens, français et prussiens.

L'esplanade rouge, la grande place de Santa Ana se met à ondoyer, depuis l'arche du portail d'entrée qu'ils ont réussi à terminer on entend des cris : Ils arrivent ! De la voiture descendent l'évêque d'Asunción avec le provincial des missions du Paraguay, d'un pas ferme ils avancent vers le baldaquin que portent les hommes guarani, ils sont suivis d'une longue procession de visiteurs, d'abord un chariot à ridelles avec le premier hôte de marque, l'image de la Vierge Marie, leur présent pour Santa Ana, travail d'un peintre guarani, aux couleurs vives et criardes, son nimbe est rouge comme sont rouges la terre et le ciel vespéral sur les réductions paraguayennes, ses joues sont rouges, la robe est bleue, le cadre est doré et orné de fleurs aux couleurs merveilleuses et aux formes exubérantes, du cadre partent des rubans de couleur que tiennent les mains des fillettes en blanc ; des chevaux bichonnés, respirant la santé tirent ce présent merveilleux, on n'a pas l'impression que quelqu'un s'apprête à évacuer les missions, celui qui apporte un tel cadeau n'a pas l'intention d'ordonner l'évacuation ; derrière le chariot marchent les prêtres en chasubles, certains finissent tout juste, sous les voûtes, de les passer sur leurs habits de voyage et courent rejoindre le défilé ; des chevaux blancs tirent des calèches garnies de dames et de seigneurs, il y a nombre de perruques poudrées dont l'éclat renvoie les rayons du soleil, les dames indiquent avec leurs éventails des choses intéressantes à leurs voisines, avant tout la façade, surtout la grandiose façade de l'église. Suivent des cavaliers, des *encomenderos* et des soldats, un détachement armé de fusils, un détachement armé de lances, ils sont salués de loin par les frères en armes qui entourent le père Kluger et son étincelant canon. Le long de l'allée bordée d'arbres et de deux épaisses haies de corps, toute cette brillante procession finit par rejoindre la place, et là s'ouvre une scène pleine de grandeur et de douceur à la fois : une petite Indienne, la petite Teresa, s'avance seulette en direction des deux seigneurs sous le baldaquin, vers cette suite au complet, en traversant toute l'immense place, un silence absolu se fait, le père Simon, le père Pablo et d'autres ont la gorge serrée, le supérieur Inocenc secoue la tête de satisfaction, c'est bien, c'est bien préparé, mieux qu'une scène du mystère de la Passion qui vient aussi, *theatrum divinum* : quel début éclatant et puissant, ils se rejoignent à la statue de saint Ignace, deux grands seigneurs avec leur suite, l'Église universelle et l'Europe rejoignent Teresa la petite Indienne, quelle bonne idée, dit le supérieur, magnifique, la fillette s'agenouille, l'évêque lui donne sa bénédiction, le pouce du provincial fait un signe de croix sur son front, dans un silence total Teresa récite de sa voix argentine :

Salve, culte puer, numero permite deorum
Et gravis angelicis associate choris !

Elle ne fait aucune erreur, la fillette guarani, Simon se réjouit, c'est lui qui a apporté le poème de l'évêque Hren de Ljubljana, lequel salue un jeune homme accueilli parmi les dieux et dans le chœur des anges, il n'est peut-être pas très approprié, les deux hauts personnages sont âgés déjà, Simon aimait le lire du temps où il était novice, c'est alors qu'on l'accueillait dans le chœur des anges, mais cela plaît aux seigneurs, ils rient, la suite applaudit, la petite Teresa crie *Deo gratias*, elle l'avait appris quelques jours auparavant. Elle oubliera le chant, mais le *Deo gratias* continuera à saluer les pères dans le *pueblo*, tout le monde sourit, quelle belle enfant, elle a dix ans, encore cinq ans et elle se mariera peut-être, les jeunes filles se marient à quinze ans, les garçons à dix-sept, la sagesse préside à toutes les décisions, tout est fait selon les plans divins et l'expérience humaine. Et à présent, l'orgue résonne dans l'église, dans le clocher adjacent les cloches se mettent à sonner à toute volée, quelqu'un s'est suspendu de tout son poids aux cordes, la place tout entière résonne du *Pastor bonus*, le chant dédié à l'évêque et au provincial, au provincial et à l'évêque et aussi à ceux qui les accompagnent ; la grande façade de grès rouge contemple toute cette scène, le chant sublime s'y reflète en échos et tournoie au-dessus de la foule, par-dessus les statues des saints, au-dessus des anges, des ornements magnifiques, au-dessus des longues maisons basses des Guarani, de la bibliothèque, par-dessus le réfectoire et les jardins, la haute croix du Sauveur s'élève, les deux grands seigneurs placent Teresa entre eux deux, la croix est grande, et Jésus dessus tout sombre de souffrance, derrière lui marche la fillette en robe blanche, *ecce Agnus Dei, qui tollit peccata mundi*, on met l'encensoir dans la main de l'évêque, les nobles seigneurs et les dames et une grande foule de Guarani, des pères, des frères et des enfants, tous s'écoulent dans l'église, quelle magnifique fête. Simon regarde le père Inocenc, il est très content, c'est une réussite, depuis toujours nous aimons ce genre de pompe, n'est-ce pas, père Inocenc ? pense Simon, elle nous est familière depuis le collège et les rues de Ljubljana, les processions de la Fête-Dieu, les processions du Vendredi saint, nous y sommes chez nous depuis toujours : avec la musique, la procession, le *theatrum divinum*, les flagellations, les cris, les chants célestes, les chœurs d'anges. Avant qu'ils n'entrent dans l'église la désagréable odeur de charogne se répand de nouveau, qui donc pourrait y penser en ce moment, en pleine unité et harmonie, à la puanteur de la charogne et aux pommades du frère Romero, alors qu'ici résonnent les rythmes de la musique et des chants, des tambours et des trompettes, les airs gracieux de l'orgue dans l'église où s'écoule le flot des pères en noir, un grand fleuve de Guarani vêtus de blanc, et un fleuve à peine moindre d'autorités de toute sorte, des bougies brûlent dans les mains enfantines, des fleurs, l'image de la Vierge, qui pourrait penser aux cadavres dans un tel moment, qui penserait aux ordres venus de Rome et de Madrid, à la *bandeira* portugaise déjà en selle, qui affûte les sabres et teste les mousquets, une odeur d'encens flotte maintenant sur Santa Ana, et à l'odeur de cadavre en décomposition sous la muraille du *pueblo* dans les réductions paraguayennes des jésuites, personne n'y pense en ce moment.

21

Perinde ac cadaver, la soumission aveugle, il faudra courber l'échine et oublier toute la magnificence et les scènes touchantes du dimanche, c'est lundi aujourd'hui, un jour ordinaire, ils sont tous partis, avant le départ Mathias Strobel les a tous réunis dans le réfectoire et leur a fait la communication suivante, brève et grosse de sens : la lettre du général François Retz reste en vigueur. Le murmure qui s'éleva parmi les cinquante pères l'obligea à hausser la voix : y a-t-il ici quelqu'un qui n'a pas lu les Constitutions ? Le silence se fit. Y a-t-il ici quelqu'un qui n'a pas prononcé ses trois vœux et le quatrième complémentaire ? Un pesant silence tomba sur le réfectoire, le provincial Mathias Strobel se tenait sous le crucifix, il se tenait là, petit homme bien que *praepositus provincialis*, devant la grande inscription sur le mur *Societas Jesu*, qui aurait l'idée de protester, plus personne n'avait envie de murmurer. Malgré tout c'était un silence de mauvais augure, un silence de muette rébellion, on ne pouvait pas admettre cela dans la Compagnie, tout fils de saint Ignace doit accepter de plier en son for intérieur, ceux-là ne l'ont pas fait.

– J'entends ce silence, dit le provincial, je vois que je serai obligé de relire encore une fois la lettre. Vous l'avez reçue il y a longtemps, je constate que vous ne l'avez pas prise au sérieux. Donc, le provincial du Paraguay, le père Joseph Barreda, et votre humble serviteur qui est responsable des missions d'ici, le vingt janvier mil sept cent cinquante et un, nous avons tous les deux reçu la lettre le même jour, voulez-vous l'entendre ? Vous devriez la connaître, nous l'avons aussitôt envoyée dans toutes les réductions. Père Inocenc Herver, la lettre ne serait-elle pas parvenue à Santa Ana ?

– Ils connaissent la lettre, dit le supérieur.

– Mais ils ne l'ont pas comprise, à ce que j'entends. Je dois donc la relire.

François Retz, le général de la Compagnie de Jésus, fait savoir : Je prescris, Votre Excellence, qu'en mon nom, en vertu de la sainte obéissance et sous peine de péché mortel, vous ordonniez que, sans hésiter et sans tergiversation et résistance aucune, sept des réductions soient remises à la Couronne portugaise. J'ordonne et j'exige que tous les jésuites qui travaillent dans ces pays usent de toute leur influence de manière que les Indiens évacuent sans délai ce territoire, sans résister, sans se dérober et sans faux-fuyants.

Il lisait mot après mot, l'un plus écrasant que l'autre, c'étaient des mots sur lesquels Lisbonne et Madrid pesaient de tout leur poids, ce poids, on pouvait encore le porter, mais le poids de Rome s'y ajoutait, celui du pape et du général, le poids de la Compagnie, le poids de l'unité mystique du corps dont la tête ne pouvait faillir. Il s'agissait de sept réductions en deçà du fleuve Uruguay, mais ils savaient tous que ce n'était que le début, les autres suivraient, Loreto, San Ignacio Miní, Trinidad, les trente en remontant jusqu'à Santa Rosa et Santa Maria de Fe, Santa Ana en fera partie. Strobel et Barreda savaient eux aussi que ce n'était qu'une question de temps, jusqu'au moment où ils ramasseraient leurs affaires et s'en iraient. Où aller ? En Chine peut-être, ou bien rejoindraient-ils les collèges d'Europe ? Mais les Guarani, où iraient-ils, devraient-ils s'en retourner dans les forêts, comme des lièvres ? C'est ce qu'écrira Nicolas Neenguiro, le *corregidor* indien à Conception, devraient-ils s'en aller comme des escargots dans le désert, et où ?

Cette question resta suspendue au-dessus de l'assemblée silencieuse, écrite en lettres invisibles à côté de *Societas Jesu*, tous y voyaient nettement l'inscription *MENE – TEKEL – FARES*, elle ne pouvait avoir d'autre signification : où aller ? Le départ du père Strobel de Santa Ana fut tout différent de son arrivée, ils allèrent avec le supérieur Inocenc Herver jusqu'à l'arche nouvellement élevée, là où l'attendaient ses deux accompagnateurs avec des chevaux, il était venu dans la voiture de l'évêque, il partira à cheval ; tout comme autrefois le père Diego de Torres, le premier provincial, arriva dans le pays sauvage à cheval, de la même manière le père Strobel s'en ira à cheval, non pas d'un pays sauvage mais d'une terre chrétienne pleine d'églises et de bonnes âmes qui s'y rassemblent, pas pour longtemps, pas pour longtemps. La tête baissée il traversa la grande place de Santa Ana, passa devant la statue de saint Ignace, les Guarani ne le saluèrent pas, la nouvelle avait été ébruitée, c'était impossible à cacher, mais pourquoi, demanda le père Inocenc, avait-on besoin de tout ce cirque ? Le supérieur baissa le regard vers la terre. Le provincial enfonça sa botte dans l'étrier que l'homme de sa suite lui tendait.

– C'était un magnifique spectacle, dit le provincial, je peux vous féliciter. Surtout avec la petite fille, comment s'appelle-t-elle déjà ? La petite Teresa, oui, cela a touché toutes les âmes. Et c'était nécessaire, père supérieur. Pour faire s'élever les cœurs, dit-il, *sursum corda !*

Le provincial Mathias Strobel tenta de se hisser jusqu'à la selle, il voulait montrer qu'il n'était pas gêné par le poids des ans, mais les ans le trahirent, il faillit tomber, il dut se rattraper à l'encolure du cheval. Ses deux accompagnateurs l'aidèrent à monter.

– Les cœurs des pères, brisez-les, dit-il, bien à l'abri sur la selle, vous avez entendu, supérieur Herver ? Faites-les plier, leur silence était très éloquent, les hommes qui ont fait vœu d'obéissance ne se taisent pas ainsi.

Il partit en passant sous l'arche construite pour lui, l'arche qui allait s'écrouler et se décomposer, comme tout se décomposerait, ça sent réellement la décomposition, pensa le père Inocenc Erberg, je mourrai peut-être dans quelque asile pour jésuites pauvres en Carniole, dans quelque confrérie qui se consacre à la bonne mort.

Quelques jours après ces événements Simon Lovrenc marchait par le *pueblo*, tout étourdi encore, puis longeait le fleuve à cheval, là où ils étaient passés auparavant avec le père Inocenc. C'était à peine quelques jours plus tôt, le supérieur semblait préoccupé, mais Simon avait l'impression que les sombres nuages étaient encore loin, quelque part au-dessus des cataractes, au-dessus des forêts, là-bas sur São Paulo, et les ombres devant décider du sort des jésuites encore plus loin, quelque part dans les salles vaticanes. À présent tout s'est rapproché soudainement. Pendant le catéchisme il était distrait, à la bibliothèque, lorsqu'il prenait un livre, des lettres vides le fixaient sans rien lui dire, durant la prière il remuait les lèvres mais son âme et son esprit demeuraient très loin : comment était-ce possible ? Il pensa que le général Retz avait l'esprit troublé pour avoir écrit un tel ordre ; qui pouvait dire que le personnage le plus élevé de toute la Compagnie n'était pas la proie de l'esprit malin, une telle chose ne serait-elle pas possible ? Si ce n'était pas possible en principe, alors pourquoi tous les responsables de rang élevé avaient-ils un *admonitor*, le général doit en avoir un également, en fin de compte cette idée magnifique fut introduite justement pour cela, l'*admonitor* préserve son supérieur des erreurs, ange-conseiller il conseille, corrige, réfléchit pour savoir si les actes et les pensées du supérieur correspondent aux Constitutions, s'ils tirent leur origine des principes et de la pratique des *Exercices spirituels* d'Ignace, ne s'étaient-ils pas éloignés de la pureté de l'Église et de ses préceptes, l'*admonitor* du général aurait-il lui aussi perdu le cap ? C'est l'idée qui lui vint et il en fit part à quelques frères pendant le dîner. Il savait qu'ils le dénonceraient, mais telle était sa façon de penser, il n'y pouvait rien. Un mois plus tôt il avait réuni quelques petits garçons parmi les plus éveillés et commencé avec eux la lecture de Virgile, à présent la volonté lui manquait pour cela, lorsqu'ils entrèrent dans la salle de classe après la messe du matin il les laissa à leurs chamailleries, puis il les renvoya en les suivant du regard, ils étaient comme des chiots que l'on sort de la maison, ils couraient joyeusement dans l'herbe haute, oui, même les travaux de la ferme ne le réjouissaient plus, à un moment il avait voulu faucher l'herbe près du mur méridional du *pueblo*, à présent elle a repoussé, de sorte que seules les têtes des garçonnets et leurs bras agités émergeaient alors qu'ils la traversaient, c'est certain, bientôt ils n'auront plus à lire ni Virgile ni autre chose, ils pourront s'enfuir dans la forêt comme des lièvres, ils pourront s'en aller comme des escargots dans un pays inculte. Avec le père Christian ils avaient eu l'idée d'installer à Santa Ana une machine à imprimer pareille à celle de San Ignacio Miní, autrefois en Autriche le père Christian imprimait des feuilles de pèlerinage pour la Compagnie, des chants de procession, des homélies, il avait imprimé également quelques livres dont *La Trompette céleste* écrite par le Français Antoine Yvan, traduit en allemand par le père Gauss, livre qui interpelle les pécheurs et les incite à changer de vie. Le père Christian souhaitait de tout son cœur faire imprimer *La Trompette céleste* en langue guarani, on le traduirait ensemble, tandis que le manuscrit des sermons et des histoires édifiantes, *Sermones y exemplos en lengua guarani*, attendait déjà l'impression. Soudain, tout cela ne lui procura plus aucune joie : à quoi bon tout cela puisqu'il faudra partir, quelque propriétaire terrien installera ses surveillants à Santa Ana, le fouet se mettra à tomber sur les Indiens restés là, si toutefois quelqu'un reste, si les chacals ne peuplent pas d'abord ce lieu pour le débarrasser de leurs corps massacrés, de leurs cadavres décomposés, puis viendront les rats, les serpents et les singes de diverses espèces. Il se mit à négliger même les exercices spirituels. Lorsqu'il s'y adonnait à Ljubljana, cela avait un but, se préparer aux grandes tâches, pour la Chine dont saint François Xavier n'a pas foulé la côte, alors que Simon Lovrenc avait la ferme conviction que lui le ferait. Ici aussi les exercices le poussaient à la quête de la proximité divine, à clarifier sa pensée, à œuvrer énergiquement pour la Compagnie et pour les Guarani, ces enfants de Dieu, mais quel pouvait être l'objet de ses réflexions à présent ? Qu'il s'en retournerait, mais où ? au séminaire de Ljubljana où il avait été torturé jusqu'à la maison de la troisième épreuve par les tentations de ce monde qu'il avait réussi à vaincre, où ? dans le froid et le brouillard délétère de Ljubljana qui souffle par la porte de l'Hôpital depuis les marais voisins ? Ou alors chez son père, à charrier les billes de bois pour le seigneur de Turjak, ah, il n'a plus de père, pas de mère non plus, la Compagnie lui avait interdit de les garder l'un et l'autre, il en avait eu autrefois, oui, il ne les a plus à présent ; la Compagnie lui a donné ces enfants, la petite Teresa, Miguel, Nicolas et tous ceux qui courent vers la forêt, comme détachés de la chaîne de Virgile, mais elle lui prendra cela aussi, la Compagnie prend tout, c'est décidé depuis le début, plein d'amertume il se rendait compte que ses pensées n'étaient pas justes, car la Société ne prend rien, à la Société on ne donne pas non plus, la Société prend et donne à la fois, la Société est unicité mystique.

Il passa un bon bout de temps au jardin avec le coadjuteur Pablo, entre ses plates-bandes, il essayait de retrouver son calme, frère Pablo avait toujours le sourire, des fleurs poussaient toujours chez lui, en toute saison, il n'y avait là jamais de véritable hiver, que Pablo, bien qu'étant originaire de Grenade la douce, craignait, l'hiver venait accompagné de vents froids ; Simon n'aimait pas davantage l'hiver, dans ces contrées il apportait le brouillard et des catarrhes. Les Guarani racontent, disait Pablo pendant qu'il grattouillait la terre rouge avec sa houe, que tous les *kechuita*, c'est-à-dire nous, s'en iront en *apyka*, racontait-il, *apyka* c'est une chaise, un fauteuil tressé, on s'assoit dedans et on va au ciel dont nous leur parlons. Ils disent : avec les *apyka*, les *kechuita* partiront au Pays-sans-le-Mal, qui se trouve à l'autre bout du monde, au-delà de la mer, là d'où ils sont venus il y a bien des années, alors que les aïeux de nos aïeux vivaient encore dans les forêts et non dans les *pueblos*, comme nous. Qu'en dis-tu, Simon, ça te dirait de partir au Pays-sans-le-Mal ? À moi pas, j'ai l'impression que ce pays est là, il pourrait être là, moi j'irai dans ce pays, bientôt, mais ma tombe est là-bas derrière, il montra le cimetière des jésuites, parmi mes frères, ils sont nombreux à reposer dans cette terre, moi, dit Pablo, seule la *bona mors* m'intéresse encore, mes pensées ne sont plus que de bonnes *contemplationes mortis*. Mais ces derniers temps ils sont de mauvaise humeur, nos Guarani, j'ai du mal à trouver quelqu'un pour bêcher le jardin. On n'avait pas besoin de le dire à Simon, tous voyaient que les Guarani commençaient à avoir une conduite inamicale, pourquoi étaient-ils venus, les *kechuita*, s'ils avaient maintenant l'intention de retraverser la mer en sens inverse ?

Un après-midi il discutait près du puits avec le *corregidor* des Indiens, Hernandez Nbiarú. Il fit l'éloge de sa fille, la petite Teresa, la plus intelligente petite fille de Santa Ana, sa prestation les avait tous remplis d'enthousiasme, même le provincial et l'évêque. Hernandez était sombre, il ne voulait pas parler de sa fille cette fois-ci, même si c'était son sujet préféré, il était si fier d'elle que chaque fois qu'ils revenaient des champs et des plantations de maté il la mettait sur son cheval et elle passait sous l'arche de l'entrée comme quelque triomphatrice, pendant que son père marchait à ses côtés, tenant le cheval par la bride et regardant autour de lui : est-ce qu'ils la voient, la plus belle et la plus intelligente petite fille de Santa Ana ? Nous avons des églises magnifiques, dit Hernandez en regardant Simon droit dans les yeux, et lui ne savait où cacher son regard, des *pueblos* admirables, il parlait comme aurait parlé son père qu'il n'avait plus : nous avons des étables remplies de bétail, des granges, un atelier de tissage du coton, des *chakras* et des *estancias*, tout cela est notre œuvre. Pourquoi donc les Paulistes veulent-ils s'approprier tout cela ? Ils se moquent de nous, et vous aussi, nos saints pères, vous vous moquez de nous. Mais jamais ils ne réussiront. Notre Seigneur Dieu ne veut pas qu'il en soit ainsi. Simon pensa que son Seigneur Dieu ne voulait pas lui non plus qu'il en fût ainsi, mais que faire si c'est la volonté de son général.

Cette conversation réveilla en lui le jeune homme de famille paysanne qu'il avait été autrefois, lorsqu'il avait encore un père. Il voulait entreprendre quelque chose d'utile pour les Guarani, même si lui était obligé de retourner dans le pays du brouillard et du catarrhe pulmonaire. La *bandeira* troublait toujours et de plus en plus souvent les missions, les attaques contre les *pueblos* à l'est de Tapé se succédaient. Pendant cent ans ils attaquèrent en vain les réductions, les Guarani et les jésuites avaient repoussé leurs attaques pendant cent ans, le droit était de leur côté, à leurs yeux les gens qui s'étaient donné le nom de Paulistes, parce qu'ils venaient de São Paulo, n'étaient que des brigands, et les autres, qui s'étaient eux-mêmes nommés *bandeirantes*, également. À présent la *bandeira* pillait et assassinait avec l'assentiment de Madrid, en accord avec la décision de Rome et même de leur général, les *bandeirantes* commettaient désormais leurs méfaits légalement, pour ainsi dire. Ils pillaient aussi les *estancias* et anéantissaient les récoltes, la famine menaçait. C'est pourquoi l'administration interne des Guarani à

Santa Ana, la *cabilda*, prit la décision, en accord avec les jésuites, de supprimer toutes les *estancias* éloignées, de réunir tous les troupeaux en un seul et de le transférer dans la pampa. C'est ainsi que Simon prit la décision de partir avec Hernandez et une vingtaine d'autres Guarani en direction de la région de Tapé, entre les rivières Piratini et Icabuacu, où paissaient leurs troupeaux. Deux pères belges se mirent en route avec lui, deux qui voulaient également faire quelque chose et ne pas rester les bras croisés à Santa Ana en attendant que le destin s'en chargeât. Il se sentit plus léger, soudain il sentit ses forces renaître en lui, il ne discuterait pas avec le père Pablo de l'art de mourir de mort belle et bonne, tout cela est encore loin, soudain il était un paysan du château de Turjak, pas uniquement le jeune homme qui charroyait autrefois le bois depuis les forêts, dans la neige, dans la boue du printemps, dans la chaleur humide de l'été et durant les aubes sombres de l'automne, mais un paysan dans la force de l'âge, le maître qui doit avoir pour souci de mettre ses bêtes à l'abri et d'assurer la nourriture à la famille.

Avant de partir pour le pays de Tapé, avant d'avoir vu le rio Piratini, avant d'avoir fait ses adieux à Santa Ana sans savoir que c'était pour toujours, il fut convié par le père supérieur Inocenc Herver à une discussion.

Le père Herver se tenait près de la fenêtre et regardait le jardin où s'activait, solitaire, le frère Pablo ; il ne tourna même pas le regard à son entrée. Simon eût désiré que le père Inocenc le serrât fortement contre lui de ses bras frêles, comme il l'avait fait le jour de son arrivée à Santa Ana. Il avait alors eu l'impression d'être l'objet d'une sollicitude particulière du supérieur, étant donné qu'ils étaient originaires des mêmes contrées, qu'ils avaient contemplé les mêmes forêts et les mêmes rues de Ljubljana et qu'ils avaient arpenté chacun en son temps les mêmes couloirs du collège ljubljanais, il se pouvait même que le père Inocenc, alors qu'il portait encore le nom d'Erberg, se soit tenu devant le même autel de saint François Xavier à l'église Saint-Jacques, qui sait s'il n'avait pas été, lui aussi, pris dans le sillage de ce Basque plein de résolution, par son esprit et son exemple ? Qui sait ce qui l'avait fait venir dans le *domus probationum*, lui qui venait d'une riche et éminente famille de Carniole, il eût pu mener une vie toute différente de celle de Simon Lovrenc, fils de paysan des comtes de Turjak, à présent ils mènent la même vie, ils sont égaux et unis dans la pauvreté et l'obéissance à la Compagnie, même si le père Inocenc est son supérieur, pour un bref instant Simon eut le désir que le supérieur le prît dans ses bras comme un père, comme il l'avait fait au moment où Simon avait rejoint les missions, afin qu'à présent son mouvement de bonté l'accompagnât dans sa route vers un autre fleuve qui serpente au loin, en direction du rio Paratini.

– Vous vous êtes donc décidé pour l'action, dit le supérieur avec froideur, tourné vers la fenêtre, pour l'effort physique, pour le risque, car vous savez que les parages de la réduction San Miguel sont déjà dangereux, non ? Vous le savez, père Lovrenc ? Il ne lui dit pas Simon, il l'appelait toujours père Simon, vous avez peur d'attendre, vous ne supportez pas l'incertitude, c'est ça ?

– Si nous ne prenons pas soin du troupeau, la famine peut se répandre, dit Simon, il ne me jette même pas un regard, pensa-t-il.

– Qu'est-ce que vous racontez, père Lovrenc, vous connaissez bien votre situation. Vous cherchez une solution là où il n'y en a pas, vous ne voulez plus la chercher en vous, père Lovrenc.

– Il est écrit dans les Règles que chaque membre de la Compagnie doit trouver sa propre manière d'agir.

– Dans les Règles, donc ? Le père Inocenc tourna le dos à la fenêtre, toujours sans le regarder. Il alla vers la table et posa la main sur le livre, Simon vit lequel : *Regulae Societatis Jesu*. Bien d'autres choses sont écrites dans ce livre. On m'a dit, père Lovrenc, que vous avez eu des doutes quant à l'ordre du général de la Compagnie, vous savez bien qu'on me l'a rapporté.

– Je le sais, dit Simon, voulant ajouter quelque chose.

– Taisez-vous, s'écria le supérieur d'une voix faible, il vaut mieux vous taire. Vous savez que le général Retz est mort le lendemain du jour où il a écrit cette lettre au provincial Barreda et au supérieur Strobel ? Vous n'avez pas besoin de répondre, je sais que vous le savez, et je sais que vous l'avez interprété à la manière de quelque croquant illettré du pays dont vous venez, vous avez parlé de la main de Dieu, quelque chose comme ça… non, pas la peine d'expliquer, taisez-vous, et Ignacio Visconti, le nouveau général, qu'en faites-vous ? Lui aussi est possédé par le Malin, le nouveau général se trompe-t-il lui aussi, hein, père Lovrenc ? Dites-le.

– Vous m'avez dit de me taire.

– Cela vaut vraiment mieux. Parler est pire que de vous taire. Vous vous êtes tu également quand le provincial Strobel vous a parlé. Et après ce que vous venez de dire, il vaut vraiment mieux que vous vous taisiez, vos paroles ont la même valeur que votre silence : la désobéissance.

Le silence régnait dans la pièce, du jardin seulement parvenaient des coups de bêche et de loin les cris des petits Indiens, père Gonzales avait fini le catéchisme. Le supérieur prit une petite fiole sur l'étagère, des plantes flottaient dans l'alcool, Simon se mit à contempler les rangées régulières de bouteilles avec des breuvages médicinaux et des potions, c'était la grande joie du supérieur, c'était connu. Le père Inocenc examina la fiole, l'ouvrit, huma et la posa sur la table d'un geste rude.

– *Yerba maté*, dit-il, vous savez bien sûr qu'on l'appelle « thé des jésuites », je démontrerai qu'il est bon pour bien d'autres choses encore que pour se désaltérer… J'aime bien en prendre une gorgée le matin, c'est un bon laxatif… et vous, père Lovrenc, vous buvez du maté ?

– Oui.

Là il le regarda, mais que regardez-vous ? dit-il, vous ne pouvez pas me regarder dans les yeux ? Qu'y a-t-il d'aussi intéressant dans mes fioles, ça ne vous intéresse pas.

– Je ne sais pas de quoi il s'agit, révérendissime.

– Laissez donc le révérendissime. Vous savez parfaitement de quoi il s'agit. Voyez, réfléchissez : à l'évêque d'Asunción qui est venu pour la Pentecôte, un père dominicain a dit… il lui a dit que s'ils étaient, eux les dominicains, *domini canes*, les chiens blancs du Seigneur, ce dont ils sont fiers, alors les jésuites…, dit-il, sont des loups noirs, mais pas du Seigneur. Je n'arrivais pas à le croire, je ne peux pas croire que le poison soit parmi nous qui sommes des serviteurs de Dieu, vous comprenez ? Vous ne comprenez pas, on raconte que nous voulons le pouvoir suprême, le pouvoir comme celui que nous exerçons dans les réductions du Paraguay, c'est ce qu'ils disent, laissez-moi rire, que de grandes quantités d'or sont cachées dans nos réductions, ils disent aussi que nous voulons dominer les gens en Espagne et en Bohême, en Autriche, en Pologne, en Russie, à Rome même, oui… comme s'ils ne savaient pas qui a le pouvoir suprême, c'est-à-dire le Très-Haut, ils racontent que nous avons inculqué une fidélité d'esclaves aux Indiens… aux Indiens qui se révoltent, qui veulent que nous restions avec eux… la fidélité, oui, mais pas d'esclaves, la fidélité à l'Évangile, c'est eux qui veulent en faire des esclaves, père Lovrenc… vous n'avez pas besoin d'acquiescer, je sais que vous aussi pensez de la sorte, ils deviendront des ouvriers dans les mines, ils y seront des bêtes de somme, ils s'échineront douze, quinze heures, comme on travaille en Autriche, mon cher père Lovrenc, nous avons apporté à travers les tempêtes l'esprit de saint Ignace de ce côté de l'océan, nous avons traversé des forêts et des déserts, nous avons érigé des villes, des écoles et des temples du Seigneur, oui, nous avons même mis fin à mainte guerre, et à présent nous sommes quoi donc ? des loups noirs ?

– Tout cela, révérend…

– Laissez le révérend, je sais ce que vous pensez, que nous avons raison contre nos calomniateurs. Mais alors pourquoi doutez-vous, pourquoi répandez-vous le doute, si vous savez que ce que nous faisons est juste ?

– Je ne doute pas du tout, mais… moi qui suis venu parmi les derniers, devrai-je être parmi ceux qui se retirent les premiers ? Devant la violence… les *bandeirantes*, les Paulistes, ils leur brisent les membres avec des barres de fer, à San Miguel ils ont coupé les bras à un jeune Guarani, ils en ont attaché vingt comme du bétail pour les emmener travailler dans les mines… Les Guarani vont se révolter, ils ne partiront pas s'installer ailleurs, ce sera une révolte terrible.

– Et vous ?

– Quoi, moi ?

– Que ferez-vous ?

– Pour l'instant j'irai dans les fermes, nous allons essayer de rassembler le plus possible de bétail.

– Et ensuite, que ferez-vous ?

Simon regarda par la fenêtre, je ne sais pas, je n'y ai pas réfléchi.

– Ensuite vous ferez la guerre, tout d'abord vous resterez buté dans le silence, puis vous apprendrez à tirer au fusil, au canon, vous apprendrez à égorger, vous égorgerez.

– Je n'ai pas pensé à ça.

– Ce que vous avez pensé, c'était de trop, ce que vous avez dit, c'était erroné, ce que vous avez tu c'était un silence rebelle. L'homme est libre, il est libre pour un acte bon, il doit opter pour la miséricorde et non pour le massacre… taisez-vous donc. Ce que vous vouliez ajouter… je ne veux pas l'entendre.Vous êtes sur le bon chemin pour faire beaucoup de malheur, par désobéissance, à cause du doute malvenu…

Fatigué, le supérieur Inocenc Herver s'assit dans un fauteuil en osier, les baguettes grincèrent sous son corps frêle, *apyka*, pensa Simon, ils se mettront en route en *apyka* pour retourner là d'où ils sont venus, au Pays-sans-le-Mal.

– Je me disais, dit lentement le supérieur, que vous deviendriez le père *admonitor*, peut-être un jour le supérieur, à présent je me dis qu'il faudrait vous faire quitter la Société, la Société de Jésus n'a vraiment pas besoin de vous, tel que vous êtes maintenant.

Le regard de Simon se voila, les fioles se mirent à danser sur l'étagère, dehors frère Pablo bêchait la terre toujours plus précipitamment, il creuse peut-être sa tombe ? pensa Simon.

–Vous n'avez jamais pensé à cette possibilité, n'est-ce pas ? Moi si, voyez-vous… tout comme j'ai pensé qu'un jour vous seriez *praepositus* à Santa Ana.Vous êtes savant, vous possédez la dogmatique et l'exégèse, vous avez appris l'espagnol en trois mois, ni l'astronomie ni la musique ne vous sont étrangères… vous êtes, ou je dirais plutôt… vous étiez, c'est ainsi qu'il faut dire, excellent… vous n'étiez pas paresseux, vraiment pas… Vous vous occupiez bien de la catéchèse, vous encouragiez les malades, vous donniez la communion à l'heure que l'on voulait, bien sûr, vous vous sentiez heureux ici, une chose pareille ! Nous ne sommes pas là pour ressentir le bonheur, nous le répandons, le bonheur de l'Évangile… pourquoi croyez-vous que la Compagnie vous a envoyé ici… pour que vous soyez heureux ? Le secours chrétien n'exclut pas l'obéissance… qu'adviendra-t-il d'eux ? quelle question, vous ne pensez pas que c'est le Très-Haut qui prendra soin d'eux… vous pensez vraiment qu'ils ont tout appris, la musique, la peinture, grâce à votre savoir-faire ? Vous pensez que Sa volonté n'y était pas ? Il y a cent ans et davantage sont arrivés ici nos frères d'Espagne puis d'autres pays encore, de France et de Belgique, d'Autriche et du royaume de Pologne, ils ont transformé les païens des forêts en hommes de l'Évangile, de la construction, de l'ordre social juste, de la musique et de la peinture. Dois-je vous parler, à vous l'érudit en scolastique, du miracle de la miséricorde divine qui s'est produit sur cette plaine entre les fleuves Uruguay et Paraná ? Qu'un peuple appelé Guarani a reçu l'Évangile jusqu'au tréfonds, un seul peuple, quand les autres tribus, les peuples nommés autrement, l'ont refusé… vous ne pensez pas que c'est la main de Dieu qui les a choisis, que c'est le Saint-Esprit qui est venu parmi eux, en deux générations les Guarani ont fait le chemin que l'humanité a mis des milliers d'années à parcourir, depuis la vie sauvage dans les forêts jusqu'à la construction de puissantes cathédrales, depuis la chasse jusqu'à l'architecture, depuis l'invocation des esprits des bois jusqu'aux motets de Carissimi… Et si la grâce de la rédemption était avec eux autrefois, pourquoi leur serait-elle retirée justement aujourd'hui ? Nous ne pouvons décider de ce qu'il adviendra sur terre… ça suffit, ça suffit… vous venez à peine d'arriver et vous voudriez faire la guerre… la soumission, l'obéissance, où sont-elles passées ? Être expulsé de la Compagnie c'est pire que de mourir, éternellement vous serez condamné pour insoumission, vous n'imaginez même pas ce que signifie cette pénitence, jusqu'à la dernière heure, jusqu'au dernier souffle… Père Lovrenc, je vais proposer à la Société de vous laisser partir selon ses règles strictes… si… si au fond de vous vous n'avez pas l'intention de chercher en quoi vous avez agi de façon erronée, si vous avez l'intention de vous soumettre à tout commandement donné par vos supérieurs, non en vous taisant, et encore moins en parlant, mais comme il est nécessaire : en acceptant l'ordre en votre for intérieur, en faisant en sorte que chaque fibre de votre corps l'accepte, chaque souffle de votre âme, le moindre recoin de votre cerveau… vous comprenez ?

Simon aurait voulu que le père Inocenc le serre contre lui de son bras frêle, comme le jour de son arrivée. Il aurait compris plus facilement. Il comprend, c'est vrai, il doit se plier, briser son cœur de lui-même, la Société veut qu'il plie, mais le cœur, il doit le briser lui-même, elle ne le brisera pas, son doute n'intéresse pas la Société, la Société de Jésus se situe au-delà de son doute, elle est au-dessus de son intelligence, au-dessus de Hernandez Nbiarú, de sa fille Teresa et de tous les Guarani, la Société est infiniment plus élevée que la peur qu'il ressent d'être obligé de revenir au collège, dans les heures froides et le brouillard de la ville où seul l'autel de saint François Xavier lui rappellerait les mondes lointains ; ses lèvres tremblantes voulaient dire quelque chose, avec des yeux humides il regardait le père Inocenc, un homme menu, ratatiné dans son fauteuil tressé, dans l'*apyka*, il était venu de loin, de l'endroit où se trouvait la maison de Lovrenc, où à cette époque ça sent la neige, il est fatigué, dehors le frère Pablo creuse la tombe pour eux deux, depuis longtemps le père Inocenc a fait ce travail en lui-même et dans son cœur, il a brisé son propre cœur, il lui a creusé une tombe, depuis très longtemps, sinon il le prendrait dans ses bras, comme il souhaite réellement le faire avant le départ pour le chemin des dangers, mais il ne doit pas, il ne le fera pas.

Le supérieur Inocenc Herver leva le regard sur la fiole, il la secoua un peu et la tint devant la lumière.

– Vous vouliez dire quelque chose ?

– Non.

- Allez dans les fermes, dit-il d'un air las, et faites ce qui est possible. Et vous reviendrez transformé, n'est-ce pas ?

– Oui, mon père.

Si un jour il revient, pensa-t-il, s'il revient vivant. S'il ne revient pas, avant sa mort il pensera à Inocenc Herver, il restera dans son souvenir tel qu'il le voit à présent, avec la fiole d'herbes plongées dans la solution, avec l'*yerba maté* dans la main, qu'il tient contre la lumière, devant le jardin où creuse la houe de Pablo, c'est ainsi qu'il se souviendra de lui, avec amour.

•

22

Katarina sent approcher la bête à l'affût, elle tourne en cercles, toujours plus près. Mihael vient dans sa chambre, il lui apporte à manger, il essaie de gagner sa sympathie, mais la malheureuse femme sent infailliblement en lui la bête prête à fondre sur elle. Il la prend pour ce qu'il avait dit, pour une traînée : si elle a couché avec le moine, elle couchera également avec lui, comme a couché avec lui Leonida la femme de l'orfèvre, comme beaucoup de femmes qui font semblant d'être des saintes, mais il les connaît, lui, il connaît la gent féminine, une fois tombée elle ne se relève pas de sa chute, dans son désespoir elle n'a plus ni tête ni défense et que dans son douloureux abandon elle devienne tout simplement mûre pour une nouvelle chute, c'est la règle, il n'y a pas d'exception. Elle lui avait dit de ne pas venir dans sa chambre, de ne pas lui apporter à manger, elle vivrait de pain et d'eau comme il avait été ordonné et comme elle l'avait accepté ; il acquiesce, compréhensif et prêt à bondir, il comprend son malheur et sa douleur, il ne viendra plus si elle ne le veut pas, son seul désir c'est de lui alléger ces durs moments, d'écourter ses heures de solitude. Il est vrai que ce sont des moments difficiles et ce ne sont pas uniquement les heures de solitude qui sont longues tandis que l'on pense à la trahison de l'homme aimé, les heures en compagnie des rêves et de la *Luxuria* du mur de l'église de Visoko, voilà comment sont les jours, et les nuits sont interminables. Les pèlerins restent bloqués à Lendl, selon les dernières nouvelles des escarmouches se sont produites avec l'armée autrichienne revenant de Bohême, quelque part dans la forêt bavaroise des environs de Regensburg, la route n'est pas sûre, qui défendra les pauvres pèlerins parmi lesquels il y a de nombreuses femmes, si jamais ils se retrouvent entre deux feux, au milieu du grondement des canons, et même, ce qui serait pire, au milieu des soldats en bivouac qui auraient envie de calmer leur tension par quelque rapine ou quelque viol avant la bataille.

Katarina refuse de croire qu'elle ne verra plus jamais Simon. Tous les jours Mihael le lui répète : qu'il s'est enfui en l'abandonnant, qu'il n'avait pas le courage d'affronter le tribunal. Il aurait pu au moins confirmer ses bonnes intentions, ainsi elle ne serait pas ce qu'elle est pour la bête qui rôde, elle ne serait pas ce que voient en elle les regards de serpent que jettent sur elle les pèlerins tous ensemble, elle ne peut pas imaginer qu'elle ne le verra peut-être plus, c'est une pensée trop horrible pour être évoquée sans cesse. Elle l'assaille au matin, soudaine, dans le demi-sommeil, alors qu'elle ne s'y attend pas, alors que la colère et la fatigue ont disparu. En entendant dans sa torpeur matinale la cloche et les chants qui lui parviennent de l'église, elle sait qu'une chose au moins est bonne : elle n'a pas à assister à la messe du matin, au milieu de tous ces sifflements de serpent et des regards des Carniolais. Elle entrouvre les yeux un instant, le jour point aux fenêtres, elle laisse aussitôt retomber le rideau des paupières, elle replonge aussitôt dans l'univers douillet de l'oubli, et c'est à ce moment que se présentent de façon inattendue, par-dessus l'oubli, les douces paroles du souvenir et de l'attente passionnée, le chant sublime qu'elle ne peut faire taire dans son cœur : « Viens mon aimé, sortons dans la campagne, passons la nuit au village… Je dormais et mon cœur veillait, j'entends mon chéri qui frappe. J'ai enlevé ma chemise : comment la revêtirais-je ? »

Son regard somnolent tombe sur ses vêtements épars, puis sur la table où il n'y a ni pain ni eau mais des restes de viande et de haricots et une cruche de vin à moitié vide. C'est Mihael qui lui apporte tout cela, pour la consoler de tout le mal qui lui est arrivé durant les jours et les nuits passés. Il le fait également par devoir envers le père de Katarina, il lui avait promis qu'il prendrait soin de sa fille. Même si elle l'a beaucoup déçu, il faut le dire, il n'attendait pas une chose pareille d'elle. En parlant il reste assis dans l'ombre, mâchant et avalant ce qu'il a apporté, puis s'en va. Comme il la connaît mal, lui, l'animal qui rôde autour d'elle, l'âme de Katarina désire vraiment s'adonner au jeûne et à la prière solitaire, à genoux devant le crucifix, afin d'entendre la réponse quant au lieu où se trouve son aimé et ce que signifie tout ce qui leur arrive à tous les deux : « Je l'ai cherché et je ne l'ai pas trouvé, je l'ai appelé et il ne m'a pas répondu. » À la place de Simon c'est un gros monstre d'homme à la lourde silhouette qui est assis dans la pénombre, ses dents mastiquent de la chair, il se verse du vin et lui parle des villes qu'ils traverseront, du fleuve sur lequel ils voyageront vers Kelmoraïn, du grand fleuve Rhin, avec les vignobles qui s'étendent sur ses deux rives, et sur les collines au-dessus se détachent de tout leur éclat de blancs châteaux. C'est agréable à entendre mais elle aimerait y aller avec Simon, qui est parti, et à l'idée que quelqu'un d'autre est assis ici à sa place, que tout serait différent s'il n'était pas parti, à cette idée la colère et la haine froide se faufilent de nouveau dans son cœur. Lorsque l'homme dans le noir vide la moitié de la cruche, il lui demande ce qu'ils faisaient avec Simon, qu'elle le lui dise. Il est toujours plus près, le fauve à l'affût censé la secourir.

Ton âme est malade, le *status animae* est critique, personne ne lui fera de mal, tous les matins, dès le réveil, tu dois élever ton cœur vers Dieu, faire le signe de croix, avec rapidité et modestie, tu dois t'habiller sans regarder ton corps, puis te signer avec de l'eau bénite, t'agenouiller devant le crucifix ou devant une image sainte et prier. Au fond, elle le savait fort bien, elle devrait éprouver de la haine pour son corps, alors elle ne penserait plus aux mains de Simon ni à celles de quelqu'un d'autre. Mais le soir elle n'arrive pas à prier et à se déshabiller, soumise et silencieuse, car dans l'ombre est assise la silhouette sombre et massive de Mihael qui l'entretient de belles choses très excitantes à venir dans ce voyage. Lorsqu'il s'en va enfin, Katarina se signe avec de l'eau bénite, mais s'endormir en pensant à la mort et à la paix éternelle, au sépulcre de notre Seigneur ou à quelque autre sainte chose, c'est au-dessus de ses forces. Elle s'endort en songeant aux châteaux au bord du Rhin, puis, dans le sommeil, vient le souvenir de Simon, de ses mains qui avaient caressé ses cheveux, de son visage et de tout son corps, mais différemment de ces mains dans la nuit précédant son départ en pèlerinage. La nuit dernière elle fut surprise par l'idée que ces mains auraient pu ressembler à celles de Mihael, elle les regardait sous le clair de lune alors qu'elles prenaient fermement la cruche de vin pour en verser dans le gobelet, alors qu'elles tenaient le pain en enfonçant le couteau, dans le pain et dans la chair.

Katarina veut être bonne, vertueuse et courageuse, elle veut être pure comme est pur son nom, mais comment l'être avec cette confusion dans l'âme provoquée par Simon Lovrenc, tantôt elle aime, tantôt elle hait, tantôt ce sont les mains de Simon qui hantent son rêve tantôt d'autres mains, la belle Luxuria autour de laquelle s'enroule un serpent, le Tentateur vient, il murmure dans les oreilles de Katarina Poljanec la manière de surmonter tout cela, elle n'est pas une sainte, elle ne s'est pas mise en route pour devenir une sainte. Elle n'a pas le courage de Johanna, suffisamment de courage et de noblesse pour saisir le fer chauffé à blanc, s'en servir comme d'une plume pour inscrire le nom du Christ sur sa poitrine. Elle n'a même pas le courage d'une dame qui n'était pas une sainte, mais une simple dame de Beaune. Marguerite de Beaune en Bourgogne, une personne fragile et délicate aimant la pureté, qui, afin de faire pénitence, touchait des choses repoussantes. Pire, elle les mettait dans sa bouche. Elle s'est abaissée au point de prendre dans sa bouche toute sorte de saletés : des crachats, du pus suintant des plaies des malades. Et elle gardait tout cela dans sa bouche tant qu'elle ressentait du dégoût. Elle croyait en toute sincérité que tous les êtres avaient le droit d'être méprisés. Elle-même ne se sentait jamais suffisamment humiliée. C'est pourquoi elle ressentait un plaisir particulier quand son corps souffrait, quand elle se punissait jusqu'au sang, quand elle portait des ceintures métalliques munies de pointes, elle exigeait toujours des autres d'être punie et mortifiée de cette manière. Elle s'est fait flageller et jamais elle n'était rassasiée de souffrance. À la fin on était obligé de brûler ses mains à la flamme de la bougie, elle s'est torturée à l'aide d'orties, s'est fait arracher ses dents saines, a léché le crachat d'une malade, arrosé son corps de cire brûlante et elle partait en promenade avec des cailloux dans les chaussures.

La bête à l'affût qui tourne depuis tant de temps finit par attaquer. La femme se tient près de la fenêtre lorsqu'elle sent quelque chose approcher dans son dos : elle sait – c'est la bête. L'espace est presque rempli de son corps pesant, mais son lourd désir, son souffle épais le comblent encore davantage. La masse de chair heurte les murs, les flots de son sang déferlent, les coups dans les tempes se répercutent sur les parois, le déferlement vient de son sexe, de son ventre, de sa respiration rapide et saccadée. Il se tient derrière elle, il lève le bras, lent, indécis, puis le bras ne peut plus se retenir, d'un geste sec il touche son épaule, veut aller de l'avant, par-dessus l'épaule et vers la gorge, la main ne saisit pas, elle ne fait qu'effleurer l'épaule, la main fouinante et tremblante continue à glisser, elle n'est pas encore la patte violente, elle effleure, et cet effleurement condense tout le poids de son corps massif et aviné. La femme se dérobe, se précipite vers la table, attrape un objet, le brandit avant que le gros corps puisse se retourner. La cruche, l'assiette, quelque chose est tombé en se fracassant, elle a frappé sur la tête, avec quoi donc, c'est maintenant seulement qu'elle voit avec quoi : avec la lourde louche, cette fois-ci il s'était apporté à dîner la soupe au lard, elle a frappé de toutes ses forces, un bruit sourd sur le crâne, puis un claquement contre la masse de chair et la soupe bouillante s'est répandue dans la pièce, elle donne le troisième coup sur ses mains levées, tendues, fourchues ; lorsque la bête se penche et recule elle frappe la tête, le dos, l'autre main tape le visage, entre les yeux. L'homme, étonné, bat en retraite vers la porte. La femme s'arrête, aux aguets, c'est elle qui est à présent la bête à l'affût, grondante, c'est elle qui a le regard et le souffle saccadés, des restes de soupe glissent dans les cheveux de l'homme, ses yeux sont craintifs, le regard est presque apeuré et sa main cherche la poignée de porte derrière son dos, le verrou qu'il vient d'ôter pour lever la poignée et s'enfuir. Il ne trouve pas la clavette, il est pris à son tour. Il se penche en avant pour attaquer la tête la première, comme un bélier, pour la faire tomber sur les tessons répandus sur le sol, la femme tente d'esquiver, de sauter par la fenêtre, la bête blessée est dangereuse, mais il ne fait que se pencher, reste les bras ballants quelques instants, mon Dieu, pense la femme, il va tomber, Dieu du ciel, je l'ai tué ! Mais l'homme ne bascule pas, il tombe à genoux, il est à genoux par terre et il se met à ramasser les éclats de vaisselle, elle ne l'a pas tué, elle l'a brisé. Excuse-moi, murmure-t-il, pardonne-moi, c'est un malentendu, je ne voulais pas, il parle au plancher tout en avançant son énorme corps, de sa grosse main il ramasse les tessons pour les poser sur la table, là, sanglote-t-il tout bas, là aussi il y a un morceau, quelle colère, quelle jeune femme pleine de colère.

La femme recule en regardant, abasourdie, le large dos, le corps volumineux du gros escargot, ce n'est pas une bête ! L'escargot se pousse de gauche à droite dans la pièce en laissant derrière lui une traînée de soupe mélangée à du vin, comme une dégoûtante spirale de bave, il rampe de-ci de-là, ramasse les morceaux même sous la table et sous le banc. Tirant une serpillière d'on ne sait où, il essuie la mixture sur le plancher, puis il lève le regard et la femme voit ses yeux remplis d'un salmigondis de soupe et de sang qui glisse le long de sa tempe. Il saigne de la tête, se dit-elle, il faut arrêter le sang, bonhomme. Comme s'il l'entendait, il passe sa main sur son visage et regarde avec étonnement ses mains couvertes de sang, son étonnement et sa peur sont encore plus grands qu'auparavant ; cet homme la menaçait un peu plus tôt de la masse de son corps, de son désir physique, il y a à peine un instant elle tremblait d'effroi devant la violence qui la submergeait et remplissait la pièce devant cette masse de chair et de sang en ébullition. Et voilà cette masse à terre, en train de se tâter la tête et le front, le gros bonhomme a envie de pleurer d'avoir tenté un acte qu'il ne voulait probablement pas commettre du tout. Durant un moment, la femme ressent pour l'homme de la pitié, contre sa volonté, contre sa colère qui vient de tomber, contre sa conviction que la femme faible a le droit de tuer une telle bête sauvage pour se défendre, malgré tout l'émotion la gagne, elle a envie de dire je vais te faire un pansement, il faut arrêter le sang, elle ne le dit pas. Va-t'en, dit-elle, hors de ma vue ! Non, cette femme n'est vraiment pas sainte Johanna, elle n'est pas non plus la pieuse dame Marguerite de Beaune, elle est Katarina Poljanec, originaire d'un domaine de Carniole, quand elle était encore petite fille elle avait parfois envie d'être un garçon.

Longtemps, elle reste éveillée, qui serait capable de dormir après un tel combat victorieux ? Elle se sent soulagée, la peur, la bête à l'affût tournant autour d'elle, tout cela s'est détaché d'elle, et même le départ de Simon et sa trahison indubitable. Elle se sent bien mieux qu'elle ne s'est jamais sentie après les signes de croix et les prières devant l'image sainte, elle n'avait pas besoin de se flageller avec des orties, de s'arracher des dents saines, de se couvrir le corps de cire bouillante, elle n'avait pas besoin de marcher avec des cailloux dans les chaussures, un bon coup de louche pleine de soupe est tout aussi efficace. À nouveau elle se sent comme ce qu'elle a toujours été : bonne, vertueuse, courageuse. Si en plus Simon était quelque part dans les parages, tout serait encore plus facile, ce serait si facile qu'elle s'envolerait avec lui au-dessus de ce paysage, pour Kelmoraïn et plus loin encore par-dessus les mers, au pays des Indes, où demeurait le cœur de Simon au lieu d'être près d'elle, tout près. Lui aussi a le cœur déchiré, c'est la première fois que lui vient cette idée, il est peut-être brisé à l'idée de ne plus être là-bas où il devrait être, son cœur est peut-être partagé entre elle et ces Indiens qu'il a quittés, ou peut-être entre elle et les vœux qu'il a prononcés, qui peut savoir. Tout comme est déchiré le cœur de la grande Magdalenka qui n'est qu'un grand cœur qui bat, déchiré entre la joie et la tristesse, elle rit et gémit toute la nuit, elle ne se rend compte de rien, elle n'entend rien de ce qui se passe à côté d'elle, elle est ailleurs, Katarina se signe tout de même avec de l'eau bénite pour mieux trouver le sommeil étant donné que le maître n'arrive pas à calmer les mouvements et les bruits de Magdalenka, il est en train de lécher ses blessures, animal battu.

Magdalenka, la montagne de chair, se meut sur sa couche comme une grosse masse gélatineuse, sur deux lits accolés dans la chambre qui jouxte celle de Katarina, au beau milieu de la nuit elle se met à pleurer et à pousser des cris de joie, Katarina regarde le plafond en écoutant ces voix qui arrivent de l'autre côté, de l'autre monde, de la vision de choses que personne ne voit, elle dort peut-être ou peut-être pas, rien ne peut tirer Magdalenka de son sommeil qui est veille également, pas même le vacarme qui vient de la chambre voisine, Magdalenka rit de joie à l'idée qu'elle verra le Coffret d'or, qu'on la portera dans l'église des Trois Saints Rois à Kelmoraïn et que tous ses péchés de chair lui seront pardonnés. Elle pleure le destin de notre Sauveur, Agneau de Dieu, qui a tant souffert pour ses péchés, pour les péchés commis par nous tous. L'abbé Janez tout comme d'autres hommes sages sont depuis longtemps d'avis que ces cris de Magdalenka ne contiennent pas autant de sainteté qu'elle l'affirme, car Notre Dame, pensent-ils, n'aurait jamais crié de la sorte, tel un animal blessé, il se peut, disent-ils, il se peut bien que ce soit quelque mal qui poursuit notre pauvre Magdalenka ; même les saints et les anges dans le ciel, pleins de sainteté, ne poussent pas de cris et de gémissements, mais que peut savoir en fin de compte, l'abbé Janez, et le guide Mihael si habitué à ses hurlements, que peuvent-ils savoir eux tous ensemble de ce que ressent Magdalenka, de ce qui barbote et claquette dans les entrailles de son grand corps qui doit avoir également une grande âme dans laquelle se combattent le Grand Bien et le Grand Mal, que peuvent-ils savoir d'une chose qui se manifeste sous une forme aussi puissante ? Ses cris sont des épines qui poussent dans la masse gélatineuse en suspension, laquelle provient des matières transformées de son corps et de son âme. Elle se tait parfois et se plonge dans le sommeil, ne pouvant plus ni rire ni pleurer, parfois elle est submergée d'attendrissement car elle comprend tout et voit davantage que les autres : elle plonge dans le sommeil, mais elle ne peut retenir au fond d'elle ce qu'elle est la seule à ressentir, ce qui se balance sans cesse dans les profondeurs de sa chair ondulante et finit par faire éruption ; plus la source de la joie et de la tristesse est profonde, plus le cri de l'éruption monte haut qui trouble les pèlerins endormis, ils sont habitués à ses cris, mais ils se retournent tout de même sur leurs couches et tentent de comprendre ce que voit cette sainte femme, puis ses cris se transforment en un gémissement saccadé et les pèlerins fatigués retombent dans le sommeil, seule Katarina n'arrive pas à dormir, elle a été contaminée par l'insomnie de l'âme angoissée de Simon Lovrenc, qui a tant vu et tant vécu de choses, qui a traversé les océans et les continents et s'en est allé, oh, sans jeter un regard en arrière, qui l'a laissée ici, captive, sans sommeil, l'âme en proie à la tempête où l'amour et la haine mènent un combat aussi féroce que la joie et la souffrance dans celle de Magdalenka.

Vers l'aube Katarina réussit tout de même à s'endormir, le corps ne veut plus suivre l'âme dans son inquiétude, il refuse d'errer en rêve avec elle dans les paysages inconnus et lointains à la recherche du jésuite qui a fui, de l'amant qui a fui, il a connu suffisamment de bouleversements en cette nuit, de combats avec les bêtes et les gémissements de Magdalenka, le corps veut dormir, il ne peut plus tenir compte des tempêtes qui soulèvent l'âme, il veut dormir, et demain manger, boire, être, voyager. Une Katarina Poljanec reposée et presque guérie voyagera dans le chariot, elle ira ainsi jusqu'à l'enceinte de la grande ville aux églises innombrables, les coupoles d'or scintillent au loin, il y a dans la ville presque autant d'églises qu'il y a de boutiques, le marché est richement achalandé, les autels d'or brillent, sur les places des jongleurs lancent des balles multicolores, au réveil, lorsqu'elle est assise dans son lit, elle sent quelque chose lui serrer la poitrine, mais elle pense à tout ce qui l'attend une fois qu'elle aura réglé quelques affaires, et la pensée de l'homme, de Simon Lovrenc, qui est entré si soudainement et si puissamment dans sa vie et en est sorti tout aussi brusquement, ne lui paraît plus aussi insupportable.

23

Y a-t-il vraiment eu quelque bataille ou quelque escarmouche là-haut dans la forêt de Bavière, qui peut le savoir, les nouvelles vont vite par ces temps, les mauvaises sont plus rapides que les bonnes, les unes disent qu'il y a eu une grosse mêlée entre les nôtres et les Prussiens, et les autres que les grandes batailles sont encore à venir, s'ils ne se sont pas encore affrontés cela viendra sûrement, en Bohême ou en Bavière, en Silésie ou en Pologne ; il est bon d'être au courant des événements pour pouvoir déguerpir dans quelque forêt ou marais hors de portée des pandours de l'empereur. Les temps sont durs pour le peuple, le nôtre comme le leur, par tout le continent, de mer en mer, on enrôle des jeunes ou des vieux de gré ou de force, de préférence ceux qui ne possèdent rien, la perte est moindre, ils arrivent à trouver les embusqués, dans les fenils ou sous le fumier, à l'aide des fourches ou des baïonnettes au bout des arquebuses, ils les tirent de leurs cachettes, ils les embrochent et les fourrent dans un uniforme, chez les fusiliers ou chez les grenadiers, chez les cuirassiers ou chez les dragons, s'ils sont bons à rien ils nettoieront les crottes des chevaux ou tireront les canons de la boue, chacun est le bienvenu, même le criminel, le râleur ou le tire-au-flanc, l'exercice et le bâton de l'officier lui apprendront bien la manière d'accrocher la baïonnette à l'arquebuse, d'ouvrir un ventre ou de fracasser une tête, la guerre ce n'est pas une plaisanterie, c'est pour de vrai : l'Autriche veut reprendre la Silésie, la Prusse veut la garder, elle avait eu du mal à l'avoir, et elle veut également un morceau de la Pologne, la Saxe et la Poméranie, la Russie est l'alliée de l'Autriche, elle veut la Prusse orientale, les Anglais marchent avec les Prussiens, et du fait que les Anglais sont avec les Prussiens, les Français sont à présent alliés avec les Autrichiens, durant la dernière guerre et dans toutes les guerres passées les Français ont été nos ennemis, voilà comment les choses se présentent dans cette guerre ; l'une des armées prussiennes marche sur la Bohême, deux armées autrichiennes se dirigent vers la Silésie, la Pologne et le royaume des Deux-Siciles ne vont pas rester longtemps les bras croisés, les dragons et les tirailleurs et les hussards polonais vont se porter sur les champs de bataille, il est bon d'être au courant, de savoir de quoi il retourne, car les armées sont rassemblées et sont en mouvement déjà, les magasins sont remplis de munitions et de vivres, les mortiers attendent de cracher le feu, les sabres sont tirés, les chevaux hennissent, pour celui qui est en route, même s'il est pèlerin d'un saint voyage, le mieux c'est de rentrer la tête entre les épaules plutôt que de la perdre. Il est vrai que la guerre ne touche pas les sujets de ces trois Empires, c'est la règle générale ; que mangera l'armée si elle tue tous les sujets, les siens et ceux de l'ennemi, qui cultivera la terre pour faire pousser quelque chose ; piétiner les champs, ça n'a pas davantage de sens, s'ils foulent les cultures, avec quoi remplira-t-on les greniers vidés par l'armée, tout le monde sait que la guerre concerne uniquement les généraux et les colonels et les capitaines, les fusiliers et les grenadiers, les hussards, les dragons et les cuirassiers, mais se tenir au courant, être prudent et prêt lorsqu'on est sur la route, ça ne fait tout de même pas de mal.

Au printemps de l'an mil sept cent cinquante-huit, la batterie d'artillerie carniolaise du capitaine Franc Henrik Windisch avec ses six canons de trois et ses trois canons de huit avançait rapidement par Beljak et Spitall, puis entreprit le passage des Alpes, dans la pluie et la neige fondue, jusqu'au jour où elle resta stationnée à Tamsweg, en pleine montagne. Windisch envoyait des courriers au quartier général de Graz, il en a envoyé un jusqu'à Vienne, au grand quartier général. Ils revenaient toujours avec le même message : attendre, la stratégie générale est en préparation ; quant à l'estafette partie pour Vienne, elle n'est pas revenue. Deux cents canonniers, cavaliers, palefreniers et hommes du train se maintenaient dans ce pays cerné de parois rocheuses, le jour ils faisaient de l'exercice et rassemblaient la provende, la nuit ils se couvraient de capotes et de peaux de mouton, respiraient l'odeur de l'étable et attendaient le moment où ils pourraient redescendre dans la plaine en direction du Danube, peut-être même vers la Bohême et la Silésie pour la libérer et rejoindre la Carniole et la Styrie, en vainqueurs paradant entre deux rangées de population, pour retrouver leurs vaches, leurs étables et leurs peaux de mouton. Le capitaine Windisch allait et venait, dépité, ordonnant tous les deux jours une inspection d'armes, une inspection d'uniformes et de l'état de santé de sa compagnie, afin que les hommes ne se laissent pas aller à la paresse ni ne prennent des airs de vaches ruminantes dans cette attente interminable, qu'ils ne se mettent pas à ressembler à leurs petits chevaux tout ronds et recouverts de longs poils. Malgré tout il était impossible d'empêcher ça, ils étaient de plus en plus ronds et leurs poils de plus en plus longs, tout comme ceux de Windisch lui-même. Il condamna à trente coups de bâton un soldat qui avait volé un morceau de lard dans la cheminée d'une maison paysanne, cela apporta de la diversion dans la vie militaire, mais pas trop, au quinzième coup le bâton était en miettes et couvert de sang, de même que la peau du soldat, il a failli rendre l'âme. Cet après-midi-là, grâce à cet événement, l'unité au garde-à-vous retrouva le bon ordre et la tension interne, mais dès le lendemain étaient de retour l'apathie, les disputes, l'ivrognerie, les rixes, le nettoyage des canons du matin, le ronflement monotone qui remplissait les nuits. Et les rengaines, si au moins ces manants ne chantaient pas sans cesse, soir après soir, *l'arquebuse sera mon épousée, l'épée ma bien-aimée pendant que de blanc je serai habillé.*

Le monde ne connaît pas de plus beaux soldats
Que ceux qui sont natifs de la Basse-Styrie
Que les beaux Carniolais héroïques au combat
Que les hussards de Hongrie.

Ils sont beaux, y a pas à dire, répétait Windisch, ils ne savent même pas mettre une perruque, à les écouter chanter on a l'impression d'entendre le hurlement des loups, ils n'ont pas la moindre idée de ce qu'est une sonate ou un menuet ; héroïques, bon, ils le sont peut-être si on les envoie à l'attaque le sabre et le boulet au derrière. Soir après soir ils chantaient jusqu'à en perdre la voix, dès le crépuscule ils tombaient raides dans leurs stalles, couverts de peaux de mouton, aussitôt quelqu'un commençait à marmonner, et les voilà de nouveau en train de chanter, la balle sifflera, et le cœur touchera et le blessera, ils n'avaient jamais entendu de balle siffler, pas plus de Prussiens, mais ils chantaient quand même, soir après soir, on ne peut quand même pas punir un soldat parce qu'il chante, et pourtant ce serait nécessaire, ô combien. Quand il étudiait à l'Académie militaire de Wiener Neustadt, il n'avait jamais pensé à ce qu'il savait à présent, au départ même de ce chemin qui mène au champ de bataille : la guerre c'est l'attente, c'est le mouvement à travers de grandes distances, ce sont les canons qu'on traîne, c'est l'odeur du crottin de cheval, l'odeur de peau de mouton, c'est poireauter dans un trou perdu des Alpes, c'est écouter les interminables rengaines des paysans ; lorsque l'ordre de marche arrive c'est un véritable souffle d'air frais, l'excitation qui ressemble déjà un peu à la guerre. Tout comme ses hommes, il ressemblait de plus en plus aux chevaux ronds et poilus qui tiraient les canons, les boutons sur son ventre ont fini par sauter, c'est clair, que pouvait-on faire à Tamsweg sinon s'empiffrer tous les soirs, de gibier et de porc, de poule et de lard, de mouton et de vin, ici il n'était même pas possible de s'exercer au tir, à quoi bon envoyer des boulets dans les parois rocheuses ? À Wiener Neustadt ils disposaient d'un polygone des plus corrects, l'unité s'y rendait en bon ordre, procédait à un tir de canon, recevait des félicitations, la chose était conforme à sa logique militaire d'un bout à l'autre, et enfin ils avaient une bonne fanfare, elle entamait une marche, tambours, cymbales, trompettes, et pas comme ici des complaintes de guerre de croquants, ici les soldats chantaient le soir à en devenir enroués, le jour c'est lui qui criait des ordres à en devenir enroué. Et pas la moindre femme, les paysans du coin enfermaient leurs femmes et leurs filles devant les paysans étrangers en uniforme et surtout devant les officiers ; si jamais l'une d'entre elles sortait, par exemple pour aller à la messe dominicale, et si un officier lui adressait la parole, aussitôt les plaintes commençaient à pleuvoir. Tamsweg n'était pas vraiment ce que le capitaine Franc Henrik Windisch attendait de cette campagne, on n'apercevait nulle part le diabolique Frédéric avec ses généraux incapables, nulle part de grenadiers prussiens effrayés fuyant comme des lapins devant le tonnerre des boulets de dix crachés par leurs canons, comme le chantait sa compagnie :

Dans la vaste plaine,
Avance l'armée preussienne,
Le bruit de ses canons fait trembler
Comme un tonnerre le monde entier.

Allons, marchons au combat
Contre les Preussiens sauvages.
Dès qu'ils seront mis à bas,
Nous rejoindrons nos villages.

L'ordre arriva enfin, durant une semaine ils se traînèrent en direction de Salzbourg et Munich, puis on leur fit changer de cap : Wels, là-bas ils rejoindraient un régiment armé de mortiers, ils seraient accompagnés d'un escadron de grenadiers de Bohême. Mais avant d'arriver à Wels, il y eut plusieurs contrordres. Ils se traînèrent donc en direction du Danube puis s'en éloignèrent, vers Munich et en sens contraire, un jour on leur disait qu'ils seraient sous le commandement de Serbelloni qui réunirait trente mille hommes près de la ville de Hradec Králové en Bohême, un autre jour que ce serait le terrible chef Franz Nadasdy qui les mènerait à la guerre, des cartes étaient étalées quelque part à Vienne, Charles de Lorraine se penchait au-dessus, on pouvait y voir une mer après l'autre, devant les yeux de Charles de Lorraine s'étendait tout le continent, comme devant Dieu le Père, ici se répandait la boue, parfois c'était la canicule, parfois les pluies, et partout des Bavarois effrayés, la dernière guerre les avait écrasés et laissés pleins d'effroi, il suffisait de prononcer devant eux le terrible nom de Bärenklau évoquant l'ours pour qu'ils détalent dans la forêt ou sortent le dernier cochon de leur étable. Leopold Bärenklau était le chef de guerre qui avait soumis toute la Bavière, ses pandours croates et serbes ne reculaient ni devant les soldats ni devant les paysans avec leurs étables, et pas davantage devant les femmes. C'était une horrible guerre, les rues étaient en feu, les fermes se vidaient, les cadavres d'humains et de bêtes jonchaient les cours, la puanteur gagnait et les maladies apparaissaient, mais au moins c'était la guerre, et victorieuse. Alors qu'à présent nous en sommes aux manœuvres, Charles de Lorraine ce n'est pas Bärenklau et encore moins Eugène de Savoie, le chef suprême Charles de Lorraine aime les manœuvres, une fois qu'on aura atteint les arrières des Prussiens il passera à l'attaque, mais quand ? Le capitaine Windisch n'était pas heureux, pas le moins du monde, il n'y avait personne pour l'écouter avec admiration, comme on le faisait à Ljubljana et à Dobrava, et même s'il y avait quelqu'un, qu'est-ce qu'il pourrait bien lui raconter ? Il tentait d'apporter quelque variété dans ses manœuvres monotones, entre le lever et le coucher : dans une ville de moindre importance il se faisait organiser une réception par le bourgmestre, dans un village il permettait à ses soldats de prendre un peu de bon temps puis punissait l'un d'entre eux publiquement, mais il faisait tout cela sans joie véritable, le capitaine Windisch avait envie d'une bataille, de quoi pourrait-il bien parler dans ses lettres à son oncle le baron Windisch s'il n'y a pas de bataille, une grande et vraie avec une attaque, c'est-à-dire avec des canons disposés en demi-cercle, avec des petits nuages ponctuant les explosions des obus, avec la cavalerie postée sur les arrières et qui montera à l'assaut lorsque les canons auront accompli leur mission, avec des grenadiers qui avanceront comme une muraille de fer et qui balaieront enfin la canaille prussienne, que faire si la bataille n'a pas lieu, qu'est-ce qu'il pourra bien écrire à son oncle ? Que va-t-il pouvoir raconter à Ljubljana et au manoir de Dobrava s'il n'y a pas de bataille, parler peut-être des endroits où ils bivouaquaient, où ils s'enfonçaient dans les marais, où ils avaient mangé le chapon et tué des cochons, de quoi donc parler ? Dire peut-être qu'il a appris à se raser avec le tranchant de son sabre ? Que tous les boutons de son gilet ont sauté et qu'il s'est fait faire de nouveaux costumes, qu'il s'est même acheté de nouvelles bottes, en cuir souple ? Qu'il s'est fait saigner par le chirurgien, car son sang était devenu épais et malodorant, que l'esculape, cette espèce de charlatan, lui a ouvert la veine si maladroitement que le sang rouge a éclaboussé son uniforme blanc, on traîne derrière soi des chirurgiens qui se prennent pour des médecins, on les paye pour vous éclabousser avec votre propre sang l'uniforme tout juste nettoyé. Pas étonnant, eux non plus n'ont participé à aucune bataille, gros paresseux, la seule chose qu'ils savent faire c'est vider les furoncles que les paysans attrapent à cause de la saleté, arracher les dents et remettre les articulations de ces idiots de jacques, qui ne font malgré tout que chanter durant les guerres, ils ne font que répéter leurs interminables antiennes ; et pas le moindre Prussien à l'horizon. Devrait-il écrire que les soldats grognaient parce qu'ils n'avaient pas reçu leur solde pendant quinze jours, puis qu'elle est arrivée et qu'ils l'ont ingurgitée en une seule nuit ? Dieu du ciel, qu'il avait besoin d'une bataille, le capitaine Windisch, ne serait-ce que d'une seule, une petite, si une grande ne venait de nulle part.

Ils installèrent leur campement dans les environs de Passau et là Windisch eut le plus grand bonheur de toute cette campagne, un petit bonheur il est vrai par rapport au bonheur que lui eût apporté une bataille, mais tout de même : on renforça sa batterie, le général Laudon ordonna que fût mis sous ses ordres un escadron de cuirassiers de Bohême armés de carabines et portant d'énormes casques ; vinrent en sus deux cents hommes avec quelques canons et mortiers, exactement quatre de sept livres et deux mortiers de dix, de gros engins qui le réjouirent vraiment, la dernière fois qu'il avait vu ces bêtes c'était à Wiener Neustadt, en Carniole il n'y avait pas de place pour les faire fonctionner. À présent il se trouvait au moins à la tête d'une troupe digne de ce nom, il semblait à la fin que quelque chose allait se passer, des bruits couraient que l'armée de l'empereur était en route, non pas pour la Silésie mais – quel esprit rusé ! – en direction de la Saxe, de là ils frapperont

Frédéric directement à la tête, au cœur de sa Prusse, minuscule et impudente. Tous les matins il se réveillait le cœur rempli d'espoir, la tête un peu étourdie par le vin de la nuit alors qu'il essayait de deviner, en compagnie d'autres officiers, où ils allaient porter leur attaque, tous les matins il attendait l'ordre à Passau, au confluent des rivières. Et tous les matins son regard s'arrêtait tristement sur les murs du puissant archevêché de Passau, sur la surface de la rivière qui glissait tranquillement, et l'ordre qui ne venait toujours pas au moment où il s'asseyait dans l'herbe et où sa tête, en proie à la déception et au vertige, tombait avec sa barbe sur sa poitrine, son regard s'arrêtant sur son ventre où le nouveau gilet blanc avait déjà perdu ses premiers boutons.

L'ordre de marche finit par arriver, mais ni pour la Silésie ni pour la Bohême ni pour la Saxe ni même pour la Prusse directement, on lui ordonna de rejoindre Landshut avec son unité, des troubles s'y étaient produits, une sorte de rébellion paysanne ou quelque chose comme ça, les autorités locales en appelaient à l'armée afin qu'elle restaure le calme. Ce n'était pas la bataille dont rêvait le capitaine Windisch, il s'empressa cependant de donner les ordres, avant midi ils étaient prêts à se mettre en marche, la cavalerie et les canons légers seront en tête, les obusiers lents suivront, il n'aura pas vraiment besoin de mortiers pour ces caboches de manants.

24

La guerre est une affaire contagieuse, une fois commencée elle se propage plus vite que le choléra, d'ailleurs en général en même temps que le choléra, elle se répand comme les campagnols dans les champs au printemps. Comme si la guerre ne suffisait pas, avec ses escadrons de cuirassiers qui vont et viennent, ses bataillons de grenadiers qui forcent les fleuves et se noient dans les marais, ses batteries de canons qui assiègent les villes et se bombardent d'une colline à l'autre, et comme si on n'en avait pas déjà par-dessus la tête de tout cela, les gens pieux et paisibles se mêlèrent à la bagarre, car la guerre est une chose contagieuse. Au lieu de se sentir heureux parce que rien de tout cela ne les avait encore touchés, que par chance la guerre les avait épargnés jusque-là, les pèlerins de Kelmoraïn et les habitants de Landshut, les uns plus pacifiques que les autres, en vinrent aux mains. Et ce qui est le plus extraordinaire, c'est que les désordres qui ont secoué la ville de Landshut durant trois jours avaient été provoqués par les hommes les plus raisonnables et les plus sages. Ces désordres, qu'accompagnaient diverses violences, ne venaient pas de quelques brutes avinées, ou, ce qui advient le plus souvent, à cause de la bière et des femmes, mais ils étaient survenus à cause d'un événement tout à fait insignifiant, à cause d'une affirmation à laquelle les habitants ne prêtèrent pas foi, on peut le dire à cause d'un insolent petit mensonge. Cependant : n'y a-t-il pas tant de choses encore plus insignifiantes qui ont causé de pires conflits, de grandes guerres, n'est-ce pas en ces lieux qu'on se battit il n'y a pas si longtemps durant trente ans pour une affaire qui touchait à la vérité et au mensonge, à cause des communions sous les deux espèces ?

Les désordres éclatèrent lorsqu'on s'aperçut que les festivités mettaient dans un état de ravissement aussi bien les voyageurs qui voyaient le respect que l'on portait à leur piété que les bourgeois de Landshut, qui, malgré la pauvreté et la famine menaçant cette année-là le pays, malgré la guerre qui avait pris tout ce qu'il était possible de prendre, avaient préparé un si bel et riche accueil à ces pieux pèlerins venus d'un pays lointain : à l'hôtel de ville pour les chefs des pèlerins et dans une salle d'auberge pour les gens ordinaires, avec des haricots, du lard et des tonneaux de bière. Avec des étals dans les rues, avec de la musique et des danses, avec de solennels discours et la messe solennelle à l'église Saint-Martin. Tout a commencé tard dans la nuit ou même tôt le matin, à l'auberge Au sang sacré, près de l'église du Sang-du-Christ, aux petites heures, comme on dit dans ces contrées, puis s'est poursuivi jusqu'à l'aube, non seulement à l'auberge et dans ses parages, mais aussi dans les rues et sur les places, avec des conséquences graves aussi bien pour la ville que pour la confrérie des pèlerins. Durant la journée suivante les choses se calmèrent un peu, car on entama les pourparlers de cessez-le-feu, mais la nuit suivante la colère des hommes et toutes sortes de cataclysmes se déchaînèrent.

Le légat de Rome qui sera chargé de l'enquête, de conserve avec le vicaire général de Ljubljana, avec le représentant de l'évêque de Passau et avec les hauts fonctionnaires envoyés par le conseil aulique de Vienne et de Munich, sera extrêmement étonné qu'une si petite cause ait pu produire une si considérable conséquence, que, comme il l'écrira, une étincelle d'orgueil et de colère ait allumé un si grand incendie qu'on eut du mal à l'éteindre. Les conséquences des troubles de Landshut seront très graves, et pour l'état spirituel de ces bons et pieux habitants de Carniole, de Styrie, de Carinthie et du comté de Gorizia, ils auront des effets à long terme, séculaires disons-le aussitôt : à l'issue de l'enquête les pèlerinages de Kelmoraïn seront interdits à tout jamais, les désordres de Landshut ayant été, comme on dit, la goutte qui a fait déborder le vase. C'est précisément cette comparaison littéraire et facile à comprendre dans la ville des brasseries qui sera employée par le *scriba communitatis* dans la chronique de la ville, dans la description du cataclysme dont la cause était, d'après lui, les pèlerins magyars. La ville les avait bien accueillis, écrira-t-il, par ces terribles temps la piété était une vertu appréciée, on acheta des quantités de pain, de lard, de haricots et de bière aux frais de la ville, il y en avait même trop et bien vite se répandit une grande gloutonnerie et une belle ivrognerie, il y avait des gens qui vomissaient aux coins des rues et ce n'était pas beau à voir, ces scènes n'avaient pas grand-chose en commun avec les solennités et les prières de l'après-midi, partout il y avait trop de chansons, de cris et de jurons, des fenêtres de l'hôtel de ville même se déversaient des chansons à boire.

Cependant, tous les comptes-rendus seront unanimes pour dire que tout avait commencé à l'auberge Au sang sacré, et que tout a commencé avec un certain Tobija, un homme de réputation douteuse, Tobija, à propos de qui les pèlerins auront du mal à dire quoi que ce soit aux enquêteurs : ni son vrai patronyme ni son âge véritable. Le juge de la ville de Landshut porte sans doute lui aussi sa part de responsabilité, avant tout parce qu'il aurait dû garder son sang-froid si les autres en étaient incapables. Voyons ce qui est arrivé.

Des hommes sages et raisonnables de Landshut, parmi eux le juge Oberholzer, le plus estimé de la ville, le brasseur Wittmann, qui éprouvera pendant des années des regrets d'être allé à l'auberge au lieu de se trouver dans sa brasserie, Dolnicar, le propriétaire foncier de Sentjanz, l'abbé Janez Demsar et le vieux bonhomme de Ptuj, étaient donc réunis autour des chopes de bière à l'auberge Au sang sacré, en train d'échanger leurs opinions au sujet de l'administration des villes, du commerce, des Turcs et de diverses maladies, ainsi que leurs idées philosophiques, c'est-à-dire leurs idées sur le monde et la vie. Il est intéressant de constater que le chef de route des pèlerins ne se trouvait pas en cette illustre compagnie, personne n'était en mesure de dire où on l'avait vu pour la dernière fois, on finira bien par savoir où il traînait ou couchait cependant que se nouaient les événements fatidiques de Landshut. S'il s'était trouvé à la place qui était la sienne, en l'illustre compagnie du juge municipal Franz Oberholzer, une chose pareille n'aurait sans doute pu advenir. Mais malgré son absence tout se déroulait pour le mieux, en bonne entente, tant que ces messieurs les pèlerins n'eurent pas expliqué aux messieurs les bourgeois que parmi eux se trouvait le patriarche de Ptuj, celui-là même qui est assis ici, il a cent cinquante ans et même davantage, c'est justement ce vieillard avec la barbe et le bourdon, justement celui qui est assis là en train de vider force chopes de bière de Wittmann. Les bourgeois de Landshut secouaient la tête, préférant noyer leur incrédulité dans les chopes de bière plutôt que de perdre leur bonne réputation d'accueil envers les pèlerins magyars. Le juge municipal demanda poliment d'où était originaire le monsieur. De Ptuj, répondit le père Tobija, c'est pourquoi on m'appelle le patriarche de Ptuj.

– Quel genre de gens habitent en ces lieux ? voulait savoir l'un des bourgeois.

– Comment, quel genre ? D'honnêtes gens, s'écria Tobija, catholiques, bien élevés ! Et comme il avait la parole, il poursuivit :

on nous a bien éduqués, quand j'étais petit, mon père, qui était de Ptuj lui aussi, m'a dit qu'un criminel avait violé une femme de soixante-dix ans. Afin que je ne fasse pas la même chose on m'a emmené à l'endroit de son châtiment. Pour que reste gravé dans ma mémoire ce qui arrivait aux criminels. Cet homme, poilu sur tout le corps, fut écorché entièrement à l'aide de tenailles. De mes yeux j'ai vu le fer rouge qui brûlait les poils du corps, et l'épaisse fumée qui s'élevait de la chair mise à vif par les tenailles chauffées à blanc. C'était une rude tâche pour le bourreau Miklavz, venu de Graz. Car le condamné était un homme coriace et fort, un vrai homme, sain et couvert de poils. C'est pourquoi il lui a ensuite coupé les bras et le petit morceau du corps avec lequel il avait commis son crime. Il saignait beaucoup avant d'être emmené sur le lieu d'exécution. Il ne tenait pas debout, il tombait sans cesse. À la fin on lui coupa la tête, on fit passer une jambe à travers son tronc et on jeta le cadavre dans un trou. Mon père me tenait tout le temps par la main en me disant : c'est bon que les jeunes apprennent à l'aide de ce genre d'exemple.

L'histoire plut aux bourgeois, tout comme aux pèlerins, elle était grave et exemplaire, la jeunesse d'aujourd'hui manque vraiment de rigueur et d'exemples instructifs. Constatant que les auditeurs étaient contents et étonnés de voir comme on savait éduquer la jeunesse autrefois, et encore plus admiratifs devant l'adresse du bourreau Miklavz capable d'écorcher un corps à la peau aussi fine que celle d'un homme, le père Tobija prit goût aux récits, tout comme au cours de l'histoire suivante les bourgeois de Landshut prirent goût à l'écouter.

Ce n'était rien, dit-il, car les bourreaux de nos pays ont de tout temps été un peu grossiers et simples. Les Italiens s'y prenaient de manière beaucoup plus raffinée. On appelait leur méthode « *italianissimo* » et j'ai eu l'honneur de la découvrir *de visu* à Rome, avec un

Anglais, nous avons pu regarder toute l'affaire depuis une loge, car nous étions en voyage et nous étions leurs invités, c'est pourquoi on nous a donné la place d'honneur. C'était alors le tour d'un juif, et je vous demande de me pardonner, je ne sais plus ce qu'il avait fait de mal. Étant donné le grand nombre d'événements que j'ai vus au cours de ma longue vie il y a parfois quelque détail qui échappe à ma mémoire. Mais comme il était juif, il s'appelait Zadoh, il n'avait probablement pas besoin de violer de femme de soixante-dix ans, sa faute était évidente. Même l'hérétique Luther pensait que la colère de Dieu ne s'est exprimée sur personne aussi clairement que sur ce peuple. Ce n'est pas seulement eux qu'il faudrait brûler, comme il l'a dit, mais également leurs synagogues, puis recouvrir le tout de sable et de boue.

Des histoires de ce genre, on a toujours aimé en écouter dans ce pays, mais aussi dans ceux dont venait Tobija, c'est pourquoi ils ne demandaient pas trop ce qu'avait fait ce Zadoh, juste quelques détails, que les gens puissent réfléchir sur la raison pour laquelle l'un d'entre eux est toujours coupable de quelque chose, le début de l'histoire était excellent et ils attendaient la suite avec une grande impatience.

On déshabilla donc ce Zadoh, disait Tobija, puis on l'empala sur un pieu en fer bien solide et bien pointu, de sorte que celui-ci lui traversait le corps comme une broche à rôtir. On le fixa aussi solidement sous les deux bras puis on alluma en dessous un feu pas trop fort. Dès que la flamme montait un peu haut on la baissait aussitôt légèrement. Quand les boursouflures apparaissaient sur la peau du condamné ils se hâtaient de l'enduire d'un mélange d'acide nitrique et de vapeurs de mercure, ce qui rongeait tout son corps. Et quand son derrière enduit de la sorte gonflait, ils le frappaient avec des fils de fer chauffés à blanc. On a versé du goudron et de la résine sur sa tête puis on a mis le feu. Sur les parties on a accroché des pétards qui éclataient en étoiles. C'est seulement là qu'a débuté ce par quoi le grossier Miklavz de Graz avait commencé : à l'aide d'une pince bien aiguisée on l'a écorché en entier, depuis les épaules jusqu'aux chevilles, en passant par les coudes, les flancs et les genoux. En ce qui concerne la poitrine et le ventre, on lui a arraché la peau à l'aide des écailles bien pointues et partout où paraissait la chair à vif, l'un des bourreaux la lavait avec une eau qu'on appelait l'*aqua vitae*, c'était une eau qui piquait car on y avait mis de la limaille. Ils ont détaché ses ongles à moitié puis ne cessaient de les piquer avec des épingles, comme le ferait un tailleur dans sa vitrine. Puis ils lui ont arraché tous les doigts et ont laissé pendre les orteils au bout de petits morceaux de peau. Enfin ils ont versé de l'huile sur les braises et sur la flamme, qui ressemblait à celle qu'utilisent les souffleurs de verre, ils ont brûlé Zadoh membre après membre, en commençant par les pieds ; et c'est ainsi qu'il a rendu l'âme.

Un moment les auditeurs gardèrent le silence, cette histoire leur fit forte impression, plus que toute autre. Dans les églises, ils n'avaient jamais vu d'images qui montraient des scènes d'un aussi long martyre.

–Vous savez bien, dit modestement le patriarche de Ptuj, que les Italiens veulent toujours se singulariser, c'est le raffinement !

– Celle-là, dit avec satisfaction le juge municipal, celle-là est vraiment *italianissimo* ! Et il frappa sa chope contre la table et tous les présents exprimèrent leur approbation à voix haute.

Si la chose s'était arrêtée là tout serait en ordre et pour le mieux, les invités slovènes des provinces du sud de l'Autriche et leurs hôtes de la ville souveraine se seraient séparés en paix et il n'y aurait pas eu d'« événements de Landshut », comme il sera écrit en titre du compte rendu de la commission envoyée par le pape. Mais un conteur local, comme il y en a partout, avait fait son apparition, et il se mit à jacasser à propos de ce qu'il avait vu, par exemple le tremblement de terre de Londres. Il y avait des tuiles qui tombaient des toits, des étals de légumes au marché qui se renversaient, les navires sur le fleuve se sont mis à tanguer, il y en a même qui ont sombré.

– Il a vécu le tremblement de terre ? dit l'abbé Janez, la belle affaire ! Chez nous le Seigneur en envoie tous les ans, parfois en même temps que des Turcs.

Les pèlerins éclatèrent de rire, mais les bourgeois de Landshut ne se montrèrent pas trop joyeux, pour les hôtes qu'ils étaient il leur semblait impoli de rire quand l'un d'eux cherchait à dire ce qu'il avait vu d'extraordinaire, n'importe qui ne peut pas vivre le tremblement de terre de Londres qui n'arrive tout de même pas tous les jours.

– La terre s'est mise à bouger, s'écria le conteur de Landshut, du nom de Jokl, l'eau a débordé sur les berges, toutes les maisons ont perdu leurs cheminées. En me promenant ensuite dans les parages, j'ai vu la fumée sortir directement par les fenêtres, les gens faisaient du feu au milieu de leurs logis.

Jokl était un petit bonhomme, un véritable freluquet par rapport au géant Tobija, quant à son grand âge, la comparaison n'était même pas envisageable ; mais il ne se laissa pas rabattre le caquet. Tobija, qui malgré sa grandeur n'était qu'un homme, avait du mal à supporter le savoir-conter de quelqu'un d'autre. Il déclara : celui-là n'a jamais mis les pieds à Londres.

Jokl ne se laissa pas démonter : il y était, à Londres, oui. Les rues étaient bourrées de voitures chargées de toutes sortes de vieilleries, les soldats frayaient le chemin aux carrosses royaux et ducaux, des voleurs, des brigands et toute sorte de racaille y ont trouvé leur compte, la racaille urbaine sortait et emportait tout ce qui restait. Les bateaux sur le fleuve étaient remplis à ras bord.

L'humeur de Tobija empirait, c'est compréhensible, n'importe quel conteur serait touché de voir l'effet de son histoire pâlir à vue d'œil, et voilà que tout le monde voulait soudain savoir ce qui était encore arrivé de terrible à Londres, le Juif Zadoh et l'*italianissimo* étaient en train de sombrer dans l'oubli.

– Alors, s'écria-t-il furieux, sur quel fleuve ? Sur quel fleuve est-ce qu'il y avait des bateaux remplis à ras bord ?

Jokl lui jeta un regard plein de mépris.

– N'importe quel enfant sait quel fleuve coule à Londres : la Tamise. Les villes proches, dit-il, Highgate, Hampstead et Harrow étaient bourrées de réfugiés pris d'effroi et de panique. Les propriétaires des maisons se frottaient les mains, ils exigeaient le décuplement des loyers.

Tout cela fit une grosse impression sur l'auditoire, aussi bien sur les invités que sur leurs hôtes. Sur les invités parce que les noms de ces lieux que Jokl avait cités sans anicroche sonnaient puissamment aux oreilles des pèlerins slovènes, comme s'ils avaient entendu les cloches de Saint-Paul ; quand on prononce Highgate, Hampstead ou Harrow, ça sonne tout de même autrement que Pivka, Pusca ou Pisece. Quant aux hôtes, ils ne laissèrent pas passer l'histoire des loyers multipliés par cent, quelle conjoncture ! Ils se regardèrent et échangèrent des signes de tête. Ils avaient tous la même idée : si seulement Munich ou Worms pouvaient être touchées par quelque tremblement de terre, suffisamment fort pour qu'ici on pût multiplier les loyers au moins par trois.

Tobija se tut, honteux, personne ne s'occupait plus de lui, son histoire avait perdu le concours, mais ce qui était encore pire c'est que les traîtres c'étaient les siens : ils lui faisaient des signes pour le faire taire afin d'entendre ce qui était arrivé à Londres. Jokl poursuivit : tout le monde attendait le tremblement de terre suivant, et la Tamise passait pour un lieu relativement sûr. Ce n'est rien, on se balance un peu, si le bateau sombre on peut toujours nager. Imaginez-vous un large fleuve, d'un bord à l'autre rempli de bateaux, et plein de gens dessus, tous attendent de nouvelles secousses.

Ils se le représentaient sans mal, car Landshut aussi est traversé par une rivière. À l'auberge Au sang sacré régnait un silence plein d'angoisse, tout le monde attendait le moment où ça allait trembler de nouveau, Tobija en avait froid jusque dans son cœur de conteur.

Jokl : Ils attendent toute la matinée puis toute la journée jusqu'au soir, en espérant voir l'abbaye de Westminster s'écrouler, le clocher de Saint-Paul tomber en poussière.

Jokl s'arrêta pour reprendre son souffle. Il jeta un regard important sur les auditeurs, comme s'il était un père Tobija et non le gnome Jokl. Comment un petit jacasseur avec son histoire de petit juif brûlé pouvait-il se mesurer au détenteur d'une telle histoire, avec tout Londres rassemblé sur les bateaux, attendant que s'écroule l'abbaye de Westminster ? Personne parmi les auditeurs ne broncha. Si quelqu'un avait demandé le nom du fleuve où se trouvaient les barques on l'aurait occis à l'aide des chopes ou noyé dans un tonneau. Mais voilà que soudain l'affaire ne va plus son chemin… Ils restent là jusqu'au soir et jusqu'au matin, les barques se balancent, Westminster est toujours debout. Il a repris son souffle trop tôt, Jokl. C'est là qu'on vit qui était le grand conteur et qui n'était qu'un petit jacasseur, qui était Jokl et qui était Tobija…

– Et ?

L'auditoire avait du mal à retenir son souffle, Westminster aurait dû s'écrouler, chez Tobija elle se serait écroulée, dans un vacarme métallique les cloches de Saint-Paul se seraient effondrées avec les clochers, les bateaux auraient sombré avec les Londoniens, Highgate, Hampstead et Harrow auraient été la proie d'un raz-de-marée, puis suivrait la morale, quelqu'un porterait la responsabilité de tout ça, on en pendrait un en le faisant mourir à petit feu, Tobija sacrifierait le grain de vérité à la bonne conclusion, mais Jokl en était incapable, il se troubla un peu en voyant tous ces yeux interrogateurs : Et alors ? Ensuite ? Qu'est-ce qui s'est passé ?

– Qu'est-ce qui s'est passé ? En fait, il n'y a pas eu de tremblement de terre… ils ont quitté lentement les bateaux… les loyers ont baissé… ceux qui les avaient payés d'avance exigèrent qu'on les rembourse. Jokl jetait des regards quelque peu inquiets. Tobija releva la tête, il était à terre et voilà que cette andouille le remettait debout lui-même.

– Et c'est tout ? dit Tobija, triomphant.

– Qu'est-ce que tu voudrais de plus ? dit Jokl.

– Ce n'est rien du tout, dit Tobija. Pour lui, bien sûr, c'était insignifiant, chez lui il y a toujours quelque chose qui s'écroule à la fin ou au moins quelqu'un à écorcher, si cette histoire était la sienne, si Tobija s'était trouvé à Londres comme ce Jokl, ce ne seraient pas seulement les cloches qui se seraient effondrées, il faut le reconnaître, alors qu'est-ce que ça pouvait faire s'il y avait été pour de bon puisqu'il était incapable d'en tirer quelque chose ; si Tobija avait été sur place, la coupole de Saint-Paul serait certainement tombée sur la tête de l'évêque anglican renégat, et l'abbaye de Westminster aurait enterré sous ses ruines la fleur de la noblesse anglaise, avec le prince héritier et sa douce fiancée, et il serait arrivé bien d'autres choses.

– Comment, rien ? dit le juge municipal Franz Oberholzer. Toute la ville anglaise se balance sur les bateaux et rien n'arrive ?

– C'est une grosse histoire, s'écria le propriétaire terrien Dolnicar qui remplaçait en quelque sorte le chef des pèlerins. Il leva son broc : À la santé de la glorieuse ville souveraine de Landshut, qui a parmi ses habitants un tel globe-trotter. Dolnicar eut l'impression que chacun avait ainsi reçu sa part de louange, il est vrai que tout aurait pu bien se terminer par ce bel instant solennel et les pèlerins auraient continué leur route le lendemain vers les Trois Sages, si seulement le vieux patriarche de Ptuj avait pris ce mensonge protocolaire avec calme. Les gens de l'âge de Tobija sont parfois difficiles de caractère et orgueilleux, et que dire des conteurs ! Tobija ne fut pas capable de supporter qu'on chante les louanges du gnome Jokl uniquement parce qu'il était allé un jour à Londres et y avait vu le tremblement de terre qui en fin de compte ne s'était pas produit, et ce qui le tourmentait encore plus, c'est qu'ils iraient se coucher en pensant à la Tamise pleine de bateaux qui se balancent, et le juif Zadoh, tout le monde l'aurait oublié : Tobija avait l'habitude d'avoir le dernier mot.

– La peur du tremblement de terre à Londres, dit-il, c'est une vétille par rapport à ce qui s'est passé à Jérusalem pendant que j'y étais en pèlerinage.

Personne n'avait l'air de l'écouter. Il poursuivit, plus fort :

– Qu'est-ce que c'est que ce non-tremblement en comparaison de la fin du monde ?

Les hommes sages et raisonnables disaient quelque chose à propos de l'heure du matin qui est l'heure du gain. Et là, évidemment, le vieux père Tobija perdit patience. Il donna un grand coup de bâton sur la table, au point que la salle entière trembla dangereusement, davantage qu'après le premier tremblement de terre, et la mousse de la bière fut projetée au plafond.

– En 999, tonna le père Tobija, un père Tobija en fureur, en 999, avant le millenium, on attendait la fin du monde prédite par l'Apocalypse. Ils ont rompu les sept sceaux, sept anges ont pris sept trompettes, ils s'apprêtaient à sonner.

Devant une si grandiose entrée en matière l'audience ne put que faire silence, bien que les têtes fussent troublées par la bière et que la pensée du lit les taraudât.

Cela se passait à Jérusalem, dit Tobija, des milliers de pèlerins affluaient vers la ville afin d'y attendre les choses terribles des quatre cavaliers de l'Apocalypse et enfin l'arrivée de notre Seigneur. Le moment où le Seigneur apparaîtra entre les nuages pour séparer les bons et les mauvais. Les pèlerins de Jérusalem étaient dans un grand effroi et beaucoup d'entre eux en proie à un total désespoir, car parmi eux il y avait nombre de pécheurs et de faux prophètes. C'est pourquoi les uns et les autres vendaient tout ce qu'ils possédaient, et personne ne pensait plus à encaisser d'avance des loyers au centuple, au contraire personne ne voulait plus rien acheter, car tous attendaient le jour du Jugement dernier. Les maisons s'écroulaient, non pas à cause du tremblement de terre, mais parce que leurs propriétaires eux-mêmes les abattaient. À quoi bon la maison, disaient-ils, à quoi bon les loyers, puisque demain ma demeure sera au royaume des cieux ou dans les supplices de l'enfer. Chevaliers, bourgeois, paysans, hommes et femmes, tous étaient amis et tous regardaient le ciel avec des yeux craintifs. En entendant le tonnerre ils tombaient tous à genoux, car ils prenaient le tonnerre pour la voix de Dieu, et c'est ce qu'il était, il n'y a pas de doute. Ils voyaient des étoiles filantes, des signes dans le ciel qui annonçaient la venue du Jugement, la terre s'entrouvrait souvent dans les parages et les gouffres de l'enfer entrebâillaient leurs gueules. Alors que je marchais parmi eux…

À cet instant le juge municipal Franz Oberholzer dit :

– Pardon, comment ?

D'après certains témoignages, le juge Franz Oberholzer aurait cassé une chope à ce moment précis. Il aurait jeté à terre la chope pleine de bière en disant qu'il ne continuerait pas à écouter ça. Et après cela il aurait été impossible de recoller la chope cassée. Il est cependant peu probable que ce soit le juge Oberholzer qui ait cassé la chope. Car il y a eu beaucoup d'autres témoignages. L'un des bourgeois aurait tiré son épée et coupé en deux le bourdon de Tobija, un autre aurait craché par terre, etc. Il sera en tout cas difficile de mettre sur le dos du juge de Landshut les événements qui suivront. Oberholzer était un homme calme, fier de pouvoir recevoir et honorer les pèlerins venus des régions méridionales, de l'autre côté des monts. C'est pourquoi il est probable qu'il n'a pas cassé la chope, il s'est peut-être seulement levé pour dire :

– Pardon, comment ?

– Alors que je marchais parmi eux et que je les regardais tout en sachant comme eux que les biens ne sont rien, que les choses ne sont rien, que l'homme lui-même n'est rien, dit Tobija plein de fougue.

– En quelle année ça s'est passé ? demanda le juge, qui était homme de précision, en quelle année ? dit-il plus fort, et les bourgeois de Landshut s'esclaffèrent encore plus fort.

– Anno domini CMXCIX, tonna Tobija. Je peux le dire autrement aussi : DCCCCIC.

– Et vous vous promeniez à Jérusalem en cette année-là ?

– Sûrement pas à Londres, qui à l'époque existait à peine. Je promenais dans Jérusalem ma vieille carcasse encore jeune à l'époque, aussi sûr que je me tiens maintenant à Landshut. Et avant j'avais pris le bateau.

Les pèlerins savaient que Tobija avait pris le bateau en une autre année que celle de CMXCIX. Ils savaient également que cette fois-ci il avait dépassé de loin les capacités de compréhension des bourgeois de Landshut, et même la leur. Ils étaient habitués à l'entendre pousser loin en arrière dans ses récits, mais cette histoire de l'année CMXCIX était un peu forte pour eux aussi. Ils comprenaient bien que le gnome Jokl puisse se fâcher, qu'une sainte colère s'empare de lui, puisqu'on ne l'avait pas laissé poursuivre son récit, ils comprenaient également que la sainte colère puisse envahir les bourgeois de Landshut, étant donné que l'histoire contée par leur voyageur était tout à fait insignifiante face à Jérusalem, aux trompettes célestes, à la terre béante et surtout à cause des maisons que personne ne voulait acquérir car elles avaient soudain perdu toute valeur. C'est pourquoi ils tentèrent de le calmer et d'expliquer aux bourgeois qu'il arrivait parfois à Tobija d'exagérer, à une heure pareille.

– Non, dit Franz Oberholzer furieux, mais toujours très raisonnable : cet homme, il n'exagère pas, il ment.

Pour tout dire, il faut avouer que les pèlerins magyars, c'est-à-dire slovènes plus précisément, y avaient déjà bien pensé, mais ils aimaient ses histoires, c'est pourquoi ils lui passaient parfois quelques fantaisies.

– Il nous prend pour des imbéciles, continua le juge municipal, il croit qu'on ne sait pas compter.

– On sait drôlement bien faire les comptes dans ce pays, dit le brasseur Wittmann qui avait offert la bière sans contrepartie, et il lui paraissait trop bête d'entendre dire qu'ici rien n'avait de valeur. Lui aussi se serait levé. Et de toute façon, racontèrent par la suite les pèlerins, tous les bourgeois de Landshut étaient déjà sur pied et criaient et contredisaient les déclarations de Tobija, cependant que les autres étaient toujours assis et silencieux.

Mais Tobija ne se laissait pas fléchir par ses camarades pèlerins et encore moins par les bourgeois de Landshut.

Il dit : Alors vint le célèbre prophète Phobos de Macédoine, il leva les bras pour que nous qui étions au bord de l'abîme qui s'était ouvert près des murailles de Jérusalem puissions tous le voir et il s'est écrié assez fort pour que nous tous qui avions des yeux pour voir et des oreilles pour entendre ; et nous entendions : les brebis seront à gauche et les béliers à droite. Tobija réfléchit un instant puis corrigea : ou plutôt le contraire.

– C'en est trop, s'écria le juge municipal Oberholzer et il fracassa peut-être vraiment cette chope si souvent mentionnée. Les cris fusèrent où il fut fait maints reproches à l'adresse des uns et des autres.

Si seulement ils avaient pu se calmer et ramasser les tessons, puisque plus personne n'écoutait Tobija, mais il était arrivé encore un détail que le compte rendu des « événements de Landshut » oublie de mentionner.

L'abbé Janez voulut calmer le jeu, il dit qu'il ne fallait pas prendre les choses à la lettre, que le père Tobija aimait à employer des allégories.

Le juge s'approcha de l'abbé Janez.

– Vous ai-je bien entendu ? dit-il. Vous souscrivez à ce mensonge ?

– L'allégorie est une forme particulière de vérité, dit l'abbé, voyez-vous... Il tenta d'expliquer quelque chose, mais il était déjà trop tard, la sainte colère, l'heure tardive et la bière avaient fait leur œuvre, les hommes sages et raisonnables avaient perdu le contrôle d'eux-mêmes, cela arrive facilement à cette heure ; l'un des bourgeois, oui, c'était le brasseur Wittmann lui-même, qui avait quand même offert aux pèlerins ce qu'il avait de mieux, donna une petite bourrade à l'abbé Janez, qui glissa et sa tête frappa le bord de la table. Ensuite, il n'y eut plus rien à faire.

Quelques heures plus tard, Landshut brûlait à plusieurs endroits, rue des Roses on fracassait les portes d'une maison, des coups de feu retentissaient du côté de l'hôtel de ville, la place des Pigeons était jonchée de chariots renversés.

Au milieu de l'après-midi la confusion était telle que l'on fut obligé d'envoyer quérir l'armée, la garde municipale étant impuissante à restaurer l'ordre. Un messager à cheval rapide arriva à Passau où bivouaquait une unité, probablement un escadron de cuirassiers de Bohême, et, quel hasard ! une batterie de canonniers de Carniole placée sous les ordres du capitaine Franc Henrik Windisch.

25

Simon entendit des pas approcher de la porte. Ce n'était pas le toc toc toc qui marchait au-dessus de lui pendant des nuits entières, avertissement clopinant venant d'un autre monde, c'étaient des pas glissés, un froufrou de vêtements, un souffle qui tard dans la nuit firent irruption dans la cellule du monastère. Aussitôt, il fut debout : Katarina.

– C'est là que tu t'es caché, dit-elle depuis la pénombre près de la porte. Il entendait sa respiration, tout comme elle percevait la sienne, par la croisée ouverte le vent apportait des voix d'hommes et de femmes, un rire joyeux, des cris exubérants, des chansons d'ivrognes.

– Comment as-tu réussi à entrer ? dit-il. C'est défendu.

– Rien de plus facile. En traversant les murs.

Il s'approcha, tenta de la prendre dans ses bras, elle recula vers la porte, étrangère.

– Tu as fui. Tu m'as fuie, moi.

– Amalija m'a ouvert la porte, dit-il, je me suis enfui devant ces démoniaques de Lendl, ils voulaient me faire passer devant le tribunal.

Ce n'est pas elle qu'il a fuie, il s'est sauvé devant les deux juges diaboliques et devant le tribunal des pèlerins, devant les fantômes qui hantent ce château depuis que le *crimen bestiale* y a été jugé, il ne l'a pas fuie, elle, il s'est peut-être enfui devant lui-même, devant le novice du collège de Ljubljana ; il a peut-être fui la maison de la première épreuve, ce novice qui l'habitait toujours et le dénonçait à sa propre conscience, tout comme autrefois il dénonçait ses camarades et ses maîtres, mais tout défroqué qu'il était, le novice, le vœu prononcé demeurait au fond de lui.

– Je voulais te retrouver, dit-il.

– Pourquoi ne l'as-tu pas fait ?

Elle s'assit sur le lit. Il veut être seul, pensa-t-elle, il est toujours jésuite, il s'est repenti, il m'a quittée à cause de la peur qui est en lui, à cause de son désir irrépressible de solitude. Sa solitude a plus de valeur que leurs étreintes sous la lune, elle est davantage que la communauté à deux, un est davantage que deux. Elle attendait la réponse, qui ne vint pas.

– J'ai questionné un moine en robe blanche, il était en train de s'occuper des pèlerins âgés, dit-elle, je suis entrée dans le monastère, tous les couloirs étaient vides, je n'ai eu aucun mal à te trouver. Toi, tu ne m'as pas cherchée.

Par la fenêtre le vent apporta de nouveau des chansons et des rires.

– Il y a eu une belle cérémonie à l'hôtel de ville, dit-elle, et maintenant on danse à l'auberge. Viens avec moi, dit-elle en lui jetant un regard étrange, le clair de lune étincela dans ses yeux, viens, on va danser.

Il est une blessure dans cette âme, le défi est dans le brillant des yeux, elle a changé rapidement, il n'aurait pas dû la laisser seule. Il aurait dû déclarer devant le tribunal des pèlerins qu'il avait des intentions honnêtes, qu'ils iraient ensemble à Kelmoraïn puis retourneraient en Carniole où ils se présenteraient ensemble devant le père de Katarina et puis ensemble ils… comme si tout cela était simple, comme s'il existait une possibilité pour qu'une chose pareille advînt.

– Je ne sais pas danser, je déteste les belles cérémonies.

Il les connaissait, les belles et grandes cérémonies, il les connaissait depuis Ljubljana, il était toujours présent alors que se pavanaient les coqs et les poules, les hommes et les femmes, les évêques et les comtes, les barons et les juges municipaux, il connaissait les cérémonies campagnardes et leur cruauté, il avait vu arriver, sous le baldaquin, l'évêque d'Asunción, le provincial de Posadas, il avait vu des processions et des jeux de la Passion, des concerts et des pièces de théâtre, il comprenait bien que les solennités de Landshut réjouissaient le cœur des pèlerins, le chemin était fatigant et rude, il devait y avoir un moment de fête, des pompes d'églises étrangères, des jongleurs et des musiciens, la bière et les chansons et les danses, nous en avons besoin, chacun de nous en a besoin, mais pas lui, et depuis très longtemps il déteste les gens des cérémonies, les gens cérémonieux, les salles et les églises avec des cérémonies, les instants d'exaltation sur les parvis des églises en cérémonie, avec des visages cérémonieux et exaltés qui rient et invitent à l'unisson, où les gens se cherchent et essaient de se séduire sans se laisser approcher tant qu'ils ne sont pas tombés dans le piège du vin qui fait dessiller les yeux, qui les ouvrent grand, quand surgissent au grand jour les pensées cachées, qu'ils se laissent séduire, quand la splendeur et l'éclat s'écaillent, non, il préfère le silence, la solitude, qui est inexistence et non-être pour les gens des cérémonies, en tout cas quelque chose de désagréable, un monde d'où le monde est absent, la solitude est le seul espace de rencontre avec soi-même, avec les autres également, avec elle, avec Katarina, la retrouvée.

– Moi non plus je ne le sais pas, dit-elle avec un sourire, mais dans ses yeux demeurait toujours cet éclat dangereux, douloureux. Je resterai ici.

– Ici c'est un monastère.

– Ma place est dans ce monastère, dit-elle. Ma place est là où tu es.

– C'est une faute grave.

C'est égal, pour Katarina c'est égal qu'il s'agisse d'une faute grave, son chemin s'incline vers le bas depuis que Simon l'a quittée, elle a beau comprendre qu'il était obligé de fuir, depuis cet événement le chemin de Kelmoraïn est pour elle une pente descendante, la blessure de l'âme n'est pas encore cicatrisée ; à cause de cette blessure de l'âme, de l'abandon probable qui sera son lot cette fois encore, elle est indifférente au fait que quelque chose soit faute ou pas, péché ou pas, car cet homme, ce Simon, qui l'a blessée et qui l'aime, elle le sait, elle le sent, cet homme veut partir, il veut s'enfoncer dans sa solitude, où il n'est de place que pour un seul être, et elle ne peut l'admettre, car elle seule connaît le moment où le terme dont l'avait qualifiée le chef Mihael, cette bête à l'affût, est vérité ou non, la vérité est lorsqu'elle se retrouve seule, après avoir été avec lui, avec son premier aimé, dans la fièvre qui ne peut se renouveler qu'avec lui, et avec lui seul.

Depuis l'hôtel de ville et par-dessus les toits de Landshut le vent apporta la musique des fanfares, un silence suivit, puis on entendit les pipeaux campagnards et le brouhaha de la foule en liesse. Le crépuscule qui sombre dans la nuit et la femme, ce corps de femme si féminin à ses côtés, jamais encore il ne les avait ressentis avec autant de force. Le frémissement du silence, les chants dans le lointain, les vibrations qui passent dans le corps, la main qui effleure ses longs cheveux, son visage, son corps. Sous surveillance constante, se dit le novice Simon, celui de la maison de la première épreuve, il ne quittera jamais Simon, le jeune novice de Simon l'adulte, il ne l'a pas quitté au-delà des mers et il est demeuré près de lui lorsqu'il s'est joint aux pèlerins, l'escobar, comme le moquaient les jeunes gens lorsqu'il avait pris peur devant la femme, l'escobar de la maison jésuitique dont il porte la marque indélébile lui répète : il faut te surveiller constamment, c'est une nécessité, devant la porte du monastère tout comme devant les approches du corps de la femme. Le monastère est entouré d'un rempart qui empêche les tentations d'entrer, bien que les tentations franchissent aussi les murailles, passent à travers les murs, comme elle est passée, elles viennent à l'heure trouble du crépuscule, elles n'ont pas besoin de venir pendant les festivités à l'hôtel de ville où au bal de l'auberge, elles viennent à l'heure trouble du crépuscule, elles entrent dans le sommeil et arrivent au matin de l'autre monde, du monde parallèle que nous portons en nous, ce monde-là aucune muraille ne peut l'arrêter, aucune surveillance. Elle veut aller avec lui, rejoindre les siens, non pour danser mais pour leur montrer à tous et à chacun qu'eux deux, Simon et Katarina, Katarina et Simon, sont deux personnes destinées à être ensemble, pour toujours et devant tous les hommes. Mais ici aussi elle est avec lui, il n'est pas de muraille entre leurs deux mondes, il y a juste une mince cloison édifiée par eux-mêmes, ils sont à présent sur le point de la faire tomber ; même s'il n'est pas nécessaire de la démolir, aucunement, d'une conscience à l'autre, de lui à elle, d'elle à lui, on peut traverser la cloison, car elle est transparente, car ils se voient l'un l'autre à travers elle et il suffit d'un geste pour qu'elle s'évanouisse dans sa transparence. Un monastère sans surveillance, sans rempart, un corps de femme sans surveillance dans un long voyage, loin de son foyer, un corps fragile et exposé, l'âme blessée de Simon qui accepte le geste, qui accepte d'approcher les cheveux, le corps.

– On dit, murmura-t-il, que le corps de la femme est plus ouvert et exposé à la tentation que le corps de l'homme. Il est nécessaire de surveiller la femme, comme il est nécessaire de surveiller l'entrée d'un monastère.

Soudain, Katarina éclata de rire. Son rire était comme son regard, différent, provocateur, étrange, comme si quelqu'un d'autre riait en elle, la femme abrite au fond d'elle dangers et tentations.

– Surveille-moi, dit-elle.

Son corps ne représente aucun danger, il n'est pas un foyer d'embûches, il est beau depuis qu'il a vécu avec Simon, voici le corps qu'il sent et connaît depuis ce temps.

– Que crains-tu ? dit-elle en riant aux éclats.

Il avait envie de lui demander de rire moins haut, on l'entendrait. De quoi a-t-il peur ? Il a peur de tout, dans cette maison il craint tout, il connaît ces maisons, ce sont des maisons de la crainte et de la surveillance, l'un de l'autre, de soi, ce sont des maisons où Dieu nous voit mieux car ceux qui y demeurent le veulent ainsi, ils y appellent la surveillance, le regard de Dieu sur eux, si on nous trouve ici, dit-il, je serai brûlé sur le bûcher, sinon à Landshut ce sera dans le feu éternel, elle sera mise au pilori.

Et la main qui connaît bien ces yeux qui brillent dangereusement dans la clarté de la lune, cette main passe sur ces yeux, les doigts ferment les paupières, la main connaît ces cheveux, ces joues en feu, les narines qui inspirent l'air et le rejettent, on lui a appris que les orifices du corps sont les plus exposés, c'est par là que passe la tentation, à travers les yeux vient la beauté et le désir de beauté, à travers les oreilles le murmure captivant, à travers les narines l'odeur du corps, par toutes les ouvertures du corps féminin rampent les passions, lui aussi est submergé par les sens, il est enivré par ce corps qu'il connaît depuis que la fièvre maladive a pris possession de lui, la fièvre de l'amour qui l'a enflammé, ces régions chaudes et humides, les doigts délacent rapidement les vêtements ; le mur, qui est le rempart de la peur et de la prudence, n'est plus, il s'est évanoui, même la mince cloison transparente, celle qui la protège des blessures et celle qui le protège, lui, le novice craintif et bien formé, n'existe plus. L'étreinte les réunit.

26

Landshut brûlait à plusieurs endroits, rue des Roses on fracassait les portes d'une maison, des coups de feu retentissaient du côté de l'hôtel de ville, la place des Pigeons était jonchée de chariots renversés, l'armée impériale appelée en renfort chevauchait en direction de la cité ; aucun régiment du pays ne se trouvait dans les parages, la garde municipale avait baissé les bras, c'est pourquoi on avait appelé les Autrichiens, dans le besoin on mangerait le diable et ses cornes.

Le brasseur Wittmann, un bourgeois de renom et un homme par ailleurs généreux qui s'était oublié au point de donner une bourrade à l'abbé Janez, fut amené à regretter cet acte jusqu'à la fin de ses jours. Il eut de la chance, car durant les semaines et les mois à venir on s'occuperait moins de lui que du juge municipal qui avait jeté à terre le broc plein de bière : c'était lui qui l'avait cassé. Le juge n'aurait pas dû le faire, certes, même si sa colère était pleinement justifiée : on les invite à notre table et ils vous empoisonnent le repas avec leurs mensonges. Telle était l'opinion générale à Landshut et dans les parages, où on sut rapidement ce qui se passait et la façon dont tout avait commencé.

Les jeunes paysans qui écoutaient la discussion entre les hommes sages et raisonnables à la porte de l'auberge Au sang sacré tout en dévisageant de leurs grossiers regards les habits d'apparat chamarrés des grands bourgeois de la ville, lorsqu'ils virent donc tomber l'abbé Janez, ils eurent le regard voilé, comme on dit. Mais quand un instant plus tard l'abbé Janez se releva et que tous ceux qui dans l'assistance portaient un nom qui compte virent un mince filet de sang couler de sa chevelure, le sang paysan slovène se mit à bouillir dans le cœur de ces pèlerins « magyars ».

– Ce n'est pas grave, dit l'abbé Janez, j'ai glissé, tout simplement.

Mais il était déjà trop tard.

– Vous n'allez pas frapper l'abbé Janez, dit un jeune homme aux épaules carrées, et sans rien demander à personne, il s'empara du premier conseiller de la ville qui lui tomba sous la main et le jeta à terre. Puis il se mit à lui serrer le cou et à le triturer, arrachant les cordons dorés de sa veste et lui tirant la chemise par-dessus la tête.

Un autre se saisit d'une chaise et la fracassa contre la fenêtre, faisant voler les éclats de verre multicolore. Les bourgeois de Landshut se rendaient compte des dommages qu'on était en train de causer, car les carreaux venaient des verreries des alentours de Salzbourg et les cordons dorés de l'habit du conseiller municipal sortaient des draperies munichoises. C'est pourquoi certains d'entre eux se mirent à appeler les sergents de ville cependant que d'autres tentaient de jeter les pèlerins magyars hors de l'auberge, chose qui n'était guère facile car il apparut rapidement que dehors leurs congénères étaient encore plus nombreux, que la nuit printanière empêchait de dormir. Et donc au lieu de culbuter les paysans de l'auberge, ce furent les pèlerins, après une grosse bousculade, qui repoussèrent les bourgeois dans le garde-manger qu'ils fermèrent à clé. Ils attachèrent les pieds du grand voyageur et conteur Jokl à l'aide d'une corde qu'ils firent passer sur une poutre du plafond et ils tirèrent : il se mit à agiter les bras et à se balancer comiquement en l'air au milieu de la pièce. Deux sergents de ville, qui, entendant les cris, s'étaient retrouvés à l'endroit où se déroulaient ces événements, furent eux aussi fourrés dans une cellule appropriée. L'abbé Janez, furieux, ordonna que l'on décrochât l'autre, ce qui fut fait aussitôt, il tomba comme un sac, et qu'on laissât sortir les bourgeois et les deux sergents du garde-manger sur-le-champ. Ce qu'ils refusèrent de faire.

– Mais qu'est-ce que vous avez, bonnes gens, disait Janez Demsar, j'ai simplement glissé, répétait-il, mais personne ne l'entendait plus, la bière avait envahi les veines, le brouillard troublait les yeux, les malins régnaient dans les têtes.

– On est en train de frapper l'abbé Janez !

Ce cri de femme résonnait depuis l'auberge dans toute la Wittstrasse, il se répercutait sur les maisons de la Vieille-Place, les fenêtres de la rue des Pêcheurs au bord de l'Isar s'ouvraient, des bourgeois sortis de leurs lits s'assemblaient devant l'hôtel de ville, les uns en pantalons enfilés à la va-vite, chez les autres les chemises de nuit sortaient des manteaux, les gardes municipaux étaient là aussi, se demandant les uns aux autres ce qui se passait, quels étaient ces cris qui troublaient leur paisible cité. Ils ne comprenaient pas ces cris de femmes, mais la nouvelle courut partout qu'à l'auberge Au sang sacré les pèlerins magyars avaient attaqué le juge municipal Franz Oberholzer, qu'ils l'avaient barbouillé de goudron et qu'ils étaient en train de le tremper dans un tonneau de bière. Ils avaient cassé toutes les fenêtres et les meubles de l'auberge, et ils sont en train d'emporter de l'église les calices d'or et l'ostensoir ; certains pèlerins pensaient ainsi remplacer les vases liturgiques qui avaient été engloutis dans la vallée alpine ; la nouvelle du traitement qu'on était en train d'infliger à l'abbé Janez se répandit parmi les clients de la grande salle d'auberge de Wittmann où la veille Landshut leur avait offert du lard, des haricots et de la bière à profusion, tout comme parmi les pèlerins qui dormaient déjà dans les hospices alentour. Une femme avait vu le sang qui coulait des oreilles, du nez et des yeux du curé, d'autres racontaient que les gardes lui avaient brisé les bras et les jambes et qu'on était en train de le transporter sur une charrette à la prison municipale. Les pèlerins hommes se rassemblèrent aussitôt dans la grande salle d'auberge et décidèrent de le libérer de gré ou de force. Le seul problème, c'est qu'ils ne connaissaient pas le lieu où on le frappait ni où se trouvait la prison municipale. Ils décidèrent de prendre la direction de l'hôtel de ville. Ils prirent le crucifix et les gonfalons, une foule de pèlerins afflua de tous les côtés pour les suivre, des vieux et des jeunes, de nombreuses femmes voulaient elles aussi participer à la libération de l'abbé Janez. Vers trois heures du matin cette foule marchait en criant et en chantant à travers la ville toute réveillée en direction de l'hôtel de ville, renversant les chariots sur son passage, tambourinant aux portes cochères et roulant des tonneaux de bière. Près de l'hôtel de ville, où les gardes et les bourgeois armés se préparaient à partir à l'assaut de l'auberge Au sang sacré, éclata un incident plutôt grave. Rue des Roses un détachement de gardes voulut stopper la marche de la furieuse armée de pèlerins à la recherche elle aussi de l'auberge Au sang sacré. Étant donné que malgré les appels réitérés les pèlerins magyars ne s'arrêtaient pas, on tira quelques coups de semonce. Une vieille pèlerine touchée par une balle à la jambe s'écroula en hurlant à tue-tête, ce qui mit les pèlerins définitivement hors d'eux. Il est vrai que les coups de feu les dispersèrent, mais ils se rassemblèrent rapidement à la brasserie Wittmann, d'où ils partirent en groupes pour leurs expéditions de casse et même de mise à sac de la ville. Une grange prit feu près du Petit Isar, un entrepôt de bois brûla puis quelques remises près de la brasserie, et la peur s'empara de la ville. Depuis le palais on pouvait voir des bâtiments en flammes, des gens qui couraient dans tous les sens, et le vent printanier du matin emportait des cris et des hurlements et des échos de coups de feu. Ce fut un grand désordre et personne ne savait exactement ce qui se passait.

L'abbé Janez Demsar n'était pas en prison, le sang ne coulait pas de ses oreilles, et ses bràs étaient entiers, il était assis, triste, à une table de l'auberge Au sang sacré. Il contemplait la chope de bière devant lui tout comme la salle sens dessus dessous, les chaises fracassées, les tables et les brocs cassés, puis son regard passait aux fenêtres où pénétrait par les brisures des carreaux multicolores le clair de lune mêlé aux premières lueurs du jour. Il considérait les tristes conséquences de la colère carniolaise et de l'intolérance des bourgeois de Landshut et répétait comme pour lui-même : Calmez-vous, bonnes gens, j'ai simplement glissé. Calmez-vous. Même s'il était assis là, seul, sans personne pour l'écouter.

C'est à l'aube seulement que la ville finit par retrouver un peu de calme, les messagers portèrent quelques lettres entre le juge de la ville dans son garde-manger et le conseil municipal réuni en session extraordinaire à l'hôtel de ville, ils proposaient d'entamer avec les chefs des pèlerins des pourparlers de cessez-le-feu et du départ aussi rapide que possible des hôtes encombrants à l'humeur dissolue. Cependant, à dix heures on informa le conseil d'une nouvelle flambée de désordres. Cette fois au marché au poisson où les pêcheurs, qui ne se doutaient de rien, avaient apporté le fruit de leur pêche. Les femmes des pèlerins s'y rendirent et entamèrent immédiatement une dispute avec les pêcheurs et leurs épouses. Celles-ci disaient dans leur patois bavarois chantant : Voilà la reconnaissance, ce sont ces gens qui viennent du côté de la frontière turque. On ne vous doit rien du tout, hurlaient les Carniolaises dans leur harmonieux dialecte de Carniole, avec les fayots, le lard et la bière gâtée que Landshut donne aux pèlerins, la ville ne mérite pas la rédemption, votre lard, fourrez-vous-le quelque part. L'une d'entre elles souleva ses jupes et montra où on pouvait se le fourrer. Puis les furies slaves se mirent à renverser les stands et à emporter des paniers de poisson vers la rivière, à l'eau, allez ouste ! c'est là votre place. La garde municipale accourut pour se mettre en position, cependant le calme et l'ordre ne purent être rétablis totalement. En réalité, le danger de nouveaux désordres restait permanent. Seule l'armée pouvait résoudre ce problème, mais tant que les cuirassiers et les canonniers ne rejoindraient pas Passau sur leurs chevaux il faudrait négocier. Dans la ville souveraine de Landshut la situation était pourtant plus claire à présent, mais préoccupante malgré tout : la grande majorité des pèlerins s'était barricadée dans la grande salle de la brasserie Wittmann, où les vieux se reposaient pendant que les jeunes montaient la garde en entamant les tonneaux. Les bourgeois armés qui s'étaient joints à la garde municipale disaient que les pèlerins eux aussi possédaient des armes à feu. Car vers le matin on vit comme un éclair à la fenêtre de la brasserie et le carreau de la chambre de l'orfèvre landshutien de l'autre côté de la rue vola en éclats. Ils exigeaient que l'arme soit restituée et le coupable traduit séance tenante devant le tribunal. Comment il serait jugé, ils l'ignoraient, car le juge de la ville Oberholzer, tout comme le brasseur Wittmann, le conteur Jokl et quelques autres bourgeois étaient retenus par les pèlerins dans le garde-manger de l'auberge Au sang sacré.

Le guide des pèlerins Mihael Kumerdej était couché dans la chambre destinée aux hôtes de marque de l'hospice de Landshut, sa tête bandée – nous savons bien depuis quand elle était bandée – pendait sur sa poitrine, et ses yeux erraient désespérément par terre où traînaient les pièces froissées de son costume de chef : chapeau, chemise de soie, gilet et cordelette avec des boutons dorés, le tout fripé et trempé de bière, ça puait la bière et même le vomi, les restes de lard et de purée de haricots. Un fort gémissement provenant de la pièce voisine, provoqué par les scènes saintes que sa femme Magdalenka voyait ce matin-là, ce gémissement profond qui pouvait en ce jour venir également de lui, il le sentait monter de l'intérieur endolori de son propre corps.

Leonida Schwartz farfouillait furieusement dans ce tas : où est donc la chaîne d'or ? Ses mains tremblantes retournaient les vêtements puants alors qu'elle marmonnait : tu l'as perdue, espèce d'idiot, tu l'as perdue à l'auberge alors que tu te traînais avec une femme, espèce de coureur, peut-être qu'elle te l'a volée. Leonida avait envie de pleurer : que dira Schwartz, c'est l'œuvre de ses mains, la chaîne est destinée à Kelmoraïn, elle contient deux livres d'or, une livre d'argent, son savoir-faire de bijoutier et d'orfèvre, ah, le débauché, ah, l'ivrogne, tout le monde le sait, tout le monde t'a vu. Mihael a dû s'avouer à lui-même et à Leonida également qu'il ne savait pas ce qu'ils avaient tous vu, lui n'avait rien vu, il ne se souvenait pas non plus si elle avait vu. Non, elle était avec Schwartz, avec son mari, ils étaient allés en visite chez l'orfèvre, le coup de feu leur était destiné, quelles choses terribles se passèrent cette nuit-là, mais ce n'était rien en comparaison de ce que faisait le guide des pèlerins qui aurait dû avoir une conduite exemplaire, il a perdu la chaîne d'or, ils l'avaient vu fourrer la main sous les jupes d'une femme, comme il a l'habitude de le faire, ce coureur, ce débauché, cette fripouille.

– Aïe, aïe, dit le chef des pèlerins en tâtant sa tête bandée.

– Ce n'est pas le pire, ils sont habitués à ta conduite, dès que tu vois un jupon tu ne peux pas t'empêcher de le soulever, espèce d'ordure. Ce qui est gênant, c'est que cette femme se trouve être la fille du juge municipal qui nous avait si bien reçus hier.

– Aïe, aïe, gémit encore plus fort Mihael. Et quoi encore, quoi de plus ? Dis-le-moi tout de suite, qu'on en finisse.

– Ils t'ont vu te remplir de bière jusqu'à t'affaler sous le tonneau, puis ils ont été obligés de te porter dans la chambre réservée aux hôtes de marque. Rien d'étonnant à ce que la pauvre Magdalenka souffre à ce point, aux côtés d'un tel homme.

Le guide sentait que sa tête était grosse, aussi grosse que la pièce elle-même et que les paroles de Leonida se répercutant entre les murs de cette pièce tels des boulets de canon, les gémissements n'appartenaient plus seulement à Magdalenka mais à lui aussi, car sa tête était encore plus douloureuse que durant cette malheureuse nuit passée dans un château d'un lieu dont il a oublié le nom, quelque chose comme « Lent » peut-être.

– On va bien la trouver, cette maudite chaîne, grogna-t-il. Il se leva, vacillant sous le poids de tous ses maux. Ce qui est fait est fait, dit-il, donne-moi ta tisane. Il s'agrippa au rebord de la table, la bière Wittmann avait de la force. Il se recoucha, car ce n'était pas seulement la tête qui le faisait souffrir, mais également le ventre. Leonida se mit à lui poser des compresses de vinaigre sur la poitrine, sa tête en aurait plus besoin, mais elle était déjà couverte de bandages.

– Maintenant tu dois montrer, disait-elle alors que le canon continuait à tonner, que tu es le chef et non pas une fripouille, un bon à rien, une ordure, un salaud, une crapule, un obsédé et un poivrot, un coureur, grondait Leonida en lui préparant de la tisane aux fleurs de sureau et de tilleul. Il pensait, pour autant qu'il était capable de penser, qu'il avait laissé partir les choses à vau-l'eau, mais comment pouvait-il savoir que son troupeau se débanderait de la sorte.

– Tu as attrapé froid sous le tonneau, dit-elle en versant un liquide dans son oreille, elle lui avait dit que c'était du jus de ribote, qu'on appelle également *oreillis*.

– On a bien le droit de prendre un peu de bon temps, non ? aboya le chef et le guide des pèlerins, il commença à s'habiller, avec difficulté, avec grande difficulté et répulsion envers ses vêtements, ils ont besoin d'être lavés, repassés, recousus par-ci par-là, Leonida s'en chargera. Le chef a lui aussi le droit de prendre quelque plaisir, c'était une belle réception, pensait-il, tout en sachant qu'il n'en avait pas le droit. Dès qu'on lâche les rênes, l'attelage quitte la voie. Et il le remettra sur la route, pour sûr, mais ça n'ira pas tout seul. La tisane de Leonida commençait à apporter un peu de clarté dans sa grosse tête bandée. Le matin, les coups frappés à sa porte ne l'avaient pas réveillé. Il dormait à poings fermés et ils furent obligés de retirer la porte de ses gonds, de le tirer du lit et faire rentrer dans sa tête endolorie que des désordres s'étaient produits entre les pèlerins magyars dont il était responsable et les bourgeois de Landshut sous la responsabilité du juge municipal Franz Oberholzer. Il pensa d'abord que la cause en était la jeune femme aux cheveux couleur de blé qui riait et ingurgitait de la bière plus que lui-même en était capable, à cause d'elle et de ses cuisses roses qu'il avait essayé d'écarter, chose que la fatigue et surtout le trouble dû à la bière l'empêchèrent malheureusement d'accomplir. Il avait tout de même tenté de les écarter, et lorsque la nature lui fit abandonner la tentative, il décida de le faire le lendemain. Cette décision, il l'avait prise déjà couché sous le tonneau. Il se sentait bien là, allongé sous le gros ventre rond de la barrique qui vous donne une impression de sécurité et le sommeil tranquille, sans plus aucune inquiétude pour le troupeau. Il fit un rêve magnifique : il passe sur son cheval la porte de la ville, les conseillers et le juge municipal l'attendent vêtus de soie noire, et là-bas, eh oui, sur son destrier, le prince de la province qui sourit et fait même un signe aimable de la tête, oui, il incline la tête pour saluer le courage des voyageurs venus de loin, par les monts, à travers la neige et la tempête, par-dessus les torrents et les cols vertigineux. Et lui chevauche à la tête des pèlerins magyars, de la sainte armée magyare, il est suivi par le chariot sur lequel se trouve

Magdalenka, elle aussi se réjouit de cette scène, c'est le premier événement marquant du fameux pèlerinage, le suivant aura lieu à Augsbourg, j'entrerai à Augsbourg sur mon cheval, entre deux rangées de grenadiers en culotte blanche avec des bretelles, et avec des baïonnettes au bout des fusils. Mais avant, rêvait-il, heureux, j'irai retrouver la fille du juge municipal et j'écarterai ses cuisses roses. Je ne peux pas être tout le temps en route, sans cesse chargé de ces grosses responsabilités, sans prendre un peu de bon temps. L'abbé Janez comprendra bien, pensa-t-il, mais en même temps la colère s'empara de lui. La cause de tout ça n'était pas une femme, Leonida le lui avait dit, c'était ce malheureux curé qui avait mijoté tout ce bouillon. Qu'est-ce qu'il était allé se mêler de la dispute, Tobija et Jokl, ces deux trouble-fête de raconteurs d'histoires, il aurait pu les plonger un peu dans la bière, c'est ce qu'il aurait fait, lui, et tout se serait arrangé. Tout le problème, c'est qu'il n'était pas là, il était sous un tonneau, il cherchait à écarter les cuisses roses, mais même ça, il n'a pas pu le faire. C'est affreux, en fait, se dit-il. Jamais dans aucun pèlerinage il ne s'est passé chose semblable. C'est vrai, ce qui lui est arrivé dans l'auberge sous un tonneau, parce qu'il y avait trop de bonnes choses, ça s'est déjà produit à plusieurs reprises. Mais jamais, au cours d'une réception si belle et si solennelle, entre les discours et les toasts sans nombre, après un accueil de soie et un banquet à l'hôtel de ville, d'où ils partirent vers la brasserie Wittmann, jamais il ne lui était arrivé de se réveiller dans un tel chaos si mémorable que les chroniques le relateraient. Dans une ville en proie aux flammes, dans les hurlements, les bagarres, les coups de feu et les incendies qu'on ne réussit à éteindre qu'au petit matin. Il savait que des rapports seraient envoyés à l'évêché de Ljubljana et à la cour de Vienne, que les messagers étaient déjà en route et qu'on ne pouvait rien en attendre de bon. Toute l'affaire est loin d'être terminée. Et avec ça il a un mal de crâne insupportable. Les pourparlers, pensa-t-il, je dois aller participer aux pourparlers à l'hôtel de ville. C'est maintenant que je dois montrer que je suis le chef des pèlerins et non un paresseux, une fripouille et un coureur, comme dit Leonida, et pour ce qui est de cette matinée, elle a plutôt raison.

Il fallut encore un peu de temps pour qu'il redevienne un vrai chef des pèlerins. Son chapeau devait être remis en forme, ce qui n'était pas simple, il devait se débarrasser de l'horrible puanteur de bière et de vomissure qui se répandait alentour. Leonida lui donna de la tisane de centaurée pour les lavages de la bouche et elle lui aspergea le corps et les vêtements de lotion de rasage qu'un pèlerin avait apportée de chez le barbier de Landshut. Celui-ci offrit de faire une saignée au chef malade avant son départ pour les pourparlers avec les conseillers municipaux, afin qu'il se sentît au meilleur de sa forme et que toute cette malheureuse affaire qui s'était étendue sur la ville durant cette nuit devînt au plus vite du passé. Il refusa la saignée, en revanche il accueillit avec gratitude l'œuvre des mains de Leonida, même si elle n'avait de cesse de lui faire des leçons sur l'horreur de l'ivrognerie, de la débauche et de tous les autres vices. Elle lui posa sur la tête des feuilles de raifort, appliqua sur sa grosse panse blanche des cataplasmes chauds au vin de romarin et ne se contenta pas de lui verser dans l'oreille du jus de ribote qu'on appelle également *oreillis*, mais mélangea aussi des graines de céleri broyées et malodorantes à un œuf et l'obligea à boire. Puis elle lui fit mâcher de l'armoise trempée dans de l'eau-de-vie, tout comme de l'anis et du cumin.

À présent, le guide des pèlerins magyars était prêt à accomplir son devoir, à entamer les discussions avec les autorités locales et à sauver ce qu'il était possible de sauver.

Les pourparlers débutèrent vers midi, la nouvelle tomba que l'armée venait de quitter Passau.

Une fois que les négociateurs eurent examiné la situation, il y eut quelques durs reproches quant au mauvais usage qui avait été fait de l'hospitalité. L'année précédente la récolte n'avait pas été bonne, la pauvreté écrasait le pays, quand ce n'était pas la famine. Le poisson se faisait rare dans l'Isar, et il restait peu de lard après l'hiver. Et malgré tout, la ville souveraine de Landshut avait préparé aux pèlerins des pays du Midi un accueil qu'ils auraient du mal à trouver dans les autres villes allemandes. Au lieu de se montrer reconnaissants, les pèlerins avaient gardé en captivité dans l'entrepôt de la ville le juge municipal et d'autres bourgeois de renom, y compris le célèbre voyageur qui avait vu Londres. De la part des pèlerins, on entendit des plaintes quant à l'orgueil et même à la violence des habitants de Landshut qui ne respectaient pas la tradition séculaire, et quant à l'accueil froid envers les pieux voyageurs en route pour la sainte ville de Kelmoraïn, et même les violences à l'encontre de monsieur le curé consacré Janez Demsar. Lorsque les reproches mutuels furent dits et équitablement partagés, c'est là qu'ils mirent sur la table, comme on dit, leurs exigences.

Les représentants de la cité souveraine exigeaient que l'on relâchât immédiatement le brasseur Wittmann, car la production de la bière était arrêtée, ce qui était en train de causer de grands dommages. Il faut d'abord, dit Mihael Kumerdej, relâcher les pèlerins enfermés dans la brasserie, car là où on tient deux cents personnes emprisonnées la production ne peut se poursuivre. Et de surcroît, c'est justement le très estimé et très honoré brasseur Wittmann qui avait donné un coup et blessé leur curé, ils doivent comprendre que cela avait fait sortir de leurs gonds les hommes venus d'un pays où les prêtres sont très respectés. Mais avant, dit la partie de Landshut, il faut relâcher le juge municipal, qui s'installera devant l'hôtel de ville pour juger les responsables des désordres. Comment pourrait-il juger, dit Mihael, puisque, d'après mes renseignements, c'est lui qui est le principal fauteur de troubles. C'est lui qui a cassé le broc qu'il est impossible de recoller. Les pèlerins doivent comprendre, dit la partie bourgeoise, que le juge de la ville, homme de principes et de vérité, avait été très troublé par l'évident mensonge selon lequel un pèlerin, un certain patriarche de Ptuj, avait cent cinquante ans et était même allé en Terre sainte en 999. La bière ingurgitée et l'heure tardive qu'ils déplorent tous ensemble, et ceci et cela, le mensonge est une offense contre la dignité et l'honneur de la cité souveraine de Landshut, même à cette heure-là et dans les circonstances que l'on sait.

Mihael Kumerdej tint un bref conseil avec les doyens des pèlerins.

Le juge de la ville est un homme honorable, je le sais, car j'ai eu l'honneur de faire la connaissance de sa fille respectable et pleine de raison, mais le fait est que le patriarche de Ptuj a bien l'âge qu'il a. Les pèlerins admettent le fait qu'en affirmant qu'il avait été présent à Jérusalem était quelque peu exagéré, qu'il avait été poussé par l'esprit de compétition avec le conteur local, mais ils ne peuvent en aucun cas changer son âge vénérable, quelques années de plus ou de moins n'ont guère d'importance pour un homme à la tête chenue. C'est bon, dirent les conseillers, cependant le juge de la ville exigera des excuses. C'est bon, dit Dolnicar le propriétaire foncier, et nous exigeons des excuses parce que la ville n'a pas accueilli les saints voyageurs selon l'hospitalité qui est en usage depuis des siècles. Comment donc, dirent les bourgeois de Landshut, nous vous avons donné vingt-sept barriques de bière. Qui provoque des maux de tête, dit Mihael. Les conseillers municipaux sursautèrent. La bière de Landshut n'a jamais donné mal à la tête à personne. Mais si quelqu'un reste couché sous le tonneau, s'écria le conseiller municipal par ailleurs maître brasseur, c'est son affaire, et cela ne ternit aucunement l'honneur de la bière de Landshut.

Avant de poursuivre les négociations, les conseillers reçurent l'autorisation de se concerter avec le juge dans le garde-manger de l'auberge Au sang sacré, et Mihael Kumerdej accompagné des doyens put entrer dans la grande salle de la brasserie. Le juge municipal Franz Oberholzer, qui supportait mal d'être dans le garde-manger, se montra conciliant.

– Bien que ça révolte l'entendement humain, dit-il, il faut respecter les choses sacrées des peuples. Et si tous ces gens pensent que ce vieillard barbare a vraiment l'âge qu'ils lui donnent, et peut-être même plus, alors qu'ils continuent à le penser, avec la bénédiction de Dieu.

– C'est à nos tables qu'ils sont servis, dirent les conseillers municipaux outrés, c'est de nos mains qu'ils reçoivent la bière, et pour tout remerciement, ils incendient et cassent.

– Il est possible, dit le juge Franz Oberholzer, que ça fasse partie de leurs coutumes nationales. Il suffit donc qu'ils livrent l'homme qui possède une arme à feu, et que tous les autres déguerpissent de la ville au plus tôt.

Mais à la brasserie les pèlerins employaient des termes plus durs avec leur chef. Il était couché sous le tonneau pendant qu'ils menaient la lutte en faveur de l'abbé Janez et pour l'honneur des pèlerins. Et un peu plus tôt il était dans un endroit inconnu avec cette femme toute en rondeurs, la fille d'un homme qui a offensé, frappé et blessé leur curé. Mais le curé dit, ajouta l'un des doyens, qu'il n'a fait que glisser. Il n'a pas glissé pour rien, jamais le curé ne glisse simplement comme ça, il a été poussé. Qu'ils lui présentent donc leurs excuses. Et que la ville dédommage les saints voyageurs des préjudices qu'elle a causés à leurs biens et à leur renommée. Si cela ne se fait pas, dit l'un des paysans, des incidents éclateront à nouveau à la nuit tombée. Mihael n'osait pas objecter que les biens de la ville de Landshut avaient en fait subi plus de dommages, il ne voulait plus entendre de reproches quant aux endroits où il couchait pendant qu'eux, ils menaient la lutte.

Empestant la lotion de rasage, avec son oreille endolorie dans laquelle persistaient des bourdonnements dus à la plante de Leonida nommée *oreillis*, Mihael retourna à l'hôtel de ville et proposa qu'on laissât de côté les questions de principe quant à celui qui avait été à l'origine de tout, quant à l'âge de tel ou tel ou de l'endroit qu'il avait visité, et enfin même la question de savoir qui était accueillant et qui ne l'était pas, qui profitait de l'hospitalité ou non. Il proposa que tous libèrent tous les prisonniers, que les pèlerins ouvrent la porte du garde-manger au juge, et les bourgeois et la garde municipale la salle d'auberge aux pèlerins. Il avait mal à l'oreille et il avait hâte que tout soit enfin terminé. Après de longues discussions, les bourgeois de Landshut acceptèrent, mais ils exigèrent que le juge fût libéré le premier. Ils s'y tiendraient, même si les pèlerins vidaient toute la bière de la brasserie. Et de toute façon, les cuirassiers et les artilleurs étaient en route pour restaurer l'ordre.

À présent, les uns et les autres se rendaient compte qu'ils ne pourraient pas continuer de la sorte, sinon de nouvelles hostilités se produiraient avant l'arrivée des troupes. C'est pourquoi le chef Mihael Kumerdej dit aux conseillers municipaux de la cité souveraine réunis que personne n'avait été en mesure de prévoir que les événements prendraient cette tournure malheureuse. Sur ce point ils étaient tous d'accord. Ils convinrent que des excuses seraient prononcées une fois que le juge Oberholzer, le brasseur Wittmann, le voyageur Jokl seraient libérés et pour l'autre partie une fois que les pèlerins autrichiens auraient quitté la brasserie. Les choses furent ainsi ordonnées avant le soir, les excuses convenues dites. C'est le chef Mihael qui s'excusa le premier, puis il remercia en grande pompe, selon la coutume séculaire, au nom des pèlerins qu'on appelle ici également « magyars », venus de Carniole, de Styrie, de Carinthie et du comté de Gorizia, il dit merci pour le bon gîte et le couvert, en souhaitant au renommé conseil municipal une heureuse administration de la ville, à tous les conseillers il souhaita une santé solide, avec l'espoir que d'autres villes allemandes, tout comme les monastères et les hospices éparpillés sur le chemin s'étendant devant eux, préparent un accueil aussi aimable que cette célèbre et ancienne ville de Landshut pour les gens pieux et modestes en route pour le Coffret d'or de Kelmoraïn et les saintes étoffes d'Aix-la-Chapelle. Les pèlerins commençaient à préparer leur départ, la ville pourra souffler avant l'arrivée de l'armée qui fera son entrée cette nuit même, probablement vers le matin.

Quelles seront les conséquences, nous le savons : effrayantes, séculaires, historiques. Une commission papale viendra, fera son enquête, en partie parmi les pèlerins restés sur place en tant que témoins, en partie parmi les bourgeois, le rapport des « événements de Landshut » arrivera bientôt au Conseil aulique de Vienne, on y prendra bientôt le décret interdisant les pèlerinages vers Kelmoraïn pour toute l'éternité. Et lorsque, bien des années plus tard, les gens pieux d'Autriche méridionale se demanderont pourquoi ces magnifiques pèlerinages furent interdits, personne ne saura plus que c'était à cause d'une histoire racontée une fois bien et une fois mal, à cause d'un conteur vexé et à cause d'un curé qui a plutôt glissé que chuté, à cause de grandes quantités de bière et de la chope brisée d'un juge.

Mihael, le guide des pèlerins, eut du mal à trouver le sommeil la dernière nuit à Landshut. Il revint chez lui, c'est-à-dire dans la plus prestigieuse chambre de l'hospice de Landshut, alors qu'on entendait déjà le tumulte lointain de la troupe, le bruit des armes, le hennissement des chevaux, les cris des officiers. Il pensa d'abord aller à leur rencontre, une explication serait peut-être nécessaire, il y serait sûrement allé s'il avait su que c'étaient des soldats originaires de son pays qui criaient et faisaient cliqueter les armes, sous le commandement du capitaine Windisch, il y serait allé, malgré sa fatigue. Il était éreinté, crevé comme un chien, sous les bandages c'était toujours un mélange de bière et de sang qui battait dans sa tête, dormir, c'était son unique désir, se reposer, plonger dans le sommeil. Mais le repos ne lui était pas destiné en cette nuit, tous dormiraient, lui seul veillerait jusqu'au matin, sa mauvaise heure, sa pire heure c'était pour maintenant. Quand il eut réussi à se traîner jusqu'au palier du haut, il dut s'appuyer sur le mur pour ne pas tomber à la renverse et rouler au bas de l'escalier raide qu'il venait de grimper. En haut se tenait une immense apparition blanche, elle n'avait aucune raison d'être là, elle avait du mal à se tenir debout, elle aurait dû être au lit, ou plus exactement sur deux lits, c'est seulement là qu'il se rendit compte que ce n'était pas ses rires et ses pleurs qui l'accueillirent. Dans l'entrebâillement de la porte se tenait la grande Magdalenka, il ne pouvait pas en croire ses yeux, elle était debout, les mains sur les hanches et les yeux lançant des éclairs, il désirait très fort qu'elle aille se recoucher, qu'elle s'endorme dans ses visions, même si cela devait la faire gémir, à présent c'était lui qui gémissait de tout le mal qui l'accablait, celle-là lui ferait avaler des potions bien plus amères que Leonida Schwartz.

Il y en avait un autre qui ne dormait pas cette nuit-là, et cet insomniaque vit à l'aube une chose bien pire et bien plus volumineuse que ne l'était Magdalenka. C'était le patriarche de Ptuj, qui ne pouvait évidemment pas prévoir que son innocente histoire de la fin du monde provoquerait un tel désordre, cependant il sentait un poids peser sur sa poitrine, le poids invisible d'un acte historique aux conséquences historiques ; le père Tobija s'était perdu quelque part dans les rues de Landshut. Il était triste, Tobija n'était qu'un homme, même s'il était conteur, et pas le meilleur. Il marchait au bord de l'Isar en pensant à tout ce qui se passait pendant les pèlerinages, en se demandant si ce qui était en train d'advenir à Landshut pouvait être comparé aux choses qui lui étaient arrivées. Ce qu'il regrettait le plus, malgré tout, c'était de ne pas avoir pu terminer son histoire. À Jérusalem, à la fin de l'année CMXCIX, comme chacun sait, la fin du monde n'a pas eu lieu, tout comme il n'y a pas eu ce tremblement de terre idiot à Londres. Tout cela ne serait peut-être pas survenu si on lui avait laissé terminer son histoire, un narrateur de sa stature n'est qu'un homme ; il ne pouvait pas prévoir des conséquences dont le souvenir durerait des siècles. De surcroît, il n'avait même pas eu le temps de dire que les calculs de cette époque concernant Jérusalem étaient faux. La fin du monde aurait dû avoir lieu, comme on l'a calculé *a posteriori*, le vingt-six avril mille trente-trois, le jour de l'Ascension du Christ. Mais ce qui se passait alors était une autre histoire, à laquelle Tobija ne voulait même pas penser. Il préférait à présent réfléchir à ce qui se déroulait à Landshut et à l'endroit où il allait se cacher tant que la fureur ne quitterait pas les gens et tant qu'ils ne seraient pas prêts à entendre de nouvelles histoires. L'une d'elles sera particulièrement intéressante : ce sera l'histoire de l'échelle de Jacob et le récit qui expliquera pourquoi dans un village de Styrie – il faudra décider lequel – on vénère un échelon provenant de cette échelle par laquelle les anges montaient au ciel et descendaient sur la terre, on le vénère même si le patriarche Jacob n'avait vu l'échelle qu'en songe. Comment l'échelle des rêves pouvait-elle se retrouver dans le monde réel pour qu'il reste des échelons que l'on vénère en Styrie comme *reliquiae reliquiarum*, et tout le reste faisant partie de l'histoire ? Plein d'inquiétude, il faisait les cent pas au bord de la rivière cependant que la ville éreintée était déjà plongée dans un profond sommeil. Juste au moment où, plongé dans ses pensées créatives, il s'apprêtait à retourner en ville, quelque chose le retint. Quelque part dans le lointain, là où s'arrêtent les prés et commencent les forêts, il aperçut une grande bête, peut-être une vache, mais pas n'importe quelle vache, elle avait la taille de la cathédrale Saint-Paul de Londres et Saint-Pierre de Rome, peut-être même les deux réunies. Sa tête s'élevait bien audessus du brouillard, juste sous les nuages, le ventre était rond et gros comme une coupole, comme les coupoles des deux cathédrales qu'il avait déjà vues. Tour à tour, de ses yeux de la taille des roues d'un moulin, elle jetait un regard pensif vers le lointain, pardessus les toits de la ville, puis sa gueule de vache arrachait les cimes des arbres. C'est comme ça dans les pays allemands, pensa-t-il, les pèlerins ont raison, ici tout est plus grand. Il se dit que cela n'augurait rien de bon, une si grosse vache à l'aube, il n'y en avait jamais eu de pareille dans aucune de ses histoires ; il pensa appeler un témoin, mais il n'y avait personne dans les parages, tout le monde dormait. Et voilà que la grande bête cessa d'arracher des tilleuls et des chênes allemands, elle le découvrit, lui le minuscule conteur, seul dans la plaine, elle ouvrit sa grande gueule, un immense trou noir s'ouvrit juste derrière lui, un véritable ventre de vache de la baleine de Jonas. Il se sentit attiré dans cette caverne, un souffle glacé le fit trembler : peut-on inventer une chose pareille, à moins qu'il ne s'agisse d'un rêve bizarre… qu'un tel monstre serait capable de ne faire de vous qu'une bouchée ? Il hésita un instant, mais la curiosité prit le dessus, peut-être que ce n'est pas une vache, peut-être est-ce un bœuf ou même un taureau, il traversa le pré dans l'herbe haute en direction de ce grand animal qui malgré sa taille ne fit pas entendre le moindre son.

Par un matin brumeux, les pèlerins eux aussi commencèrent à quitter la ville, en direction de la lointaine ville de Cologne. À nouveau il en manquait quelques-uns, c'est en vain qu'ils cherchèrent Katarina Poljanec de Dobrava, pas trace non plus de l'étrange ermite qui faisait parfois son apparition pour disparaître aussitôt, il manquait également quelques jeunes paysans dont on disait qu'ils avaient été enrôlés dans l'armée et vêtus d'uniformes, nulle trace non plus du patriarche Tobija. L'abbé Janez contemplait ses pèlerins slovènes qui traînaient leurs pattes fatiguées le long de la route embrumée, il regardait ses propres jambes qui faisaient avancer en saccades douloureuses son corps exténué. Ils avançaient comme s'ils cherchaient à se punir de tout acte commis dans le marécage du péché humain dans lequel ils s'étaient enfoncés jusqu'aux genoux les jours derniers. Ils marchaient sans répit, silencieux, cherchant à vaincre les distances de l'immense pays, ils se traînaient sur son ventre bourrelé, des vallées aux sommets, des sommets vers le fond des combes. Les bannières étaient roulées, la croix de bois passait dans les bras des uns et des autres, ils ployaient sous son poids. Il y en eut qui tentèrent un chant, quelques voix suivirent, mais le chant se perdait chaque fois dans la poussière et finissait toujours en voix éclatées.

Ces choses qui sont arrivées… elles arrivent, elles doivent arriver. Dans la grande salle d'une brasserie, au centre d'un pays à court de nourriture, ils se sont vautrés dans la bière, ont piétiné des haricots et écrabouillé du lard parmi les vomissements, les hurlements, ont craché, titubé, frappé dans la sueur des étreintes. La vie est un entrelacs de minable et de sublime, de quotidien et de miraculeux. Lorsqu'ils atteindront la première église, lorsqu'ils verront les images familières du chemin de croix, alors leurs âmes s'enflammeront de nouveau, car sanctifiés nous sommes avec les images et elles seules nous permettent de nous comprendre, les fresques des églises, les actes des saints, leurs couleurs, l'expression sur leurs visages ne sont que des images autres, rehaussées, de nos vies, comme elles sont également images de la nature, des nuages, des brumes que nous traversons ce matin d'un pas traînant, en attendant que le soleil diffuse ses rayons.

À présent chaque pèlerin est seul avec ses pensées sur la route de Kelmoraïn, avec ses peurs loin de chez lui, avec les figures et les images des paysages et des chaumières derrière lui. L'esprit de chacun, leur moi commun vogue à présent bien au-dessus de la fange éthylique de Landshut, juste sous les cimes, il a dû se traîner dans la boue pour pouvoir s'élever. Il a dû tomber bien bas, dans les profondeurs, afin de pouvoir monter vers les hauteurs où dans les nuages sont assis les anciens saints qui essaient de les aider comme ils le peuvent. Les cris et les rires de Magdalenka passent au-dessus des arbres au bord de la route, au-dessus des épaisseurs feuillues de la forêt printanière qui recouvre la colline de ce pays allemand vallonné en cadence : une longue vallée, un plateau, une montée douce vers le sommet d'une montagne puis une lente descente, comme la vie. Au-dessus d'eux, très haut au-dessus de la fange dans laquelle ils enfonçaient les pieds un peu plus tôt, au-dessus des eaux qui purifient, au-dessus des cimes des arbres, au-dessus des nuages, où n'existe pas la bête immense qu'a suivie le patriarche Tobija, pas de grosse vache à la gueule béante, mais toujours, en suspens, le grand Reliquaire d'or contenant les restes des Trois Sages venus s'incliner à Bethléem, de là-haut il est impossible d'apercevoir la vie misérable d'ici-bas, sous ces éclats d'or ils descendent la montagne en pente douce, quelque part au loin scintille le Rhin, présage du grand fleuve… ainsi se perdent dans la brume les pèlerins de Kelmoraïn avec leurs espoirs, avec dans les cœurs leurs bannières roulées, la tête embrouillée et les pieds pleins de durillons, dans l'espace brumeux du lointain pays ils disparaissent, nous ne les voyons plus.

27

Au loin quelques coups de feu retentirent à la file, puis des cris se firent entendre. Quelqu'un courait dans la rue. Simon ouvrit les yeux, la même main blanche reposait sur sa poitrine, sa main blanche, son *deimos*, la main blanche de son angoisse de novice, de son éternelle crainte de la damnation. J'ai dû entendre des coups de feu dans mon rêve, pensa-t-il, c'est Santa Ana, j'ai rêvé que les *bandeirantes* tiraient à Santa Anna, qu'ils tuaient les bergers avec leurs troupeaux dans la lointaine *estancia*, le grand bœuf tombe à genou alors que le soldat portugais vise le front entre les yeux humides, il appuie sur la détente, la grosse carcasse roule, j'ai rêvé, se dit-il, j'ai également entendu des cris. Il jeta un coup d'œil par la fenêtre, la lune avait disparu, les étoiles brillaient tranquillement sur Landshut et sur eux deux ; elles avanceront et brilleront sur Santa Ana et sur l'*estancia* où il avait fait ses adieux aux missions, où il avait reçu force coups de pied et subi force entraves, l'adieu avec le regard posé sur les Guarani massacrés, sur le *corregidor* Hernandez, sur… il n'osait poursuivre sa pensée, il ne voulait pas penser à la petite Teresa, la fille de Hernandez, à ses yeux, à son *Deo gratias*… La fenêtre de la chambre d'hôte du monastère des dominicains de Landshut donnait sur la rue, il tendit l'oreille, un instant tout était silence, puis des exclamations et des cris de la foule parvinrent du centre-ville, les sons se répercutaient pour se perdre dans la vaste plaine allemande. Katarina fit un mouvement, reposa la main sur la poitrine de Simon, rouvrit les yeux : Qu'est-ce qui se passe ? Des coups de feu, répondit-il.

– Qui est-ce ?

– Je ne sais pas, dit-il, il y a toujours quelque guerre en cours en Allemagne. Dors, dit-il.

– J'ai froid, à nouveau. J'ai senti le même froid quand nous avons dormi à la belle étoile, tu te souviens de l'endroit ?

– Je me souviens, tu grelottais dans ton sommeil, tu tremblais de la tête aux pieds.

– Cela venait de toi, dit-elle.

– Le froid ?

– Non, de tout ce qui était arrivé, mais c'était différent. À présent c'est presque pareil, mais différent.

– Différent comment ?

– Maintenant c'est mon corps, pas moi.

– Ton corps, n'est-ce pas toi ?

– À cette époque c'était moi et mon corps, mon âme et mon corps, à présent mon corps se sent bien. C'est entré en moi.

– Par la bouche ?

– Par la bouche aussi. Tu dis bien que les péchés viennent à l'homme par ses orifices.

– Par les narines ?

– Par les narines vient l'odeur des sapins, le souffle des lointains pays, l'odeur de ton corps ; par les oreilles ta respiration, les paroles que tu murmures, tout. Tu devrais être mon époux, Simon. Pour toi tout est ouvert, tu peux entrer en moi par la peau, mais tu ne le veux pas, tu ne le peux pas, tu as peur, que crains-tu, Simon ? Voilà pourquoi c'est différent, Simon, voilà pourquoi mon corps s'est senti bien, et pas moi. Tu comprends ? Je sais que tu ne comprends pas, tu n'as qu'à hocher la tête pour le dire. Mais sache-le :

si tu ne m'aimes pas, si tu as l'intention de t'en aller de nouveau, alors tout n'est que blessure, tout orifice est blessure, j'ai mal à l'âme.

Leurs regards étaient tournés vers le plafond. Des cris leur parvenaient de nouveau, comme du bois qui se brise, ou des carreaux de fenêtre.

– Au matin, dit-il un peu plus tard, au matin j'irai trouver le guide des pèlerins et tous ces paysans et bourgeois qui siègent au tribunal, je me déclarerai, je supplierai, nous voyagerons ensemble.

– Tu ne le feras pas, non, murmura-t-elle.

– Ferme les yeux, dit-il, dors.

Il restait allongé sur le lit, tout éveillé dans le silence du monastère dominicain, prêtant l'oreille aux clameurs lointaines qui s'évanouissaient, les étoiles dans l'encadrement de la fenêtre s'éteignaient, la noire voûte céleste palissait, passait au gris, l'aube était proche. Autrefois il était déjà dans ses livres à cette heure-là, même si ce n'était pas permis, à cette heure il fallait dormir, puis se lever bientôt pour entrer dans la froide église Saint-Jacques, à cette heure il pensait autrefois qu'il se tiendrait bientôt devant François Xavier en évoquant en pensée ses voyages, quelques années plus tard il écoutait à la même heure ululer et criailler les premiers oiseaux dans la forêt dont les frondaisons entouraient Santa Ana, d'autres fois à cette heure-ci il pensait aux obligations qui l'attendaient, à la catéchèse, à la machine à imprimer qu'ils construiraient avec le père Christian, il pensait à la petite Teresa qui l'attendrait à la porte de leur Maison avec son *Deo gratias, gratias tibi, Domine*, à cette heure d'insomnie matinale où la femme aimée est couchée à ses côtés et rêve, à moins qu'elle aussi, derrière ses paupières closes, elle ne soit éveillée comme lui, à cette heure, toujours la même, où s'en va la nuit avant la venue de l'aube, la lucidité de la mémoire s'approche, un jour la petite Teresa lui avait demandé : Et Dieu, ne dort-il pas ? Il a ri et il a dit non, Il ne dort jamais, et il a pensé : Dieu est un grand insomniaque, moi je suis un petit insomniaque, quand je m'endormirai, quand nous nous endormirons tous, nous dormirons en Dieu, là seulement est l'oubli, là nous ne penserons pas aux choses qui nous tracassent, à la peur de ce qui vient de se passer, et à la peur de ce qu'il faudrait faire afin de ne pas blesser Katarina, à ce qui est arrivé dans les missions, au père sujet des comtes de Turjak qu'il était obligé de chasser de sa mémoire alors que son souvenir revenait précisément à pareille heure ; la lucidité de la remémoration est terrifiante à cette heure, l'*insomnia* fait revivre le moindre détail de la vie, la moindre couardise, la plus petite trahison, le moindre embarras honteux ; l'insomnie c'est l'impossibilité d'oublier, il est écrit : L'homme n'a pas besoin de sommeil pour se reposer, il en a besoin pour oublier, et Simon est conscient d'être incapable de tomber dans les bras du sommeil comme savait le faire son père, qui se couchait après sa journée de labeur, fermait les yeux et dormait jusqu'au matin, lui en est incapable, même lorsqu'il est éreinté d'avoir marché toute la journée son sommeil est bref ; à présent, alors qu'il s'est endormi après l'amour, son sommeil est encore plus bref, car l'âme dans le péché se déchaîne, l'austère novice est en train de la dénoncer à Dieu ; lorsque le sommeil s'en est allé il ne revient plus avant l'aube ; lorsque Simon se réveille, il est séparé du sommeil, mais il demeure dedans, il est séparé du monde et toujours en lui, il est séparé des formes mais il en garde une conscience claire, la trouble lucidité matinale ne permet pas d'arrêter ce qui se présente à la mémoire, la pensée qui pourrait donner un coup d'arrêt à ce qui agit intuitivement n'est pas là, l'incertitude est en action, les interrogations aussi, la peur de la fin est à l'œuvre, de la fin sans le salut, la peur de la damnation, la prière elle-même est inopérante à pareille heure, la prière vient au secours le matin seulement, alors que se lève le jour froid et pur ; tous ces paysans qui ont passé la nuit à boire vivent avec la nuit et le jour, tout comme avait vécu son père, ils vivent de leur vie végétative et animale, proches de la terre assistant au jour qui s'éteint et au jour qui se lève, chaque jour, comme ils acceptent tout naturellement la vie qui s'éteint, toute vie, tous ces hommes simples à la panse remplie de haricots et de bière ; ils comprennent peut-être mieux tout ce qui respire dans la nuit autour de lui et qui s'évanouit dans l'approche de l'aube, mieux que lui, le scolastique, qui avait passé tant de nuits à veiller avec les livres et tant de jours à discuter avec les hommes savants et à méditer dans les maisons des jésuites, à Ljubljana et à Santa Ana, en mer et dans la plaine de l'Amérique, lui ne connaît que des questions déferlantes et des réponses fragiles. Et maintenant, près de cette femme, près de Katarina, alors que le temps est enfin venu de ne plus accepter de questions, plus de conscience éveillée aux formes absentes ni de lucide remémoration, alors qu'il aimerait se noyer dans la foi paysanne des pèlerins et cheminer avec Katarina jusqu'à Kelmoraïn, puis s'en revenir et vivre avec elle, à Dobrava ou à quelque autre endroit, alors qu'il voudrait, à l'instar des paysans, de son père et de sa mère plongés dans l'oubli, se laisser porter par le flux naturel de l'univers humain, végétal et animal, avec ses naissances et ses vies qui s'éteignent, à présent qu'il devrait enfin apurer ses propres comptes, près de Katarina et sur le chemin du Coffret d'or, car il s'est mis en route pour se réconcilier avec lui-même afin d'entrer dans un monde où les interrogations déferlantes n'existeront plus, mais à leur place un tranquille espoir, l'intuition simple de la présence divine, le voilà rempli de douleur et d'incertitude, la femme est couchée près de lui dont il a meurtri l'âme et le corps par son incertitude, une grande angoisse a envahi son corps et son âme, même lorsque la femme sera partie, non seulement l'angoisse immobile demeurera, mais aussi la lucidité de la mémoire, à tout jamais demeureront en lui ses brillants cheveux châtains, ses yeux à l'éclat provocateur, provocateurs parce que blessés, son rire qui défie parce qu'il est blessé, l'odeur de sa peau, les formes de son corps ; il est éveillé, il écoute s'éloigner la nuit de vacarme, la nuit des cris rauques des hommes et des vociférations stridentes des femmes, il veille et écoute les voix de la séduction comme il les avait écoutées près de Saint-Pierre à Ljubljana, il écoute les voix de la violence, les grognements bestiaux des ivrognes ; il sait fort bien qu'ils font partie de cette vie végétale et animale, que cela environne toujours ces gens, à l'instar des Indiens des réductions paraguayennes, ce qui les rend naturels en toute situation, c'est pourquoi leur prière du matin est sincère, le matin les visages sont marqués de cernes noirs après les fatigantes cochonneries nocturnes, mais ils portent en même temps la marque du repentir, ils sont purs déjà ; leur chute dans les bas-fonds du monde grossier des animaux, des éructations et des grognements de porc est naturelle, c'est pourquoi les visages lavés et les yeux pénitents vont de soi, le pardon vient déjà durant la prière, car l'esprit est tombé si bas que plus la nuit avance vers l'aube plus il appartient au monde animal, cet esprit qui permet à l'homme de descendre tout en bas, dans le grognement porcin et l'accouplement bestial, cet esprit-là peut ensuite s'élever très haut, monter dans les hauteurs avec la prière et dans son élévation il emporte l'homme porcin avec lui, c'est pourquoi tous ces gens voient le Coffret d'or voyager là-haut au-dessus des nuages, ils le voient mais il ne le voit pas, lui, car il ne peut le voir ; leur Coffret d'or, vers lequel ils cheminent durant toute leur vie humaine, végétale et animale, remplis de présence divine, est d'autant plus lumineux et d'autant plus pur qu'est sombre leur vie de peur et de boue ; cependant sa propre vie n'est pas plus proche de la lumière et de la pureté du Coffret d'or, et son âme de novice ne cesse de se cogner aux murs de la cellule monastique en cherchant craintivement une issue, la pierre philosophale, la solution qui ne serait pas une plaie supplémentaire pour elle ni pour lui, une issue et une solution qui leur permettraient de s'envoler tranquillement par-dessus les paysages printaniers dans le sillage du Coffret d'or, comme s'envoleront ce matin les âmes de tous les pèlerins de Kelmoraïn, de toutes les âmes hormis celles de Katarina et de Simon, leurs deux âmes descendant une pente de plus en plus abrupte, toujours plus bas, leurs âmes d'insomniaques jamais endormies, comme Dieu n'est jamais endormi, lui aussi est un grand insomniaque, c'est bien connu.

Nous connaissons la scène : Katarina rêve qu'un homme lui ôte lentement ses vêtements. Cela se passe peut-être en rêve, peut-être dans la semi-conscience de l'aube, finalement l'homme la regarde toute nue et elle ne peut rien faire contre cela. La scène est pénible et agréable, il défait les boutons sur sa poitrine et sur son ventre avec une adresse pleine de légèreté, elle entend son souffle sans voir son visage, c'est un homme sans visage, il est pourvu de mains et d'un corps d'homme, à présent, en ce matin au monastère dominicain de Landshut il semble à Katarina qu'elle reconnaîtrait le visage des songes, il la touche exactement où elle le désire, la pression suit son propre désir, elle dit : non, mais les mains ne s'arrêtent pas, la respiration sur son oreille ne cesse pas, l'homme est tout près et loin à la fois, le regard de l'homme est posé sur son corps, cependant à l'époque, à Dobrava, elle ne sait pas encore qui il est, il ne possède pas encore de visage ni de nom, à présent il lui semble apercevoir une craintive créature difforme qu'elle connaît, elle a envie de résister, de se couvrir et de crier, mais elle ne peut pas, elle sait qu'elle est réellement couchée nue, elle ne peut résister, l'homme la soulève sur ses flancs et il s'approche par-derrière, elle est légère, sans force, tout en sueur et excitée jusqu'à la dernière fibre, elle remarque dans l'horreur d'une inouïe attirance que quelqu'un se tient à la porte et regarde la scène de mise à nu et de toucher, son corps humide, les corps malaxés, les coups qui s'enfoncent comme disent les paysans de Dobrava, il contemple ses seins nus et son derrière qui remue, tout le corps qui ne peut s'arrêter bien que Katarina sache que quelqu'un observe tout, que c'est l'œuvre du Malin ; Simon, dit-elle en rêve ou en demi-éveil, quelqu'un se tient près de la porte, il n'y a personne dit Simon, quelqu'un qui pourrait être Simon, quelqu'un qui fait toujours partie des songes de Katarina, le voilà soudain ici, au monastère dominicain, avec une femme nue qui ne devrait jamais s'y trouver et qui apportera la malédiction sur cette maison, il n'est pas d'eau bénite qui pourrait effacer ce péché, elle se trouve là et à Dobrava en même temps, la nuit recouvre la montagne, Saint-Roch tout là-haut en est recouvert aussi, des fantômes invisibles volettent autour du clocher, l'ombre qui se tient à la porte est plus sombre que l'arrière-fond, que la porte, que le chambranle et le mur, l'inconnu porte l'habit de moine, en un éclair elle entr'aperçoit son visage, les yeux qui brillent, dans lesquels passe un reflet de lune comme il passe dans ses yeux à elle, c'était le vent, se dit-elle ; Simon, était-ce le vent ? Il n'y avait personne, dit Simon, si, répond Katarina, j'ai vu, c'était un malin avec une capuche ; un malin ne porte pas de capuche, dit Simon, je te dis que si, dit Katarina ; un frère religieux ne ferait jamais une chose pareille, dit Simon ; c'est toi le maudit frère religieux, dit Katarina en mettant la main sur sa bouche dans son rêve, doux Jésus, qu'ai-je dit ? Le trou du sexe c'est le trou gluant de l'enfer. Katarina ouvre les yeux, serais-je en train de délirer ? Non, ce n'est pas le délire, Simon est couché à mes côtés, il n'ira nulle part à l'aube, il ne fera aucune déclaration les concernant, il ne fera rien, ses yeux grands ouverts fixent le plafond, il est mort de peur, malade de lui-même, du novice qu'il était, obsédé par la crainte de la damnation, de ce novice dont le cœur avait été écrasé et brisé il y a tant de temps, le serpent sifflant s'éveille de nouveau en Katarina, le poison de la haine qu'elle avait senti affluer la nuit où elle avait appris qu'il était parti en la laissant seule comme une traînée dans le ruisseau, il est couché là en train de patauger dans ses contemplations et dans ses peurs, il est plus apeuré qu'elle ne l'a jamais été, sur son visage immobile et raidi Katarina reconnaît les traits de l'un des deux hommes, de l'un des deux malins qui venaient la visiter la nuit à Dobrava, cependant que les démons étaient sortis de cette fente incandescente entre le ciel et la terre, entre le ciel et la mer, cependant que les fantômes d'Istrie faisaient entendre le bruissement de leurs ailes autour du clocher, au point que son ange s'est caché, effarouché, comme il s'est caché maintenant en voyant que tout s'en va vers le bas, en pente descendante. L'un des deux malins de la nuit de Dobrava est Simon, ces rides sur le nez, ces cernes d'insomniaque sur son visage, c'est lui. Et qui est l'autre ?

Ils dormiront toute la journée et veilleront toute la nuit suivante.

Le jour d'après l'autre descendra de son cheval dans la cour du monastère.

28

Des ordres militaires rompirent le silence du matin, puis vinrent le hennissement des chevaux, le grincement des chariots et le cliquetis des roues sur les pavés autour du couvent. Entre songes et réalité, Simon perçut le tonnerre des sabots des chevaux qui faisaient trembler le pont au-dessus de l'eau, où ? en Carinthie ? à l'autre bout du monde ? Les amants las se levèrent d'un bond, comme si le père prieur lui-même les avait surpris tout nus dans la cellule du monastère. Simon ouvrit la porte, le couloir était vide, personne ne les avait vus, le vacarme qui les avait réveillés venait du vestibule et de la cour. Ils cherchèrent leurs vêtements pièce par pièce, éparpillés entre leurs corps et sur le sol et les enfilèrent à la hâte. Katarina tira de son sac un miroir pour arranger ses cheveux à grands gestes. Simon sortit dans la galerie, le pantalon à moitié attaché, et revint aussitôt.

– Il y a une armée dehors, partons d'ici.

– Une armée ? Que ferait une armée dans un monastère ?

Elle se précipita dans la galerie, le miroir dans une main et le peigne dans l'autre.

Dans la cour il y avait quelques cavaliers juchés sur les larges croupes des chevaux. Ils regardaient autour d'eux, quelqu'un criait quelque chose et donnait des ordres en direction de la cour du cloître et du portail par où des fantassins étaient en train de tirer un chariot chargé. Les cavaliers sur leurs montures qui dansaient sous les hommes et faisaient résonner les pavés de leurs sabots, ces cavaliers étaient des officiers chamarrés de galons, de ceinturons d'argent, de sabres se balançant le long des ventres des chevaux, de larges ceintures laissant entrevoir les crosses finement ouvragées des pistolets. On avait l'impression qu'ils étaient en train de transformer la cour du monastère en un casernement provisoire, à moins que ce ne fût en quartier général.

L'un d'entre eux, celui qui était le plus chamarré de rubans, de brandebourgs, d'argent et de galons de soie jeta un regard de sous son large chapeau emplumé en direction du cloître, vers les fenêtres de la galerie. Katarina tressaillit, quelque chose de froid parcourut son corps de la tête aux pieds, juste par le milieu du corps, la surprise passa comme une lame depuis son front et à travers sa poitrine : c'était le paon. C'était lui, sans aucun doute possible, l'officier le plus richement paré, de vaporeuses plumes blanches et bigarrées au chapeau, des rubans de soie et des pistolets aux crosses d'argent à la ceinture, le paon qu'elle avait vu tant de fois dans la cour du manoir de Dobrava. C'était lui, Windisch, différent, mais toujours lui. En un clin d'œil elle vit qu'il était différent, plus corpulent, ventru même, il avait l'air un peu fatigué et plus âgé, un peu plus sérieux que le jeune paon qui se pavanait à Dobrava en fanfaronnant avec les batailles et les victoires à venir, les traits de son visage restaient réguliers, presque aussi beaux qu'autrefois, même si la vie militaire avait donné à son visage de l'arrondi, sinon du bouffi. Et tout cela réuni a fait qu'il a cessé d'être le neveu du baron Windisch, l'un des neveux du baron Windish, pour être simplement lui, Windisch, Franc Henrik Windisch, capitaine du régiment de Carniole, béni par le prince-évêque de Ljubljana avant son départ pour la guerre, un soldat qui combat dans les pays lointains pour l'honneur de notre impératrice Marie-

Thérèse et pour ses possessions de Silésie, tout cela Katarina le vit d'un seul coup d'œil, moins long que ne l'est une année, plus court qu'un bref instant ; c'était pendant qu'elle se tenait à la croisée, les cheveux épars, le peigne dans une main et le miroir dans l'autre.

Windisch lui aussi en eut le souffle coupé. Un soldat est habitué à être grandement surpris, mais apercevoir sous les arcs d'une galerie conventuelle le visage connu d'une femme de son pays, cela avait tout l'air d'un songe. Il reconnut en un instant le visage de la fille de Poljanec, oui, c'était bien elle, vivante et bien réelle, qui passait comme une ombre derrière les fenêtres du manoir tout en l'observant en secret, elle qui renversait le thé et qui lui barrait à tout instant le chemin par sa présence importune de femme qui cherche à attirer l'attention, sans y parvenir, car elle n'était pas assez belle, elle n'était pas jolie, elle n'était pas vraiment femme, même si elle en avait l'âge, elle avait déjà passé l'âge où on est femme véritablement. Il serait erroné de dire qu'il ne s'était jamais intéressé à elle jusqu'à cet instant : un soldat, sur son lit de camp, sous la tente ou dans les chambres d'auberge, dans l'étourdissement aviné qu'il remplit de mélancolie, se souvient de toutes les femmes qu'il a connues, et qu'il a eues, Windisch évoquait bien des fois Katarina, elle n'a pas encore été sienne mais il n'aurait pas eu de mal à la prendre. Et voilà que là-haut dans une fenêtre d'un monastère bavarois se tenait à présent cette Katarina qui autrefois n'était ni belle ni lumineuse ni pleine d'assurance comme sa sœur mariée Kristina ; Katarina, la silencieuse et la maladroite, et qui soudain était tout autre, avec ses cheveux épars, ses yeux sombres qui l'ont reconnu, fatiguée par une nuit sans sommeil, soudain elle était femme, belle à sa manière, à sa manière elle était jolie.

Et de même que leurs regards n'avaient jamais pu se rencontrer au lointain manoir de Carniole, ni durant les frimas de l'hiver ni pendant les chaleurs estivales, ni dans la mélancolie de l'automne ni dans le printemps étouffant de volupté, tandis qu'elle cherchait à capter son regard et à le fuir alors que le regard de Windisch la traversait comme un cristal transparent, de même leurs regards se rencontrèrent à présent, stupéfaits et étonnés à la fois, car tous les deux voyaient dans l'autre le même être mais cependant autre, un autre homme et une autre femme.

Windisch descendit de sa monture, sauta lestement de son cheval malgré sa corpulence, enleva son chapeau orné de plumes d'autruche, et fit la révérence un balayant le sol de ses plumes, comme le faisaient autrefois les grands seigneurs à la cour ou comme ils le font peut-être même encore de nos jours.

– Noble demoiselle, dit-il de sa voix forte qui a naturellement trouvé la puissance d'un ton habitué à commander, tout en ayant gardé son timbre rauque, agréable et séduisant, comme autrefois à Dobrava… quelle grâce et quel bonheur de vous voir dans ces contrées étrangères ! – car entre-temps il s'est habitué à utiliser le ton théâtral dans ses discours et devant les soldats rassemblés. Cependant, au lieu de poursuivre, il se mit à rire à gorge déployée.

– Je savais bien, Katarina, que tu finirais au couvent.

Katarina rit elle aussi. Et tous les officiers dans la cour éclatèrent de rire sous leurs perruques blanches, faisant frémir les plumes de leurs chapeaux à large bord, ils riaient sans savoir exactement pourquoi, ils étaient toujours prêts à rire aux éclats.

À travers la porte ouverte le rire parvint à Simon, un rire qu'il connaissait bien. Le rire sur un pont que faisait tonner une cavalcade, il se souvint également du visage cramoisi de colère soudaine et arrogante devant la question affable de Simon. Il faut partir, pensa-t-il, au plus vite, s'éloigner de ce gros rire, s'en aller loin de ces *bandeirantes*.

La cour du monastère se transformait rapidement en casernement militaire. Un moine essaya d'arrêter avec son corps le chariot que les soldats poussaient par le portail, il s'en fallut de peu qu'il se retrouvât sous les roues. Le prieur secoua la tête de désespoir quand un officier lui eut expliqué qu'ils s'installeraient là seulement pour trois ou quatre jours, le temps de restaurer l'ordre dans la ville, et que seuls les officiers avec leur équipage logeraient au couvent. Jamais une chose pareille, disait le vieux prieur, jamais une semblable chose n'est arrivée.

– Ce sera donc maintenant pour la première fois, dit l'officier. Et de surcroît, nous vous verserons une indemnité.

Il apparut que l'équipage était plutôt nombreux. La cour se remplit de chariots, les soldats éparpillèrent de la paille près des murs ainsi que des toiles de tente, sous les voûtes se répercutaient les gémissements désespérés des moutons qu'on était en train d'égorger, des chiens errants étaient sortis d'on ne sait où qui déambulaient entre les bottes des abatteurs, léchaient le sang répandu sur le sol, esquivaient les coups de pied en poussant des hurlements puis revenaient aux flaques malodorantes de sang chaud.

Les officiers se répartirent dans les cellules vides. Leurs cris et leurs rires résonnaient dans les galeries, le monastère et ses alentours étaient transformés en campement militaire.

Katarina regardait par la fenêtre, pensive, son regard passait sur les chariots et les canons, par-dessus les croupes des chevaux, le va-et-vient incessant des soldats, à travers les forêts et par-dessus les toits et clochers de la ville toute proche. Il s'en allait quelque part au loin, vers une cour de Carniole remplie de printemps, elle entendit : en bas les femmes faisaient cliqueter la vaisselle, et elle vit : le paon marchait et se pavanait dans la cour.

– Tu le connais, dit Simon. Moi aussi je connais cet homme. Je l'ai vu près de Beljak, sur un pont.

Katarina ne répondit pas. Comme le monde était simple dans le passé, autrefois, il y a quelques mois. Son père était assis à table, au-dessus il y avait l'inscription BÉNÉDICTION DU FOYER. Et la voilà dans un couvent, qui n'est pas vraiment un couvent mais un campement militaire, et il est là, lui et pas un autre, le neveu du baron Windisch, durant dix ans il est venu à Dobrava, pendant dix ans elle l'a regardé, elle essayait de croiser son regard, elle attendait. Et maintenant, après quelques mois seulement, tout est différent, comme si dix années s'étaient écoulées durant leur voyage et comme si le temps à Dobrava n'avait duré que quelques mois. Et Franc Henrik est soudain tout près, bien plus près qu'il ne l'avait jamais été dans cette cour du manoir. Mais Simon, l'homme qui est entré brusquement dans sa vie, est encore plus proche, bien qu'elle ne sache plus au juste qui est le plus proche, celui qui se trouve dans la même pièce qu'elle ou l'autre, dont la voix impérieuse résonne sous le cloître du monastère. Celui qui va de la fenêtre jusqu'à la porte, ou l'autre, qui se tient les jambes écartées au milieu de la cour en réprimandant un soldat de sa voix éraillée.

Simon faisait les cent pas dans la cellule : quelqu'un t'a sûrement vue pendant que tu te tenais dans la galerie, le prieur est dans la cour, a-t-il levé le regard ?

– Je n'ai pas vu le prieur.

– Ou quelqu'un parmi les moines, un dominicain t'aurait-il vue ?

– Je ne sais pas, dit Katarina, mais cela a-t-il de l'importance maintenant ?

Il lui jeta un regard étonné : Je dois te faire partir d'ici. Il parlait en faisant les cent pas entre la porte et la fenêtre, toujours, toujours : s'en aller, partir, avant qu'ils ne s'aperçoivent que tu as dormi là. Et rien que d'imaginer, disait-il, ce qui serait arrivé si une femme avait passé la nuit dans le séminaire de Ljubljana…

Nous devons nous mettre en route, nous en aller d'ici au plus vite, comment vais-je te faire sortir sans nous faire remarquer ?

– Je peux partir comme je suis venue, dit Katarina : à travers les murs.

À présent elle ne pouvait plus traverser les murs sans se faire remarquer, le camp militaire s'étendait tout autour du monastère. Il s'arrêta soudain.

– Je vais te conduire jusqu'aux pèlerins, et moi je prendrai un autre chemin.

Katarina le regarda, silencieuse : pourquoi prendras-tu un autre chemin ?

– Parce qu'ils ne me laisseront pas voyager avec toi, Katarina.

– Ressaisis-toi, novice, nous pouvons atteindre Kelmoraïn ensemble.

Il fit une pause et lui jeta un regard dubitatif : tu as raison, nous pouvons voyager ensemble.

– C'est bon, dit-il, ensemble jusqu'à Kelmoraïn. Je vais en ville, je trouve un cheval… Il serait peut-être bon, dit-il, que tu restes ici à m'attendre… Je vais voir si la ville est redevenue calme, je vais trouver un cheval ou une mule, peut-être même un chariot.

– Tu vas me laisser là ?

– Pour un petit moment, jusqu'à midi.

Le voyant dans l'encadrement de la porte elle tendit la main, elle voulait peut-être le retenir, reviens, dit-elle, reviens vite.

29

De nos jours, rares sont ceux qui ont la chance de pouvoir parler aux esprits ; de plus, cela est dangereux, comme l'indique justement en cette année un sage nordique, il écrit peut-être précisément le jour même où Azazel et ses frères sont en train de s'assembler au monastère dominicain de Landshut afin d'emmêler jusqu'au bout le nœud de l'histoire de Katarina et lui indiquer non pas le chemin qui s'élève, qui mène à la Châsse d'or, à la révélation de la beauté divine, mais le chemin qui descend. Telle est la nature des esprits malins qu'ils haïssent mortellement l'homme et ne souhaitent rien davantage que la perdition de son âme et de son corps, ce qui arrive pour de bon à ceux qui se sont laissé porter par l'imagination au point de renoncer aux joies propres à l'homme de la nature. C'est pourquoi personne ne doit s'adresser à eux de son propre chef, sinon ils connaîtraient son existence. Le sage qui avait déjà parlé avec eux rapporte qu'ils vivent tous ensemble, quelque part du côté gauche, dans un endroit désert. Il faudrait y aller, malgré le danger, et discuter avec eux, car eux seuls peuvent connaître le complot qui se trame au monastère des dominicains, ils savent quel malentendu est sur le point de naître entre deux personnes qui s'aiment, et par quelle épreuve devra passer pour la seconde fois leur amour. Il faudrait parler avec eux de son propre chef, afin de pouvoir comprendre pourquoi, dans le silence de cette maison bénie, s'insinuent dans les songes et les pensées presque éveillés de Katarina Poljanec des choses difformes et des représentations erronées de son aimé ; ne se présente-t-il pas à elle presque sous la forme du Malin ? Et nous saurions pourquoi il est possible que les idées insomniaques du scolastique savant Simon Lovrenc se cognent si fort contre les murs de la cellule, alors que le salut est si proche : elle est couchée près de lui, les yeux fermés elle respire, sa blanche main n'est pas le *deimos*, elle est la main du salut, il suffit de se déterminer pour elle, pour l'amour. Il faudrait de temps à autre adresser la question à cet endroit du côté gauche d'où viennent ces tergiversations de Simon, savoir pourquoi il s'en va de nouveau alors qu'il devrait être là, que craint-il, la graine du poison l'a-t-elle déjà touché ? Mais qui ose y aller, qui souhaiterait discuter avec eux ?

Tout pèlerin slovène, tout enfant du pays d'où ils viennent est capable de s'imaginer cet endroit et ses habitants ; dans son vide il est habité de visages répugnants et sans vie, de grosses têtes au bout de longs cous sortent de sombres régions, leurs visages pâles et maigres ont des pupilles rouges, les oreilles caprines et des dents chevalines. Pire encore, ces visages sont peut-être noirs, les uns noirs et les autres incandescents comme des flambeaux, les troisièmes déformés par des ulcérations, des boutons et des abcès ; nombre d'entre eux ne possèdent même pas de visage, à la place il y a un furoncle poilu ou osseux, chez d'autres on voit uniquement les dents, leurs corps sont monstrueux, quand ils parlent leur langue est pleine de fureur, de haine et de vengeance, car chacun d'eux parle à partir de son mensonge, tandis que le timbre des paroles vient du mal qui est en lui ; le sage du Nord le sait, lui, il les a déjà vus. Et les gens de Carniole et de Styrie le savent, comme le savent Katarina et Simon – peu importe sa science –, qu'ils restent d'abord tapis dans les grottes avant d'approcher les habitations des hommes, qu'ils traînent dans les roseaux aux abords des ruisseaux, qu'ils errent invisibles dans les forêts avec leurs corps massifs parsemés de verrues porcines, leurs ventres ronds d'où naissent les flammes sortant par la bouche hurlante. C'est pourquoi dans la forêt on entend sans cesse rugir à voix basse, geindre, bramer, bruire et siffler, c'est pourquoi il y a des cavernes avec des serpents enroulés en pelote, des nids d'aigles et de vautours dans les rochers qui attendent la charogne, des nymphes dans les bois, des *kurent* cornus et poilus, des faunes verts, des faunes d'eau dans les rus et les rivières, des hommes-chiens et des dragons couverts d'écailles.

Chacun peut se les représenter là-bas, dans cet endroit désert, un peu vers la gauche, plutôt dans la forêt nocturne ou dans les grottes, personne ne peut les imaginer dans le monastère des dominicains, même si Simon a reçu un avertissement depuis longtemps, toc toc toc frappait-on en clopinant au-dessus de sa tête. Simon et Katarina sont couchés l'un à côté de l'autre, ils se sont retrouvés, mais leurs pensées errent dans le vague et parmi les gnomes de la nuit. Simon aime la femme couchée près de lui plus fort qu'il n'a jamais aimé qui que ce soit dans sa vie, il l'aime d'un amour différent de celui qu'on lui avait appris dans la Maison, mais il l'aime malgré tout, et malgré tout il se débat dans l'océan déchaîné des doutes et des peurs. Et Katarina, elle qui a trouvé ce naufragé du pays des Indes, le naufragé du puissant navire de la Compagnie de saint Ignace, elle l'a trouvé pour elle et pour tous les deux, comme elle n'avait encore jamais trouvé personne, cette Katarina écoute à présent les ordres rauques du capitaine d'artillerie couvert de chamarrures, un homme dont elle pensait qu'il avait depuis longtemps disparu de sa vie. Il serait bon de faire appel en cet instant à son ange gardien, comme le lui avait appris sa mère Neza, mais une telle idée n'effleure même pas l'esprit de Katarina en ce moment, elle reste assise dans la pièce, elle écoute, une sombre colère contre Simon monte dans sa poitrine parce qu'il est parti, même si ce n'est que jusqu'à midi, comme il est déjà parti une fois, en pleine nuit, il l'avait laissée seule. Il se peut qu'elle l'appelle, son ange, lorsqu'il sera trop tard. Tout comme il se peut que Simon lui-même appelle aujourd'hui le ciel au secours, il ignore encore ce qu'il devrait pourtant savoir, il a lu tant de livres, il devrait savoir : l'homme veut ce qu'il aime, l'amour c'est la volonté d'avoir ce qu'il aime. S'il le savait, il ne laisserait pas, dans sa légèreté, Katarina seule, il ne serait pas en train de parcourir les rues tranquilles de Landshut, ivres de bière et de soleil, il ne serait pas en train de demander, à l'auberge Wittmann, sans volonté véritable, comme si tout lui était donné et qu'il n'avait pas à le vouloir, où il lui serait possible d'acheter un bon cheval, sain et fraîchement ferré.

En fait, faut-il vraiment se rendre dans cet endroit désert et plein de danger pour savoir ce que personne n'ignore : en tout homme habitent les esprits de l'enfer et les anges du ciel, à cause des esprits infernaux l'homme est plongé dans son propre mal, à cause des anges du ciel il est également dans le bien, les esprits qui se lient à l'homme sont semblables à lui-même, ce sont ses propres penchants qui le relient à eux. Il peut s'attacher aux uns et aux autres, les deux sont là, il peut s'élever ou descendre, c'est là son équilibre spirituel, c'est là sa liberté. C'est à lui seul de décider. Même s'il est craintif et indécis, comme l'est Simon Lovrenc, toujours débordant d'enseignements reçus dans la Maison de la première épreuve, toujours emmuré dans cette maison, même s'il a traversé les océans et les contrées lointaines où il cherchait à faire le bien, qui s'est transformé en mal, toujours hésitant entre la Maison et Katarina, même si son cœur a des faiblesses, tout comme celui de Katarina, qui est envahi par l'image d'un être qu'elle a regardé dix années durant et dont l'image s'est ternie en quelques mois pour reluire à présent de toute sa force. Au bout du compte, c'est à chacun de décider, seul, c'est son affaire.

30

Le Malin dispose des leurres sur notre chemin, et il est parfois difficile de prendre une décision rapide et adéquate. Le pauvre Simon Lovrenc se demandait, inquiet, comment cacher Katarina puis la sortir du monastère sans attirer l'attention, au lieu d'y rester et de former lui-même le mur pour empêcher qu'on l'approchât. Lorsqu'il eut franchi le portail, il vit que tout cela n'avait plus grand-chose à voir avec un monastère, les prés étaient transformés en campement militaire, des jeunes femmes étaient montées sur l'un des chariots et d'autres tournaient autour, l'une d'entre elles se lavait en plaisantant avec les soldats qui se rinçaient l'œil, l'idée lui vint de rebrousser chemin et de sortir Katarina de cet antre, mais il décida finalement de partir d'abord à la recherche d'un cheval et même d'un chariot. La rivière coulait tranquillement, sa surface brunâtre et calme était le leurre et la ville était le leurre : les rues étaient presque silencieuses, tout était nettoyé, comme si jamais une petite guerre ne s'y était déroulée, encore moins la nuit et le jour précédents. Les gens oublient les guerres, les petites encore plus vite que les grandes. Et de toute façon dans ces années il passait par ces pays tant d'armées et de pèlerinages que les nouveaux visages remplaçaient ceux qui étaient partis, et les événements joyeux, tumultueux ou violents ceux qui venaient d'avoir lieu. Chaque armée laissait derrière elle un pays encore plus dévasté et provoquait des dévotions encore plus importantes, des gens du pays et des étrangers traversaient la ville à cheval et à pied, sur des chariots ou en calèche et en charrette à bras, les visages approchaient et s'éloignaient, des visages grossiers de soldats, des visages doux de femmes en saint voyage, des visages poilus d'hommes au nez proéminent, certains pâles et d'autres tout roses, de beaux visages de jeunes filles et d'autres de vieilles parsemés de verrues, des mentons tremblants, des faces pâlottes à faire peur, tous ils venaient et s'en allaient et il fallait nettoyer derrière eux, la ville revivait toujours, comme si les voyageurs n'étaient jamais passés par là ; on lance une pierre dans l'eau, elle fait des cercles puis se calme et l'instant d'après plus rien n'est visible à la surface, il n'y a jamais eu de cercles. Et sur cette surface lisse de rues lavées, débarrassées de tout ce qui traînait et de la saleté des étrangers, marchait Simon Lovrenc, un peu étourdi, mal réveillé, l'âme en proie aux flots de pensées qui s'étaient déchaînés dans la cellule, tout s'est calmé un peu, ou plutôt tout s'est figé dans cette matinée tiède et paisible. Il cherchait les pèlerins, au moins quelques-uns, le mieux serait peut-être de se joindre à eux et advienne que pourra. Il n'a trouvé personne, ils avaient quitté la ville. Personne n'a su lui dire dans quelle direction, et la ville poursuivait sa vie ordonnée de tous les jours. Il connaissait leur destination, mais nombreux étaient les chemins qui y menaient, avec Katarina ils seraient en fin de compte obligés de faire ce qu'il avait proposé : ils voyageraient tous les deux à travers le pays étranger ; il se réjouissait d'être seul avec elle, mais il avait aussi un peu peur car il faudrait se défendre et la défendre des dangers qui guettent le voyageur dans ce pays troublé, que traversent des foules sur le chemin de leur destination religieuse ou stratégique, les uns vers les saintes reliques, les autres vers les plaines couvertes d'herbe et vers les marais où ils laisseront reposer leurs ossements après les batailles. Il déambula par les rues, s'arrêta à midi, vida lentement une bière à la brasserie Wittmann tout en écoutant un habitant lire une gazette aux paysans, la gazette s'appelait *Der Vernünfter*, c'est-à-dire « l'Intellectuel ». Il était écrit dans *Der Vernünfter* : l'armée prussienne a envahi la Bohême, l'armée impériale autrichienne renforce ses positions à Prague, Charles de Lorraine, le chef suprême, s'y est rendu. Le Rhin a de nouveau débordé, les greniers à blé sont presque vides, les prix ont fortement augmenté.

Simon demanda où il pourrait acquérir un cheval, sain et ferré, on lui indiqua l'endroit : chez l'équarrisseur de chevaux aux abords de la ville, il reste toujours quelque bête après les guerres et les processions qui traversent la ville, une bête perdue ou malade, il la soigne et la vend ou il l'équarrit et la vend sous une forme différente.

Légèrement étourdi par la bière il traversait le jour lumineux et agréable, les rues et les places où les chalands fermaient leurs boutiques pour déjeuner, où les marchandes des quatre saisons rangeaient leurs chariots avant de s'en retourner dans leurs villages. En bas, près de la rivière, les ouvriers empilaient devant les tanneries les peaux des bêtes équarries, il se dit qu'il devait y avoir également des peaux de chevaux, hier encore elles habillaient les carcasses puissantes des haflinger qui traînaient des canons, de beaux chevaux blancs qui portaient des lieutenants, des généraux et peut-être même quelque feld-maréchal, des alezans qui tiraient le carrosse de l'évêque, et les voilà simples peaux flasques, étendues au bord de la rivière devant la tannerie, dégageant leur puanteur sous le soleil de midi. Hors la ville il trouva ledit asile de chevaux, les grands animaux se tenaient derrière la barrière et le fixaient, une jument couverte de plaies infestées d'essaims de mouches s'approcha de lui, il arracha un peu d'herbe et la pauvrette la mangea, reconnaissante, dans sa main. À la porte de la maison apparut une vieille avec un seau à la main, il n'y a personne, dit-elle, revenez plus tard.

Il décida d'attendre, il but encore une bière chez Wittmann et apprit aussi que c'était la France et l'Angleterre qui avaient commencé la guerre, pour les pays de l'Amérique du Nord, pour ces pays déserts aux forêts sans fin et aux lacs immenses, Simon savait que de nombreux pères de la Compagnie y avaient perdu la vie chez les peuplades sauvages, le père John de Brebeuf a été brûlé, que Dieu ait son âme. La journée était belle, il revint à la rivière et observa l'eau qui clapotait doucement, la journée était limpide, pleine de soleil, Simon eut l'impression qu'elle était remplie de la bénédiction du Créateur, il ira acheter le cheval, avec Katarina ils se mettront en route. Tout était si pur et si calme, bien sûr, car toute cette journée n'était qu'un grand leurre.

Le chat qui jouait avec un oiseau ensanglanté était celui que cette belle journée réjouissait le plus. Au cours d'un jeu qui l'amusait beaucoup, il s'escrimait à achever le grand oiseau, un corbeau blessé ou malade qui chancelait sur ses pattes rompues et battait ses ailes brisées, faisait quelques pas en courant jusqu'à ce que le matou enjoué le recloue au sol d'un coup de patte. Il donna de nouveau un coup d'aile puis finit après quelques battements dans l'étreinte griffue et dentue du matou couché dans le soleil de l'après-midi, la gueule barbouillée de sang. Ensuite le chat disparut entre les tas de peaux. Simon regardait la rivière, écoutait les cris des tanneurs et les claquements des peaux, son âme tourmentée retrouvait doucement le calme, tout comme son corps fatigué par la nuit blanche et sa tête hébétée par la bière de midi, la rivière coulait tranquillement par-dessus tout ce vertige tourbillonnant, le soleil était chaud dans le ciel ; Simon Lovrenc s'assoupit puis glissa dans un profond sommeil.

Il fut réveillé par le bruit des sabots sur les pavés, les charrettes de la tannerie emportaient les peaux tannées, le cuir à travailler, il lui semblait entendre une foule de sabots, le tonnerre d'une cavalcade, où l'avait-il déjà entendue ? Le défilé tumultueux traversa le pont, ils frappaient tels des diables et les roues des canons tonnaient sur les billes de bois, les officiers riaient, devant ses yeux apparut en un éclair le beau visage un peu bouffi du capitaine Windisch. Il se leva d'un bond, s'il avait eu une montre il l'aurait consultée, il aurait pris sa tête entre ses mains : il avait dormi pendant trois longues heures ! Mais même sans montre il savait qu'il aurait dû se trouver ailleurs et non pas ici au bord de la rivière Isar qui dégageait un froid vespéral, sur la surface de laquelle dansaient les derniers éclats du soleil disparaissant au loin derrière les collines, derrière les arbres et les maisons de la ville qui projetaient de longues ombres sur la rivière et ses berges. Les charrettes des tanneurs étaient parties, il était seul, l'aimable matou traînait entre ses jambes, l'angoisse du soir serra sa poitrine, comme elle enserre chacun de nous à cette heure où meurt le jour et où la nuit n'est pas encore née, l'angoisse de Simon fut d'autant plus douloureuse que sa pensée s'arrêta sur Katarina, il n'avait pas de cheval, l'armée occupait le couvent, quel était le Malin qui l'avait couché sur la rive en cette paisible journée, si bien qu'il avait tout oublié et s'était endormi, lui l'insomniaque ? Elle s'inquiète pour moi, pensa-t-il, Katarina, dit-il.

31

« Marie-Thérèse – vivat ! » retentissait sous les fenêtres du réfectoire, dans la cour du monastère les soldats ivres chantaient à en perdre la voix et se donnaient du cœur pour les batailles à venir en poussant des cris violents, ils chassaient la nostalgie du pays qu'ils avaient quitté, celle de leurs femmes restées dans les villages et villes de Carniole. Une petite heure plus tôt s'était achevée la messe en hommage à la longue vie de l'Empire autrichien et pour la victoire des armes de leur impératrice qui, depuis Vienne, suivait invisiblement leur marche, et ses yeux étaient partout à leurs côtés, surtout dans les moments solennels comme celui-ci. Le prieur finit par accepter la présence de l'unité au monastère, d'autant plus qu'on lui avança l'indemnité et que le capitaine Windisch lui jura devant le Très Saint qu'ils poursuivraient leur route dans deux jours. Il accepta même de célébrer une messe avec la participation du vicaire général, pour leurs vies, pour les canons, pour l'impératrice et pour tout le reste. *In nomine Patris et Filii et Spiritus sancti*, si seulement ils pouvaient reprendre leur chemin au plus vite. Puis, à la demande expresse de Windisch, il bénit encore les chevaux et les canons tout en priant à voix basse pour que ces chevaux et ces canons vident au plus tôt la place devant les murs du monastère. L'armée s'adonna ensuite aux réjouissances autour des feux dans la cour, elle s'empiffra, but et chanta puis traîna sous les arcades du couvent au sol recouvert d'une épaisse couche de paille. On y était bien, mieux que sous les tentes humides aux abords de la ville ou dans les prés.

Les officiers dînaient au réfectoire en compagnie du prieur, de quelques moines à l'humeur chagrine et du vicaire général de Passau. La place d'honneur, entre le vicaire et Windisch, était occupée par Katarina. On y était bien, sûrement beaucoup mieux que dans quelque hospice pour pèlerins, ce fut la première chose qui lui vint à l'esprit lorsqu'elle entra dans la salle illuminée de flambeaux où s'étalait la vaisselle dorée apportée dans le modeste réfectoire par les officiers, il y avait de la lumière, les officiers étaient rasés et vêtus d'habits de gala, le sang bleu coulait dans les veines de la plupart d'entre eux, un virtuose de Landshut joua des cymbales quand ils eurent pris place, les douces sonorités de ce noble instrument emplirent la salle et l'âme de Katarina meurtrie d'incertitudes, ils dirent qu'il jouait brillamment, bravissimo. Elle n'était pas la seule femme, au côté d'autres officiers étaient assises des dames de charmante humeur, probablement leurs épouses qui suivaient l'armée dans des voitures séparées. Certaines étaient même bruyantes, presque trop, d'autres furent rapidement grises, comme furent rapidement ivres les officiers, comme le vicaire général se trouva de bonne humeur et comme Katarina elle-même, dès le hors-d'œuvre, après le foie gras de canard, sentit un délicieux vertige lui monter à la tête. Un instant elle se dit qu'il se passait quelque chose qui ne devait pas avoir lieu, elle pensa également à Simon qui n'était pas revenu de la journée, dans le fond de son âme elle songeait souvent à lui en jetant des coups d'œil en direction de la porte avec l'espoir qu'il ferait soudain son apparition.

Toute la journée durant avait tourné en elle l'antienne familière de Lendl : je savais qu'il s'en irait, je savais qu'il ne reviendrait pas. Quand Windisch arriva et qu'il l'invita à dîner, elle commença par refuser, puis il lui rappela qu'ils se connaissaient depuis longtemps, très longtemps, elle se dit que cela faisait bien plus de temps qu'ils ne s'étaient rencontrés avec Simon, qu'elle ne connaissait peut-être pas si bien, il dit que son honneur d'officier était le gage que tout se passerait comme il faut et que les autres officiers se conduiraient respectueusement avec elle, comme le leur commande leur honneur d'officiers au service de la grande impératrice, quant à lui, il lui manifesterait le respect dû à une demoiselle d'une famille aussi estimée, et de plus elle s'était dit qu'elle était en sécurité. Elle connaît Franc Henrik, c'est-à-dire le neveu du baron Windisch, depuis très longtemps, il est l'ami de son père, en fin de compte elle le connaît depuis bien plus de temps qu'elle ne connaît Simon Lovrenc, dont elle s'est fortement éprise, mais qui a disparu de nouveau, il a disparu pour la deuxième fois en la laissant seule, comment une femme pourrait-elle supporter cela facilement, elle a dit qu'elle attendait le monsieur avec lequel elle voyage, Windisch a dit Ohhh ! comment est-ce possible ? quel est donc ce monsieur qui laisse une demoiselle si respectée toute seule ? Et elle pensa qu'il avait raison, quelle que soit l'intention qui le poussait à parler ainsi, il est clair qu'il voulait l'attirer à ce dîner, mais il avait raison, elle le connaît, en fin de compte. Et non seulement elle le connaît, mais autrefois elle lui jetait de longs regards persévérants, là-bas à Dobrava, si loin à présent. Elle lui jetait des regards d'admiration, mais qui ne venaient pas du cœur, car seul ce qui vient du cœur peut se donner totalement. C'est pourquoi l'idée ne lui vint même pas de se donner à cet homme, il lui plaisait, il était plein d'attentions, elle prendrait part au dîner.

Sa coupe d'argent était toujours pleine, c'est Franc Henrik qui la remplissait et qui lui servait d'aimable interlocuteur, il avait une belle montre en forme d'œuf qu'il tirait souvent de sa poche. Au milieu du brouhaha du réfectoire ils l'écoutaient battre, elle l'entendait faire toco-toco-toc, elle riait de l'obligation de se boucher une oreille pour entendre ce toco-toco-toc dans le vacarme de la grande salle pleine de lumière où brûlaient d'innombrables bougies et où scintillaient tant de visages, où entraient par les fenêtres des vivats de l'armée déjà victorieuse, vivat, Marie-Thérèse, vivat !

Et elle écoutait cette montre et le toco-toco-toc toujours plus fort, même lorsqu'un peu plus tard ils s'étaient retrouvés soudain seuls. Elle ne savait pas comment et à quel moment ils étaient restés seuls, il se peut qu'elle ait vraiment bu trop de vin, voilà, d'un seul coup ils se mirent tous à prendre congé, les femmes plutôt grises pendues au cou des officiers, l'une d'entre elles, aux blonds cheveux lisses, appuya la tête contre ses bras, vide et mélancolique, un peu mélancolique, elle jetait un regard un peu vague devant elle en chantant doucement un air triste dans une langue incompréhensible à Katarina, les autres étaient moins belles, surtout maintenant que leurs robes étaient fripées et leur maquillage tout barbouillé, ce devaient être les épouses de ces messieurs qui forçaient le joueur de cymbales à jouer des chansons de corps de garde, ils les accompagnaient de voix si fortes qu'ils auraient pu se passer de l'artiste, ils chantaient en frappant les talons contre le sol et les coupes contre les tables, le vin giclait par-dessus bord, soudain le dîner d'apparat devint moins convenable, les officiers ressemblaient maintenant quelque peu aux paysans de Dobrava ou à certains pèlerins, elle dit qu'elle était fatiguée, qu'elle avait envie de dormir. Et en un instant, en un claquement de doigts, elle se retrouva ici, dans la chambre de Windisch, il dit qu'il avait grandement le mal du pays, qu'ils parleraient de Ljubljana et de Dobrava, surtout de Dobrava, il s'y était toujours senti bien, il aimait y venir, pour la nature et pour les animaux, pour les chevaux et les gens aimables, il aimait y venir pour elle aussi, mais il ne pouvait pas le lui dire, elle manifestait toujours une si grande retenue, elle renversait ou cassait toujours quelque chose, Katarina riait. Ils discutèrent de Dobrava et de ce qu'il s'y passait à présent tandis que les alouettes volettent et chantent dans le ciel, que les pommiers sont en fleurs et que verdissent les blés, il cherchait à savoir lesquels des valets étaient particulièrement paresseux et quelles étaient les bonnes les plus frivoles et sous la fenêtre de laquelle venaient des garçons. Des ronflements lointains parvenaient maintenant de la cour, des discussions criardes d'officiers et les vociférations des femmes qui les accompagnaient, ils quittaient le lieu des réjouissances, et pendant tout ce temps on entendait les appels de la garde, qui veille et reste sobre, car il s'agit d'une armée qui respecte l'ordre, si certains s'adonnent aux réjouissances, cela ne veut pas dire que l'armée est dissolue. L'armée, dit Windisch, l'armée a droit aux réjouissances, mais la garde doit veiller. Katarina lui demanda si c'était pour cette raison qu'il avait une montre. Pour quoi ? Pour savoir à quel moment on relève la garde. Et elle riait, sans savoir pourquoi. Elle riait surtout devant le tic-tac qui venait de cet instrument métallique lisse en forme d'œuf, passait dans ses oreilles et continuait dans sa tête agréablement troublée. Puis elle eut soudain l'impression qu'il tictaquait au rythme de son cœur. Et son cœur tictaquait de plus en plus rapidement, son cœur battait comme bat l'horloge dans le clocher. Car sa tête agréablement troublée avait remarqué que son plaisant et quelque peu vacillant corps était assis sur le lit au milieu de la chambre du capitaine, dont la capote aux nombreux galons d'or était jetée sur le fauteuil, dont les pistolets d'argent reposaient sur la table, et que Windisch se trouvait tout près d'elle, sa chemise blanche déboutonnée, qu'une odeur d'homme venait vers elle depuis sa poitrine velue, que c'était ce même Franc Henrik, ce même paon qui se promenait autrefois dans leur cour et rendait visite à ses rêves et à son sommeil. C'était si surprenant et si incroyable, qu'elle fût dans un lointain pays étranger en compagnie de cet homme qui lui était si familier, car elle le connaissait non seulement pour l'avoir vu dans la cour mais aussi en rêve dans sa chambre où il n'avait jamais mis les pieds. Elle, en revanche, était entrée dans celle du capitaine, sans savoir quand. Le toco-toco-toc de sa montre la faisait toujours rire, même si c'était maintenant les battements de son cœur, était-ce le sien ? C'était celui de Franc Henrik, ce cœur qui cognait dans cette poitrine velue et derrière ces soupirs de plus en plus rapprochés. Elle voulut se lever, un instant elle se demanda où Simon avait disparu, il ne l'aurait peut-être pas abandonnée ainsi sans raison, ne serait-il pas parti aussi brusquement qu'il était venu ? Elle but une gorgée de vin, voulut se lever, mais Windisch ôta d'un geste badin la coupe de ses mains tout en la repoussant légèrement et en même temps assez fermement sur le lit. Elle se coucha, le lit s'enfonça mollement, le plafond tournoyait doucement au-dessus de sa tête, elle écoutait le tic-tac de la montre et le battement de son cœur, regardait le paon, les yeux grands ouverts, tirer le sabre de son fourreau et lui soulever la jupe à l'aide de la lame étincelante et froide. Debout près du lit il soulevait sa jupe avec son sabre. Tout était si incroyable, elle était à l'abri et en danger à la fois, elle était chez elle et loin de chez elle, elle était avec quelqu'un de connu et pourtant elle n'en attendait pas une chose pareille, quelqu'un se tenait près du lit et une lame glacée soulevait sa jupe et observait son corps à la lueur d'une bougie vacillante. Elle voulut pousser un cri, mais seul un soupir profond sortit de sa bouche, elle entendait des soupirs de plus en plus rapides et saccadés qui étaient en fait les halètements de l'homme. Elle sentait la lame glacée glisser vers le haut de sa cuisse, une main brûlante remplacer la lame et relever la jupe, délacer et déboutonner son corset sur sa poitrine. Il disait quelque chose, elle percevait des paroles qu'elle ne comprenait pas, elle savait seulement que c'était lui, celui que son regard avait si souvent étreint en plein jour et en pleine nuit tandis que la cloche sonnait à Saint-Roch.

32

C'est seulement vers le soir que Simon revint devant le portail du monastère. La chaussée devant l'édifice et le grand pré grouillait de chevaux, de canons, de chariots, mais nulle part on ne voyait de soldats ni leur équipage. Seules quelques sentinelles traînaient autour des canons, à l'entrée on voyait un groupe assez important de soldats en armes. Une bonne femme tout ébouriffée sauta d'un chariot et courut, telle une furie, vers le portail, comme si elle avait manqué quelque chose d'important. Les sentinelles l'arrêtèrent dans sa course et l'entourèrent. Ils lui offrirent du vin, elle but quelques gorgées tout en arrangeant avec des gestes rapides sa robe et ses cheveux décoiffés par la nuit écourtée, l'un d'entre eux s'écria en riant : Ici l'entrée est payante, puis il dit :

– Tu n'oseras jamais !

Mais elle osa. Elle commença par retrousser ses jupes, puis se tourna, se pencha et les souleva, quelque chose de blanc scintilla, le jupon, plus haut, criaient les soldats, plus haut, elle souleva les jupes jusqu'à la taille, la chair arrondie étincela, elle frappa un coup sur son derrière.

– Cochons ! hurla-t-elle. Vos culs de paysans vont goûter de la cravache de mon officier.

Une hilarité générale l'accompagna alors qu'elle franchissait le portail en courant. Simon attendit la fin du joyeux événement, puis retourna sur ses pas, quelque peu mal à l'aise.

Les sentinelles qui suivaient la femme des yeux faillirent ne pas le remarquer. Il les avait presque dépassés lorsqu'un grenadier moustachu et trapu se retourna.

– Eh, toi là-bas, il y a des sentinelles ici.

Simon tenta de continuer sans rien dire, mais l'autre prit son long fusil muni d'une baïonnette et le pointa sur sa poitrine.

– J'habite ici, dit Simon, laissez-moi passer.

– Tu habites ici, dit le trapu, où est donc ta capuche ?

Simon trouvait qu'il était idiot de donner des explications. Quelle capuche, qu'est-ce qu'il veut, ce moustachu ?

– La capuche, dit l'autre. Ceux qui habitent ici portent la capuche ou l'uniforme. Toi, tu ne portes ni l'un ni l'autre. Et tu n'as pas de jupes non plus, pour qu'on te laisse rejoindre les officiers.

Les autres sentinelles s'esclaffèrent.

– Peut-être qu'il va à la messe, dit l'un d'entre eux.

– La messe est finie depuis longtemps. Tu as du retard, mon cher.

La messe était terminée depuis un moment, des cris en l'honneur de Marie-Thérèse venaient de la cour, on voyait des feux à travers le portail, l'odeur de viande grillée se répandait.

– Je ne suis pas ton cher, dit Simon. Je suis un scolastique de Ljubljana, en route pour Kelmoraïn, je passe la nuit ici avec mon épouse, laissez-moi passer tout de suite.

– Il est scolastique, dit le grenadier moustachu, et il reposa son fusil tellement il se tordait de rire, voyez le scolastique. Et il passe la nuit au monastère avec sa dame.

Les autres riaient eux aussi à gorge déployée.

– Toutes les dames, s'écria l'amuseur de la compagnie, toutes les dames de cette maison passent la nuit avec les officiers.

Les yeux de Simon se voilèrent. Il s'empara du fusil au long canon et l'arracha des mains du soldat. Celui-ci cessa de rire, écarquilla les yeux, il ne s'attendait pas à une chose pareille. Il commandait la garde et c'est à lui qu'un ridicule pèlerin, comment déjà, un scolastique, arrachait le fusil des mains dans un moment d'inattention tandis qu'il riait, et ceci devant tous ses subordonnés.

– Donne le fusil, rends-le-moi !

Simon ne savait que faire avec cet engin dans les mains, il le tourna dans tous les sens puis finit par le lancer, il retomba dans la boue en dessinant un grand arc. Le grenadier regarda son fusil voler, la perte de son arme est la pire des humiliations pour un soldat, le grenadier devint fou furieux. Des deux bras il le frappa à la poitrine, Simon tituba. Ils tombèrent sur lui à bras raccourcis, il vit trente-six chandelles, un coup de crosse faillit l'assommer, il glissa à terre. On attaque la garde, on attaque la garde ! hurlait le trapu moustachu. Il courut ramasser son fusil, fit un faux pas, tomba. Il fut aussitôt debout, les yeux exorbités de fureur, sa chute le rabaissant plus bas que terre aux yeux de ses subordonnés.

– Ligotez-le, ligotez-le !

Quelqu'un courut vers les chariots et revint avec une corde. Ils le ligotèrent prestement, comme une botte de paille.

– Là, tu vas voir, tu vas voir, haletait le trapu en serrant la corde autour de ses poignets jusqu'à faire bleuir la peau. Tu vas voir ce que c'est que d'attaquer la garde, d'attaquer l'armée.

Il le saisit par les cheveux et le souleva. Il le déposa contre le mur.

– Tenez-le, dit-il, et il courut dans la cour du monastère. L'un d'entre eux pointa la baïonnette sur la poitrine de Simon, les autres formaient un demi-cercle autour de lui et le regardaient telle une dangereuse bête prussienne tombée dans leur piège.

Il se passa un moment avant le retour du moustachu. Il était accompagné de quelques officiers aux joues rouges, le vin leur était monté à la tête et ils étaient tous de bonne humeur après la messe solennelle.

Simon reconnut aussitôt l'un d'entre eux. C'était bien lui, Katarina le connaissait, peut-être était-il même son ami, ils avaient fait connaissance sur un certain pont.

– Tiens, tiens, qu'est-ce que nous avons là, dit le capitaine Windisch.

– C'est peut-être un espion prussien, dit l'un des officiers à la mine réjouie.

– Il prétend être un scolastique de Ljubljana, dit la sentinelle. Il dit qu'il cherche une dame de Carniole, ils sont pèlerins tous les deux.

– Qu'es-tu donc ? dit Windisch, scolastique, pèlerin ou espion ? Tu n'as pas envie de répondre ? Moi, je vais te dire ce que tu es.

Il se tourna vers les officiers, c'est à eux qu'il s'adressa :

– Tu es un bélier castré.

Les officiers et les soldats éclatèrent de rire.

– Un jour, j'ai failli pousser ce mouton-là dans le torrent.

Il s'approcha et le regarda droit dans les yeux.

– Tu t'en souviens, mouton castré ?

– Laissez-moi entrer, dit Simon, pour prendre mes affaires et que nous puissions partir d'ici avec Katarina.

– Avec Katarina ? Windisch eut un rire enroué. Avec Katarina, la fille de Poljanec ?

Et il expliqua aux officiers :

– Katarina, c'est cette belle dame qui occupe la place d'honneur au dîner, à côté de moi.

– Elle passe du bon temps, dit l'un des officiers.

– N'est-ce pas ? répondit Windisch, elle ne manque de rien.

De nouveau il se tourna vers Simon.

– Elle ne partira pas avec toi, nous prenons la direction de Cologne et elle nous accompagne. C'est plus sûr. Et plus confortable.

Les officiers se regardèrent en acquiesçant.

– Permettez-moi de lui parler, dit Simon.

– Elle ne veut pas parler avec toi, rétorqua Windisch.

– Je vais porter plainte à Ljubljana et j'écrirai à Vienne, au commissariat général des armées, dit Simon, je vais porter plainte.

Les officiers échangèrent des clins d'œil : il va porter plainte. Et pourquoi donc ?

Windisch ôta son chapeau, s'inclina en faisant une figure de virtuose avec ses plumes.

– Très gracieuse et noble impératrice, Votre Majesté, le mouton castré vous salue et vous présente ses plaintes.

Les officiers s'esclaffèrent. Windisch reprit son sérieux.

– Tu peux porter plainte, dit-il. Mais ce sera depuis la prison de Landshut. Tu as attaqué la garde militaire, tu as arraché le fusil des mains du chef de la garde. Il s'agit là d'une attaque contre la vie et l'honneur de l'armée impériale.

Il réfléchit un instant. Puis il ordonna d'une voix sèche :

– Ligotez-le !

Alors que Simon Lovrenc était déjà ficelé autant qu'on peut l'être…

– Mettez-le sous bonne garde et au matin emmenez-le à la prison de la ville. On ne peut pas le traîner avec nous.

Et s'adressant au trapu, qui avait baissé les yeux :

– Celui-là aussi, attachez-le, dit Windisch. Vingt coups demain, devant l'armée au garde-à-vous. Où va-t-on si n'importe quel civil peut arracher son fusil à un soldat. Et au chef du poste de garde, qui plus est !

Le chef du poste enleva ses galons, l'un des soldats haussa les épaules et lui attacha les mains. On emmena les deux hommes sur un chariot couvert, on y jeta Simon comme un sac de pommes de terre, le trapu grimpa seul, la moustache basse.

Les officiers regagnèrent le réfectoire.

– On ne peut même pas dîner en paix, dit Windisch. Il se trouve toujours quelque trouble-fête.

De sa poche il tira l'œuf, c'est-à-dire la montre ronde, l'ouvrit et la tint dans le faisceau de lumière que projetait la cheminée voisine.

– Et le temps passe, dit-il.

Le temps passa lentement pour Simon cette nuit-là. Ils étaient assis, le trapu et lui, chacun dans un coin du chariot, écoutant les chansons traînantes qui parvenaient de l'autre côté des murs, des vivats de plus en plus rares, et ils attendirent le matin, chacun en proie à l'angoisse. On eût pu croire d'abord que le trapu allait l'occire. Il parlait avec la sentinelle qui faisait les cent pas devant le chariot en crachant :

– Espèce de teigne savante, espèce de mouton castré, comme l'avait nommé le capitaine, c'est lui qui m'a arraché le fusil des mains. Détourne les yeux, je vais lui tordre le cou.

– Fais pas l'idiot, ronchonnait la sentinelle embarrassée, fais pas l'idiot, après c'est moi qui vais écoper non pas de vingt mais de cent coups.

Puis le soldat retrouva peu à peu son calme. On lui apporta une cruche de vin, qu'il but les mains liées, le vin coulait sur son menton, il jeta encore quelques foudres de colère contre Simon, puis se coucha sur le flanc et se mit à ronfler. Jusqu'à l'aube Simon entendit les soldats de retour du couvent, ceux qui ne s'étaient pas endormis sous les galeries grimpaient sur les chariots, poussaient des rengaines d'ivrognes, parlaient dans leur sommeil, ronflaient et pétaient, leurs chevaux eux aussi pétaient tout en piétinant prudemment sans cesse autour des ivrognes braillards qui titubaient en passant par le campement. De loin lui parvint le rire des femmes, il pensa à Katarina, ne comprenant pas pourquoi elle n'était pas là pour le sauver, même s'il comprenait bien qu'elle ne pouvait pas savoir ce qui était arrivé à son bien-aimé, celui que son âme ne cessera d'aimer, c'est ce qu'elle avait dit, même si le feu dévore sa chair, même si sa chair brûlée et ses cendres sont répandues dans les fleuves et dans les lacs, même si les bêtes sauvages le mettent en pièces. Comment pourrait-elle alors ne pas l'aimer, lié comme une botte de paille, là sur un chariot militaire, battu et sous bonne garde, il ne doutait pas qu'elle continuerait à l'aimer, si seulement elle pouvait l'atteindre, si seulement elle savait où il se trouvait. Il observait la façade du monastère toujours plus obscure, les fenêtres derrière lesquelles s'éteignaient les bougies et les flambeaux, à la pensée qu'elle l'aimait mais aussi que tout allait bien pour elle, car là-bas se trouvaient également le prieur et les frères dominicains, à cette pensée il finit par faire un petit somme malgré tous les ronflements et les échos assourdis des réjouissances militaires. C'était d'autant plus facile que le trapu moustachu imbibé de vin se mit à marmonner d'une voix monocorde et triste :

Le matin à la huitaine
Je dois être à Marprug
Dans ma compagnie
Chez le jeune capitaine

Et la sentinelle de lui répondre à intervalles irréguliers :

Viendrai en vareuse blanche,
Mon sabre au côté,
Les cheveux poudrés.
Qu'elles sont jolies, les Prussiennes !

Le jour se levait à peine quand les palefreniers commencèrent à aller et venir entre les chevaux, à leur apporter du foin, Simon se réveilla avec une douleur aiguë dans la poitrine : Katarina. Soudain il ne pensa plus à lui, toutes ses pensées étaient pour elle, soudain il la vit, nue et accroupie en train de souffler sur les braises, et une douleur affreuse le traversa à la pensée que dans la clarté de l'aube quelqu'un d'autre que lui pourrait la regarder ainsi dévêtue, quelqu'un d'autre en dehors de lui qui était le premier homme à l'avoir vue telle qu'elle était. C'est pourquoi il ne réagit pas lorsqu'il reçut un bâillon dans la bouche et un coup sur l'oreille, ni quand sa tête heurta le timon alors qu'on le jetait du chariot, ni quand le moustachu trapu envoya un crachat dans sa direction, tandis qu'on le jetait sur un autre chariot pour le transporter en ville, ni en entendant le roulement des roues sur les pavés, ni quand il essaya de deviner l'endroit par où ils passaient. Même une fois conduit dans la cave par un sombre escalier et la porte verrouillée derrière lui, il ne cessa de penser à elle, avec une grande douleur mais aussi avec un immense amour.

Il pensait qu'on était le soir quand s'ouvrit la porte, mais il apparut que c'était le matin. Il avait passé toute la journée et toute la nuit sans boire ni manger, il la voyait accroupie dans la maison où ils avaient passé la nuit, il la voyait couchée dans la cellule du monastère, la douleur, aiguë comme la lame d'un sabre sur la peau, lui déchirait la poitrine. Il ne pensait ni à la nourriture ni à l'eau, la douleur venait de celle qui soudain n'était plus là et qui se trouvait peut-être là où elle n'aurait pas dû se trouver. Il n'était pas difficile de se priver de nourriture et d'eau, il était difficile d'être sans elle. Ce fut dur également plus tard, quand on l'amena à l'hôtel de ville tel qu'il était, ni lavé ni rasé et sentant mauvais, devant le juge Franz Oberholzer.

Le juge était d'avis qu'on avait de quoi le condamner tout de suite à quelques mois de prison au pain et à l'eau pour cause d'attaque contre l'armée impériale autrichienne, car dans cette guerre elle était leur alliée, c'est-à-dire l'alliée de la Bavière, et elle se battait pour eux aussi, c'est-à-dire pour leur roi, mais il ne le fera pas. Il est heureux, dit-il, de détenir entre ses mains l'un des pèlerins magyars, autrement dit carniolais, qui avaient sévi en ville et fait beaucoup de dégâts. Il y aura au moins quelqu'un qui paiera, même si ce n'est pas avec de l'argent que Simon Lovrenc, si tel est vraiment son nom, ne possède pas. C'est pourquoi il allait le condamner pour les deux, pour l'attaque contre les sentinelles et pour le tapage en ville. Simon essayait de nier : il n'était pas en ville au moment où celle-ci avait été attaquée, il avait poussé la sentinelle parce qu'elle ne l'avait pas laissé entrer au monastère. Cependant, Oberholzer ne se laissa pas distraire. Il le condamnera en temps et en heure. Mais il devait d'abord établir son identité. Toutes sortes d'individus traînent de nos jours, tous plus menteurs les uns que les autres, un voleur dit qu'il vient de Hollande mais il pue la bière morave, un bandit prétend être viennois alors qu'il a les mains larges comme des spatules, elles trahissent la pelle et la fourche, le fumier est attaché à ses semelles. S'il s'avère qu'il a menti, c'est-à-dire qu'il n'est pas un scolastique du collège de Ljubljana, qui au su de l'évêché de cette ville accompagne les pèlerins sur la route des saintes reliques à Cologne, mais un espion prussien, ou un voleur ambulant et un brigand, dans ce cas la condamnation sera bien plus lourde. Il devrait être content d'être tombé entre les mains d'Oberholzer – ici, on est dans un État de droit –, il respecte les lois, si l'armée devait le juger en tant qu'espion, on aurait passé une corde autour du premier pommier venu et il serait en train de s'y balancer. C'est pourquoi il commencera par envoyer à Ljubljana, avec le premier groupe de marchands, une demande pour savoir s'il est vraiment l'individu qu'il affirme être. Pour le moment personne n'a l'intention d'y descendre, mais lorsque celui qui s'y rendra sera de retour, alors les choses seront claires. Si cela se peut. Peut-être. Mais en attendant il sera obligé d'attendre à la prison de Landshut.

Simon voulut savoir combien de temps cela prendrait.

Au moins quelques mois, mais peut-être davantage, répondit le juge. Ensuite il peut aussi faire appel, s'il a le sentiment d'une injustice.

On le ramena d'où il était venu, et on referma la porte derrière lui. Maintenant il était réellement en prison et non dans quelque cave, non dans quelque bouge de Lisbonne, dans une vraie prison pour de vrais criminels.

33

Lorsqu'elle ouvrit les yeux Katarina remarqua d'abord une coupe renversée, du vin répandu, doux saint François, se dit-elle d'abord, combien de vin ai-je bu ? Puis elle vit le ceinturon de cuir jeté sur la chaise, la pensée suivante fut épouvantable : non, cela n'est pas arrivé, cela n'a pas pu arriver ! Mais la même pensée, une autre, répondit en même temps : c'est arrivé, il fallait que ça arrive. Depuis qu'elle avait vu le paon à Dobrava sous la fenêtre, elle savait qu'il en serait ainsi. À l'époque, elle s'imaginait que cela surviendrait après une longue cour faite quelque part dans l'herbe chauffée par l'été de Dobrava, peut-être après les fiançailles ou après le mariage, là aussi ses idées étaient tout à fait confuses, jamais elle n'aurait imaginé que cela se passerait au milieu d'un campement militaire, dans un monastère, et après qu'elle l'eut chassé de son cœur, de son souvenir même. Cela n'avait aucun sens, ce qui est arrivé dans sa vie, le jésuite du pays des Indes, les inondations où elle a failli périr noyée, le grossier guide des pèlerins qui la poursuivait de ses assiduités ; c'était comme si le temps ne s'était pas écoulé : soudain elle se trouve près de la fenêtre, son doigt dessine le paon sur le carreau, depuis une pièce fermée elle regarde dehors, vers la cour, vers le pré où il chevauche, et elle désire passer de l'endroit clos vers l'endroit ouvert. Elle le désirait, pourquoi ne pas l'admettre? Pourquoi ne l'a-t-elle jamais admis auparavant ? Elle désirait sans cesse qu'il vienne dans sa chambre là-bas, c'est pourquoi c'est arrivé maintenant, mais autrement, tout autrement, jamais Katarina n'aurait pu imaginer là-bas à Dobrava que cela se passerait ainsi : un visage bouffi d'alcool s'est penché sur elle, il a soulevé sa jupe avec le sabre, lui a écarté les jambes…

Elle se leva d'un bond et s'habilla, comme si elle pouvait de cette façon chasser le souvenir de cette nuit, elle ne voulait pas s'en souvenir, mais elle s'en souviendra tant et plus, cette nuit a fait prendre à sa vie une autre direction. Partout dans la pièce traînaient les affaires de Windisch, son pantalon d'uniforme, divers chapeaux à plumes d'autruche, sur la table la lunette et des rouleaux de cartes, les bretelles en cuir sur les chaises, son sac, des pistolets. Elle ouvrit la porte et sortit dans la galerie, Windisch s'y tenait, torse nu, barbouillé de mousse à raser depuis le cou jusqu'aux yeux. Son ordonnance en uniforme rouge tenait une serviette et un broc d'eau.

– Oh ! dit-il à travers la fente du masque savonneux tout blanc, on est levée ?

Katarina regarda de l'autre côté de la cour, à l'autre bout de la galerie, elle y avait dormi la nuit d'avant, et la nuit d'avant encore. Où aller ? Où se cacher ? La terre s'ouvrira-t-elle sous ses pieds ?

– Attends, dit Windisch, on va nous apporter le petit déjeuner, il se pencha sur la balustrade et siffla, un soldat répondit docilement, entre-temps, dit Windisch, tu peux me regarder me raser.

Sa voix n'était pas râpeuse, elle était rauque, à cause des chants, du vin et des cris lancés aux soldats. Il reposa le rasoir, prit son sabre, passa le doigt sur le fil, avec les deux doigts de l'autre main il tira la peau sur son visage et se mit à se tailler précautionneusement la barbe avec son sabre, l'ordonnance riait à gorge déployée, il lui manquait les dents du haut, son maître est le meilleur des soldats, il est capable de se raser avec son sabre. Même si parfois, quand il a un peu trop bu, il se coupe, parfois les canons tirent trop loin lors des manœuvres matinales, parfois trop près, trop de vin nuit à un officier. Le regard de Katarina traversait la cour. Une porte s'ouvrit là-bas, sa gorge se serra. Quelqu'un sortit, un officier en chemise, il bâillait en s'étirant.

– Pas la peine de chercher, dit Windisch pendant que l'ordonnance lui versait de l'eau dans les mains afin qu'il se rince le visage, il n'est plus là, dit-il, le scolastique, il est parti hier soir.

L'ordonnance lui passa la serviette, Windisch épongea sa peau rougie rasée de près, il s'approcha d'elle, il avait la poitrine velue, son ventre pendait par-dessus sa ceinture, elle se tenait immobile quand il s'approcha, il se pencha sur son visage, elle sentit le savon et l'eau froide, c'était une belle nuit, murmura-t-il.

Katarina regardait devant elle, les lèvres serrées.

Windisch fit un pas en arrière.

– Qu'est-ce qu'il y a ? C'était une belle nuit !

Il n'attendit pas la réponse, sachant qu'elle ne viendrait pas, quelque chose lui revint en mémoire et le fit rire à haute voix.

– Nous aussi, on nous a appris un peu de latin, dit-il dans un rire enroué, à l'académie militaire de Wiener Neustadt. Et pas seulement l'hydraulique et la tactique.

Il leva les mains et les mit en entonnoir, puis cria à travers la cour :

– *Felix conjunctio !*

L'officier de l'autre côté cessa de bâiller, prit par les épaules la femme qui était sortie avec lui et cria en réponse :

– *Conjunctio felix !*

L'hilarité envahit la cour, Windisch riait, l'officier en face riait, la femme riait aussi en se jetant à son cou, l'ordonnance à qui il manquait les dents du haut riait joyeusement, car il comprenait tout, absolument tout ce qui se passait, même sans connaître le latin.

– Qui est cette femme, demanda Katarina une fois qu'ils eurent regagné la chambre et qu'il était en train d'enfiler son uniforme, d'arranger les rubans et serrer les ceintures.

– Ah, celle-là ? dit Windisch.

– Oui, celle-là.

– C'est une Magyare, son officier aussi est magyar, il peut discuter avec elle… elle n'est pas comme toi.

Katarina sentit le froid envahir son cœur.

– Comment est-elle ?

– Est-ce que je sais comment elle est, dit Windisch en se coiffant d'un grand chapeau orné d'une plume d'autruche, elle s'appelle Klara.

On amena dans la cour le soldat trapu et moustachu, ligoté. Les soldats au garde-à-vous en rang sur les quatre côtés, les grenadiers et les cuirassiers sans leurs montures, quelques officiers piétinant près du puits en attendant Windisch qui sortit de la sombre galerie à pas rapides. Quelqu'un lança un ordre sec, les armes cliquetèrent, les soldats se raidirent comme des cierges. Windisch raconta quelque chose à propos de l'indiscipline et des conséquences désastreuses de l'abandon du poste de garde, leva le bras, on arracha la vareuse et la chemise du trapu, il fut torse nu, quatre tambours se mirent à frapper sur les cuirs tendus, d'abord doucement puis de plus en plus fort. On attacha le soldat au puits, un grenadier corpulent s'approcha, manches retroussées et un bâton à la main. Il testa sa souplesse, posa la main sur la nuque de l'autre pour la faire baisser, leva haut l'autre bras et frappa bruyamment la peau ferme, le claquement était à peine audible dans le vacarme des tambours au cuir tendu ; au troisième coup la peau éclata et une plaie sanglante apparut, c'est à ce moment que le supplicié se mit à sangloter bruyamment. Katarina vit Klara et quelques autres femmes sous les arcades de la galerie, à côté du régiment silencieux et dans le bruit des tambours, elles accompagnaient le châtiment en parlant à voix basse et en poussant des gémissements toujours plus forts à chaque coup, certaines d'entre elles s'éventaient d'émotion, d'autres se lamentaient, mais aucune ne quitta sa loge, la scène était douloureusement excitante, impossible de détacher les yeux d'un tel spectacle. Au dixième coup le soldat tomba à genoux, le bourreau s'arrêta, la pointe du bâton était un peu abîmée. Vint le médecin, qui examina les blessures du malheureux puis versa sur lui de l'eau pour le faire relever. Il y eut un petit conciliabule entre Windisch et le médecin, cinq encore, dit Windisch, et le bâton frappa de nouveau la peau écorchée sur le dos et dans la nuque, un filet de sang coula des cheveux. Elle tiendra encore cinq coups, cette sentinelle à qui un civil, une espèce de jésuite, avait arraché le fusil pour le jeter dans la boue, l'homme en mériterait trente et non pas quinze, mais ce matin-là Windisch était de bonne humeur et il lui semblait que quinze coups pouvaient suffire.

– J'ai froid, dit-elle le soir, alors que dehors les feux brûlaient et qu'au rythme des chants lancinants des soldats elle se mit au lit avec Windisch, l'élu de ses jeunes années, j'ai si froid. C'est l'été, dit Windisch, tu ne peux pas avoir froid. J'ai froid, dit-elle, couvre-moi, il n'y avait au-dessus d'elle ni le ciel ni les étoiles qui avaient brillé ce printemps lorsque quelqu'un l'avait recouverte, il y avait au-dessus d'elle le plafond, un espace fermé de partout, les sentinelles zélées et apeurées s'interpellaient en cadence dans la grande étendue autour du monastère, les derniers cris du soir venaient des champs lointains. Il la couvrit de son corps pesant, il se coucha sur elle avec sa panse abondante, ce n'est pas ce à quoi je pensais, dit-elle, les nuits passées dehors me donnent froid pensa-t-elle, les villes étrangères me donnent froid et les montagnes glacées qui les entourent, l'absence soudaine de Simon et aussi la chaleur du corps de Windisch sous lequel elle resta immobile, cela non plus ne peut la réchauffer même si ce corps d'homme est brûlant, torride, son odeur bestiale, il rayonne de chaleur animale, la chaleur du corps arrondi du cheval sur lequel se tenait durant des journées entières d'exercices ce corps rondouillard, comme j'ai froid, se dit-elle.

– Ne crois pas, poursuivit Windisch alors qu'il se délassait en buvant au goulot après s'être levé, ne crois pas que tu es comme Klara et ces femmes.

Il l'a dit gentiment, avec autant de tendresse qu'il en était capable.

Elle n'avait pas pensé à ça, elle avait seulement froid, c'était tout.

– Tu ne vas pas voyager en leur compagnie, dit-il, tu auras ton propre chariot, un carrosse presque. Et au retour – Windisch se mit à rêver tout haut –, je serai commandant et toi tu seras ma dame, tu parleras avec les dames de la cour pendant qu'on m'épinglera l'Ordre de la victoire.

L'idée ne lui vint même pas d'avoir un jour envie de parler avec les dames de la cour, elle tremblait de froid de tout son corps pendant qu'elle se lavait alors que Windisch s'était retourné dans son lit en faisant grincer les montants sous son poids, puis il se mit à haleter dans ses rêveries victorieuses, lui, l'élu de ses jeunes années.

Katarina se tenait devant le miroir, la lampe à huile dessinait des ombres sur son visage, elle s'était lavée, mais elle n'était pas lavée comme elle avait été lavée en ce matin où elle s'était réveillée pour la première fois aux côtés de Simon ; son regard n'avait pas de lumière, ses yeux étaient troubles, comme étaient troubles les yeux de Léa la biblique, les yeux de Léa étaient troubles alors que Rachel était belle de taille et jolie de visage, je ne suis pas belle, pensait-elle, je ne suis pas jolie, je ne suis pas Rachel, mon regard est trouble, j'étais peut-être Rachel, à présent je ne le suis plus ;

plus jamais elle ne sentira, comme lors de ce printemps, l'épaisseur de sa chevelure, son visage lavé, chaque corde de son corps qui vibrait, plus jamais elle n'entendra cette musique de l'aurore. Lentement elle ouvrit la boîte à cirage noir destiné aux bottes de Windisch et s'en barbouilla le visage, dans la lueur vacillante de la lampe à huile elle contempla le reflet de son visage dans le miroir : Marguerite la repentie détestait sa beauté et se barbouillait le visage de cendres, se dit Katarina, je ne suis pas Marguerite, je ne suis pas sainte Agnès qui préférait le fiancé céleste au séducteur romain et à tous les hommes de la terre, je ne suis pas Agnès pour que ma chevelure recouvre mon corps dépravé comme elle a recouvert son corps pur lorsqu'on l'amena au lupanar ; qu'il était loin le temps où elle était jeune fille et où on lisait la vie de sainte Agnès chez les ursulines de Ljubljana, je ne suis pas Marguerite, je ne suis pas Agnès, je ne suis même plus Katarina. Elle n'aurait pas dû demander qui était cette femme qui parle magyar, cette Klara, elle aurait dû demander qui était cette femme au visage barbouillé de cirage, cette femme qui me regarde depuis le miroir avec ses yeux troubles.

34

Aux yeux des anges, les hommes sont terribles. Souvent les anges ont du mal à comprendre leurs actes, car ils ne peuvent concevoir que les hommes soient également dominés par d'autres esprits, ceux qui habitent un lieu désert du côté gauche et qui rient doucement à la naissance de chaque être humain. De même l'ange de Katarina, c'est-à-dire son « angèle », ne comprend pas ce qui se passe, en cette nuit elle semble très fâchée. En réalité, l'ange ne voit pas le grouillement des humains, il ne voit qu'un être, le sien, il ne voit qu'elle, Katarina. Comme il prend parfois la forme humaine, on peut se l'imaginer là-bas sous la galerie du monastère des dominicains dans la cour duquel les soldats ivres lancent des vivats et où, dans la chambre de Windisch, Katarina écoute le tic-tac de la montre, il est possible de se la représenter, l'angèle : ses bras en croix sur la poitrine, ses yeux qui lancent des éclairs, ses hochements de tête : a-t-elle vraiment besoin de tout ça, Katarina ? Ne sent-elle pas qu'ici il n'y a pas cette chaleur à cause de laquelle il a fallu la suivre, à tire-d'aile depuis le clocher de Saint-Roch ? À cause de cette montre en forme d'œuf, de ce petit engin diabolique, tous les efforts sont vains. Elle sait bien, l'angèle, que la montre n'est pas seule en cause, que c'est aussi la faute du vin ingurgité et surtout du départ imprudent de Simon qui l'a laissée seule, et avant tout parce qu'elle a rencontré l'élu de ses jeunes années, car l'angèle de Katarina sait, elle ne peut pas ne pas savoir : elle l'a attendu durant dix années, et à présent celui que ses yeux désiraient à Dobrava est là, quelque chose a frémi dans son cœur qui y dormait depuis tant de temps. Il sait, l'ange de Katarina, qu'elle ne voit pas clair en cette nuit, il sait qu'à cause du grand frémissement dans son cœur la muraille qui l'entourait s'est écroulée, mais malgré tout il hoche la tête rageusement, il ressemble, cet ange, à la sévère sœur Pélagie et non à l'angèle de Katarina, il sait tout mais il n'arrive tout de même pas à comprendre, ici souffle le froid, qui choisirait le froid contre la chaleur ? Aux yeux des anges les humains sont vraiment terribles et imprévisibles.

Autrefois Dieu était plus sévère, il paraît que dans les temps anciens il était vraiment plein de courroux. Si une femme était promise à un homme elle ne pouvait pas aller avec un autre sans que Dieu entrât dans une terrible colère. Et quand Katarina était encore une petite fille elle le savait déjà : Dieu voit tout, Dieu sait tout, tu ne pécheras point. Et lorsqu'elle fut une jeune fille elle le sut encore mieux. Plus d'une fois elles avaient lu, chez les ursulines, dans les livres de Janez Svetokriski, l'écrivain carniolais, l'histoire de sainte Agnès, Katarina Poljanec connaissait bien cette belle histoire édifiante, elle connaissait l'image dans le livre, sainte Agnès était recouverte d'une chevelure noire, pareille à celle que Katarina avait reçue de sa mère, qui était une Agnès aussi, mais il lui semblait que cette Agnès à qui on avait fait tant de mal aurait dû avoir les cheveux blonds, d'un blond d'or, comme la femme au mur de l'église Saint-Nicolas de Visoko, celle-là avait les cheveux blonds, assez longs pour recouvrir tout son corps, mais elle ne voulait pas que ses cheveux couvrent son corps, la langue rouge du monstre léchait déjà les pieds de cette femme. Quand Katarina était à l'école chez les ursulines, elle voulait ressembler à sainte

Agnès et surtout pas à la femme blonde de la fresque qui portait en haut l'inscription *LUXURIA*. Mais que peuvent les bonnes intentions et les belles histoires édifiantes face aux tressaillements dans le cœur qui font s'écrouler des murailles ?

Sainte Agnès savait fort bien qu'une fiancée tombe dans la plus grande disgrâce aux yeux de son fiancé en manifestant ne serait-ce que le plus petit intérêt pour un autre. C'est pourquoi elle se gardait de cette chose et la craignait comme la mort elle-même, sachant ce que dit le Fiancé céleste : *Ego, tuus zelotes*, et quand il s'aperçoit qu'on en aime d'autres en dehors de lui il peut se fâcher grandement. Et la belle Agnès n'aimait personne comme son Fiancé céleste à qui elle fit offrande de son jeune cœur, de son âme et de son corps. Un jour cependant le fils de Sofronius, le seigneur le plus riche et le plus noble de Rome, vit notre belle vierge : il en tomba éperdument amoureux, il lui fit parvenir un cadeau très noble et très précieux et demanda sa main. Mais Agnès ne voulut même pas jeter un coup d'œil au cadeau, encore moins l'accepter. Le jeune homme décida alors de s'adresser à elle directement, avec l'idée que quand elle l'aurait vu et entendu, elle consentirait à le prendre pour époux. Un jour qu'Agnès était seule chez elle, il entra dans la maison et se mit à proférer les paroles les plus extraordinaires et les plus douces et tenta à nouveau de lui offrir quantité de choses précieuses, mais sainte Agnès se tourne vers lui, pleine de colère, en disant : *Discede a me, pubulum mortis, quia iam alio amatore praeventa sum*, ce qui signifie : « Laisse-moi en paix, car j'ai donné ma parole à un autre, je suis amoureuse de lui et lui de moi, tu es venu trop tard et même si tu étais venu plus tôt, je ne voudrais pas de toi, même si tu étais l'empereur de Rome, car mon fiancé est plus noble, plus beau, plus riche et plus aimable que tous les hommes de ce monde. Il est si tendre que ses paroles sont plus douces que le miel et le sucre. Il est d'une si grande noblesse que ce sont les anges qui le servent. Il est pur comme s'il était né d'une vierge. Ses yeux sont si clairs qu'ils éclipsent le soleil. » Lorsque le jeune amoureux s'aperçut qu'il n'y avait aucun espoir de changer les sentiments d'Agnès à son égard, il tomba malade de chagrin et on dut le coucher sur son lit. Le père du jeune homme, qui s'appelait Sofronius, apporta plusieurs cadeaux à Agnès, mais elle les refusa tous. À elle d'autres cadeaux avaient été promis, bien sûr, et non comme à Catherine de Sienne qui reçut l'acérée couronne d'épines à la place de la couronne d'or, non comme à sainte Thérèse qui reçut un clou à la place de l'anneau d'or. La couronne d'or était promise à Agnès, et tout son corps devait être recouvert d'or et de perles. Le Fiancé céleste avait justement l'intention de choisir parmi toutes les saintes vierges sainte Agnès pour faire d'elle la reine des cieux et il la couvrit d'or, car Agnès avait dû souffrir un double martyre, non seulement le martyre de la mort mais également le martyre de la pudeur. Car lorsque Sofronius comprit qu'il n'obtiendrait rien avec ce qui est beau et bon, il fut pris d'une terrible fureur. Il envoya les huissiers du tribunal pour la quérir et décida qu'Agnès devrait adorer les idoles sinon elle serait envoyée dans un lupanar afin que n'importe quel homme fornique avec elle. Quand Agnès entendit cela, elle dit : Tu veux que j'adore les idoles mortes, images du diable, parce que je ne veux pas ton fils vivant pour époux ? Je ne le ferai pas. Et si tu m'envoies de force au lupanar, il me reste l'espoir en mon Fiancé céleste qui ne permettra pas que j'y perde ma virginité, il me sauvera comme il a sauvé l'agneau devant le méchant loup. *Non habitabit lupus cum agno*. Moi aussi il me préservera des fornicateurs. En entendant ces paroles, le méchant Sofronius ordonna à ses serviteurs de dénuder entièrement Agnès, afin que lui et son fils puissent rassasier leurs yeux impudiques. Agnès eût préféré souffrir la pire des peines plutôt que d'être là devant ces hommes qui la dévêtaient, aussi elle pleura à chaudes larmes. Mais elle se souvint de son Fiancé céleste que les Juifs avaient mis à nu avant de le crucifier. Et comme le Père dans sa bonté, en voyant son fils mis à nu, avait ordonné : *Afferte cito stolam primam, induite illum*, ce qui signifiait « couvrez-le du premier haillon », de la même façon procéda le Fiancé céleste avec la pauvre Agnès. Il est vrai qu'il ne la couvrit pas d'une robe, mais de cheveux. Il fit un miracle car des cheveux noirs poussèrent rapidement à Agnès, si rapidement que personne ne vit son corps dénudé. Quand Ève remarqua qu'elle était nue, elle courut, pleine de pudeur, sous un figuier. Et Agnès fut couverte de cheveux par le Seigneur afin de ne pas mourir de honte. Il ne la couvrit pas uniquement de cheveux mais aussi de lumière divine, comme elle l'affirme elle-même : *Induit me Dominus ciclade aurea texta.* Là se trouve également la réponse à la question que nous nous posons souvent : les hommes au ciel seront-ils nus ou habillés ? De la manière dont fut vêtue Agnès seront habillés les élus : de lumière divine.

Cependant, Sofronius ne devint pas meilleur à la vue de tout cela, il ordonna au contraire qu'on emmenât la vierge Agnès au bordel afin qu'elle y perdît sa virginité. De nombreux lubriques accoururent en apprenant que la belle Agnès s'y trouvait, afin de satisfaire leur désir impur, mais dès que l'un d'entre eux entrait dans sa chambrette il était ébloui par une puissante lumière qui remplissait son cœur de repentir et le faisait renoncer à son intention. C'était la lumière apportée par l'ange qui gardait la pureté d'Agnès, conformément à la volonté du Seigneur. Parmi d'autres accourut également le fils enamouré de Sofronius qui voulait enfin satisfaire ses désirs impurs, et sans tenir compte de la lumière angélique il s'approcha de la vierge et l'étreignit. À l'instant il fut pris d'une grande frayeur, il tomba à terre, le diable vint pour l'étrangler. Son père souhaita mourir de chagrin sur-le-champ, mais il alla chez Agnès et lui demanda humblement d'implorer la résurrection de son fils auprès du Fiancé céleste. Agnès se mit à genoux et pria, le fils ressuscita d'entre les morts et se mit à courir par toute la ville de Rome en criant : Seul ce Dieu est vrai que prient les baptisés. Les prêtres romains déclarèrent qu'Agnès était une sorcière et ils la mirent sur le bûcher, mais le feu l'évita, pas un seul de ses cheveux ne fut brûlé.

Agnès sortit vivante des flammes.

Mais le Fiancé céleste est nommé *Agnus occisus ab origine mundi*.

C'est pourquoi elle suivit docilement le bourreau quand il vint la chercher pour l'emmener sur la place d'exécution. Et tel un agneau elle inclina la tête, mais le bourreau prit peur. Lorsqu'il coupa malgré tout la tête de l'innocente agnelle, la terre trembla de tristesse, comme elle avait tremblé le jour où Jésus-Christ, Agneau de Dieu, mourut sur la croix. *Et terra mota est.*

À l'académie militaire de Wiener Neustadt destinée aux officiers d'artillerie, on ne lisait pas ce genre de belle histoire édifiante. Les mathématiques, la géométrie, le génie, l'hydraulique et l'artillerie d'attaque, voilà leurs sciences, ce sont ces choses-là que voit en rêve l'homme ronflant sur le lit : il est en train de forcer une rivière gelée, ses canons s'enfoncent dans les marécages, il frappe les soldats sur la tête pour qu'ils les en retirent, il doit les aligner en formation d'*attaque*, comme il savait le faire sur le polygone, mais c'est impossible, c'est l'hiver, qui donc a choisi les frimas pour livrer bataille ? En cette saison l'armée est au repos, elle se pelotonne dans les peaux de mouton, la cavalerie des cuirassiers a déjà *attaqué* et lui continue de faire sortir les canons de la rivière… Il ne rêve jamais de Katarina, de ce côté règne le froid hydraulique…, de même l'ange de Katarina n'a rien à chercher là-dedans, lui aussi a froid, comme a froid Katarina au visage barbouillé de cirage noir, c'est l'été et elle a froid, comme a froid l'élu de ses jeunes années en train de sombrer avant la bataille dans une rivière glacée avec tous ses canons, on sait que les anges ne se trouvent que là, qu'ils ne se sentent bien que là où souffle la chaleur de l'amour, si seulement elle pouvait avoir chaud, elle, alors son ange pourrait peut-être lutter pour l'âme de Katarina contre ce capitaine aux rêves glacés et hydrauliques, mais… même les anges ne sont que des anges, ils ne sont pas chez eux dans la guerre, là où règne le froid, ils fuient ces endroits, et l'ange de Katarina s'en ira lui aussi, il la quittera, il partira pour un long voyage, vers le clocher de Saint-Roch, c'est la nuit d'été là-bas, il y fait frais aussi, comme dans l'âme de Katarina, mais là-bas il peut se tapir et attendre tranquillement le retour de la chaleur, là-bas au moins il n'est pas obligé de regarder son visage noirci sur lequel tremblotent les flammes de la lampe à huile dans la nuit.

35

Un endroit clos, exigu, il a mesuré la cellule avec ses pas : seize pieds de long, douze de large. Cela aurait pu être une cellule de couvent, mais c'était celle d'une prison. Au temps où c'était une cellule de couvent, pas vraiment une cellule, à la Compagnie on n'aimait pas ce mot, c'était une chambre dans la Maison où il potassait l'exégèse, la dogmatique et la pensée de Thomas d'Aquin, où il se creusait la tête en préparant ses entretiens et s'exerçait à la rhétorique, où il pensait à obtenir sa licence, ses *insignia, epomis et birette*, il voulait s'élever, à présent il était plus bas que jamais, à nouveau dans une cellule, celle d'une geôle. Il en avait connu une à Olimje, une cellule d'angoisse et d'attente, il connaissait une cave où il avait été enfermé pour une courte durée, quelques heures, il connaissait le logis sans toit de Lisbonne, mais rien n'était comparable à celle-ci. Depuis tous ces endroits partait un chemin menant quelque part, tout dernièrement il menait à la vie avec Katarina, en route pour Kelmoraïn, et puis quelque part vers Dobrava ou vers Ljubljana, avec Katarina. À présent, de tous ces chemins il n'en restait plus aucun, le passé n'existait plus non plus. Il n'était rien d'autre qu'un malfaiteur de la prison de Landshut. Il serait condamné pour avoir attaqué la garde et pour avoir détruit les biens et l'honneur des bourgeois de cette ville. Plus il lui paraissait absurde de penser que lui, un pauvre scolastique, un homme solitaire chassé de la grande communauté de la Compagnie de Jésus, de ses légions, eût pu attaquer l'armée de sa majesté Marie-Thérèse de Habsbourg, la garde du régiment d'artillerie qui combattait ou qui avait l'intention de combattre l'armée de Frédéric de Prusse, plus l'accusation lui paraissait absurde que ce dût être justement lui, qui n'avait jamais touché un cheveu de personne, qu'on soupçonnât d'avoir détruit les biens de Landshut, étant donné qu'il avait passé cette nuit-là dans une cellule du monastère, avec qui ? c'est vrai, il n'avait pas l'intention de le dire aux juges, et moins il comprenait ce vertige soudain. C'est le vertige face au néant, pensa son cerveau de philosophe. La chose est si absurde qu'elle est semblable au néant, à l'abîme du néant qui existe et qui nous attire dans ses profondeurs. Il se dit que cela arrivait peut-être parce qu'il avait en lui beaucoup de raison et trop peu d'amour. Mais maintenant, alors qu'il avait l'impression de l'avoir trouvée, que sa raison religieuse et son aspiration humaine s'étaient rencontrées dans l'unité de l'amour pour un être, pour tout ce qui est vie en la femme et pour tout ce qui est bon, pour ce qui est personnifié, là soudain tout s'est écroulé. La cellule mesure seize pieds de long et douze de large. L'eau coule de l'autre côté du mur, ce sont peut-être les conduites de la ville, la puanteur humide passe à travers les pores de la paroi. À l'autre bout de la cellule il y a une lucarne tout en haut, qu'il ne peut atteindre, la lucarne donne sur une rue déserte, parfois il entend des pas approcher sur les pavés, quand il se lève il peut apercevoir des sabots qui passent en clopinant à une heure matinale, le soir une cloche sonne l'angélus, la nuit résonnent les cris de la garde municipale. Le matin on lui apporte du pain, du brouet, de l'eau, parfois des navets et un morceau de gras. Le juge Oberholzer n'a pas le cœur si dur, il aurait pu le laisser jeûner au pain et à l'eau. La paillasse n'est pas tout à fait dure non plus, le geôlier a jeté quelques peaux de mouton malodorantes sur les planches, il s'est enfoui dedans, elles étaient chaudes, Dieu les a faites de façon qu'elles tiennent chaud aux moutons dans les nuits glacées et dans les bergeries des montagnes pendant les longs hivers. Il reste couché ainsi, enveloppé dans la peau qui avait un jour tenu chaud à un vrai mouton.

Le soir, tandis que la lumière baissait rapidement dans sa geôle, des images de sa vie se dessinaient sur les murs, mais le plus souvent c'était le fin visage de Katarina devant un feu de camp allumé par les pèlerins. Et son regard, celui qu'il avait vu en dernier alors qu'en lissant ses cheveux elle se regardait, pensive, dans son miroir, puis quand il passait, absent, par-dessus les montagnes, son regard encore ivre de la nuit d'amour, de leur nuit. Il le voyait maintenant près du feu, c'est là qu'il l'avait rencontré pour la première fois, il avait découvert deux yeux dans un visage inondé de lumière, parmi la multitude de visages semblables noyés dans la nuit un seul avait pris forme, inondé de l'éclat du feu, songeur jusqu'à la douleur, douloureusement jeune, beau à faire mal. Tous les autres visages s'étaient dissous dans une masse indistincte, un seul avait brillé soudain devant lui, à travers les flammes, un visage de femme qui l'a touché, au-dessus de ce seul visage brillait un minuscule arceau de lumière et ce minuscule arceau de lumière était pour lui le rai qui tombait à présent de la lucarne dans sa prison, c'était la lumière de la douceur, de la pureté et de la fidélité de Katarina.

Penser à Katarina lui était d'un plus grand secours que d'imaginer que le Seigneur lui avait envoyé, comme il le fait pour tous les hommes, une épreuve particulièrement difficile. Se rappeler que saint Jérémie s'était retrouvé sous les voûtes d'une prison et qu'il y était resté longtemps ne lui était d'aucun secours, ni la pensée qu'Hérode avait fait saisir Jean, l'avait fait mettre aux fers et jeter en prison à cause d'Hérodiade, la femme de son frère

Philippe, il ne trouva aucun secours non plus en se souvenant que Paul et Sila, battus sauvagement, avaient été jetés en prison avec ordre au geôlier de les surveiller attentivement, et le geôlier les avait jetés dans le plus profond cachot en entravant leurs jambes à l'aide d'une cangue. Le tremblement de terre qui les sauva ne le sauvera pas, lui, non seulement parce qu'il n'y a pas de tremblements de terre dans ces pays, mais surtout parce que ces deux-là étaient enfermés pour la foi et pour témoigner de leur Seigneur alors que lui avait attrapé une arme et l'avait lancée dans la boue. Les seules paroles tirées de sa savante mémoire qui l'aidaient un peu provenaient de la Révélation, il a tant cherché à s'en souvenir qu'il a fini par les retrouver dans leur ordre exact : « Ne crains pas ce qu'il te faudra souffrir. Voici, le diable va jeter les vôtres en prison pour les tenter, et vous aurez dix jours d'épreuve. Sois fidèle jusqu'à la mort et je te donnerai la couronne de vie. » Et même dans ces paroles s'était insinuée l'idée que le diable était en fait Windisch, son visage bouffi lui rappelait un certain soldat portugais, le *bandeirante* qui, en traversant Santa Ana au galop, s'était penché pour attraper une fillette et lui avait tranché le cou... Il entendait tonner la cavalcade, un homme puissant passait le pont, un officier emplumé, ce pont de Carinthie sur lequel se rencontrèrent le capitaine et le jésuite, le pèlerin et le soldat... Mouton castré, a dit Windisch, je vais te pousser dans l'eau, mouton... Il l'entendait parler la nuit : Tu sais ce qui arrive à un agneau, mouton castré ? on lui coupe le cou, dit-il de sa voix râpeuse et rauque de donneur d'ordres... C'est le diable, celui-là, Simon le sait depuis leur rencontre en Carinthie, c'est Windisch qui l'a jeté en prison, et non le juge Oberholzer, et lui, Simon Lovrenc, le malfaiteur enfermé dans la geôle de Landshut, décida qu'il retrouverait un jour ce diable-là. Et il restera fidèle à son amour pour Katarina et ce sera pour lui la couronne de sa vie. En ce qui concerne la fidélité, il n'avait guère d'autre choix, même s'il avait voulu la mettre à l'épreuve.

Il priait, il parlait avec François Xavier, son modèle d'élévation inaccessible, celui qui savait toujours le secourir et le conseiller durant les aubes glacées à la chapelle de Ljubljana. Mais le soulagement ne venait pas, toutes les nuits, avant de s'endormir, il voyait l'ombre du poignard trembler sur le mur. Il voyait le poignard fiché dans la table ; comme le faisaient les jeunes paysans dans les villages aux alentours de Turjak ; quelqu'un l'a enfoncé dans la table en disant : Qu'il le retire, celui qui en a le cran.

Au bout de quinze jours, la réponse de Ljubljana n'était toujours pas arrivée, peut-être que la caravane des marchands devant porter la question du juge de Landshut à l'évêque de cette ville n'avait même pas encore pris le chemin du sud. Cependant, sa vie de prisonnier s'améliora, le souvenir de Katarina et l'idée de la grande épreuve qui semblait quelque peu insensée ne le faisaient plus souffrir autant. Bientôt il put sortir pour aller travailler et fit ainsi la connaissance d'autres prisonniers. Le geôlier, homme au sens pratique développé, trouvait par trop bête que les quatre prisonniers qu'il gardait mangent leur pitance et se réchauffent avec ses peaux de mouton, le tout provenant entièrement des caisses de la ville, sans rien faire en échange. Il les employa donc pour les travaux des champs, plus tard il les prêta à la brasserie Wittmann où ils roulaient les tonneaux et les chargeaient sur les voitures. C'est ainsi que Simon fit la connaissance d'un petit basané qui s'avéra être boucher. Il n'était pas condamné parce qu'il avait faussé la balance ou fait de l'abattage clandestin, mais parce qu'il tuait les bêtes de telle sorte que leur sang s'écoulait. Au lieu de faire du boudin avec, comme procédaient tous les bouchers du pays, il laissait le sang s'épancher avant de le recouvrir de sable.

Dans sa foi, il était persuadé que ce sang appartenait à Yahvé, qui avait ordonné par l'intermédiaire de Moïse : « Vous ne mangerez pas la chair avec la vie, c'est-à-dire avec le sang. » Le boucher lui expliqua que le sang c'était l'âme et comme l'âme c'est la vie, on doit tuer l'animal selon la règle, rituellement, pour qu'elle devienne casher, avant que les hommes fidèles à Dieu puissent la consommer. Simon tenta de persuader le Juif à l'esprit plutôt vif, avec lequel il buvait le vin au goulot derrière les tonneaux quand ils se reposaient d'avoir fait rouler tout ce poids, qu'une telle position était non seulement absurde étant donné que l'âme est dans l'amour et non dans le sang, mais surtout qu'il ne valait pas la peine d'être en prison pour une histoire de sang qui s'écoule. Il n'avait qu'à le recueillir dans un seau, comme le font tous les paysans de quelque intelligence, puis il le verserait bien quelque part. Le Juif riait de l'ignorance de cet homme par ailleurs instruit. Il lui montra le rouleau attaché à son bras sous la manche de sa chemise. C'est un texte sacré, dit-il, ce qui veut dire que chaque mot est sacré, il est attaché à la main ou à la tête pour que les mots qu'il contient passent directement dans le corps. La parole et le corps ne forment qu'un, l'âme et le corps aussi. S'il était obligé d'aller en prison à cause de sa croyance que le sang, qui est âme, appartient à Dieu, c'était bien ainsi. Et si Simon s'imaginait être là sans raison, lui, il n'était pas de cet avis, il était là parce que Yahvé le voulait ainsi. Simon lui aussi tentait de saisir ce dessein du Seigneur, peut-être est-ce écrit dans le Livre de la vie, a-t-il déjà été donné à quelqu'un de voir ce qui y est écrit, il voudrait voir ce qui est écrit à propos de lui et de Katarina, de Katarina et de lui. Un soir, il accepta la proposition du Juif de prier ensemble et, ennemis d'éducation et de religion, le boucher juif et l'ex-jésuite dirent ensemble son ancienne prière.

Seigneur, Dieu de mon salut
le jour je crie, la nuit je demeure devant toi.
Que ma prière parvienne jusqu'à toi,
prête ton oreille à mes gémissements.
car mon âme est remplie de malheurs,
ma vie a atteint les abîmes.

Il le veut, Il le veut ainsi, cette pensée cognait dans la tête de Simon durant les longues nuits qui succédaient à ses conversations avec le boucher juif, et il fut obligé de reconnaître que c'était la volonté de Dieu, sa vie avait atteint les abîmes. Si lui ne le veut pas, cela ne signifie rien, si cela lui semble injuste cela n'a pas davantage de signification, et même s'il a été arraché aux missions, le Seigneur l'a voulu ainsi, et si son amie pure et aimée l'attend comme lui l'attend, alors cela signifie quelque chose, tout cela a un sens. Mais à l'heure nocturne vient de plus en plus souvent l'idée qui s'est ancrée dans sa tête et dans son cœur et ne veut pas en partir : Windisch, le diable fait paon, pourvu qu'il n'ait pas fait de mal à Katarina ? Il l'a vu la toiser dans la cour au moment où il est descendu de son cheval dans toute sa puissance, avec toutes ses plumes, ses rubans de soie et les crosses d'argent de ses pistolets, il l'a vu lui jeter un coup d'œil en lui disant de sa voix rauque de militaire habitué à commander, comme à quelqu'un de très proche : Je savais bien que tu finirais dans un couvent. Et elle lui souriait, les cheveux épars et le peigne à la main. Il se rappela la femme au milieu des sentinelles qui avait levé ses jupes et s'était donné un coup sur le derrière, il ne pouvait s'empêcher de tomber dans le plus noir désespoir, qui lui dessinait Windisch et Katarina, le diable et l'ange, il le voyait debout derrière elle pendant qu'elle se mirait dans la glace, il se rapproche, oh ! voilà des images qu'il est impossible de fuir même avec l'aide de toutes les théologies, de toutes les exégèses juives, à l'aide d'un « C'est Dieu qui le veut, Dieu le veut ainsi », car tout pouvait être sauf cela, cela ne devait pas être, non. Était-il possible que quelqu'un puisse regarder Katarina comme il la regardait, était-il possible que ce Windisch ou n'importe qui d'autre puisse faire quelque chose contre la volonté de Katarina, ou, pire, selon sa volonté ? C'était impossible. Impossible. Toute chose a un sens, cette chose ne peut en avoir un. Car si une telle chose a un sens, alors il y a quelque chose qui cloche vraiment avec sa foi et avec son amour, avec sa logique et sa dogmatique. Dans ce cas il avait raison, le prisonnier qu'il avait rencontré dans le couloir et qu'on ne laissait pas partir travailler, car il était un tueur perfide et un violeur, un bandit, il était le larron de gauche qu'il ne pouvait même pas appeler Gesmas car il avait sur la conscience le péché mortel d'un meurtre prémédité, du viol des innocents, de la convoitise de l'or qu'il a volé à d'innocentes victimes, ce prisonnier avait raison lorsqu'il lui disait : Où est-il à présent, ton Jésus qui doit te sauver, ou ta Vierge Marie ? Il criait dans ses pas alors qu'il regagnait sa geôle : Tu dis que tu es innocent, pourquoi ne te sauve-t-Elle pas ? Il se bouchait les oreilles, mais en passant devant sa porte il entendait malgré tout son rire tonitruant : Tu recevras son baiser, le baiser de la Vierge, le *Jungfernkuss*. « Le baiser de la Vierge Marie », ainsi nommait-on l'engin dont on parlait dans toutes les prisons d'Autriche et de Bavière, même si personne ne l'avait jamais vu. C'était un coffre de fer qui avait la forme d'un corps, dont la tête représentait l'image de la Vierge Marie, mais l'intérieur était hérissé de pointes acérées. Quand on enfermait un malfrat dedans, les pointes aiguës traversaient lentement son corps et une fois le coffre entièrement refermé, il ne restait que la caisse avec les bras s'étreignant, et au-dessus Son image. Il voulait que l'affreux criminel ricanant soit étreint à son tour car il ne supportait plus de l'entendre. Dans son sommeil il criait et murmurait, son ricanement lui parvenait sans cesse, son chuchotement : *Jungfernkuss, Jungfernkuss*. La pensée de Katarina en compagnie de Windisch, de Katarina au milieu du campement militaire, c'était son *Jungfernkuss*, plus ses pensées étaient nombreuses plus les pointes se multipliaient. Et même en rêve il voyait de plus en plus souvent le diable Windisch emmenant avec lui l'ange Katarina, il était avec elle dans les palais et à la cour où l'on voit des fenêtres colorées à travers lesquelles, à l'aube, Katarina regardait dans le lointain, il y avait des tables de toilette aux pieds fins, il y avait, oh ! d'immenses lits couverts d'édredons saturés de sueur de corps faisant l'amour. Ce n'était pas une seule pointe, c'étaient des pointes innombrables. C'étaient les pointes de ces couteaux, des pointes qui s'enfonçaient dans la tête et dans le cœur et dans les poumons et continuaient à tailler la chair, elles glissaient sur les os et s'enfonçaient encore. Au réveil il sortait de ses rêves tout transpercé de cet engin de torture appelé *Jungfernkuss*. Si cela a un sens, alors le sang est l'âme et c'est l'âme du diable, et cette âme, ce sang, il le versera, celui de Katarina et le sien propre. Un après-midi, alors qu'il travaillait à la brasserie avec le jovial Juif et qu'ils avaient bu une bonne quantité de bière, sa tête s'obscurcit un peu ou peut-être s'éclaircit-elle, il se mit à réciter à voix haute :

Liber scriptus proferetur
In quo totum continetur
Unde mundus iudicetur...

36

Celui qui passera un jour par ces pays, raconte Simon Lovrenc, où nous, les jésuites, avons édifié nos missions que l'Europe connaît sous le nom de « réductions du Paraguay », celui qui marchera dans le silence de Santa Ana, parmi les ruines des édifices magnifiques d'autrefois, églises, maisons, asiles de vieillards, habitations des Guarani, qui contournera les puits asséchés, celui-là sera pris d'un grand étonnement et d'un profond respect pour tout ce que les jésuites ont fait – avec leur foi, leur inébranlable volonté, avec leur sagesse et leur amour du travail. Celui-là ne croira pas seulement en l'inspiration qui nous accompagnait, mais aussi en la solidité des fondements sur lesquels repose l'Église, en la solidité et en l'unité du corps de la Compagnie de Jésus capable de produire un tel miracle ; celui qui verra les croix penchées portant les noms des frères dans le cimetière de plus en plus envahi par la végétation, celui-là croira en la puissance infinie de l'organisation humaine, de la diligence, de l'esprit d'invention, en la capacité de l'homme, en tout ce qui est guidé par la main divine, en tout ce qu'elle peut refaire à tout moment, à tout instant elle peut envoyer des pères dans les missions, ceux qui s'étaient dispersés dans les pays d'Europe et dans les missions d'Amérique du Nord et d'Asie, lui aussi, Simon Lovrenc, dont le nom est resté gravé dans les chroniques jésuites du pays des Indes, lui aussi, la puissance de la Compagnie peut le délivrer de la geôle de Landshut et l'envoyer là où est sa place et où il fut heureux, car son travail y était béni à tout instant par la présence divine, par la présence de l'Esprit saint qui illuminait chacune de ses aurores tandis qu'il entendait battre le tambour et qu'il s'éveillait en un jour nouveau du Seigneur, à son service, au service de la Compagnie ; si cela arrivait, si on restaurait les missions, alors Simon Lovrenc quitterait tout, il quitterait Katarina aussi, aussi sûr qu'il ne la quittait pas en ce moment, il partirait, il oublierait ses errances dans les pays allemands, remplies d'épreuves insensées et de leurres inventés par les esprits du Mal, peut-être oublierait-il également son amour, qui a cessé d'être divin, qui est humain, très humain, et à nouveau inscrirait-il son nom au côté de ceux des frères qui ont élevé les Guarani parmi les chrétiens et ont répandu l'Évangile chez les hommes sauvages, même si c'est au cimetière de Santa Ana ou de San Ignacio Miní ou de Trinidad ou de San Miguel ou de Loreto, où les croix sont toujours plus penchées et toujours plus enfouies, sur les tombes des frères Romero, Simecka, Strobel, Paucke, Cardial, Montenegro, Charlett, et le sien figurera également sur l'une de ces croix de fer que dans quelque temps les Guarani entretiendront et orneront de fleurs, puis les croix de fer s'écrouleront lentement et s'enfonceront dans la terre. Qui a vu ne serait-ce qu'une fois les brumes de l'aube sur le fleuve Paraná, ses anses, le jeu délicat de l'eau et de la lumière, celui-là n'oubliera pas, même dans la prison de Landshut, celui qui a vu la place toute rouge, la puissante façade de grès rouge, la verdure des jardins et l'odeur de la poussière qui monte des pieds innombrables passant à vive allure sur la terre battue, celui qui a vu tous ces gens pleins de vie, d'appels, de chants, celui qui a vu le soleil glisser du côté occidental du vaste toit rouge et sur le vert des cimes des arbres dont l'éclat portait en lui la prémonition du scintillement du grand fleuve, le présage des cataractes beaucoup plus haut, celui qui s'est déjà trouvé avec les pères se rassemblant devant la cathédrale, vêtus de leurs manteaux noirs, celui qui a vu les fillettes guarani tout en blanc et leurs pères et frères portant outils, armes ou livres, celui-là gardera devant ses yeux les scènes, les couleurs, les sons et les mélodies du pays des rêves jusqu'à sa dernière heure.

L'année où Simon Lovrenc quitta les missions contre sa volonté, Nicolas Neenguiro, le chef indien, *corregidor* à Concepción, écrivit : « Seigneur, écoute les paroles de tes enfants que voici. Dieu lui-même nous a donné ce pays, et c'est dans ce pays que mourut notre supérieur le père Roque Gonzales, comme de nombreux autres pères. Ils nous instruisaient, et toute leur attention n'était que pour nous et pour rien d'autre. Aucun Portugais ni aucun Espagnol ne nous a rien donné de ce que nous possédons : une magnifique cathédrale, un beau village, les étables remplies de bétail, une fabrique de coton, des fermes avec toutes leurs dépendances, tout cela est l'œuvre de nos mains. Pourquoi cherchent-ils à se l'approprier ? Ils veulent se moquer de nous, mais ils n'y réussiront jamais. Notre Seigneur Dieu ne veut pas qu'il en soit ainsi. Si le père commissaire venu pour nous déplacer et renvoyer les pères jésuites veut que nos propres pères soient différents de ce qu'ils étaient, c'est qu'autrefois ils n'étaient vraiment pas tels qu'ils sont aujourd'hui. Et à présent il veut nous faire quitter nos villages, nous faire partir comme s'en vont les lièvres dans les forêts et les escargots dans le désert. Je n'ai plus assez de paroles pour calmer mon peuple ni pour le contredire lorsque sa colère deviendra grande. » Après cette missive, les réductions de San Miguel et de San Nicolas passèrent à la rébellion ouverte, elles repoussèrent la *bandeira* à travers la forêt jusqu'à São Paulo, comme elles l'avaient fait nombre de fois auparavant ; ils n'avaient pas oublié l'art de la guerre, les Guarani, pas plus que les jésuites.

Aucune rébellion n'eut lieu à Santa Ana, le père Simon Lovrenc partit avec une trentaine de Guarani accompagnés de leurs familles, car ils étaient très attachés à elles et il leur semblait qu'ils étaient les seuls capables de bien les protéger, une trentaine de Guarani et deux pères belges, il partit donc pour une autre *estancia*, éloignée, et là sa tâche de missionnaire prit fin en un éclair par un coup sur la nuque, les jambes ligotées, avec la pensée du supérieur Herver qui était resté à Santa Ana, une fiole de maté à la main. L'*estancia* où ils avaient passé la nuit après deux journées de voyage à cheval fut encerclée au petit matin par les *bandeirantes* de São Paulo. Ils étaient si près qu'on pouvait entendre le hennissement de leurs chevaux, leurs discussions bruyantes, on pouvait voir les armes briller dans les rayons du soleil matinal. Les *bandeirantes* dépêchèrent un messager, leur proposant la reddition de l'*estancia*, tous ceux qui n'auraient pas d'armes à la main seraient sains et saufs, ils enverraient les pères à São Paulo et de là en Europe par le premier navire. Le *corregidor* Hernandez Nbiarú, qui n'avait pas voulu non plus laisser sa famille au *pueblo*, proposa de se rendre à condition que trois Guarani et l'un des pères belges rentrent en ramenant les enfants et les femmes ; ils se rendront sous cette condition, sinon ils se battront comme avaient décidé de se battre Nicolas Neenguiro et tous les Indiens et les jésuites à Concepción et à San Miguel, ils iront au ciel avec leurs enfants et avec les pères, au Pays-sans-le-Mal. Dès que le messager fut de retour chez les siens, on y entendit des rires brefs, des ordres, le cliquetis des armes, le bruit des sabots, ils les attaquèrent sans aucune hésitation. Et la dernière personne que Simon put apercevoir avant d'avoir les pieds liés et d'être jeté sur un chariot fut la petite Teresa. Un cavalier portugais au galop l'arracha du sol et la hissa, les jambes ballantes, sur son cheval. *Deo gratias*, s'écria-t-elle, épouvantée ; eut-elle une illumination soudaine, ou peut-être pensa-t-elle qu'il s'agissait de paroles en portugais que comprendrait l'homme terrifiant au couteau à la main, *Gratias tibi, Domine*, le cavalier arrêta un instant le couteau levé en l'entendant, puis il éclata de rire, João, cria-t-il à l'adresse d'un compagnon en train de mettre le feu à une cabane en bois, João, tu as entendu ? La petite bestiole parle latin, elle te remercie, dit João dans un éclat de rire, et l'autre lui trancha la gorge, c'était la dernière chose qu'il avait vue, elle est toujours devant ses yeux : la petite Teresa que le cavalier portugais tira jusqu'à sa selle, à qui il coupa la tête d'un coup sec et qu'il jeta comme un chiffon, comme un morceau de charogne, et il poursuivit son galop. C'est ainsi que mourut cet agneau de Dieu, cette jolie petite fille pleine d'intelligence, qui venait juste d'apprendre à dire de sa voix gracieuse : *Deo gratias, gratias tibi, Domine*..., en passant, dans le galop d'un cavalier en armes. *Ecce Agnus Dei, qui tollis peccata mundi !*

Quand on lui délia les pieds pour qu'il puisse marcher, là-bas au milieu de la plaine, il eut envie de hurler au ciel, dans ce ciel où il ne voyait personne, il eût voulu mugir comme un taureau, il eut envie de hurler si fort, de rugir des profondeurs telles que l'écho se répercutât jusqu'aux cieux afin que Dieu tout là-haut, dans le Pays-sans-le-Mal, assis dans son *apyka*, pût entendre ce qui se passait, qu'il fît un mouvement et qu'il posât son regard ici-bas, si par hasard il avait les yeux tournés ailleurs, vers l'Asie peut-être, afin que l'entendissent également le général Ignacio Visconti et le pape Benoît, le provincial Mathias Strobel et le supérieur Inocenc Herver, afin que son cri se répercutât dans les galeries du collège des jésuites à Ljubljana et partout ailleurs, hurler seulement car les paroles ne venaient plus, et même si elles venaient, qui dans le vaste monde s'intéresserait à la cause de son hurlement, de ses cris, à ce qu'il avait à dire, Simon Lovrenc, le jésuite ligoté, comme cela restera écrit dans la chronique jésuite de Santa Ana, le jésuite de

Carniole qui fait partie de l'Autriche intérieure ? Qui saura plus tard qu'il était missionnaire au pays des Indes, qu'il avait fait la route à cheval depuis Buenos Aires jusqu'à Posadas et s'était intégré dans la vie des réductions paraguayennes alors qu'elles étaient déjà condamnées à disparaître, qu'il est reparti seulement une année plus tard, attaché par les chevilles comme du bétail, que c'est ainsi qu'il a traversé à pied et en chariot tout le pays des *Missiones*, une grande partie de la forêt qui s'étend jusqu'à São Paulo, d'où il fut transporté et mis aux fers comme un galérien jusqu'à Lisbonne où il échappa de justesse au tribunal d'Inquisition. La chronique d'un départ, d'un temps passé dans les missions et du retour n'exprime rien si en sont absentes les féroces luttes intérieures entre la soumission et l'obéissance, entre le *perinde ac cadaver* et la conviction absolue de la raison qui dicte la nécessité de ne pas quitter cette terre promise, qui l'aura marqué à jamais, qui demeurera en lui, la place toute rouge de Santa Ana restera dans son regard, le tambour de l'aube et le chant des enfants indiens resteront dans ses oreilles toute sa vie, jusqu'à son dernier jour. Simon Lovrenc se trouvait à São Paulo, prêt à embarquer, transporté de force tel un galérien et non un membre de la Société de Jésus, non un fils de saint Ignace de Loyola, de là il a vu partir la grande armée, les canons, la cavalerie, saint Ignace lui-même qui avait été soldat, ne peut-il rien faire contre cette armée ? Il a vu partir la *bandeira*, l'effroyable armada, il n'eut pas besoin de demander leur destination, à ces mamelouks, ces guerriers cruels. Il savait que les *nostri* et les Guarani seraient impuissants face à ces légions, les *nostri* n'ont pas le droit de se battre sous peine de péché mortel, ceux qui se battront finiront la tête trouée ou la gorge tranchée, les Guarani ont maintes fois réussi à se défendre, cette fois-ci, trop faibles, ils ne le pourront pas, ils ont contre eux les canons, la cavalerie, le vacarme des sabots, avant que le canon du père Kluger ait tiré le premier coup Santa Ana sera écrasé. La terre rouge sera imbibée de leur sang, du sang des guerriers guarani et celui de leurs femmes et enfants, et aussi du sang des pères qui sont restés afin de combattre au nom du Seigneur… Le premier guerrier de la Compagnie, là-bas dans le ciel, lui qui fut guerrier et officier durant sa vie, notre père, le père de la Compagnie, Ignace, don Iñigo Lopez de Recalde, ne peut-il rien faire, lui non plus ?

Les *nostri*, capturés aux quatre coins des missions, furent ramenés à Lisbonne six mois après le terrible tremblement de terre qui avait presque totalement détruit la ville. Partout régnait une odeur nauséabonde, de partout montait la poussière, la ville tremblait de peur, car pendant que les sujets portugais assassinaient dans les réductions paraguayennes, Dieu était entré dans une grande colère contre la ville, ils ne cessèrent pas de tuer pour autant, mais ici ils rampaient dans les ruines tels des vers de terre, avec la poussière montait vers le ciel l'encens, partout on priait, partout résonnaient des cris : *Kyrie eleison ! Christe eleison !* On les logea dans les ruines d'un couvent au centre de la ville, ce n'était pas une prison, non, juste le lieu de leur résidence temporaire : c'est là qu'ils devraient apposer leur signature certifiant qu'ils ne retourneront plus jamais dans le pays des Indes, sinon… Sinon ils pourraient connaître le sort réservé aussitôt après le tremblement de terre à un groupe de jésuites effroyablement haïs : ils furent accusés d'avoir appelé la catastrophe sur la ville, eux et personne d'autre, ils furent brûlés sur le bûcher dans leurs soutanes noires, le peuple put respirer quelque temps : cette punition était particulièrement juste, c'étaient eux qui avaient inventé l'Inquisition et à présent l'Inquisition, qui avait été reprise entre-temps par les dominicains, les avait condamnés au bûcher, ils brûlaient dans toute leur splendeur. Et tandis qu'il fixait à travers le toit déchiré un coin de son ciel déchiré d'où Dieu le regardait, la colère monta dans sa poitrine, des reproches terribles, dans ces nuits pas une trace de soumission, pas même envers le Très-Haut, sans parler du recteur, du supérieur ou du général de Rome. Il savait que Dieu voyait ce qui se passait, en ce moment même dans les missions peut-être voyait-il les frères restés auprès des Indiens en train de combattre, peut-être une balle portugaise venait-elle juste de fracasser la tête de l'un d'entre eux ou une lance avait-elle transpercé son cœur, il était possible que le père Berger repose parmi les Indiens et que son corps flotte avec eux sur le fleuve Paraná, lui qui avait créé un conservatoire pour ses chers petits Guarani, Il voit tout, Il sait tout, et Simon Lovrenc là-bas à Lisbonne ne pouvait pas comprendre pourquoi Il le permettait, et s'Il permettait tout cela, pourquoi la petite Teresa avait-elle dû mourir avec ces paroles merveilleuses à la bouche, elle n'en connaissait pas d'autres, elle pensait peut-être sauver sa vie avec ces paroles, peut-être. Pourquoi nous as-tu envoyés là-bas, Père, pourquoi moi, depuis un couloir glacé, depuis la chapelle de François Xavier, là-bas au-delà des mers, pourquoi mon cœur était-il rempli d'espérance, était-ce pour que je voie ce qui est juste, ce qui est bon, et même ce qui est beau ? Puis laisser à présent anéantir tout cela, massacrer, démembrer, piller, réduire à la ruine, pourquoi ? Quelle théologie, quelle exégèse peut expliquer cela ? Dieu vient dans l'homme par les sacrements, et qui a montré une plus grande ouverture aux sacrements que les hommes rouges du pays des Indes, qui hier encore vivaient dans les forêts et aujourd'hui chantent… en latin, et impriment des livres ? N'est-ce pas la preuve la plus éclatante que le beau et le bon viennent avec les sacrements, l'utile aussi, en fin de compte les hommes rouges vivent bien mieux, qui peut comprendre pourquoi tout cela doit être anéanti et périr de telle sorte que cette œuvre grandiose soit détruite par les chrétiens eux-mêmes, par les membres de la sainte Église catholique et que l'ordre de quitter les missions ait été donné par le général de la Compagnie sur l'instruction du pape, car le pape s'est incliné devant le roi d'Espagne, qui s'est incliné devant sa sœur, qui s'est inclinée devant Pombal, le ministre du Portugal, et qui peut comprendre que dans tout cet enchaînement ayant mené à l'évacuation des missions, Dieu n'a pas pu dire ne serait-ce qu'une fois « non » ? Pourtant, Dieu n'a pas dit « non » ! Il n'a pas rompu la chaîne, ni le pape ni le général n'ont dit ce qu'ils auraient dû dire : non ! Et à présent cette chaîne traîne le mal, elle entraîne de nombreux frères dans la mort, les Guarani dans l'esclavage ou parmi les bêtes sauvages, Simon et d'autres frères, qui ne sont pas espagnols mais autrichiens, belges ou hollandais, lui et d'autres pères, bêtes de somme, elle les a entraînés là où il est couché à présent, dans ce gîte répugnant au milieu des ruines de Lisbonne, cette ville où des foules d'humains rampent comme sur une immense fourmilière, où six mois après le tremblement de terre règne une odeur de charogne, comme elle régnait en ce jour magnifique où la petite Teresa avait salué l'évêque d'Asunción ; il contemple le ciel déchiré au-dessus de sa tête, Simon Lovrenc, et il ne comprend pas, il ne comprend rien, même le *perinde ac cadaver* ne lui est d'aucun secours. Ce qui reste incompréhensible pour Simon Lovrenc, est-il compréhensible au moins pour le général Visconti à Rome ou pour le pape Benoît, le quatorzième de ce nom ? Ces deux-là avaient entendu le père Strobel, ils avaient entendu ses suppliques désespérées, ils étaient informés, dans le détail. Mes yeux, habitués aux couloirs de la Maison de la Compagnie de Jésus, aux soirs sombres et froids, mes yeux, habitués à être baissés car seulement ainsi ils étaient en mesure d'accepter le devoir de soumission, d'obéissance et de renoncement à ma propre volonté, étaient soudain grands ouverts, ici brillait la lumière de la présence divine, de l'Esprit qui accomplissait des miracles à travers l'œuvre des hommes, c'était là la plus grande réussite de la Société depuis sa création. Quand Dieu tourna son regard là-bas, sous les grandes cataractes, la terre promise y naquit, les Guarani étaient le peuple élu. Mais tout ce que j'ai vu en arrivant là-bas, ils l'avaient acquis et gagné, quelque chose avait donné sa clarté seulement au commencement, l'arrivée des jésuites, la croix seule et la lumière, puis l'œuvre se poursuivit d'elle-même, personne ne put arrêter ce que Dieu avait mis en mouvement dans ce doux pays sauvage, pas même les colons portugais qui avaient formé leur propre armée – la *bandeira* – uniquement pour soumettre les sauvages baptisés et les noirs jésuites avec eux. Dès le commencement même ils ne purent accepter l'évidence que ces êtres sylvestres étaient capables de recevoir le message de la Croix, ils regardaient avec autant d'irritation que d'étonnement croître leurs villages et leurs églises, leur habileté dans l'exploitation de la terre, l'alphabétisation généralisée, la musique et la peinture, et enfin l'imprimerie. Ces êtres venus des forêts avaient appris à imprimer des livres : avec du matériel venu d'Europe, ils avaient construit une imprimerie, le père Christian avait fait certaines pièces à la main, ils avaient imprimé l'ouvrage *Sermones y exemplos en lengua gvarani*. Et tout cela avait été créé par un seul regard de Dieu.

Mais à peine Dieu a-t-il détourné un instant son regard – peut-être l'a-t-il posé sur la noire Afrique – que déjà les villages guarani flambaient, que le couteau avait tranché la gorge de la petite Teresa, et lorsqu'il le posera de nouveau à cet endroit – pour Dieu ce n'est qu'un instant, pour nous quelques décennies –, il n'y aura plus que ruines dans les missiones.

Pardonne-moi ces pensées, Père, il fait noir dans mon âme, je quitterai la Compagnie, je leur demanderai de me laisser partir.

Les frères se consolaient en priant, avec des exercices spirituels et des conjectures pour savoir où on les enverrait, retourneraientils en France, en Hollande, en Bohême, dans les couloirs glacés et dans les frimas de l'hiver qu'ils ont connu à leurs débuts et qu'ils ont presque oubliés, comme ils ont oublié leurs frères, leurs pères et leurs sœurs ? Ici, en accord avec les autorités portugaises, ils cachaient leur appartenance et ressemblaient davantage, dans leurs vêtements bariolés, à quelque guilde de marchands prisonniers de la ville dévastée par le tremblement de terre, car s'ils sortaient en soutanes noires les gens auraient été capables de les exterminer comme des rats, en réalité ils les tenaient pour des rats, cause de tant de malheurs, de ce tremblement de terre, quelques bestioles de ce genre furent grillées sur le bûcher ; c'est en secret qu'ils se rendaient au port afin d'intercepter quelques nouvelles des événements au-delà de l'océan ; les frères lui étaient de plus en plus étrangers, Simon ne voulait plus rien avoir à faire avec tout cela, rien entendre, rien savoir, de toute façon les nouvelles étaient mauvaises, non seulement la *bandeira* portugaise de São Paulo mais également les troupes des propriétaires terriens espagnols de Buenos Aires se dirigeaient vers les missions, la trahison était partout, et le mal, il se bouchait les oreilles, une nuit cependant il perçut un chuchotement : le supérieur de Santa Ana, Inocenc Herver, était mort d'une maladie contagieuse apparue lors du transfert des Indiens. Environ un mois plus tard arriva de Madrid le délégué de la Compagnie, lui aussi caché sous des vêtements ordinaires, il vint comme une ombre, se glissa parmi eux en compagnie d'un prélat de Lisbonne et aussitôt il fut plein de résolution et d'autorité : Vous allez signer une déclaration comme quoi vous n'y retournerez pas, jamais. Vous irez à Rome, ceux qui le désirent rejoindront leur maison mère. La Compagnie sait que vous obéirez, dans la Compagnie le libre choix n'existe pas. Qui refusera, qui ne signera pas la déclaration et ne partira pas au lieu indiqué, celui-là n'a aucune issue possible, il est condamné au pire : il sera renvoyé, banni, il sera maudit sans que personne ait à le maudire, il errera seul, sans secours et sans miséricorde, jusqu'à la fin de ses jours.

Les pères signèrent les uns après les autres, Simon demanda à quitter la Compagnie. L'envoyé de la maison madrilène lui proposa une entrevue, Simon savait ce qu'il allait dire : La Compagnie t'aime, la Compagnie désire que tu restes. C'est bien ce qu'il a dit. Tu t'es engagé, le quatrième vœu, la Compagnie te veut, ton âme sera damnée, tu mèneras une vie peccable, le péché mortel t'écrasera, tu ne connaîtras pas la rédemption, ton âme sera livrée à la damnation éternelle.

Il n'a pas signé, il a demandé à quitter la Compagnie.

– Je ne peux pas t'en délier, dit l'Ibère basané au beau visage sévère, François Xavier devait être ainsi, tu recevras la permission de partir pour ta Maison, j'enverrai un message à Rome, ton départ doit être ratifié par le général ou par le provincial de la Société à laquelle tu appartiens, dit-il, en ce qui me concerne, tu es renvoyé, tu es proscrit, tu es seul, tu seras seul, désormais, comme personne ne l'est en ce monde, tu es banni, tu es exclu. Amen.

37

À l'été de l'an mil sept cent cinquante-six il se retrouva à Trieste, de là il atteignit Ljubljana avec les voituriers, par un matin il se tint longtemps devant le portail du collège avant d'entrer dans l'édifice qu'il était persuadé ne plus jamais revoir. Il alla au bureau du préfet et dit qu'il s'apprêtait à quitter la Compagnie, qu'il demandait à en être libéré. Le *praepositus* aux cheveux blancs pâlit : C'est effroyable, que se passe-t-il dans ton âme, mon fils ? Il ne croit plus en la Compagnie, il a perdu toute confiance, il n'y a plus de soumission dans son cœur. Au Paraguay on massacre les *nostri*, on massacre les Indiens, on incendie les villages, le père Inocenc Herver est mort durant le transfert des Indiens, et tout cela se fait selon les ordres du général Visconti, il demande à partir. Père Simon pense-t-il que telle n'est pas la volonté de Dieu, est-il d'avis que le chef de la Societas Jesu peut vivre dans une si grande erreur, pour moi c'est encore pire, mon père, dit Simon, bien pire encore, je pense que l'Esprit malin s'est infiltré dans la Société. Le *praepositus* dut s'asseoir. Il enfouit son visage dans ses mains. Puis il leva la tête : la colère avait quitté ses yeux, ils étaient froids : J'ai envie de te chasser d'ici, dit-il, j'ai envie de te dire : dehors. Mais tu sais fort bien que c'est au général de prendre cette décision, au provincial seulement dans les cas exceptionnels, nous ne pouvons pas accepter les ouvriers à la légère, nous devons être encore plus stricts quand il s'agit de les renvoyer... Je pense que la lettre est déjà à Rome, dit Simon, j'ai déjà annoncé ma décision quand j'étais à Lisbonne.

Le *praepositus* voulut savoir s'il en avait parlé à quelqu'un. Simon dit que non, il était arrivé le matin même à Ljubljana. Le *praepositus* hocha la tête, Dieu te soit miséricordieux, je prierai pour toi. Il l'a vu, ils n'avaient pas besoin d'un tel ouvrier. Il ne peut le retenir, il sèmera le trouble qui est en lui, il va le propager, la paix du collège sera détruite, une grande honte et des dommages s'abattront sur la Compagnie, et justement à une époque où elle est menacée de toutes parts. Il le laissera partir en secret, qu'il dise où il a l'intention de séjourner, ils le retrouveront. Il lui faudra malgré tout attendre, il se peut que son âme troublée se reprenne, la grâce peut l'éclairer de nouveau, la grâce divine et la grâce de la Compagnie.

Il ne se rendit pas à la chapelle, à la chapelle des aubes glacées et des grandes espérances, il ne se rendit pas chez lui non plus ; ces gens de la campagne, son cœur seul gardait un peu le souvenir de leur existence, il ne pouvait aller les voir, il s'était trop enfoncé, durant de longues années il n'avait pas eu la moindre pensée pour eux, comment pourrait-il paraître devant eux à présent ? Il alla de-ci de-là; trouva refuge quelque temps chez les pauliniens d'Olimje, il était perdu, celui que les *nostri* délaissent est vraiment perdu. Il cherchait secours dans la chapelle de saint François Xavier, il se confiait à lui comme il le faisait à ses débuts à Ljubljana, je n'en peux plus, disait-il, je n'en peux plus. Il marchait dans les champs et regardait les paysans travailler, il regardait leurs processions pleines de ferveur et quelque chose dans son cœur s'émouvait, cette simplicité, cette limpidité, leurs pèlerinages, il lui semblait parfois trouver le mystère de la révélation de Dieu dans cette simplicité et cette sérénité qu'il avait senties chez les Guarani.

Enfin, la réponse vint à Olimje durant l'hiver. Dans la neige épaisse un jésuite à cheval arriva de Marbruk, Simon savait que c'était pour lui. Il fut appelé au bureau du prieur avant le dîner. Ils étaient face à face, seuls, ils connaissaient tous les deux les Constitutions, tous les deux les Exercices spirituels, tous les deux les maisons de l'épreuve, les quatre vœux. Ils n'avaient pas besoin de beaucoup parler, chacun comprit que Simon Lovrenc, tel qu'il était, rebelle, têtu et troublé dans son âme, nullement prêt pour la soumission et le travail, que tel qu'il était, il serait incapable de grands desseins, la Compagnie pouvait se passer de lui... Et cette fois-ci aussi on n'hésita pas à le mettre en garde : la Compagnie n'a pas besoin de lui, c'est lui qui aura besoin d'elle, il peut en être sûr, personne n'est seul comme un jésuite exclu. C'est le chagrin et la solitude qui l'attendent, dans la solitude il sera soumis aux tentations du Malin, il n'était en sécurité qu'au sein de la Compagnie, à présent il est perdu ; je devrais compatir, dit l'émissaire, les Constitutions l'exigent, mais je n'ai pas ce don du Saint-Esprit, je ne le possède pas, je te méprise, dit-il, quand tu reviendras, et tu reviendras, la pénitence sera lourde, tu devras retourner dans la maison de la première épreuve... Simon ne l'écoutait déjà plus, il traversa les champs, marcha dans la forêt, son cœur battait, le voilà en dehors, c'est effroyable, mais cela doit être ainsi, Seigneur, ne m'abandonne pas à cette heure, donne-moi la force de te servir d'une autre manière, à la lisière du bois il tomba à genoux, je suis seul, je suis seul, il s'allongea et replia ses genoux sous le menton, tout son corps tremblait. Le soir même il revint au monastère.

Le lendemain matin le prieur l'informa qu'il ne pourrait pas non plus rester à Olimje, un toit lui avait été offert parce qu'il était dans le besoin... Il devait comprendre qu'ils ne pouvaient le garder ici, les jésuites pourraient penser qu'ils étaient de son côté... Il le remercia et s'en alla. Cette fois il décida d'aller à Zapotok. Lorsqu'il fit son apparition, on le regarda comme s'il revenait d'outre-tombe, de l'endroit où était son père, il ne savait même pas qu'il était mort. Sa mère fondit en larmes, pensant que son fils était revenu. Mais où pouvait-il revenir, il n'avait jamais été là, c'est un autre monde ici, cette femme qui dit être sa sœur, cette femme vieillissante et rude, il ne les a même pas reconnues. Il partit dans la forêt d'où son père tirait le bois, c'est surtout cela qu'il a gardé en mémoire... Cette fois il n'est pas tombé à genoux, il a marché dans la forêt la tête vide, le souvenir d'un hiver froid lui revint en mémoire, il avait attrapé l'onglée, c'était comme si on lui enfonçait sous les ongles des clous pointus et brûlants... Deux jours plus tard il partit pour Ljubljana, il devait régler quelques affaires au bureau du district, il avait vendu toute sa terre, ce n'était pas grand-chose mais suffisamment pour ne pas être un clochard... s'il était resté dans la Compagnie il serait un clochard, la terre serait passée en leur possession, il l'aurait certainement donnée à la Compagnie, la maison aussi, les bêtes et tout le reste, tout ce qu'il venait de laisser à cette femme qui était autrefois sa sœur.

Au printemps de l'an mil sept cent cinquante-six, juste après Pâques, par un soir pluvieux, il était assis à l'auberge du Rouet, tout près de l'évêché. La tête vide, buvant du vin et fixant la chopine posée devant lui, il entendait les conversations bruyantes, elles allaient bon train, un grand vieillard magnifique et chenu racontait des histoires drôles et incroyables des pays lointains qu'il avait visités autrefois. Simon n'écoutait pas, il connaissait les pays lointains, il savait que tout le monde veut en apprendre quelque chose, partout on parle de Chine et d'Amérique, de trésors, de sauvages et de lions, de serpents gigantesques.

Ce même soir il s'engagea d'un air absent dans une conversation avec un propriétaire terrien, l'homme était au bord des larmes, en tout cas il était surtout ivre, il disait qu'il ne buvait pas, qu'il avait deux filles, un fils à Trieste, un chien nommé Aron, une forêt de bonne taille, des champs et des chevaux, sa femme était morte, paix à son âme, mais ce soir il buvait parce qu'il était au désespoir : depuis le matin il se morfondait devant l'évêché dans l'attente d'être reçu par Son Éminence, mais Son Éminence n'avait pas de temps à lui consacrer, Son Éminence ne pouvait déconseiller à personne de partir en pèlerinage à Kelmoraïn, quand bien même il était le régisseur du domaine du baron Leopold Henrik von Windisch et lui-même propriétaire, quand bien même il avait fait don de quelques charretées de bois pour les constructions de Gornji Grad. Il partira, lui aussi ira en pèlerinage. Simon n'arrivait pas à se faire une idée claire des choses – le bois, le pèlerinage, sa femme décédée, une fille agitée qui a quitté la maison… Il préférait prêter l'oreille au magnifique conteur qui terminait justement l'histoire des deux têtes de Jean le Baptiste que l'on garde à Constantinople et il en commençait une autre à propos d'un de ses voyages avec un grand seigneur, vous verrez combien grand, un voyage en Écosse, on y avait trouvé des fruits tout à fait étranges. Une fois qu'ils atteignaient leur maturité sur l'arbre, ils tombaient dans l'eau. Et là ils se transformaient en canards. Ce genre d'arbre pousse sur les îles Orknay. Là-bas nous avons vu également des gens nus et pauvres, ils étaient contents quand on leur offrait un caillou. D'autres cailloux extraordinaires s'appelaient « rea » et ils flambaient. Si on les jetait dans une flaque d'eau, ils grésillaient et bouillonnaient longtemps, mais s'il s'agissait d'une eau plus profonde cela ne durait pas. Cette histoire faisait rire aux éclats deux jeunes hommes armés de longs poignards, ça voulait dire qu'il y a des canards qui poussent dans les arbres. Et c'était un miracle ? Les deux jeunes se tordaient de rire, je ne sais pas si c'était un miracle, s'écria le vieillard, cependant le sieur Piccolomini, vous en avez entendu parler, le futur pape, qui s'y trouvait aussi, en était fort étonné.

Et pourquoi n'était-ce pas des poules ? C'était des canards, dit le conteur, l'homme biblique, et on poursuivit avec les canards et les poules : les canards, c'était en Écosse, les poules c'était lors d'un pèlerinage à Compostelle, un pèlerin carniolais avait été pendu à cause d'une poule volée, par la suite ils firent rôtir cette poule et elle revint à la vie sur la table du juge, et le pèlerin lui aussi est revenu à la vie.

À l'auberge ces histoires faisaient beaucoup rire, Simon aussi se mit à rire, cela ne lui était pas arrivé depuis longtemps. Puis le vieillard se mit à raconter que des foules de pèlerins affluaient de partout à Kelmoraïn, que lui aussi s'apprêtait à s'y rendre. Il y a des Carniolais et des Styriens, des Magyars et des Polonais, des Français et des Hollandais, et même des moines de Syrie, des jongleurs de France, des Tsiganes de Hongrie, des *pelegrinos* de Compostelle, des *palmerosi* de Jérusalem, des maçons d'Allemagne et des musiciens d'Irlande, et de toutes parts ils s'apprêtent à entrer dans Kelmoraïn, il y a là-bas la chaîne qui a servi à enchaîner saint Pierre, il y a son bâton, une épine de la couronne du Christ, un clou de la Croix, les os de saint Sébastien et la peau de saint Bartholomé, et aussi des calices d'or et des chasubles sacrées, et vous, vous voulez entendre l'histoire de la poule rôtie du juge ! Une poule rôtie ne peut jamais être un miracle et ses restes jamais une relique. L'auberge s'esclaffa de nouveau, Simon riait avec les paysans qui se tenaient le ventre, ils avaient à peu près tous les dents gâtées, il riait avec les hommes aux joues rouges qu'il ne connaissait pas une demi-heure plus tôt, avec les marchands et les maquignons, et il tapait sur l'épaule du paysan désespéré : Tout ira bien, monsieur, tout ira bien, elle reviendra, votre fille, quel est donc son nom ? Il n'entendit pas sa réponse marmonnée dans l'ivresse, son nom, la fille qui va à Kelmoraïn, le bruit s'éleva, à l'auberge du Rouet on se mit à porter des toasts bruyants à

Marie-Thérèse et à ses généraux, l'écho résonnait jusque sous les murs de l'évêché : Vivat ! vivat ! Derrière les fenêtres le prince-évêque se retournait et s'agitait dans son sommeil sous le baldaquin décoré d'anges aux joues roses, qui auraient dû être blanches, d'un blanc transparent.

Quelque chose bougea dans son âme, les *nostri* l'abandonnèrent, ici il y avait des gens, tous ces gens, le vin eut soudain du goût, il commanda un morceau de viande, mangea, rit avec les paysans et les bourgeois, écouta les histoires de pèlerinages, cela faisait longtemps qu'il n'en avait pas entendu, ça datait de ses années de noviciat, il écouta attentivement, s'enquit du pèlerinage auquel se préparait un grand nombre d'habitants d'Autriche du Sud, comme ce grand vieillard chenu, un peu menteur mais qui n'avait pas de mauvaises intentions. Au moment de son départ, le malheureux propriétaire terrien passa devant lui en titubant, dans la rue il s'appuya au mur, mon cheval, disait-il, je vais monter sur mon cheval.

Simon Lovrenc prit le chemin de l'église Saint-Jacques, contempla les sombres croisées du collège en pensant au jeune novice qui veille, les yeux tournés vers le plafond, et rêve éveillé de missions où il serait envoyé lorsqu'il serait capable de bien comprendre ce que signifie la soumission. Sous les fenêtres du collège sa décision fut prise : il s'en irait en pèlerinage avec ces hommes simples. Peut-être y trouvera-t-il la paix qu'il a perdue après son départ de Santa Ana, après son départ de Lisbonne, après son départ d'Olimje, après son départ de la Compagnie, le nom de Kelmoraïn se mit à résonner tel un vaste espace ouvert, presque comme « Paraguay », presque comme le nom de la Chine dans les temps anciens.

38

Là-bas à Dobrava, le soleil brille peut-être. Ici il fait sombre, et les arbres ploient.

Le capitaine Franc Henrik Windisch se tient à la fenêtre et regarde les lourds nuages qui pèsent sur la plaine.

Les pays allemands, ce n'est qu'une plaine infinie, une petite butte ici où là, puis à nouveau la plaine, chez nous on dirait que l'Allemagne, c'est la Pologne [7].

Il rit à haute voix de cette trouvaille, il est toujours prompt à rire, aussi fort que possible. Katarina regarde son large dos qui lui cache la vue sur la plaine allemande, elle pense à Dobrava, le soleil y brille probablement pour de bon, il brille certainement. Son père approche de la maison, juché sur son cheval, au puits il lavera la poussière de son visage. La Carniole ce n'est pas l'Allemagne, Dobrava ce n'est pas la Pologne, Dobrava c'est seulement une large vallée pleine de lumière et de verdure bordée de forêts vert sombre qui montent jusqu'aux sommets abrupts où elles s'arrêtent, au-dessus il y a des pitons rocheux où plus rien ne pousse. Les rayons du soleil touchent d'abord les rochers avant de se répandre sur Dobrava.

7. *Poljska* - Pologne - rappelle le terme *polje* qui désigne le champ ou la plaine.

– En revanche, le paysage de ces contrées allemandes se prête bien à la guerre, dit Windisch en se raclant la gorge. Un peu trop de boue, cependant, les roues des canons et des chariots s'enfoncent.

Katarina voit le chien Aron, tout hirsute, qui court vers le puits en remuant la queue, son père lui fait une caresse, jette un regard en direction des fenêtres, à sa fenêtre, il regarde toujours en direction de la maison, tous les jours, en rentrant des pâturages et des champs.

– Chez nous, raisonne Windisch, comme si Katarina était l'un de ses officiers, chez nous on ne peut guère utiliser les canons. Et puis où tirer ? Partout des montagnes et des vallées. C'est à peine si on peut tirer sur les renards et les cerfs dans la forêt.

Il se remet à rire, retourne à sa table et se verse du vin. Maintenant que son large dos n'est plus là elle peut apercevoir par la fenêtre la sombre plaine, à l'horizon les nuages effleurent la courbe du paysage, le hêtre devant la maison perd ses feuilles, les champs sont obscurs, moissonnés, c'est l'automne, bientôt l'hiver viendra, Katarina pense à Dobrava, baigné à présent du soleil d'automne. Ce n'est pas le mal du pays, car elle a toujours sa chambre là-bas, elle est vide, il y a la fenêtre par laquelle elle regardait certains dimanches ou parfois le jour de Pâques le beau paon, le paon satisfait, le neveu du baron Windisch, et elle l'admirait, tout paon qu'il était. À présent elle est assise à côté du neveu du baron Windisch quelque part dans la plaine allemande, il est toujours paon, ses rubans de soie et sa perruque sont accrochés au portemanteau, par-dessus sa capote, on dirait un homme suspendu, il a grossi, il a gagné du ventre au cours des ripailles et des beuveries de soldat, malgré le temps passé à cheval et les efforts son ventre s'est affaissé par-dessus sa ceinture, mais il demeure paon, sa démarche est la même que celle dans la cour autrefois, sa voix est toujours rauque et son rire bruyant, il est toujours aussi vantard.

– Ici, on va tirer les Prussiens à la place des renards. Si seulement on pouvait les faire sortir de leurs terriers marécageux !

Windisch poursuit sa marche triomphale même s'il n'a encore connu aucune bataille. Quantité de routes, de boue, de campements et d'auberges, beaucoup d'agneaux égorgés, de cochons et de dindes, mais toujours pas le moindre Prussien, aucun glorieux champ de bataille.

Dans la chaleur de l'été le régiment de Windisch fit route en direction du Rhin afin d'y rejoindre l'armée française qui venait de Cologne, cette Cologne justement qui était la destination des pèlerins, qu'ils avaient probablement atteinte, puis vint un nouvel ordre et ils se traînèrent pendant presque tout un mois à travers les forêts tout au nord, traversant Münster afin d'attaquer Frédéric par l'arrière, puis ils restèrent tapis jusqu'à l'automne aux abords des bois ou dans les villages, jusqu'à ce que toute la colonne s'ébranle, Windisch chevauchait loin devant, Katarina voyageait dans la compagnie bigarrée des chariots, des chevaux et de la piétaille à l'arrière avec l'intendance, les unités sanitaires et les femmes d'officiers, et tout en bout la foule des mendiants qui attendait à une distance sûre, tel un troupeau de charognards, de voir ce qu'elle pourrait ramasser, manger ou se mettre sur le dos de ce que l'armée laisserait derrière elle. Tous les soirs il venait la voir, rares étaient les nuits qu'ils passaient dans le chariot, l'armée avançait lentement et Windisch avait tout le loisir de trouver un gîte soit chez les paysans soit chez les bourgeois, dans les auberges ou dans les hospices, elle brossait ses habits couverts de poussière et cirait ses bottes, quand tout sera fini, disait-il, nous irons à Dobrava voir ton père Jozef. À Dobrava, pensait-elle, le regard apathique et absent, là où brille le soleil, alors que sur les collines allemandes pèsent de lourds nuages qui laissent parfois pleuvoir une bruine désagréable et tiède. Elle connut les rues désertes des villes que traversaient les sabots des chevaux montés par les cuirassiers, des rues que parcouraient la nuit des gardes municipaux avec leurs torches tandis qu'elle rentrait de soirées de réjouissances en compagnie de Windisch, ivre et frétillant ; elle connut des vergers inondés de lune sur lesquels se répandaient les cris de la garde de nuit et le tintement de l'horloge de l'hôtel de ville tout proche... Tu as de la chance, lui disait Klara, tu es avec un officier, comme moi, et moi aussi j'ai de la chance, il y a deux ans j'étais dans l'unité des pandours croates, mon lieutenant m'a cédée à un commandant, et lui il m'a donnée, comme ça, à tout l'état-major, jusqu'à ce que je trouve un officier à moi, il est de Pecs, je suis bien maintenant, mais j'ai eu des temps très difficiles, mon officier a bon cœur, le tien aussi, mais ce n'est pas le cas de tous... Prends garde, avant de commencer à perdre tes dents, avant de voir ta poitrine tomber, tu dois te marier, il y en a qui réussissent, si on n'y parvient pas, on nous renvoie à coups de pied, comme des chiennes, mais avant on te donne aux autres, à disposition, prends garde, dit Klara, nous avons de la chance, ils n'ont pas tous bon cœur comme nos deux hommes... Katarina pensait à Amalija, il lui semblait parfois qu'Amalija allait finir par avoir la vie de Klara, à présent elle-même n'en semblait pas éloignée. Katarina le savait, on lui avait dit qu'ils n'étaient pas tous aussi bons, certains frappaient les femmes, celles qui voyagent ensemble dans les chariots, on y entend toujours des vociférations, il arrive qu'elles en viennent aux mains entre elles aussi ; le tien prend soin de toi, dit Klara, il a fait fouetter ce grenadier... C'était un jeune homme blond, il suivait Katarina des yeux ; dès qu'il pouvait, il s'approchait de son chariot et lui disait quelques mots, un jour il s'était approché du ruisseau où Katarina récurait les casseroles, il l'avait regardée de ses yeux clairs, avait mouillé de salive le majeur et l'avait levé, elle avait passé assez de temps en compagnie des militaires pour connaître la signification du geste... Il ne l'avait pas touchée, elle avait fait semblant de n'avoir rien vu, mais quelqu'un d'autre avait vu, le chirurgien, il l'avait rapporté à Windisch, le lendemain on avait arraché la chemise du jeune homme et sous les battements du tambour on avait cassé un bâton sur son dos, on lui avait arraché la peau du dos au son sinistre du tambour et des cris de joie des femmes sur les chariots, qui trouvaient ainsi réparation pour les humiliations quotidiennes, pour les offenses, les paroles grossières et les majeurs des soldats levés en cachette ; ils le frappèrent comme la sentinelle dans la cour du monastère de Landshut, sauf que cette fois-ci Windisch n'arrêta pas la main du bourreau après avoir consulté le médecin au quinzième coup...

L'élu de ses jeunes années tint effectivement parole : elle voyageait dans un chariot couvert, il ressemblait à un grand carrosse, un peu moins élégant toutefois, mais assez spacieux pour qu'elle pût y dormir, comme elle avait vu faire la grande Magdalenka autrefois. Parfois elle avait l'impression de lui ressembler. Dans sa vie intérieure existait toujours le Coffret d'or, même si elle pensait à présent qu'elle ne le verrait jamais, il y avait toujours les psaumes de chez les ursulines, il y avait les saintes femmes, Marguerite et Agnès, Catherine d'Égypte et Catherine de Sienne, la nuit elle priait en pensant à elles, en pensant à la maison familiale, en pensant à Simon enfermé dans une prison, elle savait depuis longtemps que c'était l'élu de ses jeunes années qui l'y avait fait enfermer. Elle priait et parlait toute seule, mais elle ne gémissait pas et ne se plaignait pas comme le faisait Magdalenka, elle se taisait, en silence elle se parlait, elle parlait avec Simon, avec leur chien de Dobrava, tiens, disait Simon, voilà peut-être cette mauvaise étoile, je n'arrive pas à m'en défaire, elle ne me lâche pas, elle m'attire même, elle guide ma vie peut-être, ce n'était pas l'étoile de Simon, elle le savait à présent, c'était la sienne, c'est cette mauvaise étoile qui la guidait à présent, elle l'avait conduite à faire quelque chose qu'elle ne voulait pas et qu'elle a pourtant fait. Windisch se moquait gentiment de ses prières, je me réjouis, disait-il, d'avoir avec moi une femme aussi pieuse, je savais, dit-il un soir, bredouillis d'ivrogne, je savais, moi, dit Windisch, qu'une femme comme il faut était en route vers moi, tu es une femme comme il faut, Katarina, je savais qu'une telle femme viendrait vers moi, je l'épouserais quand elle serait suffisamment près. Katarina, marmonnait-il de sa voix avinée, n'est pas l'une de ces filles à la traîne de l'armée, qui s'offrent et sont aux ordres des officiers pour sucer leurs bites glissantes, mais une femme comme il faut, une femme probe, une femme honnête qui résistera à mon charme irrésistible, il n'y a probablement personne à douter de mon charme, marmonnait-il, une femme honnête pour un officier qui a de l'honneur, l'honneur d'un officier c'est son visage, celui qui a de l'honneur a un visage, l'honneur est inscrit sur le visage, dans le port, dans la façon de se tenir en selle, dans le courage avant la bataille, c'est visible chez un homme, la noblesse et l'honneur s'épanouissent dans la beauté de son visage ; jette seulement un coup d'œil à ces bourgeoises, femmes honnêtes, vois avec qui elles discutent, qui elles acclament quand j'entre en ville sur mon cheval, quand je retrousse mes manches et attrape au vol les mouchoirs qu'elles me jettent, avec mon sabre je saisis les couronnes de fleurs qu'on me lance des fenêtres, je me penche sur les dames qui brûlent de monter en selle à mes côtés, on sait bien, marmonnait-il, ce qu'est le charme d'un homme auquel une femme ne peut résister, surtout quand je coiffe ma perruque, ornement d'excellence, qui encadre mon visage, et le chapeau par-dessus... Katarina restait silencieuse... des psaumes se bousculaient dans sa mémoire... « qui oublie l'alliance avec son Dieu ; si elle est prostituée sans homme... » Il lui avait apporté des robes d'Italie ornées de dentelles et des bas de soie, un corset tout brillant qu'elle dut enfiler afin qu'il puisse le délacer... « Et vois, une femme vint à sa rencontre, vêtue comme une femme publique, conquérante des cœurs... » J'ai perdu la raison, se dit Katarina hébétée, soudain le vide l'envahit... elle n'a pas pleuré, elle a gardé le silence, c'est quand même bien, avait dit Klara, pense un peu à ces femmes dans le chariot, à la façon dont elles finiront, à la vie qu'elles mènent déjà... L'obscurité où elle évoluait n'était pas plus noire et dense de nuit en nuit, mais de jour en jour. Une fois il l'a jetée hors du lit : Sors-moi de là, tu as traîné avec ce maudit cureton noir... C'était une offense plus grande que de l'avoir attirée dans ce lit... Il restait ancré dans son esprit, Windisch, il était toujours présent au centre de sa tête et de son corps, Simon s'évanouissait lorsqu'elle se le rappelait craintivement, même quand elle pensait au pire, qu'il était en train de mourir dans sa prison, qu'on l'emmenait aux galères, c'était toujours quelque chose qui n'existait que dans les brumes des souvenirs et des images, Windisch, lui, était fiché au milieu de sa tête avec toutes les images de la débauche, avec des sons, des halètements près de son oreille. Il était en elle avec son groin, il se glissait en elle avec son groin, sa barbe de bouc fouillait sans cesse ses joues, ses seins et son ventre... C'est seulement une fois qu'il l'eut jetée de son lit et qu'elle tournait en rond, tandis qu'il dormait, ivre mort, en criant des ordres dans son sommeil de poivrot, que l'idée lui vint d'aller trouver le grenadier blond pour se venger de Windisch... Prends ta cithare, va par la ville, fille publique oubliée ! Joue de la belle musique, entonne des chants sans nombre, on ne t'oubliera pas... Elle ne le fit pas, le lendemain Windisch était tout contrit et malheureux, il mit un genou à terre et baissa la tête, il se trouvait très plaisant dans cette attitude qui n'avait rien de celle d'un pénitent, aucunement, il mit un genou à terre comme pour être adoubé chevalier… Je n'ai nulle part où fuir, se disait-elle, il peut me mettre dans son lit, il peut m'en jeter… Je n'ai nulle part où me réfugier devant mon péché, devant cette débauche, tout comme Simon ne peut fuir son insomnie. Il sortira de prison, de l'insomnie jamais il ne sortira… Windisch lui avait avoué il y a longtemps déjà que c'était lui qui l'avait fait enfermer là-bas, il avait attaqué la sentinelle, il devait se débarrasser de lui, il aurait pu finir bien plus mal, de temps en temps on hissait quelqu'un sur un pommier, le nœud autour du cou, ç'aurait pu être pire… Il y avait toujours quelque chose qui pouvait être pire, elle aussi aurait pu subir un sort bien plus affreux… Et aucun cheveu n'aurait poussé pour recouvrir ma nudité, disait-elle dans son cœur, tout comme la grande Magdalenka parlait et soupirait et gémissait en elle-même sans cesse autrefois et sans doute encore aujourd'hui, les cheveux qui ont recouvert Agnès n'ont pas poussé tandis qu'il soulevait ma jupe avec son sabre ; et quand j'étais nue il tournait en cercles autour de moi comme une bête en cage, seulement la bête sauvage est tournée vers l'extérieur, elle regarde à travers les barreaux, lui marchait près du mur et me fixait, il m'observait de toutes parts, je le suivais des yeux mais il me l'a interdit, il m'a bandé les yeux et je l'entendais tourner autour de moi, parfois il s'approchait et m'effleurait de sa main, du tranchant de son sabre, parfois il s'arrêtait quelque part près du mur et m'observait. Je n'avais pas à mes côtés le fiancé céleste qui aurait recouvert mon corps de cheveux, qui aurait envoyé un ange pour détourner de sa puissante lumière son regard et son désir incessant et insatiable. Sa sueur est sur moi, disait-elle en silence, partout s'étend sa puanteur, son mucus sur tout mon corps et dedans moi. Oh, et si je donne naissance à son enfant ?

Dans les temps anciens Dieu était coléreux, il ne permettait pas que de telles choses adviennent, maintenant il permet que Windisch lui dise qu'elle est belle, belle comme un ange, et toute la douceur de Dobrava se répand en elle, toutes ses aspirations de Dobrava ; l'orgueil qui l'habite prend possession d'elle, c'est l'orgueil qui est le commencement de tout péché, le pécheur est une bête pleine de passion, disait autrefois l'abbé Janez, le pécheur c'est le diable en fuite... C'est lui, Windisch, et moi aussi à présent, Dieu avait jeté en enfer les anges orgueilleux... Il m'y jettera moi aussi, bête débauchée. Qu'est-ce qui m'arrive ? Suis-je une chienne ? L'une de ces bêtes horribles qui suivent les armées, qui fouinent dans la paille, qui lèchent le sang des agneaux égorgés ?

Qu'est-il advenu de moi ? Qu'est-il advenu de moi ? Est-ce moi encore ? Nous devons nous soumettre aux desseins de Dieu, avait dit un jour l'abbé Janez... Katarina parlait avec elle-même en silence, comme Magdalenka, des nuits entières elle parlait sans paroles. Ce que nous ne voulons pas faire, nous le faisons ? Oui. On est aveuglé un instant, puis quand nos yeux se dessillent, on peut être sauvé, Dieu nous éprouve parfois intentionnellement... Katarina poussa un cri de douleur : Était-ce dans le dessein de Dieu, que je couche avec le bourreau de mon aimé ?

Des torrents se déchaînaient en elle, emportaient les rives, les ponts grondaient en se fracassant, l'eau roulait des cadavres d'animaux. Elle perdit tout discernement, elle fut engloutie dans la débauche. Des images foisonnantes du vice, de ses propres actes, tout ce que Windisch faisait d'elle, ce que son corps acceptait. Les arbres marchent sur mes pas, dit-elle, les clochers se penchent, j'erre dans une forêt, perdue.

39

Un matin on vint chercher le brigand, d'un geste le geôlier indiqua sa nuque, ce qui signifiait qu'on lui mettrait la corde autour du cou, il se débattrait et se balancerait à la potence, et Simon ne savait s'il fallait se réjouir de ne plus avoir à entendre ses cris et ses sarcasmes ou s'il devait faire une prière pour la miséricorde de l'âme du criminel. Puis il pensa qu'il ne serait pas mauvais de prier un peu pour sa propre âme qui était dans un état plutôt préoccupant.

Quelques mois s'écoulèrent, on libéra le boucher juif, il faisait froid, Simon croupissait dans les peaux de mouton en attendant la réponse de Ljubljana. Des aboiements parvenaient de la cellule voisine. On y avait enfermé un seigneur riche et haut placé, qui s'était dit qu'il pourrait être encore plus riche et haut placé, c'est pourquoi il avait plongé sa main trop profondément dans la caisse de la guilde des tisserands, une caisse bien profonde étant donné qu'elle fabriquait du drap pour les uniformes militaires dont on manquait sans cesse en ce temps-là. Lui aussi était persuadé de subir une injustice et que Dieu l'avait abandonné, car tout le monde escroquait l'armée autant que possible, et les gens qui l'avaient traîné devant le tribunal se servaient eux aussi. Simon ne pouvait plus s'occuper de l'injustice de cet homme, pas plus que de l'état de sa propre âme. Trop de choses s'étaient accumulées et cela durait depuis trop longtemps. Cependant, il fut amené à s'occuper du chien de ce prisonnier et de la misérable âme de ce même chien qui ne se sentait pas bien en prison. Le seigneur haut placé craignait tellement la prison qu'il avait réussi à faire admettre, en partie grâce à l'argent qui lui restait, d'avoir son chien auprès de lui dans sa cellule, de cette manière il avait moins peur des rats qui traînaient autour des eaux bouillonnantes des conduites derrière le mur de la prison et qui s'engouffraient parfois par le trou de la porte. Il avait moins peur ainsi, mais son chien était d'autant plus effrayé. Il aboyait sans cesse, Simon se recouvrait la tête de peaux de mouton et se bouchait les oreilles, suppliait qu'on éloigne le chien ou le seigneur ou bien lui-même, et surtout, il voulait que le messager revienne enfin de Ljubljana, qui dira son nom et sa qualité, Simon Lovrenc, ex-jésuite, scolastique, missionnaire, ou alors rien de tout cela, la Compagnie n'aime pas parler de ses soldats révoqués, qu'ils signalent qu'il est le fils d'un paysan de Zapotok sujet des comtes de Turjak. Il ne revenait pas, le messager, et Simon tomba dans une profonde résignation d'automne que venaient interrompre journellement les aboiements du chien et les grattements des rats.

En revanche, la nouvelle lui vint – c'est le geôlier, devenu presque son compagnon, qui la lui annonça – que des choses importantes s'étaient produites sur les champs de bataille. L'armée de Frédéric de Prusse avait anéanti les armées réunies des Autrichiens et des Français, près d'un endroit appelé Rossbach, puis elle avait rassemblé encore davantage de forces et s'était dirigée vers la Silésie, à Leuthen près de Breslau les deux alliées avaient connu une défaite encore plus grande, la Silésie était perdue, et voilà ce diable de Prussien qui chevauchait sur la Bavière. L'armée autrichienne avait été sévèrement battue, il y avait de nombreux morts et l'impératrice Marie-Thérèse versait des pleurs inconsolables sur ses coussins. Son armée reculait dans le désordre, elle se dispersait comme un troupeau de moutons attaqué par le loup. Les soldats et les officiers survivants fuyaient par les plaines et les vallées pour retrouver leurs foyers, même le célèbre général Laudun, qui avait autrefois vaincu les Prussiens à Kolin, avait disparu. Ils fuyaient dans la neige et dans la boue, traversaient les fleuves et les forêts. Une armée se battait encore en Bohême, on y entendait toujours le cri : en Silésie, en Silésie ! mais le char de la justice est branlant, les efforts de toute une décennie avaient été vains, le rassemblement d'énormes armées n'avait servi à rien, le char allait à vau-l'eau, c'était la descente pour l'impératrice et pour sa juste cause, une descente rapide de la pente, avec tous les morts, avec la perte de la Silésie tout entière.

Dans ces circonstances, dans cette débandade générale que l'on sentait partout, le juge de la ville, qui avait oublié depuis longtemps les malheureux événements avec les pèlerins, trouvait plutôt absurde de garder en prison un homme qu'il n'avait en réalité jamais condamné. Il lui semblait de surcroît que Simon Lovrenc, nonobstant le problème de son nom, était en prison depuis suffisamment longtemps, et, s'il était coupable, il avait payé, ce qui n'était que justice, non seulement pour lui mais aussi pour les pèlerins magyars, c'est-à-dire carniolais, qui leur avaient causé tant d'ennuis. Pour dire la vérité, et le juge devait l'admettre, il l'avait simplement oublié. Il s'était passé tant de choses d'importance dans la cité et dans le monde. Il le voyait parfois, c'est vrai, aller au travail à la brasserie, alors il pensait seulement que c'était bien, que les caisses de la ville ne subissaient pas de dommages. Mais dès l'instant suivant il oubliait cet homme sans importance. À cette époque, Simon lui-même se disait que Dieu l'avait oublié, il aurait certainement eu du mal à se douter que ce n'était que le juge Oberholzer. Mais partant de son point de vue ou de son lit, cela dépend de quel côté on prend les choses, là dans cette cave que traversaient les égouts de la ville et où couraient les rats et le chien de son voisin, c'était du pareil au même.

Un beau matin, Simon balayait le couloir de la prison au son d'un aboiement assourdissant. Le chien de la cellule du seigneur sautait contre la porte et aboyait à en perdre la voix, afin que son maître se sentît plus en sécurité et surtout parce qu'il était lui aussi enfermé depuis tant de temps qu'il avait oublié les prés où il gambadait autrefois et ne distinguait plus le frottement d'un balai du piétinement des petites pattes des rats. Le geôlier apparut au milieu de ce vacarme, il lui prit le balai des mains et dit :

– Tu peux partir, tu es libre.

Il se retrouva donc soudain dehors. Les autorités de Landshut, dans leur honnêteté, lui rendirent le sac de cuir qu'il avait laissé au monastère. Il n'y manquait pas un thaler d'or ni la moindre pièce d'argent. Pas plus que le couteau, en fait un poignard qui ne servait pas seulement à couper le pain, sa ceinture de cuir et ses vêtements au complet. Il loua une chambre à l'auberge Au sang sacré, il se lava et se changea. D'avoir passé une nuit dans un lit muni d'un drap de lin fit de lui un autre homme. Le matin il eut l'intention d'acheter un cheval, mais il changea d'avis et prit une mule, un peu lente mais en bonne santé et endurante. Il savait où elle l'emmènerait, non pas en Carniole, mais plus loin, il avait décidé d'y aller et rien ne l'arrêterait : à Kelmoraïn. C'est là qu'il la trouvera, Katarina. De même que le Coffret d'or. Tous les deux.

Et lorsque les clochers de Landshut furent derrière lui, il sentit soudain une liberté difficile à concevoir dans sa totalité. C'est pourquoi on ne doit pas s'étonner que sa pensée sur le dos de la mule ne différât en rien de la première pensée qu'il avait eue en se retrouvant dans la rue, une pensée asservie pour ainsi dire, Simon

Lovrenc étant toujours esclave de son amour terrestre : Katarina. Même s'il est vrai que sa pensée en liberté n'était en rien différente de toutes celles qu'il avait eues dans cette cave, celle exactement qui était son ultime pensée dans la prison : Katarina.

40

C'est avec ton sabre que tu as écarté mes jambes, répète Katarina Poljanec en s'adressant à l'officier autrichien noyé dans ses ronflements, au neveu du baron Leopold Henrik Windisch, tu étais intrépide et ivre, tu étais ivre de courage et courageux d'ivresse, tout étonné de vaincre avec tant de bravoure une femme de ton pays que tu as retrouvée au fin fond de l'Allemagne. Que fait une femme de ton pays au fin fond de l'Allemagne, que peut-elle faire d'autre que d'écarter les jambes sous la violente détermination d'un officier autrichien aviné qui pour l'heure n'a connu aucune bataille, dont le seul souci a consisté tout ce temps à ne pas salir sa cravate de soie, qui n'a fait que parader comme un paon chamarré crissant de cuir, tunique blanche et plumes, autour des canons reluisants ? Mais demain tu seras dans la bataille, Windisch, tout près de Breslau, dans un pré proche d'un lieu appelé Leuthen, les canons prussiens eux aussi sont briqués et attendent le matin pour cracher le feu, leurs obus feront éclater les chairs de ton armée, peut-être même ta chair, dans l'odeur de la poudre, dans l'éclat aveuglant des explosions. C'est pour cela que tu es ivre à présent, ivre de vin et de peur, tu écoutes, plein d'effroi, les cris des sentinelles apeurées postées autour du village et autour de tes canons effrayés, tu écoutes les chants angoissés et lointains des soldats croates, on ne voit plus nulle part les trompettes de la marche militaire, ni de parades ni de chevaux blancs, ta cravate de soie n'a plus aucun sens. Tu sais fort bien qu'on ne peut plus rien pour toi, tu sais parfaitement que la peur attire immanquablement les balles, et toi, de peur tu as fait dans tes pantalons, tu n'en sortiras pas vivant. Demain matin les canons prussiens feront exploser ta chair, ils l'éparpilleront dans les marais autour de Leuthen. Qu'as-tu fais de ta démarche de paon qui arpentait cette cour en Carniole, qu'as-tu fait de tes ricanements, de tes chevrotements de bouc avec lesquels tu partais à l'assaut d'une femme en pèlerinage vers le Coffret d'or de Cologne, la femme d'un autre, qu'elle aimait et qu'elle aime encore et toujours, car un bref instant seulement elle a pensé qu'elle t'aimait, toi l'élu de ses jeunes années. Elle en aime un autre, même si tu as réussi à la persuader qu'un jour elle serait tienne, qu'elle serait la fiancée du commandant, pendant que tu la traînais avec toi dans les campements militaires, dans les gîtes pour officiers, une femme que, ivre d'alcool, tu fourrais nuit après nuit dans ton lit, même si tu l'as forcée à coucher avec toi au lieu d'un autre avec lequel elle aurait dû et voulu être. Tu es ivre, Franc Henrik Windisch, neveu d'un baron de Carniole, du vieux paon, l'un parmi les nombreux neveux-paons du baron, ivre de peur, tu as du mal à soulever tes lourdes paupières et tes bras sont frêles et tes jambes flageolent cependant que tu tentes de te lever et retombes, soûl comme un porc, tu serais heureux d'être un porc afin de ne pas avoir à te présenter demain sous le feu des canons prussiens, avec ton joli minois et toute la richesse de ton noble honneur qui est encore plus gros que ton ventre, tu préférerais te vautrer dans n'importe quelle porcherie avec ta cravate de soie au lieu d'être obligé demain de commander ton régiment, de tirer ton sabre et de donner l'ordre d'assaut, d'ordonner le feu, car le feu viendra aussi de l'autre côté, des balles, des boulets, des lames glacées de baïonnettes, tu le sais parfaitement à présent et tu n'as plus d'issue. Tu n'as plus la moindre issue, voilà ce que te dit Katarina Poljanec, à toi le ronflant et l'ivrogne, une pèlerine slovène qui a pris la route pour atteindre le Coffret d'or et qui au lieu de cela s'est retrouvée dans ta cage, ivrogne de capitaine.

Je brosse mes cheveux dans la cage accrochée au clocher de Saint-Lambert, je regarde dans le miroir mes traits fatigués et j'écoute les ronflements qui viennent des profondeurs de ton sommeil, de tes rêves pleins de frayeur où tu entends les tambours et les trompettes de l'armée prussienne, rêves où tu vois des canons reluisants sur une pente herbeuse au-delà des marais, des canons qui vont se mettre à cracher le feu. C'est la nuit, ta dernière nuit. Tu m'as enfermée dans la cage, je suis enfermée depuis tout ce temps, Windisch, depuis que je voyage avec toi et ta horde d'officiers, je suis dans l'une de ces cages de fer qui sont suspendues jusqu'à ce jour au clocher de Saint-Lambert à Münster. Tu les as vues, ces cages, Windisch ? Je ne crois pas que tu les aies vues en traversant la ville sur ton cheval. Ton regard est toujours tourné vers le bas, sous les sabots des chevaux, vers le sol, tu ne vois jamais ce qui est en haut, au-dessus des nuages, sous la voûte du ciel. Du haut viennent la pluie et le soleil brûlant, rien d'autre n'a d'intérêt pour toi. Mais si jamais on t'avait montré les cages alors que tu passais sur ton cheval, pendant que moi je me traînais avec le troupeau des femmes dans le chariot à l'arrière, tu n'aurais fait qu'arranger ta cravate de soie et rire joyeusement. Mais moi, je ne peux les chasser de mon souvenir, depuis que je les ai vues, ces tombes là-haut sous les nuages. Chaque nuit je vois en rêve les hommes suspendus tout là-haut, très haut au-dessus de la terre, dans le ciel et pourtant dans des tombes, enfermés irrévocablement dans leurs tombes, ils n'étaient pas recouverts de terre mais de nuages, le ciel bleu était le couvercle de leurs cercueils. On m'a raconté que là-bas à Münster on avait voulu fonder la nouvelle Jérusalem, ils se sont enfermés dans la ville assiégée, ils s'aimaient les uns les autres et leurs prophètes avaient de nombreuses femmes. En réalité, ils faisaient ce que tu fais dans ta marche guerrière, il n'y a aucune différence. Sauf que tu agis sans y penser cependant qu'eux croyaient fonder une nouvelle Jérusalem, tout en oubliant la plainte ancienne d'Isaïe devant la ville : « Ainsi la fidèle cité capitale s'est transformée en prostituée. » La justice y régnait, à présent ce sont des assassins. Ils sont devenus des fornicateurs, comme tu es un fornicateur, toi, Windisch, tout comme ton argent n'est que de la fausse monnaie et ton vin coupé d'eau. Le châtiment les a frappés, les faux prophètes ont été enfermés dans les cages suspendues au clocher et leurs os ont servi d'avertissement à d'innombrables générations. Et toi, paon d'officier, profanateur de femmes, tu penses, pilleur de caves à vin et incendiaire de villages, tu crois, Windisch, qu'aucun châtiment ne tombera sur toi. Dès l'aube, je te le dis, dès demain il te frappera dans le vacarme meurtrier de la première bataille que tu vivras sur la terre glacée de Leuthen. Voilà ma prophétie. Tu seras également frappé parce que moi, pèlerine en route vers le Coffret d'or de Kelmoraïn, tu m'as enfermée dans une cage, demain tu seras frappé, capitaine d'artillerie autrichien Franc Henrik Windisch, neveu du baron Windisch de Carniole, à Leuthen en Silésie le cinq décembre mil sept cent cinquante-sept, un boulet prussien arrachera la tête de ton cou et de ta cravate de soie bleue.

Dans une cage pareille à celle du clocher de l'église Saint-Lambert, dans un semblable tombeau à la céleste transparence, je demeure depuis que tu m'as emmenée avec toi par la force et par la ruse, arrachée à mon aimé. Je ne trouve plus Simon nulle part, Simon Lovrenc, qui m'a été promis, à qui j'ai été promise à tout jamais. Nous étions sur le chemin de Kelmoraïn, sur le chemin de notre maison de Dobrava, et nous y serions allés si tu ne t'étais pas trouvé sur notre route. Si dans une taverne, car ce n'est plus un monastère, depuis que tu es descendu de ton cheval dans la cour tu l'as changé en taverne, si tu n'étais pas venu, toi le bouc à la cravate de soie. Tu as mis mon aimé en esclavage, moi, tu m'as entraînée avec toi, tu m'as traînée dans ton lit et je t'ai suivi, et ma complainte de cet acte, le tien et le mien, retentit depuis la cage par-dessus les toits de la ville endormie, sur la plaine et sur les marais, sur le campement des armées endormies. Entre le ciel sombre tout en haut et la terre noire tout en bas je croupis ici des nuits sans nombre, attendant que tu viennes, ivre, te coucher sur moi, mais en cette nuit enfin j'attends aussi la sortie de ce monde, ta sortie ou la mienne. C'est toi que l'on devrait suspendre dans la cage du clocher et exhiber comme paon et bouc, les deux à la fois, et pourquoi pas aussi comme un porc soûl. Mais rien à faire, pour l'instant c'est moi qui suis dans cette cage, c'est toi qui m'as enfermée dedans, Windisch, chaque nuit je suis suspendue dans la cage tout là-haut sur le clocher. Certains disent qu'on les avait enfermés et accrochés encore vivants. Durant le jour des gens les raillaient, d'autres se signaient de crainte. Car dès qu'ils levaient le regard vers le ciel ils y voyaient l'agonie et la mort approchant, la mort venait du ciel. La nuit on pouvait l'entendre, la nuit les habitants de Münster se réveillaient dans l'angoisse et écoutaient les cris des mourants longtemps après leur fin, ils écoutaient les cris désespérés des morts agonisants qui ne pouvaient monter au ciel depuis leurs cages ni descendre dans la terre noire. Il en est ainsi de moi, Windisch, je suis enfermée vive dans la tombe que tu as préparée pour moi, la nuit, quand tu es soûl et que les paupières lourdes couvrent ta face et que tes mains de rapace ne peuvent se lever pour me frapper et arrêter mes pleurs, la nuit je chante la complainte de mon aimé qui n'est plus nulle part, la nuit ma plainte est permise, la nuit ma tristesse entre même dans ton sommeil d'ivrogne ronflant. Dans ton sommeil où tu te tournes et retournes et tentes de te lever car tu es habité tout entier par la peur de l'ennemi de demain, le terrible Prussien, celui qui te châtiera pour ta débauche, qui te châtiera pour les sept péchés capitaux, avec ton orgueil, avec la cravate de soie de ton orgueil d'officier en première place. Mais même si tu crèves demain comme un couard, je ne suis pas sauvée pour autant car tu me l'as pris, celui avec qui je voulais demeurer jusqu'au dernier instant de ma vie, jusqu'au dernier battement de la dernière fibre de mon corps. Tu me l'as enlevé, tu l'as rabaissé, tu l'as fait jeter en prison et moi, tu m'as prise dans ta couche ensanglantée de traître. Même si tu crèves, je reste prisonnière dans la cage de ta débauche, de ta salive d'ivrogne qui se répand sur mon corps que tu as marqué et empoisonné, je reste suspendue là-bas sous les nuages, sans tombe, sans la douce terre noire sur moi. Et ma chair couverte de honte deviendra la nourriture des oiseaux de proie, les humeurs de mon corps glisseront le long des murs sur les places de l'antique cité.

Dans les environs de Münster, il est un village où j'ai vu la porte qui ouvre sur l'autre monde. Le mystère qui délivre celui qui le comprend et qui est prêt à l'accepter. Le mystère que contient le Coffret d'or de Kelmoraïn, vers lequel nous nous dirigeons, pèlerins slovènes. Le mystère c'est le reliquaire, ce sont des crânes creux qui nous fixent de leurs grands yeux entre les pierres précieuses et les rubans multicolores, ils demeurent là dans le silence et attendent de te parler sans voix, afin de faire naître l'angoisse en toi. Je sais, Windisch, qu'en toi ils feraient naître uniquement le rire, les ricanements et les chevrotements de bouc. Autrefois ta voix était agréablement rauque, lorsque je t'ai rencontré pour la dernière fois elle était enrouée de cris et d'ordres criés aux soldats, de vin et de vociférations. À la fin elle s'est transformée en chevrotement, en ricanement de bouc. Mais à présent tu n'as pas envie de rire, tu cuves ton vin et dans ton demi-sommeil l'épouvante du jour qui vient coule dans tes veines. Tu n'as pas envie de rire, tu n'as envie de rien, car tu es rempli d'effroi, depuis ta tête déréglée jusqu'aux glouglous de tes boyaux et jusqu'à tes genoux tremblants, car tu es tout entier habité par la peur, la peur de la fin, de l'inconnu, de l'autre monde, où il n'y a pas de cravates de soie, ni de roues de paon, ni d'uniforme et ses crissements de courroies à l'odeur de cuir frais. Pourtant tu avais envie de rire, et comment ! quand je te parlais des choses saintes vers lesquelles se dirigent les pèlerins slovènes. Tu ricanais, tu poussais des bêlements de bouc, le vin rouge se répandait sur tes moustaches et sur ta barbe de bouc, tu avais fait venir les officiers dans ta chambre et pour eux aussi je devais énumérer les objets sacrés afin qu'ils puissent ricaner avec toi à gorge déployée. Tu me tenais par les épaules dans une étreinte de fer, bois, disais-tu, et je devais boire ce vin aigre, raconte, disais-tu, ce qu'on garde chez nous, là-bas en Istrie et à Venise. Des reliques, disais-je. Quelles reliques ? demandais-tu. Le pied de sainte Barbe, disais-je. Et qu'est-ce qu'ils ont encore ? La langue de sainte Marie l'Égyptienne, disais-je, et qu'est-ce qu'ils ont à Cologne ? questionnais-tu en riant et en m'aspergeant de vin à travers les dents, qu'est-ce qu'ils ont à Cologne ? Les Saints Rois mages, disais-je, les os des Saints Rois mages, bêlais-tu, et à Aix-la-Chapelle, qu'est-ce qu'ils ont à Aix-la-Chapelle ? À Aix-la-Chapelle il y a les langes de l'Enfant Jésus, disais-je, nous y allions en pèlerinage, disais-je, et nous allons au Coffret d'or à Cologne, et tes officiers se frappaient les cuisses de rire et leurs femmes édentées qu'ils traînaient avec eux comme tu me traînais, riaient aux éclats, même si j'étais en pleurs et si je buvais ce vin et si je ne savais où aller, je ne pouvais quitter ton armée avec laquelle tu m'entraînais dans les pays allemands. Et pour voir ces langes, disais-tu, les gens traversent la moitié de l'Europe, par les vents et par la boue, comme nous nous traînons avec nos chevaux et nos putains. Qui pour toi sont bénies, criais-tu, tout est béni. Car moi, hurlais-tu, c'est l'archevêque de Ljubljana en personne qui m'a béni avant que je parte à la guerre, pour les grandes batailles. Jusqu'à présent tu n'as connu aucune bataille, Windisch, et que la bénédiction de l'évêque, voguant de Ljubljana jusqu'à Leuthen au-dessus de toi et de ton régiment, te vienne en aide demain, dans ta première et dernière bataille. Cette nuit-là, aucun parmi tes officiers ni aucune femme, même pas Klara – elle aussi avait la bouche fermée par la peur –, personne n'a dit, arrêtons maintenant, mettons fin à cet outrage, à cette profanation des choses sacrées et allons dormir. Peut-être aurais-je dû, une fois votre dose de rire satisfaite, quand nous avons été autorisées à nous mettre au lit, au lit avec vous, nous les putains à soldats, j'aurais dû peut-être te tuer au lieu de supporter tout cela, ou une autre nuit pendant que tu ronflais, ivre, après avoir roulé de mon corps, tandis que je respirais, impuissante, ta chair avinée, à ce moment-là j'aurais peut-être dû te fracasser le crâne avec la cruche, comme j'avais fracassé la cruche sur la tête de la bête à l'affût qui s'appelait Mihael, j'aurais dû te massacrer, bouc ronflant, ivrogne de bouc chevrotant, pour sauver mon âme dès cet instant. J'aurais pu reprendre le chemin du Coffret d'or que j'avais l'intention d'atteindre avec les pèlerins slovènes avant d'être enfermée dans ta sombre cage, la cage de Münster, dans laquelle je voyage avec toi d'un misérable campement militaire à l'autre. J'aurais dû te tuer afin d'en finir avec tout cela, mais auparavant j'aurais dû t'expliquer comment est faite la porte de l'autre monde, comment on franchit cette porte pour aller là où tout est pur et différent de ce lieu où tu te vautres ivre de peur avant la bataille de demain, en levant tes lourdes paupières et en essayant de saisir mes paroles, tu écoutes les cris des sentinelles que tu devrais aller voir pendant la ronde, mais tu ne peux le faire, ivre que tu es de la peur de la mort, de l'inconnu, devant la décomposition de ta chair dans la terre où elle tombera après être restée un temps dans les branchages, dans lesquels elle sera emportée après la détonation et dans l'éclat des explosions de demain.

Te souviens-tu, Windisch, du temps où les eaux ont inondé ton armée, ton artillerie et tes chevaux près de Coblence ? Et nous, escadron des femmes, comme vous nous appeliez moqueusement, nous nous sommes retrouvées sous les eaux avec vous. Pendant des jours les pluies n'ont cessé, les eaux du confluent du Rhin et de la Moselle se sont mises à gonfler, nous pouvions voir flotter les ventres blancs des cochons crevés tels des cygnes sur la surface sombre et turbulente du fleuve. À l'hospice où j'attendais pendant que tu mettais au sec tes mortiers et tes chevaux, et où s'étaient retrouvés également quelques pèlerins égarés, l'eau s'est engouffrée d'abord dans la cave puis bientôt dans le réfectoire au rez-de-chaussée, nous avons été obligés de fuir en hâte pour ne pas périr noyés. Là, Windisch, j'aurais voulu me noyer, même si Kelmoraïn était tout proche et si j'avais encore l'espoir de l'atteindre un jour. Nous étions si près que nous pouvions percevoir l'éclat du Coffret d'or sur les nuages du ciel, l'éclat de ses rayons qui traversaient les écheveaux de la sombre pluie, tu peux rire, Windisch, je l'ai vu, le Coffret d'or dans le ciel. Tout était sous les eaux alentour, les gens qui avaient accouru des autres villes disaient qu'à Cologne l'eau était montée à trente pieds, que dans les rues coulaient des torrents de boue charriant hommes et animaux. Vous avez envoyé l'escadron des femmes dans des régions plus élevées, nous nous y perdions et nous nous y retrouvions à la croisée des chemins. Nous avons erré durant tout un mois par les vents, la pluie, la neige et la boue, nous dormions dans des fermes isolées car la plupart des villages sur les chemins qui s'éloignaient du Rhin, de

Cologne et du Coffret d'or étaient dans un état épouvantable. Non à cause des eaux, qui s'étaient retirées, mais à cause des troupes prussiennes, russes, polonaises, anglaises, bavaroises et autrichiennes qui les traversaient, prenaient le bétail et ne laissaient que la cendre sur leur passage. Il y avait aussi quelques meutes d'Autrichiens, en uniforme blanc crotté, piétinant le pays devant nous, toi aussi tu passais par là sur ton cheval, les roues de tes canons ont laissé des fondrières sur les places détruites, c'étaient là tes batailles, des villages incendiés, des porcs tués et rôtis et des caves cambriolées. Nous priions pour nos âmes et nous demandions au ciel de nous permettre de voir le Coffret d'or, si proche, nous priions aussi pour les âmes des soldats qui piétinaient sans pitié le pays bourbeux devant nous, pour ton âme de bouc aussi, Franc Henrik Windisch. Nous devions passer par là pour atteindre le lieu où se trouve l'entrée, où sont les portes qui mènent dans l'autre monde. Et depuis le moment où j'ai souhaité périr noyée près de Coblence, depuis cet instant je sais que si j'ai envie de quitter ce monde c'est à cause de toi, Windisch. Mais je ne suis pas morte noyée, j'ai pensé à Simon qui par la volonté de Dieu a traversé les océans uniquement pour que nous nous rencontrions, Simon et moi, moi et Simon, pourquoi devrais-je donc me noyer, c'est toi que l'eau aurait dû engloutir dans ses profondeurs.

Puis le calme est revenu, les nuages restèrent solidement accrochés au ciel, ils n'étaient plus gros ni menaçants tout là-haut, les fleuves ont retrouvé leur lit, nous traînions à votre suite, vous qui chevauchiez loin devant, quelques soldats en guenilles nous servaient d'escorte. Les voyageurs du ciel avaient pris une petite avance, juste assez pour nous guider vers la plaine du nord. Ici le ciel n'est jamais bleu comme chez nous, il garde toujours du gris, c'était beau cependant, soudain tout était paisible, soudain Simon voyageait avec moi, dès que tu n'étais plus là il pouvait monter dans mon chariot, je l'ai vu, je l'ai entendu, une femme en est capable, Windisch, s'il n'y a pas près d'elle de chevrotement de bouc ni de corps qui prend tout, absolument tout, qui recouvre son corps et son âme de son ventre et de sa poitrine velue. J'ai parlé avec lui, tu peux ricaner, c'était un miracle, Simon a dit que plus rien ne pouvait arriver à présent, ni inondation ni tribunal ni bêtes condamnées à être décapitées, ni hommes pendus, il n'existe plus que le chemin qui mène en arrière, vers les Trois Sages, et puis plus loin le chemin de notre maison que je n'ai jamais autant désiré atteindre que maintenant, car je n'ai été proche de personne comme j'étais proche alors de Simon, que mes appels ont fait sortir de sa geôle, et tous deux nous savions clairement où nous voulions aller : au Coffret d'or, et nulle part ailleurs. Et de là-bas nous prendrons le chemin de la maison, de Dobrava, pour toujours, à Dobrava où par un après-midi de soleil, voyageurs fatigués mais déjà reposés par la première nuit de sommeil chez nous, nous contemplerons la pente verte au pied de Saint-Roch, nous écouterons les poules caqueter dans la cour et les assiettes en métal cliqueter dans la cuisine, car ce sera un jour ordinaire, ce ne sera pas un jour de fête où les assiettes de porcelaine ornent la table selon la volonté de mon père. Nous voudrions un jour ordinaire, avec des assiettes en métal ordinaires, avec l'aboiement d'Aron et beaucoup de jours pareils accompagnés de la cloche qui sonne les vêpres à Saint-Roch tous les soirs, beaucoup de jours semblables, nous désirions des soirs et des nuits paisibles, ordinaires, de petites choses, cependant nous désirions trop. Nous ne savions pas qu'au-delà de la lisière d'un bois, dans une auberge aux abords de quelques maisons éparpillées d'un village de Westphalie, attendait ton armée malpropre et en déroute, que tu nous attendais, toi, Franc Henrik Windisch, neveu du baron Leopold, avec ta diabolique barbe de bouc et ta cravate de soie au cou.

Mais ce n'est pas fini, quand vous avez rejoint les Français pour marcher ensemble sur la Silésie, Simon demeurait toujours avec moi. Aux alentours de Münster il a loué une voiture avec cocher et nous les pèlerins slovènes – car il y avait avec moi également Amalija, l'abbé Janez et le patriarche à la barbe blanche –, nous voyagions en voiture légère dans ce grand pays inconnu, loin de chez nous, loin de notre destination, mais fermement décidés à l'atteindre, notre voiture était le carrosse céleste, nous ne sentions plus la route sous nos roues, la route nous était légère, le sourire était sur toutes les lèvres. Nous longions l'Ems, le ciel et ses eaux sur terre avaient retrouvé la paix, les chevaux dandinaient leurs larges croupes devant nous, le monde est devenu léger, plein de lumière et de promesses, tissé de rêves que toi, Windisch, tu n'as jamais connus. Au crépuscule le Coffret d'or voguait de nouveau au-dessus de nous, il avait disparu quand je me trouvais avec toi, là il a reparu, nous voyions son nimbe de sainteté entre les nuages, nous voyions resplendir ses rayons dorés et rouges au-dessus de la plaine jusqu'aux ondes brillantes de la mer du Nord. Près de l'antique cité de Rheine, nous avons passé la nuit au monastère des chevaliers teutoniques, dressé dans toute sa puissante splendeur au bord de la calme rivière, je me souviens de son nom : Kloster Bentlage. Qui ne se rappellerait le nom de l'endroit où l'on garde le plus grand mystère, la porte d'entrée dans l'autre monde ? Nous y avons fait halte, nous, l'escadron des femmes humiliées et offensées du convoi militaire, des femmes à officiers, c'est là que Klara m'a demandé de tes nouvelles, Katarina, que regardes-tu, que vois-tu ? Et moi je voyais Simon qui marchait à mes côtés, les sourires des pèlerins qui se dessinaient sur leurs silhouettes flottant dans la brume, et moi aussi je souriais, il est ainsi, le chemin du Coffret d'or, Windisch, c'est un chemin plein de sourires, plaisant, sinuant parmi les arcs-en-ciel. L'eau calme y léchait les rives herbues, la rivière Ems retrouvait avec lenteur et certitude son lit. Là-bas, sur les bords de l'Ems, où la rosée argentée recouvre à l'aube d'immenses prairies et où au crépuscule, entre les hauts feuillages d'arbres dont j'ignore le nom, la dernière clarté embrumée se pose sur la terre, c'est là que nous, les femmes, sommes tombées sur les pèlerins slovènes, tous ceux qui ont survécu à l'inondation de Coblence, où j'avais envie de me noyer et où j'ai été sauvée par Simon, plutôt son souvenir, c'est là que nous avons vu la porte qui mène dans l'autre monde. Je sais, Franc Henrik Windisch, que ton âme de bouc ricane même dans le sommeil et que tu m'écoutes, je sais que tu m'écoutes, seulement ton sommeil est profond, comme est profonde ton ivresse ronflante, et ton ivresse a la profondeur de la cruauté du mâle de l'armée, qui ricane en entendant dire que nous avons vu la porte menant dans l'autre monde. Je sais que dans tes pensées avinées tes lèvres charnues marmonnent lorsqu'elles cessent de rire : J'ai tellement envie de voir la porte qui mène dans l'autre monde. Tu la verras, oui, demain tu la verras, ton âme frappera à cette porte cependant que les lambeaux de ta chair s'envoleront dans les branches des arbres.

Dans ce pays on sent la mer, le sel. Lorsque nous étions couchés avec Simon sous la voûte céleste tout étoilée, le sel humide se déposait sur notre peau, bien que la mer fût loin encore. Ici l'eau, la terre salée et l'air s'unissent pour former un indistinct mélange nocturne. En ce lieu, au monastère de ce pays, au monastère de Bentlage, les saints pères gardent un mystère pareil à celui que les soldats espagnols avaient trouvé dans les pyramides aztèques du Nouveau Monde. Ce secret, ce sont des reliques que les gens de chez nous reconnurent aisément comme authentiques, ils ne sont jamais rassasiés de miracles et d'objets sacrés et elles ont d'autant plus de valeur que la volonté divine leur fait faire un long chemin pour les atteindre, un chemin si long, vers le nord, presque jusque là-bas, jusqu'au bord même de la surface plate, là où la terre ferme se termine dans les brumes de la grande mer. Dans ces jardins, au bord de la paisible rivière, entre les arbres dont j'ignore le nom, parmi les bâtiments grandioses du monastère des chevaliers teutoniques, on garde un mystère comme il y en a peu sur terre. Il y a là-bas des centaines de restes de saints, leurs crânes et leurs os, des cheveux, des objets à vous couper le souffle et à serrer le cœur des pèlerins slovènes de crainte, de respect et d'une mystérieuse angoisse. Il y a là un morceau de pierre, c'est le lait maternel de la Vierge Marie qui s'est transformé en pierre, il y a un éclat de la table de la Cène, il y a un morceau du fouet dont se servirent les cruels Romains pour frapper notre Seigneur, et il y a aussi des cheveux de la Vierge : *crines beatae Mariae virginis*. Et tout cela forme d'innombrables objets magnifiques avec des étoffes choisies et des pierres précieuses, tout ce jardin d'Éden, voilà la porte de l'au-delà, celui qui chemine vers le Coffret d'or de Kelmoraïn comprend fort bien tout cela. Nous nous tenions, filles à soldats et pèlerins slovènes, avec le père qui nous a permis de voir cette merveille, dans la pénombre du monastère des chevaliers teutoniques, une large rivière coulait derrière les fenêtres, le soir tombait sur le paysage, par-dessus les toits du monastère et sur l'église, la salle était silencieuse, certains pèlerins se sont agenouillés pour prier dans leur cœur, nous regardions sans prononcer une parole ce grand et mystérieux paysage des reliques, parsemé dans la pénombre de restes d'hommes vivant autrefois, d'objets qui ont, depuis la Terre sainte, trouvé le chemin de ce coin caché d'Europe après plus de mille ans, parsemé d'objets qui agissent individuellement et tous ensemble, et quelqu'un a eu l'intuition de la vraie réponse, de la vraie question, car ces restes du monde dans le paysage du jardin d'Éden opéraient dans un sens et dans l'autre, ils nous regardaient et en même temps ils regardaient de l'autre côté. *Mors certa, hora incerta*, a dit le père. Quelqu'un, je pense que c'était un pèlerin de Marbruk en Styrie du Sud, a dit : Voici la porte vers un autre monde.

Je sais ce qui te vient à l'esprit dans ton sommeil d'ivrogne, Windisch, tu ramasserais ces pierres précieuses et tu jetterais les ossements dans la rivière. Je te sens rire alors que tu ronfles pour la dernière fois ; tu as marché avec les revenants, femme, à ce que tu racontes, tu es devenue folle, ton espèce d'escobar n'est qu'un mouton castré dans un enclos bien barricadé, il est en prison, il n'est pas Lazare pour sortir du tombeau de Landshut, il est mouton castré, voilà ce que tu racontes en dormant, et tu ris et tu m'interroges : Et qu'est-ce qu'il y a derrière cette porte ? Tu ricanes et tu chevrotes, espèce de bouc : Qu'est-ce qu'il y a derrière cette porte ? Eh bien, la réponse est si simple : derrière cette porte est Dieu. C'est aussi sûr que la croyance des gens de chez nous selon laquelle Dieu dort derrière la voûte du ciel, qui n'est rien d'autre que la porte de l'au-delà, du Ciel. Les anciens Slovènes, alors que notre Rédempteur n'était pas encore là, dans les temps anciens, n'ont-ils pas placé la voûte céleste entre Dieu et la terre ? Ils l'ont placée là parce qu'ils craignaient la grandeur divine et son éclat. Tout en croyant qu'au moment où Dieu s'est réveillé et a commencé à regarder autour de lui, il a créé avec ce premier regard les belles montagnes et les magnifiques rivières de notre pays, puis son deuxième regard a créé notre cher soleil et le troisième notre lune aimable, et les regards suivants une brillante étoile pour chacun. Mais tout cela brillait tant et si bien que les hommes tremblaient sans cesse devant son œil. Il eut pitié d'eux, il ne voulait pas qu'ils aient peur et il est parti au ciel, et eux, ils ont placé entre la terre et le ciel la voûte bleue qui porte les nuages le jour et les étoiles la nuit. Tout cela est d'une grande simplicité, comme tout est d'une grande simplicité pour la porte de l'au-delà qui se trouve au monastère, au cœur du mystère, la porte qui ouvre sur l'autre monde. Sur le monde céleste, car la porte est solidement construite avec des restes d'hommes et de leurs objets, qui vécurent et qui sont saints, qui sont de ce monde et de l'autre à la fois.

Est-ce que tu t'es déjà posé la question, homme plongé dans les ronflements, la question que s'est tant de fois posée la pèlerine slovène Katarina Poljanec : est-il vrai que l'être humain, quand il meurt, passe d'un monde à l'autre, est-il vrai que cesse l'amour quand cela advient, est-ce que le corps se met à se décomposer parce que l'âme lui est ôtée, est-ce que l'amour n'est pas la même chose que l'âme et la respiration ? Et s'il en est ainsi, pourquoi le ressent-on, l'amour, même dans le sexe ? Car je le ressentais, là, alors que je marchais dans la plaine du nord avec Simon que mon appel a fait sortir de la geôle de Landshut, alors que je marchais avec mon aimé par les soirs printaniers, comme nous marchions déjà autrefois, précédés pas la mule, animal joyeux, tandis que nous comptions les étoiles et que nous sentions l'herbe odorante sous nos pas. Dans le sexe, qui depuis que tu t'es emparé de moi, Windisch, depuis que tu m'as écarté les cuisses avec ton sabre, n'est plus que le trou gluant de l'enfer. Mais malgré tout, malgré tout, l'esprit ne s'en va pas, l'âme ne s'envole pas tant que ne cessent pas les battements du cœur. Parce que le cœur est l'organe de l'amour, parce que mon cœur, le cœur de Katarina, était rempli d'amour pour Simon, pour l'homme qui, soudain, n'est plus nulle part, car c'est ta guerre qui nous a frappés, avec ses trompettes et ses tambours, l'escadron perdu des femmes, et Simon a disparu et à sa place est restée cette boule de vin et de peur à laquelle j'ai succombé, qui non seulement m'a forcée mais également leurrée, jusqu'à ce que je lui cède, je ne saurai jamais pourquoi ; cette boule de chair et de vin qui me domine est en train de lever ses lourdes paupières et laisse apparaître dans ses yeux le blanc de l'effroi. Et elle montre aussi mon effroi devant ma vie et la cage qui l'entoure. Mon cœur battait toujours plus fort à l'approche de Simon, dans la réalité aussi bien que dans le rêve, et à présent il s'arrête de battre d'aversion chaque fois que tu approches. Et j'aurais pu mourir s'il n'y avait pas eu mon amour pour lui, mon cœur se serait arrêté car l'âme n'y demeurerait plus, qui est amour. Et s'il est vrai que l'homme s'en va dans l'autre monde avec sa dernière pensée, avec celle qui était en lui quand le fil de sa vie s'est rompu, avec la pensée du dernier souffle, alors je sens l'effroi devant cela aussi, car j'aurais pu partir dans l'autre monde avec la pensée haineuse du dégoût que tu m'inspires, Windisch, et non avec cette seule pensée de lui, Simon Lovrenc, mon aimé, qui erre sur la route de Cologne, esclave et pèlerin, trahi, abattu peut-être, couvert de sang peut-être, sauvé peut-être, vers le Coffret d'or près duquel nous nous rencontrerons certainement dans ce monde encore, comme nous nous sommes rencontrés déjà en dehors de ce monde au cloître de Bentlage, devant la porte de l'autre monde. Nous nous rencontrerons, ne serait-ce que l'instant d'un effleurement, d'un regard échangé, d'une parole. Le pèlerin qui cherche, l'être doté de raison, prend conscience de ce passage en regardant les os au bord du fleuve Ems, des os et des objets qui étaient vie jadis, qui portaient la vie faite de sang et de chair, la vie de l'âme qui tend à s'élever. À tous ceux dont il ne demeure que ces os sacrés, les anges ont enlevé le voile du visage, le voile brumeux qui sépare la vie dans ce monde et dans l'autre, le voile qui est la mort et qui recouvre pour un peu de temps nos visages.

L'aube est venue, Windisch, le voile de la nuit se lève, c'est l'aube dernière de ta domination sur mon corps et mon âme, la fin de ma vie en cage entre le ciel et la terre est proche. Ta fin, car ma liberté, ma vie est liée uniquement à ta fin, il n'est pas d'autre solution. Les dernières sentinelles s'interpellent, un jour de soleil s'étendra sur ce matin de décembre et sur la scène de la mort humaine. Encore une fois tu chausseras tes bottes, encore une fois tu aspergeras d'eau ton visage afin de chasser le vin de ta tête, la peur t'empêchera de manger ce matin, je ne te servirai rien, contrairement à tant de matins, encore une fois je t'aiderai à nouer ta petite cravate de soie, oui, et je ferai reluire tes bottes aussi, encore une fois tu te regarderas dans le miroir en lissant ta moustache et ta barbe de bouc, car même dans cet ultime matin tu ne pourras pas t'en passer. Et dans le grand livre intitulé *Liber vitae*, est décrit le dernier acte qui se jouera une petite heure après le passage en revue de tes canons et de tes obus bien alignés.

Le dernier tableau est décrit lui aussi : tu lèves ton sabre, au loin tu entends la trompette annonçant l'attaque, les fantassins se précipitent en direction des positions prussiennes au bord du marécage, enfin tu brandis ton sabre dans une bataille et non en état d'ivresse sur une femme que tu contrains à se dénuder et à écarter les cuisses, tu brandis ton sabre pour ordonner à ton régiment : feu. Et tu attends que les fûts crachent le feu et fassent exploser les têtes prussiennes, emportent en Carniole ta patrie la gloire de ta victoire à la bataille de Leuthen, mais quelqu'un d'autre ordonnera le feu un instant plus tôt, sur ce pré en pente douce, presque noir du côté opposé, et tu ne verras pas le feu sortir de tes mortiers, tu verras des mottes de terre couvrir le ciel, et entre ces morceaux de terre des membres arrachés, toujours vêtus d'uniformes blancs, avec des courroies qui crissent, ces mottes de terre, ces os, ces vains objets recouvriront le ciel de décembre et l'instant d'après ce ne seront plus que des restes du monde éparpillés dans le paysage infernal de Leuthen, et ce sera la dernière chose que tu auras vue.

41

Ce que voyait Katarina, cette pesante motte de chair en train de ronfler, de gémir et de se retourner sur le lit, n'était qu'une image matérielle et trompeuse. À ce moment précis, le capitaine Franc Henrik Windisch chevauchait dans un pays vallonné à la tête de sa compagnie ; il avait laissé loin derrière lui les canons, le détachement de ses fidèles Carniolais était resté loin en arrière lui aussi, dans le lointain il pouvait entendre leur chant discordant de paysans :

Mon cher sabre je vais affûter
C'est le Preussien qui va en goûter ;
De tout son éclat il brillera,
Le Preussien au secours appellera ;
Celui-ci aura la tête coupée,
Et celui-là dans le cœur mon épée.

Il était toujours plus lointain, le chant de ses soldats qui n'ont pas le moindre sens de l'harmonie, mais ils sont fidèles, ils se battent bien, ils sont courageux comme il est courageux lui-même ; il chevauchait seul par les pentes herbues et tout pesant qu'il était sur son cheval arrondi il se sentait léger aussi, du petit trot il passait au galop à travers les halliers et le paysage marécageux, jusqu'à ce qu'il se sentît suffisamment aérien pour toucher à peine le sol, en fait chaque fois que les jambes arrière du cheval prenaient leur élan il était plus léger et prenait de la hauteur. Les rubans de soie flottaient vaporeux autour de sa silhouette, la main gantée tira du ceinturon la crosse d'argent et le pistolet cracha une flamme de venin foudroyant en direction de la forêt lointaine toujours plus proche où attendait l'armée prussienne. *Vivat Maria Teresia*, criait sa voix silencieuse, et un détachement de cuirassiers qui le suivaient de loin lança en réponse un puissant *Vivat !* De l'aile droite l'unité de cuirassiers d'élite renvoya en écho son vigoureux *Vivat !* Sa chemise de dentelle blanche était ouverte et de nombreuses médailles de bravoure étincelaient sur sa poitrine velue, les éclats du soleil levant éblouissaient les yeux de l'armée ennemie à la lisière du bois. Il volait à travers le marais de Leuthen, par-dessus le fleuve, par-dessus les rues en flammes embrasées par son pistolet, tout en bas sur la grand-place gisaient les cadavres des ennemis piétinés par les sabots de son destrier, anéantis par les sifflements de son sabre qu'il brandissait de l'autre bras, celui dont la manche était retroussée jusqu'au coude, et la poigne de la main puissante faisait gémir le manche de son sabre, ses éperons ne faisaient qu'effleurer le ventre du cheval. Il appuya plus fort sur ses talons lorsqu'il vit son cheval descendre vers la lisière du bois, là où se tenait, silencieux, un grand nombre de soldats prussiens avec leurs drapeaux multicolores qui claquaient au vent au-dessus de leurs têtes. C'était l'unique son qu'il entendît, ce claquement de drapeaux dans le vent. Le cheval descendait et le cœur de Windisch se serrait à mesure qu'il prenait conscience de s'alourdir, de peser avec son cheval tout rond, de sentir ses muscles mollir et dans son gros ventre le vin de la veille qui clapotait, comme dans un tonneau, les poussant vers le sol, lui et son cheval. Il visa encore une fois et appuya sur la détente de son pistolet, mais aucun son ne vint, point de bruit d'explosion ni de vénéneuse flamme de feu. Le percuteur ne frappe pas, pensa-t-il, c'est le percuteur qui ne fonctionne pas, je n'ai pas graissé mon pistolet. Mais il ne put lever son sabre non plus, la manche de sa chemise battait le bras ramolli qui n'avait plus aucune force. Seuls mes canonniers peuvent encore me sauver, pensa-t-il, seuls les obus qui voleront en magnifiques paraboles par-dessus ma tête en direction de l'orée du bois, là où se tient la silencieuse armée prussienne avec ses drapeaux qui volent au vent. Quand les obus atteindront leur but, quand ils éclateront dans un éclair, la silencieuse et immobile armée prussienne volera elle aussi en éclats et ses drapeaux déchirés pendront sur les hampes noircies. Mais à la place des obus c'est lui qui tombait vers le bas en une magnifique parabole, il tombait, Windisch, il chutait comme chutent ceux qui ne savent pas s'ils rêvent de tomber ou si cette chute vers les pentes couvertes d'herbe et vers la lisière du bois est la réalité. Et c'est la réalité, c'est forcément la réalité puisqu'il y a un si grand creux au-dessus de l'estomac, que la douleur monte à la tête depuis le ventre, ce tonneau clapotant, que le cœur tremble, s'arrêtant presque de battre à la pensée qu'entre les jambes et les fesses il n'y a plus ni selle ni cheval. Il sait maintenant qu'il va tomber aux pieds de cette armée silencieuse qui le taillera en mille morceaux, qui le trouera de nombreuses balles, si toutefois il n'éclate pas de lui-même sous l'impact de la chute, si le lourd cheval ne s'abat pas sur lui, il doit certainement tomber si son cavalier est en train de s'affaler. Windisch tente de se lever, d'ouvrir les yeux afin d'arrêter cette impitoyable et pesante chute qui ne cesse pas. Mais il ne tombe pas, Windisch s'aime trop pour tomber simplement, il atterrit en douceur près d'un feu, en passant par-dessus les flammes qui lèchent ses bottes. Les soldats prussiens sont assis autour du grand feu, quelqu'un fait battre le tambour, quelqu'un approche. C'est lui qui approche, le capitaine Franc Henrik Windisch se redresse, il bombe le torse, il rentre le ventre, car devant lui se tient le Prussien de la chanson, mais pas n'importe lequel, le grand, le plus grand parmi les Prussiens, Frédéric le Grand, avec son nez aquilin et une magnifique perruque sur la tête, en vareuse bleue bordée d'éclats écarlates.

– Mes soldats, dit Frédéric le satanique dans les rêves infernaux du capitaine autrichien, et le cœur de Windisch se serre, car il sait, lui, qu'il n'est pas le soldat du prussien, il est le soldat de la jeune impératrice Marie-Thérèse, pour laquelle il pousse des vivats et pour laquelle il est prêt à mourir, mais Frédéric lui dit, tout comme à ceux qui étaient rassemblés autour du feu : Mes soldats, *nun schlaft gut, morgen haben wir den Feind geschlagen oder sind alle tot*[8].

Voici les paroles historiques, pense Windisch, les paroles historiques dites par Frédéric de Prusse avant la bataille de Leuthen. À présent je suis soldat de Frédéric II de Prusse, se dit Windisch, c'est-à-dire un traître, le tribunal militaire me condamnera au peloton d'exécution. Cependant, il n'est pas fusillé mais seulement horriblement bastonné. Il devra courir entre les rangs de ses propres soldats qui se tiennent là, bâton levé, visage silencieux, attendant que le traître se mette à courir, et dès qu'il fera un pas, un coup s'abattra sur son visage, le sang emplira ses yeux et il ne verra plus rien. C'est ce qui arrive au traître, c'est la punition qu'il infligeait à ses soldats carniolais, à présent ce sont eux qui la lui infligent, les bâtons résonnent sur sa chemise blanche et arrachent la peau velue en dessous, mais le pire c'est qu'il ne peut pas courir, avec le tonneau de vin ballottant sous sa ceinture. Et le vin monte,

8. « Maintenant, dormez bien, demain nous aurons battu l'ennemi ou nous serons tous morts. »

atteint la gorge, il se sent mal, j'ai mal au cœur, pense-t-il, il s'appuie sur ses coudes, ouvre grand les yeux, ses yeux exorbités observent l'endroit qu'ils ne reconnaissent pas, la femme assise près du feu qui le contemple, immobile, Windisch s'assoit sur son lit, puis de faiblesse et de peur, de tout ce qu'il a subi et vécu, de tout ce qu'il a ingurgité de trop, il vomit dans un arc un énorme jet de vin rouge, partout et sur lui aussi. Ses yeux apeurés regardent tout autour, il ne comprend rien, il ne comprend pas si tout est déjà derrière lui ou si tout ne fait que commencer.

42

La grande guerre s'est déchaînée sur tout le continent. Après la terrible défaite de Leuthen, les armées autrichiennes écrasées tentèrent en vain de se regrouper. Des détachements entiers erraient par les vastes pays, essayaient de franchir les cols, stationnaient au bord des rivières en attendant d'être transbordés, soldats et officiers, seuls ou en groupes, chevauchaient à travers les forêts, dormaient à proximité des villages en assurant leur pitance de gré ou de force ; les canons qu'ils avaient tirés avec eux quelque temps gisaient sur le bas-côté des routes, les chevaux s'enfonçaient dans les marécages, les soldats malades et blessés se traînaient vers les grosses villes, espérant y trouver du secours, mais ils étaient en général accueillis par des insultes, des menaces et les fusils des gardes municipaux pointés sur eux, personne n'a de respect pour une armée battue, personne ne la craint. Tels des loups ils erraient aux abords des villages, passant à l'attaque quand ils voyaient une possibilité, volaient une poule ou un mouton et s'enfuyaient de nouveau dans les forêts marécageuses, puis rôdaient sur les chemins solitaires qui montent vers les sommets. Le sort des officiers en fuite n'était guère meilleur, les soldats ne leur manifestaient aucun respect, il n'y avait plus d'exercices ni de fouets, plus de baguette menaçant de déchiqueter la peau devant la compagnie au garde-à-vous.

Parmi ces meutes qui passaient de ville en ville, il y avait Simon Lovrenc, il demandait aux soldats en déroute s'ils savaient quelque chose du régiment carniolais, si quelqu'un avait entendu parler du capitaine Windisch, si quelqu'un avait vu une femme, de telle et telle apparence, belle en tout cas, douce comme un ange, il avait traversé la Bavière en long et en large, puis il était parti en direction de la Silésie d'où affluaient ces hordes, ces meutes de loups, il s'enfonçait dans la neige des chemins de campagne et nageait presque dans la gadoue des routes provinciales que les roues, les pas des hommes et les sabots des chevaux avaient déformées, il interrogeait les gens dans les auberges où il s'arrêtait la nuit, il questionnait les sentinelles des villes, le regard fiévreux, et flairant comme un chien de chasse il cherchait sa propre trace, leur trace, la trace de Katarina. Il avait derrière lui des jours et des jours d'errance. Il tentait de savoir où il pouvait trouver des groupes de pèlerins, mais ils étaient nombreux et, de surcroît, il s'était écoulé un certain temps depuis le départ des pèlerins carniolais de Landshut. Nombre d'entre eux avaient sans doute déjà vu le Coffret d'or. La seule trace que le hasard lui fit retrouver était celle du patriarche Tobija. Le vieil homme, qui devait avoir plus de cent ans, était resté dans les mémoires, on rencontre rarement un pèlerin pareil, même si bon nombre de gens bizarres étaient venus dans le pays depuis le Midi. Il avait parlé devant une église, il avait voyagé en chariot, il avait traversé la rivière avec un passeur. Simon posait également des questions sur l'armée autrichienne, une armée avec des canons et force provende, est-elle passée par là ? Des détachements et des régiments entiers y étaient passés, c'est sûr, ils étaient passés en rangs de deux en direction de la Silésie et revenaient en troupeaux désordonnés, l'armée se traînait sur la route du retour, vaincue sur les champs de bataille allemands. Il y avait des processions de pèlerins et des armées qui allaient çà et là, quelque part dans cette multitude en mouvement se trouvait également Katarina, sur ces chemins, dans ces eaux, à ces carrefours, dans ces villes et villages. Elle devait forcément être quelque part.

C'est ainsi que passa l'hiver de cette année mil sept cent cinquante-six qui a écrasé à Leuthen, en un seul coup, les forces autrichiennes, les frimas des premiers mois de l'année suivante passèrent ; sur son cheval ou à pied, Simon se dirigea de Silésie en Bohême, de là il retourna en Bavière, évita Landshut en faisant un grand détour, il voulait atteindre le Rhin où il s'était déjà trouvé l'automne précédent sans le savoir, il longea le fleuve et marcha à travers les plaines du nord, car l'appel de Katarina l'avait fait venir là, aux portes mêmes qui conduisent dans l'autre monde. L'hiver s'en est allé, on était dans un humide mois de printemps, il bruinait doucement lorsqu'il aperçut de loin les brumes qui s'élevaient d'une grande surface d'eau, d'un lac.

En atteignant le grand lac qui porte le nom de Starnberg et l'endroit appelé Tutzing sur son rivage, il apprit dans la première maison, celle d'un pêcheur, qu'en bas, dans une cabane, vivait une femme qui traînait avec elle un blessé. Le garde-pêche aux jambes arquées était en train de réparer une bosselle posée contre un mur. Il tira de l'eau du puits et en offrit au voyageur sur sa mule. Nous aidons volontiers les voyageurs, surtout s'il s'agit de bons chrétiens. Quant au soldat en question, ou brigand, ou on ne sait quoi au juste, il était insupportable. La nuit il poussait des cris. Le pêcheur lui dit, ou plutôt se vanta, qu'étant en quelque sorte un personnage officiel de l'endroit, placé là par le duc, il s'occupait du poisson et par la même occasion des hommes qui le tirent du lac, avec ou sans sa permission. C'est pourquoi il n'était pas indifférent à ce qui se passait dans les parages. Quand il précisa que la femme était en pèlerinage – c'est elle qui lui avait dit qu'elle cherchait à rejoindre Kelmoraïn –, Simon eut un pressentiment, un pressentiment qui le toucha jusqu'aux os et jusqu'au cœur, puis il se fixa en haut de son estomac et y demeura. Quelle langue parle-t-elle ? Une langue étrangère, magyare. Ils ont remarqué qu'elle parlait en langue étrangère parce qu'elle s'adressait ainsi au blessé. Et durant la nuit le blessé pousse des cris dans cette langue, ou en allemand, et d'horribles jurons. Le garde-pêche pense que le malade est un soldat en fuite, il a ses armes et la nuit il hurle affreusement, ses imprécations et ses cris effrayants empêchent le village de dormir, ils ont hâte de se débarrasser de ces deux-là, même s'il est vrai qu'on ne peut pas chasser un malade et la femme qui s'en occupe. Le pressentiment restait coincé au creux de son estomac et montait dans sa gorge, qui se serra comme pour pleurer. Il le savait, le pressentiment, que c'était elle, sa Katarina, l'infidèle, la boule dans la gorge devenait désespoir et fureur, l'homme avec elle est sûrement Windisch, l'officier, le capitaine fanfaron, et celui qui approche est l'escobar, le moinillon, il sort de prison, les voilà tous les trois réunis sur les rives d'un lac : Katarina, le paon et le jésuite.

Tenant la mule par la bride, il descendit rapidement le chemin indiqué par le pêcheur. En bas s'étendait le lac, sa surface, miroir du ciel, scintillait des nuances du couchant. Au-delà se dressait une couronne de hautes montagnes, les sommets brillaient des mêmes teintes que celles qui sombraient dans le lac. Au bord se trouvait une habitation abandonnée, avec un chariot déglingué devant, le tout du côté ombragé, presque obscur, et de cette obscurité sortit une femme avec un seau à la main. Le cœur de Simon se mit à battre à tout rompre et il dut s'arrêter. Elle se dirigea vers le puits de ce pas qu'il lui eût été impossible de ne pas reconnaître, ni en rêve ni dans le noir le plus obscur, dans aucune forêt et près d'aucun lac. Il la regarda suspendre le seau au crochet, dénouer la corde, se pencher par-dessus et contempler le fond, et sa façon de se pencher, de tirer le seau et de verser l'eau dans le sien, de se redresser et de repousser ses cheveux, tout cela lui était parfaitement familier. La pèlerine qui parlait une langue étrangère, c'était elle. Elle s'arrêta et son regard se prolongea au-delà de la surface brillante. Le regard de Simon alla au-delà aussi, tous les deux ils contemplaient la même beauté. Dans sa prison, dans les nuits sans sommeil, dans les soirs solitaires et dans la clarté de l'aube, alors qu'il observait le mur pour y voir apparaître les images de ses rêves et celles de la vie dans la nature au-dehors, vie qui ressemblait elle aussi aux rêves, il savait alors qu'il regarderait, si un jour il regardait encore, les choses de ce monde, les montagnes, les champs, les forêts, le soleil et la lune, tout autrement que jusqu'à présent. Désormais je sais au moins ce qu'est la beauté, même si je ne la comprends pas, je ne peux pas l'expliquer en mots, car si je pouvais le faire, je saurais la créer aussi, comme Dieu l'a créée par la parole. Il avait conscience cependant que ce qu'il contemplait était la beauté, comme le savent les canards qui reposent sur la surface de l'eau, les chiens courant sur les berges, les poissons projetant des éclats dans l'onde. Ils savent tous que cela est beau, celui qui fut gardé entre les murs d'une prison le sait davantage que les autres hommes et les animaux. Et ce qui était le comble de la beauté dans ce tableau, c'était qu'elle aussi la regardait. Elle était tout près, il avait envie de l'appeler, de descendre la pente en courant, mais elle fit un mouvement, prit le seau et l'emporta dans la maison.

Il vint tout près de l'habitation, au point d'entendre les voix, sa voix à elle et une voix d'homme qui donnait la réplique. Le pressentiment installé au creux de l'estomac pénétrait maintenant dans ses os, le lac s'assombrit, le ciel s'enténébra. Il regagna la colline près du village, attacha la mule à un arbre et se laissa glisser sur l'herbe, regardant les fenêtres de la maison que remplissait peu à peu une chaude lumière rouge, et il fut incapable du moindre mouvement.

Quand la cloche annonça l'office du soir la porte de la cabane s'ouvrit, une femme se tint dans l'encadrement, la faible lumière rougeoyante d'une bougie l'éclairait de l'intérieur tandis qu'elle s'enveloppait les épaules d'un châle. Elle dit quelque chose, je vais à la messe, d'une voix qui lui était inconnue, d'une voix rude et cassante, à la messe, oui, et après ! Elle ferma la porte, à l'intérieur un objet tomba ou se cassa, une voix d'homme grommela quelque chose derrière elle, elle partit et se dirigea droit sur lui. Son cœur s'arrêta de battre.

Le cœur de Katarina s'arrêta aussi lorsqu'il l'appela, simplement parce qu'elle pensait que devant elle se trouvait un fantôme, ce même fantôme qui était venu près du Rhin en crue et dans un monastère loin dans le Nord, et le voilà qui revenait encore une fois. Fantôme ou pas, prisonnier échappé ou non, jésuite ou pas, dès que leurs cœurs reprirent leurs battements, Katarina se mit à l'embrasser. Elle le couvrit de larmes et de baisers, les deux à la fois. En un instant le visage de Simon fut mouillé de larmes et de baisers. Elle inondait son visage et ses yeux fermés, elle lui embrassait les yeux et le front et le nez et les cheveux et le cou, sans s'arrêter, elle embrassait ses mains et les rubans de sa chemise noués sur sa poitrine, elle les détachait en les embrassant, elle se serrait contre lui de tout son corps et les mains de Simon prirent machinalement ce corps qui se collait fougueusement contre le sien, il serrait ce corps connu qu'il aimait et auquel il avait tant pensé, d'elles-mêmes les mains soulevèrent les jupes, glissèrent sous les jupes, caressant les fesses et le dos, ce corps connu, soumis et souple était partout brûlant, fiévreux comme lors de cette première nuit, leur première nuit d'amour, alors qu'elle était malade, encore un peu malade. Elle le prit par la main et l'emmena dans la maison près du lac, elle ferma la porte derrière laquelle quelqu'un toussotait et criait quelque chose dans son demi-sommeil, qui est avec toi, femme, qui est ici ? Elle poussa le verrou, quelqu'un était allongé sur le lit, il respirait bruyamment, ce n'est rien, il ne prête pas attention, dit-elle en l'attirant vers elle, sur le lit. Oui, soufflait-elle, oui, oui, répétait-elle sans cesse en bas, dans la maison du lac, dans la pièce sombre, et elle le mouillait de ses larmes et de ses baisers, oui, je t'en prie, oui, oui, il ne comprenait pas ce qui lui arrivait, ses mains agrippaient toujours le corps de la femme, caressaient ses cheveux tout en les tirant, le poing les tenait en boule, un bruit s'échappa de sa nuque, elle poussa un cri de douleur. Malgré tout elle dit oui, oui, et quand les griffes caressantes et acérées de sa main atteignirent son visage, quand son corps retourna le corps de la femme dans ce geste fort et brusque qui les fit rouler du lit en pelote, la main de Simon prit son visage et le plaqua si fougueusement contre le sol que la tête frappa contre le plancher, il lui avait fait mal et elle ne cessait de l'embrasser, les yeux remplis de larmes, oui, je t'en prie, oui. C'est toi, dit-elle, je t'ai cherché, toi, dans les bouges malpropres, dans les campements militaires, j'allais de feu en feu, je traversais les eaux en crue, les hospices et les monastères, et maintenant tu es là.

Soudain, une image se présenta à lui : Simon Lovrenc, jésuite novice, revient à une heure matinale de l'hôpital, des seigneurs sont là avec une femme, jeune et belle, elle le regarde de ses yeux égarés, le trouble le gagne aussi, il est pris de vertige, il sait à présent ce qu'il désirait en cet instant : punir et posséder, les deux à la fois, il avait envie de la frapper et de lui soulever la jupe pour se coucher entre ses jambes, voilà ce qu'il voulait, les deux à la fois. Il voyait maintenant en même temps le visage de cette femme et celui de Katarina, il voyait sa main frapper ce visage, la même main qui caressait ses joues aimées, qui caressait le cou tout en le serrant, il ne savait pas exactement ce qui lui arrivait, ni où il était ni ce qu'il ferait. Dans un instant intemporel, il vit un peintre qui jetait furieusement des couleurs sur le mur, qui les appliquait en traits sauvages pour les étaler ensuite avec tendresse afin qu'elles prennent des nuances plus douces, il la voyait comme le peintre voyait l'image de la femme du tableau de l'église de Visoko, près de Ljubljana, qui contait en traits furieux et doux ce qui était arrivé dans le monde réel et imaginaire d'affreux et d'extraordinaire, qui avait peint sur le mur le corps nu d'une femme, avec le serpent enroulé autour de ses pieds, qui avait esquissé dans son dos le tentateur, peut-être celui qui est en train de pousser des râles et des injures derrière la porte verrouillée, sur le mur de l'église il avait représenté le tentateur observant le corps dénudé de la femme et il avait écrit par-dessus : *LUXURIA*.

Dans un instant d'absence, où l'idée lui vint de faire d'elle autre chose que ce qu'elle était fondamentalement, de faire de son corps à l'aide des coups et des caresses quelque chose qui définitivement n'était plus, à cet instant son corps se glissa en elle, il poussa son membre entre ses cuisses écartées, dans la chair chaude et ardente de péché, il glissa sa langue entre les lèvres entrouvertes, plein de la fureur de punir et de pardonner il s'attaqua à cette femme en pleurs toute baignée de larmes et de baisers qui le cherchait et le voulait à elle et en elle, et qui elle aussi voulait être autre chose que ce qu'elle était déjà, ce qu'elle était devenue dans les bras d'un autre. Elle le serra contre elle de toutes ses forces et leurs deux corps furent secoués de spasmes, même lorsqu'il se coucha à côté d'elle et regarda ses seins se soulever, ses seins blancs, ils sanglotaient tous les deux, des yeux de Simon elles coulèrent aussi, les maudites larmes traîtresses qui n'auraient pas dû être, comme rien en ce monde n'aurait dû être ainsi.

– Que je reçoive au moins tes larmes, dit-il, que je reçoive au moins cela de ton âme.

– Dieu voit, murmura-t-elle, Dieu sait ce qui se passe dans mon âme.

Elle tira de la grande poche de sa jupe la montre en forme d'œuf: l'heure de la messe était passée.

– D'où tiens-tu cette montre ?

– Elle fait un joli tic-tac, dit-elle, écoute, plus près, mets-toi contre ma joue, afin que je sente ta chaleur, écoute.

Ils écoutaient l'heure. Toco-toco-toc.

43

Quatre vaches, quelqu'un a dit : quatre vaches. Le cavalier sur son destrier noir s'immobilisa devant la compagnie, il mit les mains sur les hanches et demanda d'une voix qui résonnait dans sa tête et dans tout le vaste espace :

– Qui vient de dire quatre vaches ?

Le cavalier c'était Windisch, ou plutôt une partie de lui, seule la moitié du capitaine Franc Henrik Windisch se tenait devant la compagnie, la moitié de son visage enveloppé d'un foulard blanc qui permettait de tenir les mâchoires ensemble. Le chapeau de feutre aux pompons blancs couvrait ce qu'il était possible de couvrir, il était clair cependant que son excellence ne serait plus jamais ce qu'elle avait été, la joue gauche, l'œil et l'oreille, tout avait été emporté ce matin-là par un obus prussien. Il était conscient de ce qui était arrivé, bien conscient. Mais il donnait toujours des ordres, il poussait toujours des cris.

Ça, je ferai semblant de ne pas l'avoir entendu, pensa-t-il, je ne vais pas m'occuper de sottises pareilles.

Il était assis sur son destrier noir, la compagnie des artilleurs de Carniole au garde-à-vous devant lui, puis les canons briqués, ensuite les cuirassiers de Bohême, plus en arrière le train des équipages, avec l'escadron des femmes, d'où le regardaient Katarina et de nombreuses paires d'yeux féminins, tout était comme il fallait, même si Windisch savait parfaitement que tout n'était pas comme il fallait. Il sentait surtout qu'il n'était plus qu'une moitié, que de l'autre côté il y avait un vide, quelque chose de semblable au néant. Il savait qu'il devait réagir pour combattre ce silence qui occupait le centre de la plaine, ce silence dans lequel résonnait une phrase incompréhensible.

Il tressaille, tire son sabre et s'écrie :

– Que Dieu donne longue vie à sa majesté l'impératrice Marie-Thérèse !

Mais la compagnie se tait, les canons lustrés brillent dans le silence, le destrier noir au ventre chaud et rond piétine sous son corps, et le temps est comme étrangement arrêté.

– Vivat ! cria-t-il le sabre en l'air.

Deo gratias, aurait pu dire l'évêque de Ljubljana, qui soudain s'est lui aussi retrouvé là, dans ce champ, après la bataille de Leuthen. Mais l'évêque reste silencieux également, il ne dit ni *Deo gratias* ni *Dominus vobiscum*, il n'y a aucun calice dans ses mains, ni ostensoir, il se contente d'être là et de hocher imperceptiblement la tête.

Qu'est-ce qui ne va pas, pense le capitaine Windisch, il y a là quelque chose qui ne va vraiment pas, pourquoi se taisent-ils tous. Il se tourne encore une fois vers les hommes, il pousse encore un : Vivat !

Alors les hommes font entendre un cri du tonnerre, un meuglement semblable à celui d'un troupeau de bétail.

Quatre vaches, quatre vaches.

Quatre vaches, quatre vaches ! résonnait sa tête, le capitaine blessé au cours d'une bataille et dans l'incapacité de combattre recevra quatre vaches. S'il n'a pas de biens propres, c'est l'impératrice Marie-Thérèse qui le prendra en charge, elle est bonne envers ses soldats, un capitaine a droit à quatre vaches pour pouvoir vivre, et aussi à une petite maison ou à une étable, un lieutenant a droit à deux bestiaux seulement cependant qu'un simple soldat peut aller se faire foutre avec la vache.

Quatre vaches, quatre vaches, résonnait sa tête, en fait dans un peu plus d'une demi-tête, dans ce qu'il restait de sa belle tête, quatre vaches, *Deo gratias*.

Windisch se réveilla. Il était couché sur le plancher, sur une bâche, avec de la paille piétinée en dessous, le lit était dans un coin, le crucifix sur le mur. Il regarda le crucifix :

Mon cher oncle, baron Leopold Henrik Windisch, dit-il, j'ai fait un cauchemar affreux ! J'ai rêvé que je recevais quatre vaches, tout le régiment s'est mis à meugler. Je n'aurai jamais le titre de colonel, jamais, et toi, mon très cher oncle baron Windisch, tu m'as jeté un regard méprisant, très méprisant, et tu m'as dit : Tu es un soldat réformé, un demi-soldat, où est ton œil, où l'oreille, est-ce qu'au moins tu as gagné la bataille dans laquelle tu as tout perdu, où sont tes médailles ? Quatre vaches ne valent pas quatre médailles.

Il eut l'impression que le Sauveur le regardait Lui aussi depuis la croix sans véritable pitié. Il se mit sur ses jambes flageolantes et s'approcha en titubant de l'éclat de carreau resté dans la fenêtre, le reste était bouché avec de la paille. L'orientant vers la lumière, il y vit un monstre au visage bandé, bordé de peau velue, un visage hirsute qui le regardait, un visage tout parsemé de poils noirs et gris, un œil, un seul œil fiévreux et apeuré le fixait. Qui est-ce, qui est-ce donc, il ne savait toujours pas s'il était réveillé ou s'il rêvait, s'il chevauchait en tête de sa compagnie ou s'il volait sur son destrier noir. Katarina, appela-t-il, l'idée lui vint que Katarina pourrait lui dire le nom de celui qui le regardait. Une porte claqua, mais pas de Katarina. Il s'adressa encore une fois au Crucifié :

N'as-tu pas pitié ? Si tu en as, change tout ça. Et si je rêve, réveille-moi.

L'Autre n'a pas pitié :

Tu ne seras pas colonel, dit-il, tu t'occuperas de quatre vaches. Qu'y a-t-il de mal à ça ?

Windisch poussa un cri, un mugissement de buffle : Katarina, Katarina, espèce de chienne de Dobrava, pourquoi ne viens-tu pas m'aider ?

Il se réveilla tout en poussant des hurlements.

– Qui est avec toi, Katarina ?

Il s'approcha de la porte et se mit à frapper, elle était verrouillée, quelqu'un est avec toi, cria-t-il d'une voix éraillée, qu'il voulait rauque, cette voix habituée à donner des ordres, à commander : Viens ici tout de suite ! Mais aucune réponse ne suivit.

Il se laissa tomber sur le lit, enfouit sa moitié de tête dans ses mains et se mit à pleurer, de son œil unique tombaient de grosses larmes, quatre vaches, parbleu, quatre vaches.

Katarina regarda vers la cabane à la lisière du village.

– Il appelle de nouveau, dit-elle.

Il faisait nuit, avec Simon ils écoutèrent quelque temps les cris et les geignements s'échappant de la cabane au bord du lac.

– Va l'aider, dit Simon.

– Je ne peux pas, dit-elle, il va s'arrêter, tu verras.

En effet, les cris diminuèrent et s'arrêtèrent peu à peu.

– Je ne peux plus, je n'en peux plus, disait-elle. Je l'ai traîné dans des chariots, je payais les paysans avec son argent. Je voulais l'emmener quelque part, jusqu'à un lazaret ou un hospice. Quand ça a commencé à barder et que les premiers soldats brûlés et effrayés ont accouru, notre campement s'est disloqué. J'ai pris son argent, c'était la débandade. Nous, en majorité des femmes, des cuisiniers et des palefreniers, nous avons passé la nuit loin du camp. Puis je suis revenue, il était couché sur un chariot, Klara était en train de le panser, son Hongrois hochait la tête : C'est fini, disait-il, il est fini. L'infanterie prussienne passa à l'attaque, tout fuyait de nouveau, on jetait les blessés des ambulances pour mieux fuir, il est tombé d'une ambulance avec sa tête bandée, je l'ai traîné dans la forêt, puis le matin jusqu'à une grange. Je le croyais mort, mais soudain il s'est levé en agitant son sabre, il a couru dans la forêt avant de s'évanouir de nouveau. Je l'ai amené jusqu'ici avec les voituriers, je n'en peux plus. Aide-le maintenant, toi.

– Comment ?

– Comme il le veut. Pour qu'il ne soit plus.

– Ça, je n'en suis pas capable. Je le hais, il y a en lui quelque chose de diabolique, mais je ne peux pas le tuer.

– Il n'est plus ni mort ni vif, dit-elle, il n'est plus rien.

– Laissons-le, ils vont le ramasser.

– Personne ne va le ramasser, dit-elle. Il m'a suppliée de le poignarder.

Simon tenta de lui faire une caresse. Elle repoussa sa main.

– Je n'en peux plus, dit-elle. Poignarde-le, toi, tranche-lui la tête. Simon recula.

– Il t'a fait jeter en prison, de moi il a fait une fille à soldats, voilà ce que j'étais, sa prostituée d'officier, tu dois le tuer. Poignarde-le, dit-elle. Il faut le tuer. C'est lui qui le veut. Il n'est ni mort ni vif. Délivre-le.

44

Le visage de Katarina s'était figé dans celui de l'ange à l'épée. La cloche sonna dans l'étendue entre le lac et les montagnes. Entre la surface sombre du matin, la coupole des cieux au-dessus et les monts illuminés qui la bordaient. Le son éveilla le lac et les cris des mouettes, les champs et le croassement des corbeaux. Son écho se perdit dans les hauteurs du silence cristallin, là où depuis les nuages et à travers les cieux coulait sur la neige des cimes le rai scintillant d'une vive lumière. C'était le rayon conique, ce cône qu'avait vu le peintre religieux en peignant son tableau sur le mur de l'église : l'ange à l'épée, les pécheurs, la terre et le ciel. Simon avait devant les yeux ce faisceau de lumière, et le monde sous ses pieds. Il se tenait là-haut, près de l'église du lac de Starnberg et sur le mur de l'église de Feldafing il y avait en reflet l'image du monde créé qu'il contemplait à ses pieds. Celle du tableau venait du rêve, l'autre de la réalité. Pour une fois au moins le rêve était le reflet du monde réel, autre, et pourtant le même. L'image de la Création vue à travers des yeux humains, entraperçue à travers le regard humain, recréée par les mains d'un peintre local, par les mouvements de ses doigts maladroits qui cherchaient à peindre ce qui s'étendait juste en dessous et par-delà le lac jusqu'aux monts cristallins, jusqu'à l'éclat lumineux dans le ciel, jaillissant de celui-ci. Un rai de lumière qui relie la terre et le ciel, il voulait les deux, voyait les deux, le peintre campagnard, la terre et le ciel. La cloche se tut, les cris des mouettes se calmèrent, les corbeaux se posèrent sur les arbres et dans les champs. Et le rai de lumière, cette avalanche descendant de l'ouverture dans la coupole céleste, l'avalanche qui descendait et le volcan qui montait de la terre, jusqu'où allaient-ils ? Allaient-ils, comme sur l'image au mur, jusqu'à l'Esprit saint et jusqu'à Dieu le Père ? De l'Esprit, de l'oiseau tout en haut se déverse la lumière, elle brille à travers la couronne que tiennent Dieu le Père et Dieu le Fils chacun de son côté. Ils sont assis là-haut chacun sur son trône, comme des rois, enveloppés de manteaux couleur azur, comme des princes, avec des crosses comme en portent les évêques, le Père et le Fils, Dieu et Dieu sont assis l'un en face de l'autre, et ils tiennent ensemble la couronne du monde à travers laquelle se déverse la lumière céleste. À travers le ciel, à travers la couronne, à travers les nuages elle se répand sur deux anges aux grandes ailes penchées, debout sur la terre. L'un d'eux tient une épée, l'autre un bouclier, sur la terre ils sont inondés de la lumière qui tombe du ciel, qui s'épanche de tout son poids du ciel sur la terre et sur eux. Autour d'eux de pauvres corps nus de mortels, de justes et de pécheurs, des corps grouillants et fourmillants qui cherchent à escalader les rais de lumière, à monter vers Dieu le Père et vers Dieu le Fils et Dieu le Saint-Esprit, ils grimpent et se retournent et tombent, d'innombrables pauvres corps, des corps nus dégringolent de l'avalanche céleste, d'autres corps glissent du volcan terrestre dans l'abîme vertigineux et sur la terre, aux pieds des deux anges terrifiants. Et ils recommencent à grimper, droits, les bras tendus vers le haut, atteignant le ciel, puis de plus en plus recroquevillés, tordus et roulés en boules qui tournent dans le vide entre le ciel et la terre. Les anges se tiennent sur la matière épaisse entre le ciel et le monde sous leurs pieds. Et sous leurs pieds est la Mort. La Mort, qui est figurée par un homme chez les Allemands et non par une femme, comme chez nous, le peintre campagnard l'a représentée en homme sur un cheval, il l'a peinte avec la faux dans ses bras fatigués, avec la faux qui glisse de ses mains et fauche de nouvelles vies tout en glissant, il l'a peinte sur une haridelle souffreteuse, cette Mort aux jambes décharnées se balançant sur les flancs de la monture dont les pattes s'enfoncent dans la lourde terre boueuse. Et devant cette image simple, copie de maîtres anciens, Simon saisit la signification de la lumière qui se déverse sur les montagnes, de cette avalanche qui vient à la fois des cieux et s'élève en geyser de la terre. Dans cette gerbe, dans cette avalanche montent et tombent les âmes qui sont pour nous invisibles. Car en regardant la lumière au-dessus du lac, le peintre, tandis qu'il montait ses échafaudages contre le mur de l'église, a vu exactement cette même chose et rien d'autre. Et Simon comprit soudain que le rapport était identique à celui qui existe entre le rêve et l'éveil. Dans son insomnie lucide, il voyait et comprenait à présent : à tout instant les âmes sont là et avec nous, nos âmes et celles des autres, les âmes des morts et les âmes de ceux qui ne sont pas encore nés. Cela se passe en même temps, maintenant et ici. Le sommeil sert uniquement à ne pas en avoir conscience constamment, à oublier. Celui qui est éveillé comme il l'est, lui, celui-là comprend la signification de la lumière qui vient de la coupole céleste, qui coule en gerbe sur la terre, depuis le lieu où est la veille éternelle et la conscience éternelle de tout. Sur la terre que recouvre la coupole du ciel, sur cette terre où il n'y a rien en dehors de la mort.

Sur la pente recouverte d'une sombre forêt au-dessus de Dobrava, un grand et effrayant cerf passait au point du jour, son père l'avait raconté et les valets tremblaient de peur à chaque retour de l'automne : au moment du brame, les chasseurs, le cœur battant, le poursuivaient sans jamais le capturer. En novembre, au temps de tous les saints et de tous les morts, ce cerf causait la mort à toute personne qui croisait son chemin à Dobrava. Par un paisible matin de novembre, à travers les nuages bas suspendus au-dessus de Saint-Roch, la première clarté cherchait à percer, une faible lumière tombait sur les prés, sur les corbeaux perchés dans les arbres, sur les moutons qui remuaient sans cesse derrière la clôture. Le cerf s'arrêta dans la clairière puis suivit lentement la lumière qui descendait la pente, marchant avec précaution sur le bois mort pour qu'aucune branche ne craque sous son pas, sous son corps pesant et sa puissante ramure. Il faisait encore sombre dans la forêt, à la lisière la clarté s'intensifiait, la brume monta du marécage au bord du ruisseau puis passa au-dessus du cerf, au-dessus de son regard tranquille, rêveur, inquiétant. Au sortir de la forêt il se dirigea vers le troupeau qui, à l'abri de la clôture, se mit à piétiner, effrayé, le pré vert et pur. Tandis qu'au milieu du grand silence il faisait quelques pas encore, les moutons se mirent à bêler et à courir dans leur enclos, certaines brebis vinrent se serrer avec leurs petits dans l'étable et leurs regards innocents, leurs yeux de brebis, d'agneaux, leurs yeux à la douceur divine regardèrent cette aube pure, ce calme matin nuageux dont sortait l'animal, grand, inquiétant, porteur d'angoisse. Seul le bélier, lourde bête, resta près de la clôture, enfoncé par son poids dans la terre herbeuse, le regard fixe, comme envoûté, effrayé peut-être, peut-être rempli de courage, mais immobile tandis que le cerf sortait de la forêt et allait vers lui à pas lents. Il fouillait la terre, bramait d'une voix puissante, de ses bois il souleva une motte de terre et d'herbe, puis finit par prendre son élan et fonça dans la clôture. Le bélier se tenait toujours près de la muraille de sa citadelle ovine. Le cerf fit demi-tour vers la forêt et fit quelques pas en direction de la lisière. Le bélier poussa un joyeux bêlement, annonçant triomphalement à toute la création du matin la puissance et le poids de son immobile position devant laquelle tout recule. Mais le cerf se tourna, juste assez pour se mettre à courir. Il descendit le pré en pente et franchit la barrière dans un grand arc. Dans leur horreur bêlante les brebis couraient çà et là, se piétinant les unes les autres à l'étable, piétinant les agneaux, jusqu'aux plus petits, cherchant l'issue qui n'existait pas. Mais le cerf s'arrêta devant le bélier, lui seul l'intéressait, l'animal de son sexe, lui le cerf qui passe son chemin ou bien l'anéantit, anéantit homme, chien, mouton ou bélier. Il baissa la tête, prit son élan et heurta par le bas le collier du lourd bélier bien gras, qui fut décollé de la clôture et soulevé dans l'air. Le cerf recula, le bélier poussa un râle, quelque chose était écrasé dans sa poitrine, la douleur le poussait vers le sol, il tomba sur ses pattes avant. Il se mit à reculer, mais le cerf était déjà là, il s'attaqua encore une fois à la tête et finit par toucher le flanc. Car le bélier s'était tourné et courait sur ses pattes vacillantes vers l'étable, vers les brebis, pour se cacher parmi celles qu'il avait cherché à protéger avec son poids et son courage. Le cerf le rattrapa juste devant l'étable et lui donna un coup sur les pattes arrière qui fit craquer les os. À présent le bélier se traînait avec ses dernières forces, mortellement effrayé, dans l'étable, où personne ne prit sa défense, où il n'y avait pas de chaud troupeau pour l'entourer de ses laineuses pelisses et de ses grands ventres, où il n'y avait pas une multitude de corps ovins pour intercepter les coups terrifiants et impitoyables qui lui étaient destinés. Les brebis s'étaient éparpillées, elles couraient, effrayées, dans le grand enclos, cependant que les yeux troubles du cerf ne voyaient plus qu'une seule cible, le mâle à anéantir. Il le suivit lentement dans l'étable, nullement perturbé par les gémissements et les lamentations du bélier mortellement effrayé, aux os brisés et au corps perclus de douleurs atroces. Il lui donna des coups jusqu'à le transpercer de ses bois, il tourna et retourna le lourd corps jusqu'à la dernière parcelle de vie, il frappa jusqu'à ce qu'aucun son, aucun mouvement, aucun tressaillement, aucun souffle n'en sortît.

Simon Lovrenc mit à la ceinture son poignard, qu'il tira de son sac, celui qui servait à couper le pain, lentement il descendit la pente qui partait de l'église sur le mur de laquelle se trouvait la fresque, l'image de l'ange à l'épée, l'image qui représentait à la fois ce monde et l'autre, il marchait sur la pente vers le lac, vers l'auberge sur la rive. La cloche résonna entre la surface sombre du matin, la coupole des cieux au-dessus et les monts illuminés qui la bordaient, elle éveilla le lac et les cris des mouettes, les champs et le croassement des corbeaux. Son écho se perdit dans les hauteurs du silence cristallin, là où depuis les nuages et à travers les cieux coulait sur la neige des cimes le rai scintillant d'une vive lumière.

Windisch se mit debout. Il avait été réveillé par quelque chose, par la cloche de l'église villageoise. Il pensa se lever, mais à l'idée qu'il devrait se laver et se regarder dans la glace l'envie lui passa. Il se recoucha et se mit à fixer le plafond. Tous les matins il fixait ainsi le plafond, tous les matins il était pris d'effroi devant son destin, dur et absurde. Jamais auparavant cette façon de réfléchir n'avait été la sienne : depuis qu'il était revenu de la bataille de Leuthen, il se disait tous les matins que le destin, son destin, était dur, absurde et imprévisible. Voilà, un jour vous marchez avec votre chapeau de feutre sur la tête et les crosses d'argent de vos pistolets à la ceinture, vous chevauchez par la ville sous le battement puissant du tambour, vous êtes beau et admiré, les dames vous sourient, tout le monde vous envie et ils vous aiment tous, et le lendemain, qui demeure ensuite aujourd'hui à tout jamais, le lendemain il vous manque la moitié du visage et vous n'osez plus vous regarder dans un miroir. Il n'existe plus de vin capable de vous secourir, le matin il met à vif les blessures, votre corps tout entier est parcouru par la douloureuse conscience que vous n'êtes plus vous mais un autre, qui n'a rien de commun avec le grand seigneur et capitaine Franc Henrik Windisch. Celui qui a eu l'oreille et l'œil arrachés et la pommette écrasée, à qui il manque une partie du visage, celui-là ne peut plus penser à l'honneur et à la gloire. Aux médailles et aux défilés, à la réception au palais du gouverneur de la province ou même, il en avait rêvé autrefois, à la cour de Vienne. Il ne rêvait plus à la façon dont il plierait le genou devant Sa Majesté l'impératrice Marie-Thérèse, qui récompenserait le courageux capitaine, à ce moment peut-être déjà colonel, par des droits héréditaires sur quelque domaine de Carniole. À présent il est seul et malheureux et n'ose pas se regarder dans un miroir. L'honneur et la gloire, même s'ils viennent un jour, ne lui rendront jamais son oreille ni ne remettront en place sa pommette, aucune médaille ne pourra lui rendre son œil, son impératrice n'est pas chirurgienne assez adroite pour lui restituer son beau visage qui faisait l'admiration de tant de femmes. Et il ne sera pas colonel non plus, il est trop tard maintenant, tel qu'il est il ne mènera plus aucune compagnie dans aucun combat. Il recevra sans doute quelques vaches, c'est le lot des soldats blessés pour pouvoir vivre. Windisch avait envie de rire et de pleurer en même temps : on lui donnera quelques vaches et non des médailles, des parades, des domaines. Et il aura bien de la chance si son oncle, le baron Windisch, accepte de le revoir tel qu'il est. L'honneur et la gloire n'avaient plus rien à voir avec ces brumes posées sur le lac, de l'autre côté de la fenêtre, ce lac dans lequel il ne voulait pas regarder afin de ne pas y apercevoir le monstre au visage étiré et bandé, ce monstre qui était lui autrefois. S'il s'était approché de la fenêtre, s'il l'avait ouverte, il aurait vu qu'un homme solitaire s'approchait de la maison, il venait de sortir de la forêt, il avait marqué un arrêt à la lisière puis avait poursuivi son chemin, un long poignard à la ceinture, c'était le cerf qui avait été bélier castré autrefois, il était à la recherche du bélier castré qui avait été cerf dans un temps passé.

Windisch se dit qu'il serait bon d'avoir près de lui quelqu'un qui ne serait pas soldat, qui ne serait pas blessé comme lui, quelqu'un qui n'aurait pas été abandonné comme on l'avait abandonné, lui, dans cette maison de paysan isolée au bord d'un lac, afin de rejoindre les autres un jour. Il ne voulait pas rester au lazaret, il ne voulait pas être témoin des gémissements et des bras et des jambes arrachés, il voulait s'en tirer tout seul. Mais à présent il avait envie d'avoir à ses côtés quelqu'un qui éprouverait peut-être de la pitié pour lui. Il pensa à Katarina, la fille de Poljanec, qui était sans doute agenouillée dans quelque église. Il serait peut-être bon que Katarina fût là, elle dont il avait fait une compagne tout à fait utilisable, de sorte qu'il avait fini par l'apprécier. Même si elle se sentait toujours près de lui comme une fille à officier, ce qu'elle était en réalité. D'une pieuse femme partie en pèlerinage il avait fait d'elle au lit, à la cuisine et dans les divertissements une femme tout à fait utilisable ; cependant, elle pleurait souvent la nuit parce qu'elle n'était plus une pieuse femme en pèlerinage, mais celle qu'elle était devenue, et parce qu'il n'était plus nulle part, son moinillon savant, qui était en train de geler et pourrir à la prison de Landshut tout en murmurant peut-être ses prières et son savoir pour lui tout seul. L'idée lui traversa l'esprit que l'obus prussien tombé devant lui, devant son beau et malheureux destrier noir, qui avait fait exploser les entrailles de son ventre rond et son large collier et avait arraché ses puissantes jambes, que cet obus était peut-être le châtiment envoyé par l'un des anges des pèlerins qui voyageaient avec eux, au-dessus d'eux, pleins de piété, le châtiment pour ce qu'il avait fait à Katarina et à son petit moine. C'était une pensée fugace. Il se dit aussi qu'elle lui avait cédé d'elle-même, elle l'admirait depuis toujours, de l'époque où il venait au manoir de Dobrava, c'est pourquoi elle lui avait cédé et elle ne se trouvait pas mal en sa compagnie. Quant à l'escobar, il fallait s'en débarrasser. Et à présent cette femme pourrait peut-être dire une prière pour lui, elle pourrait le recommander au Coffret d'or ou aux langes d'Aix-la-Chapelle. Il pourrait même prier un peu, lui aussi, il connaît encore quelque prière. Mais prier dans quelle intention ? Quand il se trouvait dans une église avec ses soldats, quand l'aumônier militaire ou l'évêque qu'ils avaient sous la main leur donnait la bénédiction avant leur départ à la guerre ou avant une bataille, il se confiait au Ciel pour la victoire, l'honneur et la gloire militaires, et pour le retour triomphal. Alors qu'à présent, que devrait-il demander ? Que peut donc lui apporter la prière : lui rendre son beau visage, la vue et l'ouïe ? la moitié de la vue et de l'ouïe ? Malgré tout il glissa soudain à genoux près de son lit : Douce Mère du Seigneur, viens au secours de l'homme qui est tombé et qui veut se relever. Saint Christophe, patron des voyageurs et protecteur de notre régiment, aide-moi à... à quoi faire ? Il ne put poursuivre. Ni l'honneur ni la gloire n'étaient d'aucun secours, ni la prière ni l'imprécation. De nouveau le capitaine Windisch enfouit son visage dans ses mains, la partie du visage qui lui restait, et, à genoux près du lit, il se mit à sangloter sans larmes, désespéré.

Par ce paisible matin de novembre le cerf sortit de la forêt, fit un arrêt à la lisière puis traversa le pré et marcha vers l'enclos. Simon Lovrenc, le visage impassible, s'approcha de la maison où demeurait celui qui avait anéanti tout ce que la vie lui avait donné une seule et unique fois. Vers la maison où se trouvait le tentateur, le séducteur, le suborneur ; sans doute l'avait-il contemplée souvent le matin, accroupie et nue, en train de souffler sur les braises du foyer presque éteint, comme lui-même l'avait contemplée par un heureux matin de sa vie. Il tentait de revoir l'image du beau visage sous le chapeau de paon, de son corps bien en chair tout chamarré de rubans de soie, il le revoyait comme il l'avait vu un jour près de Beljak en Carinthie, près d'un pont enjambant un cours d'eau inconnu, alors qu'il venait d'entrer dans sa vie sur son noir destrier, droit et les jambes prises dans des guêtres de soie qui serraient les larges flancs du cheval moreau, cependant qu'il se tenait, lui, Simon Lovrenc, dans l'herbe haute et mouillée à écouter ses hurlements enroués et absurdes. C'est à ce moment qu'il était entré à cheval dans son existence, et Simon était convaincu que cette rencontre était le signe qui déciderait de sa vie, même s'il ne le savait pas alors, il ne pouvait pas le savoir avant de recevoir, devant le portail du monastère, un coup sur la tête et un bâillon dans la bouche, et des chaînes aux pieds. Maintenant, à cet instant, il savait aussi que pendant qu'on le poussait et le frappait tel un chien errant, un chien qui a la rage, pendant qu'il suppliait pour une gorgée d'eau dans la cave du couvent, qu'au même moment cet animal, ce paon, que les mains velues de ce beau et vulgaire capitaine étaient en train d'écarter les jambes de Katarina pour pénétrer en elle, dans le trou du sexe, dans l'ouverture poisseuse de l'enfer, que son ventre se couchait sur elle, qu'il soufflait en elle son haleine d'ivrogne, que ce matin-là et de nombreux autres matins il l'avait regardée ranimer les braises afin qu'il s'éveille dans une pièce chauffée et que Katarina puisse le laver tout en respirant l'odeur matinale de sa sueur de poivrot. La femme en compagnie de laquelle il désirait atteindre le sens ultime, celle qui était la plus pure et la plus gracieuse et que le regard de Simon faisait rougir autrefois, tout cela, ce tas de chair poisseuse et de vin, cette puanteur humaine, l'a piétiné, écrasé, il a tout pris pour lui, l'âme de Katarina aussi. Ne demeure que la luxure, les cinq doigts de la luxure, le regard concupiscent, le toucher humide, une chose sale qui consume le cœur pur, des baisers morveux, le péché puant de la débauche. Capitaine Windisch, bête remplie de passions, diable personnifié, confie ton cœur, dit-il, recommande ton âme au Tout-Puissant.

Ayant poussé la porte il découvrit une scène inattendue. Windisch était agenouillé près du lit, la tête enfouie dans les couvertures et les bras ballants, il était immobile et Simon Lovrenc pensa qu'il s'agissait d'un cadavre, soulagé presque de savoir que cet homme était mort et qu'il n'avait plus rien à faire. Poussé malgré tout par une fureur glacée, il tira le poignard de sa ceinture et le leva. S'il vit encore, pensa-t-il, je vais le poignarder, je vais couper le cou à ce démon qui fait semblant d'être un agneau. L'épais corps à ses pieds tressaillit et il faillit frapper, il était sur le point de frapper lorsqu'une force invisible arrêta son bras et le retint en l'air. Peut-être eût-il envie de voir auparavant son visage, l'horreur dans ses yeux, peut-être que l'ange inconnu, car visiblement un ange accompagne même un méchant comme Windisch, peut-être qu'un ange mystérieux arrêta brusquement son geste. À cet instant la masse agenouillée se dégagea des couvertures, Windisch redressa le torse tout en demeurant à genoux. Il joignit les mains au-dessus de son visage et se mit à marmonner quelque chose. Il donnait l'impression de prier, on percevait même dans son gargouillement des paroles comme « Vierge Marie », « saint Christophe le protecteur du régiment de Carniole ». Il se dit que cet être avait déjà reçu son châtiment, il se dit qu'il ne pouvait pas tuer un homme en prière, même si cet amas de vilenie et de saleté méritait de disparaître de la surface de la terre, puisque l'obus prussien, dont c'était visiblement le but, n'avait pas réussi à le détruire. Mais les voies des hommes, que dirige la volonté divine, sont plus embrouillées que Simon Lovrenc ne pouvait l'imaginer à ce moment-là, avec toute sa science de scolastique. La mort apportée par un obus prussien n'était pas dans le destin de Windisch, pas plus que le poignard de Simon Lovrenc, non, la pointe du couteau n'était pas encore inscrite dans son destin. Lorsque l'homme à genoux tourna la tête, il ne fut pas pris par la crainte, c'est Simon Lovrenc qui sentit l'effroi le gagner. Il manquait la moitié du visage au capitaine Windisch, du côté gauche il ne restait qu'une masse sanguinolente et bleuâtre, mélange de peau, de chair et de vaisseaux sur lesquels s'agglutinaient des fils blancs et de la charpie formant avec le bandage ce qui avait été autrefois un visage. L'autre moitié était hirsute, avec au bas des restes d'une barbiche jadis bien soignée. L'œil fixe qui regardait de sous les mains jointes était mouillé de pleurs, de grosses larmes glissaient sur la broussaille, et les lèvres qui pendaient sur le côté s'entrouvrirent, du fond de la gorge s'élevèrent la prière et l'imprécation tout à la fois.

– Frappe donc, maudit mouton castré. Égorge-moi au nom du Père, du Fils et du Saint-Esprit... Dis « amen » et frappe !

Simon recula machinalement et baissa le bras tenant l'instrument d'abattoir. La fureur infinie qui l'avait amené à cet endroit disparut de sa poitrine, laissant place à une certaine horreur étonnée qui se muait lentement en compassion.

– Et alors, mouton castré, fit entendre la bouche de travers, tu as peur ? Te voilà tout famélique, espèce de bélier sans couilles.

Windisch eut du mal à se remettre sur ses jambes branlantes. Son corps pesait toujours, même après avoir perdu beaucoup de sang, mais les jambes étaient flageolantes et les bras mous. En trébuchant il renversa quelques chaises dans la pièce. Rassemblant toutes ses forces il se mit dans une sorte de garde-à-vous, il leva la tête et le nez, enfonça le chapeau à plumes sur ses yeux.

– Tu n'as pas d'honneur, dit-il avec autant de dédain qu'il lui en restait, il n'y a pas le moindre honneur sur ton visage. Il reprit sa respiration, avala sa salive de travers, sa gorge fit entendre un sifflement, il toussa puis continua, fier :

– On a un visage et un honneur, surtout quand on est officier. Il arrive qu'on les lui enlève… à moi… vous voulez m'enlever tout ce que j'ai… l'honneur, ce sont quatre vaches de Marie-Thérèse, le visage, c'est une citrouille coupée par le sabre, une citrouille jaune de nos champs, pas vrai, paysan de Turjak… les graines ressortent de sa chair… Mais toi, cureton, moinillon, tu as moins d'honneur que ce qui m'en reste, tu n'as même pas la moitié du visage. Si tu en avais, tu aurais le courage… vas-y, espèce de chiot de sacristie, lève ton bras, frappe, achève le capitaine Windisch… Il tenta de prendre sur la table le pistolet à la crosse d'argent, mais la masse du corps emporta tout : l'assiette, le pistolet, le broc et la masse de son corps, tout finit par terre.

– Car si tu ne le fais pas, sifflait-il en rampant sur le plancher pour atteindre la crosse d'argent, c'est moi qui te tuerai. Je te tuerai comme un chien enragé et la femme aussi, comme une chienne en chaleur.

De son pied Simon repoussa le pistolet vers la porte, l'homme au sol l'attrapa par le pantalon, espèce de mouton castré, haletait-il, c'est alors que j'aurais dû te faire boire la tasse, j'aurais dû te jeter dans cette rivière… Simon eut un accès de fureur. Celui-là, c'est le Malin en personne, même à moitié mort. Du même pied il donna un coup entre les côtes de la grosse masse qui roula sur le dos en poussant des gémissements. Des deux mains il attrapa ses bras mous et se mit à le tirer vers la porte, sans bien savoir ce qu'il voulait faire de ce corps pesant, dans lequel, malgré les graves blessures, les diables continuaient leur ronde, il le traînait sur le sol et un large ruban de vin et de sang coulant à nouveau des blessures au visage et au cou le suivait. Il le traîna sur le seuil et à travers la cour, entre les poules qui s'éparpillaient en gloussant à tue-tête, entre les cochons qui fouillaient le tas de fumier, parmi les cris des femmes depuis le pré, et il pouvait voir le garde-pêche accourir sur ses jambes arquées. Il le traîna par la cour tel un sac de viande ou une bête égorgée et il sentit ses forces diminuer, la faiblesse du blessé le gagnait elle aussi, la mollesse de ses bras qui avaient du mal à se servir des doigts pour tenter de se dégager, des jambes flageolantes qui cherchaient parfois à donner un coup, à s'arc-bouter sur le sol pour mettre fin à ce transport effroyable, douloureux et plein de mépris à travers la poussière et la puanteur des poules et dans les déjections des porcs, si au moins on pouvait s'accrocher avec les éperons à quelque chose sur le sol, blesser quelqu'un, Simon Lovrenc peut-être, entre les jambes, le châtrer jusqu'au bout. Et quand Simon ne sut plus quoi faire de cette masse, ni où la mettre, que ses forces l'eurent presque quitté, il la lâcha au bord de la fosse à purin, enjamba ce corps qui cherchait à se redresser et leva dans un ultime effort la planche sur laquelle il reposait. Il la souleva et fit glisser le tas de chair avinée et sanguinolente et crottée dans la puanteur animale et humaine. Il attrapa la planche et l'enfonça dans le corps, du côté des épaules, pour le faire couler, jeta la planche par-dessus et s'effondra, épuisé. Il voyait des paysans traverser la cour en courant, des paysannes, parmi elles le visage de Katarina aux cheveux épars, son regard noir, le garde-pêche en train de tirer l'homme de la fosse à purin.

45

Katarina Poljanec fait de nouveau quelque chose que personne n'aurait attendu d'elle : elle prend la tête lavée et bandée dans ses bras et elle lui parle comme si elle chantait une berceuse : Tu étais beau, Windisch, beau comme le paon entre les fleurs, à présent te voilà laid, tu as une face de dindon, la peau rouge et violacée… il te manque la moitié de la tête, si au moins tu avais bon cœur, mais ça aussi te fait défaut, cela te manque depuis toujours… Mais tu ne le sais même pas, tu es encore dans la misère, tu es pauvre, je te guérirai. Simon, qui se tient à la porte, honteux, contemplant la sœur de la charité avec un soldat blessé, la *pietà*, une scène d'une grâce soudaine, Simon se sent à présent comme dégoulinant de purin, comme si Katarina lui disait de son regard noir à travers ses cheveux épars : Comment as-tu pu te conduire de cette façon avec ce pauvre diable ? Katarina lui essuie le visage, tout illuminée de pitié envers ce monstre qui l'avait embarquée de force dans le repaire des officiers et qui avait fait jeter Simon en prison, il y a là quelque chose que Simon ne saisit pas, la compassion a elle aussi ses limites, aurait-il dû en avoir pour le soldat portugais qui avait coupé le cou à la petite Teresa ? Devrait-il avoir de la compassion pour les mains qui font couler le sang du juste, pour le cœur de celui qui ourdit de mauvais desseins ? Il ne comprend pas le cœur de la femme qui a pitié de ce pauvre diable de Windisch plus que de n'importe qui d'autre au monde, un si grand homme, un tel fanfaron, avec une si haute idée de lui-même, même fausse, un homme comme lui, habitué à donner des ordres, il ne pouvait pas tomber aussi bas, encore moins être humilié à ce point, jeté dans le purin d'une cour de ferme. Simon ne comprend pas ce que fait Katarina, le sens de son comportement envers ce pauvre diable.

Tu ne comprends pas ! aimerait s'écrier Katarina en le voyant debout dans l'encadrement de la porte, silencieux, tu ne comprends pas : quand un homme aussi puissant tombe aussi bas, on a envie de le remettre debout, on ne peut pas le regarder dans cette position, quel qu'il soit, même si on le déteste ; pourvu qu'il ne s'apitoie pas sur son humiliation et son malheur. Ce pauvre miséreux avec une moitié de visage et une fine pellicule recouvrant peu à peu son œil n'avait vraiment rien de commun avec l'homme à qui elle avait souhaité le pire, sur la tête de qui elle avait appelé le malheur et la malédiction, qu'elle aurait aimé voir périr dans la bataille, pour lequel elle s'était oubliée dans un terrible péché en exigeant de Simon de le faire disparaître de la surface de la terre, elle avait commis là un péché mortel, à présent, dans sa pitié soudaine, elle s'est purifiée de lui, le purin l'a lavée de sa méchanceté qui n'est qu'orgueil, le purin l'a purifiée elle aussi de l'horrible dessein, de l'incitation au meurtre. Cet homme qui dégoulinait de purin glacé, répandu sur les restes de ses ceinturons et de ses rubans de soie quand on l'avait sorti de la fosse, cet homme tremblant de vulnérabilité et de froid dont l'œil la fixait, fiévreux et accusateur, cet homme n'était plus le Windisch qu'elle haïssait du fond du cœur, tout autant qu'elle l'avait admiré autrefois, à présent il était l'objet de sa seule et profonde pitié… Simon ne comprend pas, elle lui avait bien demandé de le tuer, de le délivrer ; le tuer, oui, aurait dit Katarina, mais pas l'humilier ;

Katarina jette un regard à Simon, son regard noir, et dit d'une voix presque impérieuse, comme si tout un chacun pouvait donner des ordres à Simon, recteurs et préfets, supérieurs, provinciaux et généraux, juges et officiers, elle dit d'une voix sans réplique : Qu'est-ce que tu regardes ? Il faut l'emmener dans un lazaret ou alors chez lui, ce pauvre diable.

La douleur laboure le fond de l'âme de Simon qui ne voit pas la scène pleine de grâce et de pitié, à la douleur qui enfonce le bec dans son cœur fait place la colère et la fureur contre ces deux-là, qui sont deux alliés, ils se sont choisis depuis leurs jeunes années, que pourrait-il chercher entre eux deux ? Le cœur débordant de haine il fixe le regard noir et arrogant de Katarina, les cernes en dessous, ses cheveux ébouriffés, ses lèvres qui s'ouvrent pour prononcer des ordres et des paroles rudes, à l'autre, dont elle tient la tête dans ses bras, elles s'ouvraient en baiser ; ce n'est pas une scène de compassion, de pitié et de grâce, Simon Lovrenc hait cette scène, elle le dégoûte, ils le dégoûtent tous les deux, comme le Seigneur avait de la haine pour six choses et son âme éprouvait du dégoût pour sept : les yeux orgueilleux, la langue mensongère et les mains qui versent le sang du juste, le cœur qui ourdit des desseins mauvais, les jambes qui courent pour faire le mal, le faux témoin qui dit des mensonges, et celui qui sème la discorde entre les frères.

Katarina n'était pas la seule à avoir pitié de lui, il inspira la miséricorde à toutes les femmes du village qui voyaient les restes d'un soldat manifestement fier autrefois, l'un de ceux qui avaient chevauché à travers leur village un jour dans un sens et un jour dans l'autre, un jour victorieux un autre jour battus et mal en point, un jour au son des tambours et un autre fatigués, les genoux chancelants et leurs chevaux boiteux. Les paysannes prirent donc les choses en main avec Katarina, elles le lavèrent, le pansèrent et lui préparèrent un lit au presbytère. Le pauvre curé ne cessait de se signer tout en tournant son regard vers Lui, afin qu'il octroie le salut à cette pauvre âme terrassée par la fièvre depuis qu'on l'avait retirée du purin glacé. Quand il ouvrait les yeux, il se mettait à arracher les pansements propres dont les femmes avaient entouré sa tête et à répandre dans la pièce les pommades dont elles lui avaient enduit les blessures du visage et du crâne. Quant au bon curé, il eut à écouter d'affreux jurons que gargouillaient le corps et l'âme malades, en langue allemande et en une autre, magyare peut-être, ou slave. Windisch délirait : N'avancez pas, c'est le marécage, ils n'ont ni bras ni jambes… prépare les boulets ! quatre vaches, quatre vaches… Où sont les nôtres, qui sont les nôtres ? Les nôtres sont-ils les vôtres ? Non, les vôtres ne sont pas à nous… Suivait une avalanche d'ordres et de jurons, Katarina aussi, il l'appelait : chienne en rut, fille de Poljanec, je ferai de toi une dame viennoise, colonel Windisch, baron Windisch…

Le cœur rempli d'une douleur lancinante Simon Lovrenc marchait à l'autre bout du village, derrière les maisons, il passait sous l'ange à l'épée et regardait les étoiles afin de comprendre le sens de tout ce qui leur arrivait, à Katarina et à lui, pourquoi Dieu lui imposait-il une telle épreuve, pourquoi une si grande haine prenait-elle possession de son cœur, était-ce seulement à cause du grand amour qu'il avait pour elle ? Était-ce parce qu'il pensait que l'amour pour une femme était fait du même matériau que l'aspiration à l'amour de Dieu ? Était-ce cette erreur capitale qui l'avait poussé à commettre l'horrible acte de violence qui était presque un acte meurtrier, qui était, à y bien réfléchir, le meurtre lui-même, car enfin il était décidé à le commettre, il était entré dans la pièce avec le poignard à la ceinture et l'avait brandi. Dans son trouble il marchait aussi sous les fenêtres du presbytère, d'où s'échappaient parfois les cris de Windisch et les prières du curé, d'où se détachaient, et c'était le plus incroyable et le plus troublant, les paroles rassurantes de Katarina, des paroles presque tendres, pire, une sorte de chant plein de douceur qui ressemblait aux berceuses de leur pays, une mélopée rythmée par laquelle Katarina cherchait à adoucir la souffrance du corps et de l'âme de cette créature humaine qui leur avait fait tant de mal, à elle et à lui. La miséricorde, bien sûr, la miséricorde qui ne connaissait pas d'objection chrétienne, qu'on était obligé d'accepter humblement et d'admirer même, la miséricorde qui a la capacité de pardonner, mais que peut la miséricorde contre la fureur de l'horrible jalousie, contre la colère et le dégoût ?

– Nous ne pouvons pas le laisser là, lui disait Katarina d'un air tranquille et volontaire, quand il sera un peu remis, on le mettra entre de bonnes mains.

C'est maintenant qu'il est entre de bonnes mains, pensa Simon, furieux. Et il l'était vraiment. Car la fougue qu'elle mettait autrefois à jeûner pour devenir transparente comme une feuille de parchemin, la force avec laquelle elle ingurgitait la nourriture pour devenir une dondon, elle décida de l'employer à guérir cette créature grognante qui n'avait qu'une moitié de tête. Jusqu'à présent elle était d'avis qu'il convenait de lui trouver un endroit pour s'en débarrasser, où le déposer comme on dépose un lourd fardeau gênant, mais maintenant elle était décidée à le guérir. Elle posait sur ses blessures des champignons séchés et humectés, des pruneaux, elle couvrait la pellicule de son œil d'un tissu trempé dans des noyaux de pêches achetées au garde de Tutzing, elle nettoyait sa peau avec une décoction de camomille, elle lui faisait boire de l'eau-de-vie dans laquelle elle avait fait macérer des racines d'herbe-aux-chats. Il aimait cette boisson, elle était bonne pour le cœur, tout comme il aimait à mâcher du tabac à priser trempé dans de l'eau-de-vie, mais tout cela ne l'empêchait pas de pester sans cesse contre tous ces remèdes de paysans et d'exiger un médecin qui lui apporterait des pharmacies viennoises de vraies poudres médicinales et des onguents. Elle achetait tous les remèdes connus dans le pays aux alentours du lac, surtout de l'huile de poisson qui y était particulièrement appréciée. Une femme lui avait appris à préparer, au moyen de résine de sapin, de cire et de myrtilles séchées, une sorte de baume pour enduire les plaies et les brûlures. Windisch acceptait ces soins avec une reconnaissance bougonne et tirait de la cassette les goldinars qu'il avait amenés avec lui, il supportait un peu moins bien la décision de Katarina de non seulement le guérir mais aussi de le changer. Elle lui parlait de la prière qui permet à l'homme de dialoguer avec Dieu, des plaies de notre Sauveur qui avait souffert pour nous bien plus que peut souffrir un être sur terre, plus que Windisch lui-même, qui n'avait plus sa beauté d'autrefois et qui en souffrait beaucoup, la grâce est trompeuse et la beauté est vaine ; elle lui parlait de l'âme qui est plus importante qu'un beau visage, du royaume de l'au-delà où règne la beauté seule, la beauté du ciel, la majesté des étoiles lui appartient, ornement scintillant au plus haut dans les cieux du Seigneur ; là-bas et même sur terre la beauté de l'âme est bien plus appréciée et élevée que dans les cours princières, où une âme peut tout aussi bien habiter un colonel, pourquoi pas, mais cela est sans importance car les âmes débordent de richesse et de lumière qu'elles reçoivent de Lui directement. Elle lui raconta tout ce qu'elle avait retenu de ses heures passées à l'école, alors qu'elle lisait des livres saints et en discutait, et tout ce qu'elle pensait elle-même. Il avait l'impression que son âme était dans la situation habituelle des âmes des soldats, Dieu les traite un peu différemment, il y met certainement davantage de patience.

Windisch l'écoutait, grommelant de temps en temps, mais la voix douce de Katarina le calmait et le berçait. Jusqu'à présent il avait à s'occuper de ces choses uniquement au moment où l'on donnait la bénédiction à ses armes chrétiennes et impériales et où il demandait à Dieu, avec l'aide des évêques en chasubles d'or, avec de l'encens et des chants pleins de douceur, qu'elles soient victorieuses. Elle lui parlait du Coffret d'or qu'on gardait à Cologne, des langes saints que l'on conservait à Aix-la-Chapelle. Il ne se moquait plus, du moins pas à voix haute, peut-être parce que l'image que lui peignait Katarina avec ses mots, l'image du Coffret d'or enveloppé d'encens, entouré d'hommes nombreux en chasubles d'or, lui rappelait la cour impériale où on lui épinglerait un jour la médaille, il cachera bien son demi-visage sous le chapeau ; ses histoires le calmaient et amenaient le sommeil. Il aimait également le chant populaire de Marie arrivant de Hongrie et qui fait se noyer le passeur refusant de la transporter :

Un pour le salaire divin,
Un pour le royaume des cieux,
Mais seulement pour les thalers blancs,
pour les belles pièces d'argent.

Cette Vierge Marie-là lui plaisait, il avait l'impression de la comprendre. Voilà comment Katarina soignait le capitaine Franc Henrik Windisch, un homme qu'elle avait souhaité voir mourir, comme à un enfant elle lui chantait la berceuse de Marie et du passeur.

Et plus elle se consacrait au capitaine blessé, qui avait cessé depuis longtemps d'être l'élu de ses jeunes années, plus elle faisait d'efforts pour retenir Simon. Elle sentait son âme en grande angoisse, et cela n'avait rien à voir avec le sort terrible des Guarani trahis par la Compagnie, trahis par l'Église catholique, la plus grande, l'universelle et l'unique, à laquelle il appartenait, ce n'était pas la crainte du novice effrayé ni la grande peur de l'insomnie qui cherche à comprendre les choses du ciel et de la terre, qui veut voir une nouvelle terre et un nouveau ciel de son regard intérieur. C'était l'angoisse réduite à une étroite fente par laquelle, de tout l'univers, il percevait une seule chose : elle et Windisch. Cette angoisse qui se muait en colère et qu'elle ne pouvait que deviner. Quand Windisch s'endormait ils se rendaient au village chercher la nourriture et les remèdes, elle ne cessait de l'embrasser tout au long du chemin, elle l'embrassait aussi quand ils regardaient le coucher du soleil, assis au bord du lac, elle ne voulait pas le perdre, elle pleurait dans ces moments-là car elle sentait qu'elle le perdrait bientôt. Elle pleurait en l'embrassant, partout et chaque fois qu'elle délaissait ses occupations de Samaritaine auprès de Windisch. En barque ils traversaient le lac de Starnberg où les pêcheurs préparaient leur fête, ils regardaient les hommes lancer de gros poissons dans les barques, les tirer de l'eau avec des crochets, leurs ventres blancs brillaient entre les roseaux, ce scintillement des êtres vivants qui mourront bientôt. Puis ils mangeaient du poisson, buvaient de la bière, riaient devant les paysans ivres, les pêcheurs, les tisserands, les bouchers, les bourgeois, tous les gens de ce pays qui, fatigués par les guerres et appauvris, n'avaient qu'une seule envie : vivre comme vivent les gens partout ailleurs, à Dobrava ou à Ljubljana, à Landshut ou à Tutzing. Elle l'embrassait aussi sur le chemin du retour, bien sûr, et Simon était tout le temps mouillé de sa salive et de ses larmes, il était dans la confusion, il aimait et haïssait à la fois, en lui bouillait le mélange le plus dangereux de sentiments, il savait à présent que ça ne datait pas du jour où il avait poussé l'homme dans la fosse à purin, où il avait eu envie de le tuer et n'avait pu le faire, mais du jour où la pensée lui était venue, en prison, qu'elle était avec lui, elle, sa Katarina. Au moment où ils couchèrent de nouveau ensemble, en proie à cette même confusion, il l'avait prise par les cheveux d'un geste rude, il l'avait frappée et embrassée, et à cause de ce mélange dangereux il la repoussait parfois grossièrement, et elle, elle se jetait sur lui avec plus de fureur encore, jusqu'à ce qu'ils restent couchés au bord du lac, enveloppés dans ses cheveux défaits, fatigués de tout cet amour, des caresses, des baisers et des larmes. Tandis qu'ils étaient allongés au bord du lac et qu'ils contemplaient la surface lisse dans la nuit, la pensée survenait, lancinante, de mettre fin à tout cela d'une manière ou d'une autre, de s'en aller, ou de tuer – et cette pensée revenait elle aussi sans cesse, pour sa plus grande frayeur – l'homme qui lui avait fait tant de mal, à lui et encore davantage à elle, de lui attacher une pierre au cou et de le laisser glisser silencieusement de la barque dans le fond du lac… et achever ainsi en quelques gestes ce qu'il avait commencé si pompeusement des jours auparavant en jetant un regard à l'ange à l'épée ; à présent il faudrait l'accomplir rapidement, sans un mot, et s'en aller dans la nuit. Tu es homme de la nuit, avait-elle dit, ta vie est nuit, ce sont les feux sur la colline au-delà du village, tu es araignée, les ombres sont à ta recherche, et les forêts nocturnes. Reste, dit-elle, nous irons jusqu'au Coffret d'or, puis nous retournerons chez nous. Nous ramènerons Windisch, en bonne santé et l'âme pure, chez son oncle, chez le baron, et nous resterons à Dobrava, il fait bon à Dobrava, dit-elle, tout sera bien. Et elle se mettait à le couvrir de baisers.

Puis elle se leva, sois miséricordieux, dit-elle, elle marcha par la berge jusqu'à la maison de Windisch et changea ses pansements. Elle lui chanta une berceuse, une ancienne chanson slovène de soldats qu'il aimait encore plus que celle de la Vierge Marie et du passeur.

Ô tambour de soldat,
Il sera pour moi le grand glas,
Pour moi il sonnera
Quand ma mort viendra.

Et alors qu'elle chantonnait le ding-dong, ding-dong final, de la moitié de la tête qui n'était pas bandée et de l'œil unique commencèrent à couler des larmes ; par bonheur, il faisait noir et il était tourné contre le mur, de sorte que Katarina ne put le voir.

46

La source qui jaillit est-elle miel et fiel à la fois ? Est-il possible qu'elle soit les deux en même temps ? Les baisers ardents de Katarina enivrent Simon dans les nuits chaudes de l'été, mais chaque fois qu'elle le quitte pour aller soigner Windisch, chaque fois qu'il entend son chant, les grognements d'ours de Windisch et le roucoulement mélancolique de Katarina, chaque fois un mal trouble s'installe dans son esprit, et un silence étrange dont aucune parole ne s'échappe. Comment est-il possible que ces mêmes lèvres qui se pressent contre les siennes disent des mots affectueux à ce monstre d'officier et chantent pour lui dans la nuit chaude ? Ne regarde pas le vin écarlate, Simon, qui pétille et coule si doux dans le verre. Il finit par mordre comme un serpent, il injecte son poison comme une vipère, avec la parole, avec la langue, à la fin tes yeux avinés auront un regard bizarre, et confus sera le discours de ton cœur. Toute espèce animale – bêtes sauvages, oiseaux, reptiles et animaux marins – se laisse dompter par la nature humaine, pour de bon, la langue seule ne peut être domptée par l'homme ; elle est un mal multiforme rempli de poison mortel. La douleur qui lacère son cœur, plus forte de jour en jour, réduit le monde à une fente étroite, il n'y a ni passé ni avenir, il n'y a que Katarina et ses baisers, Katarina qui l'enveloppe de ses cheveux et de ses jambes, et il y a là aussi une tierce personne qui ne devrait pas y être, mais qui jour après jour, à mesure que repousse un lambeau de sa peau, à mesure que lui reviennent la soif grandissante de vin et le chant plus enroué, est toujours plus présente. À la douleur déchirante de Simon, il ne manque qu'une parole, une seule parole, afin que quelque chose se brise en lui définitivement. Et cette parole finit par arriver, par piquer comme le serpent venimeux.

Un matin, on est peut-être à la fin de l'été ou au début de l'automne, un chant se fait entendre devant la maison du lac, Windisch se rase avec son sabre, c'est leur dernier matin dans ce pays, demain ils se mettront en route, il leur reste un jour encore et une nuit, c'est le chant de Windisch, Katarina est en train de ranger ses affaires dans les baluchons, elle fait ses adieux à ce pays, il est impossible d'y demeurer davantage, il est temps que cette affaire trouve son dénouement ; Windisch, couvert de savon depuis le cou jusqu'aux yeux, se rase devant la maison, il chante, l'*aria da capo* jaillit de sa gorge enrouée, avec son sabre il rase la moitié du visage, l'autre moitié est recouverte d'une peau fine et bien cicatrisée, il y pousse çà et là un poil qu'il fait sauter de la pointe de la lame ; Eh, toi, Simon, crie-t-il dans une joyeuse arrogance, cureton ljubljanais, paysan de Turjak, tu dois te trouver une catin, il n'en manque pas dans les pays allemands ; que ta vie ne s'écoule pas sans cette expérience ! Simon est en train d'extirper du filet quelque menu fretin pêché dans la nuit précédant l'aube ; il se tait, il ne répond pas, alors Windisch continue à chantonner tout en lui racontant quelque chose d'amusant, la volonté de vivre et les paroles insolentes ont entièrement repris le dessus, quand il cesse de chanter il profère des mots pleins d'une sagesse enjouée : Trouve-toi une grue, dit-il, ne te prive de rien, il n'est pas bon pour l'homme de se priver, de cacher tout ça en lui puis de se taire, comme toi tu te tais tout le temps, vous êtes comme ça, les curetons, même les anciens curetons… mais un curé est curé comme un soldat est soldat, pour toujours, ne te prive ni de femme ni d'ambition ni de joyeuse compagnie, de rien, car si tu y renonces, tu te vengeras sur ceux qui jouissent de tout cela, et toi, ancien curé, tu veux te venger... tu es renfermé, des jours entiers tu ne dis mot, si tu n'étais pas curé tu serais peut-être soldat, eh oui ! bien sûr, on aurait fini par te trouver sous ton tas de fumier, on les rassemblait avec le fouet et les balles, ceux qui n'avaient pas envie d'aller à la guerre contre le Prussien, c'est un *juris regio*, tu sais ce que c'est que le *juris regio* ? Le fouet, les chaînes... et celui qui est obéissant reçoit un ducat d'or, dix thalers de Marie-Thérèse, plus quelques sous. Simon reste silencieux, il le connaît, avec ses cris, ses chants et ses ratiocinations, plus il est en forme plus il crie, chante et ergote, Simon garde le silence... Non, Windisch ne perdra jamais son caractère windischien, qui a cru en cela s'est rudement trompé, il donne un peu moins d'ordres, c'est vrai, il n'y a personne pour les recevoir, c'est en général Katarina qui donne des ordres, car Simon se tait, il ne prononce que les phrases indispensables. Simon pêche, le soir il s'assied devant la maison et tente d'intercepter les regards de Katarina tout en écoutant ses chants, quand Windisch tempête il s'en va... Et Windisch tempête et ronchonne, comme ronchonnent les malades et les vieux grognons, maintenant il lui arrive même de fourrer la pointe de son sabre sous les côtes de quelqu'un, le soir, pour s'amuser, il s'essaie à fendre avec le sabre une cruche jetée en l'air, mais ça ne marche pas, il n'a qu'un œil, le bras et le sabre sont habitués à agir selon les ordres des deux yeux, il frappe à côté, chancelle, la moitié de son visage devient cramoisie, l'autre bleue... Dans sa maladresse il a entaillé le cou d'un bedeau ivre qu'il avait simplement envie de chatouiller sous les côtes, en manière de plaisanterie, pour causer la frousse et susciter la bonne humeur chez les hôtes de l'auberge, et comble de malchance, le bedeau a saisi le sabre acéré des deux mains et s'est sérieusement tranché les paumes. Le mécontentement parmi les clients fut grand, les paysans n'eurent que faire des vociférations de cet homme : qu'il s'était battu pour l'impératrice Marie-Thérèse à la bataille de Leuthen, qu'il y avait perdu un œil. Cela n'eut aucun effet sur les paysans furieux, il ne s'était pas battu pour eux, on ne chatouille pas les gens entre les côtes, dirent-ils, et s'il avait vraiment envie de le titiller il aurait pu viser plus bas, non pas au cou où il risquait de lui couper une veine. Et pourquoi donc ces soldats viennent-ils à l'auberge avec leur sabre ? Dans le pays voisin le règlement exige de laisser les armes à l'extérieur et sous bonne garde. Cette exigence met Windisch hors de lui, un soldat n'abandonne jamais son arme au-dehors, il la prend même dans son lit, son sabre à lui est toujours suspendu au montant de son lit... Pour ce qui est de Marie-Thérèse, hurle un paysan, qu'elle se fasse enculer par un étalon... Les soldats doivent toujours attacher leur bite à leur jambe quand cette furie passe ses troupes en revue, et c'est leur queue qui leur fait lever la jambe, c'est avec leur queue qu'ils la saluent. Ces paysans ivres la déshonorent, elle à qui Windisch avait donné la moitié de sa tête, ils lèvent leurs poings menaçants : À Leuthen, vous en avez reçu sur la gueule de la part des Prussiens. Windisch tire son pistolet de la ceinture, lève le cran, attend un instant puis actionne la détente, un bruit assourdissant, de la fumée, les clients se précipitent avec le bedeau dans la cuisine, renversent dans leur hâte quelques marmites où cuisent la polenta et des côtes de porc fumées, deux d'entre eux se réfugient sous la table, Windisch cherche à les déloger à l'aide de son sabre... Il rentre complètement ivre, Katarina le met au lit, Simon regarde en silence la scène indigne... Il y a qu'une chose qui me dérange, c'est que mon bras ne m'obéit pas tout à fait ; et il pousse son rire d'ivrogne : Ils se sont entassés dans la cuisine comme un troupeau de moutons dans leur enclos, pas vrai, moinillon ? Pourquoi fais-tu ça, dit Katarina, tu n'as pas encore recouvré la santé. Simon se tait. Katarina connaît tout cela, ces soirées dans les auberges, ces couchers où plus d'une fois elle avait tiré le pantalon du corps soûl et fait un tas des pièces d'uniforme souillées. Pourquoi fait-il cela, il lui manque la moitié du crâne, ses blessures ont eu du mal à cicatriser, à peine l'a-t-elle remis sur pied à l'aide d'onguents, de tisanes et de décoctions qu'il se retrouve au même point, presque au même point, Katarina décide qu'ils ne peuvent plus rester là... Et même s'ils le voulaient, le village les regarde de travers, ils sont là depuis trop longtemps, ces trois-là. Après cet événement l'aubergiste et le garde-pêche sont venus les prier de s'en aller, l'officier a recouvré assez de santé pour faire un boucan digne d'un escadron entier, et leur bon curé pense qu'ils vivent dans le péché du concubinage, on ne sait pas comment ça se passe entre eux trois, mais les gens le supportent mal. S'il arrivait quelque chose de pire encore à l'auberge ou ailleurs... les gens en garderaient la mémoire, et même les petits-enfants de leurs petits-enfants ne pourraient se débarrasser de la mauvaise réputation de ne pas avoir su protéger les voyageurs venus du lointain. Chez nous ça se passe comme ça, les gens sont parfois pris d'une colère soudaine, il vaut donc mieux qu'ils se séparent en paix, que tous les trois ils retournent en Carniole avec la bénédiction du Seigneur, l'aubergiste est même disposé à leur prêter un chariot et un valet pour les mener jusqu'au pied du col... Si l'unique œil de Windisch commandait mieux ses deux bras, la discussion avec ces deux-là aurait pris un tout autre tour, mais là il fallut se mettre en route, non pas vers la Carniole, Katarina voulait voir Kelmoraïn, elle le verrait.

Et voilà qu'arrive le dernier matin avant le départ, le dernier jour à Tutzing au bord du lac et la nuit ultime. Depuis de nombreuses nuits un nuage de vermine se forme au-dessus de la maison, depuis longtemps s'assemblent autour de la maison les démons qui occupent l'espace désert du côté gauche et observent l'étrange trio, ils voient et entendent davantage que les villageois, qui eux aussi fouinent autour de l'habitation pour voir et entendre ce qui s'y passe vraiment, qui va avec qui, quelles sont leurs relations, les gens veulent toujours voir et entendre ces choses. Ceux du coin désert entendent ce que les villageois n'entendent pas, la mélodie inconnue, le chant des trois âmes qui disent en elles-mêmes des paroles simples de haine, des paroles simples d'amour : étrange tercet de sons, perceptible aux seuls esprits, enchevêtrement haineux et aimant de paroles inaudibles qui s'emmêlent les unes les autres, qui vont en parallèle, qui se couchent, qui tombent entrelacées, s'entrechoquent, des paroles silencieuses et douloureuses, des paroles de pitié et du désordre de l'âme… Cette femme, se dit Windisch en lui-même en sirotant l'eau-de-vie médicinale dans laquelle macèrent la valériane, l'anis et d'autres herbes de Katarina, ce sont de bonnes herbes, douce est ta main, Katarina, je connais ton corps, tu m'as suivi dans les campements cruels des soldats, tu as dormi avec moi de nombreuses nuits, tu le referas lorsqu'il s'en ira, le curé, le petit cureton, cet homme taciturne et sournois, je vais me débarrasser de lui à un croisement de chemins, et toi tu partiras avec moi, tu m'admires toujours, je me couvrirai le visage d'un chapeau, les bords descendront bien bas, tu iras à la cour, Katarina, tu ne peux pas me quitter, à présent tu pourrais m'abandonner mais tu ne t'y résous pas, tu m'as attendu, tu l'as dit, je suis Windisch, le neveu du baron Windisch, celui de Dobrava, celui qui est expert en brillantes explosions, son destrier noir a été déchiré par l'obus sous son corps, je chevaucherai de nouveau, je soulèverai encore ta jupe, la femme doit reconnaître qu'elle a besoin d'être rudoyée un peu, même si elle a l'intention de devenir une dame de la cour, la femme du colonel, voilà ce que tu seras quand on se sera débarrassés du curé, la femme du colonel Windisch, le régiment criera vivat ! et Marie-Thérèse elle-même échangera quelques mots avec toi… Je m'aveugle moi-même, se dit Simon, je suis Simon, peut-être est-ce ma vue qui m'aveugle, mon ouïe, le désir du cœur est d'inspiration divine, et dans l'inspiration divine bruit la présence de Katarina, elle m'encercle comme une muraille, elle qui est assise sur le chariot tandis que par le frais matin nous longeons le lac, ses genoux sont recouverts d'une couverture de crin et reposent sur le drap de toile blanche, j'y suis avec elle et loin de cet homme horrible, de ce démon dont je suis obligé de supporter la présence uniquement parce qu'il est pauvre, faible, et elle est près de lui dans le voile de lumière qui descend de la voûte céleste, il suffit que je dise un mot pour qu'elle se mette à me couvrir de baisers, moi, mon visage et mes mains et ma veste, elle est remplie de moi, sans moi elle n'existe pas, sans elle je n'existe pas, c'est uniquement pour cela que je suis encore là, que j'ai chevauché et marché, que je me suis traîné sur les routes d'Allemagne, que j'ai avalé la poussière et me suis enfoncé dans la boue, chien de chasse sur sa piste, afin d'avoir le droit d'entendre parfois la nuit son souffle régulier, son souffle d'ange près de moi, la chaleur de son corps tranquille, la douleur oppressante donne des coups de bec dans ma poitrine, car son souffle n'appartient pas qu'à moi, il a été à lui et il n'est toujours pas entièrement mien… j'entends les étoiles, j'entends la mer, j'entends son cœur et son sang, qui est mien, car le sang est l'âme du corps qui m'appartient, comme il appartient à Dieu… Je te salue, reine des cieux, répète silencieusement Katarina dans sa mélancolie, j'aime l'un autant qu'une femme est capable d'aimer un homme, car j'ai rougi autant que l'on peut rougir lorsque je l'ai aperçu pour la première fois là-bas entre les feux, l'autre je veux l'aider, il est tombé bas, sous son cheval et tout près de la mort, et je l'ai traîné à travers le pays en guerre, entre les feux des fuyards, parmi l'armée en déroute, à travers les marécages et les bouges dégoûtants, je pansais ses blessures, je le haïssais, mais je ne pouvais l'abandonner blessé et affaibli, quand j'étais en sa compagnie je ne rougissais plus, je lui ai cédé, je l'ai suivi, j'ai couché avec lui, il était l'élu de ma jeunesse, que pouvais-je faire ? Le bélier castré, grommelle la voix silencieuse de Windisch, il aurait fallu le plonger dans cette rivière, il aurait fallu le tuer à Landshut, il aurait fallu passer la corde par-dessus la branche du premier pommier et lui jeter la corde autour du cou, lui l'espion prussien... Comment pourrait-il faire d'elle une dame comme je le pourrais, moi ? Écoute, Katarina, je vais acheter un grand lit à baldaquin, il sera recouvert d'un grand étang et de cygnes, le matin, à ton réveil, tu verras sur le ciel du baldaquin la beauté de l'aube, j'achèterai un guéridon aux pieds fins pour que tu te fasses belle, car tu es belle, tu es jolie, ta voix est douce quand elle chante des chansons de soldats, la force coule de ton corps qui m'a souvent servi, que j'ai mis en émoi, le sang montait à tes joues quand ma force coulait en toi et que la tienne devenait mienne, le bélier castré ne sera jamais semblable à moi, le sournois taciturne ne sera jamais ce qu'il désire être : Windisch ; il restera paysan, valet de Turjak, un vilain, un curé rempli de crainte... Ce qu'écoutent ceux qui sont capables d'entendre les paroles silencieuses, ceux qui se rassemblent dans le nuage de vermine aux formes étranges au-dessus de la maison plongée dans l'obscurité, et ceux du pays désert qui observent, invisibles, derrière les fenêtres, ce qu'ils perçoivent n'est pas le chant des anges, là il n'y a pas de place pour les anges, ils sont partis depuis longtemps, ce qu'ils entendent ce ne sont pas des paroles simples dans lesquelles sont emmêlés ces trois-là qui cherchent à l'aide de ces mots une issue en eux-mêmes, ce sont des sons qui plaisent à ces autres créatures : le grognement de vantardise, le roucoulement mélancolique, les sifflements des serpents, le son tranchant des couteaux qu'on affûte, les coups sonores des cœurs qui frappent douloureusement tels des marteaux de forge dans les grandes poitrines vides…

La source qui jaillit est fiel et miel à la fois. Malheur à celui qui en remplit la coupe de son prochain, ajoutant son propre poison et l'enivrant, afin de le contempler dans sa nudité ! Ne regarde pas le vin écarlate, Simon, qui pétille et se mélange si doucement dans le verre ! Il finit par mordre comme un serpent, il injecte son poison comme une vipère, avec la parole, avec la langue… Cette nuit-là Simon s'éloigne de la maison vers le bord du lac avec une cruche de vin, il s'en verse, il boit, la surface du lac scintille, obscure, éclairée parfois par la lune s'échappant d'entre les nuages qui courent dans le ciel… Une ombre le rejoint : J'étais endormie mais mon cœur veillait, la voix de mon bien-aimé qui frappe à la porte ; elle descend lentement, s'assoit près de lui, l'entoure de ses bras, ils boivent le vin, fiel et miel, Katarina le couvre de baisers, qu'elle me donne les baisers de sa bouche car son amour est plus enivrant que le vin, tu es belle, mon aimée, il n'y a pas de tache sur toi ; je vais retirer ma robe, mon bien-aimé brûle et rougeoie, en cette nuit ultime au bord du lac, Simon, soulève ma jupe, murmure-moi la parole jamais prononcée par toi, parole basse, lascive, je serai tienne comme tu le voudras, prends-moi par l'arrière, comme une chienne… soulève ma jupe avec le sabre, officier, étalon, devant toi je serai sans force, écarte mes jambes, enfonce-le… Simon tressaille : Que dis-tu, Katarina ? Le ciel vacille, la surface sombre du lac se soulève en biais jusqu'aux monts, une seule parole était nécessaire à la douleur qui dévorait impitoyablement son cœur, chacun de ces mots mordait comme un serpent et lançait en lui son poison de vipère, Simon tressaille, la surface du lac vacille, il la repousse au loin, la femme : que dit-elle, Katarina, avec qui croit-elle parler ? Le vin parle d'elle, le poison est dans ce vin, que dis-tu ? demande Simon, avec qui parles-tu ?

La surface du vin dans la cruche, la surface de l'eau du lac vacillent, le sol sous les pieds vacille, comme vacillait la rue sous les pas du jeune homme près de Saint-Pierre à Ljubljana, là où les seigneurs se tenaient avec cette femme, étrangement belle ; un matin, alors qu'il revenait de l'église Saint-Pierre, en marchant par les rues désertes, le tentateur avait fait surgir sur son chemin une scène qui a touché son cœur et ses entrailles et son sexe, des seigneurs venaient à sa rencontre après une nuit de soûlerie et de débauche, une femme était avec eux, une femme de débauche au regard étrangement absent, prête à tout, une scène qui sema le trouble chez le novice Lovrenc, un jeune homme, la femme riait d'un air absent, une scène qui attire maladivement, une scène dressée là par le tentateur : Rejoins-les, regarde-la, elle est prête à tout ; Tu veux ? dit-elle, l'un des seigneurs caressait son sein pendant qu'elle regardait Simon : Tu veux ? dis-le si tu veux, le cœur battant il courut vers le séminaire ; Escobar ! résonnait derrière lui, il a peur de la femme ! Il s'enferma dans sa chambre et se donna du plaisir au point de faire grincer le lit traître dans le péché qu'il n'avait pas dénoncé au supérieur : le regard, beau et pourtant répugnant, dégoûtant et pourtant infiniment attirant ne le quitta plus, plus jamais, il le poursuivait comme les paroles du Grand Texte : « Comme j'étais à la fenêtre de ma demeure, j'ai regardé par le treillis/ et j'ai vu, parmi de jeunes niais,/ j'ai remarqué parmi des enfants/ un garçon privé de sens./ Passant par la venelle, près du coin où elle est, il gagne le chemin de sa maison,/ à la brune, au tomber du jour, au cœur de la nuit et de l'ombre./ Et voici qu'une femme vient à sa rencontre,/ vêtue comme une prostituée, la fausseté au cœur./ Elle est hardie et insolente ;/ ses pieds ne peuvent tenir à la maison./ [...] À force de persuasion elle le séduit, par le charme doucereux de ses lèvres elle l'entraîne. Aussitôt il la suit,/ tel un bœuf qui va à l'abattoir, tel un fou marchant au supplice des entraves... »

Elles jaillissent de la même source, les paroles qui disent l'amour et le dégoût, les mêmes lèvres chantent la gloire du Seigneur et prononcent des jurons, que t'arrive-t-il, Katarina, qu'a-t-il fait de toi, cet homme ? Il la repoussa loin de lui, se leva et la laissa sur la rive. Il monta vers la maison, ouvrit doucement la porte, il se tint dans la pièce sombre, écoutant les ronflements de Windisch. Il ouvrit sa sacoche et les mains tremblantes il chercha le poignard, ne le trouva point. Enjambant le faible rai de lumière que la lune faisait tomber à travers la minuscule fenêtre, il se dirigea vers la porte d'où parvenaient le ronflement, le tonnerre de la cavalcade qui passe le pont, il se tint dans la pièce où le grand corps reposait sur le dos. Il tira le sabre du fourreau, l'autre poussa un gémissement en sentant que quelqu'un était dans la pièce, il cherchait à s'éveiller, à pousser un rire gras, à crier un commandement éraillé, mais son sommeil était épais, il n'aurait même pas pu meugler comme dans un cauchemar, ni bêler, son sommeil était profond comme l'éternité. De son genou Simon plaqua sa tête contre l'oreiller, il sentit la fine membrane de la peau éclater et lui asperger la jambe de sang, alors l'autre se réveilla, tenta de se soulever, mais la pointe du sabre affûté s'était déjà enfoncée dans son cou – d'un geste semblable à celui qui avait tranché le cou frêle de la petite Teresa –, dans le cou de ce *bandeirante*, de ce soldat portugais sur son cheval qui avait ensuite jeté la petite Teresa comme une charogne, comme un chiffon, c'est d'une ouverture dans le cou de Windisch que le sang glougloutait à présent, il tendit les bras et attrapa Simon par la veste, puis aussitôt ils retombèrent, ses yeux devinrent vitreux, il ne put même pas dire *Deo gratias*, comme l'avait fait la petite Teresa.

47

À la fin de l'automne mil sept cent cinquante-six, on vit à Ratece les premiers pèlerins de retour de leur long pèlerinage à Kelmoraïn. C'était le temps où l'automne laissait place à l'hiver, le matin les gelées blanches recouvraient les pâturages, l'odeur du fumier chaud s'élevait des fermes, les derniers troupeaux de moutons se serraient dans les enclos et les vaches attendaient mornes et tranquilles dans les étables. Les premières neiges avaient déjà blanchi les cimes et la chaleur pénétrante de l'étable chaufferaient les hommes pendant des mois tandis qu'ils respireraient avec leurs bêtes dans les maisons sous la neige, tout en se racontant des histoires de loups-garous qui eux aussi se terrent à cause du froid dans les cavernes des montagnes voisines, des histoires de guerres dans les pays lointains, surtout en Prusse et en Russie, des histoires d'Indiens basanés au-delà des mers où l'hiver ne vient jamais et où les villageois, après le travail des champs, se reposent à l'ombre des palmiers et d'autres arbres étranges qui les protègent du soleil brûlant, et font griller en guise de casse-croûte les habitants du village voisin. Le berger qui paissait son troupeau le matin dans les prés autour de Saint-Thomas était juste en train de sortir ses moutons de l'enclos pour leur faire brouter les restes d'herbe maigre et gelée, quand dans le fond de la vallée parurent cinq ou six silhouettes munies de bourdons et de gourdes, elles avaient aussi deux chevaux, sur l'un d'eux était assise une femme à la tête couverte d'un voile foncé, l'autre cheval était chargé de baluchons, de vaisselle, attifé d'images saintes, de rosaires et de médailles de toutes sortes. Le berger pensa d'abord aux colporteurs de la vallée de Kanal, mais après avoir vu tous ces objets sacrés il devina qu'il s'agissait du reste de la foule qui l'hiver précédent et au printemps encore cheminait par là, il s'en souvenait à peine tant il s'était écoulé de temps depuis lors.

Il courut au presbytère : la nouvelle bouleversa le curé encore un peu endormi, au point qu'il renversa son plat de polenta au lait chaud sur son pantalon du dimanche. Chez lui, on parlait souvent des pèlerins de Kelmoraïn, moins on avait de nouvelles plus il y avait de conjectures et d'inquiétude concernant ces gens qui avaient entrepris un si grand voyage pour leur salut, des guerres les attendaient en Bavière, des brigands dans les montagnes et des inondations dans la vallée du Rhin. Avant qu'il ait eu le temps de changer son pantalon du dimanche pour celui de tous les jours, tout le village était debout : Les pèlerins de Kelmoraïn reviennent ! Ils reviennent ! Les pèlerins de Kelmoraïn déployèrent la bannière portant l'image de saint Christophe, ils levèrent haut le crucifix, précurseur de l'armée chrétienne triomphante, et dans l'aube froide ils avançaient pleins de fierté au pied des monts inondés de soleil, qui brillait là-haut pour saluer leur retour. Le village rassemblé les entoura et nombreux étaient ceux qui voulaient les toucher, car ces gens-là revenaient porteurs de la bénédiction divine qui se transmet parfois aussi à celui qui les touche – cela peut être utile, on ne sait jamais. Au presbytère on leur servit un petit déjeuner consistant, du fromage et des oignons en plus de la polenta et du lait bouillant. Ils mangèrent avec joie et de bon appétit car ils avaient passé toute la nuit à l'église de Visarje, à dire l'action de grâces pour l'heureux retour. Puis ils se mirent à raconter des choses plus intéressantes que les histoires de loups-garous dans leurs cavernes et d'Indiens qui font griller leurs voisins en guise de casse-croûte, ces histoires-là ils en avaient tous par-dessus la tête. Ils narrèrent des choses que les paysans, et même le curé, écoutaient bouche bée. Ils parlaient de montagnes encore plus hautes que celles d'ici, d'un grand fleuve sur lequel passent des bateaux, de villes bien plus grandes que Ljubljana, de l'accueil à l'entrée des villes, des bals des pèlerins et des guerres qui font rage dans les pays allemands mais qui en général ne touchent pas les pèlerins, des brasseries où l'on boit de la bière dans de grandes chopes et presque gratis. Ils avaient vu des coupoles et des autels d'or, ils avaient vu des fortifications et des marchés richement achalandés, ils avaient même vu des pèlerins de Syrie et des tsiganes accompagnés d'ours qui dansent, bien plus grands que les habituels ours carniolais, des ours capables d'égorger jusqu'à cent brebis et non dix ou vingt comme les ours du coin, si les tsiganes détachaient leur chaîne. Ils avaient vu des collines surmontées de gibets, des galériens enchaînés, des tambours dans des défilés militaires, dans les villes des hérauts et des femmes qui vendent leur corps. À Cologne ils s'étaient inclinés devant le Coffret d'or, à Aix-la-Chapelle ils avaient assisté à l'ostentation des saintes étoffes, les langes dans lesquels la Vierge avait enveloppé le corps de l'Enfant Jésus. Ils avaient rapporté également des feuilles de pèlerinage des Rois mages de Cologne dont chacune, triroyale, valait une pièce d'or, elles se vendaient facilement car chacun savait qu'il n'existait pas de meilleure bénédiction, et ce qui était bien aussi c'est qu'au possesseur d'un tel document apparaîtraient trois jours avant sa mort les Trois Saints Rois, ce qui lui permettait de rédiger à temps son testament, de faire ses adieux aux siens et de préparer par la prière son entrée dans l'autre monde.

Durant les semaines qui suivirent, des pèlerins de toute la Carinthie, de Styrie et de Carniole commencèrent à arriver, en groupes ou parfois seuls, cette fois déjà dans les bourrasques et pataugeant dans la bouillasse de neige fondue. La nouvelle de leur retour et des choses grandes et étranges qu'ils avaient vécues se répandit dans tous les villages et les bourgs. C'est ainsi que cette nouvelle bouleversante atteignit également les fermes autour de Saint-Roch et le manoir de Dobrava.

Jozef Poljanec ne renversa ni le plat de polenta ni le lait sur son pantalon du dimanche, il s'en alla au cimetière et dit à sa femme, couchée là depuis si longtemps, la nouvelle qu'elle attendait depuis tant d'années.

– Ils reviennent tous, dit-il de sa voix calme, comme s'il était en train de distribuer les tâches pour le lendemain, notre Katarina reviendra elle aussi.

Depuis le jour où la branche de hêtre lui était tombée sur la tête, marque insigne venue du ciel, on le voyait souvent sur la tombe de la défunte, certaines personnes l'avaient même entendu parler à mi-voix. Les serviteurs du manoir savaient que Poljanec souffrait le martyre en l'absence de nouvelles concernant sa fille. Des pays septentrionaux arrivaient uniquement des nouvelles de guerre, un jour les nôtres avaient battu les Prussiens à plate couture, une autre fois ils avaient battu adroitement en retraite, un jour Frédéric de Prusse avait failli se noyer en s'enfuyant, une autre fois la rumeur voulait qu'il eût été fait prisonnier et était en route, enchaîné, pour Vienne. Vers la fin de l'été, lorsque le baron Leopold Henrik Windisch vint en visite au manoir, il s'enferma avec Poljanec dans la grande salle et tard dans la nuit ils discutèrent des opérations militaires. Le baron s'inquiétait de l'avenir de l'empire, du sien aussi, et même un peu du sort du régiment de Carniole et d'un capitaine qui s'y battait, de son neveu Franc Henrik

Windisch. Le jeune homme était beau et intelligent, le baron était persuadé qu'une brillante carrière l'attendait, il espérait qu'il était également assez brave, mais pas trop tout de même : dans la guerre il est bon de garder la tête en entier. Il vaut mieux que ce soient les paysans qui se retrouvent sans tête, leurs crânes sont vides et une telle perte n'est pas comparable à celle de son neveu, de surcroît il est toujours possible d'en enrôler de nouveaux, il n'en manque pas, chaque famille comporte au moins cinq enfants.

Longtemps on n'eut pas de nouvelles de ces pèlerins, mais lorsqu'elles parvinrent elles n'étaient pas trop bonnes pour Poljanec. Certains manquaient, y compris Katarina. Il donna l'ordre d'atteler le cabriolet, puis changea d'avis car tout cela était trop lent, il sella lui-même sa jument les mains tremblantes, et il partit à toute allure en direction de Ljubljana. Il était persuadé que d'un instant à l'autre Katarina apparaîtrait à un tournant, sur un chariot, à cheval ou à pied. Elle s'est peut-être arrêtée chez sa sœur à Ljubljana, les pèlerins faisaient sûrement leurs actions de grâces à la cathédrale, si elle n'est pas chez sa sœur il la trouverait certainement là-bas à midi, au plus tard aux vêpres. Et lorsqu'il mit pied à terre dans la cour de la haute demeure bourgeoise et aperçut à la fenêtre le visage pâle et renfrogné de sa fille cadette, il dut pour la première fois admettre qu'il était inquiet. La cadette n'avait aucune nouvelle de sa sœur, c'est pourquoi elle était en colère. Elle lui prépara du café noir qu'à cette époque tout le monde buvait à Ljubljana avec enthousiasme, remplit une tasse de porcelaine et l'installa dans un fauteuil aux pieds fins dont Poljanec craignait qu'il ne s'affaissât sous son poids. Il buvait le liquide noir et sucré tout en se levant sans cesse pour aller à la fenêtre, puis se rasseyait lourdement dans le fauteuil qui gémissait sous son poids, comme tout gémissait en lui sous un poids inconnu. Kristina n'était pas contente de le voir se lever sans cesse, et elle était mécontente parce que tous les pèlerins au sujet desquels elle pouvait avoir des renseignements étaient revenus, seule sa sœur n'était pas là. Tout ça parce que Katarina était depuis toujours une personne à part et capricieuse. Parce qu'un jour elle ne mangeait rien et un autre elle mangeait trop. Parce qu'un jour elle s'enfermait dans sa chambre et un autre elle restait exprès dans la forêt jusqu'à la nuit tombée, de sorte que tout le monde était inquiet pour elle. Parce qu'elle renversait toujours son café. Parce qu'elle trouvait du plaisir à leur causer des soucis. Kristina était inquiète pour de bon et sa seule manière d'exprimer son inquiétude était d'être en colère contre sa sœur aînée. Qu'avait-elle besoin de faire ce pèlerinage, une personne normale se précipiterait-elle de nos jours dans un voyage pareil ?

Si elle faisait un petit effort, elle pourrait se marier avec Henrik, avec Windisch, et elle vivrait comme vivent… elle voulait dire comme vivent tous les gens honnêtes, mais à la vue de son père, chez qui tout gémissait sous un grand poids, elle changea d'avis et ajouta : comme je vis, moi, et ce n'est pas tous les jours facile pour moi non plus.

Le père garda le silence.

– Et que va-t-on faire maintenant ? demanda-t-elle, furieuse, où va-t-on la chercher ?

Kristina s'approcha de la fenêtre. En voyant dans la cour l'animal tacheté, entouré d'enfants qui lui donnaient des poignées d'herbe, sa colère augmenta encore, père devient bizarre, il n'aime pas la compagnie des gens, il parle tout seul, père bizarre, sœur bizarre, comment peut-on s'en sortir avec une famille pareille ? Avait-il vraiment besoin de venir avec cette jument tachetée ? Il ne peut pas faire un peu attention à sa bonne réputation et à celle des siens ? Ne possède-t-il pas un cabriolet, un carrosse même ? Fallait-il vraiment qu'il vienne avec cette rossinante ? Toute la ville se moquera d'elle.

Poljanec savait que sa fille n'avait pas de mauvaises intentions. Elle était inquiète et mécontente à cause de sa sœur, avec tout ça il est vrai que la Tachetée ne paie pas de mine, toute ronde comme elle est elle ressemble à une vache, même son nom est celui d'une vache. Mais il l'aime, elle l'accompagne, fidèle, dans les champs et les forêts, cela fait des années qu'elle le porte, même si elle est encore meilleure pour le trait. Et lui, il n'est pas le meilleur des cavaliers, c'est le baron Leopold Henrik Windisch qui le lui a dit, lui qui sait très bien monter, presque aussi bien que son neveu Franc Henrik, le meilleur cavalier de toute la contrée, avec son destrier noir. Il n'a rien entendu de ce qu'elle lui a dit, ses pensées étaient fixées sur la question qu'elle avait enfouie sous une montagne de paroles inutiles : Où allons-nous la chercher maintenant ?

– Je vais demander à l'évêché, dit-il.

Il se leva, faisant gémir son siège. Par la fenêtre il jeta un coup d'œil à sa pauvre bête dans la cour, sujet de la grande joie des enfants. Elle est tachetée et son poil n'est plus guère luisant. Les temps sont difficiles, rien n'est plus comme avant. L'archevêque de Ljubljana, le comte Attems, n'est pas en bonne santé lui non plus, il a également la peau tachetée, tout le monde sait qu'il n'en a plus pour longtemps, le pape Benoît est lui aussi vieux et valétudinaire, lui pourrait mourir bientôt, et que se passera-t-il après ? Lui-même aurait envie de se coucher près de Neza, il le lui a déjà dit, si Katarina ne revient pas, il s'allongera près d'elle et il s'endormira.

Devant l'évêché on était en train de décharger des tonneaux de bon vin. Le vin a atteint sa maturité, pensa-t-il, mais de sa fille mature, nulle trace. Raisonnable comme il était, il se dit, malgré ses pensées bizarres, que c'était une idée peu sage et que dans sa tête tout allait dans le même sens, que toute chose lui rappelait sa fille et qu'il pouvait avoir la main aussi sûre que possible, n'empêche que tout irait de travers si ça ne s'arrangeait pas dans son crâne… Et quand dans sa tête le mot « mature » vint de lui-même, il s'arrêta et se frappa le front. Cela allait mieux. Un jeune prêtre lui apprit qu'il lui serait impossible de voir l'évêque. Mais il ne désire pas voir l'évêque, une autre fois il l'avait souhaité, mais pas aujourd'hui, même si l'évêque mal en point en a envie, l'évêque ne l'intéresse nullement, dit-il au jeune prêtre étonné, il dit qu'il aimerait avoir quelques renseignements à propos des pèlerins qui reviennent des pays allemands et suisses. Le jeune homme lui expliqua, d'une voix laissant entendre qu'il possédait la clé d'un mystère, qu'on ne pouvait pas voir l'évêque pour une affaire pareille. Car il règnait une grande agitation à l'évêché à cause des pèlerins de Kelmoraïn, mais il ne pouvait en dire davantage à monsieur. Il réussit tout de même à s'approcher du secrétaire de l'évêque. Celui-ci était bien en possession de quelques listes, mais Katarina Poljanec n'y figurait pas.

– Mais cela ne veut rien dire, bien sûr, car c'est justement cette affaire-là qui est la cause de cette grande agitation.

Il apparut que le dernier pèlerinage avait mis tout le monde de mauvaise humeur à l'évêché. Des plaintes leur étaient parvenues de Bavière et du Palatinat, et même de Cologne et d'Aix-la-Chapelle, au sujet de la conduite des pèlerins originaires de leur évêché et d'autres en Autriche. À Cologne on avait même imprimé un livret dans leur langue pour leur indiquer la conduite à tenir, mais tout était vain. De grandes irrégularités avaient été commises, le secrétaire de l'évêque ne pouvait toutefois donner des détails à Jozef Poljanec. De surcroît, ils sont en train de recueillir plus d'informations, les pèlerinages seront probablement interdits, il en est déjà question aussi. Non, Katarina Poljanec ne se trouve sur aucune liste, il n'a jamais entendu son nom, ce qui peut être bon signe également. Car il a entendu les noms de ceux qui avaient enfreint gravement les lois des pays traversés, pour ne pas parler de péchés plus importants et qui malheureusement offensent le ciel. Puis il ajouta, sans le vouloir, mais il le dit tout de même, afin qu'un jour personne ne vienne lui en faire le reproche : quelques-uns ont également trouvé la mort en route, pour des raisons diverses, mais les données à ce sujet ne sont pas encore complètes. Dans le monde entier régnait un grand désordre, presque aussi grand que dans la tête de Jozef Poljanec.

Le secrétaire de l'évêque comprit la signification des gémissements du siège aux pattes fines dans le silence qui s'abat lorsqu'on ne sait plus à qui s'adresser hormis au ciel, il pressentait également que dans la tête d'un homme qui le fixait d'un regard aussi absent tout n'était pas des plus harmonieux, il eut envie de lui donner quelques précisions terre à terre auxquelles se raccrocher.

– Le chef des pèlerins, dit-il, contre qui nous allons également lancer une enquête, s'appelle Mihael Kumerdej. Il vit à Gradec-la-Slovène, en Carinthie. J'ai ouï dire qu'il est rentré. Si quelqu'un sait où se trouve votre fille, c'est lui.

– Mihael ? dit Poljanec. Mais je le connais. Il a fiché le poignard dans la table. Qu'il le retire, celui qui en a le cœur !

La tête de Poljanec tournait un peu quand il passa devant le tonneau de vin parvenu à maturité. Devrait-il retourner voir Kristina ? Il serait obligé de boire cette eau noire et d'entendre des choses désagréables sur son cheval, sur l'équitation et surtout sur sa fille Katarina qui n'a pas été capable de se marier. Devrait-il aller retrouver son fils tout là-bas à Trieste ? Il n'était pas vraiment informé du départ de Katarina presque un an plus tôt, il n'était pas venu au manoir, et même s'il était au courant, cela le préoccupait peu, il était en train de compter des ballots de marchandises près d'un navire, il était plongé jusqu'au cou dans ses affaires ratées avec les pays outre-Atlantique. En plus, avant d'arriver à Trieste, on passe d'abord par Gradec-la-Slovène. Il pensa également aux amis de la Société pour l'agriculture et autres arts utiles, il pensa même au baron Windisch, quand on est dans l'embarras on pense à tous ceux qui seraient susceptibles de vous aider, mais il savait aussi que ses amis de la Société et le baron Leopold Henrik Windisch lui feraient une seule réponse : ne pouvait-il vraiment pas la retenir à la maison ? Il détestait entendre cela. Il détestait le moindre conseil ou reproche, que ce soit à propos de sa propre conduite, sur sa façon d'être assis sur la chaise fragile, sur le café ou encore sur sa jument et sur sa manière de la monter. Il fit donc faire demi-tour à la Tachetée, les yeux baissés il écoutait trotter ses sabots d'abord sur le pavé de la ville, puis clapoter sur la route boueuse de la province, et enfin il aperçut Dobrava, la lueur dans les fenêtres de la haute demeure, il regarda la fenêtre au premier étage et la vit, il vit son visage, sa natte nouée sur son front, elle, Katarina ; à la fenêtre de la chambre au-dessus de la cuisine, là où il avait vu tant de fois son visage collé contre la vitre, à présent il vit clairement ce visage et son cœur se serra dans sa poitrine, il faillit en pleurer. C'est dans la tête, pensa-t-il, ça se passe dans ma tête. Il sauta de son cheval, laissa le valet l'emmener à l'écurie. Et avant de jeter un autre coup d'œil à la fenêtre du premier étage, il se donna un rude coup sur le front. Après cela il n'y eut plus personne.

Le lendemain, avec le valet, ils attelèrent la voiture, s'enveloppèrent les jambes de couvertures et partirent pour la Carinthie.

Il n'eut aucune difficulté à trouver le chef des pèlerins. Tout le monde connaissait le guide et sa femme. Ils vivaient dans une petite maison à l'écart du village, des tas de bois occupaient les abords, en dehors des pèlerinages Mihael était occasionnellement charpentier, les honneurs ne font pas vivre un homme, même si les autorités impériales lui donnaient gratuitement un chariot avec chevaux pour chaque pèlerinage et qu'il recevait des présents offerts par les nobles seigneurs et les autorités municipales sur le parcours, mais il lui en restait peu de chose. Avec son tablier de charpentier il n'avait pas du tout l'allure d'un chef qui conduit les hommes, mais celle d'un charpentier. Il avait conservé cependant la tête rusée du chef, dès qu'il aperçut la face sombre du régisseur de Dobrava, il sut de quoi il retournait.

– Magdalenka, crie Mihael de sa puissante voix, nous avons des invités.

Un rire de femme parvient de l'intérieur, suivi de gémissements. Mihael hausse les épaules et les invite à entrer dans la cuisine basse aux murs noircis. Sur l'un d'eux est accrochée l'image représentant saint Alexis, le patron des pèlerins, sur la table un tas d'images saintes des Trois Mages, de un florin chacune. Mihael ouvre la porte donnant dans la pièce voisine, disparaît, on entend une suite joyeuse de cris de femme, Poljanec et son valet échangent un regard entendu, Poljanec sent la tête lui tourner légèrement, il se dit : ça doit me rester de ce hêtre. Mihael Kumerdej revient avec une grosse chaîne d'or autour du cou, là il est à nouveau un vrai chef des pèlerins. Il prend la bouteille d'eau-de-vie, en verse à tous les trois, ils boivent d'un trait, Poljanec sent que cela ne fait pas de bien à sa tête, ils vident à nouveau leur verre, quelque chose tourne bizarrement dans son crâne : Qui caches-tu derrière ce mur ? demande-t-il.

– Qui crois-tu que j'ai comme invité ? trompette en rigolant Mihael.

Poljanec baisse les yeux, ils se taisent tous, le plafond est bas, de plus en plus bas.

– Où est-elle, finit-il par dire dans ce silence empestant l'alcool, dans ce lieu où l'air devient de plus en plus rare, au plafond qui descend. Mihael se tait un moment.

– Je ne sais pas, finit-il par dire. À la fin, elle était avec un cureton.

Poljanec lui jette un regard étrange, comme si la branche couverte de neige lui était tombée dessus encore une fois. Les deux autres ont l'impression que ses yeux louchent. Mihael a envie de rire, il aimerait rire un peu, il est sur le point de le faire, mais il change d'avis au dernier moment en voyant les pupilles de Poljanec se rapprocher de son nez. Il dit, prudent :

– Pourquoi tu ne poses pas la question à votre curé ? Janez Demsar, il doit savoir, lui.

Tout indique que Jozef Poljanec n'a plus l'intention de poser des questions à qui que ce soit. Il se lève, s'approche de la porte, c'est là que tu la tiens, c'est là que tu l'as cachée, il pousse la porte... Qu'est-ce qu'il a ? dit Mihael, qu'est-ce qui vous arrive, monsieur ? dit le valet, et il s'approche pour le calmer, pour le protéger de lui-même, sur le lit est étendue Magdalenka, étalée dans sa chair abondante d'un bout à l'autre, elle pousse un gémissement et s'esclaffe en voyant les deux inconnus à la porte... Ça, ce n'est pas Katarina, dit Poljanec, je connais quand même ma fille. C'est Magdalenka, dit Mihael, ma femme. Et où est ma femme ? demande Poljanec. Qu'est-ce qui vous arrive, monsieur ? dit le valet... Rien, dit Poljanec, je demande seulement où est ma femme. C'est à cause de tout le mal, dit le valet, comme pour excuser le comportement étrange de son maître, en plus, il n'a pas l'habitude de l'eau-de-vie, dit-il.

Ce n'est pas la faute de l'eau-de-vie, c'est la faute du poignard que Poljanec voit fiché dans la table, ce même poignard qui était fiché autrefois dans la table à Saint-Roch, c'est Mihael, le guide des pèlerins, qui l'avait fiché là, entre les verres d'eau-de-vie, de sorte que son manche continuait à vibrer dangereusement à la lueur de la lampe à huile, que son ombre s'élançait entre les petites flaques et s'enfonçait dans les âmes effrayées des paysans ivres, qu'il le retire, celui qui en a le cœur, c'est l'ancienne coutume, examen de passage pour le courage des paysans slovènes ivres : qu'il le retire, celui qui en a le cœur. Cette même ombre du poignard tremblait sur le mur, jusque sous le plafond noirci qui les protégeait au fond de la nuit, sur le versant montagneux dans la caverne des ténèbres universelles par lesquelles sortaient les démons qui venaient se percher sur les toits du village, montaient à travers l'épais voile de la pluie vers le clocher de Saint-Roch, et de là, effrayés par les coups d'airain de la cloche, par la vibration bénie de l'air et de la pluie, redescendaient dans un vol vertigineux, trempés, sur la forêt, sur les porcheries, sur les toits du village… À présent aussi vibre le manche du couteau à la pointe fichée dans le bois, fichée dans la racine du nez entre les pupilles de Poljanec, doit-il l'arracher ? Il ne le retirera pas, il ne le mettra sous le nez de personne ni dans le cœur de personne, le poignard, un cou tranché est largement suffisant pour l'histoire, le poignard que voit Poljanec est toujours celui de Saint-Roch, depuis la nuit où par la fente entre la terre et le ciel les démons étaient arrivés du pays septentrional, le temps s'est arrêté, le manche du poignard vibre toujours, Poljanec glisse à terre, le plafond bas s'écroule sur lui, il est pris de vertige, dehors règne la nuit de Saint-Roch, cette nuit où les pèlerins s'apprêtent à suivre le Coffret d'or qui vogue au-dessus d'eux, tous ils le voient en cette nuit de veillée avant le départ pour Kelmoraïn, la nef divine.

48

Kelmoraïn, ce n'est pas une nef dans le ciel, ce n'est pas un coffret dans les nuées, ni l'azur au-dessus qui patiente pour nous accueillir dans ses rais scintillants, ce n'est pas la cataracte de beauté qui ouvre l'âme et submerge le cœur. Kelmoraïn, que les yeux de Katarina, avides de beauté, de pardon et de promesse de salut voient enfin, est un immense chantier, ou pour dire plus exactement, un chantier abandonné, avec des monceaux de bois entassés, avec des piles de pierres de taille que les gens ont déchargées là pour repartir avec leurs lents chars à bœufs, Kelmoraïn ce sont des poutres enchevêtrées, des lambeaux de sacs de jute qui recouvraient autrefois des échafaudages grimpant le long des façades, branlants au point que personne ne peut plus y monter ; des tas de sable auquel se mêlent les excréments des chiens et des chats errants, du mortier qui était prêt à servir, des marteaux et des pelles à maçon, de la boue blanchâtre dans laquelle le pied s'enfonce, Kelmoraïn ce sont des vérins et des poulies qui se balancent au gré du vent, des coins et des crochets et des clavettes, des brouettes et des chars à bras aux essieux cassés… un chantier où personne ne travaille, la construction divine ne monte plus vers le ciel comme elle le devrait, qui pourrait bâtir en temps de guerre, il n'y a ni architectes ni maçons, ni tailleurs de pierre ni charpentiers, ni ciseleurs ni peintres, ni maîtres d'ouvrage ni voituriers ; les uns ont rejoint leur doux pays d'Italie, les autres ont été obligés d'endosser l'uniforme, leurs mains ne serrent ni les outils ni les lourdes pelles ni les fines martelines ni les scies affûtées ni les pinceaux aux poils doux ; si toutefois ils ont toujours leurs bras, leurs jambes et leur tête, s'ils n'ont pas été emportés à Kolin, à Rossbach ou à Leuthen, aux alentours de Prague ou quelque part en Saxe ; leurs bœufs ne transportent pas le marbre poli ni le fin albâtre, ils sont en train de pousser des canons vers les champs de bataille, dans la vallée du Rhin, à travers le Haut-Palatinat et le pays de Bade, vers les champs inconnus de Silésie et de Bohême, vers les théâtres de la mort des hommes, vers les théâtres de la mort des bœufs ; l'œuvre à la gloire de Dieu a été interrompue, ce n'est pas la première fois, depuis plus de cinq siècles elle s'interrompt puis reprend sa montée vers le ciel, depuis ce treize avril où débuta la construction de ce sanctuaire, le plus grand et le plus magnifique, afin que les os des Trois Sages y trouvent la paix, depuis le treize avril mil deux cent quarante-huit, date des débuts de la construction qui devait être achevée en trois ans et ne le fut pas, depuis ce temps, depuis ce passé obscur qu'il est impossible de percer ; il est si lointain, ce temps, qu'aucun rayon du souvenir ne l'atteint plus, il s'élève depuis pierre après pierre vers le ciel, puis s'écroule en ruines incandescentes avec ses voûtes, ses tourelles et ses chapiteaux déjà achevés, pour se dresser de nouveau… Il faut ici bâtir sans cesse, car tout habitant de Cologne le sait : le jour où l'église sera achevée, ce sera la fin du monde… et elle monte ainsi, depuis un demi-millénaire déjà, afin d'embrasser dans ses murs d'une beauté toujours renouvelée le Coffret d'or dans lequel les os des Trois Sages ont trouvé le repos, eux qui au temps du roi Hérode étaient venus d'Orient à Bethléem et avaient dit : Où est celui qui est né roi des Juifs ? Car nous avons vu son étoile se lever et nous sommes venus lui rendre hommage ; les os de leurs pieds, qui ont foulé la Terre sainte dans les temps les plus saints, les restes de genoux qui se sont agenouillés devant la crèche du Fils de Dieu, les saintes reliques ont voyagé par le monde chrétien jusqu'à ce qu'on les dépose ici depuis Milan, afin qu'elles trouvent la paix dans le Coffret d'or, dans le havre sûr de la Maison du seigneur, comme si elles l'avaient ordonné elles-mêmes : Va et bâtis-nous un sanctuaire, dressé sur la pierre et non sur le sable… et pour que puissent rayonner d'ici, depuis le Coffret d'or, ces os – la lumière de la chrétienté, la clarté du continent, qui brille dans la nuit la plus sombre jusque dans le lieu le plus reculé, et même jusqu'à Saint-Roch en Carniole. Pour l'instant ils rayonnent encore, à l'arrivée de Katarina et de Simon dans la ville le Coffret d'or scintille encore, même s'il est abrité par un chantier, mais cela ne durera pas longtemps, quelques années encore et par une nuit noire les prêtres fuiront avec les saintes reliques à Augsbourg, ici accourront les révolutionnaires de France, la gloire de Kelmoraïn prendra fin, la cathédrale deviendra entrepôt d'armes et écurie, sous ses voûtes résonneront des chants de fraternité et de liberté, mais aussi des ordres militaires et des insultes.

Il fait sombre à Saint-Roch en Carniole, l'ange de Katarina tremble dans le clocher car un froid polaire émane d'elle qui est au loin, de Katarina à laquelle il reste fidèle depuis qu'elle a vu la lumière du jour, elle qui était destinée à suivre son scintillement, ce froid vient d'elle car tout est froid et noir autour de son cœur, comme dans ces pays septentrionaux sombres et déserts quelque part du côté gauche, et même si elle est en train de faire le tour de la cathédrale de Cologne où la lumière devrait l'inonder, elle en avait tant rêvé ! Ils sont entrés dans la ville tels des voleurs, deux ombres pleines d'effroi réveillées au milieu de la nuit par la masse gargouillante des chairs, par les gargouillements de l'âme jetée dans l'abîme béant ; ils ne se touchent plus, chacun contemplant son propre abîme, ils ont froid et le sommeil fuit leurs yeux ; l'angoisse, la fosse et le nœud coulant sont devant toi qui habites la terre. L'un en face de l'autre ils sont tous les deux les témoins vivants d'une certaine nuit que chacun aimerait effacer de son souvenir, s'il était possible d'oublier, mais il est impossible d'oublier la chair pesante enveloppée dans les filets de pêcheur et la toile de jute que l'on traîne, en voleur et traître sournois ; Simon fait comme si tout avait été prémédité depuis longtemps, il leste le cadavre de pierres, le roule dans la barque et se met à ramer sur le lac, loin… à son retour les lueurs se dessinent déjà derrière les monts, sur le lit est couchée Katarina, le menton tremblant de froid, un froid qui ne la quittera plus, elle a si froid à présent que Simon ne pourra plus la réchauffer, même si dehors venait la nuit toute parsemée d'étoiles sous lesquelles ils avaient dormi par un printemps lointain… Simon ramasse les draps et les couvertures, nettoie le plancher, sous le lit il trouve même le pistolet à la crosse d'argent ; des galons et des rubans, un chapeau à large bord muni d'une plume d'autruche, tout ce qui reste du corps couché au fond du lac de Starnberg près de Tutzig, tout ce qui demeure du paon qui déployait autrefois sa roue à Dobrava, tout roule dans la fosse derrière la maison, là où pendant l'été on jetait les restes de poisson, toutes sortes d'immondices puantes que personne n'ira remuer ; le matin il explique au garde-pêche en quelques phrases brèves que le capitaine s'en est allé durant la nuit pour rejoindre son unité d'artillerie, Dieu merci, répond le garde, Dieu vous garde, ajoute-t-il au moment de leur départ, oui, que Dieu nous garde, pense Simon, qu'Il nous vienne en aide, Katarina ne dit rien, son menton tremble, malgré l'été le froid douloureux pénètre jusque dans son cœur, elle a froid comme si devant elle, comme si devant Simon les portes de l'éternité s'étaient fermées à jamais.

Lorsqu'ils arrivent à Cologne le froid y règne aussi, l'automne est déjà fini, souvent la pluie mouille les rues, les habitants vivent une vie de torpeur en tentant jour après jour de prévoir ce qu'apportera un nouvel hiver dans la guerre. Ici la ville s'appelle Cologne, nulle part il n'y a de Kelmoraïn, un chantier abandonné, les cloches nommées Pretiosa et Speciosa qui proclamaient dans des temps meilleurs la gloire des grandes reliques se taisent, prudentes, afin que l'on ne vienne pas les fondre en boulets de canon. Ils s'installent à l'auberge « À l'orée du bois » située dans les faubourgs, ils y passent des nuits glacées sans se toucher et sans s'aimer, les mains et le cœur glacés, le sommeil est un hôte rare dans cette chambre, l'un pour l'autre ils sont les témoins muets de cette nuit au bord du lac où la lune jetait sa clarté d'entre les nuages... À l'auberge personne ne leur pose de questions, même si on aurait dû, l'important c'est qu'ils payent, en temps de guerre le moindre florin est le bienvenu, l'aubergiste aurait dû leur demander s'ils étaient des pèlerins magyars. Car ici on n'aime plus héberger les pèlerins, il y a belle lurette que plus personne ne les accueille aux portes de la ville avec les honneurs et les bras ouverts, non pas parce que la cathédrale est fermée, mais parce que les monarques se sont accordés pour mettre progressivement fin aux pèlerinages, un placard est fixé sur la porte de l'auberge, le vent et la pluie ont fait pâlir les lettres mais on peut toujours lire « ... nous l'archevêque de Cologne et prince électeur dans la ville capitale de Bonn par la grâce de Dieu, mandaté par l'Empereur, interdisons par décret spécial aux pèlerins nommés Magyars l'entrée de notre ville de Cologne et des paroisses de nous dépendant... Des ordres ont été donnés afin que ces décrets soient exécutés, et tout pèlerin magyar qui malgré l'interdiction franchirait les frontières de la province sera immédiatement arrêté, interrogé et renvoyé... le décret sera lu en chaire et placardé dans les lieux publics » ;

quotidiennement ils passent devant le placard, Simon avec la certitude hébétée qu'un garde lui posera aujourd'hui même la main sur l'épaule, Katarina avec l'espoir que la porte du sanctuaire s'ouvrira et que dans l'obscurité illuminée de vitraux multicolores elle verra le scintillement mystérieux de la Châsse d'or ; jour après jour elle erre par le chantier en demandant au gardien dans sa baraque à quel moment les portes s'ouvriront, pour Noël peut-être ? Le gardien des charrettes cassées et des échafaudages branlants, des monceaux de pierres et de sable, des lambeaux de sacs de jute qui volent au vent, des poutres grinçantes et des vérins oscillants, le gardien sait que Katarina est pèlerine, elle ne peut être autre chose, mais il ne la dénoncera pas, le décret s'applique aux foules de trublions et non à une pauvre femme, pense-t-il, que la foi et l'espérance ont poussée sur ce long chemin, mais il ne peut rien faire pour l'aider, il ne sait pas, dit-il, où est rangé le Coffret, peut-être au fond de la cave. La femme semble éreintée, transie et affaiblie par les veilles, mais elle est femme malgré tout, toujours jeune, il lui fait signe de le rejoindre dans sa baraque, il a les yeux qui brillent, ils trouveront peut-être une solution, il connaît quelqu'un qui va tous les jours à la cathédrale... Veut-il dire que Katarina peut acheter un regard sur le Coffret d'or avec son corps ? Oui, c'est ce qu'il veut dire, n'est-ce pas Marie l'Égyptienne qui payait son voyage en Terre sainte en se donnant aux marins, l'homme fait des gestes des mains et secoue les reins, comme ça... En l'absence de réponse il pense que l'affaire est conclue, il tend le bras pour la prendre par l'épaule, mais dès que sa main l'effleure, de sa bouche et de son nez sort un sifflement comme de la gueule d'un serpent, d'un dragon, le gardien la retire et fait un bond pour éviter les dents de la vipère, un flot d'injures de soldat des pays windischien le submerge, il commence à reculer devant cette furie fantomatique, il s'étale sur un tas de sable recouvert de crottes de chien... Personne ne me touchera plus, répète Katarina en regagnant sa chambre glacée, lui pas davantage qui attend là, sombre et le regard tourné en dedans, vers son abîme béant ; et je ne vais pas me confesser non plus avant d'avoir vu le Coffret... car elle commence à douter de son existence même. En parcourant les rues elle parle à voix haute dans sa langue, les gens se retournent, étonnés, de sa voix forte et pleine de fureur elle siffle : Où est-il maintenant, le Coffret d'or avec les reliques des Trois Saints Rois sages ? Où la petite basilique dont la lumière rayonne sur tout le continent chrétien, où sa beauté, qu'elle pût s'en rassasier, se réchauffer et retrouver en elle sa clarté, elle, âme ténébreuse et glacée de voyageuse d'un pays lointain, pays où les murs dorés sont ornés de prophètes d'or, où est le Juge de l'univers avec le Livre de la vie, où est le *Liber vitae* dans lequel tout est écrit ? Où le roi Salomon, *Rex Salomo* au visage de femme, afin que dans sa sagesse et dans sa douceur Katarina Poljanec puisse trouver le réconfort, où est le Crucifié entouré d'anges tristes ? Et où sont les médailles miraculeuses pour lesquelles les pèlerins des pays slovènes se mettent en route tous les sept ans ? Où la crosse et la chaîne de saint Pierre ? Où sont les os de saint Laurentius, de saint Sébastien, la peau de saint Bartholomé ? Où est l'épine de la couronne du Christ et où le clou avec lequel il a été fixé sur la croix ? Où sont les ostensoirs sacrés et les calices et les chasubles bénits, où les crosses ornées de diamants des évêques des temps jadis ? Peut-être que rien de tout cela n'existe. Elle ne se confessera pas, elle ne dira pas ce qui est arrivé au bord du lac, elle ne se repentira pas si le Coffret d'or n'existe pas.

Tous les jours elle se rendait à l'église de l'Assomption de la Vierge, elle était ouverte ; assise dans les stalles elle contemplait les faces vides des apôtres, qui ne savaient lui parler, il n'existait pas de paroles pour son âme fermée, glacée, vide. Elle fixait aussi Sa face, *Ave, gratia plena, Dominus tecum*, il n'est pas avec moi, il n'y a plus personne avec moi, là-bas dans la chambre son sanglant fiancé l'attend, c'est ce qu'elle lui avait dit, une nuit, alors qu'ils étaient couchés le regard tourné vers le plafond : tu es mon sanglant fiancé.

Simon lui non plus n'avait personne à ses côtés, chaque jour il s'absentait plus longuement de chez eux, si on peut appeler « chez eux » cette chambre glacée au-dessus de la salle d'auberge, la chambre au vide béant du lit défait et froid durant le jour, et le soir y régnaient la froideur et le silence de Katarina ; il n'essayait pas de réchauffer ce lieu par une parole ou un geste, il n'y pouvait rien, le sanglant fiancé, comment aurait-il pu, même pour lui-même. Jour après jour il marchait par la rue Marzell en regardant les portes qui s'ouvraient et se refermaient sur les profès, sur les scolastiques, sur les coadjuteurs et les novices qui les franchissaient, il reconnaissait le préfet à sa démarche et à sa manière de parler avec un jeune blanc-bec de paysan, celui-là même qu'il avait été autrefois, lui le fils d'un paysan de Turjak. Dans la Marzellstrasse se trouvait le séminaire des jésuites, un grand édifice dans toute la puissance de son austérité avec ses longs couloirs astiqués qu'il devinait derrière la façade immobile, avec l'auditorium et le réfectoire, avec ses chambres et son cloître carré qui devait également exister quelque part derrière ces murs, un cloître où durant les pauses s'échangeaient les savoirs et les facéties entre jeunes gens, des conversations graves entre les profès ; avec toute son austérité, que les autres craignaient car ils ne connaissaient pas ses secrets simples, cet édifice ressemblait chaque jour davantage à un asile aux yeux de Simon, à un havre sûr, il renfermait la fraternité, l'amitié, l'esprit paternel et filial, tout ce qu'il avait rejeté et tenté d'oublier, il devait y régner la communauté et l'unité de tous les membres de la Société, l'unité mystique, l'amour capable de recevoir et de donner, d'accepter le repentir et de pardonner les péchés, d'envelopper l'âme malheureuse et errante du manteau de l'unité englobante, cette unité que l'amour entre un homme et une femme est incapable d'atteindre.

Le soir ils restaient assis en silence dans la salle de l'auberge, quelques marchands s'y trouvaient aussi, un maquignon, un marchand de drap de Bonn accompagné de sa femme et de sa fille, tous les hôtes mangeaient à la même grande table commune, selon la coutume. Elle venait d'avaler un morceau de viande quand elle ressentit dans l'estomac une douleur bizarre et des choses qui se mélangent. Elle leva la cuillère pour prendre des légumes au milieu de la table quand la douleur se mit à monter à travers sa poitrine et vers sa gorge. Dans la bouche elle sentit d'abord une amertume venue de l'estomac, puis une quantité de nourriture et de liquide qui cherchait à sortir par là où elle était entrée. Elle serra les dents, la lutte intérieure se voyait dans ses yeux écarquillés. Elle serra les dents afin d'empêcher la matière liquide de gicler. Elle eut grand mal à avaler le tout, qui finit par glisser dans l'estomac. Elle tenta de se lever, puis préféra rester assise, elle craignait que la houle dangereuse dans son estomac ne recommence pendant qu'elle quitterait la table. Tout le monde prenait des morceaux fumants de viande, du chou et des rutabagas, quelqu'un l'encouragea à en reprendre. Le mal semblait être passé et elle avança la fourchette vers le plat, coupa un morceau, mais dès qu'elle l'approcha de sa bouche elle sentit que tout recommençait, qu'elle devait se lever et fuir dehors, mais le flot amer était déjà dans sa bouche et avant qu'elle pût serrer les dents il giclait déjà. Tout se déversa sur son bras, dans l'assiette et sur la table, d'abord quelque chose de jaune, puis des morceaux de viande et de légumes qu'elle avait mangés, quelque chose de noir, le vin qui était au fond de l'estomac, tout s'est déversé sur elle et sur la table et sur la robe de la dame du marchand de drap assise à côté d'elle, et elle fut prise d'une panique totale devant elle-même et devant tout ce qui venait d'arriver et qu'elle ne pourrait plus jamais réparer de toute sa vie. La tablée se tut, d'abord ils regardèrent tous, épouvantés, puis quelqu'un se leva, elle ne vit pas qui, un homme, il rejeta rageusement son couteau sur la table dans le vomi entre les plats, repoussa sa chaise et sortit. Elle aussi se leva, cette fois elle y parvint, elle se leva et les mains sur le visage, les paumes devant la bouche elle courut dans la cour, à l'air frais, dans la cour elle vomit de nouveau. Simon la suivit, non, fit-elle de la main, elle voulait être seule, il la prit par l'épaule, il toucha son corps qu'il n'avait pas approché depuis longtemps, elle tressaillit et fit un pas en arrière, elle poussa un sifflement, comme si Simon était le gardien qui voulait l'attirer dans la baraque, va-t'en, ouste, nœud de vipères… Elle monta et se jeta sur le lit, se releva et marcha de long en large, elle s'en doutait, elle savait ce que cela signifiait, elle le pressentait depuis quelque temps, des deux mains elle entoura son ventre, tâta ses seins, les blocs de glace autour du cœur commencèrent à fondre.

Elle attend longtemps l'arrivée de Simon, je dois t'annoncer quelque chose, depuis quand ne l'avait-elle pas attendu ? L'heure est tardive et les passants se font rares dans la rue du faubourg, elle descend dans la salle, il n'y a personne, l'aubergiste est en train de ranger les chaises, Katarina remonte dans la chambre vide, elle ne devrait pas être vide, Simon devrait y être, j'ai quelque chose à t'annoncer, mais Simon n'est pas là car la chambre est toujours glacée et vide, même quand Katarina s'y trouve ; Simon est en train de marcher sous les fenêtres éclairées du séminaire des jésuites dans la Marzellstrasse. Katarina prend le grand plaid en laine, s'en enveloppe, descend les marches en courant, ouvre la porte, Simon frappe à la porte dans la Marzellstrasse, l'attente est longue, Katarina court dans la rue, la porte du séminaire s'ouvre, Simon discute avec un homme en soutane puis entre, Katarina erre dans les rues, appuie sur la poignée de porte de l'église de l'Assomption, elle est fermée, le garde municipal crie quelque chose à l'ombre qui se détache de la porte de l'église, Katarina se dirige vers la cathédrale où scintille dans les ténèbres le Coffret d'or, passe dans la Marzellstrasse devant la porte derrière laquelle a disparu Simon, elle trébuche dans le chantier, dans la baraque du gardien il y a une minuscule lueur, devant ses yeux oscille le clocher du midi, ce n'est pas un rêve, le clocher du midi est penché, il est suspendu de travers au-dessus de la ville, arrêté dans sa construction. Katarina tâtonne le mur, il y a une petite porte, elle cède, s'ouvre miraculeusement, Katarina hésite un instant : doit-elle voler la bénédiction des Trois Sages ? Si Marie l'Égyptienne a donné son corps pour atteindre la Terre sainte, alors elle aussi peut s'octroyer au milieu de la nuit le contact de la sainteté qu'elle a espérée si longtemps, elle la veut, cette bénédiction, elle la recevra. Katarina se glisse par la porte, soudain elle est au milieu de la grande nef, seule, toute seule elle traverse la pénombre, tout là-haut la lune, témoin de sa quête, jette sa clarté par les grands vitraux rouges, bleus et jaunes de la chapelle des Trois Mages ; son cœur bat à tout rompre sous les immenses voûtes, elle effraie ou peut-être réjouit les oiseaux nocturnes qui nichent tout là-haut, ils froufroutent à travers les ténèbres, passent devant le maître-autel caché derrière les échafaudages, elle regarde autour d'elle, tâte les piliers, elle n'a pas besoin de regarder, ce qu'elle cherche est tout près, elle doit atteindre le socle sur lequel repose le Coffret, elle tire la bâche poussiéreuse, l'or sombre brille, les doigts touchent le métal froid. Le cœur de Katarina cesse de battre, tout comme il s'était arrêté en voyant les yeux de Simon entre les feux des pèlerins, puis lorsqu'il était apparu au bord du lac, elle est là, près de son but, près du Coffret d'or, tout comme les voleurs qui une nuit en avaient volé les pierres précieuses, elle puise à son énergie sacrée, depuis le Coffret elle laisse couler sur elle la bénédiction de l'or et des reliques sacrées, des genoux des Trois Sages, de ceux qui se sont agenouillés en Judée devant la crèche du Seigneur, elle laisse couler la bénédiction non seulement en elle et pour elle, mais aussi pour la vie nouvelle qu'elle porte, la glace autour de son cœur est en train de fondre, de grands blocs se brisent au milieu des craquements et des fracas, l'écho se répercute sous les voûtes de l'immense nef et fait vaciller dangereusement le clocher du midi déjà penché. Katarina n'entend point ce vacarme puissant, elle entend grincer la porte par laquelle elle s'est faufilée, c'est le garde qui fait sa ronde de nuit, elle lâche le Coffret et court vers la sortie, la voleuse de la sainteté et de la bénédiction, elle manque de heurter saint Christophe, la statue haute de quatre mètres de ce bon saint familier la regarde, contre son épaule il tient le petit Jésus qui touche ses cheveux, plus bas se trouve un moine qui cherche Dieu avec une lampe au bord du fleuve, sur le bord de l'eau où elle avait failli Le perdre.

Il est tout à fait possible que dans le noir, Katarina Poljanec, voleuse nocturne de la sainteté et de la bénédiction, n'ait pas atteint le bon coffret. Qui ne s'est jamais rendu à la cathédrale de Cologne peut même, à la lumière du jour, confondre la châsse des Trois Mages avec la châsse de saint Engelbert ; il est vrai qu'elles sont de tailles différentes, mais qui n'a vu ni l'une ni l'autre ne peut le savoir, le coffret de saint Engelbert est lui aussi doré et orné de pierreries, il est paré de figures de saints, mais il contient les reliques d'un seul évêque et les figures dorées représentent les dix évêques de Cologne ; on pourrait dire que le coffret de saint Engelbert exhale bien moins de sainteté que l'autre qui rayonne la grâce et la lumière sur tout le continent et dans le moindre recoin d'Europe. Il faisait sombre, son cœur battait, il était impossible de voir lequel des deux coffrets elle avait effleuré, et le bruit qui se produisit en cet instant était fort, ce qui pouvait amener à la confusion. Mais les gens qui connaissent bien ces choses disent que ce qui importe c'est surtout ce que le cœur de l'homme ressent dans un tel moment, si la lumière et la chaleur se déversent en lui. Dans cette pénombre on pouvait voir, et encore mieux entendre, que ceci avait vraiment eu lieu, peu importe que le coffret fût celui de saint Engelbert ou celui des Trois Sages, même si la bénédiction a été prise, pour ainsi dire volée en pleine nuit, un chaud bonheur emplit son cœur et Katarina, aidée aussi par saint Christophe près du portail, se retrouva dans la rue sans trop savoir comment, le visage illuminé, embrasé de grâce divine, à présent elle n'aurait plus de mal à trouver le chemin de Dobrava, là-bas son ange se languit et même les montants du lit gémissent de tristesse sous le corps de Jozef Poljanec dans l'attente de sa fille prodigue.

Toute la journée elle l'attendit. Si elle n'avait pas été complètement bouleversée par les deux événements, elle aurait peut-être pu réaliser qu'il y avait un séminaire jésuite dans la Marzellstrasse, ce n'est pas la première fois qu'elle passait devant, et au retour elle aurait pu jeter un coup d'œil par la grande fenêtre qui éclairait le centre de la façade. Là, tout au long de la nuit, Simon Lovrenc raconta sa vie au père supérieur, il dit tout, il se confessa, il demanda à être accueilli dans la Maison, il est une brebis égarée, qu'ils l'acceptent, selon le commandement du Seigneur : « Si un homme a cent brebis et que l'une d'entre elles vienne à s'égarer, ne va-t-il pas laisser les quatre-vingt-dix-neuf autres dans la montagne pour aller à la recherche de celle qui s'est perdue ? Et s'il parvient à la retrouver, en vérité je vous le dis, il en a plus de joie que des quatre-vingt-dix-neuf qui ne se sont pas égarées. » Il est la brebis qui s'est perdue dans la montagne, Simon Lovrenc, et ainsi votre Père qui est aux cieux souhaite qu'aucun de ses petits ne se perde… Le lendemain il était couché devant l'autel, face contre terre, attendant la décision des pères qui tenaient conseil sans interruption pour savoir que faire de l'âme presque perdue de leur ancien frère. Si ton frère est dans le péché, va et parle-lui entre quatre yeux. S'il t'écoute, tu as gagné un frère. S'il ne t'écoute pas, emmène avec toi un autre de tes frères ou deux, afin que toute la chose soit constatée d'après la déclaration de deux ou trois témoins… S'il n'y avait eu que les paroles de Jésus, il aurait pu être pardonné, après son long et sincère repentir, mais comme il en allait des règles strictes de la Société et de la renommée de celle-ci, ils en discutèrent également avec le provincial, l'affaire n'était pas simple du tout : le plus urgent était de le préserver de l'influence pernicieuse de cette femme, la tentation l'avait mené du péché mortel au péché extrême qui offense le Ciel, on ne sait depuis quand le Malin était avec lui, certainement déjà au temps des réductions paraguayennes et à Lisbonne, le plus qu'ils peuvent faire pour lui c'est de l'accepter dans la Maison de la première épreuve, les choses s'éclairciront…

Lorsque le troisième jour de son attente de plus en plus désespérée deux hommes vinrent à l'auberge « À l'orée du bois » – l'un en soutane noire, l'autre en veste de cuir qui dépassait de son gros manteau – et demandèrent à discuter avec elle, Simon avait déjà quitté Cologne, en compagnie d'un frère du séminaire il chevauchait dans la vallée du Rhin. Ils demandèrent poliment à Katarina de leur accorder une entrevue, un pressentiment oppressant s'installa en haut de son estomac, à présent elle avait besoin de Simon, elle devait lui dire quelque chose. Celui qui portait le manteau noir, le jésuite de Marzellstrasse, lui demanda le plus directement possible si elle vivait en concubinage avec un père, le père défroqué Simon Lovrenc. Son silence était une réponse claire. Celui qui avait le corps enveloppé de cuir, représentant de la ville, lui demanda si elle savait que l'entrée de la cité et des pays sous la juridiction de l'évêque était interdite aux pèlerins magyars. Dans les deux cas, dit-il, elle avait enfreint gravement les lois ecclésiastiques et civiles, on pourrait la punir, mais ils ne le feraient pas, dirent-ils pratiquement d'une même voix, si elle renonçait à son ascendant pernicieux sur le novice Simon. Novice ? Oui, novice, il a demandé à être accueilli dans la Compagnie de Jésus, celui qui en est sorti et souhaite y revenir est novice. Il ne le supportera pas, pensa-t-elle, elle demanda s'ils continuaient à envoyer les leurs dans les missions, au Paraguay ? Cette affaire concerne la Compagnie, dit le jésuite, exclusivement, ajouta le fonctionnaire. Je voudrais parler avec lui, dit-elle, j'ai quelque chose à lui dire. C'est impossible, dit le jésuite, le novice Simon a déjà quitté la ville. Elle fut submergée par ce même froid qui avait disparu depuis la nuit où elle avait touché le Coffret ; il s'en ira dans les missions, se dit-elle, aux Indes, là où la terre est rouge, sous les grandes cataractes. Un enfant naîtra, dit-elle. Les visiteurs échangèrent un regard. Ils sortirent dans le couloir pour discuter à voix basse. Quand ils revinrent, le fonctionnaire dit qu'ils ne voulaient plus rien avoir à faire avec elle, qu'ils la feraient transporter jusqu'à Salzbourg, avait-elle de quoi payer une partie des frais ? À partir de là elle se débrouillerait bien, avec l'aide des marchands ou de bonnes gens.

Simon et le père de Cologne, coadjuteur par intérim, avaient déjà atteint la vallée du Rhin, pas bien loin de cette cité, lorsqu'au flanc d'une montagne couverte de vignes ils virent un étrange fruit de grande taille qui pendait entortillé à une branche d'arbre. Des silhouettes humaines tournaient avec rapidité autour… Plus ils s'approchaient et plus la scène était nette, quelqu'un était pendu à l'arbre ; des vagabonds, telles des hyènes, tournaient autour du pendu, retournaient ses poches, vides depuis longtemps, c'est pourquoi quelqu'un était en train de lui retirer le pantalon tandis qu'un autre tentait de le doubler… Ils se disputaient le grand pantalon, car le cadavre pendu à l'arbre était grand, les jambes étaient recroquevillées, un garde accourut et chassa le troupeau d'hyènes humaines. Simon et le coadjuteur s'approchèrent assez pour voir les jambes tordues du pendu, son visage boursouflé et son cou bleu. Le garde leur dit qu'il attendait les juges de Bonn, quelqu'un avait été pendu mais il ne savait qui il était ni qui l'avait pendu. Même si on peut imaginer, disait-il, qui est derrière cet acte, il secouait la tête : On voit qu'il s'est débattu, c'est pourquoi il a les jambes tordues, l'acte est dû à des maladroits inexpérimentés. Ce sont des Français qui l'ont pendu, les Français font du mauvais boulot, les soldats autrichiens, pour ne pas parler des Prussiens, s'acquittent bien mieux de ces choses, ils attachent les jambes et rompent le cou, après ça le pendu est droit… pas comme celui-ci… Les vagabonds se dispersèrent et regardèrent de loin ce que les seigneurs allaient entreprendre, deux d'entre eux continuèrent au milieu des vignes à se disputer le pantalon du grand homme immobile et suspendu à l'arbre, sa langue bleuie sortait de la bouche, son épaisse barbe blanche était sale comme si on l'avait traînée dans la boue. Simon tressaillit soudain : c'était Tobija, le patriarche de Ptuj, le grand conteur. Il était pendu, muet enfin, il n'avait pas eu le temps de finir l'une de ses histoires, des soldats ivres avaient dû se trouver là, jeter une corde à une branche et l'y accrocher. À son nœud de pendu, quelqu'un avait accroché une feuille de papier avec une inscription maladroite : LÜGNER. Ce qui signifie que ce n'étaient décidément pas les Français.

49

Le clocher vacille sous les coups de la grande cloche, des oiseaux effrayés volettent tout autour et par-dessus les toits de la ville, dans les rues et sur les places la sombre foule attend le début de la procession. C'est le soir, les dernières heures du Vendredi saint, les flammes des cierges frémissent sur les rebords des fenêtres, le rythme et la musique du bourdon sont l'immense cœur battant de la foule silencieuse. Les hautes montagnes autour de la ville se taisent elles aussi, quelque part au loin Jésus est en train de dire à ses disciples qu'il devra se rendre à Jérusalem et subir de grandes souffrances infligées par les pharisiens, par les grands prêtres et par les scribes, ici dans Skofja Loka[9] il sera mis à mort et reviendra à la vie, il sera ressuscité le troisième jour. Les murailles de la ville sont ce soir les murailles de Jérusalem, ici se déroulera le chemin de croix organisé par les frères capucins, la cloche sonne, ses coups viennent du bras de l'ange étendu au-dessus de Jérusalem, le Seigneur l'anéantira, malheur à toi, Jérusalem, car tu ne veux pas te purifier de tes péchés, tu ne seras qu'amoncellement de ruines, désolée comme les déserts… Tu regardes ces grands édifices ? interroge Jésus, sois sûre qu'il n'en demeurera pas pierre sur pierre debout. Puis Jésus dit à l'ange : Il suffit, retire ton bras… et la cloche se tait.

9. Petite ville médiévale de Carniole, connue pour ses processions et ses jeux de Passion durant la Semaine sainte.

Katarina connaît la suite, petite fille elle a souvent vu ces spectacles, ils la faisaient trembler de frayeur, à présent elle ne tremble pas, seul un gros nœud s'est formé dans sa gorge, elle est ici chez elle, elle connaît ce silence qui s'installe avant le début de la procession, elle connaît ces rues, elle sent les versants sombres couverts de forêt au-dessus de la ville, les lisières derrière lesquelles s'en va le jour, elle les connaît, Dobrava n'est pas loin d'ici, dès le lendemain matin elle contemplera ses champs depuis sa fenêtre, elle regarde autour d'elle, apercevra-t-elle un visage familier, oui, elle la voit, c'est Marie de Kranj, elles s'étaient retrouvées ensemble chez les ursulines de Ljubljana, son visage a vieilli, elle s'accroche au coude d'un homme, il lui est inconnu, Katarina fait un signe, elle ne le voit pas, il fait sombre déjà, et même si elle l'avait vue elle ne l'aurait pas reconnue, elle a tardé à revenir, Katarina, personne ne sait ce qu'il est advenu d'elle, où a disparu la fille prodigue de Poljanec, elle avale le nœud dans la gorge, se met sur la pointe des pieds pour mieux voir, même si elle connaît la suite :

Le bedeau traverse le silence de la place, de l'église parvient le tintement du glas, signe que la Passion commence. Les trompettes et les tambours rompent le silence, les enfants de chœur portent la croix et l'oriflamme, derrière vient, sur un cheval blanc, la Mort.

Katarina, la fille de Poljanec, se tient sous les arcades de sa ville natale et regarde la scène familière, elle n'a pas peur de ce fantôme blanc, car qui porte en lui la vie ne craint pas sa faux, Katarina porte la vie en elle, elle l'a apportée de loin, elle se niche dans son ventre rebondi sur lequel sont posées ses mains afin de la préserver de la foule, là-dedans dort la vie, parfois elle donne quelques coups de pied.

Derrière la Mort, les hommes, jeunes et vieux, portent un plateau avec une scène vivante : Adam et Ève, habillés de peaux de moutons écorchés dans les pâturages des montagnes qui surplombent la ville ; Katarina tressaille, le visage de cette femme aux cheveux couleur de blé, elle l'a vu quelque part, douce Vierge, dit-elle, n'est-ce pas Amalija ? Elle est revenue, Katarina agite les bras et crie dans la foule pour se faire remarquer d'Amalija, Amalija est Ève, elle ne connaît pas Adam, elle a l'impression qu'Amalija lui jette un regard depuis l'estrade mais son visage reste impassible, elle garde le visage d'Ève, j'aurais tant à te raconter, Amalija, tant de choses sont arrivées ! Katarina a envie de pleurer, si seulement elle avait quelqu'un pour pleurer, si Amalija était là, à ses côtés, et non là-haut sur l'estrade, les gens font silence, le diable danse autour d'Adam et d'Ève, l'ange à l'épée proclame :

Du jardin d'Éden, ce lieu de joie et de beauté,
Adam et Ève, vous qui avez trahi Dieu, fuyez !

L'un des jeunes gens, quel lourdaud, fait un faux pas, l'estrade vacille dangereusement, pour ne pas tomber Ève s'agrippe au démon dansant, des rires joyeux passent dans la foule, la fanfare annonce une nouvelle scène, depuis l'ombre des arcades s'étire la procession mortuaire : le pape, le cardinal, le chanoine, le prélat, le vicaire, l'empereur, le roi, le noble, le général, le comte, le maire, le bourgeois, le paysan, le vagabond, ils sont tous réunis dans leurs atours, uniformes et haillons, et font face à la Mort ; de grands gémissements les suivent, c'est l'Âme enchaînée qui est conduite par les démons, par terre ils traînent une pauvre femme :

Maudit soit cet amour
Auquel j'ai cédé,
Qui m'a menée dans cette maladie
Et dans ce grand martyre

Puis viennent les porte-croix, les pénitents sous leurs capuchons qui se flagellent, les pharisiens aux bonnets rouges, Ponce Pilate à cheval, les pages, la procession des anges portant les signes de la Passion du Seigneur : le calice, la bourse aux thalers, les cordes, l'épée, le fouet, le poteau, le manteau, les clous et la tenaille, l'éponge, l'échelle, la couronne et le coq vivant, il chantera pour celui qui L'a renié, Lui que l'on flagelle et que l'on humilie et que console l'ange venu du ciel ; enfin les porteurs en robes rouges, en robes de sanglante souffrance, et les Juifs impitoyables, des jeunes gens du pays qui connaissent bien leur affaire, le premier d'entre eux, bien planté sur ses jambes, fait tomber le nerf de bœuf sur la tête couronnée, un filet de sang coule de son front :

Holà, mes frères, voyez ce nerf solide
Il embrassera son échine
Je veux l'équarrir comme bête de boucherie
Pour que nous puissions entendre la voix qui est la sienne.

Dans le silence quelques coups claquent sur le dos du Christ, l'homme attaché au poteau pousse un gémissement, il a une forte voix, c'est bien vrai, mais cela met hors de lui l'autre Juif, il est originaire de Gorenja-Vas, il se sert de son fouet pour se frayer un passage et repousse le premier Juif qui a plutôt levé le bras que frappé, d'après lui il n'a pas frappé assez fort :

Laisse-moi faire, vois ce dont je suis capable
Je veux à moi seul lui arracher la peau tout entièrement.

Et sur le dos de l'homme enchaîné il assène un coup qui fait éclater la peau et apparaître une tache rouge, juste devant le mur d'un vaste entrepôt où se déroule la scène, on entend soudain des hommes et des femmes crier leur approbation ; il est si grand, Jésus, qui n'aurait envie de lui donner un coup de fouet ? Vas-y, frappe, crie une voix d'homme, il n'est pas ton frère, et la foule s'esclaffe, et le jeune homme de Gorenja-Vas assène effectivement un deuxième coup de toutes ses forces sur le dos en sang, il a dû ingurgiter trop de gnôle, le bras est puissant, et celui-là est coupable, quelqu'un doit l'être, sûrement coupable de quelque chose, il rigole joyeusement tandis que le flagellé gémit pour de bon, diantre que c'est réel à présent, il s'affaisse près du poteau, le mur de l'entrepôt est la muraille de Jérusalem, les hommes du service d'ordre et les capucins accourent vers le plateau que les porteurs posent à terre, les invités dans les tribunes se lèvent, crucifie-le, crie une femme à côté de Katarina, frappe-le. L'*horribile flagellum* résonne encore une fois sur le dos du pauvre homme avant que l'on réussisse à arracher des mains du deuxième Juif le fouet à chevaux, le deuxième Juif de Gorenja-Vas s'étonne : Qu'est-ce qu'il y a ? crie-t-il, les yeux rouges, ne comprenant pas ce qui arrive : J'ai frappé trop fort ? La foule en mouvement ne sait plus si elle a envie que tout cesse ou bien de s'en mêler, sa houle et ses cris font tomber l'échelle, le calice roule sur les pavés entre les pieds du troupeau, le coq censé chanter trois fois bat des ailes dans son effroi et se cogne contre les voûtes, les sabots tambourinent sur les pavés, la cloche se remet à sonner, les clochers de Jérusalem vacillent, Katarina se serre contre le mur, elle tente de retenir ses larmes au milieu de cette foule soudain prise de fureur, comme une mer déchaînée, elle appelle à son secours Catherine d'Alexandrie et celle de Sienne, appelle sa maman Neza, agneau de Dieu, qu'elle sauve son enfant, elle voit les clochers vaciller, elle voit les saints carniolais dans les cieux, Primoz, Joseph, Roch et Thomas, ils sont assis parmi les anges, ils devisent, inquiets, en secouant la tête à la vue de leur troupeau enragé, de nouveau prêt à frapper et à égorger, à flageller et à crucifier, soudain elle sent près d'elle une main qui la saisit fermement et la tire dans une rue latérale, Amalija, dit Katarina, as-tu vu le Coffret d'or ? moi, je l'ai vu ; ne parle pas, dit Amalija, cours plutôt, elles se précipitent vers les portes de la ville, traversent le pont, puis reprennent leur souffle près de masures basses, quels sauvages les gens d'ici, dit Amalija, je vais te faire regagner Dobrava.

C'est ainsi qu'un beau matin, accompagnée d'Amalija, une autre Katarina se retrouve à Dobrava, objet de tous les regards qui trouent son ventre arrondi ; elle est face à son père assis sous la BÉNÉDICTION DU FOYER, soudain des larmes se mettent à couler, enfin le flot longtemps contenu inonde ses joues, non pas à cause du père au regard absent et légèrement troublé depuis que la branche de hêtre – signe venu du haut – est tombée sur sa tête, mais quand on lui dit qu'Aron est mort, le vieux chien, il a attendu longtemps, souvent il était couché devant la porte de sa chambre, puis il est mort de chagrin, mais aussi de vieillesse, c'est probable. Elle sait qu'il est mort de chagrin aussi, les chiens sont capables de tristesse, leurs yeux sont soumis et pleins de mélancolie, ils sont encore plus tristes que les hommes, et le pire, c'est qu'elle ne le verra plus jamais, même pas au ciel, les chiens ne vont pas au ciel, là où se trouve sa maman Neza, même si Katarina croit qu'ils ont une âme, celui qui a regardé les yeux d'un chien ne peut pas l'ignorer.

50

Le père chroniqueur du collège des jésuites de Ljubljana écrivit en juin de l'an mil sept cent soixante et un : « De Graz vint nous rejoindre Simon Lovrenc, notre frère très éprouvé. Treize ans plus tôt il avait fait ici son noviciat et passé toutes les épreuves avec de nombreux éloges d'excellence. Il fut envoyé dans les missions du Paraguay afin de contribuer par son magnifique savoir et par son caractère ferme à la propagation de l'Évangile et d'œuvrer en accord avec les buts et les Constitutions de la Compagnie de Jésus. Dans la mission de Santa Ana il secondait le supérieur Inocenc Erberg, qui avait également été envoyé là-bas depuis notre Maison, mais à l'époque des transferts d'Indiens il contracta d'eux une maladie gravissime à laquelle il succomba après avoir travaillé avec courage pour la Gloire de Dieu. À l'issue du démantèlement des réductions paraguayennes, le père Simon Lovrenc fut fait prisonnier par des soldats portugais hostiles à la Compagnie, qui le conduisirent avec d'autres frères à Lisbonne. Son départ de la Compagnie fut approuvé deux ans plus tard. Après de longues errances, il se retrouva à Cologne où il demanda à être réintégré et fut envoyé à Graz. Par décision du provincial de Graz, il fut autorisé à entrer dans la Maison de la première épreuve, comme le prescrivent les Constitutions dans des cas semblables, où il fut soumis à plusieurs reprises à un interrogatoire par les autorités ecclésiales et civiles à cause de certains actes accomplis durant le pèlerinage à Cologne, qu'il avait intégré pour retrouver la foi véritable et la paix intérieure. C'est précisément au cours de ce voyage qu'il a chargé son âme et transgressé les commandements divins de différentes manières parmi les plus indignes, y compris par le péché mortel qui offense le ciel. À Graz il supporta mal la Maison de la première épreuve, au bout de trois ans il demanda son transfert à Ljubljana, lieu où avait débuté son chemin ; c'est là qu'il souhaitait attendre le *quattuor hominum novissima.* D'après le règlement de la Compagnie, on aurait dû le laisser partir après une seule année, mais la Societas Jesu s'est montrée miséricordieuse. Ainsi frère Simon nous a rejoints au bout de treize ans, en tant que novice. Même s'il ne peut plus être utile à la Compagnie, il a reçu le titre de coadjuteur provisoire, entre autres afin que sous la protection sûre de celle-ci, dans une vie de pénitence et de repentir, libéré des tentations et des agitations du monde, son âme angoissée puisse chercher le chemin du pardon. Sa principale occupation consiste à prendre soin de la chapelle de saint François Xavier, tout indique qu'il s'acquittera bien de cette tâche. »

Le provincial qui le reçut avait les yeux tristes, ses yeux bleus étaient rusés et tristes à la fois, en lui se côtoyaient toujours le grand flagorneur et le petit autocrate, mais la proximité de l'autre monde le rendait plus doux, il était toujours plein de ruse malgré ses mains tremblant de vieillesse, il se voulait sévère comme il convenait mais il fut submergé par un attendrissement de vieillard. N'est-ce pas toi qui avais toujours les manches retroussées ? Tu étais un bon ouvrier, un excellent scolastique. En fait, on devrait te remettre aux mains du tribunal, mais la Compagnie connaît la souffrance et le repentir de ton âme, aucune prison n'abrite autant de ténèbres et de douleur. Tu es de Zapotok, je me souviens maintenant. Je l'étais, dit Simon sans réfléchir, j'étais de là-bas, Votre Honneur. Bien sûr, tu as été, tu as oublié, c'est bon, tu dois d'abord oublier où se trouve Zapotok, puis tout le reste. Le pire, dit le provincial, c'est que tu as rejeté la soumission, tu as rompu le quatrième vœu. Simon savait ce qui était le pire ; à Graz, durant trois années, il avait dû écouter, tous les jours il avait dû baisser les yeux et dire : plus jamais cela ne recommencera. À présent il le dit aussi. Il le pensait vraiment, il n'y a pas de vie pour lui en dehors de la Compagnie, il fera tout ce qu'il faudra faire, à Graz il manquait de temps pour se recueillir, on l'interrogeait sans cesse, ce sera différent à présent, ici il est chez lui. Le provincial secoua sa tête blanche, ici ni toi ni nous ne sommes chez nous, c'est au royaume des cieux qu'est notre chez-soi. Oui, dit Simon, c'est comme vous l'avez dit. Non pas parce que je l'ai dit, répondit le provincial. Non pas, répéta hâtivement Simon, non pas, Votre Honneur, parce que vous l'avez dit, mais parce que… Un vide étrange régnait dans sa tête, l'envie lui venait parfois de répondre en slovène, en allemand et en latin, d'ajouter une citation tirée de saint Augustin, mais là, soudain… parce que…, dit-il, excusez-moi, mon père, balbutia-t-il, je manque de concentration.

S'il n'avait pas derrière lui le travail dans les missions où les pères marchaient sur les pas de saint François Xavier pour suivre son exemple, pour la gloire de Dieu et pour la gloire de la Compagnie, et s'il n'avait pas souffert beaucoup pour les deux, on ne l'aurait pas supporté longtemps dans la Maison de Ljubljana. Ils ne lui auraient pas laissé la possibilité de se recueillir en compagnie des livres, ils ne l'auraient pas regardé faire des allers et retours entre sa cellule et la chapelle de saint François Xavier sans faire œuvre utile comme le faisaient les autres, à l'école et à l'hôpital, chez les pauvres et en prêchant à l'église Saint-Jacques. Aussi s'habituèrent-ils peu à peu à ce frère de plus en plus taciturne. Malgré tout, il ne trouvait pas le recueillement parmi les livres, un jour il vida complètement sa chambre, il avait décidé de dormir par terre. Tous les jours il pensait à l'ermite, à Hiéronyme, qui vivait parmi ses chèvres et ses peaux dans sa tanière des Alpes en agitant tous les matins et tous les soirs sa petite clochette suspendue au-dessus de la lucarne. Quand il avait le cœur lourd, et cela arrivait tous les jours, il se rappelait Hiéronyme. Il voulait devenir cet ermite que les bergers entendaient l'été, à l'heure des vêpres, sur les hauts pâturages au pied de la paroi et que seules les chèvres voyaient, elles avaient pris l'habitude du doux tintement du soir cependant qu'elles arrachaient des touffes d'herbe clairsemée autour de sa caverne, l'hiver, avec une ficelle, il attachait la clochette à son pied, à l'orteil, la seule partie de son corps visible parmi les peaux velues dont il était recouvert tout entier, de sorte qu'il pouvait sonner pour la gloire de Dieu. Moi aussi, disait Simon Lovrenc, moi aussi je suis forêt hivernale de novembre, rivière à perte, aveugle, qui cherche le chemin de tout, moi aussi je sais que la géographie est vol d'oiseau, ma langue est elle aussi le gouffre de la langue, la langue muette de la mémoire. Peu à peu les souvenirs s'estompaient aussi, sa chambre était la caverne dans la montagne, le monde était la chapelle de saint François Xavier. Tous les jours il époussetait l'autel et le gisant long de cinq pieds du missionnaire, il nettoyait la moindre tache, frottait le marbre blanc de Gênes, les broderies qui ornent son aube et sa chasuble, le marbre noir des Maures qui portent sur leurs épaules la table de l'autel, les pilastres, séraphin et chérubin, comme les deux statues qui représentent l'Europe et l'Afrique, avec une serpillière il lavait le sol, par une aube glacée d'hiver il se rappela le novice qui, comme lui, à genoux, la serpillière dans les mains gonflées et rougies, lavait le sol de la chapelle saint François Xavier, il attrapa l'onglée, le froid fit rougir et bleuir ses mains ; il pensa au jeune novice de Zapotok qui n'avait pas vraiment envie de devenir un saint, mais qui désirait, profondément et de tout son cœur, dans les aubes glacées, avoir la possibilité de voyager et combattre comme François Xavier ; après avoir accompli ce qu'il a accompli il n'est pas difficile de reposer dans la *mensa* de verre, dans le cercueil transparent serti dans l'autel grandiose et pittoresque, il pensait à l'époque qu'il ne serait pas difficile de reposer dans un cercueil même modeste si on avait vécu et accompli quelque chose auparavant. Dans ces aubes glacées passées à l'autel latéral de l'église Saint-Jacques, Simon avait souvent bien chaud au cœur, des mondes lointains réchauffaient ses pensées, des paysages qui ne connaissent jamais de neige comme celle des forêts de Turjak, mais un soleil brûlant dans le ciel, un soleil immense, et la nuit un ciel sans nuage. Le saint était grand à l'époque, plus grand que maintenant, son grand corps était mort mais son âme était dans les lointains pays d'Asie et d'Afrique, elle les regardait depuis le ciel, elle regardait ce monde que François Xavier connaissait et qui était sa maison. Simon pensait au jeune novice, au petit jésuite boutonneux qui alors déjà faisait violence à ses pensées pour qu'elles n'escaladent pas les hauteurs au-dessus de la ville, afin qu'elles ne descendent pas dans les ravins de Turjak pour y rencontrer son père qui avait les mains bleuies comme les siennes, alors qu'il écorçait les troncs et les sortait de la forêt en plein hiver, il savait déjà ce que les voyages et les expériences avaient fini par confirmer : le travail qu'effectuait son père n'avait pas plus de sens que ce qu'il faisait, mais il formait le cœur et la volonté pour les amener à servir le haut dessein qu'il sert toujours, même avec une serpillière sur le sol glacé. Un matin il fut pris d'un étrange désir de se coucher dans la *mensa* à côté du saint, afin de voir si ce que pensait alors le novice était exact : il est facile pour le saint de reposer ainsi. Seule la grande taille de la statue de François Xavier l'empêchait de le faire, il n'y avait vraiment pas de place pour tous deux à l'intérieur. Mais après tout, se dit-il, chacun sert Dieu à sa manière, moi avec mon balai et ma serpillière. Leurs volontés sont au service de la Compagnie depuis le début, la sienne avec une serpillière sur le sol glacé pour finir, *omnia ad maiorem Dei gloriam*.

Parmi toutes les autres années passées au collège de Ljubljana, il convient de noter seulement deux événements. Le premier laissa une brève trace dans la chronique, qui avait également rapporté l'arrivée de Simon. En mai mil sept cent soixante et onze, le chroniqueur écrivit : « Ce matin, le profès Dizma nota qu'au corps de François Xavier gisant dans la *mensa* de son autel manquait le bras droit. Il avait été coupé à hauteur du coude et rien n'indique qui aurait pu commettre cet acte ni à quel endroit pourrait se trouver le bras. » C'est tout ce qu'écrivit le chroniqueur, s'il avait ajouté une phrase pour dire que le collège fut très troublé par cet événement, il aurait exprimé au moins en partie l'émoi provoqué. Ils furent tous profondément bouleversés : les profès, les coadjuteurs et les frères dans leur ensemble, comme tous les serviteurs, depuis le concierge jusqu'aux cuisiniers, tailleurs, tonneliers et cochers. Ils se rassemblèrent pour exiger une enquête, l'acte était sacrilège, il était clair qu'il amènerait le malheur dans la Maison, une suspicion générale s'installa, le supérieur ferma toutes les issues afin que la nouvelle ne se répandît pas en ville et dans les campagnes avant le début de l'enquête. L'histoire d'un miracle aurait pu se propager, après tout, dans la Maison même, bien des gens y avaient pensé : ils savaient tous qu'au corps du saint reposant à Goa, loin en Asie, il manque un bras depuis le coude. Sur l'ordre de Claudio Aquaviva, le général de la Compagnie, on avait coupé le bras du saint au coude et on l'avait apporté à Rome, il était impossible de vénérer le saint à une telle distance si on n'avait pas sous la main quelque chose venant de lui ; on y a édifié un grand autel et la relique y a été déposée. Si le bras a disparu de la statue de Ljubljana, n'est-ce pas pur miracle ? Si la chose s'ébruitait, personne ne pourrait arrêter le peuple pieux qui affluerait de partout et se mettrait à vénérer la statue au bras unique, comme c'est arrivé avec le saint en Asie, le collège de Ljubljana aurait un miracle sur les bras, un supposé miracle, des commissions affluant de Vienne et de Rome, des visites d'évêques et de cardinaux ; les temps ne se prêtaient pas à ce que la Compagnie pût se permettre une telle éventualité, l'époque ne lui était pas favorable, bien des cours européennes demandaient sa suppression. On condamna donc toutes les issues et on commença une enquête des plus sérieuses. La chose ne demanda ni beaucoup de temps ni de gros efforts. Cela débuta chez le coadjuteur Simon Lovrenc, chargé de l'autel, et se termina chez lui. On trouva le bras caché sous son lit, plus exactement sous la couverture sur laquelle il dormait par terre. On chercha bien sûr à savoir pourquoi il avait coupé ou plutôt scié le bras de François Xavier au niveau du coude. Par souci d'authenticité, répondit-il. Il manquait vraiment de recueillement. Dans un premier temps ils décidèrent de lui pardonner, cette fois-ci non à sa demande mais par une décision du supérieur. Car une idée plus grave prévalut : allait-on le laisser traîner et raconter la raison de son renvoi ? Cela ne ferait qu'empirer les choses. L'époque n'était pas favorable à la Compagnie. Le cercle autour d'elle se resserrait, non seulement dans les pays au-delà des mers, non seulement au Portugal et en France, mais ici aussi, en Autriche et en Carniole le cercle se rétrécissait, la Société étouffait.

Quant au second événement, la chronique ne le mentionne nulle part, aucune trace écrite n'en fut conservée. Comment aurait-il pu en être autrement étant donné qu'il n'y eut ni témoin ni parole prononcée. Il ne fut marqué que par les battements de deux cœurs qui s'aimaient autrefois, cela aussi est sûrement inscrit quelque part, ne serait-ce que chez ces anges qui perçoivent la moindre accélération d'un cœur qui rayonne de la chaleur dans laquelle ils se sentent si bien. Cela eut lieu par une éclatante matinée d'été, les rayons du soleil tombaient en gerbes sur le séraphin et le chérubin, sur l'Europe et l'Asie, tout comme sur le gisant de François au bras réparé. Simon Lovrenc était en train de laver le sol de la chapelle quand la porte s'ouvrit, il se cacha dans l'obscurité, comme d'habitude à l'arrivée des visiteurs, comme une ombre, comme une araignée il glissa dans un coin sombre, il ne voulait aucun contact avec quiconque de l'extérieur. Une silhouette de femme s'avança dans la nef, aussitôt il reconnut sa démarche, son pas qu'il connaissait depuis tant de chemins, le balancement du corps, une petite fille trottinait à ses côtés, sa jolie petite voix ne cessait de gazouiller de questions et de curiosité ; elle se tut quand elles eurent atteint la chapelle. Elle semblait effrayée par le grand corps de l'homme couché dans l'autel. Katarina se signa et ses lèvres bougèrent rapidement, de son doigt la fillette indiqua le chérubin : C'est un ange, ça ? Oui, dit Katarina, c'est un grand ange. Est-ce lui, l'ange gardien ? Simon savait qu'elle viendrait un jour, il lui avait parlé de cet autel devant lequel il se tenait, lui le jeune novice, sujet du comte de Turjak, par les aubes glacées, en imaginant en pensée la tiédeur des rivages chinois que François Xavier n'avait jamais foulés mais que lui foulerait, il en était sûr en ce temps-là. Elle était belle, c'est du moins ce qu'il lui sembla, bien qu'en réalité son visage fût dur et fatigué, et même un peu vieilli, bien qu'il n'y eût nulle trace de ses longs cheveux châtain sombre, sains et brillants, un foulard les cachait mais il les sentait intuitivement, il sentait leur beauté, ah, tant d'années ont passé, combien, dix ? ou davantage ? Mais à regarder depuis les ténèbres son visage illuminé par les rayons du soleil, elle était belle, ah, belle comme sainte Agnès, c'est ce qui arrive quand on est baigné par les rayons d'un amour ancien. Il savait qu'elle était venue pour lui, il fallait qu'elle vienne une fois, elle devait repasser avec lui par le lointain pays rouge sous les cataractes, par le pays de rêve qu'il lui avait décrit alors qu'ils étaient couchés sous le ciel étoilé, passer par le vrai pays aussi, celui qu'ils avaient réellement traversé, à pied et sur le dos de la mule qui est restée avec eux après les inondations, par un très lointain printemps, entre les roses de Noël et les jonquilles, il savait qu'elle aussi se rappelait tout cela en cet instant, que pourrait-elle évoquer d'autre dans sa mémoire ? La fillette aux yeux clairs lui rappelait la petite Teresa, même s'il ne voulait pas s'en souvenir, car il ne restait plus de place en lui pour aucun souvenir, mais s'il avait été capable de plus d'attention il aurait pu retrouver sur le visage de la fillette qui tendait ses bras vers la noire figure d'Afrique des traits quelque peu familiers du jeune novice, fils du fermier de Zapotok, celui dont il n'avait plus souvenance car il lui avait été ordonné de l'oublier, et lui aussi le voulait ainsi : oublier tout. Seul le cœur qui battait dans les ténèbres voulait le persuader que cette femme lui était proche, plus proche que tout au monde, plus proche que François Xavier et la Compagnie, plus proche qu'il n'avait jamais été de lui-même.

Peu de temps après cet événement qui n'a pas trouvé place dans la chronique du collège jésuite et qui privait de sommeil Simon Lovrenc, l'éternel novice, tout comme autrefois il en fut longtemps privé par la scène avec la femme aux yeux humides près de l'église Saint-Pierre, peu de temps après, en cet automne de mil sept cent soixante-treize, pour les jésuites de Carniole et du monde entier l'univers s'écroula. Le vingt-neuf septembre à neuf heures du matin vinrent au collège de Ljubljana trois commissaires, un secrétaire et un intendant, accompagnés du nouveau recteur de l'église Saint-Jacques, le prêtre séculier Rode. Le recteur fut chargé de rassembler les membres de l'ordre des jésuites. Le commissaire, le chevalier Karl Peer, vicaire général, leur annonça dans une brève allocution que la Compagnie était totalement dissoute par le pape Clément XIV pour de hautes raisons. Puis le notaire Maronig procéda à la lecture de la bulle *Dominus ac Redemptor*, par laquelle le pape Clément XIV faisait savoir qu'« après mûre réflexion, affermi dans sa conscience et dans la plénitude de son pouvoir apostolique, il dissout et étouffe et efface et abolit ladite Compagnie ».

Simon Lovrenc regagna sa chambre, se coucha sur le sol et tenta de trouver le sommeil, la veille il avait peu dormi, il espérait s'endormir maintenant, avant le déjeuner, si toutefois déjeuner il y avait, le menu de ce jour prévoyait de l'orge en entrée, puis du goulasch de veau avec une quenelle de foie, une demi-chopine de vin et le pain. Il écoutait les voix excitées venant des galeries, les voix des savants profès, des mathématiciens et des philosophes, des prédicateurs et des grammairiens, des vicaires et des préfets, il écoutait les voix des cuisiniers et des concierges, celles des tailleurs, des cochers, des valets, des palefreniers et des chirurgiens, une vraie Babylone de voix, de mots, de questions, de phrases inachevées, les voix de tous ceux dont l'univers venait de s'écrouler, mais pour lui, qu'y avait-il qui puisse s'écrouler, être étouffé, effacé et aboli ? Ce genre de scènes, il en avait déjà vu et entendu autrefois, après tout. Malgré cela il ne réussit pas à trouver le sommeil, comment peut-on s'endormir au milieu d'un tel cataclysme ? À l'heure de midi il alla s'enquérir du déjeuner, pas de déjeuner, bien sûr, comment penser au repas alors que le monde s'écroule, comment le cuisinier pourrait-il s'occuper des quenelles de foie alors que demain il en sera peut-être réduit à la soupe populaire ? Dans le désordre de la cuisine il prit un peu de pain et regagna sa chambre. Il se disait que la vie était belle dans les montagnes salzbourgeoises pour l'ermite que les chèvres viennent voir tandis qu'il fait tinter sa clochette. Il n'avait pas à se soucier du devenir de la mathématique et de la grammaire, des Indes et de l'Asie, de la politique et de l'homilétique, de la bulle et du bref, de la rente et de la Russie où sont en train de partir certains pères de cette Maison, la géographie est pour lui le vol de l'oiseau. Il écoutait les prières et les chants qui se répandaient depuis l'église, tout de même, ils n'étaient pas tous en proie au désespoir. Le chant le berça lentement, en pensant à l'endroit où ils chantaient il se souvint soudain de la petite fille qui montrait le chérubin du doigt, un bon mois plus tôt. Puis il s'endormit. Durant la nuit, dans un demi-sommeil, il perçut une sorte de toco-toco-toc, mon Dieu, pensa-t-il, c'est François Xavier qui marche, mais non, se dit-il, il lui manque un bras, c'est Ignace qui a une jambe plus courte, il fait le tour des malades. Le matin il rangea ses quelques vêtements dans son havresac, avec le pain, la bouteille de vin, la soutane qu'il plia et posa sur le seuil, il pensa qu'il pourrait retourner une dernière fois à la chapelle de François Xavier, mais l'heure était si matinale, l'aube de septembre si fraîche que soudain il se retrouva dans la rue, puis bientôt au Barje, au fait, Dobrava, c'est dans quelle direction ? pensa-t-il, je n'y suis jamais allé, il marchait sur l'étroit passage entre les eaux du marais de Barje, c'est par ce chemin qu'il était venu autrefois à Ljubljana. Deux bonnes heures plus tard il était à Visoko, il fit une halte près de l'église Saint-Nicolas et contempla l'image sur le mur, celle dont lui avait parlé Katarina, avec la femme nue dont la langue rouge lèche les jambes. Puis il descendit le flanc abrupt de la montagne vers le sombre et humide ravin, quelque part vers le village qu'il avait oublié depuis longtemps, vers Zapotok et plus bas encore, en direction de Rob.

AU CATALOGUE

[illegible]

AU CATALOGUE

Barthélémy Aneau (France), Mario Bellatin (Mexique),
Juan Benet (Espagne), François Béroalde de Verville (France),
Guillermo Cabrera Infante (Cuba), Fogwill (Argentine),
Rodrigo Fresán (Argentine), Alasdair Gray, James Kelman,
Agnes Owens (Écosse), Sergio Gonzalez Rodriguez (Mexique),
Dinis Machado (Portugal), Augusto Monterroso (Mexique),
Carlos de Oliveira (Portugal), Toby Olson (États-Unis),
Antonio Orejudo (Espagne), Sergio Pitol (Mexique),
Garci Rodriguez de Montalvo (Espagne),
Daniel Sada (Mexique), Enrique Vila-Matas (Espagne),
Théophile de Viau (France), Juan Villoro (Mexique)

À PARAÎTRE

Oakley Hall, *Warlock,* préface de Rick Bass
Juan Benet, *Les Lances rouillées,* préface de Javier Cercas
Sergio Gonzalez Rodriguez, *L'Homme sans tête*
Rodrigo Fresán, *Vies de saints*

Éditions Passage du Nord-Ouest
3, place Saint-Julien, 81000 Albi
06 81 29 93 36
passagedunordouest@wanadoo.fr
Http ://www.passagedunordouest.com

Diffusion-Distribution
Harmonia mundi,
Mas de Vert, Petite Route de St-Gilles, B. P. 20150
13631 Arles Cédex
04 90 49 90 49

Conception graphique : Hugues Vollant
hvollant@hotmail.com

Achevé d'imprimer
en juillet 2009
par l'imprimerie Corlet
à Condé-sur-Noireau (France)
N° 122351

N° d'éditeur : 914834
Dépôt légal : septembre 2009